Buch

Noch nie ist die aristokratische Familie der Moidores auch nur mit einem Hauch von Skandal in Verbindung gebracht worden, und in dem prunkvollen Herrenhaus von Sir Basil Moidore in der Queen Anne Street treffen sich täglich die Reichen und Mächtigen Londons zum Tee oder Dinner. Doch mit einem erschütternden Todesfall bekommt die scheinbar heile Welt tiefe Risse: Die schöne verwitwete Tochter Sir Basils wird erstochen in ihrem Bett gefunden. Inspektor William Monk soll den Täter finden – ohne Verzug und mit so wenig negativem Aufhebens für die einflußreiche Familie wie möglich. Als sich die Verdachtsmomente für Monk immer mehr verstärken, daß der Mörder zum großen Haushalt der Moidores gehören muß, sieht sich Monk bald mit einer heimtückischen Intrige konfrontiert, die nur einen Hintergrund hat, nämlich die Familienmitglieder reinzuwaschen und den möglichen Täter in den Bereich des Dienstpersonals zu verweisen. Monk riskiert viel, um die Wahrheit ans Licht zu bringen: Er schleust seine Mitstreiterin Hester Latterly als Dienstmädchen in den Haushalt der Moidores. Sie macht einige Entdeckungen, die so gar nicht zum äußeren Bild der Familie passen wollen.

Autorin

Anne Perry lebt als Schriftstellerin in Portmahomack, Schottland. Mit ihren beiden Serien um die Polizeiinspektoren Thomas Pitt und William Monk gilt sie als die Königin des viktorianischen Kriminalromans.

Außerdem als Goldmann Taschenbuch

Das Gesicht des Fremden (41392)

Anne Perry

Gefährliche Trauer

Roman

Aus dem Englischen von
Carla Blesgen

Goldmann Verlag

Deutsche Erstausgabe

Die Originalausgabe erschien unter dem Titel
»A Dangerous Mourning« bei Ballantine Books, New York

Umwelthinweis:
Alle bedruckten Materialien dieses Taschenbuches
sind chlorfrei und umweltfreundlich.

Der Goldmann Verlag
ist ein Unternehmen der Verlagsgruppe Bertelsmann

Umschlaggestaltung: Süddeutscher Verlag, Bilderdienst, München
Verlagsnummer 41532
Satz: Uhl + Massopust, Aalen
Druck und Bindung:
Graphischer Großbetrieb Pößneck GmbH
Ein Mohndruck-Betrieb
Lektorat: Ge
Herstellung: Heidrun Nawrot
Made in Germany
ISBN 3-442-41532-2

3 5 7 9 10 8 6 4 2

Für John und Mary MacKenzie
und meine Freunde in Alness,
die mich so freundlich bei sich
aufgenommen haben.

ERSTES KAPITEL

»Guten Morgen, Monk«, sagte Runcorn. Ein zufriedener Ausdruck trat in seine ausgeprägten, leicht verbissenen Züge. Sein Flügelkragen saß etwas schief und schien ihn von Zeit zu Zeit zu kneifen. »Fahren Sie in die Queen Anne Street. Sir Basil Moidore.« Er sprach den Namen aus, als wäre er ihm altvertraut, und beobachtete dabei Monks Gesicht, um etwaige Anzeichen von Unkenntnis darin zu entdecken. Als er auf nichts dergleichen stieß, fuhr er um einiges gereizter fort: »Octavia Haslett, Sir Basils verwitwete Tochter, wurde erstochen aufgefunden. Sieht so aus, als ob sie einen Einbrecher dabei erwischt hätte, wie er sich gerade ihren Schmuck unter den Nagel reißen wollte.« Sein Lächeln wurde hart. »Es heißt, Sie wären unser bester Mann – also machen Sie sich auf die Socken, und stellen Sie sich diesmal geschickter an als im Mordfall Grey!«

Monk wußte genau, was er damit meinte. Reg bloß die Familie nicht auf; das sind Leute von Stand – ganz im Gegensatz zu uns. Sei absolut respektvoll, nicht nur bezüglich deiner Worte oder deines Auftretens, sondern vor allem, was deine Entdeckungen anbelangt.

»Jawohl, Sir. Welche Hausnummer in der Queen Anne Street?«

»Zehn. Und nehmen Sie Evan mit. Bis Sie dort eintreffen, gibt es vermutlich irgendeine Meinung von ärztlicher Seite, was den Todeszeitpunkt und die Beschaffenheit der Mordwaffe anbelangt. Na los, Mann. Stehen Sie hier nicht rum! An die Arbeit!«

Monk machte auf dem Absatz kehrt, um Runcorn keine Zeit für weitere Bemerkungen zu lassen, und stolzierte aus dem Raum; sein »Ja, Sir« war kaum zu hören. Er zog die Tür so geräuschvoll hinter sich ins Schloß, daß es an ein Zuknallen grenzte.

Auf der Treppe kam ihm Evan entgegen. Sein sensibles Gesicht leuchtete erwartungsvoll.

»Ein Mord in der Queen Anne Street.« Monks Unmut verflog. Von allen Menschen, an die er sich erinnern konnte, war Evan ihm der liebste. Da sich sein Erinnerungsvermögen ohnehin nur bis zu jenem Morgen vor vier Monaten erstreckte, als er im Krankenhaus die Augen aufgeschlagen und seinen Aufenthaltsort im ersten Moment für ein Armenhaus gehalten hatte, war ihm die Freundschaft zu seinem jungen Kollegen besonders wichtig. Außerdem vertraute er Evan, eine der beiden einzigen Personen, die über die völlige Leere in seinem Leben Bescheid wußten. Die andere, Hester Latterly, war kaum als Freund zu bezeichnen. Sie war eine beherzte, intelligente und ausgesprochen starrköpfige Nervensäge, die sich im Mordfall Grey als große Hilfe erwiesen hatte. Ihr Vater war eins der Opfer gewesen. Sie hatte ihre Betätigung als Krankenschwester auf der Krim aufgegeben, um der Familie beizustehen, zumal der Krieg zu dem Zeitpunkt im Grunde bereits vorüber gewesen war. Es war recht unwahrscheinlich, daß Monk ihr je wieder begegnen würde – ausgenommen, sie wurden beide zu Menard Greys Gerichtsverhandlung geladen, um ihre Zeugenaussagen zu machen, was wiederum in seinem Interesse lag. Ansonsten war sie ihm zu schroff und zu unweiblich – ganz anders als ihre Schwägerin, deren Gesicht immer noch, verbunden mit bittersüßer Sehnsucht, ab und zu vor seinem geistigen Auge auftauchte.

Evan drehte um und folgte ihm. Sie gingen gemeinsam die Treppe hinunter, durch den Bereitschaftsraum, und traten auf die Straße hinaus. Es war ein klarer, stürmischer Novembertag. Der Wind zerrte an den weiten Röcken der Frauen; ein männlicher Passant machte einen Satz zur Seite und hielt dabei mit einiger Mühe seinen Zylinder fest, als ein Gefährt an ihm vorbeiratterte und er dem unter den Rädern wegspritzenden Schlamm und Unrat ausweichen wollte. Evan hielt einen Hansom an, eine neuartige Droschke, die es erst seit neun Jahren gab und die wesentlich bequemer war als die altmodischen Kutschen.

»Queen Anne Street«, rief er dem Fahrer zu. Sobald er und Monk ihre Plätze auf der Sitzbank eingenommen hatten, setzte sich die Droschke in Bewegung. Sie überquerten die Tottenham Court Road, fuhren erst am Portland Place, dann am Langham Place vorbei, bogen in die Chandos Street und schließlich in die Queen Anne Street ein. Monk erzählte Evan während der Fahrt, was Runcorn gesagt hatte.

»Wer, bitte, ist Sir Basil Moidore?« erkundigte sich Evan arglos.

»Keine Ahnung«, gestand Monk. »Darüber hat er sich nicht ausgelassen.« Er schnaubte. »Entweder weiß er es selbst nicht, oder er überläßt es uns, das herauszufinden – vorzugsweise indem wir einen Fehler machen.«

Evan grinste. Er war sowohl über die Antipathie zwischen Monk und seinem Vorgesetzten als auch über ihre Ursache im Bilde. Mit Monk war nicht leicht zusammenzuarbeiten; er war eigensinnig, ehrgeizig, folgte seiner Intuition, hatte eine scharfe Zunge und einen beißenden Humor. Andererseits war er ein leidenschaftlicher Verfechter der Gerechtigkeit – oder dessen, was er dafür hielt – und scherte sich wenig darum, wem er zu nahe trat, wenn er sich für etwas einsetzte. Er hatte absolut kein Verständnis für dumme Menschen, zu denen Runcorn seiner Ansicht nach zählte. Ein Standpunkt, aus dem er bislang kein großes Geheimnis gemacht hatte.

Auch Runcorn war ehrgeizig, verfolgte jedoch andere Ziele. Er war auf gesellschaftliches Ansehen, auf den Beifall seiner Vorgesetzten und vor allem auf Sicherheit aus. Die wenigen Triumphe über Monk waren ihm ein Hochgenuß, der bis ins letzte ausgekostet werden mußte.

Sie befanden sich inzwischen in der Queen Anne Street, inmitten von Häusern von unaufdringlicher Eleganz, mit schönen Fassaden, hohen Fenstern und imposanten Portalen. Sie stiegen aus, Evan bezahlte den Kutscher, dann begaben sie sich zum Dienstboteneingang von Nummer 10. Es nagte zwar am Selbstwertgefühl, die Kellertreppe hinunterzusteigen, statt hinauf durch den Portikus zum Haupteingang zu wandeln, war aber weniger erniedrigend, als von einem hochnäsigen, livrierten Lakai der Tür verwiesen und nach hinten geschickt zu werden.

»Ja?« fragte ein ernüchternd sachlicher Stiefelbursche mit teigiger Gesichtsfarbe und verknitterter Schürze.

»Inspektor Monk und Sergeant Evan. Wir möchten Lord Moidore sprechen«, erwiderte Monk ruhig. Wie immer es mit seinen Empfindungen für Runcorn oder seiner niedrigen Toleranzgrenze für dumme Menschen auch bestellt war, bei Trauerfällen und dem damit verbundenen Schmerz der Hinterbliebenen legte er erstaunliches Mitgefühl an den Tag.

»Oh –« Der Stiefelbursche machte ein entsetztes Gesicht, als wäre durch ihr Erscheinen plötzlich ein Alptraum wahr geworden. »Ja – sicher. Kommen Sie doch rein.« Er riß die Tür weit auf, wich einen Schritt zurück, drehte sich in Richtung Küche um und rief in verzweifeltem, jammerndem Ton: »Mr. Phillips! Mr. Phillips, die Polizei is hier!«

Aus dem hinteren Teil des großen Raumes tauchte der Butler auf. Er war dünn und ging eine Spur gebeugt, besaß aber die herrischen Züge eines Menschen, der es gewohnt war zu befehlen – und dem widerspruchslos gehorcht wurde. Er musterte Monk mit einem zugleich besorgten und widerwilligen Blick sowie einem gewissen Staunen angesichts seines gutgeschnittenen Anzugs, des sorgfältig gestärkten Hemdes und der eleganten, glänzenden Stiefel. Monks Erscheinungsbild vertrug sich nicht mit seiner Vorstellung von der gesellschaftlichen Stellung eines Polizisten, die irgendwo unterhalb der eines Hausierers oder Straßenverkäufers rangierte. Dann heftete er seinen Blick auf Evans Gesicht mit der langen, gebogenen Nase, den wachen Augen und dem beweglichen Mund und fühlte sich kein bißchen besser. Es bereitete ihm Unbehagen, wenn Leute nicht in die für sie vorgesehene Schublade paßten. Es war überaus verwirrend.

»Sir Basil wird Sie in der Bibliothek empfangen«, sagte er steif. »Wenn Sie mir bitte folgen wollen.« Ohne abzuwarten, ob sie es taten, marschierte er sehr aufrecht aus der Küche. An die Köchin, die in einem hölzernen Schaukelstuhl saß, verschwendete er keinerlei Aufmerksamkeit. Sie gingen durch den hinter der Küche liegenden Flur, vorbei an der Kellertür, des Butlers Domizil, der Vorratskammer, der Tür zum Waschraum, dem Wohnzimmer der Haushälterin – und traten schließlich durch eine mit grünem Fries bespannte Tür ins eigentliche Haupthaus.

Der Parkettfußboden der Halle war mit wunderschönen Perserteppichen bedeckt. Die Wände waren bis auf Schulterhöhe vertäfelt und mit erstklassigen Landschaftsmalereien geschmückt. Monk wurde blitzartig von einer Erinnerung aus einer fernen Zeit überfallen, vermutlich handelte es sich um irgendein Detail eines Einbruchsdiebstahls, und hatte plötzlich das Wort *flämisch* im Kopf. Es gab noch so vieles, das in jenem Teil seines Ichs eingeschlossen war, der vor dem Unfall existiert hatte. Er konnte stets nur Bruchstücke erhaschen – wie ein Mensch, der aus den Augenwinkeln eine Bewegung wahrnimmt und feststellt, daß nichts mehr da ist, wenn er sich umdreht.

Momentan mußte er allerdings dem Butler folgen und seine gesamte Aufmerksamkeit auf diesen Fall richten. Er mußte erfolgreich sein, ohne daß man merkte, wie blind er herumtappte, wie oft er lediglich mutmaßen konnte und Fragmente von dem zusammenstückelte, was man für sein Wissen hielt. Sollten sie ruhig in dem Glauben bleiben, er würde mit den Verbindungen zur Unterwelt arbeiten, die jeder gute Detektiv besaß. Sein Ruf war ausgezeichnet; man erwartete geistige Brillanz von ihm. Er sah es in ihren Augen, hörte es aus ihren Worten heraus, erkannte es an der beiläufigen Art, wie sie ihn lobten, als würden sie lediglich das Offensichtliche feststellen. Außerdem wußte er, daß er sich zu viele Feinde gemacht hatte, um sich einen Fehler leisten zu können. Das war zwischen ihren Sätzen, in der Betonung einer Bemerkung, in den Spitzen und der anschließenden Nervosität, den plötzlich abgewandten Blicken. Schritt für Schritt gelang es ihm dahinterzukommen, was er in den vergangenen Jahren verbrochen hatte, womit er diese Angst und Abneigung, diesen Neid auf sich zog. Nach und nach fand er immer mehr Beweise für seinen außergewöhnlichen Spürsinn, seinen Instinkt, die gnadenlose

Verfolgung der Wahrheit, den treibenden Ehrgeiz, die Unduldsamkeit gegenüber Faulheit und Schwäche von anderen und dem eigenen Versagen. Darüber hinaus hatte er natürlich trotz seiner durch den Unfall bedingten schwachen Position den extrem kniffligen Mordfall Grey gelöst.

Sie hatten die Bibliothek erreicht. Phillips öffnete die Tür, kündigte sie an und trat einen Schritt zurück, um sie einzulassen.

Der im alten Stil eingerichtete Raum war bis zur Decke mit Bücherregalen versehen. Große Erkerfenster ließen helles Licht herein, was zusammen mit dem grünen Teppich und den grünen Polstermöbeln fast die Illusion eines Gartens schuf.

Doch jetzt war nicht der geeignete Zeitpunkt, die Umgebung zu studieren. Basil Moidore stand mitten im Raum. Er war groß, hatte einen seltsam nachgiebigen, schwachen Knochenbau, ohne den geringsten Ansatz zum Dicksein zu zeigen, und hielt sich auffallend gerade. Man konnte ihn unmöglich als gutaussehend bezeichnen. Seine Züge waren zu beweglich, die tiefen Linien um den übergroßen Mund zeugten eher von Hemmungslosigkeit und Jähzorn als von Weisheit und Verstand. Die Augen waren verblüffend dunkel, nicht besonders schön, aber unglaublich durchdringend und hochintelligent. Das kräftige, glatte Haar war mit einer ordentlichen Portion Grau gespickt.

Momentan schien er sowohl verärgert als auch tief erschüttert. Er war blaß und ballte unaufhörlich die Hände zu Fäusten, um sie gleich darauf wieder zu öffnen.

»Guten Morgen, Sir.« Monk stellte sich und Evan vor. Er haßte es, Leute zu vernehmen, die soeben erst einen nahestehenden Menschen verloren hatten – und es war besonders scheußlich, den Tod des eigenen Kindes zu erleben –, aber er war daran gewöhnt. Keine Amnesie konnte die Vertrautheit mit dem Leid auslöschen; er erkannte den nackten Schmerz bei anderen.

»Guten Morgen, Inspektor«, gab Moidore mechanisch zurück. »Ich will verdammt sein, wenn ich wüßte, wie Sie uns weiterhelfen könnten, aber ich schätze, Sie sollten es wenigstens versuchen. Irgendein brutaler Ganove ist letzte Nacht hier eingebrochen und hat meine Tochter ermordet. Mehr können wir Ihnen auch nicht sagen.«

»Dürften wir einen Blick in den Raum werfen, wo es passiert ist, Sir?« fragte Monk ruhig. »Ist der Arzt schon da?«

Die buschigen Augenbrauen wölbten sich verblüfft. »Ja – wenn mir auch beim besten Willen nicht klar ist, wozu er jetzt noch gut sein soll.«

»Er kann den Todeszeitpunkt und die Todesart bestimmen, Sir.«

»Sie wurde irgendwann im Lauf der Nacht erstochen. Um das festzustellen, braucht es keinen Arzt.« Sir Basil atmete tief ein und ganz langsam wieder aus. Sein Blick streifte ziellos durch den Raum; er war unfähig, Monk weiteres Interesse entgegenzubringen. Der Inspektor und Evan waren lediglich Randfiguren, rein zufällig in diese Tragödie hineingeraten, und er war viel zu geschockt, um auch nur einen einzigen klaren Gedanken fassen zu können. Immer wieder lenkten ihn nebensächliche, alberne Dinge ab: ein Bild, das schief an der Wand hing, ein Sonnenstrahl, der den Titel eines Buches einfing, die Vase mit den späten Chrysanthemen auf dem kleinen Tisch. Monk las es in seinem Gesicht und begriff.

»Einer der Bediensteten kann uns hinbringen.« Monk entschuldigte sich, und Evan wandte sich zum Gehen.

»Oh . . . ja, gut. Man soll Ihnen alles zur Verfügung stellen, was Sie sonst noch brauchen«, stimmte Sir Basil erleichtert zu.

»Ich nehme nicht an, daß Sie im Lauf der Nacht etwas Ungewöhnliches gehört haben, Sir?« erkundigte sich Evan von der Türschwelle her.

Sir Basil runzelte die Stirn. »Wie? Ach so, nein, natürlich nicht, sonst hätte ich es erwähnt.« Bevor Evan sich noch umgedreht hatte, galt die Aufmerksamkeit des Mannes bereits wieder dem Laub, das der Wind gegen die Fenster peitschte.

In der Halle erwartete sie Phillips, der Butler. Schweigend führte er sie die breite, geschwungene Treppe bis zur Galerie hinauf. An der in Rot- und Blautönen tapezierten, etwa fünfzehn

Meter langen Wand, die an beiden Enden von einem Erkerfenster abgeschlossen wurde, standen mehrere Tische. Vor der dritten Tür links blieb Phillips stehen.

»Miss Octavias Zimmer«, sagte er leise. »Läuten Sie, wenn Sie etwas brauchen.«

Monk öffnete die Tür und trat ein; Evan hielt sich dicht hinter ihm. An der hohen, wunderschönen Stuckdecke hing ein Kronleuchter; die geblümten Vorhänge waren zur Seite gezogen, um das Tageslicht einzulassen. Das Mobiliar bestand aus drei bequemen Polsterstühlen, einer Frisierkommode mit dreiteiligem Spiegel sowie einem großen Himmelbett, dessen Überwurf das gleiche rosa-grüne Blumenmuster aufwies wie die Vorhänge. Darauf ausgestreckt lag der leblose Körper einer jungen Frau. Sie trug ein Nachthemd aus elfenbeinfarbener Seide, das durch einen dunkelroten Fleck verunziert wurde, der von der Mitte der Brust bis fast zu den Knien reichte. Ihre Arme waren weit ausgebreitet, das dichte, dunkelbraune Haar ruhte lose auf den Schultern.

Überrascht nahm Monk einen schlanken, mittelgroßen Mann mit ernstem, nachdenklichem Gesicht zur Kenntnis, der neben ihr saß. Das durchs Fenster einfallende Sonnenlicht spielte in seinem lockigen, blonden Haar.

»Polizei?« fragte er, während er Monk von oben bis unten musterte, und stellte sich dann erst vor: »Dr. Faverell. Der diensthabende Konstabler verständigte mich, nachdem der Lakai ihn verständigt hatte – gegen acht Uhr etwa.«

»Monk«, erwiderte der, »und Sergeant Evan. Was haben Sie festgestellt?«

Evan zog die Tür hinter sich zu und trat näher ans Bett, das junge Gesicht zu einer bekümmerten Grimasse verzogen.

»Sie starb irgendwann im Lauf der Nacht«, sagte Faverell düster. »Dem Steifheitsgrad der Leiche nach zu urteilen, würde ich sagen, vor mindestens sieben Stunden.« Er zog eine Uhr aus der Tasche und warf einen Blick darauf. »Jetzt haben wir zehn nach neun, sagen wir also, frühestens gegen drei Uhr morgens. Eine einzige, ziemlich zerklüftete und sehr tiefe Wunde. Die Ärmste muß auf der Stelle bewußtlos und binnen weniger Minuten tot gewesen sein.«

»Sind Sie der Hausarzt der Moidores?«

»Nein. Ich wohne gleich um die Ecke in der Harley Street. Der hiesige Konstabler kannte meine Adresse.«

Faverell trat beiseite, um Monk ans Bett zu lassen. Der Inspektor beugte sich vor und betrachtete die Tote. Auf ihrem Gesicht lag ein leicht überraschter Ausdruck, als ob der Tod etwas unerwartet zugeschlagen hätte, doch selbst der wächsernen Blässe war es nicht ganz gelungen, den ehemaligen Liebreiz zu vertreiben. Stirn und Wangenknochen waren hoch, die Augenhöhlen unter den zart geschwungenen Brauen wohlgeformt, die Lippen voll. Ein Gesicht, das tiefe Gefühle verriet und doch weich und weiblich wirkte – das Gesicht einer Frau, die ihm vermutlich gefallen hätte. Etwas am Schwung ihrer Lippen erinnerte ihn flüchtig an jemand anders, aber an wen, fiel ihm nicht ein.

Sein Blick wanderte tiefer, zu den blutigen Kratzern auf Hals und Schultern, die unter dem zerrissenen Nachthemd zu sehen waren. Ein zweiter langer Riß führte vom Saum zur Leistengegend, doch hier war der Stoff übereinandergeschlagen worden, wie um der Schicklichkeit Genüge zu tun. Monk hob vorsichtig die Hände hoch und begutachtete sie, aber die Nägel waren unversehrt, keinerlei Blut oder Hautfetzen befanden sich darunter. Falls sie sich gewehrt hatte, war der Angreifer jedenfalls nicht verletzt worden.

Er suchte nach Blutergüssen. Es mußte irgendwelche Hautverfärbungen geben, selbst wenn sie nur wenige Momente nach der Verletzung gestorben war. Er betrachtete die Arme, den nächstliegenden Fundort für die Spuren eines Kampfes, dann die Beine und den Rumpf – nichts.

»Man hat die Leiche bewegt«, stellte er kurz darauf fest, nachdem er den Verlauf der Blutflecke in Richtung des Saumes und die Schmierspuren auf dem Laken gesehen hatte, wo eigentlich eine große Lache hätte sein müssen. »Waren Sie das?«

»Nein.« Faverell schüttelte den Kopf. »Ich habe nur den Vorhang aufgemacht.« Er ließ den Blick über den Boden schweifen. Das Teppichmuster bestand aus dunklen Rosen. »Da! Er wies auf eine Stelle. »Das könnte Blut sein, und der Stuhl da drüben hat eine Schramme. Die arme Frau hat sich ziemlich gewehrt, nehme ich an.«

Auch Monk sah sich um. Mehrere der Utensilien auf der Frisierkommode machten einen verbogenen Eindruck, aber es war schlecht zu sagen, ob es sich dabei um die eigentliche Form handelte oder nicht. Eine geschliffene Glasschale war jedoch eindeutig zerbrochen, und auf dem Teppich lagen an der Stelle vertrocknete Rosenblätter. Wegen des eingewobenen Blumenmusters bemerkte er sie erst jetzt.

Evan ging zum Fenster.

»Angelehnt«, sagte er, während er es versuchsweise öffnete.

»Das war ich«, warf der Arzt ein. »Als ich kam, stand es sperrangelweit offen – war verdammt kalt hier drin. Keine Bange, hab ich natürlich berücksichtigt, was die Leichenstarre betrifft. Das Mädchen meint, es hätte schon offen gestanden, als sie mit dem Frühstückstablett ins Zimmer kam, obwohl Mrs. Haslett gewöhnlich bei geschlossenem Fenster schläft. Danach habe ich mich bereits erkundigt.«

»Danke vielmals«, gab Monk trocken zurück.

Evan stieß das Fenster bis zum Anschlag auf und streckte den Kopf hinaus.

»Da wächst irgendein Kletterzeug, Sir. An manchen Stellen ist es zerquetscht, und ein paar Blätter sind abgerissen, als ob jemand draufgestiegen wäre.« Er lehnte sich noch ein Stück weiter vor. »Außerdem ist hier ein Mauersims, das geradewegs zur Regenrinne führt. Ein sportlicher Mann könnte ohne große Schwierigkeiten daran entlangklettern.«

Monk trat neben ihn. »Aber warum ausgerechnet in dieses und nicht ins nächste Zimmer?« wunderte er sich. »Das liegt wesentlich näher bei der Regenrinne. Wäre viel leichter und risikoloser zu erreichen gewesen.«

»Vielleicht wohnt dort ein Mann?« schlug Evan vor. »Kein

Schmuck – nicht soviel wenigstens; höchstens eine silberne Bürste und silberne Manschettenknöpfe, aber nichts verglichen mit dem Sammelsurium einer Frau.«

Monk ärgerte sich, daß er nicht selbst darauf gekommen war. Er zog den Kopf wieder ein und fragte den Arzt: »Können Sie uns sonst noch was sagen?«

»Nein, nichts. Tut mir leid.« Er machte einen gequälten, unglücklichen Eindruck. »Wenn Sie wollen, schreibe ich einen Bericht, aber jetzt muß ich los, mich um meine Patienten kümmern. Guten Tag.«

»Guten Tag.« Monk begleitete ihn auf die Galerie. »Sprechen Sie mit dem Mädchen, das sie gefunden hat, Evan, und überprüfen Sie anschließend mit der Kammerfrau, ob etwas fehlt – insbesondere Schmuck. Später können wir uns dann bei den Pfandleihern und Hehlern umsehen. Ich werde mich erst einmal mit den Familienmitgliedern unterhalten, die in diesem Stockwerk schlafen.«

Wie sich herausstellte, gehörte das angrenzende Zimmer Cyprian Moidore, dem älteren Bruder der Toten. Der Raum war überladen möbliert, aber angenehm warm. Die für das Erdgeschoß zuständigen Mädchen hatten vermutlich lange vor Viertel vor acht den Kamin gesäubert, die Teppiche mit Sand gescheuert und gefegt und Feuer gemacht, ehe sich ihre für den oberen Bereich zuständigen Kolleginnen auf den Weg machten, um die Familie zu wecken.

Cyprian Moidore glich seinem Vater in Körperbau und Haltung aufs Haar. Auch die Gesichtszüge waren ähnlich: die kurze, kräftige Nase, der breite, überaus bewegliche Mund, der bei einem weniger beherrschten Menschen leicht unverschämt hätte werden können. Nur sein Blick war sanfter und das Haar noch gleichmäßig dunkel.

Momentan machte er einen absolut desolaten Eindruck.

»Guten Morgen, Sir«, begann Monk, nachdem er die Tür hinter sich zugezogen hatte.

Cyprian gab keine Antwort.

»Ist es richtig, Sir, daß Sie das Schlafzimmer neben dem von Mrs. Haslett bewohnen?«

»Ja.« Cyprian sah ihm voll in die Augen; es lag keinerlei Streitlust in seinem Blick, nur tiefe Erschütterung.

»Um wieviel Uhr haben Sie sich zurückgezogen, Mr. Moidore?«

Cyprian runzelte die Stirn. »Gegen elf, vielleicht auch ein paar Minuten danach. Ich habe nicht das geringste gehört, falls es das ist, worauf Sie hinauswollen.«

»Und Sie blieben die ganze Nacht in Ihrem Zimmer, Sir?« Monk versuchte die Frage so zu stellen, daß sie am wenigsten taktlos klang, was jedoch kaum zu bewerkstelligen war.

Sein Gegenüber lächelte kaum merklich.

»Letzte Nacht schon, ja. Das Zimmer meiner Frau liegt gleich neben meinem; es ist das erste, wenn man die Treppe heraufkommt.« Er schob die Hände in die Taschen. »Mein Sohn hat das Zimmer gegenüber, meine Tochter schläft eine Tür weiter. Aber ich dachte eigentlich, es stünde bereits fest, daß – wer immer es war – der Täter durchs Fenster in Octavias Zimmer gelangt ist.«

»Es sieht ganz danach aus, Sir«, bestätigte Monk. »Nur war es vielleicht nicht das einzige Zimmer, in dem der oder die Einbrecher ihr Glück versucht haben, außerdem können sie woanders hereingekommen und durch das Fenster Ihrer Schwester nur verschwunden sein. Fest steht lediglich, daß ein paar Efeuranken beschädigt sind. Hatte Mrs. Haslett einen leichten Schlaf?«

»Nein –« Er klang zunächst absolut sicher, doch dann schlich sich leiser Zweifel in seine Stimme. Seine Hände tauchten wieder auf. »Glaube ich wenigstens. Aber was für einen Unterschied macht das jetzt noch? Ist das nicht pure Zeitverschwendung?« Er trat einen Schritt näher ans Feuer. »Es steht außer Frage, daß jemand ins Haus eingebrochen ist, und als sie ihn erwischte, rannte der Mistkerl nicht einfach davon, sondern mußte sie unbedingt niederstechen.« Sein Gesicht verdüsterte sich. »Sie sollten draußen nach ihm suchen, statt hier drinnen irrelevante Fragen zu stellen! Vielleicht war sie tatsächlich wach. Man wacht hin und wieder nachts auf.«

Monk verkniff sich die Antwort, die ihm spontan in den Sinn kam.

»Ich hoffe, auf diese Weise den Todeszeitpunkt stärker eingrenzen zu können«, fuhr er gelassen fort. »Dann können wir nämlich den Konstabler, dessen Streife am dichtesten hier vorbeiführt, sowie alle anderen Personen verhören, die in der fraglichen Zeit in der Nähe waren. Außerdem wäre es selbstverständlich von Nutzen, damit ein möglicher Verdächtiger beweisen kann, daß er sich zur Tatzeit woanders aufhielt.«

»Wenn er sich woanders aufgehalten hat, hätten Sie wohl kaum den Richtigen erwischt, oder?« sagte Cyprian bissig.

»Wenn wir den genauen Zeitpunkt nicht kennen, Sir, könnten wir denken, wir hätten!« erwiderte Monk wie aus der Pistole geschossen. »Und Sie möchten doch sicher nicht, daß der falsche Mann gehängt wird!«

Cyprian machte sich nicht die Mühe zu antworten.

Die drei weiblichen Mitglieder des engsten Familienkreises warteten im Salon. Jede hielt sich so nah wie möglich beim Kamin auf. Lady Moidore saß mit steifem Rücken und bleichem Gesicht auf dem Sofa, ihre überlebende Tochter Araminta, deren Augen tief in den Höhlen lagen, als hätte sie seit Tagen nicht geschlafen, auf einem großen Stuhl neben ihr. Dahinter stand ihre Schwiegertochter Romola, deren Miene Entsetzen und Verwirrung widerspiegelte.

»Guten Morgen, Ma'am.« Monk nickte erst Lady Moidore, dann den andern beiden zu.

Keine Reaktion. Vielleicht hielten sie derlei Artigkeiten unter den gegebenen Umständen für überflüssig.

»Ich bedaure zutiefst, daß ich Sie zu einem so unglücklichen Zeitpunkt behelligen muß«, brachte er mühsam hervor. Er haßte es, jemandem sein Beileid aussprechen zu müssen, dessen Trauer derart frisch und vernichtend war. Er war ein Fremder, der in ihr Heim eindrang, und alles, was er ihnen anzubieten hatte,waren plumpe, ungeschickte Worte. Auf der anderen Seite hätte Schweigen jedoch herzlos gewirkt.

»Mein aufrichtiges Beileid, Ma'am.«

Lady Moidore bewegte kaum merklich den Kopf, um anzudeuten, daß sie ihn gehört hatte, sagte aber immer noch nichts.

Er wußte, wer die beiden jüngeren Frauen waren, weil eine von ihnen die auffällige Haarfarbe der Mutter geerbt hatte: ein leuchtendes Rotgold, das in dem düsteren Raum beinah so lebendig schien wie die züngelnden Flammen im Kamin. Cyprians Frau dagegen war ein dunkler Typ mit braunen Augen und fast schwarzem Haar. Er wandte sich zu ihr um.

»Mrs. Moidore?«

»Ja?« Sie starrte ihn alarmiert an.

»Ihr Schlafzimmerfenster liegt zwischen dem von Mrs. Haslett und der Hauptregenrinne, die der Eindringling zum Einsteigen benutzt zu haben scheint. Haben Sie im Lauf der Nacht irgend etwas Ungewöhnliches gehört?«

Sie wurde noch blasser. Der Gedanke, daß der Mörder an ihrem Fenster vorbeigeklettert sein mußte, war ihr offensichtlich noch nicht gekommen. Ihre Hände verkrampften sich auf der Lehne von Aramintas Stuhl.

»Nein – überhaupt nichts. Normalerweise schlafe ich nicht besonders gut, aber letzte Nacht schon.« Sie schloß die Augen. »Wie furchtbar!«

Araminta war aus härterem Holz geschnitzt. Aufrecht und grazil, ja fast knochig unter dem dünnen Stoff ihres Morgenmantels, saß sie da – bislang hatte noch niemand daran gedacht, sich in Schwarz zu hüllen. Ihr Gesicht war schmal, die Augen riesig, der Mund seltsam asymmetrisch geformt. Eine durchaus schöne Frau, hätte da nicht eine gewisse Schärfe, etwas Kaltes und Unnachgiebiges unter der Oberfläche gelauert.

»Wir können Ihnen nicht helfen, Inspektor«, sagte sie rundheraus, ohne den Blick niederzuschlagen oder sich etwa in Entschuldigungsfloskeln zu ergehen. »Wir haben Octavia zum letztenmal gesehen, bevor sie zu Bett ging, das war so gegen elf oder auch etwas früher. Ich traf sie oben auf der Galerie, als sie gerade in das Zimmer meiner Mutter wollte, um ihr gute Nacht zu sagen. Anschließend legte sie sich schlafen – genau wie wir, was mein Mann

Ihnen natürlich bestätigen kann. Heute früh weckte uns das Mädchen, Annie, um uns mit viel Geschrei mitzuteilen, daß etwas Schreckliches geschehen sei. Ich war nach ihr die erste, die Octavia sah. Mir war auf der Stelle klar, daß sie tot war und wir ihr nicht mehr helfen konnten. Ich brachte Annie aus dem Zimmer und schickte sie zu Mrs. Willis, unserer Haushälterin; das arme Kind sah ganz krank aus. Dann machte ich mich auf die Suche nach meinem Vater, der gerade dabei war, die Bediensteten zum Morgengebet zusammenzurufen, und erzählte ihm von dem Unglück. Er beauftragte einen Lakai, die Polizei zu holen. Mehr gibt es wirklich nicht zu sagen.«

»Ich danke Ihnen, Ma'am.« Monk schaute ihre Mutter an. Sie hatte die gleiche breite Stirn und die kurze, kräftige Nase, die ihm bereits bei ihrem Sohn aufgefallen war, ansonsten waren ihre Züge jedoch wesentlich feiner, und der Mund wirkte sehr empfindsam, geradezu asketisch. Trotz ihres Kummers verströmte sie ungeheure Vitalität und sehr viel Feingefühl, sobald sie den Mund auftat.

»Ich kann dem nichts hinzufügen, Inspektor«, sagte sie leise. »Mein Zimmer liegt im anderen Flügel des Hauses. Ich hatte, bis meine Zofe Mary mich weckte und mein Sohn mir anschließend erzählte, was ... was geschehen war, nicht die leiseste Ahnung, welches Drama sich im Lauf der Nacht abgespielt hat.«

»Danke, Lady Moidore. Ich hoffe, es wird nicht nötig sein, Sie noch einmal zu belästigen.« Er hatte nicht damit gerechnet, etwas in Erfahrung zu bringen. Seine Fragen waren reine Formsache, aber sie nicht zu stellen wäre nachlässig gewesen. Er entschuldigte sich und ging, um Evan im Dienstbotenquartier aufzustöbern.

Der hatte allerdings auch nur herausgefunden, daß laut Aussage der Zofe ein paar Schmuckstücke fehlten: zwei Ringe, eine Halskette, ein Armband und – seltsamerweise – eine kleine silberne Vase.

Kurz vor Mittag verließen sie das Haus der Moidores. Inzwischen hatte man die Jalousien heruntergelassen und einen Trauerflor an die Tür gehängt. Die Stallburschen verstreuten Stroh auf der Straße, damit das harsche Klappern der Pferdehufe ein wenig gedämpft wurde; eine Respektbezeugung gegenüber den Toten.

»Was nun?« fragte Evan, während sie auf den Fußweg zusteuerten. »Der Stiefelbursche meint, östlich von hier, an der Ecke zur Chandos Street, hätte eine Party stattgefunden. Einer der Kutscher oder Lakaien könnte etwas gesehen haben.« Er hob hoffnungsvoll die Brauen.

»Ja, und der diensthabende Konstabler muß hier auch irgendwo stecken«, fügte Monk hinzu. »Ich hefte mich an seine Fersen, übernehmen Sie die Party. Das Eckhaus, sagten Sie?«

»Ja, Sir – die Leute heißen Bentley.«

»Melden Sie sich auf dem Revier, wenn Sie fertig sind.«

»Jawohl, Sir.« Evan machte auf den Hacken kehrt und stürmte davon. Er wirkte dabei sportlicher, als sein dürrer, fast knochiger Körper hätte ahnen lassen.

Monk fuhr mit einem Hansom zum Revier, um die Privatadresse des Konstablers ausfindig zu machen, der in der vergangenen Nacht in dem Bezirk auf Streife gewesen war.

Eine Stunde später saß er in einem winzigen, eiskalten Salon in einem Haus nahe der Euston Road und nippte an einem Becher Tee, einen verschlafenen, unrasierten und ausgesprochen unruhigen Konstabler vor sich. Erst nach etwa fünfminütiger, schleppender Unterhaltung dämmerte ihm, daß der Mann ihn bereits kannte und seine Nervosität nicht auf ein schlechtes Gewissen wegen eventuellen Versagens in der letzten Nacht zurückzuführen war, sondern auf irgendeinen früheren Zusammenstoß, an den Monk sich allerdings nicht erinnern konnte.

Er forschte vergeblich im Gesicht seines Gegenübers, um seinem Gedächtnis auf die Sprünge zu helfen und bekam dadurch wieder nicht mit, was der Mann gesagt hatte.

»Entschuldigung, Miller. Wie war das gerade?«

Miller schaute verlegen drein. Er war offenbar nicht sicher, ob es sich um das Eingeständnis schlichter Unaufmerksamkeit handelte oder um die versteckte Kritik, seine Worte seien durch und durch unglaubwürdig.

»Ich sagte, ich bin die Queen Anne Street letzte Nacht auf der Westseite abgegangen, dann die Wimpole runter und die Harley wieder rauf. Alle zwanzig Minuten, ohne irgendwas auszulassen, weil nämlich absolut nix los war und ich nich einmal stehenbleiben mußte.«

Monk runzelte die Stirn. »Sie haben niemanden gesehen? Keine Menschenseele?«

»O doch, 'ne Menge Leute – aber niemand, der da nich hingehört«, gab Miller zurück. »An der Ecke zur Chandos Street, da, wo sie in den Cavendish Square mündet, war 'ne Riesenparty im Gang. Überall lungerten Kutscher und Lakaien und so rum, bis nach drei Uhr morgens, aber die haben sich völlig ruhig verhalten und sind ganz bestimmt nich irgendwelche Regenrinnen hochgeklettert, um wo einzubrechen.« Er verzog das Gesicht, als wolle er noch etwas hinzufügen, besann sich jedoch eines Besseren.

»Ja?« drängte Monk.

Aber Miller ließ sich nicht erweichen. Monk fragte sich zum zweitenmal, ob seine Verschlossenheit ihrer früheren Begegnung entsprang, ob er einem anderen gegenüber gesprächiger gewesen wäre. Es gab so vieles, das er nicht wußte! Typische Polizeitricks zum Beispiel, Verbindungen zur Unterwelt – alles, was ein guter Detektiv eben wissen sollte. Immer wieder wurde er durch diese Unwissenheit blockiert, mußte er doppelt so hart arbeiten wie andere, um seine Verletzbarkeit geheimzuhalten. Was für ein Mensch war er in all den Jahren gewesen, seit er Northumberland als Junge verlassen hatte, um einen Ehrgeiz zu befriedigen, der ihn so sehr in Anspruch nahm, daß er seiner einzigen Verwandten, seiner jüngeren Schwester, nicht einmal regelmäßig schreiben konnte? Einer Schwester, die trotz seines Schweigens nie aufgehört hatte, ihn zu lieben? Er hatte ihre Briefe in seiner Wohnung gefunden – herzliche, warme Briefe, bis zum Rand gespickt mit Anspielungen auf Dinge, die ihm eigentlich bekannt sein sollten.

Und nun saß er hier in diesem kleinen, blitzsauberen Haus und versuchte einen Mann zum Reden zu bringen, der offenkundig Angst vor ihm hatte. Weshalb? Unmöglich, danach zu fragen.

»Sonst noch jemand?« erkundigte er sich statt dessen.

»Jawohl, Sir«, platzte Miller endlich heraus. Er wollte unbedingt gefällig sein und bekam seine Nervosität allmählich in den Griff. »Ein Arzt, der in der Nähe der Kreuzung Harley und Queen Anne Street 'n Hausbesuch gemacht hat. Ich hab gesehen, wie er ging, aber nich, wie er kam.«

»Wissen Sie, wie er heißt?«

»Nein, Sir.« Millers Körper nahm eine geradezu drohende Haltung an, als würde er gleich sein Leben verteidigen müssen. »Aber ich sah, wie er ging. Die Haustür stand offen, und der Hausherr hat sich von ihm verabschiedet. Das halbe Haus war erleuchtet – der war bestimmt nich unaufgefordert da!«

Monk zog flüchtig in Betracht, sich für die unbeabsichtigte Kränkung zu entschuldigen, sah jedoch davon ab. Für Miller war es bestimmt besser, wenn er nicht den Faden verlor.

»Erinnern Sie sich, welches Haus es war?«

»Das dritte oder vierte, Südseite Harley Street, Sir.«

»Vielen Dank. Ich werde den Leuten einen Besuch abstatten; vielleicht haben sie ja was gesehen.« Im nachhinein wunderte er sich, warum er überhaupt eine Erklärung abgegeben hatte; es wäre absolut nicht nötig gewesen. Er stand auf, dankte Miller noch einmal und ging zur Hauptstraße zurück, um eine Droschke aufzutreiben. Eigentlich hätte Evan, der über seine Kontakte zur Unterwelt besser auf dem laufenden war, diese Aufgabe übernehmen sollen, aber dazu war es jetzt zu spät. Er selbst konnte lediglich seinen Instinkt und seinen Verstand benutzen und vergaß immer wieder, wieviel von seiner Erinnerung in dem Schattenreich verborgen war, das vor jener Nacht lag, als sich seine Kutsche überschlagen, ihm Arm und Rippen gebrochen, seine Identität und all das ausgelöscht hatte, was ihn mit der Vergangenheit verband.

Wer sonst hätte nachts in der Gegend um die Queen Anne Street unterwegs gewesen sein können? Vor einem Jahr noch hätte er gewußt, wo die Straßenräuber, Safeknacker und Schmieresteher zu finden waren, aber heute blieben ihm nichts als Spekulationen und Mutmaßungen, die ihn Runcorn gegenüber verraten würden –

Runcorn, der auf jede Gelegenheit lauerte, ihm den Garaus zu machen. Nur noch ein paar Fehler, dann würde Runcorn sich die unglaubliche, wunderbare Wahrheit zusammenreimen und endlich die Entschuldigung parat haben, auf die er schon seit Jahren wartete, um Monk feuern und sich selbst wieder in Sicherheit wähnen zu können; endlich keinen hartgesottenen, ehrgeizigen Inspektor mehr gefährlich dicht auf den Fersen!

Den Arzt ausfindig zu machen, war nicht weiter schwer. Er mußte lediglich zur Harley Street zurück, die Häuser auf der südlichen Straßenseite abklappern, bis er das richtige erwischt hatte, und sich nach ihm erkundigen.

»In der Tat«, wurde ihm leicht überrascht bestätigt, als ihn der Hausherr mit müdem, gequältem Blick etwas unterkühlt empfing. »Wenn ich mir auch nicht vorstellen kann, warum das für die Polizei von Interesse sein sollte.«

»Vergangene Nacht wurde in der Queen Anne Street eine junge Frau ermordet«, erklärte Monk. In zwei oder drei Stunden wußte ohnehin jeder Bescheid, denn die Abendzeitungen würden den Mord garantiert nach Kräften ausschlachten. »Vielleicht hat der Arzt jemand gesehen, der sich in der Nähe herumtrieb.«

»Er wird kaum die Sorte Mensch vom Sehen her kennen, die auf offener Straße junge Frauen ermordet!«

»Nicht auf offener Straße, Sir, im Haus von Sir Basil Moidore«, berichtigte Monk, obwohl das im Grunde nichts zur Sache tat. »Es geht darum, die Tatzeit zu bestimmen und vielleicht sagen zu können, in welche Richtung der Täter verschwand, obwohl das natürlich nicht viel heißen muß, da haben Sie vollkommen recht.«

»Ich nehme an, Sie wissen, was Sie tun!« sagte der Mann skeptisch. Offensichtlich war er zu sehr mit seinen eigenen Sorgen beschäftigt, um sich das Unglück anderer groß zu Herzen zu nehmen. »Die Dienstboten pflegen heutzutage einen sonderbaren Umgang. Ich würde mich nach jemand umsehen, den sie selbst hineingelassen hat – einen zwielichtigen Verehrer zum Beispiel.«

»Bei dem Opfer handelt es sich um Sir Basils Tochter, Mrs. Haslett«, versetzte Monk mit bitterer Genugtuung.

»Großer Gott! Wie abscheulich!« Der Gesichtsausdruck des Mannes wandelte sich um hundertachtzig Grad. Durch einen einzigen Satz war das entfernte Übel anderer, die in seiner Welt keine Rolle spielten, zu einer akuten, bedrohlichen Gefahr geworden. »Das ist ja furchtbar!« Alle Farbe wich aus seinem Gesicht, für den Bruchteil einer Sekunde brach sogar seine Stimme. »Und? Was gedenken Sie zu unternehmen? Wir brauchen mehr Schutz auf den Straßen, mehr Polizei! Woher kam dieser Kerl? Was hatte er hier zu suchen?«

Mit säuerlichem Lächeln verfolgte Monk den plötzlichen Umschwung in seinem Verhalten. Wäre das Opfer ein Dienstmädchen gewesen, hätte sie ihren Tod quasi selbst verschuldet – was mußte sie auch so lockeren Umgang pflegen! Da es sich aber um eine vornehme Dame handelte, galt es nun selbstverständlich, die Patrouillen zu verdoppeln und den Schurken umgehend dingfest zu machen.

»Also?« sagte der Mann ungehalten, als er das sah, was er zwangsläufig für ein höhnisches Grinsen halten mußte.

»Sobald wir ihn gefunden haben, wissen wir auch, was er hier zu suchen hatte«, flötete Monk liebenswürdig. »Wenn Sie mir in der Zwischenzeit den Namen des Arztes nennen würden – dann kann ich ihn nämlich fragen, ob er etwas Ungewöhnliches bemerkt hat.«

Der Mann schrieb einen Namen auf ein Stück Papier und reichte es ihm.

»Verbindlichsten Dank, Sir. Guten Tag.«

Der Arzt indes hatte auch nichts gesehen und konnte Monk nicht weiterhelfen. Er hatte nicht einmal Miller wahrgenommen. Lediglich den Zeitpunkt, wann er gekommen und wieder gegangen war, vermochte er auf die Minute genau festzulegen.

Als Monk nachmittags ins Revier zurückkehrte, erwartete Evan ihn mit der Neuigkeit, daß es für jeden so gut wie unmöglich gewesen war, am westlichen Ende der Queen Anne Street vorbeizukommen, ohne von den Dienstboten gesehen zu werden, die vor dem Haus, in dem die Party stattfand, auf ihre Herrschaft warteten. Inklusive der Gäste, die später gekommen und früher gefahren waren, waren so viele Leute dort gewesen, daß es in den Ställen hinterm Haus und auf der Straße davor von Kutschen nur so gewimmelt hatte.

»Wäre unter den ganzen Lakaien und Kutschern ein Fremder überhaupt aufgefallen?« gab Monk zu bedenken.

»Ja.« Evan hatte nicht den geringsten Zweifel. »Abgesehen davon, daß sie sich alle kannten, waren sie in Uniform. Jeder, der etwas anderes angehabt hätte, wäre genauso ins Auge gestochen wie ein Gaul auf einer Kuhweide.«

Monk mußte unwillkürlich über diesen Vergleich aus der Welt des Landlebens schmunzeln. Evan war der Sohn eines Landpfarrers, was hin und wieder durch eine Bemerkung oder ein spezielles Verhalten deutlich zutage trat. Es war eins der vielen Dinge, die Monk an ihm mochte.

»Einer von ihnen vielleicht?« fragte er selbst nicht sonderlich überzeugt, während er sich hinter dem Schreibtisch niederließ.

Evan schüttelte resolut den Kopf. »Es muß ein einziges Geschnatter gewesen sein, bestimmt haben sie jede Menge Unsinn getrieben und mit den Mädchen geschäkert, aber die ganze Zeit brannten die Lampen an den Kutschen. Wenn jemand eine Regenrinne hochgeklettert wäre, um sich auf die Dächer zu schwingen, hätte man ihn im Handumdrehen entdeckt. Außerdem ging niemand alleine weg, da sind sie vollkommen sicher.«

Monk verfolgte den Gedanken nicht weiter. Er glaubte nicht, daß es sich um den gescheiterten Einbruchversuch eines Lakaien handelte. Lakaien wurden nach ihrer Größe und ihrem guten Aussehen ausgewählt und fürchterlich herausgeputzt. Sie waren nicht dafür geeignet, an Regenrinnen hochzukraxeln und in schwindelnder Höhe an die Fassade geklammert im Finstern über Mauersimse zu balancieren. Für diese Kunst bedurfte es einiger Übung, und man widmete sich ihr in entsprechender Kleidung.

»Dann muß er vom anderen Ende gekommen sein, von der Wimpole Street, und zwar als Miller diesen Teil seiner Streife gerade absolviert hatte und über die Harley zurückging. Wie steht's mit den Stallungen hinter der Harley Street?«

»Unmöglich, über das Dach zu kommen, Sir«, erwiderte Evan. »Hab ich mir genau angesehen. Man hätte gute Aussichten, den Kutscher der Moidores und die Stallburschen zu wecken, die gleich über den Ställen schlafen. Außerdem spricht's nicht gerade für das Können eines Einbrechers, die Pferde scheu zu machen. Nein, Sir, von vorn hat man viel bessere Karten – mit dieser Regenrinne und den ganzen Kletterpflanzen, was, so wie die aussehen, anscheinend auch der Weg ist, den er benutzt hat. Sie haben recht, er muß während Millers Rundgang raufgeflitzt sein. War leicht genug, nach ihm Ausschau zu halten.«

Monk zögerte. Er haßte es, seine Unzulänglichkeit preiszugeben, obwohl ihm klar war, daß Evan Bescheid wußte. Wenn er sich Runcorn gegenüber hätte verplappern wollen, hätte er es schon vor Wochen während des Mordfalls Grey getan, als Monk durcheinander, verängstigt und mit seinem Latein am Ende gewesen war, weil sich sein Verstand aufgrund der Erinnerungsfetzen, die immer wieder alptraumhaft vor ihm hochstiegen, regelrechte Schreckensbilder zusammenreimte. Evan und Hester Latterly waren die einzigen Menschen auf der Welt, denen er absolut vertrauen konnte. Doch an Hester wollte er lieber nicht denken, sie war keine besonders anziehende Person. Schlagartig sah er Imogen Latterlys Gesicht vor sich; Imogen, die ihn mit sanftem, furchtsamem Blick und leiser Stimme um Hilfe bat, deren Röcke raschelten wie Herbstlaub, wenn sie hinter ihm her ging. Aber Imogen war die Frau von Hesters Bruder und hätte genausogut irgendeine Prinzessin sein können, so unerreichbar war sie für ihn.

»Soll ich mich mal in der *Grinsenden Ratte* umhören?« riß Evan ihn aus seinen Gedanken. »Wenn jemand eine Kette oder ein Paar Ohrringe an den Mann bringen will, wendet er sich zwangsläufig an einen Hehler, aber Gerüchte über einen Mord verbreiten sich gewöhnlich in Windeseile – vor allem, wenn es ein Mord ist, den die Polizei nicht einfach unter den Teppich kehren wird. Ein normaler Einbrecher wird damit nichts zu tun haben wollen.«

»Gute Idee.« Das ließ er sich nicht zweimal sagen. »Ich nehme mir die Hehler und Pfandleiher vor, und Sie sehen zu, was Sie in der *Grinsenden Ratte* aufschnappen können.« Er angelte nach seiner ausgesprochen hübschen, goldenen Taschenuhr. Für diesen speziellen Beweis seiner Eitelkeit mußte er wirklich lange gespart haben. Seine Finger strichen wehmütig über die glatte Oberfläche. Er fühlte sich entsetzlich leer, weil für ihn alle Erinnerungen verloren waren, auch die angenehmen. Ruckartig ließ er den Dekkel aufschnappen.

»Jetzt ist genau die richtige Zeit dafür. Wir treffen uns dann morgen früh hier in meinem Büro.«

Evan ging nach Hause, um sich umzuziehen, ehe er sich auf die Reise in die kriminelle Halbwelt machte, wo er von seinen hart erarbeiteten Kontakten zu profitieren hoffte. Das saubere Hemd und der recht manierliche, gutsitzende Mantel mochten zwar als Tracht eines geschickten Hochstaplers durchgehen, wahrscheinlicher war jedoch, daß man ihn für einen Sekretär mit gesellschaftlichen Ambitionen oder einen kleinen Geschäftsmann hielt.

Als er seine Unterkunft eine Stunde nach dem Gespräch mit Monk verließ, sah er vollkommen anders aus. Das wellige hellbraune Haar war mit Pomade und Dreck durchsetzt, das Gesicht in ähnlicher Weise verschandelt. Seine Kleidung bestand aus einem alten Hemd ohne Kragen sowie einer Jacke, die ihm um die schmalen Schultern schlotterte. Außerdem besaß er für solche Gelegenheiten ein Paar Stiefel, die er einem Bettler abgeluchst hatte, nachdem dieser überraschend in den Besitz besserer gekommen war; sie scheuerten zwar am Fuß, aber mit einem zweiten Paar Socken ließ es sich einigermaßen gut darin gehen. So ausstaffiert machte er sich auf den Weg zur *Grinsenden Ratte* in der Pudding Lane, um einen Abend mit Apfelwein, Aalpastete und Ohrenspitzen zu verbringen.

In London gab es Tausende von Lokalen aller Art: geräumige, hochangesehene Gasthäuser, in denen Bankette für den vornehmen und finanzkräftigen Teil der Bevölkerung ausgerichtet wurden; gemütliche, weniger protzige Pubs, in denen sich vom Rechtsanwalt bis zum Medizinstudenten, vom Schauspieler bis zum Möchtegernpolitiker alles tummelte; winzige Varietétheater, die Weltverbesserern, Volksdemagogen, Flugschriftenverfassern, Straßeneckenphilosophen und Mitgliedern der Arbeiterbewegung als Versammlungsort dienten; und am Ende der langen Reihe standen schließlich die finsteren Kaschemmen, die von Spielern, Abstaubern, Säufern und Auswüchsen der Verbrecherwelt besucht wurden. Die *Grinsende Ratte* fiel in die letzte Kategorie, weshalb Evan sie vor mehreren Jahren zu seinem Stammlokal auserkoren hatte. Mittlerweile wurde er dort, wenn auch nicht gerade geliebt, so doch wenigstens geduldet.

Durch die Fenster der *Grinsenden Ratte* fiel trübes Licht auf den schmutzigen Gehsteig und die überquellende Gosse. Vor dem Eingang lungerte ein halbes Dutzend Männer nebst einigen Frauen herum, deren Kleidung so dunkel und farblos war, daß sie in dem gefilterten Schummerlicht wie diffuse Luftverdichtungen wirkten. Selbst als sich die Tür auftat und ein Mann und eine Frau unter lautem Gelächter Arm in Arm die Treppe hinuntertorkelten, war nichts zu erkennen als Braun, Dunkelgrau und ein flüchtiges Aufblitzen von gedämpftem Rot. Der Mann wich erschrocken zurück, woraufhin ihm eine weibliche Person, die halb im Rinnstein hockte, etwas Unflätiges hinterherschrie. Das Pärchen ignorierte sie und entschwand über die Pudding Lane in Richtung East Cheap.

Evan ignorierte sie ebenfalls und ging hinein, um in der drükkenden Wärme, dem wogenden Geschnatter und dem Geruch nach Bier, Sägespänen und Rauch unterzutauchen. Er rempelte sich an einer Gruppe Würfelspieler vorbei, an einer weiteren Menschenansammlung, die mit den Vorzügen ihrer Kampfhunde prahlte, an einem überzeugten Abstinenzler, der sein Credo umsonst in den Raum schrie, und blieb schließlich bei einem Exboxer mit verbeultem, gutmütigem Gesicht und trüben Augen stehen.

»'n Abend, Tom«, sagte er freundlich.

»'n Abend«, erwiderte der Boxer gnädig. Das Gesicht kam ihm bekannt vor, wenn ihm der dazugehörige Name auch nicht einfallen wollte.

»Willie Durkins gesehen?« erkundigte sich Evan beiläufig. Sein Blick fiel auf den fast leeren Bierkrug des Mannes. »Ich wollte mir gerade ein Pint Apfelwein holen. Möchten Sie auch eins?«

Toms Kopf begann augenblicklich begeistert auf und ab zu nicken. Rasch trank er seinen Krug bis auf den letzten Tropfen aus.

Evan nahm ihn mit, kämpfte sich zum Tresen vor und bestellte zwei Pint Apfelwein. Er hielt ein kurzes Schwätzchen mit dem Wirt, während dieser über seinen Kopf langte und einen der Krüge herunterholte, die dort oben in Reih und Glied an unzähligen Haken baumelten; jeder Stammgast hatte seinen eigenen. Wenig später kehrte er zu Tom zurück, der ihn sehnsüchtig erwartete, und reichte ihm seinen Wein. Nachdem Tom die Hälfte davon hinuntergestürzt hatte, als ob er halb verdurstet gewesen wäre, setzte Evan das unauffällige Verhör fort.

»Willie gesehen?« fragte er noch einmal.

»Heut noch nich, Sir.« Das »Sir« war offenbar eine Art Dankeschön für den Wein. Der Name fiel Tom immer noch nicht ein. »Was wollen Se denn von dem? Vielleicht kann ich Ihnen ja helfen?«

»Ihn warnen«, log Evan. Statt Tom anzusehen, stierte er verbissen in seinen Krug.

»Wegen was?«

»Drüben im Westen läuft 'ne üble Geschichte. Soll jemand dafür drankriegen, und ich kenn doch Willie!« Evan hob plötzlich den Kopf und lächelte. Es war ein wundervolles Lächeln, absolut unschuldig und gutmütig. »Ich will nicht, daß ihm was passiert – würd ihn vermissen.«

Tom gluckste anerkennend. Er war zwar nicht völlig sicher, aber dieser nette junge Bursche hier mußte entweder ein Bulle sein oder wenigstens doch einer, der die Bullen mit wohlüberlegten Informatiönchen fütterte. Er würde selbst nicht davor zurückschrecken, sofern er welche anzubieten hätte – gegen die entsprechende Entschädigung natürlich. Nichts, was mit normaler Klauerei zu tun hatte – die gehörte schließlich zum Leben dazu –, aber

Hinweise auf Fremdlinge im Revier zum Beispiel oder Tips bezüglich brenzliger Sachen, die eine Menge unliebsame Aufmerksamkeit seitens der Polizei nach sich zogen, wie Mord, Brandstiftung oder schwere Fälschung, was die wichtigen Typen oben in der City immer besonders aufzuregen schien. So etwas verdarb einem die täglichen Einnahmequellen: kleine Einbrüche, Straßenraub, geringfügige Geld- oder Urkundenfälschung. Problematisch, gestohlene Ware an den Mann zu bringen oder schwarzgebrannten Schnaps zu verkaufen, wenn überall die Polizei rumhing. Der Schmalspurschmuggel über den Fluß litt genauso darunter wie Glücksspiele, Falschspielerei, Hochstapelei, kleine Betrügereien auf dem Gebiet des Sports – das Boxen mit bloßen Fäusten etwa – und, nicht zu vergessen, die Prostitution. Wenn Evan ihm zu einer dieser Branchen Fragen gestellt hätte, hätte Tom sich gekränkt gefühlt und ihm das auch gesagt. Die Unterwelt verdiente mit derlei Geschäften ihr tägliches Brot, und niemand hatte das Bedürfnis, sie auszumerzen.

Trotzdem gab es Dinge, die man einfach nicht tat. Dämliche und ausgesprochen unfaire Dinge gegenüber denen, die nur dadurch über die Runden kamen, daß man ihnen so wenig wie möglich auf die Finger sah.

»Was für 'ne üble Geschichte issn das, Sir?«

»Mord«, sagte Evan feierlich. »Ausgerechnet die Tochter von 'nem ziemlich wichtigen Typen. Ist in ihrem eigenen Schlafzimmer erstochen worden, von einem Einbrecher! So ein Idiot...«

»Nix davon gehört.« Tom klang pikiert. »Wann soll 'n das gewesen sein? Niemand hat 'n Wort drüber verloren!«

»Letzte Nacht.« Evan nahm einen Schluck Apfelwein. Irgendwo links von ihm erscholl brüllendes Gelächter. Jemand verkündete lautstark die Gewinnchancen für ein Pferd, das todsicher das Rennen machen würde.

»Nix davon gehört«, wiederholte Tom trübsinnig. »Wie kommt einer überhaupt auf so 'ne blöde Idee? Is doch bescheuert! Wozu die Lady abmurksen? Man kann ihr ja 'n Kinnhaken versetzen, wenn's unbedingt sein muß, wennse zum Beispiel wach wird und

’n Mordsgeschrei macht. Aber wer soviel Krach macht, daß jemand aufwacht, ist sowieso ’n dämlicher Hammel.«

»Und dann auch noch zustechen!« Evan schüttelte verständnislos den Kopf. »Warum konnte er ihr nicht einfach eine runterhauen, wie Sie sagen? Hätt sie ja nicht gleich umbringen müssen. Jetzt ist natürlich die Polizei vom ganzen Westend auf den Beinen.« Eine glatte Übertreibung, zumindest jetzt noch, aber sie erfüllte ihren Zweck. »Noch Wein?«

Wieder schob Tom ihm als Antwort seinen leeren Krug hin, und Evan stand auf, um das Angebot wahr zu machen.

»Willie würd so was nich tun«, sagte Tom, als er zurückkam. »Der is nich blöd.«

»Wenn ich das glauben würde, würd ich ihn nicht warnen wollen«, gab Evan zurück. »Ich würd ihn einfach baumeln lassen.«

»Ja«, stimmte Tom düster zu. »Aber wann, hä? Erst nachdem die Bullen hier alles überschwemmt haben, die Leute ganz aus’m Häuschen und die Geschäfte fürs erste beim Teufel sind!«

»Genau.« Evan verbarg sein Gesicht in seinem Krug. »Also, wo steckt er?«

Tom zierte sich nicht länger. »Mincing Lane«, sagte er mürrisch. »Wenn Sie heute abend ’ne Stunde oder so dort warten, kommt er irgendwann an dem Pastetenstand vorbei. Mann, der is Ihnen bestimmt dankbar, wenn Se ihm das stecken.« Er war überzeugt, daß Evan es nicht umsonst tat, egal, wer er war. So war das Leben.

»Danke.« Evan ließ seinen halbleeren Krug stehen; Tom trank ihn sicher nur allzugern aus. »Genauso werd ich’s machen. Gute Nacht.«

»Nacht.« Tom nahm den Krug rasch in Gewahrsam, ehe ein übereifriger Barmann ihn wegnehmen konnte.

Evan trat in die merklich abgekühlte Abendluft hinaus und marschierte mit hochgeschlagenem Kragen und flottem Schritt los, ohne nach rechts oder links zu schauen, bis er in die Mincing Lane einbog. Die Hauseingänge waren von Leuten bevölkert, die offenbar nichts Besseres zu tun hatten. Er entdeckte den Aalpastetenverkäufer und seinen Karren auf Anhieb. Auf dem Kopf des dünnen Männchens thronte etwas schief ein Zylinderhut, um seine schmale Taille wand sich eine Schürze. Den Behältern, die er vorsichtig vor sich her balancierte, entströmte ein verlockender Duft.

Evan kaufte ihm eine Pastete ab, die er mit großem Genuß verspeiste. Der heiße Teig war angenehm knusprig, das zarte Aalfleisch zerging ihm auf der Zunge.

»Willie Durkins gesehen?« erkundigte er sich nach einer Weile.

»Heut abend noch nich.« Der Mann war vorsichtig; umsonst verschleuderte man keine Informationen, erst recht nicht, ohne zu wissen, an wen.

Evan hatte keine Ahnung, ob er ihm glauben konnte, aber da ihm nichts Besseres einfiel, zog er sich verfroren und gelangweilt zurück, um zu warten. Ein Straßensänger schmetterte im Vorbeigehen eine Ballade über den neuesten Skandal in die Nacht; es ging um einen Geistlichen, der eine Lehrerin verführt und sie und das Kind anschließend im Stich gelassen hatte. Evan erinnerte sich, daß der Fall vor einigen Wochen durch die Presse gegangen war, doch diese Version erwies sich als erheblich anschaulicher. In weniger als einer Viertelstunde hatten der Straßensänger und der Aalstand dafür gesorgt, daß mindestens ein Dutzend Leute kauend und lauschend herumstand. Der Barde bekam als Gegenleistung ein freies Abendessen – und ein dankbares Publikum.

Aus der Finsternis in südlicher Richtung löste sich ein schmächtiger Mann mit fröhlichem Gesicht. Er kaufte eine Pastete, verschlang sie mit sichtlichem Vergnügen, besorgte sich noch eine und bescherte sie großzügig einem verdreckten Kind.

»Gut gelaufen heute, Tosher?« erkundigte sich der Pastetenmann mit wissender Miene.

»So gut wie den ganzen Monat noch nich«, erwiderte Tosher. »Hab doch tatsächlich 'ne goldene Uhr gefunden! 'n richtiges Prachtstück, so was sieht man nich oft.«

Der Pastetenmann lachte. »Na, da wird irgend so 'n feiner Herr sein Glück aber verfluchen!« Er grinste breit. »Was 'n Pech aber auch, hä?«

»Oh-oh, schreckliches Pech!« stimmte Tosher ihm kichernd zu.

Evan kannte sich gut genug auf den Straßen aus, um zu verstehen. »Tosher« nannte man Leute, die Kloaken nach verlorengegangenen Gegenständen absuchten. Was ihn betraf, konnten sie und die Gassenjungs unten am Fluß ihre Funde ruhig behalten; sie waren schwer genug verdient.

Die unterschiedlichsten Leute stellten sich ein und verschwanden wieder: diverse Straßenhändler, die ihr Tagwerk endlich hinter sich gebracht hatten; ein Droschkenfahrer; eine Gruppe Schiffer, die es vom Fluß hierher verschlagen hatte; eine Dirne; und schließlich, als Evan vor Kälte und aus Mangel an Bewegung schon ganz steif und kurz vorm Aufgeben war, Willie Durkins.

Ein flüchtiger Blick seinerseits reichte, dann hatte er Evan erkannt. Sein rundes Gesicht nahm einen vorsichtigen Ausdruck an.

»Hallöchen, Mr. Evan! Was wolln Sie denn hier? Is doch gar nich Ihr Revier?«

Evan versuchte gar nicht erst zu lügen. Es wäre zwecklos und würde bloß nach böser Absicht aussehen.

»Im Westen, in der Queen Anne Street, ist letzte Nacht ein Mord geschehen.«

»Was für 'n Mord denn?« fragte Willie sichtlich verwirrt. Sein Gesichtsausdruck wurde noch wachsamer, die Augen, wegen der Straßenlaterne über dem Pastetenstand ohnehin leicht zusammengekniffen, noch schmaler.

»Sir Basil Moidores Tochter ist in ihrem Bett erstochen worden – von einem Einbrecher.«

»Kommen Sie – Basil Moidore?« Willie sah ihn zweifelnd an. »Der hat bestimmt 'n Heidengeld, aber in seinem Haus musses von Dienern nur so wimmeln! Wer wagt sich 'n da schon hin? Muß 'n ganz schöner Blödmann gewesen sein!«

»Ja, der sollte wirklich eins aufs Dach kriegen.« Evan schob die Unterlippe vor und schüttelte leicht den Kopf.

»Ich weiß nix«, sagte Willie aus Gewohnheit.

»Schon möglich. Aber Sie kennen die Einbrecher, die in der Gegend arbeiten.«

»Von denen war's bestimmt keiner«, wehrte Willie schleunigst ab.

Evan schnitt eine Grimasse. »Und einen Fremden würden Sie natürlich auch nicht erkennen«, meinte er sarkastisch.

Willie sah ihn schief an; er überlegte. Dieser Evan mit seinem Träumergesicht, das besser zu einem Gentleman passen würde als zu einem Bullen, machte einen ziemlich naiven Eindruck. Der war ein ganz anderes Kaliber als Monk; das war einer, mit dem man sich besser nicht anlegte, so ein ehrgeiziger Kerl mit abartig verbogenen Gehirnwindungen und einer furchtbar scharfen Zunge. Man brauchte nur einen einzigen Blick auf den zusammengepreßten Kiefer und die stechenden, grauen Augen zu werfen, und wußte sofort, daß es gefährlich war, Spielchen mit ihm zu treiben.

»Die Tochter von Sir Basil Moidore«, sagte Evan mehr zu sich selbst. »Irgendwen werden sie dafür hängen – das müssen sie. Wenn nötig, werden sie vorher 'ne Menge Leute verrückt machen.«

»Schon gut, schon gut!« fauchte Willie widerstrebend. »Chinesen-Paddy hat sich letzte Nacht da oben rumgetrieben. Der hat nix damit zu tun, hatte nich die Gelegenheit, also können Se dem auch nix anhängen; is sauber wie 'n frischgewaschenes Hemd. Aber fragen können Se ihn. Wenn der Ihnen nich helfen kann, dann niemand. Und jetzt lassen Se mich in Ruhe! Is nich gut für 'n Ruf, wenn ich hier stundenlang mit so Typen wie euch rumsteh.«

»Und wo finde ich diesen Chinesen-Paddy?« Evan packte Willie so fest am Arm, daß der Mann schrill aufquiekte.

»He, loslassen, Mann! Wolln Se mir den Arm brechen?«

Evan verstärkte den Griff.

»Dark House Lane, Billingsgate – morgen früh, wenn der Markt aufmacht. Is nich schwer zu erkennen, hat Haare so schwarz wie 'ne Schornsteinbürste und Schlitzaugen wie 'n waschechter Chinese. Jetzt lassen Se schon los!«

Evan tat ihm den Gefallen, und binnen einer Minute war Willie über die Mincing Lane in Richtung der Stufen verschwunden, die zum Fährenanlegeplatz am Fluß hinunterführten.

Evan ging auf direktem Weg nach Hause, wusch sich den gröbsten Dreck vom Gesicht und legte sich hin.

Um fünf Uhr morgens stand er wieder auf, sprang in dieselben alten Klamotten und fuhr mit diversen Omnibussen nach Billingsgate. Um Viertel nach sechs stand er in einem unüberschaubaren Gewimmel aus Obstverkäufer-, Fischhändlerkarren und Rollwagen an der Kreuzung zur Dark House Lane. Die Gasse war so schmal, daß die Häuser auf jeder Seite wie gigantische Felsen gen Himmel ragten. Die frisches Eis anpreisenden Reklameschilder nahmen die gesamte Straßenbreite ein. Auf beiden Seiten türmten sich Berge von soeben gefangenem, noch nassem, glitschigem Fisch aller Art auf wackligen Holzbänken; dahinter standen brüllende Verkäufer in Schürzen, die genauso glänzten wie die fetten Bäuche der Fische. Auf den Köpfen hatten sie weiße Hüte, die sich fahl gegen das dunkle Gemäuer im Hintergrund abhoben.

Ein Fischträger mit einem Korb voll Schellfisch auf dem Kopf konnte sich nur mit Mühe an der doppelten Reihe Kaufwilliger vorbeizwängen, die den schmalen Durchgang zur Mitte der Gasse verstopften. Am anderen Ende konnte Evan gerade noch die verworrene Takelage von Austernfängern und hier und da das Aufblitzen einer roten Matrosenmütze über dem Wasser erkennen.

Die Ausdünstungen nahmen einem fast den Atem. Bücklinge, alle Sorten Weißfisch von der Sprotte bis zum Steinbutt, Hummer, Schnecken – und über allem der Geruch von Salzwasser und Seetang, als ob man sich tatsächlich am Strand befinden würde. Evan fühlte sich schlagartig in die Kindheitsausflüge ans Meer zurückversetzt und dachte an kaltes Wasser und Krebse, die seitlich über den Sand krochen.

Was es hier allerdings nicht gab. Statt des sanften Murmelns der Wellen erscholl um ihn herum eine Kakophonie hundert verschiedener Stimmen: »Hierher, Leute! Hierher! Prima Bücklinge! Weißfisch! Lebendiger Steinbutt! Prächtige Hummer! Erstklassige, lebende Krebse! Herrlicher Rochen – noch am Leben –

superbillig! Der beste auf'm ganzen Markt! Fangfrischer Hering! Pfefferminzbonbons – genau das richtige an so 'nem kalten Tag! Halber Penny das Glas! Kommen Se ruhig näher, Sir! Rosinen und Fleischpasteten, 'n halber Penny das Stück! Hierher, Ma'am! Riechen Se mal! Flossenschellfisch! Lebende Scholle! Schnecken – Miesmuscheln – greifen Se zu! Garnelen! Aal! Flundern! Strandschnecken! Wasserdichte Umhänge – ein Schilling das Stück! Hält die Nässe ab!«

Und ein Zeitungsverkäufer plärrte: »Bei mir gibt's Nahrung für den Kopf! Lesen Sie alles über den grauenhaften Mord in der Queen Anne Street! Tochter eines Lords im eigenen Bett erstochen!«

Evan schob sich langsam durch den Wust Obstverkäufer, Fischanpreiser und Hausfrauen, bis er plötzlich einen muskulösen Fischhändler mit eindeutig asiatischen Gesichtszügen erblickte.

»Sind Sie Chinesen-Paddy?« fragte er so diskret, wie es in dem allgemeinen Geschrei gerade noch möglich war, ohne unterzugehen.

»Klar, Mann. Wie wär's mit 'nem schönen frischen Kabeljau? Der beste auf'm ganzen Markt!«

»Was ich brauche, sind Informationen. Kostet Sie nichts – bringt Ihnen vielleicht sogar was ein, wenn's mir weiterhilft«, erwiderte Evan. Er stand kerzengerade da und begutachtete den Fisch, als ob er tatsächlich interessiert wäre.

»Wieso sollte ich auf'm Fischmarkt wohl Informationen verkaufen, Mister? Was wolln Se denn so unbedingt wissen – Zeit is nämlich Geld, verstehn Sie?« Chinesen-Paddy hob spöttisch die balkenartigen, schwarzen Brauen. »Ich wüßte nich, daß wir zwei –«

»Metropolitan Police«, sagte Evan ruhig. »Ich weiß Ihren Namen von einem sehr verläßlichen Burschen unten aus der Pudding Lane. Was ist jetzt, muß ich erst unangenehm werden, oder können wir die Sache wie Gentlemen regeln? Dann können Sie nämlich hierbleiben und Ihren Fisch verkaufen, und ich kann wieder gehen und mich um meine Angelegenheiten kümmern.« Sein Ton war absolut höflich. Er hob nur ein einziges Mal den Blick, um Chinesen-Paddy direkt und unerbittlich in die Augen zu sehen.

Paddy zögerte.

»Die Alternative ist, daß ich Sie festnehme und zu Mr. Monk bringe. Soll er Sie eben selbst fragen.« Evan kannte Monks Ruf, auch wenn der ihn erst nach und nach mitbekam.

Paddy hatte sich blitzartig entschieden.

»Was wolln Se wissen?«

»Dieser Mord in der Queen Anne Street – Sie waren doch letzte Nacht in der Gegend –«

»Hierher, Leute! Frischer Fisch – fangfrischer Schellfisch!« brüllte Paddy. »War ich«, fuhr er in leiserem, hartem Tonfall fort. »Aber ich hab nix geklaut, und die Frau abgemurkst hab ich schon gar nich – das is mal so sicher wie's Amen in der Kirche!« Er ließ Evan einen Moment links liegen und knöpfte einer Frau einen Shilling Sixpence für drei fette Schellfische ab.

»Ich weiß«, versicherte Evan. »Aber ich will wissen, was Sie gesehen haben.«

»'n verdammten Bullen, der alle zwanzig Minuten die Harley rauf und die Wimpole wieder runter geschlichen is«, erwiderte Paddy, während sein Blick ständig zwischen seiner Ware und der sich vorbeiwälzenden Menge hin und her schoß. »Sie versaun mir das Geschäft, Mister! Die Leute wundern sich, wieso Se nix kaufen!«

»Wen sonst noch?« Evan ließ nicht locker. »Je eher Sie's mir sagen, desto schneller kaufe ich einen Fisch und bin wieder weg.«

»'n Quacksalber, der im dritten Haus in der Harley Street untergetaucht is, und 'ne rumsumpfende Magd samt Anhang. Da ging's zu wie am gottverdammten Piccadilly! Unmöglich, irgend'n Ding zu drehen.«

»Auf welches Haus hatten Sie's denn abgesehen?« Evan nahm einen Fisch in die Hand und musterte ihn prüfend.

»Das an der Ecke von der Queen Anne Street und der Wimpole – im Südwesten.«

»Und wo genau haben Sie gestanden?« Evan wurde von einem

sonderbar prickelnden Gefühl überfallen, das teils aus Erregung, teils aus Entsetzen bestand. »Sind Sie lange dort geblieben?«

»Die halbe verfluchte Nacht!« sagte Paddy indigniert. »Von zehn Uhr abends bis kurz vor vier. An der Ecke Queen Anne/Welbeck Street. Von da aus konnte ich nämlich die ganze Queen Anne Street sehn – bis zur Chandos. Am andern Ende war 'ne Riesenparty im Gang. Alles voll mit Lakaien.«

»Warum haben Sie's nicht seingelassen und sind woanders hingegangen? Wozu die ganze Nacht dort rumhängen, wenn soviel Betrieb war?«

»Hierher, Leute – frischer, lebendiger Schellfisch – der beste weit und breit!« brüllte Paddy über Evans Kopf hinweg. »Kommen Se ruhig näher, Gnädigste! Jawoll, greifen Se zu – macht einen Shilling acht Pence.« Seine Stimme sackte um ein paar Phon ab. »Weil ich den Grundriß von 'ner vielversprechenden Bude hatte, was denken Sie denn – ich geh doch nich auf blauen Dunst los! Bin doch kein gottverdammter Anfänger! Ich hab gedacht, die haun schon irgendwann ab, aber diese verfluchte Magd mußte ja die halbe Nacht wie 'ne streunende Katze in der Gegend rumlungern. Die Leute haben einfach keine Moral mehr!«

»Also wen haben Sie in der Queen Anne Street gesehen?« Evan konnte seine Aufregung kaum verbergen. Wer immer Octavia Halsett auf dem Gewissen hatte, war weder an den Kutschern und Lakaien am anderen Ende der Straße vorbeigekommen noch über die Stallungen gekraxelt – er mußte geradewegs an Chinesen-Paddy vorbeimarschiert sein, sofern der die Wahrheit sagte. Eine Welle der Erregung durchlief Evans Körper.

»Niemand, bloß den Quacksalber und die bescheuerte Magd«, sagte Paddy gereizt. »Mir sind fast die Augen rausgefallen vom vielen Glotzen, weil ich die ganze Nacht drauf gewartet hab, dasses endlos losgehn kann – alles umsonst! Das Haus, in dem der Quacksalber verschwunden is, war so hell erleuchtet wie 'n Weihnachtsbaum, und die Tür – auf und zu, auf und zu – da hab ich mich nich getraut. Und dann die dämliche Schlampe mit ihrem Kerl! Nee, an mir is niemand vorbeigekommen, das schwör ich sogar bei meinem Leben. Soll Mr. Monk ruhig mit mir machen, was er will – ich geh nich davon ab! Egal, wer die arme Frau abgemurkst hat – der war schon drin im Haus, da können Se Gift drauf nehmen. Ich wünsch Ihnen viel Glück, wenn Se den finden wollen, ich kann Ihnen nämlich nich helfen. Und jetzt kaufen Se 'nen gottverdammten Fisch zum doppelten Preis und verschwinden Se von hier. Sie halten mich von der Arbeit ab!«

Evan nahm ein glitschiges Exemplar in Empfang und gab ihm über drei Shilling. Chinesen-Paddy war ein Kontaktmann, den man besser bei Laune hielt.

»Schon drin im Haus«, dröhnte es in seinem Kopf. Natürlich mußte er sich das noch von der lustwandelnden Magd bestätigen lassen, aber wenn sie tatsächlich dazu zu überreden war, den Mund aufzumachen – notfalls mit der Androhung, ihrer Herrin von ihren nächtlichen Eskapaden zu berichten –, hatte Chinesen-Paddy vollkommen recht: Wer immer Octavia Haslett umgebracht hatte, gehörte zum Haushalt. Es handelte sich nicht um einen Fremden, einen Einbrecher, der auf frischer Tat ertappt worden war, sondern um vorsätzlichen, geschickt getarnten Mord.

Evan drehte sich zur Seite, um sich zwischen einem hohen Fischverkäuferkarren und einem Obsthändlerwägelchen durchzuquetschen, und landete auf offener Straße.

Er konnte sich Monks Gesicht lebhaft vorstellen, wenn er von der Neuigkeit erfuhr – und Runcorns erst! Die Situation hatte sich grundlegend geändert. Das Ganze entpuppte sich langsam als äußerst gefährliche und überaus heikle Angelegenheit.

ZWEITES KAPITEL

Hester Latterly richtete sich von der Feuerstelle auf, die sie soeben gesäubert und frisch bestückt hatte, und ließ den Blick über den langen, engen Krankenhaussaal schweifen. Schmale Pritschen reihten sich im Abstand von kaum mehr als einem Meter an beiden Seiten des düsteren Raumes aneinander, die hohe Decke war rußgeschwärzt, Fenster gab es nur wenige. Unter den grauen Decken lagen Erwachsene und Kinder in jedem erdenklichen Stadium von Krankheit und Elend.

Zumindest war genügend Kohle vorhanden, daß sie den Raum ausreichend warm halten konnte, auch wenn sich der Staub und die feine Asche überall festzusetzen schienen. Den Frauen in den Betten direkt beim Feuer war zu heiß; ständig beschwerten sie sich, die kleinen Körnchen würden unter ihre Verbände geraten, und Hester mußte alle fünf Minuten den Tisch und die Holzstühle in der Mitte des Saals abstauben, wo sich ein paar kräftigere Patienten gelegentlich hinsetzten. Die Station fiel in Dr. Pomeroys Zuständigkeitsbereich, einem Chirurgen, folglich handelte es sich bei sämtlichen Personen um Leute, die entweder auf eine Operation warteten oder sich davon erholten – was in über der Hälfte der Fälle bedeutete, sie erholten sich nicht, sondern siechten in irgendeinem Stadium von Wundfieber oder Krankenhausinfektion dahin.

Am anderen Ende des Saals begann ein kleiner Junge von neuem zu weinen. Er war erst fünf und hatte einen tuberkulösen Abszeß im Schultergelenk. Drei Monate wartete er jetzt schon hier auf die Operation, doch jedesmal, wenn er mit zitternden Knien, zusammengebissenen Zähnen und angstverzerrtem Gesichtchen zum Operationssaal gebracht wurde, mußte er über zwei Stunden im

Vorraum sitzen, nur um zu hören, daß ein anderer Fall vorgezogen worden sei und er in sein Bett zurück müsse.

Zu Hesters größtem Zorn hatte Dr. Pomeroy weder ihr noch dem Kind verraten, warum das immer wieder geschah. Aber Dr. Pomeroy sah Krankenschwestern im selben Licht wie die meisten Ärzte. Sie waren ausschließlich für die niederen Arbeiten gut: Waschen, Fegen, Schrubben, Abnehmen gebrauchter Verbände, Zusammenrollen, Wegräumen und Weiterreichen frischer. Wer länger im Dienst war, durfte sich auch um das Aufrechterhalten der Disziplin unter den Patienten kümmern – vor allem in moralischer Hinsicht –, damit sie nicht aus der Reihe tanzten.

Hester strich Rock und Schürze glatt und eilte dem Kind zu Hilfe. Gegen seine Schmerzen konnte sie nichts tun – er hatte bereits alles bekommen, was er haben durfte, dafür hatte sie gesorgt –, aber sie konnte ihm wenigstens ein Paar tröstende Arme und ein freundliches Wort anbieten.

Er lag zusammengerollt auf der linken Seite, die rechte Schulter nach oben gereckt, und wimmerte verhalten ins Kissen. Es war ein trauriger, resignierter Laut, als würde er nichts mehr vom Leben erwarten und könnte sein Elend nur nicht länger für sich behalten.

Sie setzte sich auf die Bettkante und nahm ihn sehr vorsichtig in den Arm. Er war mager, leicht wie eine Feder. Sie legte seinen Kopf an ihre Brust und strich ihm sanft übers Haar. Es war nicht das, wofür man sie eingestellt hatte; sie war eine geübte Schwester mit Schlachtfelderfahrung bezüglich furchtbarer Wunden, Notoperationen und der Pflege von Männern, die unter Cholera, Typhus und Wundbrand zu leiden hatten. Nach dem Krieg war sie wie unzählige andere Frauen, die sich an der Krim um die Verwundeten gekümmert hatten, in der Hoffnung nach England zurückgekehrt, bei der Verbesserung der mangelhaften Zustände in den traditionsgebundenen englischen Krankenhäusern mithelfen zu können. Doch auch nur eine Stellung zu finden, geschweige denn irgendwelchen Einfluß auszuüben, hatte sich als weitaus schwieriger entpuppt, als sie gedacht hatte.

Florence Nightingale war selbstverständlich die Heldin der Nation. Die Presse überschüttete sie mit Lob, die Öffentlichkeit betete sie an. Vermutlich war sie der einzige Mensch, der überhaupt aus diesem ganzen traurigen Unterfangen mit Ruhm bekränzt hervorging. Man erzählte sich allerlei Geschichten von dem überstürzten, unsinnigen und fehlgeplanten Angriff der Light Brigade, der direkt in die Mündungen der russischen Gewehre geführt hatte, und es gab kaum eine Familie im Land, die nicht einen Sohn oder Freund im anschließenden Gemetzel verloren hatte. Hester hatte das Blutbad von den Hügeln aus mit eigenen Augen hilflos verfolgt. Noch heute konnte sie Lord Raglan vor sich sehen, wie er mit kerzengeradem Rücken auf seinem Pferd saß, als befände er sich in einem englischen Park, und tatsächlich, hinterher hatte er erklärt, er wäre mit seinen Gedanken daheim bei seiner Frau gewesen. Den aktuellen Ereignissen konnten sie auf keinen Fall gegolten haben, sonst hätte er kaum diesen selbstmörderischen Befehl erteilt, wie immer der genaue Wortlaut auch gewesen sein mochte – und darüber wurde anschließend heftigst debattiert. Fest stand lediglich, daß er einen Befehl erteilt hatte, den Unteroffizier Nolan an Lord Cardigan und Lord Lucan weitergeben sollte. Nolan wurde getötet, vom Splitter einer russischen Granate zerfetzt, und fiel schreiend und mit schwingendem Schwert vor Lord Cardigan zu Boden. Vielleicht hatte er Cardigan warnen wollen, daß er bemannte Geschützreihen statt einer verlassenen Stellung angriff, wie es im Befehl hieß – aber das würde sich nie mehr aufklären.

Hunderte von Menschen kamen ums Leben oder wurden zu Krüppeln, die Elite der Kavallerie endete in Balaklawa als ein Meer von Leichenteilen. Was Mut und extreme Opferbereitschaft anbelangte, nahm die Schlacht in der Geschichte der Menschheit eine einsame Spitzenstellung ein, aus militärischer Sicht war sie absolut sinnlos gewesen.

Und wie stand es um Glanz und Gloria der »Roten Gefechtslinie« an der Alma, wo sich die »Harte Brigade« auf die Zehen trat, ein roter Rock neben dem anderen, zusammengetan zu einem schwankenden, selbst von dort, wo die Frauen warteten, deutlich sichtbaren roten Band, das den Feind zurückhielt? Kaum war ein Mann gefallen, wurde er durch den nächsten ersetzt, so daß die Barriere nie einbrach. An solchen Heroismus würde man sich erinnern, solange es Geschichten über Krieg und Kühnheit gab, aber wer außer den Hinterbliebenen dachte heute noch an die Verstümmelten und die Toten?

Hester drückte das Kind fester an sich. Es hatte aufgehört zu weinen, was sie in einem tiefen, verschwiegenen Winkel ihrer Seele tröstete. Die unglaubliche Inkompetenz, mit der der Feldzug geführt worden war, hatte sie in bodenlose Wut versetzt. Die Verhältnisse im Militärkrankenhaus von Skutari waren so furchtbar gewesen, daß sie geglaubt hatte, wenn sie all das überleben und nicht den Verstand verlieren würde, müßte zu Hause in England alles pure Erleichterung und Bestärkung sein. Jedenfalls gab es dort keine Wagenladungen voll Verwundeter, keine verheerenden Seuchen, keine Männer mit Frostbeulen, denen Glieder amputiert werden mußten, keine Dutzende Erfrorene wie auf den Hügeln vor Sewastopol. Ganz normalen Schmutz bloß, Läuse und Ungeziefer, aber nichts verglichen mit den Legionen von Ratten, die wie verfaultes Obst von den Wänden fielen; das geräuschvolle »Plop«, wenn die fetten Körper auf Betten oder Fußboden plumpsten, verfolgte sie immer noch bis in ihre Träume. Und sie würde nur die üblichen menschlichen Ausscheidungen beseitigen müssen, keinen unter Blut und Exkrementen liegenden Lazarettfußboden scheuern, den Hunderte bewegungsunfähige Männer und Tausende von Ratten besudelt hatten. Dachte sie.

Ein Gutes hatte dieser Alptraum allerdings: Er hatte ihre Stärke geweckt, genau wie bei den meisten anderen Frauen. Jetzt war es die ewige Überheblichkeit, die obrigkeitshörige, in Bürokratie erstickte Selbstgefälligkeit, das völlige Sperren vor jeglicher Veränderung, was sie lähmte. In den Augen der Behörden galt Initiative als arrogant, ja gefährlich, und speziell bei Frauen als dermaßen fehl am Platze, daß man fast glauben konnte, es wäre wider die Natur.

Die Queen war vielleicht bereit, Florence Nightingale einen freundlichen Empfang zu bereiten, aber das medizinische Establishment hatte keineswegs die Absicht, junge Frauen mit Reformallüren willkommen zu heißen. Das hatte Hester anhand zahlreicher ausgesprochen ärgerlicher, gescheiterter Zusammenstöße bereits am eigenen Leib erfahren.

Noch schlimmer wurde das Ganze durch die riesigen Fortschritte auf dem Gebiet der Chirurgie. Es war auf den Monat zehn Jahre her, daß man in Amerika zum erstenmal Äther als Narkosemittel bei einer Operation erfolgreich eingesetzt hatte. Eine phantastische Entdeckung! Dadurch wurde plötzlich vieles durchführbar, das vorher unmöglich gewesen war. Ein brillanter Chirurg konnte ein Körperglied natürlich auch so amputieren, Fleisch, Arterien, Muskeln und Knochen durchtrennen, den Stumpf verätzen und so weit wie möglich zunähen – und das in vierzig oder fünfzig Sekunden. Robert Liston, einer der schnellsten, war dafür bekannt, daß er in neunundzwanzig Sekunden einen Hüftknochen samt Bein, zwei Finger seines Assistenten sowie den Rockschoß eines Zuschauers durchsägen und amputieren konnte.

Aber der Schock für den Patienten war bei einer derartigen Prozedur furchtbar, und Operationen an inneren Organen standen vollkommen außer Frage, denn niemand konnte so gut festgebunden werden, auch nicht mit sämtlichen Riemen und Tauen der Welt, daß das Messer bei einer Zuckung nicht abzurutschen drohte. Der Beruf des Chirurgen war nicht mit Begriffen wie Status oder Würde belegt. Die meisten Chirurgen wurden mit Barbieren verglichen, bei denen es eher auf starke Hände und flinke Bewegungen ankam als auf großes Wissen.

Dank der Anästhesie waren nun auch kompliziertere Operationen machbar, zum Beispiel die Entfernung eines infizierten Organteils, wie bei diesem Jungen. Sein Gesicht war gerötet, der kleine Körper nach wie vor gekrümmt, aber er hatte sich beruhigt und schien fast zu schlafen.

Sie hielt ihn immer noch mit sanften Schaukelbewegungen im

Arm, als Dr. Pomeroy hereinkam. Er trug die übliche Operationskleidung: eine dunkle, abgetragene, blutbefleckte Hose, ein Hemd mit zerrissenem Kragen, die obligatorische Weste und darüber eine alte, ebenfalls stark besudelte Jacke. Es war sinnlos, sich gute Kleidungsstücke zu verderben; jeder andere Chirurg hätte das gleiche getragen.

»Guten Morgen, Dr. Pomeroy«, sagte Hester rasch. Sie lenkte seine Aufmerksamkeit auf sich, weil sie ihn drängen wollte, den Jungen am nächsten oder übernächsten, am besten noch an diesem Tag zu operieren. Sie wußte, daß seine Genesungschancen ohnehin bescheiden waren – vierzig Prozent der Chirurgiepatienten gingen an postoperativem Wundfieber zugrunde –, aber sein Zustand wurde bestimmt nicht besser, die Schmerzen dagegen schlimmer und seine körperliche Verfassung infolgedessen schlechter. Hester bemühte sich um einen höflichen Ton, was ihr nicht leichtfiel, denn obwohl sie über das beträchtliche Geschick des Arztes im Umgang mit dem Skalpell im Bilde war, konnte sie ihn als Mensch nicht ausstehen.

»Guten Morgen, Miss ... äh ...« Er schaffte es immer noch, einen verdutzten Eindruck zu machen, obwohl sie bereits seit einem Monat hier und schon des öfteren mit ihm aneinandergeraten war. Es war unwahrscheinlich, daß er diese Begegnungen vergessen hatte. Er hielt nichts von Schwestern, die sich unaufgefordert zu Wort meldeten; zudem war er jedesmal im Irrtum gewesen.

»Latterly«, soufflierte Hester und versagte sich ein »Daran hat sich seit gestern nichts geändert – und wird es auch in Zukunft nicht«. Das Kind war jetzt wichtiger.

»Ja, Miss Latterly, was gibt's?« Sein Blick galt nicht ihr, sondern einer alten Frau auf dem Bett gegenüber, die mit offenem Mund auf dem Rücken lag.

»John Airdrie hat schlimme Schmerzen, sein Zustand bessert sich nicht«, begann sie vorsichtig in erheblich sanfterem Ton, als ihr eigentlich zumute war. Ohne sich dessen bewußt zu sein, drückte sie das Kind noch fester an sich. »Ich denke, wenn Sie ihn bald operieren, hat er die besten Chancen, wieder gesund zu werden.«

»John Airdrie?« Dr. Pomeroy wandte sich mit einer fragenden Falte zwischen den Brauen an sie. Er war ein kleiner Mann mit rotbraunem Haar und unglaublich sauber gestutztem Bart.

»Das Kind hier«, erwiderte sie mit zusammengebissenen Zähnen. »Es hat einen tuberkulösen Abszeß im rechten Schultergelenk. Sie müssen ihn entfernen.«

»Was Sie nicht sagen«, gab er kalt zurück. »Und wo wollen Sie Ihre medizinischen Kenntnisse erworben haben, Miss Latterly? Sie gehen mit Ihren Ratschlägen ziemlich freizügig um. Ich hatte bereits mehrmals Gelegenheit, das festzustellen!«

»An der Krim, Sir«, sagte sie, ohne zu zögern oder den Blick zu senken.

»Ach ja?« Er schob die Hände in die Hosentaschen. »Haben Sie dort viele Kinder mit tuberkulösem Abszeß behandelt, Miss Latterly? Ich weiß, daß es kein leichter Feldzug war, aber waren wir tatsächlich gezwungen, kränkelnde Fünfjährige für uns kämpfen zu lassen?« Sein Lächeln war dünn und selbstgefällig. Er ruinierte mit den Fingern das adrette Aussehen seines Bärtchens, während er hinzufügte: »Wenn man dort sogar gezwungen war, jungen Frauen Studien auf dem Gebiet der Medizin zu erlauben, muß es wesentlich schlimmer gewesen sein, als man uns hier in England wissen ließ.«

»Ich denke, man ließ Sie hier in England vieles wissen, das nicht stimmte«, versetzte sie und dachte an die bequemen Lügen und Ausflüchte, die die Presse abgedruckt hatte, damit Regierung und Kommandantur nicht das Gesicht verloren. »Man war sogar sehr glücklich über uns, wie sich erst kürzlich gezeigt hat.« Sie spielte damit auf Florence Nightingale an, was ihnen beiden klar war. Namen waren überflüssig.

Er zuckte zusammen. Wie war ihm doch dieser ganze Rummel, diese fürchterliche Lobhudelei verhaßt, die oberflächliche und schlecht informierte Leute wegen einer einzigen Frau veranstalteten. Die Medizin war eine Frage von Geschicklichkeit, Urteilsvermögen und Intelligenz, kein zielloses Herumtappen und Einmischen aufgrund erworbener Erfahrung und Übung.

»Nichtsdestotrotz, Miss Latterly, sind Miss Nightingale und ihre Helferinnen, Sie eingeschlossen, blutige Amateure, und das werden sie immer sein. Es gibt keine einzige medizinische Ausbildungsstätte im ganzen Land, an der Frauen zugelassen sind, woran sich sicher nichts ändern wird. Großer Gott! An einigen der wirklich guten Universitäten werden nicht einmal Nonkonformisten aufgenommen. Frauen wären da absolut undenkbar! Und wer, frage ich Sie, würde ihnen gestatten zu praktizieren? Würden Sie also bitte Ihre Ansichten für sich behalten und sich um die Aufgaben kümmern, für die wir Sie bezahlen? Nehmen Sie Mrs. Warburtons Verband ab und schaffen Sie ihn weg –« Auf seiner Stirn trat eine Ader hervor, als sie sich nicht rührte. »Und lassen Sie dieses Kind los! Wenn Ihnen der Sinn danach steht, Kinder im Arm zu halten, sollten Sie heiraten und welche kriegen, aber sitzen Sie hier nicht wie eine Amme! Bringen Sie mir saubere Bandagen, damit ich Mrs. Warburtons Wunde frisch verbinden kann. Dann können Sie versuchen, ihr etwas Eis zu geben. Sie scheint Fieber zu haben.«

Hester war dermaßen wütend, daß sie wie angewachsen sitzen blieb. Seine Ausführungen waren so irrelevant, herablassend und selbstgerecht, und sie durfte sich nicht dagegen wehren! Sie hätte ihm alles mögliche über Inkompetenz, übersteigertes Selbstwertgefühl und Oberflächlichkeit an den Kopf werfen können, aber das würde ihrem Ziel nur schaden. Am Ende müßte John Airdrie das Ganze ausbaden.

Mit beinah unmenschlicher Anstrengung drängte sie die bohrende Verachtung zurück.

»Wann werden Sie das Kind operieren?« fragte sie, während sie ihn entschlossen anstarrte.

Er wurde ein wenig rot. Etwas in ihrem Blick schien ihn aus der Fassung zu bringen.

»Ich hatte bereits beschlossen, es heute nachmittag in Angriff zu nehmen, Miss Latterly. Ihr Kommentar war vollkommen überflüssig«, log er – was sie durchaus wußte, sich jedoch nicht anmerken ließ.

»Ich bin sicher, Sie haben die Situation vollkommen richtig eingeschätzt«, log sie zurück.

»Worauf warten Sie noch?« fuhr er sie an und nahm die Hände aus den Taschen. »Legen Sie das Kind hin, und machen Sie sich endlich an die Arbeit! Oder wissen Sie vielleicht nicht, wie Sie meine Bitte ausführen sollen? So weit wird Ihre Kompetenz doch wohl reichen, oder?« Er schwelgte erneut in Sarkasmus; schließlich galt es, den alten Status zurückzugewinnen. »Die Binden sind in dem Schrank am Ende der Station. Den Schlüssel haben zweifellos Sie.«

Hester brachte vor Wut keinen Pieps heraus. Sie legte das Kind sanft aufs Kissen zurück und stand auf.

»Da, an Ihrer Taille, ist er das nicht?« bohrte Pomeroy weiter.

Sie setzte sich so vehement in Bewegung, daß das Schlüsselbund hart gegen seine Rockschöße schlug, als sie an ihm vorbeifegte, um die Verbände zu holen.

Hester war seit Tagesanbruch im Dienst und um vier Uhr nachmittags mit ihrer seelischen Kraft völlig am Ende. Mit der körperlichen Verfassung stand es nicht viel besser: Ihr Rücken schmerzte, die Beine waren steif, die Füße taten weh, die Stiefel schienen sich in Schraubstöcke verwandelt zu haben. Und die Haarnadeln bohrten sich förmlich in ihren Kopf! Sie war absolut nicht in der Stimmung, den ständigen Kleinkrieg bezüglich der Frage, welcher Typ Frau in der Krankenpflege eingesetzt werden sollte, mit der Oberin fortzusetzen. Ihr größter Wunsch war, daß ein respektierter und bezahlter Beruf daraus wurde, damit sich intelligente und charakterstarke Frauen davon angezogen fühlen konnten. Mrs. Stansfield war mit den eher derben Geschlechtsgenossinnen aufgewachsen, die nichts anderes zu tun erwarteten, als zu scheuern, zu fegen, im Feuer herumzustochern und Kohlen zu schleppen, zu waschen, Schmutz und Exkremente zu beseitigen und Verbände zu reichen. Die älteren Semester wie sie hielten die Disziplin aufrecht – und die Leute bei der Stange. Anders als Hester hatte sie nicht das geringste Verlangen, die eigene Urteilskraft auf dem Gebiet der Medizin zu schulen und anzuwenden, nicht einmal die Verbände zu wechseln und Medikamente zu verabreichen, wenn der Chirurg nicht da war. Bei Operationen assistieren wollte sie schon gar nicht. Ihrer Ansicht nach überschätzten sich diese jungen Dinger, die von der Krim zurückgekommen waren, gewaltig und übten einen störenden und unwillkommenen Einfluß aus, womit sie auch keineswegs hinter dem Berg hielt.

An diesem Abend wünschte Hester ihr lediglich eine gute Nacht und ließ sie fassungslos mit einer unausgesprochenen Tirade zum Thema Pflicht und Moral zurück – für Mrs. Stansfield ein äußerst unbefriedigender Tagesausklang. Das würde ihr morgen nicht noch einmal passieren!

Vom Krankenhaus zu der Pension, in der Hester ein paar Zimmer gemietet hatte, war es nicht weit. Bis vor kurzem hatte sie noch bei ihrem Bruder Charles und seiner Frau Imogen gewohnt, doch aufgrund der schlechten wirtschaftlichen Situation nach dem Tod ihrer Eltern wäre es ziemlich unfair gewesen, von Charles zu verlangen, daß er sie länger als die ersten Monate nach ihrer Rückkehr von der Krim finanziell unterstütze. Sie hatte ihre pflegerische Tätigkeit dort abgebrochen, um der Familie während der schwierigen Trauerzeit beizustehen. Nach der Aufklärung des Mordfalls Grey war sie auf Lady Callandra Daviots Angebot eingegangen, ihr bei der Beschaffung eines Krankenhauspostens zu helfen, damit sie sich aus eigener Kraft über Wasser halten und gleichzeitig ihre organisatorischen und pflegerischen Talente nutzen konnte.

Ein guter Freund, Alan Russell, hatte ihr zudem auf der Krim eine Menge über Kriegsberichterstattung beigebracht. Nachdem er im Militärkrankenhaus von Skutari gestorben war, hatte sie seinen letzten Artikel zu Ende geschrieben und an seine Londoner Zeitung geschickt. Als sein Tod unter den abertausend anderer Kriegsopfer nicht weiter zur Kenntnis genommen wurde, hütete sie sich, den Irrtum richtigzustellen, und schrieb die Berichte unter seinem Namen weiter. Zu ihrer größten Befriedigung wurde jeder einzelne abgedruckt. Zurück in England, mußte sie das Pseudonym natürlich ablegen, schrieb aber trotzdem noch gelegentlich einen Artikel, den sie als eine von Miss Nightingales Freiwilligen unterzeichnete. Die Schreiberei brachte nicht mehr als ein paar Shilling, aber Geld war auch nicht der Beweggrund. Es war das Verlangen, die Gedanken zum Ausdruck zu bringen, die sie so sehr beschäftigten, und die Leute zu Reformen zu bewegen.

In ihrer Unterkunft angelangt, wurde sie von der Wirtin, einer ausgezehrten, hart schuftenden Frau mit einem kranken Ehemann und zu vielen Kindern, mit der Neuigkeit empfangen, daß im Salon Besuch auf sie wartete.

»Besuch?« Hester war überrascht und zu abgespannt, um sich zu freuen, auch wenn es sich um Imogen handeln sollte – die einzige Person, die sie sich vorstellen konnte. »Wer ist es denn, Mrs. Horne?«

»Eine Mrs. Daviot«, gab die Wirtin gleichgültig zurück. Sie war zu beschäftigt, um sich für andere Dinge zu interessieren. »Wollte unbedingt auf Sie warten.«

»Ja, vielen Dank.« Hester fühlte sich plötzlich um einiges munterer. Zum einen mochte sie Callandra Daviot sehr, zum andern stellte sie amüsiert fest, daß die Besucherin geflissentlich davon abgesehen hatte, ihren Titel zu nennen – eine Bescheidenheit, in der sich nur wenige übten.

Callandra saß in dem kleinen, verwohnten Salon vor einem mageren Feuer. Trotz der relativen Kälte hatte sie den Mantel nicht anbehalten. Ihr interessantes, eigenwilliges Gesicht leuchtete auf, als Hester hereinkam. Wie immer befand sich ihr Haar in wilder Unordnung, wie immer war sie eher bequem als elegant gekleidet.

»Du meine Güte, Hester, Sie sehen ja furchtbar müde aus! Kommen Sie, setzen Sie sich. Was Sie brauchen, ist eine heiße Tasse Tee – ich übrigens auch. Ich bat diese Frau – das arme Ding, wie heißt sie noch –, uns einen zu machen.«

»Mrs. Horne.« Hester setzte sich, knöpfte ihre Stiefel auf,

streifte sie mit einem tiefen Seufzer der Erleichterung ab und widmete sich dann den aufsässigsten ihrer Haarnadeln.

Callandra lächelte. Sie war die Witwe eines Militärchirurgen, hatte ihre besten Jahre weit hinter sich und Hester bereits lange vor der Zeit kennengelernt, als der Mordfall Grey dafür gesorgt hatte, daß sich ihre Wege von neuem kreuzten. Von Geburt hieß sie eigentlich Callandra Grey. Ihr Vater war der verstorbene Lord Shelburne, sie selbst die Tante des gegenwärtigen Lord Shelburne und seines Bruders.

Hester wußte, daß es einen Grund für Callandras Erscheinen gab, sonst wäre sie nicht gekommen. Nicht nach einem harten Tag, an dem Hester müde und nicht in bester Laune für ein geselliges Beisammensein war. Für eine vornehme Nachmittagsaufwartung war es zu spät, fürs Dinner viel zu früh. Hester wartete gespannt.

»Menard Greys Gerichtsverhandlung ist für übermorgen angesetzt«, sagte Callandra ruhig. »Wir müssen für ihn aussagen – ich hoffe, an Ihrem Entschluß hat sich nichts geändert?«

»Natürlich nicht!« kam es wie aus der Pistole geschossen.

»Dann sollten wir zu dem Anwalt gehen, den ich mit seiner Verteidigung beauftragt habe. Bestimmt kann er uns den einen oder anderen Rat bezüglich unserer Aussagen geben. Ich habe für heute abend einen Termin mit ihm vereinbart. Tut mir leid, daß es so überstürzt kommt, aber er hat sehr viel zu tun, es war die einzige Möglichkeit. Wir können vorher oder nachher zu Abend essen, ganz wie Sie möchten. Meine Kutsche kommt in einer halben Stunde zurück. Ich hielt es für unpassend, sie draußen warten zu lassen.« Callandra lächelte schief; eine weitere Erklärung war nicht nötig.

»Sicher.« Hester rutschte tiefer in ihren Sessel und dachte an Mrs. Hornes Tee. Ja, das wäre wesentlich angenehmer, als andere Sachen anzuziehen, sich wieder in die Stiefel zu quälen und loszuzockeln, um irgendeinen Anwalt zu treffen.

Aber Oliver Rathbone war nicht »irgendein Anwalt«. Er war der beste Rechtsbeistand weit und breit, und das wußte er. Er war ein schlanker, durchschnittlich großer Mann, der sich gut, aber unauffällig anzog, zumindest bis man einen genaueren Blick auf ihn warf. Dann erst bemerkte man die ausgezeichnete Qualität und hervorragende Verarbeitung seiner Kleidung, die stets perfekt paßte. Sein Haar war blond, das schmale Gesicht wurde von einer langen Nase und einem sensiblen, schön geschnittenen Mund beherrscht. Trotzdem erweckte er in erster Linie den Eindruck eines Menschen, der seine Gefühle völlig unter Kontrolle hatte und über einen brillanten, scharfsinnigen Verstand verfügte.

In seinem Büro war es absolut ruhig. Das strahlendhelle Licht stammte von einem Kronleuchter, der von der Mitte der Stuckdecke herabhing, aber auch bei Tag wäre die Beleuchtung kaum schlechter gewesen, denn es gab drei große Schiebefenster, deren dunkelgrüne Samtvorhänge von einer schlichten Kordel zusammengehalten wurden. Der Schreibtisch war selbstverständlich aus feinstem Mahagoni, die Stühle wirkten unglaublich bequem.

Er führte sie hinein und forderte sie auf, Platz zu nehmen. Anfangs war Hester nur wenig beeindruckt. Für ihren Geschmack kümmerte er sich zu sehr um ihr leibliches Wohl, anstatt sich auf den Grund ihres Kommens zu konzentrieren, doch dieser Irrtum wurde sofort korrigiert, als er über die Gerichtsverhandlung zu sprechen begann. Schon seiner Stimme zu lauschen, war ein reines Vergnügen, aber die Präzision seiner Aussprachc war so denkwürdig, daß ihr die einzelnen Silben noch lange Zeit danach in den Ohren klangen.

»Wir müssen die Zeugenaussage besprechen, die Sie machen werden, Miss Latterly«, begann er. »Verstehen Sie, es geht nicht einfach darum, Ihr Wissen weiterzugeben und den Zeugenstand wieder zu verlassen.«

Darüber hatte sie noch nicht nachgedacht, und als sie es jetzt tat, stellte sich heraus, daß ihr genau das vorgeschwebt war. Sie wollte zunächst leugnen, erkannte jedoch an seinem Gesicht, daß er ihre Gedanken gelesen hatte, und sah davon ab.

»Ich wollte Ihre Instruktionen abwarten, Mr. Rathbone. Ich habe die Angelegenheit bisher weder in die eine noch in die andere Richtung beurteilt.«

Seine Lippen verzogen sich zu einem hinreißenden Lächeln.

»Ausgezeichnet.« Er lehnte sich gegen die Schreibtischkante und betrachtete sie eindringlich. »Zuerst stelle ich Ihnen Fragen zur Sache. Sie sind meine Zeugin, verstehen Sie? Ich werde Sie bitten, dem Gericht von Ihrer familiären Tragödie zu erzählen, ohne Umschweife, in Ihren eigenen Worten. Ich möchte nicht, daß Sie irgend etwas sagen, das Sie nicht selbst erlebt haben. Tun Sie es doch, wird der Richter die Geschworenen anweisen, es wegen Unerheblichkeit zu streichen, und je öfter er Sie unterbricht und Ihre Worte als unzulässig kategorisiert, desto weniger Glauben werden die Geschworenen dem Rest der Aussage schenken. Sie könnten zu leicht vergessen, was nun was war.«

»Ja, ich verstehe«, versicherte Hester. »Ich werde nur sagen, was ich aus eigener Erfahrung weiß.«

»Sie könnten leicht in Versuchung geraten, Miss Latterly. Schließlich geht es um eine Angelegenheit, bei der Sie gefühlsmäßig stark betroffen sind.« Sein strahlender, humorvoller Blick bohrte sich in ihren. »Vielleicht wird es schwieriger, als Sie denken.«

»Wie groß sind die Chancen, daß Menard Grey nicht hängen muß?« fragte sie ernst, wobei sie absichtlich das krasseste Wort wählte. Rathbone war kein Mensch, mit dem man Beschönigungen austauschte.

»Wir werden unser Menschenmöglichstes versuchen«, gab er zurück. Das Strahlen verschwand aus seinem Gesicht. »Aber ich bin nicht sicher, ob wir Erfolg haben.«

»Und was wäre das, ein Erfolg, Mr. Rathbone?«

»Ein Erfolg wäre die Deportation nach Australien, wo er die Möglichkeit hätte, sich vielleicht ein neues Leben einzurichten – beizeiten. Vor drei Jahren wurde der Großteil der Deportationen jedoch eingestellt, ausgenommen in Fällen, wo eine Haftstrafe von mehr als vierzehn Jahren verhängt wurde –«

»Und was wäre ein Mißerfolg?« hakte Hester kaum hörbar nach. »Der Strick?«

»Nein.« Er beugte sich ein wenig vor. »Der Rest des Lebens an einem Ort wie Coldbath Fields. In dem Fall würde ich persönlich den Strick vorziehen.«

Sie schwieg. Dazu gab es nichts zu sagen. Callandra, die in einer Ecke saß, war wie erstarrt.

»Was wäre also das beste, Mr. Rathbone?« fragte Hester nach einer Weile. »Bitte, ich brauche Ihren Rat.«

»Beschränken Sie sich darauf, meine Fragen zu beantworten, Miss Latterly. Halten Sie sich ansonsten absolut zurück, auch wenn Sie glauben, etwas Hilfreiches zu sagen zu haben. Wir werden jetzt alles miteinander durchgehen, damit ich beurteilen kann, was unserer Sache dient und was ihr – aus Sicht der Geschworenen – schaden könnte. Diese Leute haben nichts von dem Ganzen erlebt, vieles, was Ihnen vollkommen klar ist, kann ihnen äußerst obskur erscheinen.« Er verzog die sensiblen Mundwinkel in stiller und doch sonderbarer freudloser Belustigung zu einem leichten Lächeln. »Außerdem haben sie vielleicht ein völlig anderes Bild vom Krieg als Sie. Gut möglich, daß Offiziere, besonders kriegsversehrte, ihrer Meinung nach wahre Helden sind. Und wenn wir zu plump vorgehen, um sie vom Gegenteil zu überzeugen, sträuben sie sich eventuell massiver gegen ein radikales Zerschlagen ihrer Ideale, als uns lieb sein kann. Vielleicht brauchen sie diese Art Selbsttäuschung genauso wie Lady Fabia Grey.«

Hester fühlte sich unvermittelt in Fabia Greys Schlafzimmer in Shelburne Hall zurückversetzt. Sie sah ihr zerfurchtes, um Jahre gealtertes Gesicht vor sich, als die sorgsam gehüteten Schätze eines halben Menschenlebens mit einem einzigen Streich vor ihren Augen vernichtet und ausgelöscht wurden.

»Verlustgefühle sind sehr oft von Haß begleitet.« Rathbone klang, als hätte er ihre Gefühle ebenso heftig durchlebt wie sie selbst. »Irgendwem müssen wir schließlich die Schuld geben, wenn wir unseren Schmerz nur anhand von Wut bewältigen können, was wesentlich einfacher ist – wenigstens im ersten Moment.«

Instinktiv hob Hester den Kopf und schaute ihn an. Sein

durchdringender, zugleich beruhigender und verwirrender Blick brachte sie etwas aus der Fassung. Diesen Mann würde sie nie anlügen können. Gott sei Dank brauchte sie es auch nicht!

»Nicht nötig, mir das zu erklären, Mr. Rathbone«, erwiderte sie freundlich. »Ich bin jetzt lange genug wieder hier, um zu begreifen, daß den meisten Leuten ihre Illusionen lieber sind als die Fetzen und Bruchstücke der Wahrheit, die ich ihnen zu bieten habe. Das Häßliche und Unschöne muß einen Anflug von Heldentum haben, sonst ist es nicht erträglich. Tag für Tag zu leiden, ohne zu jammern, seine Pflicht zu erfüllen, wenn es gar keinen Sinn mehr zu haben scheint, zu lachen, wenn einem nach Weinen zumute ist – all das wäre nicht möglich. Ich glaube nicht, daß man so etwas mit Worten verständlich machen kann. Nur wer dabei war, kann es nachempfinden.«

Sein plötzliches Lächeln war wie ein Lichtstrahl an einem verregneten Tag.

»Sie sind doch klüger, als man mich vermuten ließ, Miss Latterly. Ich beginne zu hoffen.«

Hester stellte verärgert fest, daß sie rot wurde. Gleich anschließend wollte sie Callandra zur Rede stellen und sie fragen, was sie ihm erzählt hatte. Aber wahrscheinlich war Monk, dieser elende Polizist, derjenige, dem sie die verzerrte Darstellung ihres Charakters zu verdanken hatte. Trotz der guten Zusammenarbeit und der wenigen Momente völligen Einvernehmens hatten sie die meiste Zeit gestritten; er machte bestimmt keinen Hehl daraus, daß er sie für herrisch, aufdringlich und wenig ansprechend hielt.

Nicht, daß sie ihm ihre Meinung über sein Benehmen und seinen Charakter nicht zuerst an den Kopf geworfen hätte!

Rathbone ging sämtliche Fragen durch, die er ihr zu stellen beabsichtigte, die Argumente, die der Staatsanwalt vorbringen würde, sowie etwaige Behauptungen, anhand derer er versuchen könnte, ihr eine Falle zu stellen. Er warnte sie noch einmal davor, sich gefühlsmäßig zu stark zu engagieren, damit der Staatsanwalt nicht auf Befangenheit oder Unglaubwürdigkeit plädieren konnte.

Als er sie um Viertel vor acht hinausbegleitete, war sie so müde, daß ihr das Denken schwerfiel. Sie spürte ihren Rücken wieder und hatte erneut das Gefühl, ihre Füße steckten in Schraubstökken. Die Vorstellung, für Menard Grey auszusagen, fiel ihr nicht mehr so leicht wie im ersten Moment, als sie mit großem Enthusiasmus zugestimmt hatte.

»Er hat etwas Einschüchterndes, finden Sie nicht?« stellte Callandra auf dem Weg zu einem wohlverdienten Dinner fest.

»Hoffen wir, daß er die Leute vor Gericht genauso einschüchtern kann«, erwiderte Hester, während sie unbehaglich mit den Füßen zappelte. »Leicht zu täuschen ist er wohl nicht.« Das war eine solche Untertreibung, daß sie sich plötzlich ziemlich dumm vorkam und den Kopf abwandte, damit der Schein der Wagenlaterne nicht mehr voll auf ihr Gesicht fiel.

Callandra lachte; es war ein sonorer, hochgradig amüsierter Laut.

»Meine Liebe, Sie sind bestimmt nicht die erste junge Frau, die Schwierigkeiten hat, ihren Eindruck von Oliver Rathbone in Worte zu kleiden.«

»Scharfsinn und natürliche Autorität allein reichen kaum aus, um Menard Grey zu retten!« gab Hester schärfer als beabsichtigt zurück. Hoffentlich war Callandra sich darüber im klaren, daß ihre Heftigkeit von einer Menge dunkler Ahnungen herrührte, was den übernächsten Tag betraf – begleitet von der wachsenden Furcht, daß sie es nicht schaffen würde.

Am folgenden Morgen erfuhr sie aus der Zeitung über den Mord an Octavia Haslett in der Queen Anne Street. Da der Name des ermittelnden Polizeibeamten für das Interesse der Öffentlichkeit jedoch offensichtlich nicht von Belang war, rief ihr der Vorfall Monk nicht stärker ins Gedächtnis zurück, als es ohnehin der Fall war, wenn sie an das tragische Schicksal der Greys und, in diesem Zusammenhang, ihrer eigenen Familie erinnert wurde.

Dr. Pomeroy entpuppte sich als zwiegespalten, was ihre Bitte um Freistellung wegen der Zeugenaussage betraf. John Airdries Operation hatte endlich stattgefunden, das Kind schien sich ganz gut zu erholen; etwas später, und es wäre wahrscheinlich anders gewesen – der Kleine war doch schwächer, als Dr. Pomeroy gedacht hatte. Trotzdem ärgerte er sich über ihre Abwesenheit. Obwohl er ihr bereits des öfteren versichert hatte, wie entbehrlich sie sei, konnte er kaum vor ihr geheimhalten, in welche Bedrängnis er durch ihr Fehlen geriet. Sie beobachtete sein Dilemma mit Genugtuung, auch wenn diese einen leicht bitteren Beigeschmack hatte.

Die Gerichtsverhandlung fand vor dem Obersten Strafgerichtshof in Old Bailey statt. Da der Fall für viel Wirbel gesorgt hatte – schließlich handelte es sich um den brutalen Mord an einem Exoffizier des Krimkriegs –, waren die Zuschauerbänke voll besetzt, zudem hatte jede Zeitung im Umkreis von hundert Kilometern einen Reporter geschickt. In den Straßen vor dem Gebäude wimmelte es von Zeitungsjungen, die die neueste Ausgabe durch die Luft schwangen, von Kutschen, aus denen ein nicht enden wollender Fahrgaststrom flutete, von Straßenhändlerkarren, auf denen sich alles mögliche auftürmte, von brüllenden Pasteten- und Sandwichverkäufern und von Wägelchen mit heißer Erbsensuppe. Straßensänger rollten zugunsten der Unwissenden und all derer, die die Geschichte nicht oft genug hören konnten, den ganzen Fall noch einmal auf, natürlich gespickt mit einer Menge hinzugedichteter Details. Auch Ludgate Hill, Old Bailey und Newgate Street waren von Menschenmassen verstopft. Hätten Hester und Callandra nicht als Zeugen auftreten müssen, wäre ihnen ein Durchkommen schier unmöglich gewesen.

Die Atmosphäre im Gerichtshof selbst war vollkommen anders. Es war düster und ging unvorstellbar förmlich zu. Man konnte gar nicht anders als ständig daran denken, daß man es hier mit Seiner Majestät dem Gericht zu tun hatte, daß hier jede menschliche Marotte gnadenlos ausgemerzt wurde und einzig und allein blindes, unpersönliches Recht regierte.

Polizisten in dunkler Uniform, mit Zylinder, glänzenden Knöpfen und Gürteln; mit Perücken und wallenden Gewändern ausstaffierte Anwälte; herumhuschende Aufseher, die hier und da ein paar Leute zusammentrieben. Hester und Callandra wurden in einen Raum geführt, in dem sie warten sollten, bis man sie aufrief. Der Gerichtssaal war für sie gesperrt, damit sie nichts hören konnten, was ihre Aussagen eventuell beeinflußte.

Hester saß stumm da; sie fühlte sich ausgesprochen unwohl. Ein gutes Dutzendmal holte sie Luft, um etwas zu sagen, merkte aber schnell, daß es furchtbar banal klingen mußte. Nach einer halben Stunde betretenen Schweigens wurde die Tür von außen geöffnet. Sie erkannte die Schultern, noch bevor der Mann ganz hereingekommen war. Er stand mit dem Rücken zu ihnen und sprach mit jemand im Gang. Sie wurde augenblicklich wachsam, von gelinden Befürchtungen überfallen, war aber ganz sicher nicht aufgeregt.

»Guten Morgen, Lady Callandra – Miss Latterly.« Endlich drehte er sich um, zog die Tür zu und kam herein.

»Guten Morgen, Mr. Monk«, erwiderte Callandra mit leichtem Nicken.

»Guten Morgen, Mr. Monk«, echote Hester mit exakt derselben Bewegung. Als sie ihn so sah – die kantigen Gesichtszüge, die stechenden grauen Augen, die breite, leicht gebogene Nase, den Mund mit der dünnen Narbe –, tauchten sämtliche Erinnerungen an den Mordfall Grey wieder auf. Wut, Verwirrung, Mitleid und Angst, die kurzen Momente intensivsten Einverständnisses zwischen ihnen, wie sie es noch nie zuvor erlebt hatte, dieses unvorstellbar befriedigende Verfolgen desselben Ziels.

Jetzt waren sie lediglich zwei Leute, die sich auf die Nerven gingen und nur durch den Wunsch zusammengebracht worden waren, Menard Grey weiteres Leid zu ersparen. Vielleicht trieb sie auch eine Art diffuses Verantwortungsgefühl, weil sie es gewesen waren, die die Wahrheit ans Licht gebracht hatten.

»Setzen Sie sich, Mr. Monk.« Es war eher eine Anweisung als eine Aufforderung. »Bitte machen Sie es sich bequem.«

Er blieb stehen.

Eine Weile war es totenstill. Hester konzentrierte sich bewußt auf die bevorstehende Aussage, auf die Fragen des Staatsanwalts, vor denen Rathbone sie gewarnt hatte, darauf, wie sie ungünstige Antworten vermeiden und verhindern konnte, daß sie sich zu unbedachten Äußerungen hinreißen ließ.

»Hat Mr. Rathbone Sie beraten?« fragte sie, ohne weiter nachzudenken.

Monks Brauen wölbten sich. »Ich habe schon öfter vor Gericht ausgesagt, Miss Latterly.« Seine Stimme triefte vor Spott. »Sogar in Fällen, die nicht ganz unbedeutend waren. Ich bin mit der Prozedur vertraut.«

Sie ärgerte sich über ihre eigene Dummheit, weil sie sich einem derartigen Rüffel ausgesetzt hatte, und über Monk, weil er es natürlich nicht lassen konnte, ihn zu erteilen. Instinktiv konterte sie mit der größten Gemeinheit, die ihr einfiel.

»Wie ich sehe, hat sich Ihr Gedächtnis seit unserer letzten Begegnung erheblich verbessert. Das war mir nicht klar, sonst hätte ich die Frage nicht gestellt. Ich habe mich lediglich bemüht, Ihnen zu helfen, aber das brauchen Sie anscheinend nicht mehr.«

Alles Blut wich aus Monks Gesicht, bis nur noch zwei pinkfarbene Flecken auf seinen Wangen übrig waren. Er zermarterte sich das Hirn nach einer gesalzenen Entgegnung.

»Ich habe zwar viel vergessen, Miss Latterly, aber ich befinde mich noch im Vorteil gegenüber denen, die überhaupt keine Ahnung haben!« sagte er bissig und wandte sich ab.

Callandra lächelte; sie hatte nicht vor, sich einzumischen.

»Ich habe nicht von meinem Beistand gesprochen, Mr. Monk, sondern von Mr. Rathbones«, schnappte Hester zurück. »Und wenn Sie tatsächlich der Ansicht sind, Sie würden sich besser auskennen als er, kann ich nur hoffen, Sie irren sich nicht und tun es wirklich. Nicht etwa um Ihretwillen – Sie spielen momentan gar keine Rolle –, sondern wegen Menard Grey. Ich darf wohl davon ausgehen, daß Sie nicht vergessen haben, wieso wir hier sind?«

Sie wußte, daß sie diese Schlacht gewonnen hatte.

»Natürlich nicht«, sagte er kalt. Er stand mit dem Rücken zu ihr, die Hände in den Taschen vergraben. »Ich habe meine augenblicklichen Ermittlungen an Sergeant Evan übertragen und bin früher hierhergekommen, falls Mr. Rathbone den Wunsch haben sollte, mich zu sprechen, aber ich habe nicht die Absicht, mich ihm aufzudrängen.«

»Vielleicht weiß er nicht, daß Sie schon da sind«, beharrte Hester.

Er fuhr herum und sah ihr direkt in die Augen. »Können Sie nicht einen Moment aufhören, die Nase in andrer Leute Angelegenheiten zu stecken und sich einzubilden, man käme ohne Ihre Anweisungen nicht zurecht, Miss Latterly! Ich habe seinem Sekretär Bescheid gegeben, als ich kam.«

»Dann wäre es schon aus reiner Höflichkeit angebracht gewesen, mir das zu sagen, als ich Sie danach gefragt habe!« Daß er sie der Einmischung beschuldigte, machte sie fuchsteufelswild. Schließlich war der Vorwurf absolut ungerechtfertigt, wenigstens zum großen Teil – oder doch zu einem gewissen Grad! »Aber so etwas wie normale Höflichkeit scheint für Sie nicht zu existieren.«

»Sie sind auch kein normaler Mensch, Miss Latterly.« Seine Augen starrten sie bitterböse an. »Sie sind anmaßend und herrisch und anscheinend von dem Wahn besessen, ohne Sie wäre jeder verloren. Sie schaffen es tatsächlich, die schlimmsten Eigenschaften einer Gouvernante mit der Unbarmherzigkeit einer Armenhausaufseherin zu vereinen. Sie hätten beim Militär bleiben sollen – dafür sind Sie hervorragend geeignet.«

So eine Frechheit! Er wußte genau, wie sehr sie die Militärkommandantur wegen ihrer bodenlosen Unfähigkeit, die purer Selbstherrlichkeit entsprang, verachtete. Wie viele Menschen hatten deshalb auf sinnlose und furchtbare Weise sterben müssen! Sie war dermaßen erbost, daß sie kaum ein Wort herausbrachte.

»Das ist nicht wahr«, würgte sie schließlich hervor. »Das Militär besteht aus Männern, und die an der Spitze sind fast alle starrköpfig und dumm – genau wie Sie. Sie haben nicht die leiseste Ahnung, was sie eigentlich tun, schießen aber lieber einen Bock nach dem andern, egal wie viele Menschen dadurch ums

Leben kommen, als ihre Unfähigkeit zuzugeben und Hilfe anzunehmen.« Sie holte tief Luft und fuhr fort: »Sie würden eher sterben, als auf eine Frau zu hören – was ja nichts Neues ist. Aber daß andere Leute ihretwegen das Leben lassen müssen, kann ich ihnen nicht verzeihen.«

Das Auftauchen des Gerichtsdieners ersparte Monk, sich eine Antwort ausdenken zu müssen. Hester wurde in den Gerichtssaal gebeten. Sie stand erhobenen Hauptes auf und rauschte wortlos an ihm vorbei. Im Eifer des Gefechts blieb ihr Rock in der Tür hängen, so daß sie stehenbleiben und ihn, zu ihrem größten Verdruß, herauszerren mußte. Nachdem das vollbracht war, warf sie ein flüchtiges Lächeln über die Schulter in Callandras Richtung und folgte dem Gerichtsdiener mit einem flauen Gefühl im Magen durch den kurzen Gang in den Gerichtssaal.

Der Raum war riesig, fast bis zur enorm hohen Decke mit Holz verkleidet und dermaßen mit Leuten vollgepfropft, daß Hester sich von allen Seiten bedrängt fühlte. Sie konnte die Wärme der erhitzten Körper spüren, als sie sich reckten und die Hälse verrenkten, um zu sehen, wer da hereinkam; während sie sich bemühten, das Gleichgewicht nicht zu verlieren, war ein beständiges Rascheln, Schnaufen und Füßescharren zu hören. In den Pressebänken flitzten Stifte über Papier, um flüchtige Notizen oder Skizzen von Gesichtern und Hüten festzuhalten.

Hester hielt den Blick starr geradeaus gerichtet und marschierte durch den freigeräumten Mittelgang auf den Zeugenstand zu. Verärgert registrierte sie, daß ihre Knie zitterten. Auf der untersten Stufe geriet sie ins Stolpern, woraufhin ihr der Gerichtsdiener eine Hand reichte, um ihr Halt zu geben. Sie sah sich nach Oliver Rathbone um, entdeckte ihn auch sofort, mußte allerdings feststellen, daß er mit seiner Perücke vollkommen anders wirkte – unnahbar. Er betrachtete sie mit demselben höflich distanzierten Blick, den er vermutlich einem Fremden geschenkt hätte; ein Blick, der erschreckend kalt war.

Sie hätte sich kaum miserabler fühlen können und kam zu dem Schluß, daß es wahrscheinlich nicht schaden konnte, sich den

Grund für ihr Hiersein in Erinnerung zu rufen. Ihre Augen flogen zu Menard Grey, der auf der Anklagebank saß. Nichts ließ mehr auf sein ehemals blühendes Äußeres schließen; er war blaß, sah erschöpft und sehr verängstigt aus. Der Anblick reichte, ihr wieder Mut zu geben. Was war dagegen schon ihr vorübergehendes, ziemlich kindisches Gefühl totaler Einsamkeit?

Man reichte ihr die Bibel. Sie schwor mit klarer, fester Stimme, die Wahrheit zu sagen und nichts als die Wahrheit.

Rathbone kam ihr einige Stufen entgegen und begann in ruhigem Ton: »Miss Latterly, soviel ich weiß, befanden Sie sich unter den jungen Frauen aus guter Familie, die auf Miss Florence Nightingales Anfrage hin ihr Zuhause verließen und an die Krim segelten, um unsere Soldaten an den dortigen Kriegsschauplätzen zu pflegen?«

Der Richter, ein steinalter Mann mit breitem, launischem Gesicht, beugte sich vor.

»Ich bin sicher, Miss Latterly ist eine bewundernswerte junge Dame, Mr. Rathbone, aber ist ihre krankenpflegerische Erfahrung für diesen Fall wirklich relevant? Der Angeklagte hat weder an der Krim gedient, noch wurde das Verbrechen dort begangen.«

»Miss Latterly begegnete dem Opfer im Militärlazarett von Skutari, Euer Ehren. Die Wurzeln des Verbrechens sind dort zu finden, auf den Schlachtfeldern von Balaklawa und Sewastopol.«

»So, sind sie das? Der Staatsanwaltschaft nach zu urteilen, dachte ich im Kinderzimmer von Shelburne Hall. Aber gut – fahren Sie bitte fort.« Er lehnte sich auf seinem Hochsitz zurück und starrte Rathbone düster an.

»Miss Latterly?« soufflierte Rathbone barsch.

Erst jedes Wort vorsichtig abwägend, dann zunehmend selbstsicherer, als sie sich nach und nach doch von ihren Gefühlen mitreißen ließ, erzählte Hester dem Gericht von dem Krankenhaus, in dem sie gearbeitet hatte, von den Männern, die sie zwar nur flüchtig, aber doch so gut kennengelernt hatte, wie ihre Verletzungen es erlaubten. Im Lauf ihres Berichts ebbte die Unruhe im Saal allmählich ab. Die meisten Gesichter blickten plötzlich interessiert; selbst Menard Grey hatte den Kopf gehoben und schaute sie gebannt an.

Rathbone kam hinter seinem Pult hervor und begann auf und ab zu gehen. Er hielt sich dabei vollkommen ruhig, zappelte nicht herum, damit sie nicht abgelenkt wurde. Seine Bewegungen glichen vielmehr einem lässigen Umherstreifen, das die Geschworenen hindern sollte, zu tief in der Geschichte zu versinken und zu vergessen, daß sie wegen eines Verbrechens erzählt wurde, das hier in London begangen worden war – von einem Mann, dessen Leben auf dem Spiel stand.

Hester war mittlerweile an dem Punkt angelangt, als sie nach Hause zurückgekehrt war. Rathbone entlockte ihr alle Details ohne zuzulassen, daß sie sich auch nur einmal wiederholte oder nach Mitleid heischend klang. Sie folgte seiner Regie mit wachsender Bewunderung für das ungeheure Geschick, mit dem er das Bild eines sich ständig verschlimmernden, unentrinnbaren Desasters schuf. Die Gesichter der Männer auf der Geschworenenbank hatten bereits einen tief betroffenen Ausdruck angenommen, und sie wußte genau, wie sich ihr Unmut entladen würde, wenn das letzte Steinchen ins Mosaik eingefügt wurde und sie die schreckliche Wahrheit begriffen.

Sie wagte weder Fabia Grey anzusehen, die, immer noch in Schwarz, in der ersten Reihe saß, noch deren Sohn Lovel und seine Frau Rosamond auf den angrenzenden Plätzen. Jedesmal, wenn ihr Blick unbeabsichtigt in diese Richtung schweifte, wandte sie ihn abrupt ab und heftete ihn auf Rathbone oder irgendein unbekanntes Gesicht in der Menge.

Auf seine vorsichtigen Fragen hin erzählte sie von ihrem Besuch bei Callandra in Shelburne Hall, von ihrem ersten Zusammentreffen mit Monk und allem, was anschließend geschehen war. Es gab eine paar kleinere Pannen, und sie mußte korrigiert werden, aber sie lieferte nie mehr als eine einfache Antwort.

Zu dem Zeitpunkt, als Rathbone ihnen die dramatische Schlußfolgerung präsentierte, waren die Gesichter der Geschworenen fassungslos vor Wut und Bestürzung. Sie waren zum erstenmal in der Lage, Menard Grey anzusehen, denn sie konnten plötzlich nachvollziehen, was er getan hatte – und warum. Mancher mochte vielleicht sogar denken, er hätte nicht anders reagiert, hätte ihm das Schicksal derart übel mitgespielt.

Dann war es vorbei; Rathbone dankte ihr mit einem blitzartigen, überwältigenden Lächeln und trat zurück. Hester spürte plötzlich, daß jeder Muskel ihres Körpers vor Anspannung schmerzte und ihre Handflächen aufgekratzt waren, wo ihre Fingernägel sich hineingegraben hatten.

Da sprang auch schon der Staatsanwalt mit unheilvollem Grinsen auf die Füße. »Bitte bleiben Sie, wo Sie sind, Miss Latterly. Sie haben doch nichts dagegen, wenn wir Ihre überaus rührende Geschichte ein wenig auf die Probe stellen?« Die Frage war unverkennbar rhetorisch. Er hatte eindeutig nicht die Absicht, eine Aussage wie diese unangefochten im Raum stehenzulassen, und Hester merkte, wie ihr der Schweiß aus allen Poren drang. Im Moment sah es für ihn ganz nach einer Niederlage aus, was nicht nur einen Schock in dieser speziellen Angelegenheit bedeutete, sondern ihn darüber hinaus persönlich so tief traf, daß er förmlich Körperqualen zu leiden schien.

»Nun, Miss Latterly, geben Sie zu, daß Sie eine Frau waren – und es immer noch sind –, die ihre erste Jugend längst hinter sich hatte, keine bedeutsame Herkunft vorweisen konnte und in drastisch verarmten Verhältnissen lebte, als Sie eine Einladung nach Shelburne Hall annahmen, dem Landsitz der Familie Grey?«

»Ich nahm eine Einladung von Lady Callandra Daviot an«, korrigierte Hester.

»Nach Shelburne Hall«, sagte er scharf. »Richtig?«

»Richtig.«

»Vielen Dank. Und Sie verbrachten während dieses Besuchs auch einige Zeit mit dem Angeklagten, Menard Grey?«

Sie holte Luft, um »Nicht allein« zu sagen, erwischte gerade noch rechtzeitig Rathbones Blick und ließ sie ungenutzt entweichen. Dann schenkte sie dem Staatsanwalt ein unschuldiges Lächeln, als hätte sie die Anspielung nicht verstanden.

»Selbstverständlich. Es ist unmöglich, sich bei einer Familie aufzuhalten und den verschiedenen Angehörigen nicht von Zeit zu Zeit zu begegnen.« Sie war versucht hinzuzufügen, daß ihm derlei Dinge vielleicht ein Buch mit sieben Siegeln waren, hielt sich aber zurück. Es wäre ein billiger Lacher, womöglich teuer bezahlt. Das war kein Gegner, dem man Boden unter den Füßen verschaffte.

»Soweit ich informiert bin, haben Sie jetzt eine Stellung in einem Londoner Krankenhaus, ist das richtig?«

»Ja.«

»Die Ihnen von selbiger Lady Callandra Daviot vermittelt worden ist?«

»Dank ihrer Empfehlung, aber ich denke doch, aufgrund meiner eigenen Befähigung.«

»Das sei einmal dahingestellt – dank ihrem Einfluß jedenfalls? Nein, bitte sehen Sie nicht hilfesuchend in Mr. Rathbones Richtung. Beantworten Sie einfach meine Frage, Miss Latterly.«

»Ich brauche Mr. Rathbones Beistand nicht«, versetzte Hester erbost. »Ihre Frage kann ich so oder so nicht beantworten. Ich weiß nicht, was sich zwischen Lady Callandra und der Krankenhausleitung abgespielt hat. Sie schlug vor, mich zu einem Vorstellungsgespräch kommen zu lassen, ich zeigte meine Referenzen – die nicht unbeträchtlich sind – und bekam die Stelle. Nur wenige von Miss Nightingales Schwestern haben Schwierigkeiten, eine Arbeitsstelle zu finden, wenn sie wirklich eine suchen.«

»Sehr richtig, Miss Latterly.« Er lächelte dünn. »Aber nur wenige suchen wirklich eine, so wie Sie, nicht wahr? Miss Nightingale selbst stammt aus einer hochangesehenen Familie, die problemlos finanziell für sie aufkommen kann.«

»Daß meine Familie dazu nicht in der Lage war und meine Eltern heute tot sind, ist Grundlage des Verbrechens, das uns hier zusammengeführt hat, Sir«, sagte sie mit deutlich siegessicherem Unterton. Egal, was er dachte oder fühlte, die Geschworenen würden sie verstehen, und schließlich waren sie es, die entscheiden mußten, mochten die Anwälte noch soviel reden.

»In der Tat«, gab er eine Spur irritiert zurück. Im weiteren

Verlauf seiner Befragung wollte er noch einmal wissen, wie gut sie das Opfer gekannt hatte, und unterstellte dabei auf äußerst subtile, aber unmißverständliche Weise, sie wäre seinem sattsam bekannten Charme erlegen, hätte sich in ihn verliebt und dann, als er sie abwies, den Wunsch gehegt, ihn quasi aus Rachegelüsten anzuschwärzen. Er schreckte nicht einmal vor der Andeutung zurück, sie hätte am Ende gar mitgeholfen, das Verbrechen zu vertuschen, und sich von Anfang an bereit erklärt, für Menard Grey auszusagen.

Hester glaubte, ihren Ohren nicht zu trauen, aber als die Versuchung, sich mit einem Wutausbruch Erleichterung zu verschaffen, zu groß wurde, besann sie sich mit einem raschen Blick auf Menard Greys Gesicht auf das, was wirklich zählte.

»Das ist nicht wahr«, sagte sie ruhig. Sie zog kurz in Erwägung, dem Staatsanwalt seine schmutzige Phantasie vorzuwerfen, fing jedoch Oliver Rathbones Blick auf und hielt sich abermals zurück.

In dem Moment entdeckte sie Monk. Ein frohes, fast glückliches Gefühl durchrieselte ihren Körper, als sie den unverhohlenen Zorn in seinem Gesicht sah, während er den Staatsanwalt fassungslos anstarrte.

Der Mann schien seine Taktik plötzlich geändert zu haben, denn er traktierte sie nicht länger. Sie durfte den Zeugenstand verlassen und im Gerichtssaal bleiben, da sie ihre Schuldigkeit getan hatte und offensichtlich nicht mehr wichtig war. Sie suchte sich ein freies Fleckchen und lauschte Callandras Aussage. Auch sie wurde erst von Rathbone, dann – in wesentlich freundlicherem Ton – vom Staatsanwalt vernommen. Er wußte, daß die Geschworenen auf den Versuch, die Witwe eines Militärchirurgen – obendrein eine Lady – zu drangsalieren oder zu beleidigen, ohne Verständnis reagieren würden. Hester achtete nicht auf Callandra, um sie brauchte man keine Angst zu haben, sondern auf die Gesichter der Juroren. Eine ganze Palette im Wandel begriffener Gefühle zeichnete sich darauf ab: Wut, Mitleid, Verwirrung, Respekt, Verachtung.

Als nächster Zeuge wurde Monk aufgerufen und vereidigt. Im

Warteraum hatte sie gar nicht bemerkt, wie gut er angezogen war. Sein Mantel war ausgezeichnet geschnitten und konnte nur aus erstklassigem Wollstoff bestehen, denn nichts anderes hätte derart gut gesessen. Was für ein eitler Fratz! Wie konnte er sich solche Kleidungsstücke mit seinem schmalen Polizistengehalt leisten? Doch dann überlegte sie mit einem Anflug von Mitleid, daß er es vermutlich selbst nicht wußte – noch nicht. Dieser extravagante Mantel konnte ein Beweis purer Eitelkeit sein, aber auch die Belohnung für jahrelanges Schuften und Sparen, für das Einlegen von Sonderschichten, wenn die andern sich längst zu Hause auf den Sofas lümmelten oder es sich in einem Varieté oder Pub gutgehen ließen.

Rathbone begann ihm Fragen zu stellen, nicht besonders laut, denn er war sich bewußt, daß seine Worte schwer genug wogen und jede übermäßige Gefühlsbezeigung von seiner Seite die Katharsis nur zu schnell und zu gewaltsam hereiführen würde. Er hatte seine Zeugen in dieser Reihenfolge auftreten lassen, um das Geschehen vor den Geschworenen möglichst so zu rekonstruieren, wie es sich tatsächlich zugetragen hatte: erst die Krim, dann der Tod von Hesters Eltern, schließlich die Tat selbst. Stück für Stück entlockte er Monk die detailgetreue Beschreibung der Wohnung am Mecklenburg Square, der Spuren von Kampf und Tod, wie er die Wahrheit nach und nach herausgefunden hatte.

Die meiste Zeit über drehte Rathbone ihr den Rücken zu, da er entweder Monk oder die Geschworenen ansah, aber schon seine Stimme allein zog sie in ihren Bann. Jedes einzelne Wort war so klar wie ein geschliffener Edelstein und blieb unwiderruflich im Gedächtnis haften, wo Stück für Stück das Bild einer tragischen Geschichte entstand.

Während er die Fragen beantwortete, stellte Monks Miene neben der überwiegenden Hochachtung auch ein flüchtiges Aufflakkern von Unmut zur Schau. Rathbone behandelte ihn keineswegs wie einen bevorzugten Zeugen, im Gegenteil, er schien in ihm fast so etwas wie einen Gegner zu sehen; sein Ton hatte eine gewisse Schärfe, einen leicht feindseligen Beiklang. Ein Blick auf die Geschworenen erklärte warum. Sie waren derart gebannt, daß sie nicht einmal die Köpfe wendeten, als in den Zuschauerreihen eine Frau ein spitzes Quieken von sich gab und von einer Nachbarin wiederbelebt werden mußte. Monks Verständnis für Menard Grey schien ihm wider Willen entzogen zu werden, obwohl Hester genau wußte, daß es vorhanden war. Sie konnte sich gut an seinen Blick erinnern, als er Menard verhaften mußte, an seinen inneren Aufruhr und die Wut auf seine eigene Machtlosigkeit, weil es nicht zu verhindern war. In diesem Moment hatte sie ihn ohne alle Vorbehalte gemocht, in der sicheren Überzeugung, daß sie ausnahmsweise einmal voll und ganz einer Meinung waren.

Nachdem sich das Gericht am späten Nachmittag zur Beratung zurückgezogen hatte, ließ Hester sich von der schubsenden und drängelnden Menge auf die Straße hinaustragen. Dort angelangt, stürzte sich alles auf das Gewühl von Karren, Rollwagen und Kutschen, um so schnell wie möglich nach Hause zu kommen. Die Reporter jagten davon, um ihren Bericht unter Dach und Fach zu haben, ehe sich die Druckerpressen für die Frühausgabe in Bewegung setzten, die Straßensänger, um schleunigst eine neue Strophe zu komponieren und unters Volk zu bringen.

Hester stand im schneidenden Abendwind auf den Stufen des Gerichtsgebäudes unter einer hellen Laterne und sah sich suchend nach Callandra um, die sie im Getümmel verloren hatte. Statt dessen erblickte sie Monk. Sie war unsicher, ob sie ihn ansprechen sollte oder nicht. Das Auflebenlassen der Geschehnisse des vergangenen Sommers hatte auch den damaligen chaotischen Gefühlszustand wieder wachgerufen und ihren gesamten Groll gegen ihn hinweggeschwemmt.

Wenn sich an seiner Abneigung nun nichts geändert hatte? Sie stand wie angewurzelt da, unfähig zu einem Entschluß.

Er befreite sie aus ihrem Dilemma, indem er zu ihr herüberkam. Zwischen seinen Brauen zuckte es leicht.

»Und, Miss Latterly? Denken Sie, Ihr Freund Rathbone ist seiner Aufgabe gewachsen?«

Sie blickte ihm skeptisch in die Augen und entdeckte echte

Besorgnis darin. Die bissige Antwort, die ihr auf der Zunge gelegen hatte, war vergessen. Schließlich war es absolut unwichtig, sich darüber zu streiten, ob Rathbone nun ihr Freund war oder nicht. Sarkasmus war ein gutes Mittel gegen die Angst, daß Menard Grey möglicherweise hängen mußte.

»Ich denke schon«, bestätigte sie statt dessen. »Ich habe die Gesichter der Geschworenen während Ihrer Aussage beobachtet. Natürlich habe ich keine Ahnung, was noch kommen wird, aber bis jetzt sieht es so aus, als ob sie mehr über die schreiende Ungerechtigkeit des Ganzen und unsere diesbezügliche Hilflosigkeit entsetzt wären als über den Mord an sich. Falls Mr. Rathbone diese Stimmung aufrechterhalten kann, bis sie ihren Spruch fällen müssen, wäre das von großem Vorteil. Zumindest ...« Sie brach unvermittelt ab, weil ihr plötzlich klar wurde, daß an den Fakten nicht zu rütteln war, egal wem die Geschworenen die Schuld zusprachen. »Nicht schuldig« konnten sie jedenfalls nicht befinden, wie groß die Provokation auch gewesen sein mochte. Letztlich lag es im Ermessen des Richters, nicht bei ihnen.

Monk hegte offensichtlich dieselben Gedanken, sein finsterer Blick verriet es deutlich.

»Hoffen wir, daß er bei Seiner Lordschaft ähnlich viel Erfolg hat«, meinte er trocken. »Ein Leben in Coldbath Fields wäre schlimmer als der Strick.«

»Kommen Sie morgen wieder?« fragte Hester.

»Ja, am Nachmittag. Vorher werden sie ihr Urteil kaum gefällt haben. Und Sie?«

»Sicher ...« Sie überlegte kurz, was Pomeroy wohl dazu sagen würde. »Aber ich würde auch erst später kommen, wenn Sie wirklich glauben, daß der Schuldspruch nicht eher feststeht. Ich möchte mich im Krankenhaus nicht gern ohne triftigen Grund vom Dienst freistellen lassen.«

»Und Sie meinen, Ihr Wunsch, den Schuldspruch zu hören, wird als triftiger Grund anerkannt?«

Sie schnitt eine kleine Grimasse. »Bestimmt nicht. Ich werde mein Anliegen anders formulieren müssen.«

»Entspricht es Ihren Vorstellungen – das Krankenhaus?« Er war genauso offen und direkt, wie sie ihn in Erinnerung hatte, sein Verständnis ebenso tröstlich.

»Nein ...« Es kam ihr gar nicht in den Sinn zu schwindeln. »Überall mangelndes Fachwissen, unnötiges Leid, geradezu alberne Riten, die so leicht umzuorganisieren wären, wenn die Leitung nur ihre dumme Selbstbeweihräucherung lassen und sich auf das Ergebnis konzentrieren könnte.« Sie erwärmte sich allmählich für das Thema, woran sein Interesse nicht ganz unschuldig war. »Der Großteil des Problems liegt in ihrer Vorstellung von Krankenpflege und den Leuten, die sie ausüben sollten. Sie zahlen nur sechs Shillinge die Woche, teilweise sogar in Bier! Viele Pfleger sind fast ständig betrunken. Das Krankenhaus kommt inzwischen für ihre Verpflegung auf, was schon ein Fortschritt ist, denn dann fallen sie wenigstens nicht über das Essen der Patienten her. Sie können sich vermutlich vorstellen, welche Sorte Mensch sich davon angezogen fühlt! Die meisten von ihnen können weder lesen noch schreiben.« Sie zuckte resigniert mit den Achseln. »Sie schlafen vor den Krankensälen auf dem Fußboden, es gibt viel zu wenig Waschmöglichkeiten und Handtücher für sie, nur ein bißchen Conde's-Lösung und hin und wieder ein winziges Stück Seife – damit sie sich wenigstens die Hände waschen können, wenn sie die Exkremente der Kranken beseitigt haben.«

Sein Lächeln wurde breiter, aber sein Blick blieb ernst.

»Und Sie?« wollte Hester wissen. »Arbeiten Sie immer noch für Mr. Runcorn?« Sie fragte ihn absichtlich nicht, ob er mittlerweile mehr über sich in Erfahrung gebracht hatte. An diesem Punkt war er empfindlich, und es ging sie wirklich nichts an. Das Thema Runcorn war heikel genug.

»Ja.« Jetzt war er an der Reihe, eine Grimasse zu schneiden.

»Mit Sergeant Evan als Partner?« Sie mußte unwillkürlich schmunzeln.

»Ja, mit Evan.« Monk zögerte. Er schien etwas hinzufügen zu wollen, doch in dem Moment kam Oliver Rathbone die Treppe herunter, in Straßenkleidung; Robe und Perücke hatte er abgelegt.

Er sah außerordentlich schmuck aus und schien bester Laune zu sein.

Monks Augen wurden schmal, aber er enthielt sich jeglichen Kommentars.

»Glauben Sie, es besteht Grund zur Hoffnung, Mr. Rathbone?« erkundigte sich Hester eifrig.

»Zur Hoffnung, Miss Latterly«, erwiderte er vorsichtig. »Nicht, sich in Sicherheit zu wiegen.«

»Vergessen Sie nicht, daß es der Richter ist, den Sie beeindrukken müssen, Rathbone«, sagte Monk schroff, während er seinen Mantel zuknöpfte. »Nicht Miss Latterly oder das Publikum – nicht einmal die Geschworenen! Ihre Vorstellung mag ja brillant gewesen sein, aber das ist nur Schein und hat nichts mit dem Wesentlichen zu tun.« Ehe Rathbone zu einer Erwiderung ansetzen konnte, machte er eine leichte Verbeugung vor Hester, drehte sich auf dem Absatz um und verschwand in der dunkler werdenden Straße.

»Diesem Burschen mangelt es ein wenig an Charme«, bemerkte Rathbone säuerlich. »Aber den braucht er in seinem Beruf wohl auch nicht. Darf ich Sie in meiner Kutsche irgendwohin mitnehmen, Miss Latterly?«

»Ich halte Charme für eine recht zweifelhafte Charakterstärke«, sagte Hester nach reiflicher Überlegung. »Dafür ist der Fall Grey das beste Beispiel!«

»Ja, ich glaube gern, daß Sie dem nicht viel Wert beimessen, Miss Latterly.« Er schaute sie mit unterdrückter Belustigung an.

»Oh . . .!« Hester suchte vergebens nach einer ähnlich subtil unverschämten Entgegnung. Sie hatte nicht die leiseste Ahnung, ob seine Belustigung ihr, sich selbst oder Monk galt – geschweige denn, ob sie böse gemeint war oder nicht. »Nein . . .«, stammelte sie verlegen, ». . . nein. Meiner Meinung nach ist Charme etwas hochgradig Unzuverlässiges und Unehrliches, eine Äußerlichkeit, die zwar glitzert und strahlt, aber kein bißchen Wärme hat. Tut mir leid, ich fahre mit Lady Callandra zurück – trotzdem vielen Dank für das freundliche Angebot. Guten Tag, Mr. Rathbone.«

»Guten Tag, Miss Latterly.« Er verbeugte sich lächelnd.

DRITTES KAPITEL

Sir Basil Moidore starrte Monk entgeistert an. Er war blaß, hatte sich ansonsten aber vollkommen in der Hand.

»Wie war das?« fragte er kalt.

»Niemand ist in der Nacht von Montag auf Dienstag in Ihr Haus eingebrochen«, wiederholte Monk. »Die Straße wurde die ganze Zeit über von beiden Enden gut beobachtet.«

»Von wem?« Moidores dunkle Brauen schossen nach oben, was seinen Augen einen noch stechenderen Ausdruck verlieh.

Monk spürte bereits, wie Unmut in ihm hochstieg. Daß seinen Worten kein Glaube geschenkt wurde, ärgerte ihn mehr als alles andere. Es ließ darauf schließen, daß man ihn für unfähig hielt. Er beherrschte sich mühsam.

»Von dem patrouillierenden Polizisten, Sir Basil, einem Anwohner, der von seiner kranken Frau die halbe Nacht in Trab gehalten wurde, und dem von ihm herbeigerufenen Arzt.« Chinesen-Paddy erwähnte er wohlweislich nicht; seine Aussage würde Moidore schwerlich akzeptieren. »Außerdem von einer ganzen Horde livrierter Lakaien und Kutscher, die vor dem Eckhaus zur Chandon Street warteten, wo eine Party gefeiert wurde.«

»Dann muß der Kerl wohl über die Stallungen gekommen sein«, erwiderte Basil gereizt.

»Ihre Stallburschen und Kutscher schlafen über den Ställen, Sir«, gab Monk zu bedenken. »Es hätte kaum jemand dort hinaufklettern können, ohne nicht wenigstens die Pferde scheu zu machen. Anschließend hätte er auch noch das ganze Dach überqueren und sich auf der anderen Seite herunterlassen müssen. Das ist so gut wie unmöglich, es sei denn, es handelte sich um einen Bergsteiger mit Kletterausrüstung und ...«

»Kein Grund, sarkastisch zu werden«, fuhr Basil ihn an. »Ich habe durchaus verstanden, worauf Sie hinauswollen. Dann ist er eben zwischen den einzelnen Rundgängen des Polizisten zur Vordertür hereingeschlüpft. Das ist die einzig mögliche Erklärung. Jedenfalls hat er sich bestimmt nicht den ganzen Abend im Haus versteckt gehalten! Und verlassen hat er es auch nicht, nachdem die Bediensteten wieder aufgestanden waren.«

Nun sah Monk sich doch gezwungen, Chinesen-Paddy zur Sprache zu bringen.

»Es tut mir leid, aber das kann nicht sein. Wir sind auf einen Einbrecher gestoßen, der die ganze Nacht in der Harley Street nach einer günstigen Gelegenheit für ein kleines Schnäppchen auf der Lauer lag. Er bekam sie nicht, weil überall Leute herumliefen, die ihn dabei beobachtet hätten. Aber er hielt von elf Uhr abends bis vier Uhr früh die Augen auf – genau in der für uns relevanten Zeit.«

Sir Basil wirbelte von dem Tisch herum, auf den er sich bislang konzentriert hatte. Seine Augen waren schwarz, die Mundwinkel wütend nach unten gezogen. »Warum, in Gottes Namen, haben Sie ihn dann nicht eingesperrt? Er muß der Täter sein! Wie er selbst zugibt, ist er ein Einbrecher. Was wollen Sie noch?« Er funkelte Monk aufgebracht an. »Er brach bei uns ein, die arme Octavia erwischte ihn – und er tötete sie. Was ist los mit Ihnen? Warum stehen Sie hier noch herum wie ein Idiot?«

Monks Körper verkrampfte sich vor Wut. Besonders schlimm war das Bewußtsein seiner Machtlosigkeit. Er wollte in seinem Job nicht versagen, und wenn er so ausfallend werden würde, wie ihm zumute war, war er ihn ohne Zweifel los. Runcorn wäre natürlich begeistert! Es bedeutete nicht nur eine berufliche, sondern auch eine gesellschaftliche Schmach.

»Weil seine Geschichte stimmt«, gab er möglichst gelassen zurück. »Sie ist von Mr. Bentley, seinem Hausarzt und einer Magd bestätigt worden, die sich nicht im geringsten für die Angelegenheit interessiert und keine Ahnung hat, was ihre Aussage bedeutet.« Er wagte nicht, Sir Basil in die Augen zu schauen, damit dieser die unterdrückte Wut in seinem Blick nicht sah, und haßte sich zugleich für diese scheinbare Unterwürfigkeit. »Der Einbrecher kam nicht durch die Queen Anne Street«, fuhr er fort. »Er raubte auch niemanden aus, er erhielt keine Gelegenheit dazu; er kann es beweisen. Ich wünschte, die Dinge lägen so einfach. Wir wären ungeheuer froh, wenn der Fall dermaßen glatt zu lösen wäre – Sir.«

Basil stützte sich auf den Tisch.

»Nun, wenn niemand hier eingebrochen ist und sich niemand im Haus versteckt gehalten hat, schaffen Sie doch eine vollkommen unrealistische Situation – es sei denn, Sie wollen andeuten ...« Er hielt abrupt inne. Alle Farbe wich aus seinem Gesicht, und der gereizte, ungeduldige Ausdruck machte einem sehr realen Entsetzen Platz. Stocksteif stand er da. »Tun Sie das?« fragte er kaum hörbar.

»Ja, Sir Basil.«

»Das ist ...« Er verstummte zum zweitenmal. Mehrere Sekunden verharrte er in völligem Schweigen, offenbar mit seinen sich überschlagenden Gedanken beschäftigt, die er immer wieder durchspielte und augenblicklich verwarf. Schließlich schien er zu einem Schluß gekommen zu sein, dem er sich nicht mehr verschließen konnte. »Ich verstehe. Ich kann mir zwar absolut keinen vernünftigen Grund vorstellen, aber wir müssen dem Unausweichlichen wohl ins Gesicht sehen. Trotzdem erscheint mir das Ganze so absurd, daß ich glaube, Ihre Überlegungen haben irgendwo einen Haken, oder aber Ihr Beweismaterial ist falsch. Bis es soweit ist, müssen wir Ihrer Theorie wohl oder übel nachgehen.« Er runzelte leicht die Stirn. »Wie stellen Sie sich den weiteren Verlauf der Dinge vor? Ich versichere Ihnen, daß wir in diesem Haus keine gewalttätigen Auseinandersetzungen pflegen, und daß sich niemand anders als sonst verhalten hat.« Er betrachtete Monk mit einem Blick, der irgendwo zwischen Widerwillen und bitterem Humor lag. »Außerdem haben wir keine persönlichen Beziehungen zu unseren Bediensteten, schon gar nicht von der Art, die derlei Eskalationen Vorschub leisten würden.« Er schob die

Hände in die Taschen. »Ja, es ist absurd – aber ich möchte Ihnen keine Steine in den Weg legen.«

»Auch ich halte eine Auseinandersetzung für unwahrscheinlich.« Monk überlegte seine Worte gut. Zum einen wollte er selbst nicht das Gesicht verlieren, zum andern sollte Basil merken, daß seine Argumentation durchaus stichhaltig war. »Besonders mitten in der Nacht, wenn alles im Bett liegt. Aber es ist sehr gut möglich, daß Mrs. Haslett in ein Geheimnis eingeweiht war – durch Zufall möglicherweise –, dessen Bekanntwerden jemand um jeden Preis verhindern wollte.« Das war nicht nur möglich, es befreite sie obendrein von jeglicher Schuld. Monk sah, wie sich der besorgte Ausdruck auf Basils Gesicht ein wenig auflöste und ein schwacher Hoffnungsschimmer in seine Augen trat. Seine Schultern entspannten sich, er atmete langsam aus und ließ die Arme fallen.

»Arme Octavia.« Sein Blick galt einer idyllischen Landschaftsmalerei an der Wand. »Ja, das klingt annehmbar. Bitte entschuldigen Sie, ich war zu voreilig. Sie sollten jetzt besser mit Ihren Nachforschungen fortfahren. Was möchten Sie, daß ich tue?«

Monk bewunderte ihn für die Fähigkeit, sowohl seine Voreiligkeit als auch sein unhöfliches Verhalten eingestehen zu können. Es war mehr, als er erwartet hatte, und darüber hinaus etwas, das ihm selbst ziemlich schwerfiel. Dieser Mann besaß erstaunlich viel Format.

»Zuerst würde ich gern mit den Familienmitgliedern sprechen, Sir. Sie könnten etwas bemerkt haben, vielleicht hat sich Mrs. Haslett sogar einem von ihnen anvertraut.«

»Die Familienmitglieder?« Basils Mund verzog sich leicht; ob aus Angst oder einem Anflug von Belustigung konnte Monk nicht erraten. »Wie Sie meinen.« Seine Hand griff nach dem Klingelzug. Als der Butler erschien, beauftragte er ihn, Cyprian Moidore zu holen.

Monk wartete schweigend auf seine Ankunft.

Cyprian schloß die Tür hinter sich und schaute seinen Vater an. Wenn man die beiden so nebeneinander sah, war die Ähnlichkeit schier überwältigend: die gleiche Kopfform, die gleichen dunklen, fast schwarzen Augen, der gleiche breite, extrem bewegliche Mund. Trotzdem unterschieden sie sich völlig, was Mimik und Auftreten anbelangte. Basil brauste leichter auf und war sich seiner Macht stärker bewußt, sein Humor war versteckter. Cyprian machte einen weniger sicheren Eindruck, als hätte er seine Kraft bisher noch nicht auf die Probe gestellt und fürchtete, sie könnte sich als unzureichend erweisen. Handelte es sich bei diesem weicheren Zug um Mitgefühl oder um Vorsicht, weil er sich seiner Verwundbarkeit bewußt war?

»Die Polizei hat herausgefunden, daß niemand eingebrochen ist, um Octavia zu töten«, erklärte Basil knapp, ohne sich die Mühe einleitender Worte zu machen oder seinen Sohn anzusehen. Anscheinend interessierte ihn weder wie Cyprian auf die Neuigkeit reagierte, noch hielt er es für nötig, Monks Mutmaßungen wiederzugeben. »Die einzige Erklärung scheint darin zu bestehen, daß es jemand war, der hier wohnt. Da die Familie hierfür offensichtlich nicht in Frage kommt, muß es sich um einen der Bediensteten handeln. Inspektor Monk möchte mit jedem von uns sprechen, um zu hören, was uns aufgefallen ist – wenn überhaupt.«

Cyprian starrte erst seinen Vater, dann Monk an, als wäre er ein Ungeheuer aus einer anderen Welt.

»Das ist leider nicht zu vermeiden, Sir«, sprach Monk die Entschuldigung aus, von der Sir Basil Abstand genommen hatte. »Ich bin mir bewußt, wie unangenehm das für Sie sein muß, aber ich wäre Ihnen sehr verbunden, wenn Sie mir erzählen könnten, wie Sie den Montag verbracht haben. Vielleicht fällt Ihnen auch etwas ein, das Mrs. Haslett zu Ihnen gesagt hat, vor allem, wenn es Sorgen ihrerseits oder ein von ihr entdecktes Geheimnis betraf, das für einen Dritten gefährlich sein könnte.«

Cyprian legte die Stirn in Falten, während das Staunen auf seinem Gesicht allmählich nachdenklicher Konzentration Platz machte.

»Sie glauben, Octavia wurde umgebracht, weil sie etwas über

jemand in Erfahrung gebracht hat?« Er zuckte mit den Achseln. »Aber was? Was könnte einer unserer Dienstboten getan haben, das ...« Er verstummte. Seinem Blick nach zu urteilen, hatte er sich die Frage selbst beantwortet und beschlossen, das Ergebnis für sich zu behalten. »Nein, zu mir hat Tavie nichts gesagt, aber ich war auch fast den ganzen Tag unterwegs. Am Vormittag habe ich ein paar Briefe geschrieben und bin dann gegen elf zum Lunch in meinen Klub am Piccadilly aufgebrochen. Den Nachmittag habe ich mit Lord Ainslie verbracht; wir sprachen fast ausschließlich über Vieh. Er hat einen ziemlich großen Bestand, und ich spiele mit dem Gedanken, ihm ein paar Tiere für unser Gut in Hertfortshire abzukaufen.«

Monk hatte den flüchtigen Eindruck, daß Cyprian log, nicht was das Treffen anging, sondern bezüglich des Themas.

»Verfluchter Owenianer!« brauste Basil auf. »Würde uns am liebsten zusammenpferchen wie die Tiere auf dem Bauernhof!«

»Absolut nicht!« widersprach Cyprian. »Seine Ideen sind ...«

»Zum Dinner warst du wieder hier«, fiel Basil ihm ins Wort, ehe er sein Gegenargument vorbringen konnte. »Hast du Octavia da auch nicht gesehen?«

»Nur bei Tisch«, sagte Cyprian eine Spur schärfer. »Und wenn du dich recht erinnerst, hat sie nicht viel gesprochen. Weder mit mir noch mit sonst wem.«

Basil wandte sich vom Kamin ab und fixierte Monk.

»Meine Tochter war gesundheitlich nicht in bester Verfassung. Ich glaube, sie fühlte sich auch an jenem Abend nicht besonders wohl. Jedenfalls war sie extrem still und schien irgendwelchen Kummer zu haben.« Er schob die Hände in die Taschen zurück. »Damals nahm ich an, sie hätte wieder Kopfschmerzen, aber wenn ich heute zurückdenke, kann ihr ebenso ein schmutziges Geheimnis zu schaffen gemacht haben – wenn sie sich der damit verbundenen Gefahr wohl auch nicht bewußt war.«

»Ich wünschte, sie hätte sich jemandem anvertraut!« platzte Cyprian in einem plötzlichen Anfall von Mitleid heraus. Er brauchte nicht hinzuzufügen, welcher Kummer ihm dadurch erspart geblieben wäre. Sein Schmerz und das Gefühl, versagt zu haben, waren ihm deutlich anzusehen.

Ehe Moidore der Ältere zu einer Erwiderung ansetzen konnte, ertönte an der Tür ein Klopfen.

»Herein!« Er hob ruckartig den Kopf, verärgert über die ungebetene Störung.

Monk fragte sich einen Moment lang, wer die Frau sein mochte, doch als er den Stimmungswandel auf Cyprians Gesicht bemerkte, fiel ihm wieder ein, daß er ihr bereits bei seinem ersten Besuch im Salon begegnet war: Es handelte sich um Romola Moidore. Diesmal wirkte sie weniger erschrocken; ihre Haut hatte einen rosigen Schimmer, ihr Teint war makellos. Sie hatte regelmäßige Züge, große, strahlende Augen und dichtes Haar. Das einzige, was den Gesamteindruck einer echten Schönheit trübte, war ein schmollender Zug um den Mund, der darauf schließen ließ, daß auf ihre gute Laune nicht unbedingt Verlaß war. Sie warf Monk einen verdutzten Blick zu. Offensichtlich erinnerte sie sich nicht an ihn.

»Inspektor Monk«, half Cyprian ihr auf die Sprünge. Als sich ihre Miene daraufhin immer noch nicht erhellte, fügte er hinzu: »Von der Polizei.« Er bedachte Monk kurz mit einem überaus schlauen Blick. Sollte der Inspektor die Konfrontation doch seinen Wünschen entsprechend gestalten.

Basil machte ihm sofort einen Strich durch die Rechnung.

»Wer immer Octavia getötet hat, wohnt in diesem Haus – also muß es einer der Dienstboten sein«, erklärte er vorsichtig, den Blick unverwandt auf ihr Gesicht geheftet. »Der einzig logische Grund dafür kann nur ein dermaßen peinliches Geheimnis sein, daß der Betreffende lieber einen Mord beging, als es an die Öffentlichkeit dringen zu lassen. Entweder wußte Octavia über dieses Geheimnis Bescheid, oder aber man glaubte, es wäre so.«

Romola setzte sich abrupt hin. Sie erbleichte und hielt sich eine Hand vor den Mund, ließ Basil jedoch nicht aus den Augen. Ihrem Mann gönnte sie keinen Blick.

Cyprian funkelte seinen Vater wütend an, der seinerseits ungerührt zurückstarrte. In seinem Blick lag etwas, das Monk fast wie

Abneigung erschien. Er wünschte, er könnte sich an seinen eigenen Vater erinnern, doch sosehr er sich auch anstrengte, alles, was an die Oberfläche kam, war ein nebelhafter Eindruck von Größe, dem Geruch nach Tabak und Salz, dem Kitzeln von Barthaaren und einer überraschend glatten Haut. Keine Stimme, keine Worte, kein Gesicht.

Romola hatte inzwischen die Sprache wiedergefunden.

»Hier in diesem Haus?« fragte sie mit vor Angst rauher Stimme. Obwohl ihre Worte offenbar Cyprian galten, sah sie Monk an. »Von einem der Dienstboten?«

»Es scheint keine andere Erklärung zu geben«, erwiderte ihr Mann. »Hat Tavie dir gegenüber etwas erwähnt? Denk gut nach – über irgendeinen vom Personal?«

»Nein«, sagte sie fast im selben Moment. »Das ist ja furchtbar. Schon der Gedanke macht mich ganz krank.«

Ein Schatten glitt über Cyprians Gesicht. Einen Moment lang sah es so aus, als ob er etwas sagen wollte, aber der Blick seines Vaters hielt ihn zurück.

»Hat Octavia im Lauf des Tages einmal allein mit dir gesprochen?« fragte Basil in unverändertem Tonfall.

»Nein.« Auch das kam sehr schnell. »Ich habe mir den ganzen Vormittag Gouvernanten angesehen. Keine erschien mir geeignet – ich weiß gar nicht, was ich jetzt machen soll.«

»Dir noch mehr ansehen!« fauchte Basil sie an. »Bei entsprechender Bezahlung wirst du schon jemand Geeigneten finden.«

Sie schoß einen unterschwellig haßerfüllten Blick auf ihn ab, der für das Auge eines Außenstehenden wie schlichte Besorgnis aussehen konnte.

»Ich war den ganzen Tag zu Hause«, sagte sie zu Monk, die Hände nach wie vor zu Fäusten geballt. »Am Nachmittag empfing ich ein paar Freundinnen, aber da ging Tavie weg. Ich weiß nicht wohin, sie hat nichts gesagt, als sie zurückkam. Sie ist sogar in der Halle an mir vorbeigelaufen, als ob sie mich gar nicht gesehen hätte.«

»War sie bedrückt?« warf Cyprian hastig ein. »Kam sie dir verängstigt oder aufgeregt vor?«

Basil behielt die beiden schweigend im Auge.

»Ja«, bestätigte Romola nach kurzer Überlegung. »Ja, das war sie. Ich nahm an, sie hätte keinen besonders angenehmen Nachmittag gehabt, eine Auseinandersetzung mit Freunden vielleicht, aber womöglich steckte viel mehr dahinter, nicht?«

»Was hat sie gesagt?« Cyprian ließ nicht locker.

»Nichts. Ich habe doch schon erzählt, daß sie mich kaum wahrgenommen hat, als sie an mir vorbeiging. Wenn du dich erinnerst, war sie auch beim Dinner ziemlich still, woraus wir geschlossen haben, daß sie sich körperlich nicht wohl fühlte.«

Jetzt waren alle Augenpaare auf Monk gerichtet. Man wartete offensichtlich darauf, daß er irgendwelche Schlüsse zog.

»Kann sie sich ihrer Schwester anvertraut haben?« stellte er zur Diskussion.

»Unwahrscheinlich«, sagte Basil knapp. »Aber Minta hat eine ausgezeichnete Beobachtungsgabe.« Er wandte sich zu Romola. »Danke, meine Liebe. Du kannst jetzt gehen und dich wieder deinen Pflichten widmen. Denk an meinen Rat – und bist du vielleicht so gut, Araminta zu uns zu schicken?«

»Selbstverständlich, Schwiegerpapa«, meinte sie gehorsam und verließ den Raum, ohne Monk oder Cyprian noch einmal anzusehen.

Araminta Kellard gehörte nicht zu den Frauen, die Monk leicht vergessen hätte – wie etwa ihre Schwägerin. Alles an ihr war einzigartig, von der leuchtend rotgoldenen Haarflut und den asymmetrischen Gesichtszügen bis zu der schlanken, etwas steifen Gestalt. Sie sah zuerst ihren Vater an, ignorierte Cyprian völlig, bedachte Monk mit einem wachsam interessierten Blick und konzentrierte sich wieder auf Basil.

»Ja, Papa?«

»Hat Tavie dir gegenüber verlauten lassen, daß sie in jüngster Zeit eine schockierende oder bedrückende Entdeckung gemacht hat? Besonders an dem Tag vor ihrem Tod?«

Araminta setzte sich und dachte eine Zeitlang sorgfältig nach, ohne einen von ihnen anzuschauen. »Nein«, sagte sie schließlich.

Ihr unerschrockener Blick glitt zu Monk. »Nichts Spezielles jedenfalls. Aber ich habe gespürt, daß am Nachmittag etwas passiert sein mußte, das ihr schwer auf dem Herzen lag. Was, weiß ich leider nicht. Glauben Sie, sie wurde deshalb ermordet?«

Monk betrachtete sie mit größerem Interesse, als er für jeden anderen aufbrachte, dem er in diesem Haus bislang begegnet war. Obwohl sie vollkommen gefaßt war, ging eine Intensität von ihr aus, der man sich kaum entziehen konnte. Ihre dünnen Hände lagen ineinander verkrampft auf ihrem Schoß, aber ihr Blick war unverwandt und verriet hohe Intelligenz.

»Möglicherweise, Mrs. Kellard«, gab er zurück. »Sollte Ihnen aber ein anderes Motiv bekannt sein, weshalb jemand Angst vor ihr gehabt oder ihr Böses gewünscht haben könnte, lassen Sie es mich bitte wissen. Wir können momentan nur Schlußfolgerungen ziehen. Abgesehen von der Tatsache, daß niemand eingebrochen ist, besitzen wir keinerlei Fakten.«

»Woraus Sie folgern, daß es jemand war, der sich bereits hier aufhielt«, sagte sie kaum hörbar. »Jemand, der in diesem Haus wohnt.«

»Wie es scheint, kommen wir daran nicht vorbei, ja.«

»Sieht ganz so aus.«

»Was für eine Frau war Ihre Schwester, Mrs. Kellard? War sie aufgeschlossen? Interessierte sie sich für die Probleme ihrer Mitmenschen? War sie eine gute Beobachterin? Besaß sie viel Menschenkenntnis?«

Araminta lächelte. Eigentlich war es eher eine eigentümliche Verrenkung ihrer unteren Gesichtshälfte.

»Nicht mehr als die meisten Frauen, Mr. Monk. Im Grunde genommen eher weniger. Wenn sie etwas entdeckt haben sollte, dann durch Zufall, nicht weil sie danach auf der Suche gewesen ist. Sie fragen mich, was für eine Frau sie war. Nun, die Sorte, die in Ereignisse hineinstolpert, die sich ohne Rücksicht auf die Konsequenzen von ihren Gefühlen leiten läßt. Sie gehörte zu denen, die geradewegs ins Unglück hineinrennen, ohne es vorauszusehen oder nachher zu begreifen, wie das eigentlich passieren konnte.«

Monk warf einen raschen Blick in Basils Richtung. Außer der absoluten Konzentration, mit der er Araminta fixierte, war seiner Miene nicht die geringste Gefühlsregung zu entnehmen. Keine Trauer, keine Verwunderung.

Monk wandte sich zu Cyprian um. In dessen Gesicht spiegelte sich deutlich der Schmerz, den die Erinnerung in ihm wachrief, das bittere Gefühl eines schweren Verlusts. Er wußte um all die Worte, die plötzlich gesagt werden konnten – zu spät –, die ganze Zuneigung, die nie ausgedrückt worden war.

»Danke, Mrs. Kellard«, sagte Monk langsam. »Ich wäre Ihnen sehr verbunden, wenn Sie es mir mitteilen würden, falls Ihnen noch mehr einfällt. Wie haben Sie den Montag verbracht?«

»Vormittags war ich zu Hause. Am Nachmittag machte ich einige Besuche, und das Dinner nahm ich dann wieder hier, mit der Familie, ein. Im Lauf des Abends kam ich mehrmals mit Octavia ins Gespräch, aber mir ist nichts davon besonders in Erinnerung geblieben. Es kam mir damals alles recht banal vor.«

»Vielen Dank, Ma'am, das wäre erst einmal alles.«

Sie stand auf, neigte kaum merklich den Kopf und marschierte schnurstracks hinaus.

»Möchten Sie Mr. Kellard auch sprechen?« erkundigte sich Basil mit gewölbten Brauen. Seine ganze Haltung hatte plötzlich etwas leicht Verächtliches.

Die bloße Tatsache, daß er gefragt hatte, ließ Monk zustimmen.

»Gern, sofern es Ihnen recht ist.«

Obgleich Basils Gesicht hart wurde, erhob er keinerlei Einwände. Er läutete nach Phillips und beauftragte ihn, Myles Kellard zu holen.

»Myles hätte Octavia sich niemals anvertraut«, ließ Cyprian sich unvermittelt vernehmen.

»Warum nicht?« fragte Monk prompt.

Angesichts der groben Taktlosigkeit einer solch unverblümten Frage glitt ein unwilliger Ausdruck über Basils Gesicht. »Weil sich die beiden nichts auseinander gemacht haben«, erwiderte er hastig an Cyprians Stelle. »Was natürlich nicht heißt, daß sie unhöflich zueinander gewesen wären.« Seine dunklen Augen sahen Monk forschend an, ob der auch begriffen hatte, daß Leute von Stand sich nicht wie gewöhnliches Pack herumzankten. »Aller Wahrscheinlichkeit nach hat sich das arme Mädchen mit niemandem über ihre verheerende Entdeckung ausgesprochen, was immer das auch gewesen sein mag. Wir werden es wohl nie erfahren.«

»Und der Täter soll – wer immer er sein mag – ungestraft davonkommen?« fragte Cyprian provozierend. »Das ist ja ungeheuerlich!«

»Wie kannst du so etwas sagen!« Basil war außer sich. Seine Augen glühten, die tiefen Furchen in seinem Gesicht verwandelten sich in Abgründe. »Glaubst du vielleicht, ich will den Rest meines Lebens unter einem Dach mit dem Mörder meiner Tochter verbringen? Was ist los mit dir? Großer Gott, du müßtest mich eigentlich besser kennen!«

Cyprian sah aus, als hätte man ihn geschlagen, und Monk wurde von heftiger, unerwarteter Verlegenheit gepackt. Diese Szene war nicht für seine Ohren bestimmt, das waren keine Emotionen, die mit Octavia Hasletts Tod zusammenhingen. Hier spielte sich etwas ab zwischen Vater und Sohn, das nicht auf die aktuellen Ereignisse, sondern auf jahrelange Unstimmigkeiten und Mißerfolge zurückzuführen war.

»Falls Monk«, Basil machte eine ruckartige Kopfbewegung in dessen Richtung, »nicht in der Lage sein sollte, den Täter zu finden, egal, wer er ist, werde ich den Polizeichef auffordern, jemand anders zu schicken.« Er lief nervös von der verzierten Kamineinfassung in die Mitte des Raumes. »Wo, zum Teufel, bleibt Myles? Wenigstens heute morgen könnte er sich doch einmal abkömmlich machen, wenn ich ihn rufen lasse!«

In dem Moment wurde die Tür ohne Vorankündigung aufgerissen. Myles Kellard kam hereinspaziert, als hätte er Basils Worte gehört. Er war groß und schlank, in jeder anderen Hinsicht jedoch das absolute Gegenteil der Moidores. Das dunkelbraune, mit hellen Strähnen durchzogene Haar war in einer schwungvollen Tolle aus der Stirn gekämmt, das Gesicht lang und schmal. Er hatte das, was man landläufig eine aristokratische Nase nennt, über einem sinnlichen, launischen Mund. Es war paradoxerweise das Gesicht eines Träumers und Wüstlings zugleich.

Monk wartete aus Gründen der Höflichkeit erst einmal ab, und so kam es, daß Basil Myles die Fragen stellte, die er eigentlich hatte stellen wollen – allerdings ohne Erklärung über ihren Sinn und Zweck. Seine Vermutung war richtig gewesen: Myles konnte ihnen nicht das geringste sagen. Er war spät aufgestanden und irgendwann am Vormittag zum Lunch aus dem Haus gegangen; wohin, erwähnte er nicht. Den Nachmittag hatte er wie üblich in seiner Funktion als Direktor in der Handelsbank verbracht. Zum Dinner war er wieder zurück gewesen, hatte Octavia außer bei Tisch jedoch nicht gesehen. Und aufgefallen war ihm auch nichts.

Nachdem er gegangen war, erkundigte sich Monk, ob es, von Lady Moidore abgesehen, noch jemanden gäbe, mit dem er sprechen könnte.

»Tante Fenella und Onkel Septimus.« Diesmal kam Cyprian seinem Vater zuvor. »Wir wären Ihnen sehr verbunden, wenn Sie die Fragen an Mama so kurz wie möglich halten würden. Eigentlich wäre es sogar besser, wir fragen sie und geben ihre Antworten an Sie weiter, sofern sie von Bedeutung sind.«

Basil warf seinem Sohn einen kalten Blick zu. Ob das nun auf dessen Vorschlag zurückzuführen war oder daran lag, daß er ihm das Privileg, als erster das Wort zu ergreifen, abspenstig gemacht hatte, war schwer zu sagen; Monk hielt letzteres für wahrscheinlicher. Wie die Dinge lagen, fiel ihm dieses kleine Zugeständnis nicht schwer. Es war auch später noch Zeit genug, sich mit Lady Moidore zu unterhalten – wenn er mit mehr aufwarten konnte als relativ unspezifischen Fragen.

»Selbstverständlich«, sagte er laut. »Aber Ihren Onkel und Ihre Tante vielleicht? Manchmal ist die Tante diejenige, der man am meisten vertraut.«

Basil ließ mit einem scharfen, abfälligen Zischen den Atem entweichen und drehte sich dem Fenster zu.

»Nicht Tante Fenella.« Cyprian saß halb auf der Rückenlehne

eines der mit Lederpolstern ausgestatteten Stühle. »Aber sie verfügt über eine gute Beobachtungsgabe – und jede Menge Neugier. Sie könnte durchaus etwas bemerkt haben, das dem Rest von uns entgangen ist. Wenn sie es nicht vergessen hat.«

»Hat sie ein schlechtes Gedächtnis?« hakte Monk nach.

»Ein sprunghaftes«, erwiderte Cyprian mit hintergründigem Lächeln. Er griff nach dem Klingelzug, doch als der Butler erschien, war es Basil, der ihn anwies, erst Mrs. Sandeman, dann Mr. Thirsk hereinzubitten.

Auch Fenella Sandeman hatte ausgesprochen große Ähnlichkeit mit Basil Moidore: die gleichen dunklen Augen, dieselbe kurze, gerade Nase und einen ähnlich beweglichen, breiten Mund; nur der Kopf war schmaler, und die Falten schienen wie ausgebügelt. In jungen Jahren mußte sie einen exotischen Reiz besessen haben, der echter Schönheit sehr nahe kam. Heute wirkte sie lediglich außergewöhnlich. Monk mußte sich nicht erst nach der Art der Verwandtschaft erkundigen, sie war offensichtlich. Fenella war ungefähr im gleichen Alter wie Basil, ging eher auf die Fünfzig denn auf die Vierzig zu, kämpfte jedoch mit jedem erdenklichen Kunstgriff gegen die Zeit an. Obwohl Monk sich nicht gut genug mit Frauen auskannte, um die vielfältigen Kniffe zu kennen, wußte er doch, daß es welche gab. Falls er jemals besser darüber im Bilde gewesen sein sollte, hatte er es vergessen. Eins sah er jedenfalls klar: Fenellas Gesicht wirkte ausgesprochen maskenhaft; ihr Teint hatte einen unnatürlichen Farbton, die Brauen waren viel zu scharf umrissen, das Haar war spröde und zu dunkel.

Sie musterte Monk mit allergrößtem Interesse und ignorierte Basils Aufforderung, sich zu setzen.

»Wie reizend, Sie kennenzulernen«, hauchte sie mit verführerisch heiserer Stimme, die eine Spur wackelig klang.

»Er ist Polizist, Fenella, keine neue gesellschaftliche Errungenschaft«, versetzte Basil. »Er untersucht die Umstände von Octavias Tod. Wie es aussieht, wurde sie von jemandem getötet, der in diesem Haus wohnt, vermutlich von einem der Dienstboten.«

»Von einem der Dienstboten?« Fenellas schwarz nachgemalte

Brauen wölbten sich verblüfft. »Nein, wie abscheulich!« Sie schien nicht im mindesten schockiert. Wäre es nicht absurd gewesen, hätte Monk fast gedacht, diese Tatsache würde sie regelrecht beflügeln.

Was auch Basil nicht entging.

»Benimm dich, Fenella!« sagte er scharf. »Wir haben dich kommen lassen, weil es so aussieht, als ob Octavia ein Geheimnis entdeckt hätte, wenn auch durch Zufall, und deshalb sterben mußte. Inspektor Monk wüßte gern, ob sie dir vielleicht etwas in der Richtung anvertraut hat. Hat sie?«

»Du meine Güte!« Ihr Blick ruhte unverwandt auf Monk. Wäre es, was die Diskrepanz ihrer gesellschaftlichen Stellung und den mindestens zwanzig Jahre betragenden Altersunterschied zwischen ihnen anbelangte, nicht vollkommen verrückt gewesen, hätte Monk gedacht, sie würde mit ihm flirten. »Darüber muß ich erst mal nachdenken, aber ich kann mich bestimmt nicht an alles erinnern, was sie mir in den letzten Tagen ihres Leben erzählt hat – das arme Ding. Ihr Leben war so unglaublich tragisch. Erst den Ehemann so kurz nach der Heirat an den Krieg verlieren zu müssen, und dann noch wegen eines jämmerlichen Geheimnisses umgebracht zu werden!« Sie erschauerte und zog fröstelnd die Schultern hoch. »Was das bloß sein könnte?« Ihre Augen weiteten sich theatralisch. »Ein uneheliches Kind vielleicht, was meinen Sie? Nein – oder doch!? Eine Magd kostet so was die Stellung – aber kann es wirklich eine Frau gewesen sein? Sicher nicht, oder?« Sie kam Monk einen Schritt näher. »Egal, von unseren Dienstboten hat sowieso niemand ein Kind, das würden wir wissen.« Tief in ihrer Kehle löste sich ein eigenartiger Laut, der entfernt an ein Kichern erinnerte. »So etwas kann man nur schlecht verbergen, nicht wahr? Ein Verbrechen aus Leidenschaft – ja, das muß es sein! Irgend jemand hatte eine verhängnisvolle Affäre, von der niemand wußte, Tavie ist zufällig darübergestolpert – und dann haben sie sie umgebracht, die Ärmste. Wie können wir Ihnen helfen, Inspektor?«

»Seien Sie bitte vorsichtig, Mrs. Sandeman«, erwiderte Monk

mit grimmiger Miene. Er war sich nicht ganz im klaren, wie ernst er sie nehmen sollte, aber irgend etwas veranlaßte ihn, sie zu warnen, damit sie sich nicht selbst in Schwierigkeiten brachte. »Womöglich kommen Sie dem Geheimnis auf die Spur oder geben der betroffenen Person allen Grund, das zu befürchten. Es wäre klüger, Sie hielten sich unauffällig im Hintergrund.«

Sie wich einen Schritt zurück, schnappte nach Luft und riß die Augen noch weiter auf. In dem Moment fragte er sich zum erstenmal – trotz der frühen Stunde –, ob sie völlig nüchtern war.

Basil mußte ähnliche Befürchtungen hegen. Er streckte pro forma eine Hand aus und geleitete sie zur Tür.

»Denk darüber nach, Fenella. Wenn dir etwas einfällt, sag es mir, ich werde es an Mr. Monk weitergeben. Und jetzt geh und frühstücke oder schreib Briefe oder tu sonst irgendwas.«

Für den Bruchteil einer Sekunde verschwanden jeglicher Glanz und alle Lebensfreude aus ihren Zügen. Sie schaute ihn mit offener Abneigung an, doch das war gleich wieder vorbei. Anstandslos unterwarf sie sich seiner Aufforderung zum Gehen und machte leise die Tür hinter sich zu.

Basil forschte in Monks Gesicht nach etwaigen Schlüssen, die er aus ihrer Vorstellung gezogen hatte, doch der machte eine völlig nichtssagende Miene.

Die letzte Person, die das Morgenzimmer betrat, stand in gleichermaßen offensichtlicher Verwandtschaft zur Familie. Der Mann hatte dieselben großen blauen Augen wie Lady Moidore, eine ähnlich geschnittene Wangen-, Stirn- und Kinnpartie und, wenn sein Haar mittlerweile auch grau war, die für Menschen mit hellbraunem Haar typische rosige Gesichtsfarbe. Allerdings war er erheblich älter, zudem schien ihn das Leben nicht gerade mit Samthandschuhen angefaßt zu haben. Seine Schultern waren gebeugt, und er machte einen deutlich abgekämpften Eindruck, als hätte er viele Niederlagen einstecken müssen – kleine vielleicht, dafür nachhaltige.

»Septimus Thirsk«, stellte er sich mit einem Rest militärischer Korrektheit vor. »Was kann ich für Sie tun, Sir?« Er ignorierte sowohl seinen Schwager, in dessen Haus ihm allem Anschein nach Domizil gewährt wurde, als auch Cyprian, der sich an die Fensterbrüstung zurückgezogen hatte.

»Waren Sie am Montag, dem Tag vor Mrs. Hasletts Ermordung, zu Hause, Sir?« erkundigte sich Monk höflich.

»Außer Haus, Sir, den ganzen Vormittag und zum Lunch«, erwiderte Septimus nach wie vor fast in Hab-acht-Stellung. »Den Nachmittag verbrachte ich hier, zum größten Teil in meinem Quartier, das Dinner woanders.« Ein besorgter Ausdruck glitt über sein Gesicht. »Weshalb interessiert Sie das, Sir? Ich habe den Einbrecher weder gehört noch gesehen, ansonsten hätte ich Bericht erstattet.«

»Tavie wurde von jemandem ermordet, der sich bereits im Haus aufhielt, Onkel Septimus«, klärte Cyprian ihn auf. »Wir dachten, sie hat dir gegenüber vielleicht etwas erwähnt, das auf das Motiv schließen läßt. Wir fragen jeden.«

»Etwas erwähnt?« Septimus blinzelte.

Basils Gesicht verfinsterte sich. »Großer Gott, die Frage ist wirklich nicht schwer zu verstehen!« rief er aufgebracht. »Ob Octavia irgend etwas gesagt oder getan hat, das darauf hindeutete, daß sie über ein genügend schmutziges Geheimnis gestolpert ist, um deswegen umgebracht zu werden! Es ist sowieso ziemlich unwahrscheinlich, aber die Frage muß nun mal gestellt werden!«

»Ja, das hat sie!« sagte Septimus prompt; auf seinen Wangen prangten zwei hektische rote Flecken. »Als sie am späten Nachmittag nach Hause kam, meinte sie, eine ganz neue Welt hätte sich vor ihr aufgetan, eine überaus gräßliche. Sie müßte nur noch ein Detail herausfinden, um es endgültig beweisen zu können. Ich habe sie gefragt, worum es dabei geht, aber das wollte sie mir nicht sagen.«

Basil hatte es die Sprache verschlagen, Cyprian stand da wie vom Donner gerührt.

»Wo war sie gewesen, Mr. Thirsk?« fragte Monk ruhig. »Sie sagten, als sie nach Hause kam.«

»Keine Ahnung«, gab Septimus zurück, während die Wut in

seinen Augen von Kummer verdrängt wurde. »Sie meinte nur, daß ich es eines Tages begreifen würde – besser als jeder andere. Mit mehr wollte sie nicht herausrücken.«

»Fragen Sie den Kutscher«, schlug Cyprian vor. »Er wird es wissen.«

»Sie war nicht mit einer von unseren Kutschen weg.« Septimus schoß einen hinterlistigen Blick auf Basil ab und fügte spitz hinzu: »Das heißt, von deinen. Sie kam zu Fuß. Ich nehme an, sie ist entweder gelaufen oder hat einen Hansom angehalten.«

Cyprian fluchte gedämpft. Obwohl Basil einen hochgradig verstörten Eindruck machte, entspannten sich seine Schultern unter dem schwarzen Stoff seines Jacketts, während er über ihre Köpfe hinweg aus dem Fenster starrte.

»Es scheint, Inspektor, das arme Mädchen hat an jenem Tag tatsächlich etwas in Erfahrung gebracht«, sagte er mit dem Rücken zu Monk. »Ihre Aufgabe ist jetzt herauszufinden, worum es dabei ging – falls Ihnen das nicht gelingt, müssen Sie dem Mörder anhand von Schlußfolgerungen auf die Schliche kommen. Das Warum bekommen wir möglicherweise nie heraus, aber das spielt wohl auch keine Rolle mehr.« Er verstummte und schien völlig in seine eigenen Gedanken zu versinken. Niemand störte ihn dabei.

»Falls es noch etwas geben sollte, womit wir Ihnen helfen können, werden wir das natürlich tun«, fuhr er schließlich fort. »Es ist kurz nach Mittag, und ich wüßte nicht, wie wir Sie momentan noch weiter unterstützen sollen. Es steht Ihnen oder Ihren Untergebenen jederzeit frei, die Dienstboten zu vernehmen, wenn das Familienleben dadurch nicht beeinträchtigt wird. Ich werde Phillips dahingehend instruieren. Für den Augenblick bedanke ich mich erst einmal für Ihr diskretes Verhalten. Ich verlasse mich darauf, daß es so bleibt. Sollten Sie irgendwelche Fortschritte machen, melden Sie es mir oder, falls ich nicht da bin, meinem Sohn. Es wäre mir allerdings lieber, wenn Lady Moidore nicht damit behelligt wird.«

»Jawohl, Sir Basil.« Monk wandte sich zu Cyprian um. »Vielen Dank für Ihre Hilfsbereitschaft, Mr. Moidore.« Er verabschiedete sich und wurde hinausbegleitet, diesmal nicht von dem Butler, sondern von einem atemberaubend gutaussehenden Lakai, dessen Schönheit lediglich durch einen etwas zu kleinen, durchtriebenen Mund getrübt wurde.

In der Halle stieß er auf Lady Moidore. Er hatte die redliche Absicht, mit nicht mehr als einem höflichen Kopfnicken an ihr vorbeizugehen, aber sie kam schnurstracks auf ihn zu und entließ den Lakai mit einer raschen Handbewegung, so daß ihm nichts anderes übrigblieb, als stehenzubleiben und sie anzusprechen.

»Guten Tag, Lady Moidore.«

Es war schwer zu sagen, ob ihre Blässe lediglich eine Begleiterscheinung ihrer bemerkenswerten Haarfarbe war, die fahrigen Bewegungen und die weit aufgerissenen Augen ließen jedoch keinen Zweifel offen.

»Guten Morgen, Mr. Monk. Meine Schwägerin behauptet, Sie glauben nicht an einen Einbrecher. Stimmt das?«

Er ersparte ihr nichts, indem er log. In dem Fall würde sie die Wahrheit von jemand anderem erfahren und ihm in Zukunft nicht mehr vertrauen. Das fügte ihrer ohnehin schwierigen Situation nur eine weitere Bürde hinzu.

»Tut mir leid, Ma'am, ja.«

Sie stand vollkommen reglos vor ihm. Er sah nicht einmal das schwache Heben und Senken ihres Brustkorbs, wenn sie atmete.

»Also hat einer von uns Tavie getötet«, stellte sie schließlich zu seinem Erstaunen fest. Sie wich der einzig möglichen Schlußfolgerung weder aus, noch erging sie sich in Beschönigungen. Sie war die einzige in der ganzen Familie, die die Schuld nicht automatisch bei den Dienstboten suchte, und er bewunderte sie zutiefst für den Mut, den sie das gekostet haben mußte.

»Haben Sie Mrs. Haslett noch einmal gesehen, nachdem sie am fraglichen Tag nach Hause gekommen war, Ma'am?« fragte er freundlicher.

»Ja. Warum?«

»Offenbar hatte sie unterwegs eine bedrückende Entdeckung gemacht und laut Mr. Thirsk die Absicht, die Angelegenheit weiter zu verfolgen, bis sie genügend Beweise zusammen hätte. Hat sie mit Ihnen darüber gesprochen?«

»Nein.« Ihre Augen waren derart weit aufgerissen, daß man den Eindruck gewann, der Gegenstand ihrer Betrachtung befände sich so dicht davor, daß sie nicht einmal mehr blinzeln konnte. »Mit keinem Wort. Sie war während des Dinners sehr still, abgesehen von einigen etwas unfreundlichen Bemerkungen gegenüber . . .«, ein schwaches Stirnrunzeln, ». . . Cyprian und ihrem Vater. Ich führte es auf einen Migräneanfall zurück. Die Menschen sind eben manchmal unfreundlich zueinander, vor allem wenn sie sich Tag für Tag unter demselben Dach aufhalten müssen. Bevor sie zu Bett ging, kam sie in mein Zimmer, um gute Nacht zu sagen. Ihr Morgenmantel hatte einen Riß. Ich erbot mich, ihn zu nähen – sie konnte noch nie besonders gut mit Nadel und Faden umgehen . . .« Ihre Stimme versagte. Die Erinnerung mußte unerträglich klar gewesen sein. Ihre Tochter war tot! Sie hatte den Verlust noch nicht ganz begriffen – es schien, als hätte das Leben nur einen kleinen Abstecher in die Vergangenheit gemacht.

Er scheute davor zurück, in sie zu dringen, mußte es aber tun. »Was genau hat sie zu Ihnen gesagt, Ma'am? Jedes Wort kann wichtig sein.«

»Nur ›gute Nacht‹, sonst nichts. Sie war in ziemlich sentimentaler Stimmung, sehr sentimental sogar, daran erinnere ich mich gut, und sie gab mir einen Kuß. Es war fast so, als hätte sie gewußt, daß wir uns nicht wiedersehen würden.« Sie legte die Hände vors Gesicht und zog die langen, schlanken Finger auseinander, bis sich die Haut straff über ihren Wangenknochen spannte. Er hatte das überwältigende Gefühl, daß es nicht Trauer war, was ihr zusetzte, sondern die plötzliche Erkenntnis, daß jemand aus ihrer Familie den Mord begangen hatte.

Sie war eine bemerkenswerte Frau mit offensichtlich ehrlichem Charakter, wofür Monk nur größten Respekt haben konnte. Es verletzte seine Gefühle – und seinen Stolz –, hinsichtlich des Klassenunterschieds zwischen ihnen solch einen untergeordneten

Rang zu haben, daß er mit keinerlei Trost, lediglich mit steifen Höflichkeitsfloskeln aufwarten durfte, denen jede persönliche Note fehlte.

»Sie haben mein aufrichtiges Mitgefühl, Ma'am«, sagte er lahm. »Ich wünschte, ich müßte der Angelegenheit nicht weiter nachgehen . . .« Darauf ließ er es beruhen. Sie verstand ihn auch ohne weitschweifige Erklärungen.

Lady Moidore nahm die Hände vom Gesicht und erwiderte kaum hörbar: »Schon gut.«

»Guten Tag, Lady Moidore.«

»Guten Tag, Mr. Monk. Percival, begleiten Sie Mr. Monk bitte hinaus.«

Der Lakai erschien wieder auf der Bildfläche, um ihn zu seiner Überraschung zum Haupteingang und die Stufen hinab in die Queen Anne Street zu führen. Er empfand eine Mischung aus Mitleid, geistiger Wachheit und wachsendem Interesse – ein Gefühl, das ihm vertraut vorkam, er jedoch keinem speziellen Ereignis zuordnen konnte. So etwas mußte er schon hundertmal getan haben: an den Ort eines Verbrechens kommen und dann Leben und Schicksal der Betroffenen Stück für Stück an die Oberfläche kehren.

Er umrundete das Haus, um zum rückwärtigen Teil zu gelangen, wo Evan hoffentlich irgendwo zu finden war. Er hatte ihm den Auftrag erteilt, mit den Dienstboten zu sprechen und sich oberflächlich nach dem Messer umzusehen. Da sich der Mörder nach wie vor im Haus aufhielt, befand sich die Tatwaffe wahrscheinlich noch dort, es sei denn, er hatte sie in der Zwischenzeit verschwinden lassen. Allerdings gab es in jeder Küche haufenweise Messer entsprechender Größe, von denen wiederum einige als Tranchiermesser benutzt wurden. Er wäre ein Kinderspiel gewesen, es abzuwischen und zurückzulegen. Selbst Blutflecken am Übergang vom Griff zur Schneide hätten nicht viel bedeutet.

In dem Moment kam Evan die Kellertreppe hoch. Vielleicht hatte ihn die Kunde von Monks Aufbruch ereilt und er sich zur selben Zeit zum Gehen entschlossen. Monk studierte Evans Gesicht, während der mit federndem Schritt und hocherhobenem Haupt die Stufen hinaufsprang.

»Und?«

»Hab P. C. Lawley dazu gebracht, mir zu helfen. Wir haben das ganze Haus auf den Kopf gestellt, insbesondere die Dienstbotenbehausungen, aber keine Spur von dem Schmuck. Nicht, daß ich wirklich damit gerechnet hätte, was zu finden.«

Monk ebenfalls nicht. Raub hatte er von Anfang an nicht für das Motiv gehalten. Der Schmuck war höchstwahrscheinlich den Abort hinuntergespült, die silberne Vase woanders hingestellt worden. »Was ist mit dem Messer?«

»Die Küche ist voll davon«, sagte Evan, während er in Monks Schritt einfiel. »Richtig gemein aussehende Dinger! Laut Köchin fehlt keins. Falls eins von ihnen benutzt wurde, ist es zurückgelegt worden, ich hab jedenfalls nichts gefunden. Glauben Sie tatsächlich, es war einer der Dienstboten? Aber warum?« Er verzog das Gesicht zu einer skeptischen Grimasse. »Eine eifersüchtige Zofe? Ein Lakai auf Freiersfüßen?«

Monk schnaubte verächtlich. »Eher ein Geheimnis, dem sie auf die Spur gekommen ist.« Und er erzählte Evan, was er herausgefunden hatte.

Gegen halb drei war Monk in Old Bailey. Nach einer weiteren halben Stunde hatte er es dank diverser Bestechungsmanöver und, wo das nichts half, unterschwelliger Drohungen endlich bis in den Gerichtssaal geschafft, in dem Menard Greys Verhandlung dem Höhepunkt entgegenging. Rathbone hielt soeben das Schlußplädoyer. Es entpuppte sich nicht als die pathetische Beschwörung, mit der Monk gerechnet hatte – schließlich war ihm nicht entgangen, daß es sich bei diesem Mann um einen Exhibitionisten handelte, einen eitlen, pedantischen Mensch, der in erster Linie ein Schauspieler war –, sondern als eine ruhige, präzis formulierte und in sich stimmige Zusammenfassung. Er unternahm nicht einen einzigen Versuch, die Geschworenen einzulullen oder an ihre Gefühle zu appellieren. Entweder hatte er aufgegeben oder zu guter Letzt doch noch eingesehen, daß es nur ein Urteil geben konnte und der Richter die richtige Adresse war, wenn er irgendwo Mitleid erwecken wollte.

Bei dem Opfer handelte es sich um einen Gentleman aus allerbestem, adligem Hause – aber das war Menard Grey auch. Er hatte die Bürde seines stillen Wissens, was geschehen war und in Zukunft noch mehr unschuldige Menschen ereilen würde, wenn er nichts unternahm, lange genug mit sich herumgeschleppt.

Monk forschte in den Gesichtern der Geschworenen und wußte, daß sie auf mildernde Umstände plädieren würden. War das genug?

Ohne sich dessen bewußt zu sein, suchte er in der Menge nach Hester Latterly. Hatte sie nicht gesagt, sie würde kommen? Er konnte einfach nicht an den Fall Grey denken, ohne daß sie ihm in den Sinn kam. Schade, wenn sie das Ende verpassen würde.

In der ersten Reihe hinter den Anwälten saß Callandra Daviot, neben sich ihre Schwägerin Fabia Grey, Ladywitwe Shelburne. Lovel Grey, der es nicht wagte, seinem Bruder auf der Anklagebank in die Augen zu sehen, saß blaß und gefaßt auf ihrer anderen Seite. Das familiäre Trauerspiel schien seinen Charakter gestärkt zu haben; er schreckte nicht mehr wie früher vor einer Schuldzuweisung zurück. Obgleich seine Mutter weniger als einen Meter von ihm entfernt saß, lagen Abgründe zwischen ihnen, die er nicht mit einem einzigen Blick zu überwinden versuchte.

Fabia thronte auf ihrem Platz wie in Stein gemeißelt, weiß, kalt und unnachgiebig. Die verheerende Desillusionierung hatte sie vernichtet, sie bestand nur noch aus Haß. Das zarte, einst schöne Gesicht war durch die Heftigkeit ihrer Gefühle hart geworden, die Linien um ihren Mund häßlich, das Kinn spitz, der Hals dünn und faltig. Wären nicht so viele Menschen durch ihren Selbstbetrug zerstört worden, hätte sie Monk vermutlich leid getan, aber wie die Dinge lagen, verspürte er lediglich einen Anflug von Angst. Sie hatte den von ihr idealisierten Sohn unter schrecklichen Umständen verloren, und damit war aller Glanz und alle Freude aus ihrem Leben verschwunden. Nur Joscelin hatte sie zum Lachen gebracht, Joscelin hatte ihr geschmeichelt, ihr gesagt, wie schön, charmant und amüsant sie sei. Schlimm genug, daß er in den Krimkrieg ziehen und verwundet zurückkehren mußte, aber daß er in seiner eigenen Wohnung am Mecklenburg Square erschlagen worden war, hatte sie nicht mehr verkraftet. Weder Lovel noch Menard konnten ihn ersetzen. Sie hatte weder die Absicht, ihnen die Chance dazu zu geben, noch die Liebe oder Geborgenheit anzunehmen, die sie ihr gern geschenkt hätten.

Die bittere Wahrheit, die Monks Ermittlungen ans Licht gebracht hatte, hatte sie zerschmettert, und das würde sie nie verzeihen.

Zu Lovels Linken saß seine Frau Rosamond, ebenfalls gefaßt – und einsam.

Der Richter sprach ein kurzes Schlußwort, die Geschworenen zogen sich zur Beratung zurück. Aus lauter Angst, den Sitzplatz zu verlieren und den Höhepunkt des Spektakels zu verpassen, rührte sich keiner vom Fleck.

Monk fragte sich, wie oft er wohl schon einer Gerichtsverhandlung beigewohnt hatte, bei der jemand dank seiner Intervention auf der Anklagebank saß. Die Notizen der in seinen Akten festgehaltenen Fälle, die er auf der Suche nach Anhaltspunkten über sich selbst so eifrig verschlungen hatte, hörten alle nach der Demaskierung des Täters abrupt auf. Sie hatten auf einen vorsichtigen Ermittler hingedeutet, der nur sehr selten einen Fehler machte und ohne Verständnis für die Irrtümer anderer war. Obwohl er von vielen bewundert wurde, schien ihn außer Evan niemand wirklich zu mögen – und wenn er den Mann betrachtete, der aus den Unterlagen hervorging, wunderte ihn das nicht die Spur. Er mochte ihn selbst nicht.

Evan hatte ihn erst nach dem Unfall kennengelernt, der Fall Grey war der erste, den sie gemeinsam bearbeitet hatten.

Monk wartete weitere fünfzehn Minuten, während denen er sich das wenige durch den Kopf gehen ließ, was er über sich wußte, und versuchte, sich ein Bild von dem Rest zu machen.

Die Geschworenen kehrten zurück, die Gesichter angespannt,

die Blicke besorgt. Das Stimmengesumm ebbte ab, bis nur noch das Rascheln von Stoff und das Quietschen von Stiefeln zu hören waren.

Der Richter erkundigte sich, ob sie zu einem einstimmigen Urteil gelangt wären.

Sie bejahten. Er fragte den Obmann zu welchem, woraufhin dieser antwortete: »Schuldig, aber wir plädieren auf mildernde Umstände, Euer Ehren. Wir bitten Sie inständig, soviel Gnade walten zu lassen, wie Ihnen im Rahmen des Gesetzes möglich ist, Sir.«

Monk registrierte, daß er eine vollkommen aufmerksame Haltung angenommen hatte und ganz flach atmete, damit ihm nichts des Gesagten entging. Als neben ihm jemand zu husten begann, hätte er dem Betreffenden am liebsten eine Ohrfeige verpaßt.

War Hester da? Wartete sie genauso gespannt wie er?

Er sah zu Menard Grey hinüber, der sich erhoben hatte und in der Menschenmasse um ihn herum so verloren wirkte wie ein winziges Eiland im Ozean. Jeder in diesem bis zur Decke getäfelten, überwölbten Saal wollte Zeuge sein, wie über ihn entschieden wurde, über sein Leben – oder seinen Tod. Rathbone, der neben ihm stand, schmaler und mindestens zehn Zentimeter kleiner als er, streckte eine Hand aus, um ihn zu stützen, ihn vielleicht auch nur spüren zu lassen, daß wenigstens einer wußte, wie ihm zumute war.

»Menard Grey«, begann der Richter mit trauriger, mitleidiger und zugleich enttäuschter Miene, »dieses Gericht hat Sie des Mordes für schuldig befunden. Sie selbst haben klugerweise auf nichts anderes plädiert, was Ihnen positiv vermerkt werden kann. Ihr Rechtsbeistand hat sich hauptsächlich auf die große Provokation berufen, der Sie ausgesetzt waren. Das Gericht kann dies nicht als Entschuldigung gelten lassen. Wenn jeder, der sich ausgenutzt und betrogen fühlt, zu Gewalt greifen würde, stünde die zivilisierte Welt bald vor dem Bankrott.«

Ein empörtes Zischen wogte durch den Saal.

»Wie dem auch sei«, fuhr der Richter in schärferem Ton fort,

»die Tatsache, daß großes Unrecht geschehen ist und Sie nach Mitteln und Wegen gesucht haben, in Zukunft zu verhindern, daß unschuldigen Menschen weiteres Leid zugefügt wird, diese im Rahmen des Gesetzes nicht gefunden und aus diesem Grund das Verbrechen begangen haben, wurde bei der Festlegung des Strafmaßes berücksichtigt. Sie sind ein fehlgeleiteter, nach meinem Dafürhalten jedoch kein bösartiger Mensch. Ich verurteile Sie hiermit zur Deportation nach Australien, wo Sie für die Dauer von fünfundzwanzig Jahren in der Kronkolonie Westaustralien zu verweilen haben.« Er hob seinen Hammer, um zu bekunden, daß die Angelegenheit für ihn damit erledigt war, doch das Klopfen ging im allgemeinen Applaus und Füßestampfen unter, als die Presseleute davonstürzten, um die Neuigkeit in ihre Zentralen zu bringen.

Monk erhielt keine Gelegenheit, mit Hester zu sprechen, sah sie aber kurz über die Köpfe der Menge hinweg. Ihre Augen glänzten, die Müdigkeit in ihren Zügen, die durch die strenge Frisur und die schlichte Kleidung noch betont wurde, wich strahlendem Triumph und unbeschreiblicher Erleichterung. In diesem Moment war sie fast schön. Ihre Blicke begegneten sich in völliger Übereinstimmung, dann wurde Hester von der Masse davongetragen, und er verlor sie aus den Augen.

Er erhaschte auch einen flüchtigen Blick auf Fabia Grey, die sich stocksteif, mit kalkweißem, haßerfülltem Gesicht auf den Ausgang zubewegte. Sie ließ sich weder von ihrer Schwiegertochter noch von ihrem ältesten und einzig übriggebliebenen Sohn stützen, der mit hocherhobenem Kopf und einem schwachen, kaum sichtbaren Lächeln auf den Lippen hinter ihr her marschierte. Callandra Daviot steckte vermutlich bei Rathbone. Sie war es gewesen – nicht etwa Menards Blutsverwandtschaft –, die den Anwalt mit seiner Verteidigung beauftragt hatte und für die Kosten aufkam.

Rathbone selbst entdeckte er nicht, konnte sich das Hochgefühl des Mannes aber lebhaft vorstellen. Obwohl er sich nichts sehnlicher gewünscht und hart dafür gearbeitet hatte, daß dieser Fall so ausging, paßte Monk Rathbones Erfolg absolut nicht. Mißmutig dachte er an den selbstgefälligen Gesichtsausdruck, den der Anwalt nach diesem Sieg haben mußte.

Er verließ Old Bailey und begab sich auf direktem Wege ins Polizeirevier, um Runcorn über seine bisherigen Fortschritte bezüglich des Mordes in der Queen Anne Street zu unterrichten.

Runcorn warf einen Blick auf Monks ausgesprochen flottes Jackett, woraufhin sich seine Augen verengten und es in seinen hageren Wangen unwillig zuckte.

»Ich warte schon zwei Tage auf Ihr Erscheinen«, sagte er, kaum daß Monk zur Tür herein war. »Ich gehe davon aus, daß Sie viel zu tun haben, aber ich will über jeden einzelnen Fortschritt der Ermittlungen informiert werden – falls es überhaupt welche gibt! Haben Sie schon einen Blick in die Zeitungen geworfen? Sir Basil Moidore ist ein sehr einflußreicher Mann. Sie scheinen sich mal wieder nicht darüber im klaren zu sein, mit wem Sie es zu tun haben! Er hat Freunde in den höchsten Kreisen – Kabinettsminister, Botschafter, sogar Prinzen!«

»Und obendrein Feinde im eigenen Haus«, ergänzte Monk in schnoddrigerem Ton als klug war, aber er wußte sehr gut, daß der Fall in Zukunft noch wesentlich häßlicher und schwieriger werden würde. Welches Pech für Runcorn! Er hatte entsetzliche Angst davor, Autoritätspersonen oder anderen Leuten auf den Schlips zu treten, die er für gesellschaftlich wichtig hielt, und das Innenministerium würde auf eine rasche Lösung des Falls drängen, weil die Öffentlichkeit außer sich war. Es mußte ihm schlaflose Nächte bereiten, einem Basil Moidore womöglich auf die Nerven zu fallen. Monk steckte wie üblich mittendrin, und Runcorn wäre nur zu entzückt, wenn er endlich die Gelegenheit bekommen würde, Monks Scheitern an die große Glocke zu hängen und ihm seinen Snobismus ein für allemal auszutreiben.

Monk war das alles kein Geheimnis mehr, und es machte ihn wütend, daß er möglichen Schaden nicht verhindern konnte, obwohl er vorgewarnt war.

»Mir steht jetzt nicht der Sinn nach Rätselraten«, fuhr Runcorn ihn an. »Wenn Sie nicht weitergekommen sind und der Fall zu schwierig für Sie ist, sagen Sie's gleich, dann kann ich ihn jemand anderem übertragen.«

Monk bleckte lächelnd die Zähne. »Eine hervorragende Idee – Sir. Danke vielmals.«

»Werden Sie bloß nicht frech!« Runcorn war fassungslos. Diese Antwort hatte er am allerwenigsten erwartet. »Falls das heißen soll, Sie resignieren, sagen Sie es gefälligst, wie sich's gehört, Mann, und nicht mit so einer flapsigen Bemerkung. Werfen Sie das Handtuch?« Für einen Moment glomm Hoffnung in seinen runden Äuglein auf.

»Wo denken Sie hin, Sir.« Monk hatte Mühe, weiterhin unbeschwert zu klingen. Leider war ihm nur ein einzelner Stoß geglückt – die Schlacht war verloren. »Ich dachte, Sie bieten mir an, mich bei der Untersuchung des Mordfalls Moidore ersetzen zu lassen.«

»O nein, warum sollte ich?« Runcorns kurze, gerade Brauen hoben sich. »Sagen Sie bloß, Sie sind dem nicht gewachsen? Sie waren doch immer der beste Mann im Stall – das haben Sie wenigstens allen weisgemacht!« Seine Stimme triefte vor Genugtuung. »Ihr Scharfsinn hat durch den Unfall jedenfalls gelitten, soviel steht fest. Den Fall Grey haben Sie ja noch ganz gut hingekriegt, aber es hat viel zu lange gedauert. Ich nehme an, man wird Grey hängen.« Die Genugtuung verstärkte sich. Er selbst war scharfsinnig genug, Monks Sympathie für Menard Grey kapiert zu haben.

»Nein, man wird nicht«, versetzte Monk. »Heute nachmittag wurde das Urteil verlesen: Deportation für fünfundzwanzig Jahre.« Er lächelte mit kaum verhohlenem Triumph. »Er kann sich in Australien durchaus ein anständiges neues Leben aufbauen.«

»Wenn er nicht am Fieber krepiert«, sagte Runcorn gehässig, »oder in einem Aufstand umkommt oder verhungert.«

»Das kann in London auch passieren.« Monk machte ein bewußt ausdrucksloses Gesicht.

»Los, los, was stehen Sie hier so rum!« Runcorn ließ sich hinter seinem Schreibtisch nieder. »Warum haben Sie solche Angst vor dem Fall Moidore? Glauben Sie, er übersteigt Ihre Fähigkeiten?«

»Der Täter befand sich im Haus«, gab Monk zurück.

»Klar befand sich der Täter im Haus.« Runcorn funkelte ihn wütend an. »Was ist los mit Ihnen, Monk? Wo bleibt denn Ihr berühmter Grips? Sie wurde in ihrem Schlafzimmer umgebracht – jemand ist eingebrochen. Kein Mensch behauptet, daß man sie auf die Straße gezerrt hat.«

Monk zog ein boshaftes Vergnügen daraus, ihn eines Besseren zu belehren.

»Man behauptet, daß es ein Einbrecher war.« Er sprach jedes Wort langsam und überdeutlich aus, als hätte er jemanden vor sich, der etwas schwer von Begriff war. Schließlich beugte er sich vor. »Ich sage, daß niemand eingebrochen ist, daß er oder sie – wer immer Sir Basils Tochter ermordet hat – sich bereits im Haus befand und es immer noch tut. Läßt man gesellschaftliches Zartgefühl walten, denkt man an einen der Dienstboten; benutzt man seinen gesunden Menschenverstand, kommt ein Mitglied der Familie viel eher in Frage.«

Runcorn starrte ihn entgeistert an. Als ihm die volle Bedeutung von Monks Offenbarung allmählich dämmerte, wich alles Blut aus seinem langen Gesicht. Monk indes war seine Befriedigung deutlich anzusehen.

»Was für ein absurder Einfall!« krächzte Runcorn kaum hörbar, weil seine Zunge den Worten den Weg versperrte, indem sie sich in seinen Gaumen bohrte. »Das darf doch nicht wahr sein, Monk! Leiden Sie vielleicht an heimlichem Haß auf den Adel, daß Sie schon wieder eine solch ungeheuerliche Beschuldigung ausstoßen müssen? Hat der Fall Grey Ihnen nicht gereicht? Wo haben Sie bloß Ihre fünf Sinne gelassen!«

»An dem Beweismaterial ist nicht zu rütteln.« Monks Freude galt ausschließlich Runcorns Panik. Er hätte sich wesentlich lieber nach einem Raubmörder umgesehen, wie schwer es auch sein würde, einen solchen zu finden. Es wäre mit einem geringeren Risiko verbunden, als eine Familie wie die Moidores zu beschuldigen, sei es auch nur im Rahmen einer natürlichen Schlußfolgerung.

Runcorns Mund klappte auf – und wieder zu.

»Ja, Sir?« soufflierte Monk.

Zwei Gefühlsanwandlungen jagten nacheinander über Runcorns Gesicht. Erst nacktes Entsetzen bei dem Gedanken an das politische Echo, falls Monk jemandem zu nahe treten sollte; dann die Hoffnung, daß er eine ausreichend verheerende Katastrophe herbeiführen würde, um seine weitere Karriere zu ruinieren.

»Verschwinden Sie«, preßte er zwischen zusammengebissenen Zähnen hervor. »Und Gott steh Ihnen bei, wenn Sie einen Fehler machen. Ich tu's nicht, glauben Sie mir!«

»Oh, auf die Idee wäre ich gar nicht gekommen – *Sir.*« Monk nahm für den Bruchteil einer Sekunde Haltung an – spöttisch, nicht als Bezeugung seiner Ehrerbietung – und stolzierte hinaus.

Er verachtete Runcorn und fragte sich erst, als er seine Behausung in der Grafton Street fast erreicht hatte, wie der Mann bei ihrer ersten Begegnung gewesen sein mochte, bevor Monk ihm mit seinem rasenden Ehrgeiz, seinem wendigen Verstand und seinem zum Teil grausamen Humor zugesetzt hatte. Diese Überlegungen waren nicht gerade angenehm und nahmen seinem Gefühl der Überlegenheit die Würze. Mit ziemlicher Sicherheit hatte er eine Menge zu dem beigetragen, was aus seinem Vorgesetzten geworden war. Daß Runcorn schon immer ein schwacher, eitler und weniger begabter Mensch gewesen sein mußte, war eine recht fadenscheinige Entschuldigung. Je mehr Mängel jemand besaß, desto schäbiger war es, einen Vorteil aus seinen Unzulänglichkeiten zu ziehen, um ihn zu vernichten. Wenn die Starken kein Verantwortungsgefühl an den Tag legten und gnadenlose Selbstsucht walten ließen, welche Chance hatten dann die Schwachen?

Monk ging früh zu Bett und starrte noch eine ganze Weile von sich selbst angewidert an die Decke.

Der halbe Londoner Adel war bei Octavia Hasletts Beerdigung vertreten. Unzählige Kutschen mit nach Möglichkeit schwarzen

Pferden verstopften den Langham Place und hielten den normalen Verkehr auf. Überall entdeckte man große schwarze Federn, flatternden Trauerflor, Lakaien und Kutscher in dunkler Uniform, auf Hochglanz poliertes Pferdegeschirr – aber kein Teil, das klingelte oder anderes Geräusch von sich gab. Ein diesbezüglich ambitionierter Mensch hätte die Familienwappen vieler vornehmer Häuser ausmachen können, nicht nur aus Großbritannien, sondern auch aus Frankreich und Deutschland. Die Trauergäste trugen erhabenes, atemberaubend modisches Schwarz; gigantische Reifröcke mit ebenso riesigen Petticoats darunter, Damenhüte mit schmuckvollen Bändern, glänzende Zylinder, gewienerte Stiefel.

Die Hufe der Pferde steckten in Stoffsäckchen, damit sie nicht zu laut klapperten, die Räder der Kutschen waren sorgfältig geölt, die Stimmen gedämpft. Die spärlichen Passanten verlangsamten unwillkürlich den Schritt und senkten ehrfürchtig die Köpfe.

Von seinem Standort auf der Treppe der All Saints Church aus, wo Monk wie ein Dienstbote wartete, hatte er einen ausgezeichneten Blick auf die soeben eintreffenden Moidores. Die Vorhut bildete Sir Basil mit seiner Tochter Araminta, deren auffallende Blässe und feuriges Haar trotz des schwarzen Schleiers deutlich zu sehen waren. Sie hielt seinen Arm, während sie die Stufen hinaufschritten, wenngleich man auch den Eindruck hatte, daß sie ihn ebensosehr stützte wie er sie.

Es folgte Beatrice Moidore, die sich ohne jeden Zweifel nur dank Cyprians Hilfe aufrecht halten konnte. Sie ging kerzengerade, aber ihr Gesicht war so stark verschleiert, daß es unmöglich zu erkennen war, Rücken und Schultern wirkten unglaublich steif. Zweimal geriet sie ins Stolpern, woraufhin er ihr sanft auf die Beine half und beruhigend auf sie einsprach.

In einiger Entfernung – sie hatten eine eigene Kutsche genommen – näherten sich Myles Kellard und Romola Moidore, die zwar nebeneinander gingen, jedoch nicht mehr füreinander zu sein schienen als offizielle Begleitpersonen. Romola bewegte sich, als ob sie unglaublich müde wäre; ihr Schritt war schwer, die Schultern leicht gebeugt. Auch ihr Gesicht steckte hinter einem undurchdringlichen Schleier. Etwa einen Meter rechts von ihr machte Myles Kellard einen trübsinnigen, vielleicht auch bloß gelangweilten Eindruck. Langsam, fast geistesabwesend stieg er die Stufen hinauf und streckte erst ganz oben eine Hand in Richtung ihres Ellbogens aus, was mehr an eine Höflichkeitsgeste als an wirkliche Hilfsbereitschaft erinnerte.

Das Schlußlicht bildeten Fenella Sandeman und Septimus Thirsk. Sie erschien in einem wahrhaft dramatischen Trauergewand und trug dazu einen für den Anlaß viel zu reich dekorierten, fraglos hübschen Hut. Ihre Taille war mit aller Gewalt zusammengeschnürt worden, so daß sie aus einigen Metern Entfernung wie ein junges Mädchen wirkte, doch beim Näherkommen entdeckte man das unechte Schwarz ihrer Haare und die welk werdende Haut. Monk konnte sich nicht recht entscheiden, ob er sie wegen der Art und Weise, wie sie sich lächerlich machte, bemitleiden oder ihren Mut zu provokantem Benehmen bewundern sollte.

Thirsk hielt sich dicht hinter ihr und flüsterte ihr von Zeit zu Zeit etwas in Ohr. Das harte, graue Tageslicht ließ die Abgekämpftheit auf seinen Zügen, das Gefühl, vom Leben besiegt worden zu sein, kraß hervortreten.

Anstatt gleich in die Kirche zu gehen, wartete Monk, bis der Geistliche, die wirklich Trauernden sowie alle Neider und Gaffer im Innern des Gebäudes verschwunden waren. Er schnappte eine Menge Gesprächsfetzen auf. Bei manchen handelte es sich um Mitleidsbekundungen, bei dem Großteil jedoch um wütende Empörung. Was sollte bloß aus der Welt werden, wenn das so weiterging? Wo steckte diese vielgepriesene, neumodische Metropolitan Police, während es überall Mord und Totschlag gab? Wozu für ihre Existenz blechen, wenn Leute wie die Moidores in ihrem eigenen Bett abgeschlachtet werden konnten? Zum Innenministerium sollte man gehen und verlangen, daß endlich etwas geschah!

Monk konnte sich die Aufregung, die Angst und die Ausflüchte der nächsten Wochen lebhaft vorstellen. Whitehall würde in einer Flut entrüsteter Beschwerdebriefe ersticken und mit mühsamen Rechtfertigungen und höflichen Zurückweisungen darauf reagieren. Dann, wenn Ihre Lordschaften gegangen waren, würde man Runcorn herbeizitieren, um mit eisiger Mißbilligung, hinter der sich helle Panik verbarg, Resultate von ihm zu fordern.

Und Runcorn würde sich vor Demütigung und Sorge gar nicht mehr zu helfen wissen. Er haßte es zu versagen; aber er hatte keine Ahnung, wie er seinen Mann stehen sollte. Natürlich würde er seine eigenen Ängste umgehend als offizielle Rüge getarnt an Monk weitergeben.

Basil Moidore würde das erste und das letzte Glied der Kette sein, wenn Monk in sein Haus zurückkehrte, um seine Familie aus ihrer Geruhsamkeit und vorgegaukelten Sicherheit aufzuscheuchen und den einzelnen Mitgliedern sämtliche Mutmaßungen über einander sowie die tote Frau zu entreißen, die sie soeben auf erlesene Weise zu Grabe trugen.

Ein Zeitungsjunge schlenderte vorbei, als Monk gerade hineingehen wollte.

»Grausiger Mord im Westend!« brüllte er ohne Rücksicht darauf, daß er direkt vor einem Gotteshaus stand. »Polizei ratlos! Lesen Sie, Herrschaften, lesen Sie!«

Drinnen ging es ausgesprochen feierlich zu. Klangvoll psalmodierende Stimmen, düster auf- und abschwellende Orgelmusik, in Edelsteinfarben leuchtende Buntglasfenster inmitten grauer Mauermassen, Kerzenschein auf unzähligen schwarzen Kleidungsstücken, hin und wieder ein leises Scharren von Füßen oder das Rascheln von Stoff. Jemand nieste. Hallende Schritte, als die Zeremonienmeister durchs Seitenschiff gingen. Das Quietschen von Stiefeln.

Monk wartete in der letzten Bank und schloß sich der Prozession dann so dicht an, wie es sich gerade noch schickte, als der Sarg schließlich zur Familiengruft getragen wurde.

Während der eigentlichen Bestattung stand er hinter den Moidores, neben sich einen hünenhaften Mann mit fast vollständiger Glatze, dessen wenige übriggebliebene Haarsträhnen munter im schneidenden Novemberwind wehten.

Beatrice Moidore befand sich direkt vor ihm, jetzt an der Seite ihres Ehemanns.

»Hast du diesen Polizisten vorhin in der Kirche gesehen?« fragte sie ihn kaum hörbar. »Er stand hinten neben den Lewis.«

»Natürlich«, gab er zurück. »Gott sei Dank benimmt er sich unauffällig und sieht wie ein normaler Trauergast aus.«

»Sein Anzug hat einen wunderschönen Schnitt«, stellte sie mit leicht verwundertem Unterton fest. »Sein Gehalt muß höher sein, als ich dachte. Er könnte direkt als Mann von Stand durchgehen.«

»Was redest du denn da«, sagte Basil scharf. »Mach dich nicht lächerlich, Beatrice.«

»Er wird wiederkommen, verlaß dich drauf.« Sie schenkte dem Rüffel keinerlei Beachtung.

»Selbstverständlich kommt er wieder«, knirschte ihr Mann verärgert. »Tag für Tag, bis er aufgibt – oder herausfindet, wer es war.«

»Warum hast du ›bis er aufgibt‹ zuerst gesagt? Glaubst du nicht, daß er den Fall aufklärt?«

»Ich habe nicht die geringste Ahnung.«

»Basil?«

»Was ist?«

»Was machen wir ... falls nicht?«

Er klang resigniert. »Nichts. Was sollten wir schon tun.«

»Ich glaube kaum, daß ich mich für den Rest meines Lebens mit Ungewißheit begnügen könnte.«

Er hob andeutungsweise die Schultern. »Dir wird nichts anderes übrigbleiben, meine Liebe. Es gibt keine Alternative. Viele Mordfälle bleiben ungelöst. Alles, was wir tun können, ist, sie nicht zu vergessen, um sie zu trauern und unser Leben so gut es geht wie gewohnt weiterzuführen.«

»Stellst du dich absichtlich taub, Basil?« Ihre Stimme schwankte lediglich beim letzten Wort.

»Ich habe jedes einzelne deiner Worte gehört, Beatrice – und darauf geantwortet«, sagte er aufgebracht. Die ganze Zeit über blickten beide starr geradeaus, als würde ihre gesamte Aufmerksamkeit dem Begräbnis gelten. Ihnen gegenüber sackte Fenella mit all ihrem Gewicht gegen Septimus. Er richtete sie automatisch wieder auf, wobei er mit seinen Gedanken offenkundig woanders war. Der Niedergeschlagenheit nach zu urteilen, die sich nicht nur in seinen Zügen, sondern in seiner ganzen Haltung spiegelte, dachte er an Octavia.

»Es war kein Einbrecher«, beharrte Beatrice mit verhaltenem Zorn. »Wir werden jeden Tag auf der Lauer liegen, gegenseitig in unseren Gesichtern forschen, auf einen bestimmten Tonfall, eine doppeldeutige Bemerkung horchen und uns fragen, ob es wohl diese Person war, oder ob sie weiß, wer sonst.«

»Du bist ja hysterisch«, versetzte Basil erstaunlich scharf, obwohl er sehr leise sprach. »Wenn es dir hilft, die Beherrschung wiederzufinden, entlasse ich eben das gesamte Personal und stelle neues ein. Und jetzt konzentriere dich um Himmels willen auf die Zeremonie!«

»Das Personal entlassen.« Die Worte blieben ihr beinah im Halse stecken. »Großer Gott, Basil! Was sollte das bringen?«

Basils Körper versteifte sich unter dem feinen, schwarzen Wollstoff. Er stand kerzengerade, mit angespannten Schultern da.

»Heißt das, du glaubst, es war jemand von uns?« sagte er schließlich mit flacher Stimme.

Sie hob den Kopf eine Spur höher. »Stimmt das denn nicht?«

»Weißt du etwas, Beatrice?«

»Nur was wir alle wissen – und was mir mein gesunder Menschenverstand sagt.« Sie drehte den Kopf unbewußt ein wenig in Myles Kellards Richtung, der am anderen Ende der Krypta stand.

Araminta neben ihm erwiderte den Blick ihrer Mutter. Sie konnte unmöglich etwas von dem mitbekommen haben, was zwischen ihren Eltern vorgegangen war, aber ihre Hände verkrallten sich in dem kleinen Taschentuch, das sie vor den Leib gepreßt hielt, und rissen es entzwei.

Dann war die Bestattung vorbei. Der Pfarrer sprach das letzte Amen, die Trauergemeinde brach auf. Cyprian dicht neben seiner Frau, Araminta mit gut einem Meter Abstand zwischen sich und ihrem Mann, Septimus in militärisch steifer, aufrechter Haltung, Fenella etwas wacklig auf den Beinen und schließlich Sir Basil und Lady Moidore, einträchtig nebeneinander.

Monk schaute ihnen mit einer Mischung aus Grimm und Mitleid nach; er wurde in zunehmendem Maße von dunklen Ahnungen befallen.

VIERTES KAPITEL

»Soll ich weiter nach dem Schmuck suchen?« fragte Evan mit zweifelnder Miene. Offenbar glaubte er nicht, daß es irgendeinen Sinn hatte.

Monk war ganz seiner Meinung. Der Schmuck war höchstwahrscheinlich weggeworfen oder vernichtet worden. Was immer das Motiv für den Mord an Octavia Haslett gewesen sein mochte, Raub war es bestimmt nicht. Kein noch so gieriger Dienstbote wäre dermaßen dumm gewesen, ausgerechnet dann in ihr Zimmer zu schleichen, wenn sie auf jeden Fall dort sein mußte, wo sich doch den ganzen Tag über genug Gelegenheiten boten, in ihrem Zimmer ungestört zu sein.

»Nein«, sagte er entschieden. »Verwenden Sie die Zeit besser zur Vernehmung des Personals.« Er zeigte lächelnd die Zähne, worauf Evan mit einer ähnlichen Grimasse reagierte. Er war bereits zweimal bei den Moidores gewesen, hatte jedesmal dieselben Fragen gestellt und die gleichen schroffen, nervösen Antworten erhalten. Die Angst der Leute ließ nicht automatisch auf ihre Schuld schließen. So gut wie alle Dienstboten fürchteten sich vor der Polizei. Die bloße Peinlichkeit einer solchen Situation reichte aus, ihren Ruf zu beflecken, von dem Verdacht, mit einem Mord etwas zu tun zu haben, gar nicht erst zu reden. »Irgend jemand aus dem Haus hat sie umgebracht«, fügte er hinzu.

Evan hob die Brauen. »Einer von den Dienstboten?« Obwohl er sich Mühe gab, seine Überraschung zu verbergen, klang die Frage ziemlich skeptisch, was durch seinen unschuldigen Blick nur verstärkt wurde.

»Das wäre wesentlich bequemer«, meinte Monk. »Wir würden bestimmt mehr Lorbeeren bei den tonangebenden Stellen ernten, wenn wir jemand verhaften, der im Kellergeschoß haust. Aber ich denke, dieses Geschenk können wir schon aus Vernunftgründen nicht annehmen. Nein, eigentlich erhoffe ich mir von ausgiebigen Gesprächen mit dem Personal, etwas mehr über die Moidores zu erfahren. Dienstboten bekommen viel zu sehen, und wenn sie auch darauf getrimmt sind, nichts von dem zu verraten, schlüpft ihnen manchmal doch das eine oder andere Wort ungewollt über die Lippen, wenn es um ihre eigene Haut geht.« Sie standen in Monks Büro, das kleiner und dunkler war als Runcorns; selbst der strahlende, klare Herbstmorgen schaffte es nicht, Helligkeit im Raum zu verbreiten. Auf dem einfachen Holztisch türmten sich die Unterlagen, den alten Teppich zierte eine abgetretene Laufschneise von der Tür zum Stuhl. »Sie haben mit den meisten von ihnen gesprochen. Ist Ihnen irgendwas aufgefallen?«

»Das übliche heile Bild«, sagte Evan langsam. »Die Mädchen sind zum Großteil noch sehr jung. Oberflächlich betrachtet machen sie einen ziemlich flatterhaften Eindruck, kichern die ganze Zeit, tuscheln miteinander und so.« Ein wenig Sonnenschein kämpfte sich durch die staubigen Fensterscheiben und bemächtigte sich seines Gesichts, so daß seine Züge deutlich hervortraten. »Dabei verdienen sie ihren Lebensunterhalt in einer starren Welt voller Gehorsam und Unterwürfigkeit – bei Leuten, denen sie im Grunde vollkommen egal sind. Die Realität, wie sie sie kennengelernt haben, ist viel härter als meine. Manche von ihnen sind noch richtige Kinder.« Er blickte zu Monk auf. »Noch ein oder zwei Jahre, dann könnte ich ihr Vater sein.« Der Gedanke schien ihm nicht zu gefallen, denn er runzelte leicht die Stirn. »Die jüngste Hausmagd ist erst zwölf. Ich hab bis jetzt noch nicht rausgefunden, ob sie etwas wissen, aber ich kann mir nicht vorstellen, daß es eine von ihnen war.«

»Von den Mädchen?« versuchte Monk sich zurechtzufinden.

»Na ja – bei den älteren wär's vielleicht denkbar.« Evan machte erneut ein zweifelndes Gesicht. »Obwohl ich nicht wüßte, warum sie das hätten tun sollen.«

»Und die Männer?«

»Der Butler sicher nicht.« Evan grinste ein wenig verzerrt. »So ein trockener, alter Knochen – unglaublich steif, wie ein langgedienter Soldat. Wenn den überhaupt mal jemand zu irgendeiner Gefühlsregung veranlaßt hat, dann muß das schon so lange her sein, daß die Erinnerung inzwischen vollkommen verblaßt ist. Und warum in aller Welt sollte ein gnadenlos respektierlicher Butler die Tochter seiner Herrin in ihrem eigenen Bett erstechen? Was könnte er da mitten in der Nacht zu suchen haben?«

Monk mußte unwillkürlich lächeln. »Sie informieren sich nicht genug in der Sensationspresse, Evan. Sie sollten ab und zu mal den Straßensängern zuhören.«

»Quatsch«, sagte Evan heftig. »Nicht Phillips.«

»Dann vielleicht ein Lakai, ein Stallbursche oder der Stiefelputzer? Und wie war das mit den älteren Hausmädchen?«

Evan saß mit einer Pobacke auf dem Fensterbrett.

»Die Stallburschen schlafen in den Ställen, und die Hintertür ist nachts abgesperrt. Der Stiefelputzer wäre eine Möglichkeit, aber er ist erst vierzehn; kann mir beim besten Willen kein Motiv für ihn vorstellen. Und die älteren Hausmädchen – ja, das wäre wie gesagt denkbar, aus Eifersucht oder wegen irgendeiner Kränkung, aber da müßte der Betreffenden schon sehr übel mitgespielt worden sein, daß sie deshalb einen Mord begeht. Keine von ihnen macht einen irren Eindruck oder hat je auch nur einen Anflug von Gewalttätigkeit gezeigt. Und um so was zu tun, müßte sie komplett verrückt sein. Außerdem richten sich heftige Gefühlsausbrüche bei Dienstboten meist gegen ihresgleichen. Daß die Herrschaft sie nicht gerade freundlich behandelt, sind sie gewöhnt.« Hinter dem Humor in seinem Blick verbarg sich bitterer Ernst. »Die Kollegen sind's, über die sie in Rage geraten. Beim dienenden Volk herrscht eine strenge Hierarchie – es ist auch früher schon viel Blut wegen der Frage vergossen worden, wer welchen Job bekommt.«

Er fing Monks Gesichtsausdruck auf.

»Oh – ich spreche nicht von Mord. Ich meine bloß ein paar Schrammen und das gelegentliche Loch im Kopf«, erklärte er hastig. »Jedenfalls glaube ich, daß sich die Gefühle im Dienstbotenquartier um Dienstboten drehen.«

»Könnte Mrs. Haslett nicht etwas über einen von ihnen herausbekommen haben? Eine frühere Sünde wie Diebstahl oder einen moralischen Fehltritt zum Beispiel?« gab Monk zu bedenken. »Das würde denjenigen in eine ziemlich ungemütliche Lage bringen. Ohne Referenzen bekommt man keine neue Stellung – und einem Dienstboten ohne Job bleiben bloß die Ausbeutungsbetriebe oder die Straße.«

»Möglich wär's«, stimmte Evan zu. »Oder einer der Lakaien. Es gibt zwei: Harold und Percival. Beide machen einen völlig normalen Eindruck. Ich würde sagen, Percival ist der intelligentere – und vielleicht der ehrgeizigere.«

»Verraten Sie mir auch, wonach ein Lakai streben könnte?« fragte Monk etwas gereizt.

»Nach dem Posten des Butlers, denke ich«, erwiderte Evan schwach lächelnd. »Machen Sie nicht so ein Gesicht, Sir. Butler zu sein bedeutet, eine angenehme, verantwortungsvolle und sehr angesehene Position zu haben. Man wohnt in eleganten Häusern, ißt und trinkt nur vom Feinsten. Ich hab schon Butler gesehen, die besseren Bordeaux getrunken haben als ihre Brötchengeber.«

»Wußten ihre Brötchengeber das?«

»Der Gaumen so manchen Brötchengebers kann einen Bordeaux nicht von gewöhnlichem Fusel unterscheiden.« Evan zuckte mit den Achseln. »Wie auch immer – ein Butler regiert in einer Art eigenem kleinen Königreich, das vielen ausgesprochen verlockend erscheint.«

Monk zog spöttisch die Brauen hoch. »Und wie sollte man diesem hochgesteckten Ziel näherkommen, indem man die Tochter des Hausherrn ersticht?«

»Gar nicht – es sei denn, sie wußte etwas, das einen Rausschmiß ohne Referenzen zur Folge gehabt hätte.«

Der Stichhaltigkeit dieses Arguments konnte sich auch Monk nicht entziehen.

»Wenn das so ist, sollten Sie hinfahren und soviel wie möglich in

Erfahrung bringen. Ich werde mich noch einmal mit den Familienmitgliedern unterhalten, die meiner Ansicht nach leider wesentlich eher in Frage kommen. Ich werde mir jeden einzeln vorknöpfen, in sicherer Entfernung von Sir Basil.« Monks Gesicht wurde hart. »Beim letztenmal hat er den Ablauf dirigiert, als ob ich gar nicht anwesend wäre.«

»Er ist der Herr im Haus.« Evan stieß sich vom Fensterbrett ab. »Das dürfte Sie nicht überraschen.«

»Genau deshalb will ich nach Möglichkeit nicht in der Queen Anne Street mit ihnen sprechen«, erwiderte Monk schroff. »Ich fürchte, es wird den Rest der Woche dauern.«

Evan verdrehte kurz die Augen und verließ wortlos den Raum. Monk hörte, wie sich seine Schritte über die Treppe entfernten.

Er brauchte tatsächlich fast die ganze Woche. Gleich zu Anfang durfte er einen großen Erfolg verbuchen, als er nämlich schon beim ersten Versuch auf Romola Moidore stieß, die gemächlich durch den Green Park schlenderte. Sie spazierte über den Rasenstreifen parallel zur Constitution Row, den Blick auf die Baumwipfel jenseits des Buckingham Palace gerichtet. Der Tip stammte von Percival, dem Lakai. Er hatte Monk verraten, daß sie sich dort aufhalten würde, während Mr. Cyprian in seinem Klub, der in der Nähe des Piccadilly lag, lunchte.

Romola hatte sich im Park mit einer gewissen Mrs. Ketteridge verabredet, aber Monk erwischte sie, als sie noch allein war. Obwohl sie tristes Schwarz trug, wie es sich für eine Frau gehörte, deren Familie in Trauer war, sah sie unglaublich schick aus. In ihren bauschigen Rock waren Samtstreifen eingearbeitet, die Puffärmel mit schwarzer Seide eingefaßt; ein kleines Hütchen saß keß auf ihrem Hinterkopf, das Haar war auf hochmoderne Art über die Ohren gekämmt und im Nacken zu einem tiefsitzenden Knoten gebunden.

Sie war verblüfft und gar nicht froh, ihn zu sehen. Da es jedoch keine Möglichkeit gab, ihm aus dem Weg zu gehen, blieb sie stehen. Vielleicht hatte sie auch die strikte Anweisung ihres Schwiegervaters im Kopf, die Polizei nach Kräften zu unterstützen. Monk hatte Basil Moidore zwar nichts Derartiges sagen hören, aber es war deutlich aus seinem Verhalten hervorgegangen.

»Guten Morgen, Mr. Monk«, sagte Romola kühl. Sie maß ihn mit einem Blick, als wäre er ein streunender Köter, der sich zu dicht in ihre Nähe gewagt hatte und gleich einen Stoß mit dem niedlichen Schirmchen bekommen würde, das sie fest in der rechten Hand hielt.

»Guten Morgen, Mrs. Moidore«, erwiderte Monk gelassen und neigte höflich den Kopf.

»Ich wüßte nicht, wie ich Ihnen helfen könnte.« Sie vermied es, das Thema direkt anzusprechen, als würde er dann weggehen. »Ich habe nicht die leiseste Vorstellung, was passiert sein kann. Ich habe immer noch den Verdacht, daß Sie einen Fehler gemacht haben – oder in die Irre geführt worden sind.«

»Hatten Sie Ihre Schwägerin gern, Mrs. Moidore?« fragte er im Plauderton.

Sie gab sich alle Mühe, ihn unverwandt anzusehen, beschloß dann aber, genausogut weitergehen zu können, da er offenbar keineswegs die Absicht hatte, ihrem Blick auszuweichen. Es gefiel ihr ganz und gar nicht, mit einem Polizisten umherzuspazieren, als wäre er ein guter Bekannter aus ihren Gesellschaftskreisen, was sich deutlich in ihrem Gesichtsausdruck niederschlug. Insgeheim mußte sie allerdings zugeben, daß niemand seinen untergeordneten Rang bemerkt hätte; seine Kleidung war fast ebensogut geschnitten und modern wie ihre, sein Gehabe mindestens so selbstsicher.

»Natürlich hatte ich sie gern«, sagte sie heftig. »Wenn ich auch nur das Geringste wüßte, würde ich ihren Mörder nicht eine Sekunde lang schützen. Ich weiß einfach nichts.«

»Ich zweifle weder an Ihrer Ehrlichkeit noch an Ihrer Empörung, Ma'am«, erwiderte Monk, obwohl das nicht ganz stimmte. Bis jetzt traute er niemandem. »Ich dachte bloß, wenn Sie sie gern hatten, kannten Sie sie bestimmt recht gut. Was für ein Mensch war sie?«

Das überraschte Romola nun doch. Es war keineswegs die Frage, die sie erwartet hatte.

»Ich – also ich – was soll ich Ihnen dazu sagen?« protestierte sie.

»Wirklich, das ist eine richtig unfaire Frage. Die arme Octavia ist tot! Es gehört sich nicht, anders als lobend von den Toten zu sprechen, vor allem, wenn sie auf so schreckliche Art gestorben sind.«

»Ihr Taktgefühl ist sehr lobenswert, Mrs. Moidore«, gab Monk zurück, während er die aufsteigende Ungeduld niederkämpfte und seinen Schritt dem ihren anpaßte. »Ich glaube allerdings, daß ihr die Wahrheit mehr nützen würde, egal wie geschmacklos sie ist. Und da wir zu dem unausweichlichen Schluß gekommen sind, daß sich der Täter nach wie vor in Ihrem Haus aufhält, kann man Ihnen durchaus vergeben, wenn Sie Ihre eigene Sicherheit und die Ihrer Kinder an vorderste Stelle setzen.«

Das hatte ungefähr denselben Effekt, als ob sie gegen einen der Bäume am Wegesrand gelaufen wäre. Sie atmete scharf ein und hätte beinah losgeschrien, erinnerte sich aber noch rechtzeitig an die anderen Spaziergänger und biß sich statt dessen auf die Knöchel.

»Was für ein Mensch war Mrs. Haslett?« fragte Monk noch einmal.

Mit bleichem Gesicht nahm sie ihren langsamen Schritt wieder auf, wobei ihr Rock geräuschvoll über den Kies fegte.

»Sie war sehr emotional, sehr impulsiv«, sagte sie, ohne lange nachzudenken. »Als sie sich in Harry Haslett verliebte, war die Familie dagegen, aber sie ließ sich nicht davon abbringen. Sie weigerte sich einfach, irgendeinen anderen Mann in Betracht zu ziehen. Ich habe mich immer darüber gewundert, warum Sir Basil schließlich doch seine Zustimmung gab, aber vermutlich war er eine ausgezeichnete Partie; außerdem begrüßte Lady Moidore die Verbindung. Er stammte aus erstklassiger Familie, seine Zukunftsaussichten waren gut . . .« Sie zuckte mit den Achseln. »Ein wenig fern vielleicht noch, aber Octavia war schließlich die jüngste Tochter. Sie konnte noch warten.«

»Hatte er einen schlechten Ruf?«

»Nicht, daß ich wüßte.«

»Warum war Sir Basil anfangs dann so gegen die Heirat? Wenn

er aus einer guten Familie kam und vielversprechende Aussichten hatte, war doch nichts an ihm auszusetzen, oder?«

»Ich nehme an, das hatte persönliche Gründe. Ich weiß, daß Sir Basil auf derselben Schule war wie sein Vater und ihn nicht besonders mochte. Harrys Vater war ein oder zwei Jahre älter und sehr erfolgreich.« Sie zuckte wieder leicht mit den Schultern. »Sir Basil hat natürlich nie etwas in der Richtung verlauten lassen, aber vielleicht hielt er ihn für einen Schwindler. Oder fand, daß er sich auf irgendeine Art und Weise, über die ein Gentleman nicht sprechen würde, unehrenhaft benommen hat?« Sie blickte starr geradeaus. Ein Grüppchen eleganter Damen und Herren kam ihnen entgegen. Sie nickte ihnen kurz zu, machte jedoch keinerlei Anstalten, sie zu begrüßen. Anscheinend störten sie die Umstände. Monk sah deutlich, wie ihr das Blut in die Wangen stieg, und wußte genau, worin ihr Dilemma bestand. Sie wollte nicht, daß man Spekulationen anstellte, mit wem sie da mutterseelenallein im Park herumspazierte, und noch weniger stand ihr der Sinn danach, ihren Bekannten einen Polizisten vorzustellen.

Monk verzog den Mund zu einem säuerlichen Lächeln, während er sich im stillen selbst verspottete, da es ihm genausoviel ausmachte wie ihr. Er verachtete sie, weil ihr Äußerlichkeiten so wichtig waren, und sich selbst, weil es ihn aus den gleichen Gründen ähnlich empfindlich traf.

»War er ungehobelt, grob?« riß er sie leicht gereizt aus ihren Gedanken.

»Überhaupt nicht«, erwiderte sie voller Genugtuung, ihm widersprechen zu können. »Er war charmant, freundlich, humorvoll, nur eben wild entschlossen, alles auf seine Weise zu tun – wie Octavia auch.«

»Nicht leicht zu beherrschen«, stellte Monk trocken fest. Harry Haslett gefiel ihm immer besser.

»Nein.« Sie klang plötzlich fast neidisch. Zum erstenmal kam hinter dem wohlerzogenen Trauergebaren echter Schmerz zum Vorschein. »Er tat alles, damit man sich wohl fühlte, schloß sich aber nie einer Meinung an, die er nicht vertreten konnte.«

»Klingt nach einem ganz phantastischen Mann.«

»Ja, das war er. Octavia brách völlig zusammen, als er getötet wurde – auf der Krim, wissen Sie. Ich erinnere mich noch genau an den Tag, an dem uns die Nachricht erreichte. Ich dachte damals, sie würde sich nie wieder davon erholen ...« Romola preßte die Lippen zusammen und blinzelte heftig, als ob unerwünschte Tränen ihr die Fassung zu rauben drohten. »Vielleicht hat sie das auch nicht«, fügte sie kaum hörbar hinzu. »Sie liebte ihn sehr. Ich glaube, das war keinem von uns vorher so klar.«

Nach und nach hatten sie das Tempo verlangsamt. Als sie sich des kalten Windes plötzlich wieder bewußt wurden, gingen sie automatisch schneller.

»Das tut mir aufrichtig leid«, sagte Monk und meinte es so.

Sie kamen an einem Kindermädchen vorbei, das einen Kinderwagen vor sich her schob. Es handelte sich um eine brandneue Erfindung, die den alten Klapperkisten manches voraus hatte und für einiges Aufsehen sorgte. Neben ihr hüpfte ein kleiner, selbstbewußter Junge mit einem Reifen auf und ab.

»Sie dachte nicht ein einziges Mal daran, wieder zu heiraten«, fuhr Romola von sich aus fort, nachdem sie dem Kinderwagen gebührende Beachtung geschenkt hatte. »Harrys Tod lag zwar erst zwei Jahre zurück, aber Sir Basil brachte das Thema zur Sprache. Schließlich war sie eine junge Frau und hatte keine Kinder. Niemand hätte etwas Anstößiges daran gefunden.«

Monk dachte an das tote Gesicht, das er an jenem Morgen gesehen hatte. Trotz der Blässe und Maskenhaftigkeit war ihm nicht schwergefallen, sich ihre Gefühle, Sehnsüchte und Träume vorzustellen. Es war das Gesicht einer leidenschaftlichen, einer willensstarken Frau gewesen.

»Sie war wohl sehr attraktiv?« Er formulierte den Satz wie eine Frage, obwohl er nicht den leisesten Zweifel dran hegte.

Romola zögerte, nicht aus Bosheit, sondern weil sie wirklich darüber nachdachte.

»Ja, sie sah gut aus«, bestätigte sie schließlich, »aber ihr größter Vorzug bestand in ihrer Lebendigkeit und ihrer absoluten Individualität. Nach Harrys Tod wurde sie ausgesprochen launisch und war plötzlich ...«, sie mied Monks Blick, »... plötzlich sehr oft unpäßlich. Wenn es ihr gut ging, war sie ganz entzückend, aber wenn sie ...« Sie brach erneut ab und suchte nach dem richtigen Wort. »Wenn sie sich miserabel fühlte, sprach sie nur wenig – und gab sich keinerlei Mühe, nett zu sein.«

Monk hatte eine flüchtige Vision, wie es sein mußte, wenn man eine alleinstehende Frau war, die die Leute bei Laune zu halten hatte, weil ihre Duldung, womöglich ihre finanzielle Versorgung davon abhing. Es bedeutete, Hunderte, nein Tausende kleine Zugeständnisse machen, die eigenen Vorstellungen und Ansichten zurückschrauben, um ja nichts zu tun, was den andern nicht passen würde. Was für eine ständige Erniedrigung mußte das sein. Wie eine offene Blase an der Hacke, die bei jedem Schritt unerträglich weh tat.

War es für Basil andererseits nicht auch ein verdammt mieses Gefühl, nie das gesagt zu bekommen, was sie wirklich dachte und fühlte, sondern was er ihrer Meinung nach hören wollte? Konnte er überhaupt noch etwas glauben, auf irgend etwas bauen?

»Mr. Monk!«

Romola hatte er völlig vergessen.

»Ja, Ma'am. Entschuldigen Sie bitte.«

»Sie haben mich nach Octavia gefragt. Ich bemühe mich, Ihre Frage zu beantworten.« Es ärgerte sie, daß er so unaufmerksam gewesen war. »In guter Verfassung war sie ausgesprochen anziehend. Es gab viele Männer, die ihr den Hof gemacht haben, aber sie hat keinen einzigen davon ermutigt. Ich kann mir nicht denken, daß Sie einen Hinweis auf Octavias Mörder finden werden, wenn Sie Ihre Ermittlungen in dieser Richtung weiterführen.«

»Da haben Sie wohl recht. Und Mr. Haslett fiel auf der Krim?«

»Captain Haslett. Richtig.« Sie zögerte, wandte dann erneut den Blick ab. »Mr. Monk ...«

»Ja, Ma'am?«

»Mir kam gerade in den Sinn, daß manche Leute – manche *Männer* – ein sonderbares Bild von verwitweten Frauen haben ...«

Offensichtlich bereitete ihr das, was sie zu sagen versuchte, größtes Unbehagen.

»Ein wahres Wort«, bestätigte Monk ermutigend.

Der Wind zerrte an ihrem Hut und blies ihn leicht auf die Seite, was sie jedoch völlig ignorierte. Er fragte sich, ob sie nach einem Weg suchte, ihm das mitzuteilen, was Sir Basil bereits hatte durchblicken lassen, und ob sie es in seinen oder ihren Worten tun würde.

»Es ist nicht auszuschließen, daß ein Mitglied des Personals, einer der Männer, derart – derart absurde Gedanken hegte und zu vertraulich geworden ist.«

Sie bewegten sich im Schneckentempo vorwärts. Die Spitze von Romolas Schirmchen stocherte im Boden herum.

»Falls das geschehen ist, und – und sie ihm eine eindeutige Abfuhr erteilt hat... Vielleicht ist er wütend geworden – richtig zornig, meine ich – und... und...« Sie verstummte kläglich.

»Mitten in der Nacht?« fragte Monk skeptisch. »Er müßte schon extrem dreist gewesen sein, um in ihr Schlafzimmer einzudringen und so etwas zu versuchen.«

Ihre Wangen brannten wie Feuer.

»Jemand hat es getan«, erinnerte sie ihn mit stockender Stimme, ohne den Blick vom Boden zu wenden. »Ich weiß, es hört sich verrückt an. Wenn sie nicht tot wäre, würde ich mich selbst auslachen.«

»Nein, Sie haben recht«, sagte er widerstrebend. »Oder Mrs. Haslett ist hinter ein Geheimnis gekommen, das einem Dienstboten die Laufbahn ruiniert hätte. Aus Angst, sie könnte es weitererzählen, wurde sie umgebracht.«

Ihr Kopf schnellte jäh hoch. Sie schaute ihn mit großen Augen an. »Ja – richtig! Das klingt... plausibel. Sie meinen irgend etwas Unmoralisches, Verwerfliches? Aber wie sollte Tavie davon erfahren haben?«

»Ich weiß es nicht. Haben Sie keine Ahnung, wo sie den Nachmittag über war?« Er setzte sich wieder in Bewegung; sie fiel in seinen Schritt ein.

»Nein, leider. Außer im Verlauf eines albernen kleinen Streits beim Dinner hat sie so gut wie nichts gesagt, schon gar nichts Überraschendes.«

»Worum ging es bei diesem Streit?«

»Ach, um nichts Besonderes – die Gemüter waren einfach ewas erhitzt.« Sie blickte erneut geradeaus. »Jedenfalls ging es mit keinem Wort um irgendein Geheimnis oder darum, wo sie den Nachmittag verbracht hatte.«

»Ich danke Ihnen, Mrs. Moidore. Sie waren mir eine große Hilfe.« Er blieb stehen, und sie folgte seinem Beispiel. In dem sicheren Bewußtsein, daß er bald gehen würde, konnte sie sich endlich ein wenig entspannen.

»Ich wünschte, ich könnte Ihnen mehr helfen, Mr. Monk.« Sie sah plötzlich deprimiert und traurig aus. Einen Moment lang war ihre Trauer größer als die Sorge um sich selbst oder die Angst vor der Zukunft. »Falls mir doch noch etwas einfallen sollte ...«

»Lassen Sie's mich wissen – mich oder Mr. Evan. Guten Tag, Ma'am.«

»Guten Tag.« Romola machte kehrt und ging, blieb aber nach ungefähr zehn Metern abrupt stehen, um sich noch einmal umzublicken. Sie sagte nichts, sie schaute ihm einfach nach, wie er den Park verließ und in Richtung Piccadilly verschwand.

Monk wußte, daß er Cyprian Moidore in seinem Klub finden würde, war jedoch nicht besonders erpicht darauf, sich dort mit ihm zu unterhalten. Mit ziemlicher Wahrscheinlichkeit würde man ihn nicht hineinlassen, und das wäre eine zu große Demütigung. Also stand er sich auf dem Bürgersteig die Beine in den Bauch und dachte darüber nach, was genau er Cyprian fragen wollte, wenn dieser endlich herauskam.

Er wartete ungefähr seit einer Viertelstunde, als plötzlich zwei Männer an ihm vorbeikamen und auf die Half Moon Street zusteuerten. Etwas am Gang des einen schlug eine schrille Saite in seinem Gedächtnis an, so daß er sich spontan in Bewegung setzte, um ihn anzusprechen. Er hatte bereits ein halbes Dutzend Stufen hinter sich, als ihm klar wurde, daß er keine Ahnung hatte, wer der Mann war. Seine Erscheinung war ihm nur einen Augenblick lang unglaublich vertraut vorgekommen, und in diesem Moment hatte ihn ein starkes Gefühl von Hoffnung und zugleich Trübsal befallen – begleitet von der bösen Vorahnung, daß Unglück ins Haus stand.

Er verbrachte eine weitere halbe Stunde in bitterkaltem Wind und sporadisch durchdringendem Sonnenschein, während der er sich das Gesicht, das kurz vor seinem geistigen Auge aufgetaucht war, in Erinnerung zu rufen versuchte. Es handelte sich um die gut geschnittenen, aristokratisch anmutenden Züge eines Mannes von mindestens sechzig Jahren. Monk entsann sich sogar der Stimme: hell, sehr kultiviert – leicht affektiert. Er wußte, daß dieser Mann eine wesentliche Rolle beim Erwachen seines Ehrgeizes, in seinem Leben überhaupt gespielt hatte. Er hatte alles an ihm kopiert, die Art sich zu kleiden, das Benehmen, ja sogar die Aussprache, um den eigenen angeborenen Northumberlandakzent loszuwerden.

Er grübelte immer noch, als Cyprian Moidore die Stufen herunterkam und auf die Straße trat. Monk bemerkte er erst, als er fast in ihn hineinlief.

»Oh – Monk!« Er blieb abrupt stehen. »Warten Sie auf mich?«

Monk kehrte unsanft in die Gegenwart zurück.

»Ja, Sir. Ich hoffe, es ist Ihnen recht.«

Cyprian wirkte beunruhigt. »Haben Sie – haben Sie etwas herausgefunden?«

»Nein, Sir, ich wollte Ihnen nur noch ein paar Fragen über Ihre Familie stellen.«

»Soso.« Cyprian setzte sich wieder in Bewegung, und Monk fiel in seinen Schritt ein. Sie gingen zum Park zurück. Auch Cyprian sah in seiner Trauerkleidung ungemein elegant aus. Sie bestand aus einem dunklen Mantel, einem Jackett über einer hochmodernen kurzen Weste mit Schalkragen und einem hohen, schlanken Zylinder. »Hätte das nicht Zeit gehabt, bis ich zu Hause bin?« fragte er stirnrunzelnd.

»Ich habe mich gerade mit Mrs. Moidore unterhalten, Sir. Im Green Park.«

Cyprian schien überrascht, fast verlegen. »Ich bezweifle, daß sie Ihnen viel sagen kann. Was möchten Sie denn wissen?«

Monk war gezwungen, ein ziemlich flottes Tempo anzuschlagen, um mit ihm Schritt halten zu können. »Wie lange lebt Ihre Tante, Mrs. Sandeman, schon im Haus Ihres Vaters, Sir?«

Cyprian zuckte kaum merklich zusammen. Ein leichter Schatten glitt über sein Gesicht.

»Sie zog kurz nach dem Tod ihres Mannes bei uns ein«, erwiderte er barsch.

Monk mußte noch längere Schritte machen und gab sich dabei alle Mühe, nicht mit anderen Passanten zusammenzustoßen, die langsamer gingen oder ihnen entgegenkamen.

»Stehen sie und Ihr Vater sich nahe?« Er wußte, daß dem nicht so war. Der Ausdruck in Fenellas Gesicht, als sie das Morgenzimmer in der Queen Anne Street verlassen hatte, hatte sich ihm deutlich eingeprägt.

Nach kurzem Zögern entschied Cyprian, daß die Wahrheit ohnehin ans Licht kommen würde, wenn nicht jetzt, dann später.

»Nein. Tante Fenella fand sich plötzlich in sehr eingeschränkten Verhältnissen wieder.« Seine Züge waren angespannt; er verabscheute es, derartige Anfechtbarkeiten preiszugeben. »Papa bot ihr ein neues Heim – das gehört zu den normalen familiären Verpflichtungen.«

Monk versuchte sich ihr Gefühl des Verpflichtetseins vorzustellen, die aufgezwungene Dankbarkeit, das Wissen, daß ein gewisses Maß an Gehorsam erwartet wurde. Er hätte zu gern gewußt, welche Gefühle unter diesem Wust aus Pflichten und Zwängen regierten, aber diese Frage hätte Cyprian ihm niemals beantwortet.

Eine Kutsche fuhr zu dicht an der Bordsteinkante vorbei und wirbelte eine Fontäne Schmutzwasser auf. Monk machte einen Satz zur Seite, um seine Hosenbeine in Sicherheit zu bringen.

»Es hat ihr sicher ziemlich zu schaffen gemacht, plötzlich aus den Geldquellen anderer schöpfen zu müssen«, sagte er mit ungeheucheltem Mitgefühl. Er konnte sich Fenellas Schrecken und Widerwillen gut vorstellen.

»Sehr«, pflichtete Cyprian ihm einsilbig bei. »Aber Witwen geraten häufig in veränderte Umstände. Damit muß man rechnen.«

»Hat sie damit gerechnet?« Monk wischte sich abwesend einige Wasserspritzer vom Mantel.

Cyprian schmunzelte, was vermutlich Monks unbewußt zur Schau gestellter Eitelkeit galt.

»Ich habe keine Ahnung, Mr. Monk. Ich habe sie nicht danach gefragt. Es stand mir nicht zu, genausowenig wie es Ihnen jetzt zusteht – es wäre taktlos und unverschämt gewesen. Das Ganze liegt mittlerweile so viele Jahre zurück, zwölf um genau zu sein, und hat nicht das geringste mit dem jüngsten Unglücksfall zu tun.«

»Befindet Mr. Thirsk sich in einer ähnlich prekären Lage?« Monk, der sich exakt auf einer Höhe mit ihm hielt, stürmte soeben an drei hocheleganten Damen sowie einem Paar vorbei, das trotz der Kälte auf überaus vornehme Weise miteinander schäkerte.

»Er verdankt seinen Aufenthalt bei uns einem Schicksalsschlag«, versetzte Cyprian unwirsch. »Falls es das ist, was Sie meinen. Er war nie verheiratet.« Er lächelte wieder, diesmal jedoch mit einem Anflug von Sarkasmus, der eher Verbitterung als Belustigung zu entspringen schien.

»Wie lange wohnt er schon in der Queen Anne Street?«

»Ungefähr zehn Jahre, wenn ich mich recht entsinne.«

»Und er ist der Bruder Ihrer Mutter?«

»Das wissen Sie doch!« Cyprian wich einer Gruppe feiner Herren aus, die ins Gespräch vertieft gemächlich dahinschlenderten, ohne sich bewußt zu sein, was für ein Hindernis sie darstellten. »Also wirklich – wenn das eine Kostprobe Ihres kriminalistischen Talents sein sollte, erstaunt es mich, daß Sie Ihre Beschäftigung noch nicht verloren haben! Onkel Septimus trinkt manchmal ein bißchen mehr, als Sie vielleicht für klug halten, und er ist ganz sicher nicht reich, aber er ist ein netter, anständiger Kerl, dessen privates Pech nichts mit dem Tod meiner Schwester zu tun hat. Es bringt Sie garantiert nicht weiter, wenn Sie darin herumschnüffeln!«

Monk bewunderte ihn wegen soviel Wehrhaftigkeit, mochte sie nun echt sein oder nicht. Trotzdem war er entschlossen herauszufinden, um was für eine Art Pech es sich dabei handelte, und ob Octavia etwas über ihn in Erfahrung gebracht hatte, das ihn die zwar zweischneidige, aber bitter benötigte Gastfreundschaft seines Schwagers kosten konnte.

»Spielt er, Sir?« fragte er laut.

»Wie bitte?« Trotz der gerechten Empörung in seinem Tonfall färbten sich Cyprians Wangen tiefrot. Er prallte gegen einen herannahenden, betagten Gentleman und kam nicht umhin, sich zu entschuldigen.

Ein Obstverkäuferkarren holperte an ihnen vorbei, dessen Besitzer in ohrenbetäubendem Singsang seine Ware anpries.

»Ich fragte, ob Mr. Thirsk spielt«, wiederholte Monk. »Viele Männer von Stand frönen diesem Zeitvertreib, vor allem wenn ihr Leben ansonsten nichts Aufregendes zu bieten hat – und ein finanzielles Zubrot nicht unwillkommen wäre.«

Cyprians Miene blieb betont ausdruckslos, aber das Glühen auf seinen Wangen wollte nicht weichen. Monk vermutete, daß er ins Schwarze getroffen hatte, entweder Septimus oder Cyprian selbst betreffend.

»Ist er im selben Klub Mitglied wie Sie, Sir?« Monk wandte sich um und schaute ihm voll ins Gesicht.

»Nein.« Cyprian nahm seinen rasanten Schritt nach kurzem Zögern wieder auf. »Onkel Septimus hat seinen eigenen Klub.«

»Ist Ihrer nicht nach seinem Geschmack?« erkundigte sich Monk bewußt beiläufig.

»Genau«, bestätigte Cyprian schnell. »Er umgibt sich lieber mit Männern seiner Altersgruppe – und seinen Erfahrungen, nehme ich an.«

Sie überquerten den Hamilton Place, blieben kurz stehen, um eine Kutsche vorbeizulassen, wichen einem Hansom aus und setzten ihren Weg fort.

»Was die wohl alles beinhalten mögen?« fragte sich Monk, als sie auf dem gegenüberliegenden Bürgersteig eintrafen.

Cyprian sagte nichts.

»Ist Sir Basil sich bewußt, daß Mr. Thirsk ab und an spielt?« Monk ließ nicht locker.

Cyprian holte tief Luft und ließ sie langsam wieder entweichen, ehe er antwortete. Monk wußte, daß er mit dem Gedanken gespielt hatte, das Laster seines Onkels abzustreiten, doch dann gab er der Loyalität zu Septimus der seinem Vater gegenüber den Vorrang. Wieder ein Entschluß, den Monk ihm hoch anrechnete.

»Wahrscheinlich nicht. Und ich würde begrüßen, wenn Sie es nicht für nötig halten würden, ihm davon zu erzählen.«

»Ich wüßte nicht, warum das nötig sein sollte«, erwiderte Monk. Ihn überfiel plötzlich mehr als eine bloße Vermutung, was die Beschaffenheit von Cyprians Klub betraf. »Das gleiche gilt für Ihre Spielleidenschaft, Sir.«

Cyprian wirbelte mit glühenden Augen zu ihm herum. Dann nahm er Monks Gesichtsausdruck wahr, entspannte sich, lächelte schwach und marschierte wieder los.

»War Mrs. Haslett darüber im Bilde? Kann sie das gemeint haben, als sie sagte, Mr. Thirsk würde schon noch begreifen?«

»Ich weiß es nicht.« Cyprian bot ein einziges Bild des Jammers.

»Hatten die beiden vielleicht sonst irgendwelche Gemeinsamkeiten? Irgendwelche Interessen oder Erlebnisse, aufgrund derer Mr. Thirsks Verständnis größer sein würde als das aller anderen? Ist er verwitwet?«

»Nein. Er hat nie geheiratet.«

»Aber er hat nicht immer in der Queen Anne Street gelebt. Wo wohnte er früher?«

Cyprian ging schweigend neben ihm her. Sie überquerten Hyde Park Corner, was einige Zeit in Anspruch nahm. Monk sah zu seiner Freude, daß Cyprian einem Straßenkehrer eine Münze zuwarf, und steuerte eine weitere bei.

Drüben angekommen, ließen sie die Rotten Row rechts hinter sich und schlenderten über das Gras auf die Serpentine zu. Ein Trupp vornehmer Herren in tadellosen Reitkleidern kam die Row entlanggeritten; die Hufe der Tiere plumpsten dumpf auf den feuchten Boden. Zwei der Reiter lachten laut auf, fielen mit klingelndem Geschirr in leichten Trab und sorgten auf diese Weise dafür, daß drei Damen, die vor ihnen spazierten, sich nach ihnen umdrehten.

Cyprian entschloß sich zu reden.

»Onkel Septimus war bei der Armee. Er wurde unehrenhaft entlassen – deshalb hat er kein Geld. Er war der jüngere Sohn, folglich stand ihm kein Erbe zu. Er konnte nirgendwohin.«

»Wie traurig.« Monk meinte es ernst. Er konnte recht gut nachempfinden, was es bedeuten mußte, von dem finanzstarken, einflußreichen und angesehenen Status eines Offiziers in Schande, Armut und Verachtung gestoßen zu werden, was eine unehrenhafte Entlassung aus der Armee zwangsläufig mit sich brachte. Man besaß nichts mehr – und hörte für seine Freunde plötzlich auf zu existieren.

»Es war nicht wegen Unehrlichkeit oder Feigheit«, fuhr Cyprian in eindringlichem Tonfall fort. Nun, da er einmal angefangen hatte, lag ihm offenbar viel daran, daß Monk die ganze Wahrheit erfuhr. »Onkel Septimus verliebte sich, und seine Gefühle wurden heftig erwidert. Er sagt, er unternahm nichts in der Richtung, hatte keine Affäre oder so, aber das machte das Ganze kaum erträglicher ...«

Monk war verblüfft. Das ergab keinen Sinn. Offiziere durften heiraten, viele von ihnen taten es auch.

Cyprian schaute ihn bekümmert und bitter amüsiert an.

»Wie ich sehe, verstehen Sie nicht. Das wird sich gleich ändern. Sie war die Frau des Colonels.«

»Oh ...« Dem war nichts hinzuzufügen. Eine solche Kränkung war nicht wiedergutzumachen. Es war ein Anschlag auf die Ehre und, weitaus schlimmer noch, auf die persönliche Eitelkeit. Die einzig mögliche Vergeltungsmaßnahme eines dermaßen gedemütigten Colonels konnte darin bestehen, von seinem Amt Gebrauch zu machen. »Ja, ich verstehe.«

»Hm. Armer Septimus. Er hat sich nie wieder verliebt. Damals war er Mitte Vierzig, ein Major mit ausgezeichneter Laufbahn.«

Cyprian brach ab, weil ihnen ein Mann und eine Frau entgegenkamen, die ihn, dem höflichen Kopfnicken nach zu schließen, kannten. Er tippte an seinen Hut und sprach erst weiter, als sie außer Hörweite waren. »Er hätte selbst Colonel sein können, wenn seine Familie die nötigen Mittel dazu gehabt hätte – aber Offizierspatente sind heutzutage nicht gerade billig. Und je höher man kommt . . .« Er zuckte mit den Schultern. »Wie auch immer, damit war alles aus. Septimus war plötzlich ein Mann, der die besten Jahre hinter sich hatte, verachtet und ohne einen Pfennig. Er wandte sich natürlich an Mama – und so kam es, daß er bei uns lebt. Wer kann ihm schon verübeln, daß er hin und wieder spielt? Sein Leben ist trist genug!«

»Aber Ihrem Vater würde es nicht gefallen?«

»Nein, ganz und gar nicht.« Cyprians Gesicht nahm unvermittelt einen ärgerlichen Ausdruck an. »Besonders, da Onkel Septimus üblicherweise gewinnt.«

Monk riskiert einen Vorstoß ins Blaue. »Wohingegen Sie üblicherweise verlieren?«

»Nicht immer und nie mehr, als ich mir leisten kann. Manchmal gewinne ich auch.«

»Wußte Mrs. Haslett Bescheid?«

»Ich habe nie mit ihr darüber gesprochen, aber was Onkel Septimus betrifft, hat sie es vermutlich geahnt. Er brachte ihr jedesmal ein Geschenk mit, wenn er gewonnen hatte.« Sein Gesicht verdüsterte sich wieder. »Er hatte sie sehr gern. Sie machte es einem auch nicht schwer, sie zu mögen, sie war so . . .« Er suchte vergebens nach dem passenden Wort. »Sie war keineswegs vollkommen, weshalb man ihr ausgezeichnet sein Herz ausschütten konnte. Sie war empfindlich und leicht zu verletzen; aber wie sehr die andern sie auch kränkten, Tavie nahm nie etwas übel oder rächte sich dafür.«

Der Schmerz in seinen Zügen vertiefte sich, wodurch er plötzlich selbst sehr verwundbar wirkte. Er starrte blind in den kalten Wind. »Sie lachte nur, wenn etwas komisch war. Niemand konnte ihr vorschreiben, wen sie zu mögen hatte und wen nicht; sie hatte ihren eigenen Kopf. Sie verlor die Beherrschung, wenn sie etwas aufregte, aber sie war nie eingeschnappt. Vielleicht trank sie in letzter Zeit ein bißchen mehr, als einer Dame bekommt...« Er verzog den Mund, als er sich der ungewollten Beschönigung bewußt wurde. »Und sie war gnadenlos ehrlich.« Nach dieser letzten Bemerkung fiel er in tiefes Schweigen. Sein Blick klebte an dem zarten Rippchenmuster, das der Wind auf die Wasseroberfläche der Serpentine zauberte. Wäre es für einen Gentleman nicht absolut undenkbar gewesen, in aller Öffentlichkeit zu weinen, hätte Monk in diesem Moment damit gerechnet, daß Cyprian genau das tun würde. Was immer er über ihren Tod wußte oder vermutete, Cyprians Trauer um seine verlorene Schwester war groß.

Monk drang nicht weiter in ihn.

Ein weiteres Paar flanierte an ihnen vorbei. Er trug eine Husarenuniform, sie einen modisch gefransten, überladenen Rock.

Nach einer Weile hatte Cyprian das Gleichgewicht wiedergefunden.

»Es hätte etwas ganz Abscheuliches sein müssen«, fuhr er fort, »durch das jemand ernsthaft in Gefahr geraten wäre; sonst hätte Tavie nie ein Geheimnis verraten, Inspektor. Wenn ein Dienstbote ein uneheliches Kind oder eine leidenschaftliche Romanze gehabt hätte, wäre Tavie sicher die letzte gewesen, die damit zu meinem Vater oder sonst wem gerannt wäre. Ich bin mir nicht einmal sicher, ob sie einen Diebstahl gemeldet hätte, es sei denn, es wäre etwas enorm Wertvolles abhanden gekommen.«

»Also muß es sich bei dem, was sie am fraglichen Nachmittag herausfand, um kein triviales, sondern ein äußerst bedrohliches Geheimnis handeln«, folgerte Monk.

Cyprians Miene verschloß sich. »Anscheinend. Ich bedaure, Ihnen nicht helfen zu können, aber ich habe wirklich keine Ahnung, was oder wen es betrifft.«

»Aufgrund Ihrer Offenheit ist mein Bild sehr viel klarer geworden. Ich danke Ihnen vielmals, Sir.« Monk machte eine leichte Verbeugung und wandte sich, nachdem Cyprian die Geste erwidert hatte, zum Gehen. Er ging an der Serpentine entlang zurück zur Hyde Park Corner, überquerte diesmal jedoch in zügigem Tempo den Constitution Hill in Richtung Buckingham Palace und St. James's.

Am späten Nachmittag stieß er auf Sir Basil, der von der Parade der berittenen Ehrengarde in Whitehall kam. Monks Anblick versetzte ihn in Erstaunen.

»Gibt es etwas zu berichten?« erkundigte er sich ziemlich abrupt. Er trug dunkle Stadthosen und, gemäß dem allerletzten Schrei, einen in der Taille abgesetzten Gehrock. Der Schwerpunkt seines schlanken, hohen Zylinders war in lässiger Eleganz auf eine Kopfhälfte verlagert.

»Bis jetzt noch nicht, Sir«, gab Monk zurück und fragte sich im stillen, was Basil eigentlich nach so kurzer Zeit von ihm erwartete. »Ich hätte ein paar Fragen an Sie.«

Sein Gegenüber legte die Stirn in Falten. »Hätte das nicht warten können, bis ich zu Hause bin? Ich schätze es nicht, auf der Straße angesprochen zu werden, Inspektor.«

Monk dachte nicht daran, sich zu entschuldigen. »Ich benötige einige Informationen über das Personal, die mir der Butler nicht geben kann.«

»Die gibt es nicht«, erwiderte Basil frostig. »Es ist Bestandteil seiner Aufgabe, Dienstboten einzustellen, ihre Referenzen zu prüfen und sich mit ihnen zu unterhalten. Wenn ich ihn diesbezüglich nicht für absolut kompetent hielte, hätte ich ihn längst ersetzt.«

»Zweifellos.« Monk spürte am Ton und dem harten, eisigen Blick, daß der Mann genau solche Beschränktheit von ihm erwartet hatte. »Falls er irgendwelche Disziplinierungsmaßnahmen ergreifen müßte, würde er Sie aber doch davon in Kenntnis setzen?«

»Das bezweifle ich, es sei denn, es betrifft ein Mitglied der Familie – was, nehme ich an, exakt das ist, worauf Sie hinauswollen? Unpünktlichkeit oder dreistes Benehmen würde von Phillips bestraft werden oder, sofern es das weibliche Personal betrifft, von der Haushälterin beziehungsweise der Köchin. Unehrlichkeit oder lockere Moral hätten die prompte Entlassung zur Folge, woraufhin Phillips sich um Ersatz kümmern müßte. Aber Sie sind mir bestimmt nicht bis nach Westminster gefolgt, um mir derart läppische Fragen zu stellen. Da hätten Sie sich ebensogut an den Butler oder sonst jemanden im Haus wenden können!«

»Ich kann nicht automatisch sämtlichen Hausbewohnern denselben Wahrhaftigkeitsgrad unterstellen, Sir«, fauchte Monk zurück. »Da einer von ihnen für Mrs. Hasletts Tod verantwortlich ist, sind die anderen möglicherweise parteiisch.«

Basil starrte ihn zornig an. Der Wind bemächtigte sich seiner Rockschöße und brachte sie zum Flattern. Um sich die Peinlichkeit zu ersparen, daß ihm der Zylinder vom Kopf gerissen würde, nahm er ihn vorsorglich ab.

»Welche Lüge, glauben Sie wohl, könnte man Ihnen schon auftischen und damit davonkommen?« fragte er mit beißendem Spott.

Monk ignorierte die Bemerkung.

»Haben Ihre Bediensteten persönliche Beziehungen zueinander, Sir?« erkundigte er sich statt dessen. »Lakaien und Hausmädchen zum Beispiel? Der Butler und eine der Zofen? Stiefelbursche und Küchenmagd?«

Basils Augen weiteten sich ungläubig.

»Großer Gott! Denken Sie wirklich, ich hätte die leiseste Ahnung – oder auch nur das geringste Interesse an den Romanzen meiner Dienstboten, Inspektor? Sie scheinen tatsächlich in einer vollkommen anderen Welt zu leben.«

Monk war außer sich vor Wut und versuchte gar nicht erst, seine Zunge im Zaum zu halten.

»Soll das heißen, es kümmert Sie nicht, ob Ihre Hausangestellten Liebschaften miteinander haben?« fragte er sarkastisch. »In Zweier- oder Dreiergrüppchen oder was immer? Sie haben absolut recht, das *ist* eine vollkommen andere Welt. Die Mittelschicht setzt alles daran, so etwas zu unterbinden.«

Diese Beleidigung saß, und Sir Basil schien kurz davor, seinem Ärger durch eine Handgreiflichkeit Luft zu machen. Anscheinend war er sich jedoch bewußt, daß er sie selbst provoziert hatte, denn er mäßigte seine Antwort geringfügig. Sie klang lediglich verächtlich.

»Es fällt mir schwer zu glauben, daß Sie Ihre gegenwärtige Stellung beibehalten und gleichzeitig so dumm sein können, wie Sie vorgeben. Selbstverständlich würde ich Derartiges auf keinen Fall dulden und jeden Betroffenen auf der Stelle und ohne Empfehlungsschreiben entlassen.«

»Und falls etwas Derartiges tatsächlich stattgefunden haben sollte, wäre es da nicht möglich, daß Mrs. Haslett davon erfahren hat?« fragte Monk gelangweilt.

Es war erstaunlich, wie rasch sich Sir Basils Miene aufhellte; er ließ sich sogar zu der Andeutung eines Lächelns hinreißen.

»Ja, vermutlich schon.« Er klammerte sich regelrecht an den Gedanken. »Frauen haben einen sechsten Sinn für solche Dinge. Sie registrieren Vibrationen, die wir zu übersehen neigen. Liebschaften und die damit verbundenen Intrigen nehmen in ihrem Leben einen wesentlich größeren Platz ein.«

Monk hüllte sich in soviel Unschuld, wie er aufbringen konnte.

»Worum könnte es sich Ihrer Ansicht nach bei der Entdeckung gehandelt haben, die sie während ihres Ausflugs an jenem Nachmittag gemacht hat? Gibt es einen Dienstboten, den sie besonders unter ihre Fittiche genommen hatte?«

Basil war vorübergehend verwirrt. Er rang um eine Antwort, die zu allen bisherigen Erkenntnissen paßte.

»Ihre Zofe, nehme ich an – das ist ganz normal. Ansonsten wüßte ich niemanden«, sagte er vorsichtig. »Und wie es scheint, hat sie keinem erzählt, wo sie war.«

»Wieviel Freizeit hat das Personal? Außerhalb des Hauses, meine ich?«

»Einen halben Tag jede zweite Woche«, erwiderte Basil prompt. »Das ist so üblich.«

»Nicht gerade viel für eine Romanze«, bemerkte Monk trocken. »Der Gegenstand ihrer Entdeckung muß sich wohl eher in der Queen Anne Street abgespielt haben.«

Sir Basils Blick wurde hart. Gereizt schlug er auf seine wehenden Rockschöße.

»Falls Sie damit andeuten wollen, in meinem Haus hätte sich etwas sehr Ernstes ereignet, von dem ich nichts wußte – und immer noch nichts weiß –, ist Ihnen das gelungen, Inspektor. Wenn Sie genauso erfolgreich bei der Ausübung dessen sein könnten, was Ihr Beruf ist, und endlich herausfinden, worum es dabei ging, wären wir Ihnen alle sehr verbunden. Sollte das alles gewesen sein, sage ich Ihnen erst einmal guten Tag!«

Monk grinste. Er hatte ihn in Alarmbereitschaft versetzt, was seine Absicht gewesen war. Basil würde sich nach Hause begeben und eine Menge zweckdienliche, unbequeme Fragen stellen.

»Guten Tag, Sir Basil.« Er tippte leicht an seinen Hut, machte auf dem Absatz kehrt und entfernte sich in Richtung Parade der berittenen Ehrengarde. Basil stand mitten im Gras, mit einer Miene, die bodenlose Wut und wachsende Entschlossenheit zur Schau stellte.

Monk versuchte Myles Kellard in der Handelsbank aufzustöbern, doch Mr. Kellard hatte sich für diesen Tag bereits verabschiedet. Da er kein Verlangen verspürte, einem Bewohner des Hauses in der Queen Anne Street seine Aufwartung zu machen, nur um höchstwahrscheinlich von Sir Basil oder Cyprian gestört zu werden, ließ er es vorerst auf sich beruhen.

Statt dessen holte er einige Erkundigungen bei dem Türsteher von Cyprians Klub ein, die jedoch außer der Auskunft, daß er regelmäßig dort verkehrte und Männer von Stand *selbstverständlich* hin und wieder ein paar Pfund beim Kartenspiel oder beim Pferderennen riskierten, nichts Nennenswertes zutage förderten. Nein, wieviel wisse er beim besten Willen nicht; das ginge ihn auch nichts an. *Natürlich* beglichen Männer von Stand ihre Ehrenschuld, andernfalls würden sie auf der Stelle ausgestoßen – und zwar nicht nur hier, sondern auch in jedem anderen Klub der Stadt. Nein, Mr. Septimus Thirsk kenne er nicht; er habe den Namen dieses Gentleman noch nie zuvor gehört.

Zurück im Revier, stieß Monk auf Evan, woraufhin sie sich

gemeinsam daranmachten, die Ergebnisse ihrer Nachforschungen zusammenzutragen. Evan war müde, und obwohl er damit gerechnet hatte, nicht viel in Erfahrung zu bringen, deprimierte ihn seine Erfolglosigkeit. Eine offenbar nie versiegende Quelle der Hoffnung tief in seinem Innern zog immer nur die ergiebigsten Möglichkeiten in Betracht.

»Fehlanzeige. Nichts, was man als Romanze bezeichnen könnte«, ließ er sich niedergeschlagen vom breiten Fensterbrett in Monks Büro vernehmen. »Eine der Wäschemägde, Lizzie, hat mir verraten, daß der Stiefelbursche einmal gewisse sehnsüchtige Gefühle für Dinah, das Stubenmädchen, hegte – die groß und blond ist, eine Haut wie Milch und Honig hat und eine Taille, die man mit beiden Händen umspannen kann.« Seine Augen wurden groß und rund, als er sich ihren Anblick in Erinnerung rief. »Außerdem hätte man sie bisher noch nicht mit so viel Aufmerksamkeit überschüttet, daß sie den Kopf voller Flausen hätte. Aber das spielt wohl keine Rolle. Die Lakaien und die Stallburschen bewundern sie angeblich ebenfalls von ganzem Herzen. Mir ging's, ehrlich gestanden, auch nicht anders.« Er lächelte, was seinem letzten Satz den Ernst nahm. »Dinah ihrerseits gibt sich bislang völlig ungerührt. Laut einhelliger Meinung steht ihr der Sinn nach Höherem.«

»Ist das alles?« fragte Monk mit gequälter Miene. »Sie haben den ganzen Tag in der Gesindestube verbracht, nur um das herauszufinden? Nichts über die Familie?«

»Noch nicht«, gab Evan kleinlaut zurück. »Aber ich versuch's weiter. Rose, die andere Wäschemagd, ist ein recht hübsches Ding. Klein, zierlich, dunkelhaarig, kornblumenblaue Augen – außerdem eine ausgezeichnete Imitatorin, wie mir auffiel. Sie hat einen ziemlichen Haß auf Percival, was sich für mich so anhörte, als ob diese Abneigung ursprünglich in wärmeren Gefühlen gewurzelt hätte ...«

»Evan!«

Evan riß unschuldig die Augen auf. »Das wurde mir auch von Maggie, der Magd vom oberen Stockwerk, und der Kammerzofe

Mary bestätigt, die großes Interesse am Liebesleben ihrer Mitmenschen hat. Die andere Magd für oben, Annie, kann den armen Percival ebenfalls nicht ausstehen, wenn sie auch nicht verraten wollte, warum.«

»Sehr überzeugend«, sagte Monk sarkastisch. »Damit erreichen wir bei allen Geschworenen einen sofortigen Schuldspruch!«

»Nehmen Sie das nicht auf die leichte Schulter, Sir«, gab Evan erstaunlich ernst zurück, während er sich vom Fensterbrett schwang. »Solche jungen Dinger, die nichts haben, womit sich ihr Geist sonst beschäftigen könnte, sind oft unglaublich aufmerkam. Viel von ihrem Geschwätz ist ziemlich oberflächlich, aber hinter dem ganzen Gegacker und Gekicher kriegen sie eine Menge mit.«

»Schon möglich«, meinte Monk zweifelnd. »Aber um Runcorn und das Gesetz zufriedenzustellen, müßten wir schon mehr auf Lager haben.«

Evan zuckte mit den Achseln. »Ich gehe morgen wieder hin, aber ich weiß wirklich nicht, was ich noch fragen soll.«

Monk stöberte Septimus am nächsten Mittag in seiner Lieblingsschenke auf. Das kleine, freundliche Lokal lag ganz in der Nähe der Strand und war dafür bekannt, daß die Kundschaft hauptsächlich aus Schauspielern und Jurastudenten bestand. Junge Männer standen in Grüppchen zusammen und unterhielten sich lebhaft, während sie wild gestikulierten, wobei unmöglich zu unterscheiden war, ob die Vorstellung für ein Theater oder einen Gerichtssaal gedacht war. Es roch nach Sägespänen und Bier, wozu sich zu dieser Tageszeit noch ein angenehmer Duft nach gedünstetem Gemüse, Bratensaft und Kuchen gesellte.

Monk war erst wenige Minuten dort und hatte sich bereits einen Krug Apfelwein besorgt, als er Septimus erblickte. Er saß allein auf einer mit Lederpolstern ausgestatteten Bank in einer Ecke und trank. Monk schlenderte zu ihm und ließ sich ihm gegenüber nieder.

»Guten Tag, Inspektor.« Septimus stellte seinen Krug ab. Es dauerte einen Moment, bis Monk klar wurde, wie er ihn hatte sehen können, obwohl ihm das Trinkgefäß die Sicht versperrte. Der Boden des Krugs bestand aus Glas. Dieser Brauch stammte aus längst vergangenen Zeiten, als die Männer noch Schwerter trugen und Wirtshausschlägereien, die in erster Linie dem Training dienten, an der Tagesordnung waren. Der durchsichtige Boden sollte verhindern, daß der arglose Gast eine unliebsame Überraschung erlebte.

»Guten Tag, Mr. Thirsk«, erwiderte Monk und bewunderte das Behältnis ausgiebig; in den Deckel war Septimus' Name eingraviert.

»Ich kann Ihnen nicht mehr sagen«, meinte Septimus mit winzigem, traurigem Lächeln. »Wenn ich wüßte, wer Tavie umgebracht hat, oder auch nur die leiseste Ahnung hätte, warum, wäre ich längst zu Ihnen gekommen. Sie hätten sich die Mühe sparen können, mir hierher zu folgen.«

Monk nippte an seinem Apfelwein.

»Ich bin hier, weil ich mir dachte, wir könnten uns an diesem Ort ungestörter unterhalten als in der Queen Anne Street.«

In Septimus' ausgewaschenen blauen Augen blitzte es humorvoll auf. »Sie meinen, ohne daß Basil mich auf meine Verpflichtung, diskret zu sein und mich wie ein Gentleman zu benehmen, hinweist, obwohl ich mir letzteres gar nicht leisten kann – es sei denn, seine Gunst und Gnade lassen es ausnahmsweise einmal zu.«

Monk wollte ihn nicht kränken, indem er die Bemerkung ignorierte. »Etwas in der Art, ja.« Sein Blick glitt zu einem jungen Mann mit nettem, Evans nicht unähnlichem Gesicht, der in gespielter Verzweiflung neben ihnen zusammengebrochen war, die Hände auf die Brust preßte und dann einen dramatischen Monolog vom Stapel ließ, der seinen Kameraden am Nebentisch galt. Selbst nach zwei oder drei Minuten war Monk nicht sicher, ob es sich bei ihm um einen emporstrebenden Schauspieler oder einen Möchtegernanwalt handelte, der eine Verteidigung probte. Er dachte flüchtig an Oliver Rathbone und stellte ihn sich amüsiert als unreifen Jüngling in einer Schenke wie dieser vor.

»Ich kann hier keinen einzigen Soldaten entdecken«, stellte er fest. Er konzentrierte sich wieder auf Septimus.

Septimus lächelte auf sein Bier hinab. »Man hat Ihnen also meine Geschichte erzählt.«

»Mr. Cyprian«, gestand Monk. »Mit sehr viel Verständnis.«

»Der schon.« Septimus schnitt eine Grimasse. »Wenn Sie Myles gefragt hätten, hätten Sie eine ganz andere Version zu hören bekommen; gemeiner, schmutziger, weniger schmeichelhaft für die holde Weiblichkeit. Und die gute Fenella...«, er nahm einen tiefen Schluck Bier, »... nun ja, ihre wäre vermutlich düsterer und dramatischer ausgefallen. Sie hätte die Tragik des Ganzen ins Groteske gezogen, die Liebe als rasende Leidenschaft diffamiert, alles in schreienden Farben dargestellt, so daß die echten Gefühle, der echte Schmerz darin untergegangen wären wie in dem bunten Licht von Bühnenscheinwerfern.«

»Dennoch kommen Sie gern in ein Wirtshaus randvoll mit Schauspielern aller Kategorien«, erinnerte ihn Monk.

Septimus' Blick wanderte über die Tische, bis er schließlich an einem etwa fünfunddreißigjährigen, dürren Mann in eigenartiger Aufmachung hängenblieb, dessen Züge unter der Maske schwungvollen Elans deutlich vom Verdruß angesichts zahlreicher enttäuschter Hoffnungen gezeichnet waren.

»Es gefällt mir hier«, sagte er freundlich. »Ich mag diese Leute. Sie verfügen über genügend Phantasie, um sich aus dem Alltäglichen herauszuwinden, die Grausamkeit der Realität zu vergessen und von der Kraft ihrer Träume zu leben.« Sein Gesicht wirkte plötzlich entspannt. Nachsicht und Verständnis hatten die tiefen Furchen geglättet. »Sie können ganz nach Belieben Stimmungen heraufbeschwören und ein oder zwei Stunden daran glauben. Das erfordert Mut, Mr. Monk; es erfordert außergewöhnlich viel innere Kraft. Die Außenwelt, Menschen wie Basil, findet so etwas lächerlich – ich finde es überaus ermutigend.«

Von einem der Nebentische erhob sich dröhnendes Gelächter. Septimus' Aufmerksamkeit schweifte einen Augenblick dorthin ab, ehe sie sich wieder auf Monk richtete. »Wenn wir das, was als normal gilt, hinter uns lassen und trotz der Macht des Offenkundigen glauben können, was wir glauben möchten, dann sind wir zumindest für eine Weile die Meister unseres Schicksals und können uns die Welt so hinzaubern, wie wir sie haben wollen. Ich tue das lieber mit Hilfe von Schauspielern als mit Wein oder einer Pfeife Opium.«

Jemand erklomm einen Stuhl und stimmte eine glühende Rede an, begleitet von Buhrufen und donnerndem Applaus.

»Außerdem mag ich ihren Sinn für Humor«, fuhr Septimus fort. »Sie wissen, wie man über andere und vor allem über sich selbst lacht – sie lachen gern, sie sehen darin weder eine Sünde noch eine Gefahr für die persönliche Würde. Und sie streiten gern. Sie sind nicht tödlich beleidigt, wenn jemand ihre Worte in Frage stellt, sie erwarten sogar, angezweifelt zu werden.« Er lächelte wehmütig. »Wenn man ihnen eine neue Idee präsentiert, spielen sie begeistert damit herum – wie ein Kind mit einem heiß ersehnten Spielzeug. Schon möglich, daß sie eitel sind, Mr. Monk. Das sind sie sogar mit hundertprozentiger Sicherheit, so eitel wie eine ganze Horde Pfauen, die den lieben langen Tag nichts anderes tun, als radzuschlagen und aus vollem Halse herumzukreischen.« Er schaute Monk offen und ohne jede Hinterhältigkeit an. »Sie sind ehrgeizig, egozentrisch, streitsüchtig und oft extrem oberflächlich.«

Monk verspürte einen schmerzlichen Anflug von Schuldbewußtsein, als ob ein Pfeil an seinem Gesicht abgeprallt wäre und dadurch sein Ziel verfehlt hätte.

»Aber sie amüsieren mich«, fuhr Septimus leise fort. »Und sie hören mir zu, ohne mich zu verurteilen. Noch nie hat einer von ihnen mir einzureden versucht, daß ich die moralische oder gesellschaftliche Verpflichtung zum Anderssein hätte. Nein, Mr. Monk, ich fühle mich wohl hier. Hier kann ich mich entspannen.«

»Das haben Sie sehr schön gesagt, Sir.« Monk lächelte ihn an, ausnahmsweise einmal ohne jede Falschheit. »Ich verstehe, was Sie meinen. Bitte erzählen Sie mir von Mr. Kellard.«

Schlagartig wich alle Freude aus Septimus' Gesicht. »Warum? Denken Sie, er hat etwas mit Tavies Tod zu tun?«

»Halten Sie das für möglich?«

Septimus zuckte mit den Achseln und stellte seinen Krug jäh ab. »Keine Ahnung. Ich mag den Mann nicht. Meine Meinung dürfte Ihnen nicht viel helfen.«

»Warum mögen Sie ihn nicht, Mr. Thirsk?«

Doch der alte, militärische Ehrenkodex tat immer noch seine Wirkung. Septimus brachte ein schiefes, selbstironisches Lächeln zustande. »Reiner Instinkt, Mr. Monk«, log er, und Monk wußte, daß es nicht der Wahrheit entsprach. »Wir haben keinerlei Gemeinsamkeiten, weder unser Naturell noch unsere Interessen betreffend. Er ist Bankier; ich war einmal Soldat, und bin heute nur noch einer, der die Zeit totschlägt und die Gesellschaft junger Männer genießt, die schauspielern und Geschichten über Verbrechen, Leidenschaft und die Unterwelt zum besten geben. Ich lache über die falschen Dinge und trinke bisweilen ein Glas zuviel. Ich habe mein Leben wegen der Liebe zu einer Frau ruiniert.« Er drehte den Krug in seinen Händen, wobei seine Finger fast zärtlich über die Oberfläche strichen. »Myles hat für so etwas nur Verachtung übrig. Ich denke, es ist absurd – aber nicht verdammenswert. Wenigstens war ich zu einem derartigen Gefühl imstande. Das spricht doch immerhin ein bißchen für mich.«

»Es spricht ganz enorm für Sie!« Monk staunte über sich selbst. Er hatte keinerlei Erinnerung daran, selbst einmal geliebt zu haben – geschweige denn zu einem solchen Preis –, dennoch wußte er mit absoluter Sicherheit, daß es das beste Zeichen für die eigene Lebendigkeit war, wenn einem ein Mensch oder eine Sache genügend am Herzen lag, um eine Menge dafür zu opfern.

Septimus sah ihn neugierig an.

Monk lächelte und sagte spontan: »Vielleicht beneidet er Sie, Mr. Thirsk.«

Septimus' Brauen wanderten verblüfft nach oben. Er forschte in Monks Zügen nach Anzeichen von Spott, konnte jedoch keine entdecken.

»Ohne sich dessen bewußt zu sein«, fügte Monk erklärend hinzu. »Vielleicht fehlt Mr. Kellard die Tiefe oder der Mut, für irgend etwas stark genug zu empfinden, um notfalls dafür zu leiden. Sich für einen Feigling zu halten ist ein ziemlich bitteres Gefühl.«

Ganz langsam begann Septimus zu lächeln. Er sah beinah glücklich aus.

»Danke, Mr. Monk. Das ist das Schönste, was man mir seit Jahren gesagt hat.« Dann biß er sich unvermittelt auf die Lippe. »Tut mir leid – ich kann Ihnen nichts über Myles erzählen. Ich habe lediglich einen Verdacht, und es ist schließlich nicht meine Wunde, die ich bloßlege. Vielleicht gibt es nicht einmal eine Wunde, und er ist nur ein gelangweilter Mann, der zuviel Freizeit hat und über eine zu schwerfällige Phantasie verfügt.«

Monk setzte ihn nicht unter Druck. Er wußte, daß es keinen Sinn hatte. Septimus war durchaus in der Lage zu schweigen, wenn sein Ehrgefühl es ihm gebot, und die Konsequenzen zu tragen.

Er leerte sein Glas. »Ich werde jetzt gehen und Mr. Kellard selbst aufsuchen. Aber falls Ihnen noch etwas zu der Entdeckung einfallen sollte, die Mrs. Haslett an jenem Nachmittag gemacht hat, und die Sie angeblich besser verstehen können als jeder andere, lassen Sie es mich bitte wissen. Wahrscheinlich hat dieses Geheimnis sie das Leben gekostet.«

»Ich habe schon darüber nachgedacht«, erwiderte Septimus und zog die Stirn in Falten. »Ich bin immer wieder durchgegangen, was sie und mich verbindet oder ihrer Ansicht nach verbunden haben könnte, aber es gibt da nicht sehr viel. Jedem von uns war Myles ziemlich egal, was mir allerdings bedeutungslos erscheint; er hat weder mir noch ihr etwas zuleide getan, da bin ich absolut sicher. Außerdem waren wir beide finanziell von Basil abhängig – aber das geht jedem im Haus so.«

»Wird Mr. Kellard für seine Arbeit in der Bank nicht bezahlt?« fragte Monk überrascht.

Septimus musterte ihn mit mildem, nachsichtigem Spott.

»Selbstverständlich, aber nicht in dem Maß, um den Lebensstil gewährleisten zu können, den er haben will – und Araminta erst recht. Außerdem gilt es, die gesellschaftlichen Auswirkungen zu bedenken; es bringt gewisse Vorteile mit sich, Sir Basil Moidores Tochter zu sein, auf die man als bloße Frau von Myles Kellard verzichten müßte – nicht zuletzt die Annehmlichkeit, in der Queen Anne Street wohnen zu dürfen.«

Monk hatte nicht erwartet, jemals Mitgefühl für Myles Kellard zu empfinden, aber dieser eine Satz mit seiner Vielfalt an Deutungsmöglichkeiten ließ ihn die Dinge plötzlich in einem anderen Licht sehen.

»Wußten Sie nicht, wie oft dort Gäste empfangen werden«, fuhr Septimus fort, »wenn das Haus nicht in Trauer ist? Wir gaben regelmäßig Dinnerparties für Diplomaten und Kabinettsminister, Botschafter und ausländische Fürsten, Industriemogule, Förderer von Kunst und Wissenschaft und gelegentlich sogar für unbedeutendere Mitglieder unseres eigenen Königshauses. Nachmittags war das Haus von nicht wenigen Herzoginnen und der halben Londoner Gesellschaft bevölkert. Und dann die Rückeinladungen. Ich glaube, es gibt nicht viele große Häuser, in denen nicht ab und zu ein Moidore empfangen wurde.«

»Hat Mrs. Haslett das genauso empfunden?« erkundigte sich Monk.

Septimus zog die Mundwinkel herab und brachte ein eigenartiges, trauriges Lächeln zustande. »Ihr blieb keine andere Wahl. Sie und Haslett hatten die Absicht, ein eigenes Haus zu beziehen, aber dann trat er in die Armee ein, bevor es fertiggestellt war, woraufhin Tavie natürlich in der Queen Anne Street blieb. Und dann ist Harry bei Inkermann gefallen, der arme Teufel. Eine der fürchterlichsten Tragödien, die ich je erlebt habe. Er war ein höllisch netter Bursche!« Er starrte auf den Grund seines Bierkrugs – nicht auf den Bodensatz, sondern auf ein lange zurückliegendes Leid, das immer noch weh tat. »Tavie kam nie darüber weg. Sie liebte ihn – viel mehr, als der Rest der Familie je begriffen hat.«

»Eine traurige Geschichte«, sagte Monk sanft. »Sie hatten Mrs. Haslett sehr gern, nicht wahr?«

Septimus schaute auf. »Ja, das stimmt. Sie hat mir immer zugehört, als ob ihr meine Worte etwas bedeuten würden. Bei ihr konnte ich einfach so drauflosreden – manchmal haben wir ein bißchen zuviel getrunken. Sie war verständnisvoller als Fenella ...« Er brach abrupt ab; offenbar hatte er gemerkt, daß er auf dem besten Wege war, sich nicht mehr ganz wie ein Gentleman zu benehmen. Mühsam richtete er den Rücken auf und hob das Kinn. »Sie dürfen sicher sein, daß ich Ihnen helfen werde, sofern ich kann, Inspektor.«

»Ich *bin* sicher, Mr. Thirsk.« Monk stand auf. »Danke, daß Sie mir Ihre Zeit geopfert haben.«

»Davon habe ich mehr als genug.« Septimus lächelte, aber seine Augen blieben unberührt. Dann hob er seinen Krug, um ihn bis auf den letzten Tropfen auszutrinken. Monk warf einen abschließenden Blick auf sein im Glasboden verzerrtes Gesicht und ging.

Fenella Sandeman erwischte er am kommenden Tag am anderen Ende der Rotten Row, in Kensington Gardens. Sie hatte einen ausgiebigen Morgenritt hinter sich und stand neben ihrem Pferd. Zu ihrem eleganten schwarzen Reitkleid trug sie glänzende schwarze Stiefel und einen äußerst schicken, schwarzen Musketierhut. Nur die hochgeschlossene Bluse und die Halsbinde waren blendendweiß. Ihr schwarzes Haar war adrett frisiert, das Gesicht mit der unnatürlichen Farbe und den nachgemalten Brauen wirkte im kalten Novemberlicht verwüstet und künstlich.

»Sieh einer an – Mr. Monk!« rief sie überrascht, während sie ihn von oben bis unten musterte, offenbar zufrieden mit dem, was sie sah. »Was treibt Sie zu einem Spaziergang im Park?« Ihrer Kehle entrang sich ein mädchenhaftes Kichern. »Sollten Sie nicht die Dienstboten vernehmen? Wie spürt man eigentlich einen Mörder auf?«

Sie ignorierte ihr Pferd und ließ die Zügel locker über dem Arm hängen.

»Da gibt es viele Wege, Ma'am.« Monk versuchte höflich zu bleiben, ohne auf ihr neckisches Spielchen einzusteigen. »Ehe ich mich mit den Dienstboten unterhalte, würde ich mir gern ein klareres Bild von den Familienmitgliedern verschaffen, damit ich ihnen die richtigen Fragen stellen kann.«

»Sie sind also gekommen, um mich zu verhören.« Fenella erschauerte theatralisch. »Schön, Inspektor, legen Sie los. Ich werde Ihnen so verständig wie möglich antworten.« Sie war eine kleine Frau und schaute unter halb geschlossenen Lidern zu ihm auf.

Ausgeschlossen, daß sie so früh am Tag bereits betrunken war, oder? Vermutlich machte sie sich nur auf seine Kosten lustig. Er gab vor, ihre schnoddrige Art nicht zu bemerken, und setzte eine nüchterne Miene auf, als führten sie ein ernsthaftes Gespräch, das wichtige Informationen abwerfen könnte.

»Vielen Dank für Ihr Entgegenkommen, Mrs. Sandeman. Soweit ich weiß, sind Sie kurz nach dem Tod Ihres Mannes in die Queen Anne Street gezogen, vor elf oder zwölf Jahren...«

»Sieh an, Sie haben in meiner Vergangenheit gestöbert!« Ihre Stimme klang heiser. Weit davon entfernt, sich über diese Tatsache zu ärgern, schien ihr die Vorstellung eher zu schmeicheln.

»In jedermanns Vergangenheit, Ma'am«, klärte Monk sie kalt auf. »Wenn Sie schon so lange dort leben, hatten Sie sicherlich hinreichend Gelegenheit, sowohl die Familienangehörigen als auch das Personal eingehend zu studieren. Sie müssen die Leute sehr gut kennen.«

Fenella ließ die Reitgerte in der Luft kreisen, verfehlte um Haaresbreite den Kopf ihres Pferdes und jagte ihm dadurch einen gehörigen Schrecken ein. Sie schien das Tier völlig vergessen zu haben, doch glücklicherweise schien es hervorragend dressiert zu sein. Es hielt sich dicht neben ihr und paßte sich gehorsam ihrem langsamen Schritt an.

»Aber sicher doch«, pflichtete sie ihm lässig bei. »Über wen wünschen Sie etwas zu wissen?« Sie zuckte mit ihren exquisit umhüllten Schultern. »Myles ist amüsant, taugt allerdings nicht viel – aber so ist das schließlich mit den meisten gutaussehenden Männern, finden Sie nicht?« Sie drehte sich auf die Seite, um ihn besser betrachten zu können. Ihre unglaublich großen, dunklen Augen mußten einmal wunderschön gewesen sein. Inzwischen hatte sich der Rest ihres Gesichts derart verändert, daß sie regelrecht grotesk wirkten.

Monk lächelte schwach. »Mein Interesse an Männern dürfte wohl vollkommen anders geartet sein als das Ihre, Mrs. Sandeman.«

Sie brach in minutenlanges, schallendes Gelächter aus, was etwa ein halbes Dutzend Leute veranlaßte, sich nach der Ursache des Radaus umzusehen. Als sie sich endlich wieder in der Gewalt hatte, machte sie immer noch einen eindeutig belustigten Eindruck.

Monk schämte sich zu Tode. Es gefiel ihm nicht, als Gegenstand ordinärer Späße angestarrt zu werden.

»Finden Sie fromme Frauen nicht außerordentlich ermüdend, Mr. Monk?« Sie riß die Augen bis zum Anschlag auf. »Seien Sie ehrlich!«

»Gibt es denn fromme Frauen in Ihrer Familie, Mrs. Sandeman?« Sein Ton war kühler als beabsichtigt, aber sie ließ sich nicht anmerken, ob es ihr aufgefallen war.

»Sie ist voll davon!« Fenella seufzte. »Eine richtige Plage, wie Flöhe auf einem Igel. Meine Mutter war eine, Gott sei ihrer Seele gnädig. Meine Schwägerin ist eine – Gott sei meiner Seele gnädig, ich wohne mit ihr unter einem Dach. Sie können sich nicht vorstellen, wie schwierig es ist, auch nur ein bißchen Privatsphäre zu haben! Fromme Frauen sind so gut darin, sich in fremde Angelegenheiten zu mischen – vermutlich weil sie wesentlich interessanter sind als ihre eigenen.« Sie brach erneut in tiefes, kehliges Gelächter aus.

Monk, dem zunehmend klarer wurde, daß sie ihn attraktiv fand, fühlte sich nicht mehr wohl in seiner Haut.

»Und Araminta, das arme Ding, ist die schlimmste von allen«, fuhr sie fort, während sie, verwegen die Gerte schwingend, neben ihm her schwebte. Das Pferd, dessen Zügel nach wie vor locker über ihrem Arm baumelten, blieb ihr brav auf den Fersen. »Ihr bleibt wohl nichts anderes übrig, mit Myles als Ehemann. Ich erwähnte bereits, daß er nichts taugt, ja? Tavie war die einzige

Ausnahme.« Sie blickte einem flotten Reitergrüppchen entgegen, das über die Row langsam auf sie zutrabte. »Wußten Sie, daß sie trank?« Sie warf ihm einen flüchtigen Blick zu und schaute sofort wieder geradeaus. »All das Tamtam von wegen Unpäßlichkeit und Migräne! Sie war schlicht und ergreifend betrunken – oder litt unter den Nachwirkungen. Den Stoff besorgte sie sich in der Küche.« Fenella zuckte mit den Achseln. »Vermutlich bekam sie ihn von einem der Dienstboten. Tavie war sehr beliebt wegen ihrer Großzügigkeit – was auch nach Kräften ausgenutzt wurde, wenn Sie mich fragen. Behandle das Personal etwas besser, und es nimmt sich plötzlich die größten Freiheiten heraus.«

Sie wirbelte unvermittelt mit übertrieben geweiteten Augen zu ihm herum. »Großer Gott, nein! Du meine Güte, wie entsetzlich! Denken Sie, das ist ihr zugestoßen?« Ihre unglaublich kleine, vornehm behandschuhte Hand flog an ihren Mund. »Daß sie mit einem der Dienstboten auf zu vertrautem Fuß stand, woraufhin er mit der falschen Vorstellung zu ihr stürzte – oder gar, der Herr steh uns bei, mit der richtigen...«, stieß sie atemlos hervor, »...sie ihn abwies und er sie in der Hitze seiner Leidenschaft umbrachte? Wirklich, wie abscheulich! Was für ein Skandal!« Sie würgte. »Ha-ha-ha! Das wird Basil nie verkraften. Stellen Sie sich bloß vor, was seine Freunde dazu sagen würden.«

Monk fühlte sich abgestoßen; nicht von der Vorstellung, die war langweilig genug, sondern von Fenellas Frohlocken. Während er unbewußt einige Schritte vor ihr zurückwich, versuchte er angestrengt, seinen Ekel zu beherrschen.

»Glauben Sie, daß es sich so abgespielt hat, Ma'am?«

Sie entnahm seinem Tonfall nichts, was ihr den Nervenkitzel zu verderben vermochte.

»Nun, ich halte es für sehr gut möglich«, sagte sie mit glänzenden Augen; offenbar stellte sie sich die Situation bildlich vor. Sie wandte sich ab und ging langsam weiter. »Ich weiß auch genau, wer dafür in Frage kommt. Percival – einer der Lakaien. Ein hübscher Bursche, aber das sind Lakaien schließlich alle, finden Sie nicht auch?« Sie bedachte ihn mit einem kurzen Seitenblick.

»Nein, vermutlich finden Sie das nicht. Sie hatten wahrscheinlich nicht viel Gelegenheit, sich in der Richtung ein Urteil zu bilden; in Ihrer Branche gibt's wohl nicht allzu viele Lakaien.« Sie lachte wieder und zog die Schultern hoch. »Percival hat genau diese Art von Gesicht, wissen Sie – viel zu intelligent für einen guten Dienstboten, ausgesprochen ehrgeizig. Und dann dieser wunderbar grausame Mund ... Ein Mann mit einem solchen Mund könnte alles tun.« Fenella erbebte und schlängelte ihren Körper, als wollte sie etwas Lästiges abschütteln; oder hatte sie die Vision von etwas sehr Angenehmem auf der Haut? Monk schoß blitzartig durch den Kopf, ob sie Percival womöglich selbst zu Taten ermutigt hatte, die weit über seinen Rang hinausgingen. Als er jedoch ihr makelloses, künstliches Konterfei musterte, wurde die Vorstellung besonders abstoßend. Aus dieser Nähe und im schonungslosen Tageslicht betrachtet, war sie den Sechzigern eindeutig näher als den Fünfzigern. Percival konnte allerhöchstens dreißig sein.

»Stützt sich Ihre Vermutung auf irgendwelche Gründe, die über die bloße Beschaffenheit seines Gesichts hinausgehen, Ma'am?« fragte er bissig.

»Oh – jetzt habe ich Sie verärgert.« Sie schaute mit ihrem Schlafzimmerblick zu ihm hoch. »Ich habe Ihr Moralempfinden verletzt. Sie sind selbst ein wenig fromm, stimmt's, Inspektor?«

War er? Er hatte keine Ahnung. Er kannte sich lediglich mit seinen momentanen, spontanen Reaktionen aus: auf Frauen mit sanften, verletzlichen Gesichtern wie Imogen Latterly, die seine Gefühle durcheinanderbrachten; auf die mit leidenschaftlichen, intelligenten Zügen wie Hester, die ihm zugleich gefielen und seinen Unwillen weckten; und schließlich auf berechnende, räuberische weibliche Wesen wie Fenella Sandeman, die er fremdartig und abstoßend fand.

»Nein, Mrs. Sandeman, aber mir mißfällt die Vorstellung eines Lakaien, der sich bei der Tochter seines Dienstherrn Freiheiten erlaubt und sie anschließend mit einem Messer abschlachtet«, gab er brutal zurück. »Ihnen vielleicht nicht?«

Sie wurde immer noch nicht wütend. Ihre Gleichgültigkeit traf ihn härter, als es eine subtile Beleidigung oder bloße Reserviertheit vermocht hätten.

»Nein, wie gräßlich! Natürlich mißfällt mir das. Sie haben eine krasse Art, sich auszudrücken, Inspektor. Man kann Sie wirklich in keinen Salon hineinlassen. Jammerschade eigentlich! Sie haben ...«, sie musterte ihn mit unverhohlenem Wohlgefallen, was ihm ausgesprochen auf die Nerven ging, »... so etwas Gefährliches.« Ihr glänzender Blick starrte ihn einladend an.

Was diese Umschreibung zu bedeuten hatte, wußte Monk genau. Er beschloß entsetzt, die Flucht zu ergreifen.

»Den meisten Menschen sind Polizeibeamte ein Greuel, Ma'am. Ich bin daran gewöhnt. Vielen Dank für das Gespräch, Sie haben mir sehr geholfen.« Er verbeugte sich kaum merklich, drehte sich abrupt um und ließ sie neben ihrem Pferd stehen, in einer Hand die Reitgerte, die Zügel nach wie vor lässig über dem Arm. Noch bevor er den Rand der Rasenfläche erreicht hatte, unterhielt sie sich bereits munter mit einem eleganten Herrn mittleren Alters, der eben erst von einem stattlichen Grauschimmel abgestiegen war und schamlos mit ihr flirtete.

Monk fand die Vorstellung eines lüsternen Lakaien zwar unschön und abwegig, konnte sie jedoch nicht einfach abtun. Er hatte die Befragung des Personals lange genug hinausgeschoben. Auf der Knightsbridge Road erwischte er einen Hansom, ließ sich in die Queen Anne Street fahren, zahlte und begab sich über die Kellertreppe zur Hintertür.

Aus der warmen, betriebsamen Küche strömte ihm ein Duft nach Schmorbraten, frischgebackenem Kuchen und frischen Äpfeln entgegen. Den Tisch bedeckte ein kunterbuntes Wirrwarr verschiedenster Obst- und Gemüseschalen, und Mrs. Boden, die Köchin, steckte bis zu den Ellbogen in Mehl. Ihr Gesicht war vor Anstrengung und Hitze gerötet, stellte jedoch eine verträgliche Miene zur Schau. Trotz der sich ausbreitenden geplatzten Äderchen in ihrer Haut und der bräunlich verfärbten Zähne, die vermutlich nicht mehr lange halten würden, sah sie immer noch gut aus.

»Falls Sie Ihren Mr. Evan suchen, der steckt im Wohnzimmer der Haushälterin. Und falls Sie's auf 'ne Tasse Tee abgesehen haben, sind Sie zu früh dran. Kommen Sie in 'ner halben Stunde wieder. Und laufen Sie mir nicht zwischen den Füßen rum! Ich muß mich ums Abendessen kümmern. Auch wenn sie in Trauer sind, müssen die Herrschaften was essen – genau wie wir alle.«

»Wir alle« bedeutete das Personal. Monk nahm die Unterscheidung im stillen zur Kenntnis.

»Sicher, Ma'am, danke. Ich würde mich gern unter vier Augen mit Ihren Lakaien unterhalten, wenn Sie nichts dagegen haben.«

»So, würden Sie.« Sie wischte sich die Hände an der Schürze ab. »Leg die Kartoffeln weg, Sal, und bring Harold her – und wenn der fertig ist, soll Percival kommen. Na, mach schon, steh hier keine Löcher in 'n Boden, Schafsgesicht! Tu, was ich dir gesagt hab!« Seufzend begann sie, den Kuchenteig mit Wasser zu vermengen, bis er die richtige Konsistenz besaß. »Diese Mädchen heutzutage aber auch! Frißt wie 'n Scheunendrescher, und jetzt schaun Sie sich das an! Lahm wie 'ne Ente wenn's schneit. Schsch! Los, raus mit dir, wird's bald!«

In einem Anfall von Wut stob das rothaarige Mädchen mit klappernden Absätzen aus der Küche und über den nackten Boden des Korridors von dannen.

»Und rausch hier gefälligst nicht so raus!« schrie die Köchin hinter ihr her. »Freches Gör. Hat 'n Auge auf den Lakai von nebenan geschmissen, das ist ihr Problem. Faule Bagage!« Sie wandte sich wieder Monk zu. »Wenn Sie sonst nix von mir wollen, gehn Sie mir jetzt aus'm Weg. Sie können in Mr. Phillips' Vorratskammer mit den Lakaien sprechen. Der hat im Keller zu tun und wird Sie nicht stören.«

Monk gehorchte und wurde von Willie, dem Stiefelputzer, in des Butlers Allerheiligstes geführt. Dort hob Phillips sämtliche Schlüssel und Rechnungsbücher sowie das regelmäßig verwendete Silberbesteck auf, außerdem benutzte er den Raum gern als Aufenthaltsort, wenn er frei hatte. Das Zimmer war beheizt und ausgesprochen gemütlich, wenn auch zweckdienlich möbliert.

Harold, der jüngere der beiden Lakaien, entpuppte sich als stämmiger, blondhaariger Bursche. Abgesehen von seiner Größe glich er Percival in nichts. Sofern er nicht irgendwelche Qualitäten besaß, die nicht auf den ersten Blick ersichtlich waren, fand Monk, mußten seine Tage in diesem Haus gezählt sein. Er stellte ihm einige Fragen, wahrscheinlich dieselben, die er bereits von Evan zu hören bekommen hatte, woraufhin Harold einige gut einstudierte Antworten zum besten gab. Monk hatte erhebliche Schwierigkeiten, sich diesen Jüngling als den von Fenella heraufbeschworenen Schürzenjäger vorzustellen.

Was Percival anbelangte, verhielten sich die Dinge vollkommen anders. Er war selbstsicher, kämpferisch und durchaus in der Lage, sich zu verteidigen. Sobald Monk in ihn zu dringen versuchte, witterte er persönliche Gefahr. Mit unerschrockenem Blick und erstaunlicher Schlagfertigkeit setzte er sich geschickt zur Wehr.

»Jawohl, Sir, ich weiß, daß Mrs. Haslett von jemandem aus dem Haus getötet wurde. Das bedeutet allerdings nicht, daß es automatisch einer von uns war. Weshalb sollten wir so etwas tun? Man hätte nichts dadurch zu gewinnen, aber alles zu verlieren. Außerdem war sie eine sehr nette Lady. Es bestand nicht der geringste Anlaß, ihr so übel mitzuspielen.«

»Sie mochten sie?«

Percival lächelte. Er wußte schon lange bevor Monk diese Frage stellte, worauf der Inspektor hinauswollte. Ob dafür ein schlechtes Gewissen oder ein gut funktionierender Verstand verantwortlich war, war unmöglich zu sagen.

»Ich sagte, sie war eine sehr nette Lady. Zu nahe getreten bin ich ihr nicht, falls es das ist, was Sie hören wollen!«

»Sie sind aber fix mit Ihren Schlußfolgerungen«, entgegnete Monk. »Wie kommen Sie darauf, daß ich ausgerechnet das hören will?«

»Weil Sie versuchen, einem von uns die Schuld in die Schuhe zu schieben, damit oben niemand in Verlegenheit gebracht wird«, gab Percival unverblümt zurück. »Bloß weil ich in Livree bin und die ganze Zeit ›ja, Sir, nein, Ma'am‹ sage, muß ich noch lange nicht dumm sein. Sie als Polizist sind keinen Deut besser als ich ...«

Monk zuckte zusammen.

»Außerdem wissen Sie ganz genau, daß es Sie Kopf und Kragen kosten kann, wenn Sie eins der Familienmitglieder beschuldigen.« Endlich war er fertig.

»Wenn mir diesbezüglich Beweise vorliegen würden, würde ich auch ein Familienmitglied beschuldigen«, erwiderte Monk scharf. »Bisher ist das nicht der Fall.«

»Dann suchen Sie vielleicht nicht sorgfältig genug.« Percivals Verachtung war nicht zu überhören. »Wenn man nichts finden will, tut man's auch nicht. Und passen würde es Ihnen bestimmt nicht, oder?«

»Oh, ich werde überall nachsehen, wo ich auf etwas zu stoßen hoffe«, versicherte Monk. »Sie halten sich Tag und Nacht in diesem Haus auf. Sagen Sie mir, wo ich anfangen soll.«

»Hm. Mr. Thirsk bedient sich heimlich aus dem Keller – hat im Lauf der letzten Jahre schon die Hälfte des guten Portweins vernichtet. Keine Ahnung, wie er's schafft, nicht die ganze Zeit betrunken zu sein.«

»Wäre das ein Grund gewesen, Mrs. Haslett zu töten?«

»Vielleicht schon – wenn sie Bescheid wußte und ihn bei Sir Basil verpfeifen wollte. Sir Basil hätte garantiert ziemlich heftig darauf reagiert. Womöglich wäre der alte Knabe im hohen Bogen rausgeflogen.«

»Warum tut er es dann?«

Percival zuckte kaum merklich mit den Achseln. Es war keineswegs die Gebärde eines Dienstboten.

»Woher soll ich das wissen? Jedenfalls stimmt's. Hab ihn oft genug die Treppe runterschleichen und mit einer Flasche unterm Mantel wieder raufkommen sehen.«

»Das überzeugt mich nicht besonders.«

»Dann nehmen Sie sich eben Mrs. Sandeman vor.« Percivals Gesicht wurde hart. Ein boshafter Zug schlich sich in seine Mundpartie. »Beschäftigen Sie sich einmal mit ein paar Exemplaren aus ihrer Gefolgschaft. Ich hab sie ab und zu mit der Kutsche zu ein paar sehr eigenartigen Orten gebracht. Marschiert die Rotten Row ab wie eine Sixpennyhure und liest ein Zeug, das Sir Basil auf der Stelle verbrennen würde, wenn's ihm unter die Augen käme; Skandalblätter, Sensationspresse. Mr. Phillips würde sofort jeden Dienstboten entlassen, den er mit solchem Schrott erwischt.«

»Das tut nichts zur Sache. Mrs. Sandeman könnte er nicht entlassen, egal, was sie liest.«

»Aber Sir Basil.«

»Ob er das wirklich täte? Sie ist seine Schwester, keine Angehörige des Personals.«

Percival grinste. »Könnte sie aber genausogut sein. Sie hat zu kommen und zu gehen, wann er sagt, muß anziehen, was ihm gefällt, darf nur sprechen, mit wem ihm paßt, und muß dazu noch seine Freunde unterhalten. Ihre eigenen darf sie nicht hierher einladen, es sei denn, sie finden seine Billigung. Ansonsten verbietet er es einfach – genau wie allen andern im Haus.«

Ein junger Mann mit boshaftem Mundwerk und einer ordentlichen Portion intimer Kenntnisse über die einzelnen Familienmitglieder, dachte Monk; höchstwahrscheinlich ein verängstigter junger Mann. Vielleicht war seine Angst sogar begründet. Die Moidores würden nicht ohne weiteres zulassen, daß der Verdacht auf jemand aus den eigenen Reihen fiel, wenn er auf einen Dienstboten gelenkt werden konnte. Percival wußte das; vielleicht war er der erste in der Gesindestube, der die Gefahr klar erkannt hatte. Ohne Zweifel würden die andern zu gegebener Zeit nachziehen; die Geschichten würden immer scheußlicher werden, je mehr die Furcht sie gefangennahm.

»Danke, Percival«, sagte Monk müde. »Das war's, jedenfalls vorerst.«

Percival öffnete den Mund, wie um etwas hinzuzufügen, besann sich dann eines Besseren und ging schweigend hinaus. Seine Bewegungen waren anmutig – gut einstudiert.

Monk kehrte in die Küche zurück, um sich die versprochene Tasse Tee zu Gemüte zu führen, erfuhr jedoch nichts von Belang, sosehr er die Ohren auch spitzte, und entfernte sich daraufhin auf demselben Weg, den er gekommen war. Von der Harley Street aus nahm er einen Hansom in die Innenstadt. Diesmal hatte er mehr Glück. Er traf Myles Kellard in seinem Büro in der Bank.

»Ich wüßte wirklich nicht, wie ich Ihnen helfen kann«, erklärte Myles, während er Monk neugierig musterte. In seinem länglichen Gesicht blitzte ein Anflug von Belustigung auf, als fände er dieses Treffen ein wenig lächerlich. Er saß in eleganter Manier auf einem der Chippendalestühle in seinem mit erlesenen Teppichen geschmückten Büro, die Beine lässig übereinandergeschlagen. »Selbstverständlich existieren zwischen den einzelnen Familienmitgliedern Spannungen – wie in jeder Familie. Aber keine davon könnte als Mordmotiv stark genug sein, es sei denn, der Betreffende wäre verrückt.«

Monk schwieg.

»Ich könnte viel eher verstehen, wenn Basil das Opfer gewesen wäre«, fuhr Myles in etwas schärferem Ton fort. »Cyprian könnte endlich gemäß seiner eigenen politischen Einstellung handeln – statt der seines Vaters – und seine Schulden bezahlen, was ihm und der reizenden Romola das Leben erheblich erleichtern würde. Es fällt ihr nicht gerade leicht, im Haus eines andern wohnen zu müssen. Der Wunsch, in der Queen Anne Street das Zepter zu führen, ist ihr oft deutlich anzusehen. Bis dahin wird sie allerdings ganz die treuergebene Schwiegertochter spielen. Schließlich lohnt sich das Warten.«

»Und Sie, nehme ich an, würden in dem Fall umziehen?« fragte Monk schnell.

»Na!« Myles schnitt ein Gesicht. »Wie unhöflich von Ihnen, Inspektor. Aber ja, das würden wir zweifellos. Nur scheint der gute alte Basil auch noch die nächsten zwanzig Jahre durchzuhalten. Wie dem auch sei – es ist Tavie, die ermordet wurde, also führen derartige Überlegungen zu nichts.«

»War Mrs. Haslett über die Schulden ihres Bruders im Bilde?«

Myles' Brauen schossen nach oben, was ihm ein recht eigenartiges Aussehen verlieh. »Ich glaube nicht, aber es wäre eine Möglichkeit. Worüber sie mit Sicherheit im Bilde war, war sein Interesse am Weltbild dieses gräßlichen Mr. Owen samt seinem Tick, die Familie abzuschaffen.« Er lachte in einem Anflug von derbem, verzerrtem Humor. »Ich darf wohl nicht annehmen, daß Sie Owen gelesen haben, Inspektor? Nicht? Sehr radikal, der Mann, ist der Ansicht, das Patriarchat wäre die Ursache für alle Formen von Gier, Unterdrückung und Mißbrauch – eine Ansicht, die Basil kaum teilen dürfte.«

»Kaum«, bestätigte Monk. »Sind Mr. Cyprians Schulden allgemein bekannt?«

»Ganz sicher nicht!«

»Aber Ihnen hat er sich anvertraut?«

Myles hob die Schultern.

»Nein – nicht direkt. Ich bin Bankier, Inspektor. Mir kommen hin und wieder Informationen zu, die der Allgemeinheit nicht zugänglich sind.« Er wurde ein wenig rot. »Ich habe es Ihnen nur gesagt, weil Sie einen Mordfall in meiner Familie untersuchen. Das ist nichts, was öffentlich besprochen werden sollte. Ich hoffe, Sie haben Verständnis dafür.«

Er hatte einen Vertrauensbruch begangen. Während Monk diese Erkenntnis durch den Kopf schoß, mußte er unwillkürlich an Fenellas Kommentar zu Myles Kellard und ihren durchtriebenen Blick dabei denken.

»Für mich sieht das Ganze nach einem dummen Streit mit einem Dienstboten aus, der die Nerven verlor«, fuhr Myles hastig fort. Er sah Monk direkt in die Augen. »Octavia war Witwe, noch dazu jung, und nicht der Typ, der sich wie Fenella seine Anregungen aus der Skandalpresse holt. Höchstwahrscheinlich hat einer der Lakaien sie zu sehr verehrt, und sie hat ihn nicht nachdrücklich genug in seine Schranken verwiesen.«

»Entspricht das tatsächlich Ihrer Vorstellung der Geschehnisse, Mr. Kellard?« Monk studierte forschend das Gesicht mit den blonden Brauen über den rehbraunen Augen, der langen, schnurgeraden Nase und dem Mund, der, je nach der Stimmung seines Besitzers, Schlaffheit oder Einfallsreichtum ausdrücken konnte.

»Zumindest ist es wahrscheinlicher, als daß Cyprian, den Octavia gern hatte, sie tötete, damit sie ihrem Vater, den sie nicht ausstehen konnte, nichts von seinen Schulden erzählte. Das gleiche gilt für Fenella – was Basils Unkenntnis über ihren Umgang betrifft, der in der Tat recht zwielichtig ist.«

»Soviel ich gehört habe, vermißte Mrs. Haslett ihren Ehemann immer noch sehr.« Monk hoffte, daß Myles die weniger taktvolle Bedeutung dieser zarten Umschreibung verstand.

Der begann lauthals zu lachen. »Du meine Güte! Was sind Sie für ein prüder Zeitgenosse!« Er lehnte sich amüsiert zurück. »Sie trauert um Haslett – aber sie war trotz allem eine Frau. Natürlich stellte sie tiefste Erschütterung zur Schau, das wird auch erwartet, nichtsdestotrotz ist sie eine Frau wie jede andere. Ich wette, zumindest unser guter Percival hegt dahingehend nicht den geringsten Zweifel. Er hat die Mißfallensbeteuerungen, das knappe Lächeln mit gesenkten Lidern und die schamhaften Blicke als genau das verstanden, was sie in Wirklichkeit zu bedeuten hatten.«

Monk spürte, wie sich die Muskeln in seinem Nacken vor Wut verhärteten und wie seine Kopfhaut zu prickeln begann, gab sich jedoch alle Mühe, seiner Stimme einen ausdruckslosen Klang zu verleihen.

»Was, falls Ihre Annahme stimmt, eine ganze Menge gewesen sein muß. Sie meinte jedes Wort ernst.«

»Oh ...« Myles seufzte und zuckte mit den Schultern. »Nun ja, sie hat wohl ihre Meinung geändert, als ihr klar wurde, daß sie einen Lakai vor sich hatte – aber zu diesem Zeitpunkt war er anscheinend schon völlig außer sich.«

»Haben Sie Gründe für diese Vermutung, Mr. Kellard? Abgesehen davon, daß es Ihnen am wahrscheinlichsten erscheint?«

»Meine Beobachtungen«, gab Myles zurück, während ein ärgerlicher Ausdruck über seine Züge glitt. »Percival ist ein Frauenheld – hatte bereits mit mehreren unserer Mädchen heftige Flirts.« Düstere Befriedigung machte sich in seinem Gesicht breit. »Man kann Menschen nicht tagein, tagaus unter einem Dach zusammenpferchen, ohne daß hin und wieder etwas geschieht. Percival ist ein ehrgeiziger, kleiner Schurke. Gehen Sie selbst hin und überzeugen Sie sich, Inspektor. Wenn Sie mich jetzt entschuldigen wollen – außer dem guten Rat, Ihren gesunden Menschenverstand und Ihre Kenntnisse über Frauen zu benutzen, kann ich Ihnen nicht mehr mit auf den Weg geben. Einen angenehmen Tag noch.«

Monk machte sich übel gelaunt auf den Rückweg in die Queen Anne Street. Eigentlich hätte ihn das Gespräch mit Myles Kellard aufbauen sollen. Er hatte ihm ein plausibles Mordmotiv für einen der Dienstboten geliefert, und es war bestimmt nicht die unangenehmste aller Lösungsmöglichkeiten. Runcorn wäre entzückt, Sir Basil zufrieden, Monk könnte den Lakai festnehmen und einen Erfolg verbuchen. Die Presse würde ihn wegen der raschen und erfolgreichen Aufklärung des Falls mit Lob überschütten, was Runcorn zwar ärgern, aber auch enorm erleichtern würde, da die Gefahr eines gesellschaftlichen Debakels gebannt war und ein Mordfall unter Prominenten ohne großes Aufsehen abgeschlossen werden konnte.

Dennoch hatte die Unterhaltung mit Myles eine deprimierte Stimmung in ihm erzeugt. Kellards Verachtung sowohl für Octavia als auch für Percival war nicht zu übersehen. Seine Mutmaßungen entsprangen einer gewissen Böswilligkeit. Nichts an seinem Verhalten deutete auf Wohlwollen oder Nachsicht hin.

Monk schlug den Mantelkragen hoch, um sich besser gegen den eiskalten Regen zu schützen, den der Wind über den Bürgersteig trieb, als er in Richtung Cornhill in die Leadenhall Street einbog. Existierten Parallelen zwischen ihm und Myles Kellard? Er war in den Unterlagen, die er über sich entdeckt hatte, nur auf wenige Anzeichen für Mitgefühl gestoßen.

Er winkte einen Hansom herbei, nannte dem Kutscher die Adresse der Moidores und lehnte sich dann zurück, um die Mutmaßungen über sein eigenes Leben gewaltsam aus seinen Gedanken zu verbannen und sich auf den Lakai Percival zu konzentrieren, dessen törichter Flirt angeblich außer Kontrolle geraten und in nackte Gewalt umgeschlagen sein sollte.

Er betrat das Haus erneut durch den Hintereingang und fragte in der Küche nach Percival. Diesmal fand das Gespräch im Wohnzimmer der Haushälterin statt. Der Lakai, wohl wissend, daß sich das Netz enger um ihn zusammenzog, sah ausgesprochen blaß aus. Steif und angespannt stand er vor ihm. Die Muskeln unter seiner Uniform zuckten leicht, die Hände waren fest ineinander verschlungen, Stirn und Oberlippe mit einer dünnen Schweißschicht bedeckt. Mit starrem Blick schaute er Monk entgegen, jederzeit bereit, dessen Angriff abzuwehren.

Im selben Moment, als Monk zu sprechen anheben wollte, wurde ihm klar, daß es keine Möglichkeit gab, sein Anliegen in weniger eindeutige Worte zu kleiden. Percival hatte ohnehin längst erraten, weshalb er gekommen war, und ergriff selbst die Initiative.

»In diesem Haus geht so manches vor, von dem Sie keine Ahnung haben«, sagte er mit rauher, furchtbar nervöser Stimme. »Fragen Sie Mr. Kellard mal nach seiner Beziehung zu Mrs. Haslett.«

»Wie war sie denn, Percival?« fragte Monk ruhig. »Nach allem, was ich gehört habe, kamen die beiden nicht besonders gut miteinander aus.«

»Nein, nach außen hin nicht.« Ein leicht lüsternes Grinsen kräuselte Percivals schmale Lippen. »Sie war nie sehr von ihm angetan, aber er hat regelrecht nach ihr gelechzt . . .«

»Tatsächlich?« meinte Monk mit hochgezogenen Brauen. »Dann müssen die beiden das aber bemerkenswert gut geheimgehalten haben. Glauben Sie etwa, Mr. Kellard hätte versucht, ihr seine Verehrung aufzuzwingen, und sie in einem Anflug von Jähzorn umgebracht, als sie sich sträubte? Es hat keinen Kampf gegeben.«

Percival bedachte ihn mit einem vernichtenden Blick.

»Nein, das glaube ich nicht. Aber er war hinter ihr her wie der Teufel hinter der armen Seele. Selbst wenn er nie etwas in der Richtung unternommen hat, ist es Mrs. Kellard keineswegs verborgen geblieben – woraufhin sie vor Eifersucht gekocht hat, wie es nur ein verschmähtes Weib fertigbringt. Sie haßte ihre Schwester genug, um zu einem Mord imstande zu sein.« Percival registrierte, wie sich Monks Augen weiteten, wie sich seine Hände verkrampften. Er wußte, daß er den Polizisten aus der Fassung und zumindest vorübergehend durcheinandergebracht hattc.

Ein winziges Lächeln spielte um seine Mundwinkel.

»War das alles, Sir?«

»Ja – ja, das war alles«, erwiderte Monk nach kurzem Zögern. »Fürs erste.«

»Danke, Sir.« Damit wandte Percival sich um und marschierte aus dem Raum. Sein Schritt wirkte plötzlich leicht beschwingt, seine Schultern gestrafft.

FÜNFTES KAPITEL

Auch die Zeit sorgte nicht dafür, daß Hester die Krankenhauszustände erträglicher fand. Das Ergebnis des Gerichtsverfahrens hatte ihr in Erinnerung gerufen, was es bedeutete, hart zu kämpfen und letztlich Erfolg zu haben. Wieder einmal hatte sie sich in einem dramatischen inneren Konflikt befunden und auf der Seite des Gewinners gestanden, obwohl ihr bewußt gewesen war, wieviel böses Blut und wieviel Kummer so etwas mit sich brachte. Sie hatte den furchtbaren Anblick von Fabia Greys Gesicht nicht vergessen, als diese den Gerichtssaal verließ, und wußte genau, daß ihr Leben künftig vom Haß gezeichnet sein würde. Demgegenüber stand der neuerwachte Friede in Lovel Grey, der wirkte, als hätte er sich plötzlich von bösen Geistern befreit und sähe zum erstenmal Licht am Ende eines langen Tunnels. Außerdem hatte sie sich zu der festen Überzeugung durchgerungen, daß Menard in Australien ein neuer Anfang gelingen würde. Sie wußte so gut wie nichts über dieses Land, doch da es nicht England war, hatte er eine echte Chance. Sie hatten das Bestmögliche für ihn herausgeschlagen.

Ob sie Oliver Rathbone mochte, konnte Hester nicht genau sagen, seine belebende Wirkung war jedoch nicht zu bestreiten. Der Kampf um Menard Grey hatte ihren Appetit auf mehr geweckt, und so kam, daß sie Pomeroy plötzlich noch weniger ertragen konnte als vorher. Seine unfaßbare Selbstgefälligkeit, die blasierten Ausflüchte, mit denen er Verluste als unabwendbar hinnahm, obwohl Hester überzeugt war, daß es sie mit etwas mehr Mühe, Sorgfalt und Courage, mit besseren Pflegekräften und stärkerer Eigeninitiative gar nicht erst gegeben hätte, raubten ihr schier den Verstand. Doch ob er nun recht hatte oder nicht – er könnte wenigstens kämpfen! Geschlagen zu sein war eine Sache, aufzugeben eine andere. Dafür gab es keine Entschuldigung.

Immerhin war John Airdrie mittlerweile operiert worden, dachte sie, als sie eines düsteren, verregneten Novembermorgens im Krankensaal stand und zu seinem Bett am anderen Ende hinüberschaute. Er schlief, atmete jedoch unregelmäßig und schwer. Sie ging zu ihm, um festzustellen, ob er Fieber hatte, strich seine Decke glatt und hielt ihre Lampe über sein Gesicht, um besser sehen zu können. Es war gerötet und fühlte sich heiß an. Obschon das nach einer Operation keineswegs ungewöhnlich war, entsprach es ihren schlimmsten Befürchtungen. Es konnte eine ganz normale körperliche Reaktion sein, aber auch das Anfangsstadium einer Infektion, wofür es kein bekanntes Heilmittel gab. In dem Fall blieb nur zu hoffen, daß der Körper das Übel aus eigener Kraft überwinden würde.

Hester war auf der Krim französischen Chirurgen begegnet, die Behandlungsmethoden einsetzten, die sich bereits eine Generation früher in den Napoleonischen Kriegen bewährt hatten. 1640 war die Frau des peruanischen Gouverneurs mit einem Destillat aus Baumrinde von ihrem Fieber kuriert worden. Man nannte den Wirkstoff zunächst Poudre de la Comtesse, später dann Poudre de Jesuites; heute hieß er Chinin. Pomeroy hätte dem Kind durchaus etwas davon verordnen können, doch das würde er nicht tun. Zum einen war er extrem konservativ, zum andern hatte er keine Lust, weitere fünf Stunden seine Runden zu drehen.

Der Junge warf sich unruhig herum. Sie beugte sich über ihn und berührte ihn sanft, um ihn etwas zu trösten. Statt jedoch aufzuwachen, schien er kurz davor, ins Delirium zu fallen.

Hester faßte augenblicklich einen Entschluß. Diesen Kampf würde sie keinesfalls aufgeben! Seit der Zeit auf der Krim trug sie stets einige Medikamente bei sich, die ihrer Ansicht nach in England nicht ohne weiteres zu besorgen waren, unter anderem auch ein Gemisch aus Theriak, Chinin und Hoffman's Liquor. Die transportable Notfallapotheke befand sich in einem kleinen Lederkoffer mit absolut zuverlässigem Schloß, den sie samt Hut und

Umhang in einem winzigen, eigens für die Kleiderablage gedachten Vorraum deponiert hatte.

Sie warf einen letzten Blick durch den Saal, um sicherzugehen, daß keiner der Patienten ihre Hilfe brauchte, eilte dann hinaus, den Flur entlang zu besagtem Kämmerchen und zog den Koffer hervor, der halb unter den Falten ihres Umhangs verborgen war. Sie angelte nach dem Schlüssel und schob ihn ins Schloß. Es sprang widerstandslos auf, woraufhin Hester den Deckel hob. Die Medikamente verbargen sich unter einer sauberen Schürze und zwei frisch gestärkten Leinenhäubchen. Das Fläschchen mit dem Theriak-Chinin-Gemisch war nicht schwer zu orten. Sie nahm es heraus, ließ es in ihre Tasche gleiten, verschloß den Koffer wieder und schob ihn unter den Umhang zurück.

Im Krankensaal entdeckte sie eine Flasche von dem Bier, das sich die Pfleger gelegentlich zu Gemüte führten. Normalerweise wurde das Medikament in Rotwein aufgelöst, doch da keiner vorhanden war, mußte eben Bier herhalten. Sie goß ein wenig davon in einen Becher, fügte eine winzige Dosis Chinin hinzu und rührte das Ganze sorgfältig um. Sie wußte, daß es extrem bitter schmeckte.

Nachdem das vollbracht war, ging sie zu dem Bett des Jungen und richtete ihn vorsichtig auf, so daß sein Kopf an ihrer Brust ruhte. Dann flößte sie ihm sanft zwei Teelöffel der Arznei ein. Ohne etwas von dem Vorgang zu bemerken, schluckte er die Flüssigkeit reflexartig hinunter. Sie wischte seinen Mund mit einer Serviette ab, legte ihn langsam zurück, strich ihm das Haar aus der Stirn und deckte ihn gut zu.

Zwei Stunden später folgten zwei weitere Teelöffel, dann, kurz bevor Pomeroy erschien, noch einmal zwei.

»Sehr schön«, sagte er, während er das Kind aus nächster Nähe eingehend studierte. Sein sommersprossiges Gesicht strahlte vor Selbstzufriedenheit. »Er scheint sich bemerkenswert gut zu erholen, Miss Latterly. Sie sehen also, ich hatte ganz recht damit, die Operation so lange hinauszuschieben. Es bestand zu keiner Zeit eine solche Dringlichkeit, wie Sie sie heraufbeschworen haben.«

Er schenkte ihr ein verkrampftes Lächeln. »Sie geraten zu schnell in Panik.«

Hester enthielt sich nur mit Mühe eines Kommentars. Wenn sie ihm von dem hohen Fieber erzählt hätte, das den Jungen noch vor fünf Stunden geplagt hatte, hätte sie auch ihre Medikation erwähnen müssen. Seine Reaktion darauf konnte sie nur erraten, aber angenehm würde sie bestimmt nicht sein. Sofern es unbedingt sein mußte, würde sie es ihm sagen, sobald der Junge wieder ganz auf dem Damm war.

Diese Möglichkeit erhielt sie jedoch nicht mehr, dafür sorgten die Umstände. Mitte der Woche saß John Airdrie mit normaler Gesichtsfarbe aufrecht im Bett und verspeiste mit Genuß ein leichtes Mahl. Der Zustand der Frau drei Betten weiter, die eine Bauchoperation über sich hatte ergehen lassen müssen, verschlechterte sich dafür rapide. Pomeroy betrachtete sie mit Grabesmiene und verordnete Eis und eine Menge kühler Bäder. Sein Tonfall verriet nicht die leiseste Hoffnung, nur Resignation und Bedauern.

Hester schaffte es nicht länger, den Mund zu halten. Sie sah das gequälte Gesicht der Frau und begann: »Haben Sie schon die Möglichkeit in Erwägung gezogen, ihr Chinin in einem Gemisch aus Rotwein, Theriak und Hoffman's Liquor zu verabreichen, Dr. Pomeroy? Es könnte das Fieber senken.«

Er musterte sie voller Skepsis, die sich langsam in Wut verwandelte, als ihm nach und nach dämmerte, was sie sich herausgenommen hatte. Sein Teint nahm eine rosa Färbung an, seine Barthaare stellten sich drohend auf.

»Miss Latterly! Ich habe mich bereits des öfteren zu Ihren Versuchen geäußert, sich in einer Kunst zu üben, für die Sie weder die Ausbildung noch den Auftrag besitzen. Ich werde Mrs. Begley verabreichen, was für sie das beste ist, und Sie werden meine Anweisungen befolgen. Ist das klar?«

Hester schluckte schwer. »Und lautet Ihre Anweisung, Dr. Pomeroy, daß ich Mrs. Begley etwas Chinin geben soll, um ihr Fieber zu senken?«

»Nein, das tut sie nicht!« fuhr er sie an. »Chinin wird bei Tropenfieber eingesetzt, nicht bei der normalen körperlichen Reaktion auf einen operativen Eingriff. Es würde nichts nützen. Außerdem will ich nichts von diesem fremdländischen Zeug hier haben!«

Ein Teil von Hester begehrte noch gegen ihren Entschluß auf, als ihre Zunge bereits den einzigen Kurs eingeschlagen hatte, den sie mit ihrem Gewissen vereinbaren konnte.

»Ich habe gesehen, wie es von einem französischen Chirurgen bei Wundfieber infolge von Amputationen erfolgreich angewendet wurde, Sir, zudem geht sein Einsatz bis zu den Napoleonischen Feldzügen vor Waterloo zurück.«

Sein Gesicht lief vor Wut dunkelrot an. »Ich lasse mir nicht von Franzosen diktieren, wie ich vorzugehen habe, Miss Latterly! Die Franzosen sind ein dreckiges, unwissendes Volk, das erst vor kurzem daran gehindert wurde, diese Inseln zu erobern – genau wie den Rest Europas! Und dann möchte ich Ihnen in Erinnerung rufen, da Sie offenbar dazu neigen, es zu vergessen, daß Sie Ihre Instruktionen von mir erhalten, und zwar von mir allein!« Er wandte sich von seiner unglückseligen Patientin ab und wollte gehen, woraufhin Hester sich ihm halb in den Weg stellte.

»Sie deliriert, Doktor! Wir können sie nicht so liegen lassen! Bitte erlauben Sie mir, es mit einer kleinen Dosis Chinin zu versuchen. Es kann nicht schaden, aber vielleicht hilft es. Ich gebe ihr jeweils nur einen Teelöffel, alle zwei bis drei Stunden, und wenn es nicht hilft, höre ich sofort auf.«

»Und wo, meinen Sie, sollte ich diesen Wirkstoff herbekommen, falls ich mich tatsächlich auf Ihren Vorschlag einlassen würde?«

Hester holte tief Luft und schaffte es nur knapp, sich nicht zu verraten.

»Aus der Fieberklinik, Sir. Wir könnten einen Hansom rüberschicken. Wenn es Ihnen lieber ist, fahre ich auch selbst hin.«

Sein Gesicht erstrahlte mittlerweile in leuchtendem Violett.

»Miss Latterly! Ich dachte, ich hätte zu dem Thema bereits

unmißverständlich Stellung bezogen. Krankenschwestern halten die Patienten sauber und warm, verabreichen ihnen den Anweisungen des Arztes entsprechend Eis und Getränke.« Seine Stimme steigerte sich zu einem wahren Crescendo, während er unbewußt auf den Fußballen auf und ab wippte. »Sie holen und beseitigen wie gewünscht Verbände und Instrumente. Sie sorgen auf der Station für Sauberkeit und Ordnung. Sie schüren das Feuer im Kamin und verteilen das Essen. Sie entfernen und leeren Bettpfannen und kümmern sich um die körperlichen Bedürfnisse der Kranken.«

Er versenkte ruckartig die Hände in den Taschen und wippte noch heftiger auf und ab. »Sie halten die Moral aufrecht und sorgen für gute Laune. Mehr nicht! Haben Sie das verstanden, Miss Latterly? Abgesehen von den grundlegenden Bereichen sind Sie auf dem Gebiet der Medizin vollkommen unfähig. Sie handeln unter gar keinen Umständen nach eigenem Ermessen, was immer das überhaupt sein könnte!«

»Aber wenn Sie doch nicht da sind!« protestierte Hester.

»Dann haben Sie zu warten!« Seine Stimme wurde zunehmend schriller.

Hester konnte ihren Verdruß nicht länger hinunterschlucken. »Inzwischen können Patienten sterben! Oder es geht ihnen hinterher so schlecht, daß sie nur noch schwer zu heilen sind!«

»Wenn tatsächlich ein Notfall vorliegt, müssen Sie mich sofort holen lassen! Aber Sie dürfen auf keinen Fall etwas unternehmen, das außerhalb Ihrer Kompetenzen liegt. Sobald ich da bin, entscheide ich, was zu tun ist, klar?«

»Und wenn ich selbst weiß, was zu tun ist?«

»Das können Sie nicht wissen!« Seine Hände schossen aus den Taschen und zuckten hoch. »Um Gottes willen, gute Frau, Sie verfügen über keinerlei medizinische Ausbildung! Außer ein paar Wortfetzen und ein bißchen praktischer Erfahrung, die Sie bei irgendwelchen Ausländern in einem Lazarett auf der Krim aufgeschnappt haben, haben Sie nicht die geringste Ahnung! Sie sind kein Arzt und werden auch nie einer sein!«

»Die Medizin ist lediglich eine Frage von Lerneifer und eigenen Beobachtungen!« Nun steigerte sich auch ihre Stimme zu einem Crescendo, so daß selbst die Patienten, die am entferntesten Ende des Saals untergebracht waren, langsam hellhörig wurden. »Es gibt nur eine Regel, und die lautet: Wenn etwas hilft, ist es gut, wenn nicht, probier etwas anderes.« Seine starrköpfige Blindheit raubte ihr den letzten Nerv. »Wenn wir uns nie auf Experimente einlassen, werden wir auch keine Fortschritte machen. Viele Menschen müssen weiterhin sterben, obwohl wir sie vielleicht hätten heilen können!«

»Und erheblich mehr Menschen vermutlich wegen Ihrer bodenlosen Ignoranz!« schrie er zurück. »Sie haben kein Recht, Experimente durchzuführen. Sie sind eine verbohrte Frau ohne jede Erfahrung, und wenn Sie noch ein einziges aufsässiges Wort von sich geben, werde ich für Ihre Entlassung sorgen! Haben Sie mich verstanden?«

Hester zögerte einen Moment. Ihr Blick bohrte sich in seinen. Sie entdeckte nicht die geringste Spur von Unentschlossenheit; ja, es war ihm ernst. Wenn sie jetzt schwieg, bestand zumindest die Möglichkeit, daß er später, nachdem ihre Schicht vorüber war, noch einmal zurückkam und Mrs. Begley selbst das Chinin gab.

»Ja, ich habe verstanden.« Sie brachte die Worte nur mühsam über die Lippen. Ihre Hände waren unter den Falten der Schürze zu Fäusten geballt.

Doch Pomeroy konnte es trotz des scheinbaren Sieges nicht dabei bewenden lassen.

»Chinin hilft nicht bei postoperativen Fieberzuständen, Miss Latterly«, fuhr er mit Todesverachtung fort. »Es wirkt ausschließlich bei Tropenfieber. Sie werden die Patientin mit Eis und regelmäßigen kalten Waschungen behandeln.«

Hester atmete tief durch. Seine Selbstgefälligkeit war nicht auszuhalten.

»Haben Sie gehört?«

Ehe sie antworten konnte, kam ihr einer der Patienten am

fernen Ende des Saals zuvor. Er hatte sich aufgesetzt und starrte mit vor Konzentration verkniffenem Gesicht zu ihnen herüber.

»Sie hat dem Kind da hinten was gegeben, als es nach der Operation hohes Fieber gekriegt hat«, tönte seine Stimme laut und deutlich durch den Raum. »Es ging ihm ziemlich dreckig, war kurz vorm Delirium. Und nachdem sie's vier- oder fünfmal getan hat, war er wieder in Ordnung. Jetzt ist er genauso kühl wie Sie. Sie weiß, was sie tut. Sie hat recht.«

Der Saal versank sekundenlang in furchtbarem Schweigen. Der Mann hatte keine Ahnung, was er angerichtet hatte.

Pomeroy war wie vor den Kopf geschlagen.

»Sie haben John Airdrie Chinin gegeben!« brach es unvermittelt aus ihm hervor, als ihm endlich ein Licht aufging. »Hinter meinem Rücken!« Seine Stimme überschlug sich fast vor Wut und dem bitteren Gefühl, hintergangen worden zu sein, nicht nur von ihr, sondern – schlimmer noch – von dem Patienten.

Und dann kam ihm ein ganz neuer Gedanke.

»Wo hatten Sie das her? Antworten Sie mir, Miss Latterly! Ich verlange zu erfahren, wo Sie es sich beschafft haben! Haben Sie etwa in meinem Namen in der Fieberklinik angefragt?«

»Nein, Dr. Pomeroy. Ich besitze selbst eine kleine Dosis Chinin – nur ganz wenig«, fügte Hester hastig hinzu, »um etwas gegen Fieber im Haus zu haben. Davon habe ich ihm ein bißchen verabreicht.«

Er bebte vor Zorn. »Sie sind entlassen, Miss Latterly, fristlos! Seit Sie gekommen sind, hat es mit Ihnen nichts als Ärger gegeben. Sie wurden auf Empfehlung einer Dame eingestellt, die Ihrer Familie einen Gefallen schuldete und zweifellos nicht richtig über Ihr leichtfertiges, halsstarriges Wesen unterrichtet war. Sie werden dieses Haus noch heute verlassen! Falls sich hier noch irgendwelche Besitztümer von Ihnen befinden sollten, nehmen Sie sie mit. Und es ist absolut sinnlos, um ein Empfehlungsschreiben zu bitten. Ich kann Ihnen keins ausstellen!«

Tiefe Stille senkte sich über die Station. Irgendwer raschelte mit dem Bettzeug.

»Aber sie hat den Jungen geheilt!« protestierte der vorlaute Kranke. »Er ist bloß wegen ihr noch am Leben!« Seine Stimme klang gequält; inzwischen war auch ihm klar, was er getan hatte. Er sah erst Pomeroy, dann Hester an. »Sie hatte recht!« wiederholte er trotzig.

Wenigstens konnte Hester es sich jetzt leisten, auf Pomeroys Meinung zu pfeifen. Sie hatte nichts mehr zu verlieren.

»Ich werde gehen«, bestätigte sie kalt. »Aber passen Sie auf, daß Ihr Stolz Sie nicht davon abhält, der armen Mrs. Begley zu helfen. Sie verdient es nicht zu sterben, nur damit Sie nicht das Gesicht verlieren, weil eine Krankenschwester Ihnen gesagt hat, was Sie tun sollen.« Sie holte tief Luft. »Und da jeder in diesem Raum sich dessen bewußt ist, wird es Ihnen schwerfallen, eine Ausrede zu erfinden.«

»Wie können Sie . . . Sie . . .!« stammelte Pomeroy puterrot vor Zorn, aber verlegen um Worte, die seiner Empörung gerecht wurden, ohne seine Schwäche bloßzulegen. »Sie . . .«

Hester schenkte ihm einen vernichtenden Blick, drehte sich auf dem Absatz um und marschierte zu dem Patienten hinüber, der sie so tapfer verteidigt hatte. Er hockte inmitten eines chaotischen Haufens zerwühlten Bettzeugs und starrte ihr kreidebleich vor Scham entgegen.

»Sie brauchen kein schlechtes Gewissen zu haben«, beruhigte Hester ihn in sehr freundlichem, gut hörbarem Ton, so daß jeder im Saal ihre Worte verstehen konnte. Die andern sollten wissen, daß ihm vergeben wurde. »Es mußte so kommen; eines Tages mußte ich Dr. Pomeroy gegenüber ausfallend werden. Sie sind für das eingetreten, was Sie wissen, und haben Mrs. Begley dadurch wahrscheinlich eine Menge Schmerzen erspart, wenn nicht sogar das Leben gerettet. Bitte seien Sie nicht zu streng mit sich, und glauben Sie nicht, Sie hätten mir geschadet. Sie haben einzig den Zeitpunkt für etwas bestimmt, das ohnehin nicht zu vermeiden war.«

»Sind Sie sicher, Miss? Ich fühl mich ganz furchtbar!« Ängstlich forschte er in ihren Zügen nach Anzeichen von Unaufrichtigkeit.

»Selbstverständlich bin ich sicher.« Hester zwang sich zu einem Lächeln. »Haben Sie mich nicht lange genug beobachtet, um das selbst beurteilen zu können? Dr. Pomeroy und ich befanden uns von Anfang an auf Kollisionskurs. Und es war nie vorstellbar, daß ich als Gewinner daraus hervorgehen würde.« Sie machte sich daran, seine Laken zu glätten. »Geben Sie gut auf sich acht – und möge der Herr Sie wieder gesund werden lassen.« Sie drückte kurz seine Hand, entfernte sich und fügte kaum hörbar hinzu: »Trotz Dr. Pomeroy.«

Als Hester in ihrer Unterkunft eintraf und ihr erhitztes Gemüt sich ein wenig abgekühlt hatte, wurde ihr allmählich die Tragweite ihrer Tat bewußt. Sie hatte sich nicht nur um eine sinnvolle Beschäftigung und die finanziellen Mittel zur Bestreitung ihres Lebensunterhalts gebracht, sie hatte darüber hinaus Callandra Daviots Vertrauen enttäuscht. Der Name, mit dem die Freundin für sie gebürgt hatte, war durch ihr leichtfertiges Benehmen in Verruf geraten.

Sie zwang sich nur deshalb zu einem spätnachmittäglichen Mahl, um ihre Wirtin nicht vor den Kopf zu stoßen. Es schmeckte nach nichts. Um fünf Uhr dämmerte es bereits. Nachdem sie die Vorhänge zugezogen und Licht gemacht hatte, schien der Raum plötzlich enger zu werden und sie in aufgezwungener Untätigkeit und völliger Isolation einzuschließen. Wie sollte sie den morgigen Tag hinter sich bringen? Kein Krankenhaus mehr, keine Patienten, um die sie sich kümmern mußte. Sie war absolut überflüssig, niemand brauchte sie. Die Vorstellung war fürchterlich, und wenn sie ihr zu lange nachhing, kam sie vermutlich an einen Punkt, wo sie nur noch den Wunsch hatte, sich ins Bett zu verkriechen und nie wieder herauszukommen.

Zudem plagte sie der ernüchternde Gedanke, in ein oder zwei Wochen ihre gesamten Ersparnisse aufgebraucht zu haben, ihr Domizil aufgeben und als Bittstellerin bei ihrem Bruder Charles anklopfen zu müssen, damit er ihr ein Dach über dem Kopf gewährte, bis sie – ja, bis sie was? Eine andere Beschäftigung auf dem Gebiet der Krankenpflege zu finden würde extrem schwierig, wenn nicht unmöglich sein.

Voller Abscheu spürte Hester, daß sie im Begriff war, in Tränen auszubrechen. Es mußte etwas geschehen. Sofort! Alles war besser, als in diesem heruntergekommenen Zimmer zu sitzen, dem Zischen der Gaslampen zu lauschen und in Selbstmitleid zu zerfließen. Da war zum Beispiel die unangenehme Pflicht, Callandra zu beichten. Das schuldete sie ihr, und sie tat es besser von Angesicht zu Angesicht als durch einen Brief. Warum die Sache also nicht gleich hinter sich bringen? Schlimmer, als in Grübeleien versunken die Zeit totzuschlagen, konnte es kaum werden.

Hester warf ihren besten Mantel über – sie besaß bloß zwei, wovon einer jedoch eindeutig kleidsamer und weniger zweckdienlich war –, setzte einen leidlich hübschen Hut auf und machte sich auf den Weg. Nachdem sie endlich einen Hansom aufgetrieben hatte, nannte sie dem Kutscher Callandra Daviots Adresse.

Sie erreichte ihr Ziel um fünf vor sieben. Erleichtert stellte sie fest, daß Callandra zu Hause war und keinen Besuch hatte. Sie fragte, ob sie Lady Callandra sprechen könnte, und wurde kommentarlos von dem Mädchen hereingelassen.

Wenige Minuten später kam Callandra die Treppe herunter. Sie trug ein Kleid, das ihrer Ansicht nach der neuesten Mode entsprach, in Wirklichkeit seit mindestens zwei Jahren als unmodern galt und, was die Farben anbelangte, nicht besonders schmeichelhaft war. Obwohl sie ihr Ankleidezimmer erst vor einem Moment verlassen haben mußte, begann ihre Frisur bereits heftig gegen die sie zusammenhaltenden Haarnadeln zu rebellieren. Dieser etwas sonderbare Gesamteindruck wurde jedoch durch die Intelligenz und Vitalität in ihren Zügen mehr als wettgemacht. Außerdem strahlte sie vor Freude, Hester zu sehen – trotz der späten Stunde und trotz fehlender Vorankündigung. Sie mußte nur einen einzigen Blick auf Hester werfen, um zu wissen, daß etwas nicht in Ordnung war.

»Was haben Sie, meine Liebe?« Sie hatte mittlerweile die unterste Stufe erreicht. »Was ist passiert?«

Es bestand nicht die geringste Veranlassung auszuweichen, Callandra gegenüber schon gar nicht.

»Ich habe einem Kind ohne Erlaubnis des Arztes Medikamente verabreicht. Er war nicht da. Das Kind scheint sich wieder gut zu erholen, aber ich bin entlassen worden.« So, jetzt war es heraus. Hester forschte in Callandras Gesicht.

»Aha.« Callandras Brauen hoben sich lediglich um Millimeter. »Und das Kind war sehr krank, nehme ich an?«

»Es hatte hohes Fieber und stand kurz vor dem Delirium.«

»Was haben Sie ihm gegeben?«

»Chinin, Theriak, Hoffman's Liquor und etwas Bier, um den bitteren Geschmack abzuschwächen.«

»Klingt doch ganz vernünftig.« Callandra ging zum Salon voraus. »Stand Ihnen bloß nicht zu.«

»Richtig«, bestätigte Hester kleinlaut.

Callandra zog die Tür hinter sich ins Schloß. »Und Sie bedauern es nicht im geringsten«, fügte sie hinzu. »Ich vermute, Sie würden es jederzeit wieder tun?«

»Ich ...«

»Lügen Sie mich nicht an, meine Liebe. Ich hege dahingehend nicht den leisesten Zweifel. Ein Jammer, daß Frauen nicht Medizin studieren dürfen. Sie würden eine hervorragende Ärztin abgeben. Sie sind intelligent, haben ein gutes Urteilsvermögen und eine Menge Courage, ohne dabei eingebildet zu sein. Sie sind allerdings eine Frau, und damit wäre das Thema gestorben.« Sie ließ sich auf einem breiten, ungeheuer bequem aussehenden Sofa nieder und forderte Hester mit einer Handbewegung auf, ihrem Beispiel zu folgen. »Und wie sind Ihre Pläne für die Zukunft?«

»Ich habe keine Ahnung.«

»Das hatte ich auch nicht erwartet. Nun, vielleicht sollten Sie mich für den Anfang erst einmal ins Theater begleiten. Sie haben einen sehr nervenaufreibenden Tag hinter sich, da ist ein kleiner Abstecher ins Reich der Phantasie vermutlich ein angenehmer Kontrast. Hinterher besprechen wir dann, wie es weitergehen soll. Verzeihen Sie mir die taktlose Frage, aber verfügen Sie über ausreichende Mittel, daß Ihre Versorgung für die nächsten ein, zwei Wochen gewährleistet ist?«

»Ich . . . ja.«

»Ich hoffe, das stimmt.« Callandras widerspenstige Brauen wölbten sich skeptisch. »Gut. Das verschafft uns etwas Zeit. Falls nicht, sind Sie in meinem Haus herzlich willkommen, bis Sie etwas Passendes gefunden haben.«

Besser gleich die ganze Wahrheit sagen.

»Ich habe meine Befugnisse überschritten«, gestand Hester. »Pomeroy war außer sich vor Wut und wird mir ganz sicher kein Empfehlungsschreiben ausstellen. Es würde mich nicht einmal überraschen, wenn er sämtlichen Kollegen von meinem Benehmen erzählt.«

»Das denke ich auch«, pflichtete Callandra ihr bei. »Wenn er daraufhin angesprochen wird. Aber solange das Kind lebt und es ihm gutgeht, wird er das Thema kaum anschneiden, sofern er nicht unbedingt muß.« Sie musterte Hester mit kritischem Blick. »Du meine Güte, Sie sind nicht gerade für einen Theaterbesuch gekleidet, nicht wahr? Was soll's, jetzt ist es zu spät, um noch viel daran zu ändern. Sie müssen eben mitkommen, wie Sie sind. Was halten Sie davon, wenn mein Mädchen Ihre Frisur ein wenig auf Vordermann bringt? Das würde schon eine Menge ausmachen. Gehen Sie nach oben und richten Sie ihr meine Bitte aus.«

Hester zögerte. Ihr ging das alles viel zu schnell.

»Los, los, sitzen Sie hier nicht tatenlos rum«, rief Callandra aufmunternd. »Haben Sie schon gegessen? Wir können im Theater zwar eine Erfrischung zu uns nehmen, aber eine richtige Mahlzeit gibt es dort nicht.«

»Doch – ja, habe ich. Danke . . .«

»Dann machen Sie schon und lassen Sie sich frisieren. Beeilen Sie sich!«

Hester gehorchte, weil ihr nichts Besseres einfiel.

Das Theater quoll über vor Leuten, die wild entschlossen waren, sich zu amüsieren. Die weiblichen Besucher trugen moderne Reifröcke aus Samt und Seide mit angesteckten Blumen, Spitzenbesatz, Rüschen und Bändern – mit allem eben, was die Weiblichkeit betont. Hester kam sich unbeschreiblich farblos vor. Ihr war nicht im mindesten nach Lachen zumute, und allein der Gedanke, mit einem oberflächlichen, idiotischen jungen Kerl herumschäkern zu müssen, ließ sie beinahe ihr letztes bißchen Beherrschung verlieren. Es war ausschließlich ihrem Schuldbewußtsein und ihrer Zuneigung zu Callandra zuzuschreiben, daß sie ihre Zunge einigermaßen im Zaum hielt.

Da Callandra eine Loge besaß, gab es wenigstens mit den Sitzplätzen keine Probleme, außerdem blieben sie auf diese Weise unter sich. Das Stück entsprach ganz dem, was sich derzeit großer Beliebtheit erfreute: Es ging um eine junge Frau, die, von der Schwäche des Fleisches versucht und von einem Mann verführt, vom Pfad der Tugend abgekommen war und sich erst zum Schluß, als es längst zu spät war, danach sehnte, reumütig zu ihrem aufrechten Ehemann zurückkehren zu dürfen.

»Aufgeblasener, selbstverliebter Affe!« stieß Hester verhalten aus; mit ihrer Geduld war es endgültig vorbei. »Ob die Polizei wohl je einen Mann unter dem Verdacht eingesperrt hat, seine Frau zu Tode gelangweilt zu haben?«

»Das ist schließlich kein Verbrechen, meine Liebe«, flüsterte Callandra zurück. »Von Frauen wird nicht erwartet, daß sie sich für etwas interessieren.«

Hester benutzte ein Wort, das sie bei den Soldaten auf der Krim aufgeschnappt hatte, und Callandra gab vor, es nicht gehört zu haben, obwohl es ihr schon oft zu Ohren gekommen war und sie seine Bedeutung kannte.

Nach Ende des letzten Aktes senkte sich der Vorhang unter donnerndem Applaus. Callandra erhob sich. Hester warf einen verächtlichen Blick ins Publikum und schloß sich ihr an. Sie begaben sich in das geräumige Foyer, das sich in Sekundenschnelle mit aufgeregt schnatternden Männern und Frauen füllte. Man sprach über das Stück, über sich selbst und über jeden erdenklichen Klatsch und Tratsch, der einem in den Sinn kam.

Hester und Callandra stürzten sich beherzt in das Getümmel. Nach wenigen Minuten und einem halben Dutzend höflicher Wortwechsel standen sie plötzlich Oliver Rathbone nebst Begleitung gegenüber, einer dunkelhaarigen jungen Frau, deren auffallend hübsches Gesicht eine gezierte Miene zur Schau stellte.

»Guten Abend, Lady Callandra.« Er verbeugte sich leicht, wandte sich dann Hester zu und begann zu lächeln. »Guten Abend, Miss Latterly. Darf ich Ihnen Miss Newhouse vorstellen?«

Man tauschte auf bewährte Weise Begrüßungsfloskeln aus.

»War das Stück nicht entzückend?« erkundigte sich Miss Newhouse artig. »So herzergreifend, finden Sie nicht?«

»Außerordentlich«, bestätigte Callandra. »Die Thematik scheint heutzutage überaus gefragt zu sein.«

Hester schwieg. Sie war sich bewußt, daß Oliver Rathbone sie mit derselben neugierigen Belustigung musterte wie bei ihrer ersten Begegnung. Sie war nicht in der Stimmung für belangloses Geplauder, aber sie war Callandras Gast und mußte diese Tortur mit einer gewissen Grazie durchstehen.

»Ich kann nicht anders, die Heldin tut mir einfach leid«, fuhr Miss Newhouse fort. »Trotz all ihrer Schwächen.« Sie senkte beschämt die Lider. »Oh, ich weiß natürlich, daß sie ihr Verderben selbst verschuldet hat. Es ist dem Talent des Autors zuzuschreiben, nicht wahr, daß man ihr Benehmen mißbilligt und zugleich am liebsten ihretwegen in Tränen ausbrechen würde.« Ihre nächsten Worte galten Hester. »Meinen Sie nicht auch, Miss Latterly?«

»Ich fürchte, ich hatte weitaus mehr Mitleid mit ihr, als beabsichtigt war«, erwiderte Hester kleinlaut lächelnd.

»Ach so?« Miss Newhouse schien verwirrt.

Hester fühlte sich veranlaßt, ihre Bemerkung weiter auszuführen, Rathbones Blick lastete auf ihr wie ein Zentner Blei.

»Ich fand ihren Ehemann dermaßen ermüdend, daß ich sehr gut nachvollziehen konnte, weshalb sie ... das Interesse verlor.«

»Das rechtfertigt doch nicht den Bruch des Treuegelöbnisses!« Miss Newhouse war schockiert. »Es beweist lediglich, wie leicht wir Frauen uns durch ein paar galante Worte in die Irre führen lassen«, sagte sie mit Grabesstimme. »Statt der wahren Werte sehen wir nur ein hübsches Gesicht und ein wenig oberflächlichen Glanz!«

Hester konterte, ohne nachzudenken. Die Heldin war eine ausgesprochen schöne Frau gewesen, ihr Mann schien darüber hinaus allerdings kein sonderliches Interesse gehabt zu haben, sie näher kennenzulernen. »Ich habe es nicht nötig, mich irgendwo hinführen zu lassen! Ich bin sehr gut in der Lage, meinen Weg allein zu gehen!«

Miss Newhouse starrte sie entgeistert an.

Callandra hustete heftig in ihr Taschentuch.

»Aber es macht keinen besonderen Spaß, allein in die Irre zu gehen, nicht wahr?« warf Rathbone mit Glitzerblick ein. »Kaum die Reise wert.«

Hester wirbelte zu ihm herum und sah ihm voll in die Augen. »Ich gehe vielleicht allein ›in die Irre‹, Mr. Rathbone, aber ich bin absolut sicher, mein Ziel nicht unbevölkert vorzufinden!«

Sein Lächeln vertiefte sich, wodurch erstaunlich schöne Zähne zum Vorschein kamen. Er hielt ihr einladend den Ellbogen hin.

»Darf ich? Nur bis zu Ihrer Kutsche?« fragte er mit ausdrucksloser Miene.

Hester war unfähig, ihr Gelächter zurückzuhalten. Der Umstand, daß Miss Newhouse offensichtlich nicht den geringsten Sinn für Humor besaß, machte es nur noch schlimmer.

Am kommenden Morgen schickte Callandra ihren Lakai mit einer Nachricht zum Polizeirevier, in der sie Monk bat, so bald wie möglich bei ihr vorbeizuschauen. Sie erklärte weder den Grund für ihr Anliegen, noch ließ sie in irgendeiner Weise durchblicken, sich im Besitz wertvoller Informationen zu befinden.

Dennoch stand er kurz vor Mittag vor ihrer Tür und wurde gebührend empfangen. Seine Hochachtung für sie war Callandra nicht verborgen geblieben.

»Guten Morgen, Mr. Monk«, begrüßte sie ihn freundlich. »Bitte setzen Sie sich, fühlen Sie sich wie zu Hause. Kann ich Ihnen eine Erfrischung anbieten? Heiße Schokolade vielleicht? Um diese Jahreszeit ist das Wetter nicht sonderlich angenehm.«

»Danke, gern«, willigte er ein. Die Verwunderung, daß sie ihn zu sich bestellt hatte, war ihm deutlich anzusehen.

Callandra läutete nach dem Mädchen, um die heiße Schokolade in Auftrag zu geben. Dann schenkte sie Monk ein liebenswürdiges Lächeln.

»Wie kommen Sie mit Ihrem Fall voran?« Sie hatte keine Ahnung, woran er momentan arbeitete.

Er zögerte gerade lange genug, um abzuwägen, ob diese Frage reiner Höflichkeit entsprang, oder ob es sie wirklich interessierte. Er entschied sich für letzteres.

»Es existieren jede Menge Anhaltspunkte, die jedoch nirgendwo hinzuführen scheinen«, gab er zurück.

»Ist das häufig so?«

Ein Anflug von Humor glitt über sein Gesicht. »Es kommt gelegentlich vor, aber diesmal sind die Umstände besonders rätselhaft. Und wenn man es mit einer Familie wie den Moidores zu tun hat, geht man nicht mit demselben Nachdruck vor wie bei weniger prominenten Leuten.«

Das war genau die Information, die sie brauchte.

»Nein, sicher nicht. Das ist bestimmt keine leichte Aufgabe. Und die Öffentlichkeit, ganz zu schweigen von den Zeitungen und der Regierung, drängt selbstverständlich auf eine rasche Lösung.«

In dem Moment wurde die Schokolade gebracht. Callandra schickte das Mädchen wieder fort und goß selbst ein. Das Getränk war heiß, sahnig und köstlich. Sie sah, wie Monks Züge sich entspannten, kaum daß seine Lippen den Tassenrand berührt hatten.

»Darüber hinaus befinden Sie sich in der mißlichen Lage, die Betroffenen ausschließlich unter künstlichen Bedingungen beobachten zu können. Wie sollen Sie ihnen die Fragen stellen, die Ihnen wirklich am Herzen liegen, wenn sie allein durch Ihre Anwesenheit schon derart auf der Hut sind, daß jede Antwort mit argwöhnischer Vorsicht gegeben wird und in erster Linie dem Selbstschutz dient? Sie können lediglich hoffen, daß die Wahrheit zufällig ans Licht kommt, weil sie sich rettungslos in ihren eigenen Lügennetzen verstricken.«

»Kennen Sie die Moidores näher?« Monk versuchte herauszufinden, woher ihr Interesse an der Angelegenheit rührte.

Callandra winkte unbekümmert ab. »Nur formell. London ist sehr klein, wissen Sie. Die meisten adligen Familien stehen auf die eine oder andere Art miteinander in Kontakt. Das ist auch der Grund für die meisten Eheschließungen. Eine entfernte Cousine von mir ist mit einem von Beatrice Moidores Brüdern liiert. Wie nimmt sie das Unglück eigentlich auf? Es muß eine schlimme Zeit für sie sein.«

Monk setzte kurz seine Tasse ab. »Sehr schlimm«, bestätigte er, während er kurz über den verblüffenden Umschwung in Beatrices Verhalten nachdachte. »Anfangs schien sie ganz gut damit zurechtzukommen. Sie strahlte enorme Gefaßtheit und innere Stärke aus. Jetzt ist sie plötzlich zusammengebrochen und verkriecht sich in ihrem Schlafzimmer. Man sagte mir, sie sei krank, aber ich habe es nicht mit eigenen Augen gesehen.«

»Die Ärmste ist wirklich zu bedauern«, sagte Callandra mitfühlend. »Aber auch ausgesprochen unkooperativ, was Ihre Ermittlungen betrifft. Denken Sie, sie weiß etwas?«

Monk sah sie scharf an. Seine Augen waren wirklich bemerkenswert. Der unglaublich klare, unbeirrbare dunkelgraue Blick hätte so manchen in die Knie gezwungen, nicht aber Callandra. Vor ihr hätte selbst eine Eidechse verdattert den Blick abgewendet.

»Der Gedanke ist mir gekommen«, erwiderte er vorsichtig.

»Was Sie brauchen, ist ein Spitzel im Haus, dem weder die Familienangehörigen noch die Bediensteten große Aufmerksamkeit schenken«, schlug Callandra vor, als wäre es ihr eben erst eingefallen. »Der Betreffende dürfte selbstverständlich nicht in die Ermittlungen verwickelt sein. Er müßte über eine gute Portion Menschenkenntnis verfügen und die Leute beobachten können, ohne daß sie es merken. Er könnte Sie regelmäßig über das auf dem laufenden halten, was sich abspielt, sobald sich die Hausbewohner ungestört fühlen.«

»Ein Wunder also«, bemerkte Monk trocken.

»Ganz und gar nicht!« gab Callandra im selben Tonfall zurück. »Eine Frau würde vollkommen reichen.«

»Wir haben keine weiblichen Mitglieder bei der Polizei.« Er nahm die Tasse wieder hoch und schaute sie über den Rand hinweg an. »Und wenn doch, könnten wir sie kaum unauffällig bei den Moidores einschleusen.«

»Sagten Sie nicht vorhin, Lady Moidore läge zu Bett?«

»Würde das etwas ändern?«

»Vielleicht täte es ihr gut, eine Schwester um sich zu haben? Daß sie krank vor Kummer ist, weil ihre Tochter ermordet wurde, ist nicht weiter verwunderlich. Darüber hinaus scheint sie einen Verdacht zu haben, wer es getan hat. Kein Wunder, daß sie sich miserabel fühlt. Das ginge jeder Frau so. Ich finde, eine Krankenschwester ist eine ausgezeichnete Lösung.«

Monk hörte auf, an seiner Schokolade zu nippen, und starrte sie forschend an.

Mit einiger Mühe gelang es ihr, jeden Ausdruck aus ihrem Gesicht zu verbannen, bis es absolut unschuldig wirkte.

»Hester Latterly ist gegenwärtig ohne Beschäftigung, zudem eine hervorragende Krankenschwester und eine von Miss Nightingales ehemaligen Helferinnen. Ich kann sie wärmstens empfehlen und glaube, daß sie gerade für diese spezielle Aufgabe besonders geeignet ist. Sie hat eine sehr gute Beobachtungsgabe – wie Ihnen nicht unbekannt sein dürfte –, und besitzt eine ordentliche Portion Zivilcourage. Die Tatsache, daß in diesem Haus ein Mord geschehen ist, wird sie nicht abschrecken.«

»Was ist mit dem Krankenhaus?« fragte Monk bedächtig, während sich ein unverkennbares Leuchten in seine Augen schlich.

»Sie ist nicht mehr dort.« Callandra war die Unschuld in Person. Verblüffung.

»Es gab Meinungsverschiedenheiten mit dem Arzt«, setzte sie erklärend hinzu.

»Ach!«

»Der übrigens ein Dummkopf ist.«

»Natürlich.« Monks Lächeln war nur sehr schwach, aber es drang bis zu seinen Augen vor.

»Wenn Sie mit dem nötigen Zartgefühl an sie herantreten, wird sie sich bestimmt bereit erklären, eine befristete Stellung bei Sir Basil Moidore anzunehmen, bis seine Frau wieder zu sich selbst gefunden hat. Ich werde sie Beatrice mit dem größten Vergnügen vorschlagen. Mit dem Krankenhaus würde ich mich an Ihrer Stelle nicht in Verbindung setzen. Und es wäre mir sehr angenehm, wenn Sie Hester gegenüber meinen Namen nicht erwähnen – es sei denn, Sie müßten sonst lügen.«

Jetzt war sein Lächeln absolut offen. »Einverstanden, Lady Callandra. Eine hervorragende Idee. Ich bin Ihnen sehr verbunden.«

»Oh, keine Ursache«, sagte Callandra fröhlich. »Gern geschehen. Ich werde mit meiner Cousine Valentina sprechen, die Beatrice den Vorschlag gern unterbreiten und Miss Latterly bei der Gelegenheit gleich zur Sprache bringen wird.«

Hester war über Monks Anblick so erstaunt, daß sie sich nicht einmal wunderte, woher er ihre Adresse kannte.

»Guten Morgen«, begrüßte sie ihn verdutzt. »Ist etwas ...« Sie brach ab, unsicher, was sie eigentlich fragen wollte.

Wenn es der eigenen Sache diente, konnte Monk durchaus besonnen handeln. Es war ihm nicht leichtgefallen, dies zu lernen, aber sein Ehrgeiz war stärker gewesen als sein Temperament – sogar als sein Stolz –, und nach einer Weile hatte er es geschafft.

»Guten Morgen«, erwiderte er liebenswürdig. »Nein, es ist nichts Schlimmes passiert. Ich möchte gern, daß Sie mir einen Gefallen tun.«

»Ich?« Hester traute ihren Ohren nicht.

»Ja, wenn es Ihnen nichts ausmacht? Darf ich mich setzen?«

»Oh – ja, selbstverständlich.« Sie befanden sich in Mrs. Hornes winzigem Salon. Hester winkte Monk zu dem Stuhl, der bei dem kümmerlichen Kaminfeuer stand.

Er ließ sich darauf nieder und fiel sofort mit der Tür ins Haus, um nicht in eine belanglose Plauderei verwickelt zu werden, in deren Verlauf er Callandra Daviot womöglich verraten hätte.

»Ich untersuche den Queen-Anne-Street-Fall, den Mord an Sir Basil Moidores Tochter.«

»Ich habe mich schon gefragt, ob man Sie damit betraut hat.« Hesters Augen leuchteten erwartungsvoll. »Die Zeitungen veranstalten deswegen immer noch ein Riesengeschrei. Aber ich weiß nicht das geringste über die Familie. Stehen Sie in irgendeiner Verbindung zur Krim?«

»Nur peripher.«

»Und was soll ich . . .« Sie verstummte jäh, um seine Antwort abzuwarten.

»Jemand aus dem Haus hat sie getötet. Höchstwahrscheinlich ein Familienmitglied.«

»Oje!« Ihr Blick hellte sich auf. Sie begann zu verstehen, nicht was ihren Part bei dem Ganzen betraf, sondern bezüglich der Schwierigkeiten, die sich vor ihm auftun mußten. »Wie können Sie da ermitteln?«

»Mit Samthandschuhen.« Er lächelte mit herabgezogenen Mundwinkeln. »Lady Moidore hat sich ins Bett verkrochen. Ich weiß nicht, ob der Grund dafür Trauer ist – anfangs war sie sehr gefaßt –, oder ob sie etwas in Erfahrung gebracht hat, das den Verdacht auf ein Mitglied der Familie lenkt, und es einfach nicht ertragen kann.«

»Was kann ich dabei tun?« Er besaß jetzt ihre ungeteilte Aufmerksamkeit.

»Könnten Sie eventuell eine Stellung als Lady Moidores Krankenschwester annehmen, die Familie beobachten und – wenn möglich – herausbekommen, was sie derart ängstigt?«

Hester senkte betreten den Blick. »Sie könnten bessere Referenzen verlangen, als ich vorzuweisen habe.«

»Würde Miss Nightingale sich positiv über Sie äußern?«

»Oh, mit Sicherheit – aber das Krankenhaus nicht.«

»Hmhm. Dann bleibt nur zu hoffen, daß sie dort nicht nachfragen werden. Ich denke, die Hauptsache ist, daß Lady Moidore nichts gegen Sie einzuwenden hat...«

»Ich könnte mir vorstellen, daß Lady Callandra auch ein gutes Wort für mich einlegen würde.«

Monk lehnte sich entspannt zurück. »Das müßte eigentlich genügen. Sie werden es also tun?«

Hester lachte gedämpft auf. »Wenn sie den Posten öffentlich ausschreiben lassen, werde ich mich gewiß melden, aber ich kann kaum vor ihrer Tür auftauchen und mich erkundigen, ob sie zufällig eine Schwester brauchen!«

»Nein, natürlich nicht. Ich werde versuchen, alles Nötige in die Wege zu leiten.« Er enthielt ihr Callandras Cousine vor und sprach hastig weiter, um komplizierte Erklärungen zu vermeiden. »Das Ganze wird per Mundpropaganda über die Bühne gehen, wie das bei vornehmen Familien so üblich ist. Selbstverständlich nur, wenn Sie nichts dagegen haben, daß Ihr Name fällt? Gut...«

»Erzählen Sie mir etwas über die Hausbewohner.«

»Ich denke, das sollten Sie besser selbst herausfinden. Ihre Meinung ist bestimmt weitaus nützlicher für mich.« Er runzelte neugierig die Stirn. »Was war im Krankenhaus eigentlich los?«

Kleinlaut packte Hester aus.

Valentina Burke-Heppenstall war problemlos dazu zu bewegen, persönlich in der Queen Anne Street vorbeizuschauen, um ihr Beileid auszudrücken. Als Beatrice sie nicht empfangen konnte, bekundete sie ihr aufrichtiges Mitgefühl für den Schmerz der Freundin und schlug Araminta vor, eine Krankenschwester einzustellen. Sie könnte unter den gegebenen Umständen vielleicht von Nutzen sein und den Beistand liefern, für den eine vielbeschäftigte Zofe keine Zeit aufbrachte.

Nach kurzer Bedenkzeit war Araminta geneigt, dem zuzustimmen. Es entband die restlichen Haushaltsmitglieder von einer Verantwortung, der sie nicht gewachsen waren.

Valentina wüßte da jemand – falls es nicht zu anmaßend erschien? Die jungen Damen aus Miss Nightingales Gefolgschaft waren die besten, die man kriegen konnte, so etwas fand man unter den normalen Krankenschwestern nicht so schnell; aus gutem Hause und nicht die Sorte Mensch, die man lieber nicht in den eigenen vier Wänden vorzufinden wünscht.

Araminta brachte ihre Verbundenheit zum Ausdruck. Ja, sie würde sich bei der nächsten Gelegenheit mit betreffender Person unterhalten.

Hester warf sich also in ihre beste Schwesterntracht und holperte mit einem Hansom in die Queen Anne Street, um sich Araminta zur Inspektion zu präsentieren.

»Lady Burke-Heppenstall verbürgt sich für die Qualität Ihrer Arbeit«, sagte Araminta gemessen. Sie war in schwarzen Taft gehüllt, der bei jeder Bewegung knisterte. Ihr weiter Rock streifte Tischbeine, Sofakanten und Stühle, während sie in dem überladen möblierten Raum auf und ab ging. Ihr Haar bildete einen starken Kontrast zu der dunklen Farbe ihres Kleides und zu den Trauerfloren, die als ehrfurchtsvolle Verneigung vor dem Tod von Bilder- und Türrahmen herabhingen; es strahlte mehr Hitze und Leben aus als ein Becken voll geschmolzenem Gold.

Befriedigt glitten ihre Augen über Hester, die in ihrem schlichten Stoffkleid einen strengen Anblick bot.

»Warum sind Sie auf Stellungssuche, Miss Latterly?« Araminta verschwendete keine Zeit mit Höflichkeitsfloskeln. Dies war ein geschäftliches Treffen, kein Freundschaftsbesuch.

Hester hatte sich – mit Callandras Hilfe – bereits eine Erklärung zurechtgelegt. Der sehnlichste Wunsch eines ambitionierten Dienstmädchens war häufig der, bei Leuten zu arbeiten, die einen Titel führten. Sie waren größere Snobs als die meisten ihrer Herrinnen und maßen dem Benehmen und der Sprache ihrer Kolleginnen immense Wichtigkeit bei.

»Da ich nun einmal wieder in England bin, Mrs. Kellard, möchte ich lieber in einem angesehenen Privathaushalt arbeiten als in einem der staatlichen Krankenhäuser.«

»Ein sehr einleuchtender Grund.« Araminta schluckte die Lüge anstandslos. »Meine Mutter ist nicht direkt krank, Miss Latterly. Sie hat unter äußerst schmerzlichen Umständen einen geliebten Menschen verloren. Wir möchten verhindern, daß sie in Depressionen versinkt, was leicht passieren könnte. Sie braucht jemanden, der sie aufheitert und der sich darum kümmert, daß sie genug ißt und schläft, um bei Kräften zu bleiben. Meinen Sie, Sie könnten diese Anforderungen erfüllen, Miss Latterly?«

»Ja, Mrs. Kellard. Ich würde es sehr gern tun – sofern Sie mich für geeignet halten.« Die Erinnerung an Monks Gesicht und den wahren Zweck ihres Hierseins ließen Hester äußerst unterwürfig antworten.

»Ausgezeichnet. Sie dürfen sich als engagiert betrachten. Bringen Sie mit, was Ihnen nötig erscheint, und fangen Sie morgen früh an. Guten Tag.«

»Guten Tag, Ma'am. Und vielen Dank.«

In diesem Sinne stellte Hester sich am kommenden Tag mit einem Köfferchen in der Hand an der Hintertür des Moidoreschen Hauses ein, um sich in ihre Aufgaben einweisen zu lassen. Sie befand sich in einer Ausnahmeposition, da sie mehr war als ein Dienstmädchen, jedoch weniger als ein Gast. Man hielt sie für versiert, betrachtete sie aber weder als dem Hauspersonal zugehörig noch als Fachmann, wie zum Beispiel einen Arzt. Sie zählte von nun an zum Haushalt; folglich mußte sie kommen und gehen, wie ihr befohlen wurde, und sich stets entsprechend den Wünschen ihrer Herrin verhalten. Das Wort *Herrin* ging ihr durch Mark und Bein.

Warum eigentlich? Sie hatte weder Vermögen noch Perspektive und keinerlei Aussichten mehr, eine andere Stellung zu finden. Darüber hinaus gab es mehr zu tun, als sich um Lady Moidores Wohl zu kümmern. Es galt, einen kniffligen, hochinteressanten und nicht ganz ungefährlichen Auftrag Monks zu erfüllen.

Sie wurde in einem recht hübschen Zimmer über den Schlafräumen der Familie untergebracht. Eine Glocke sorgte dafür, daß sie jederzeit herbeizitiert werden konnte. In ihrer freien Zeit, sofern sie welche haben sollte, könnte sie im Aufenthaltsraum der Kammerzofen lesen oder Briefe schreiben, hieß es. Man machte ihr unmißverständlich klar, worin ihre Pflichten bestanden und worin die der Zofe Mary, einem dunkelhaarigen, schlanken Geschöpf Anfang Zwanzig, das über ein ausdrucksvolles Gesicht und eine scharfe Zunge verfügte. Es wurde auch nicht vergessen, sie auf das Terrain der sechzehnjährigen Magd fürs obere Stockwerk, Annie, hinzuweisen, die mit einer guten Portion Neugier, einem wachen Verstand sowie bei weitem mehr Eigensinn ausgestattet war, als ihr angeblich gut tat.

Man führte sie in die Küche, wo ihr Mrs. Boden, die Köchin, die Küchenmagd Sal, das Spülmädchen May, der Stiefelputzer Willie sowie Lizzie und Rose vorgestellt wurden, die für die Wäsche zuständig waren und auch Hesters übernehmen würden. Gladys, die andere Zofe, sah sie lediglich kurz über die Galerie huschen; sie betreute Mrs. Cyprian Moidore und Miss Araminta. Desgleichen entzogen sich Maggie, die zweite Magd fürs obere Stockwerk, Nellie, das Nesthäkchen des weiblichen Personals sowie das aparte Stubenmädchen Dinah vorerst ihren Blicken.

Mrs. Willis, die winzige, grimmig dreinschauende Haushälterin, besaß keinerlei Befehlsgewalt über Krankenschwestern, weshalb ihre Beziehung von Anfang an unter einem schlechten Vorzeichen stand. Sie war es gewöhnt, Macht auszuüben, und verabscheute weibliche Dienstboten, die sich ihr gegenüber nicht zu verantworten hatten. Ihr kleines, strenges Gesicht nahm augenblicklich einen noch verbiesterteren Ausdruck an. Sie erinnerte Hester an eine ganz besonders tüchtige Oberin im Krankenhaus, was die Begegnung nicht vereinfachte.

»Die Mahlzeiten nehmen Sie wie alle andern in der Gesindestube ein«, verkündete Mrs. Willis scharf. »Es sei denn, Ihre Pflichten machen es unmöglich. Nach dem Frühstück um Punkt acht Uhr kommen *wir alle* zusammen«, diese beiden Worte erhielten eine besonders spitze Betonung, während sich ihr Blick in Hester bohrte, »um unter der Leitung von Sir Basil das Morgengebet zu sprechen. Ich darf wohl annehmen, daß Sie der anglikanischen Kirche angehören, Miss Latterly?«

»Aber selbstverständlich, Mrs. Willis«, sagte Hester wie aus der Pistole geschossen, obwohl sie eher zu einer freikirchlichen Gesinnung tendierte.

»Ausgezeichnet.« Mrs Willis nickte befriedigt. »So weit, so gut. Wir nehmen die Hauptmahlzeit mittags zwischen zwölf und eins ein, während die Familie luncht. Irgendwann im Lauf des Abends, wenn es gerade paßt, gibt es ein Abendbrot. Sollte einmal eine Dinnerparty gegeben werden, kann es unter Umständen recht spät werden.« Ihre Brauen wölbten sich vielsagend. »Unsere Dinnerparties gehören übrigens zu den größten ganz Londons, es werden nur die besten Speisen serviert. Da wir momentan jedoch in Trauer sind, werden zur Zeit keine Gäste geladen, und wenn es wieder soweit ist, ist Ihre Tätigkeit hier vermutlich längst beendet. Ich schätze, Sie haben alle zwei Wochen einen halben Tag frei, wie jeder andere auch. Richten Sie sich trotzdem darauf ein, daß es nicht unbedingt dabei bleiben muß, falls Ihre Ladyschaft andere Pläne hat.«

Da sie keine Dauerstellung angenommen hatte, machte Hester sich wegen der freien Tage wenig Sorgen. Hauptsache, sie bekam ab und zu die Möglichkeit, mit Monk zu sprechen, um ihn über ihre Fortschritte zu informieren.

»Ja, Mrs. Willis«, gab sie zurück, weil eine Antwort offenbar erwartet wurde.

»Sie werden wahrscheinlich nur wenig oder gar keine Gelegenheit haben, in den Salon zu gehen. Sollte es dennoch einmal so weit kommen, ist Ihnen hoffentlich klar, daß Sie auf keinen Fall anklopfen dürfen?« Ihr gnadenloser Blick ließ Hester keine Sekunde los. »Es ist ausgesprochen vulgär, an eine Salontür zu klopfen.«

»Natürlich. Keine Sorge, Mrs. Willis«, beruhigte Hester sie hastig. Sie hatte zwar noch nie einen Gedanken daran verschwendet, doch wozu dies zugeben?

»Das Mädchen wird sich selbstverständlich um Ihr Zimmer kümmern«, fuhr Mrs. Willis fort, während ihr bohrender Blick einen kritischen Ausdruck annahm, »aber Ihre Schürzen müssen Sie selbst bügeln. Die Wäschemägde haben genug zu tun, und den

Zofen hätte das gerade noch gefehlt! Falls Sie Post erhalten sollten – Sie haben doch Familie?« Dieser letzte Satz kam beinah einer Drohung gleich. Leuten ohne Familie mangelte es an Respektabilität; sie konnten ja weiß Gott wer sein.

»Doch, Mrs. Willis, ich habe Familie«, sagte Hester bestimmt. »Unglücklicherweise sind meine Eltern vor kurzem verstorben, und einer meiner Brüder fiel auf der Krim, aber ich habe noch einen und pflege sowohl zu ihm als auch zu seiner Frau einen sehr herzlichen Kontakt.«

Mrs. Willis schien zufrieden. »Ausgezeichnet. Das mit Ihrem anderen Bruder tut mir leid, aber dieser Krieg hat viele prachtvolle junge Männer das Leben gekostet. Für sein Land und seine Königin zu sterben ist eine ehrenvolle Tat, mit der die Angehörigen so tapfer wie möglich fertig werden müssen. Mein Vater war selbst Soldat – ein feiner Mann, ein Mann, zu dem man aufschauen konnte. Eine Familie ist etwas sehr Wichtiges, Miss Latterly. Das gesamte Personal hier ist ausgesprochen seriös.«

Hester sah davon ab, zum Krimkrieg Stellung zu nehmen. Sie beherrschte sich, indem sie in scheinbarer Zustimmung die Augen senkte.

»Mary wird Ihnen den Aufgang für die weiblichen Hausangestellten zeigen.« Mrs. Willis hatte den privaten Themenkreis offensichtlich abgehakt und kehrte zum Geschäftlichen zurück.

»Was haben Sie gesagt, bitte?« Hester war vorübergehend verwirrt.

»Der Aufgang für die weiblichen Dienstboten«, entgegnete Mrs. Willis scharf. »Sie werden eine Treppe nehmen müssen, um nach oben zu gelangen, junge Frau! Dies ist ein anständiges Haus – Sie glauben doch nicht, daß Sie den Aufgang für die männlichen Bediensteten benutzen können? Sonst noch was? Ich will nicht hoffen, daß Sie diesbezüglich irgendwelche Flausen im Kopf haben.«

»Ganz bestimmt nicht, Ma'am.« Hester fand ihre Geistesgegenwart wieder und ließ sich rasch eine Erklärung einfallen. »Ich bin solche Geräumigkeit nicht gewöhnt. Es ist noch nicht viel Zeit vergangen, seit ich von der Krim zurück bin.« Dies für den Fall, daß zu Mrs. Willis der wenig appetitliche Ruf der in England arbeitenden Schwestern vorgedrungen war. »Wo ich gewesen bin, gab es keine männlichen Dienstboten.«

»Das will ich meinen!« Mrs. Willis war in dieser Angelegenheit vollkommen unwissend, wollte es jedoch um keinen Preis zugeben. »Wir jedenfalls haben fünf männliche Dienstboten für den Außenbereich, denen Sie schwerlich begegnen werden, und fünf im Haus selbst: Mr. Phillips, unseren Butler, Sir Basils Kammerdiener Rhodes, die Lakaien Harold und Percival sowie Willie, den Stiefelburschen. Sie werden mit keinem von ihnen zu tun haben.«

»Nein, Ma'am.«

Mrs. Willis schnüffelte beifällig. »Ausgezeichnet. Und jetzt machen Sie sich am besten auf den Weg und stellen sich Mrs. Moidore vor. Vielleicht können Sie gleich etwas für sie tun – das bedauernswerte Geschöpf.« Sie strich mit energischen Bewegungen ihre Schürze glatt, wodurch ihr Schlüsselbund geräuschvoll zu klappern begann. »Als ob es nicht genug wäre, eine Tochter zu verlieren. Muß da auch noch die Polizei im ganzen Haus rumschleichen und den Leuten lästige Fragen stellen? Wie soll das mit dieser Welt bloß enden? Wenn sie gleich von Anfang an ihre Arbeit getan hätten, wäre das alles gar nicht erst geschehen.«

Hester verkniff sich die Bemerkung, es wäre ein wenig vermessen, von der Polizei zu erwarten, daß sie einen Mord im Familienkreis verhindere.

»Vielen Dank für Ihre Einweisung, Mrs. Willis«, sagte sie diplomatisch und verschwand in Richtung Treppe, um Mrs. Moidore gegenüberzutreten.

Hester klopfte an ihre Schlafzimmertür, erhielt keine Antwort und trat trotzdem ein. Sie fand sich in einem entzückenden, ausgesprochen femininen Raum wieder; überall geblümter Brokat und ovale, gerahmte Fotografien sowie drei zierliche, bequeme Ankleidestühle, die hübsch und praktisch aussahen. Durch die großen Fenster strömte kaltes Sonnenlicht herein.

Beatrice lag mit einem Satinnegligé bekleidet auf dem Bett, die

Knöchel überkreuzt, die Arme unter dem Kopf verschränkt, und starrte an die Decke. Von Hester nahm sie keinerlei Notiz.

Als Lazarettschwester war Hester zwar in erster Linie den Umgang mit schwerverwundeten oder todkranken Männern gewöhnt, hatte aber auch ein wenig Erfahrung mit Schock und der tiefen Depression, die gewöhnlich der Amputation eines Körperglieds folgten. Sie kannte das Gefühl völliger Hilflosigkeit, das jede andere Emotion überlagerte. In Beatrice Moidores Verhalten glaubte sie Angst zu erkennen. Sie hatte die erstarrte Haltung eines Tieres, das sich nicht zu rühren traut, um nicht auf sich aufmerksam zu machen, und gleichzeitig nicht weiß, in welche Richtung es davonlaufen soll.

»Lady Moidore«, sagte sie ruhig.

Beatrice registrierte, daß ihr diese Stimme fremd war. Sie war bestimmter, nicht so zaghaft wie die einer Magd. Langsam drehte sie den Kopf auf die Seite, um die Quelle zu identifizieren.

»Mein Name ist Hester Latterly, Lady Moidore. Ich bin Krankenschwester und werde mich um Sie kümmern, bis es Ihnen wieder besser geht.«

Beatrice richtete sich langsam auf und stützte sich auf den Ellbogen ab. »Eine Krankenschwester?« fragte sie mit schwachem, leicht verzerrtem Lächeln. »Ich bin nicht . . .« Sie änderte plötzlich ihre Meinung und legte sich wieder hin. »In meiner Familie ist ein Mord geschehen. Das ist keine Krankheit.«

Araminta hatte ihr also nichts von dem Arrangement erzählt, geschweige denn sie um ihr Einverständnis gebeten – oder hatte Beatrice es einfach vergessen?

»Nein«, sagte Hester laut. »Ich würde es eher als eine Verletzung bezeichnen. Da ich aber den Großteil meiner beruflichen Erfahrung auf der Krim gesammelt habe, bin ich an Wunden und die damit verbundenen Leiden gewöhnt. Manchmal dauert es eine Zeit, bis man überhaupt den Wunsch verspürt, wieder auf die Beine zu kommen.«

»Auf der Krim? Wie praktisch.«

Hester staunte. Was für ein seltsamer Kommentar. Sie betrachtete Beatrices empfindsames, intelligentes Gesicht mit den großen Augen, der vorspringenden Nase und dem zarten Mund genauer. Sie war von dem Standardklischee der klassischen Schönheit weit entfernt, hatte auch nicht diesen trägen, schmollenden Blick, der momentan so gefragt war. Für den Geschmack der meisten Männer, die sich vermutlich ein zahmeres Wesen wünschten, machte sie einen zu energischen Eindruck. Dennoch strafte ihr gegenwärtiger Anblick den Charakter Lügen, der in ihren Zügen zum Ausdruck kam.

»Ja«, stimmte Hester zu. »Und jetzt, wo meine Eltern tot sind und nicht mehr für mich sorgen können, bleibt mir nichts anderes übrig, als weiterhin praktisch tätig zu sein.«

Beatrice richtete sich wieder auf. »Es ist bestimmt sehr befriedigend, wenn man sich nützlich machen kann. Meine Kinder sind mittlerweile erwachsen und selbst verheiratet. Wir empfangen eine Menge Gäste – zumindest war das bis vor kurzem noch so –, aber meine Tochter Araminta ist äußerst geschickt, was das Zusammenstellen einer vielversprechenden Gästeliste angeht, um meine Köchin beneidet mich halb London, und mein Butler weiß, wo man notfalls eine zusätzliche Hilfskraft herbekommt. Meine gesamte Dienerschaft ist hervorragend geschult, und dann habe ich noch eine außerordentlich tüchtige Haushälterin, die es nicht schätzt, wenn ich die Nase in ihre Angelegenheiten stecke.«

Hester lächelte. »Ja, das kann ich mir vorstellen. Ich habe sie bereits kennengelernt. Haben Sie heute schon zu Mittag gegessen?«

»Ich bin nicht hungrig.«

»Sie sollten wenigstens etwas Suppe und ein bißchen Obst zu sich nehmen. Es kann unangenehme Folgen haben, wenn Ihr Körper zuwenig Flüssigkeit bekommt. Ein Magen-Darm-Katarrh würde Ihre Situation nicht verbessern.«

Beatrice schaute sie so verdutzt an, wie ihr halb betäubter Zustand erlaubte.

»Sie nehmen wirklich kein Blatt vor den Mund.«

»Ich möchte nicht falsch verstanden werden.«

Beatrice mußte wieder Willen lachen. »Ich schätze, das kommt nicht oft vor.«

Hester riß sich zusammen. Sie durfte nicht vergessen, daß ihre Hauptaufgabe darin bestand, sich um eine schwer leidende Frau zu kümmern.

»Darf ich Ihnen etwas Suppe und ein Fruchttörtchen oder Eiercreme bringen?«

»Ich nehme an, Sie tun es sowieso – und darf wohl zu hoffen wagen, daß Sie selbst ein wenig Hunger haben?«

Hester lächelte, warf einen letzten Blick durch den Raum und machte sich auf den Weg in die Küche.

Die nächste Gelegenheit für ein Zusammentreffen mit Araminta bot sich am kommenden Abend. Hester war nach unten in die Bibliothek gegangen, um sich nach einem Buch umzusehen, das Beatrice auf andere Gedanken bringen und ihr vielleicht beim Einschlafen helfen konnte. Sie hatte sich mittlerweile durch die endlosen Reihen gewichtiger historischer und noch gewichtigerer philosophischer Werke gearbeitet und endlich die Gedichtbände und Romane erreicht. Die Fülle ihrer Röcke wie Blütenblätter um sich gebreitet, kniete sie vornübergebeugt mitten auf dem Boden, als Araminta hereinkam.

»Haben Sie etwas verloren, Miss Latterly?« erkundigte sie sich leicht mißbilligend. Hesters Sitzhaltung war ausgesprochen unelegant und zu ungezwungen für jemand, der zum Personal gehörte.

Hester stand hastig auf, um ihre Kleidung in Ordnung zu bringen. Sie waren etwa gleich groß und fixierten sich über ein kleines Lesetischchen hinweg. Araminta trug ein schwarzes Seidenkleid, dessen mit Samt besetztes Oberteil mit winzigen Seidenbändchen geschmückt war. Ihr Haar leuchtete wie Ringelblumen in der Sonne. Hesters Aufmachung bestand aus tristem Blaugrau unter einer weißen Schürze. Der überaus gewöhnliche Farbton ihrer braunen Haarpracht hatte im Sonnenschein zwar einen honig- oder kastanienfarbenen Schimmer, war verglichen mit Aramintas jedoch stumpf.

»Nein, Mrs. Kellard«, erwiderte sie ernst. »Ich bin auf der Suche nach etwas Lesbarem für Mrs. Moidore, damit sie besser einschlafen kann.«

»Ach. Wäre ein wenig Laudanum dafür nicht eher geeignet?«

»Laudanum ist das letzte Mittel der Wahl. Es führt leicht zu Abhängigkeit, und man kann sich danach sehr unwohl fühlen.«

»Ich nehme an, Sie wissen, daß meine Schwester vor weniger als drei Wochen in diesem Haus ermordet worden ist?« Araminta stand kerzengerade mit unverwandtem Blick vor ihr. Hester bewunderte ihren Mut zur Unverblümtheit bezüglich eines Themas, das die meisten Leute entsetzt totgeschwiegen hätten.

»Ja, ich habe davon gehört. Es ist kein Wunder, daß Ihre Mutter sich in schlechter Verfassung befindet, insbesondere da die Polizei immer noch herkommt, um unangenehme Fragen zu stellen. Ich dachte, ein Buch könnte sie zumindest so lange ablenken, bis ihr die Augen zufallen, so daß der Einsatz von Drogen überflüssig wird. Es würde ihr nicht helfen, wenn sie dem Schmerz ewig aus dem Weg geht. Verstehen Sie mich nicht falsch, ich möchte auf keinen Fall hart klingen – aber ich habe selbst beide Elternteile und einen Bruder verloren. Ich weiß, was es heißt, einen geliebten Menschen nie wiederzusehen.«

»Aus diesem Grund wird Lady Burke-Heppenstall vermutlich Sie vorgeschlagen haben. Am besten wäre wohl, Sie könnten meine Mutter davon abhalten, über meine Schwester Octavia nachzugrübeln und sich den Kopf darüber zu zerbrechen, wer für ihren Tod verantwortlich ist.« Araminta schaute ihr nach wie vor direkt in die Augen. »Ich bin froh, daß Sie keine Angst haben, sich in diesem Haus aufzuhalten. Dazu besteht auch nicht der geringste Anlaß.« Sie hob kaum merklich die Schultern. Es war eine kalte Gebärde. »Aller Wahrscheinlichkeit nach handelte es sich um eine falsch interpretierte Beziehung, die in einer Tragödie endete. Wenn Sie sich sittsam verhalten, keinerlei Aufmerksamkeit provozieren, sich nicht in fremde Angelegenheiten einmischen und nicht herumspionieren . . .«

In dem Moment ging die Tür auf. Myles Kellard kam herein.

Hester dachte augenblicklich, was für ein gutaussehender Mann er war, ein Mann mit individueller Ausstrahlung, der ebensogut lachen und singen wie abenteuerliche, spannende Geschichten erzählen konnte. Obgleich sein Mund einen Hauch von Zügellosigkeit verriet, war er vielleicht der eines Träumers.

»... werden Sie keine Schwierigkeiten bekommen«, schloß Araminta, ohne sich nach ihm umzudrehen oder zu erkennen zu geben, daß sie ihn bemerkt hatte.

»Warnst du Miss Latterly vor unserem aufdringlichen und ziemlich arroganten Herrn von der Polizei?« fragte Myles neugierig. Er wandte sich um und warf Hester ein charmantes, unbeschwertes Lächeln zu. »Ignorieren Sie ihn einfach, Miss Latterly. Und sollte er zu lästig werden, verweisen Sie ihn an mich – ich werde Sie mit Freuden von ihm befreien. Wen immer er verdächtigen mag ...« Seine Augen überflogen sie mit mildem Interesse. Hester spürte einen jähen, schmerzhaften Stich, weil sie von der Natur nur mittelmäßig ausgestattet worden und obendrein schlicht gekleidet war. Es wäre sehr angenehm gewesen, einen Funken echter Neugier in den Augen eines solchen Mannes aufblitzen zu sehen.

»Miss Latterly kann unmöglich dazugehören«, schloß Araminta an seiner Stelle. »Hauptsächlich, weil sie zur fraglichen Zeit nicht hier war.«

»Genau«, bestätigte er, während er einen Arm nach seiner Frau ausstreckte. Mit einer grazilen, kaum merklichen Bewegung wich sie vor der Berührung zurück.

Myles erstarrte, änderte die Richtung seiner Hand und rückte statt dessen ein Bild zurecht, das auf dem Schreibtisch stand.

»Ansonsten würde er es vermutlich tun«, fuhr Araminta kühl fort. Ihr Rücken versteifte sich. »Er scheint jedermann zu verdächtigen, sogar die Familienmitglieder.«

»Unsinn!« Myles gab sich alle Mühe, ungehalten zu klingen, doch auf Hester machte er einen nervösen Eindruck. Ein rötlicher Schimmer lag plötzlich auf seiner Haut, und seine Augen glitten ruhelos von einem Gegenstand zum andern, während er ihren Blicken gekonnt aus dem Weg ging. »Das ist absurd! Keiner von uns hätte den geringsten Grund für eine so furchtbare Tat gehabt, und wenn, wäre es trotzdem nicht geschehen! Wirklich, Minta, du machst Miss Latterly nur angst.«

»Ich habe nicht behauptet, daß es einer von uns war, Myles, ich sagte lediglich, was Inspektor Monk glaubt – wahrscheinlich hat Percival ihm gegenüber irgendeine Bemerkung über dich fallenlassen.« Sie beobachtete, wie das Rot in seinen Wangen einer fahlen Blässe wich, wandte sich dann ab und fuhr bedächtig fort: »Ein sehr unzuverlässiger Bursche. Wenn ich ganz sicher wäre, würde ich ihn auf der Stelle entlassen.« Die Worte fielen klar und deutlich in den Raum. Ihr Tonfall ließ zwar durchblicken, daß sie lediglich laut nachgedacht hatte, die Bemerkung eigentlich nicht für fremde Ohren bestimmt war und keinerlei Eindruck hinterlassen sollte, aber der Körper in dem wunderschönen Kleid war so reglos und steif wie eine Feder in windstiller Luft, die Stimme unangenehm durchdringend. »Ich denke, der versteckte Verdacht, den Percival geäußert hat, ist auch daran schuld, daß Mama sich hinlegen mußte. Es wäre vielleicht besser für sie, wenn du ihr aus dem Weg gehst, Myles. Sie könnte Angst vor dir haben . . .« Sie drehte sich abrupt um und schenkte ihm ein strahlend-kaltes Lächeln. »Was natürlich vollkommen absurd ist, ich weiß. Aber Angst ist gelegentlich irrational. Manchmal denken wir die haarsträubendsten Dinge über andere, und niemand kann uns davon überzeugen, daß sie jeder Grundlage entbehren.«

Araminta legte den Kopf ein wenig auf die Seite. »Welche Veranlassung hättest du zu einem so schlimmen Streit mit Octavia haben sollen?« Sie zögerte kurz. »Dennoch ist sie überzeugt, daß es so war. Ich hoffe bloß, sie erzählt Mr. Monk nichts davon, denn das könnte für uns alle sehr unangenehm werden.« Sie wandte sich wieder an Hester. »Sorgen Sie dafür, daß Mama einen stärkeren Bezug zur Wirklichkeit bekommt, Miss Latterly. Wir wären Ihnen ewig dankbar. Aber jetzt muß ich gehen und nach der armen Romola sehen. Sie hat Migräne, und Cyprian kann ihr wie üblich nicht helfen.« Sie raffte die Röcke und schwebte anmutig und steif aus dem Raum.

Hester war zu ihrer eigenen Überraschung verlegen. Es lag auf der Hand, daß Araminta sich nicht nur bewußt war, welchen Schreck sie ihrem Mann eingejagt hatte, sie hatte sogar ihren Spaß daran. Hester beugte sich wieder über das Bücherregal und hoffte, daß Myles diese Erkenntnis nicht in ihren Augen gelesen hatte.

Er näherte sich ihr, bis er kaum mehr als einen Meter hinter ihr stand. Sie war sich seiner Gegenwart mit greller Schärfe bewußt.

»Kein Grund, sich Sorgen zu machen, Miss Latterly«, sagte er mit leicht rauher Stimme. »Lady Moidore hat eine ziemlich blühende Phantasie – wie viele Frauen. Sie bringt die Tatsachen durcheinander und weiß manchmal nicht, was sie sagt. Das können Sie sicher verstehen, nicht wahr?« Sein Ton legte nahe, daß es bei Hester vermutlich auch nicht anders war und man ihre Worte daher ebenfalls nicht ernst nehmen mußte.

Sie sprang auf die Füße und begegnete seinem Blick. Obwohl sie so dicht vor ihm stand, daß sie die Schatten sehen konnte, die seine erstaunlich langen Wimpern auf seine Wangen warfen, trat sie keinen Schritt zurück.

»Sie täuschen sich, Mr. Kellard, ich kann es keineswegs verstehen.« Sie wählte ihre Worte mit Bedacht. »Ich sage nur selten etwas, das ich nicht so meine, und wenn, geschieht das nicht, weil ich geistig verwirrt bin, sondern weil ich zufällig die falschen Worte benutze.«

»Natürlich tun Sie das, Miss Latterly.« Er lächelte. »Ich bin sicher, Sie sind im Grunde Ihres Herzens wie alle Frauen ...«

»Wenn Mrs. Moidore Migräne hat, ist es wahrscheinlich besser, ich unternehme etwas dagegen, meinen Sie nicht?« warf Hester schnell ein, um ihm nicht die Antwort geben zu müssen, die ihr auf der Zunge lag.

»Ich bezweifle, daß Sie dazu in der Lage sind«, erwiderte er trocken und trat einen Schritt zur Seite. »Es ist nicht Ihre Aufmerksamkeit, nach der sie sich sehnt. Aber wenn Sie unbedingt wollen, versuchen Sie es. Es könnte eine nette Abwechslung für sie sein.«

Sie entschied sich, ihn mißzuverstehen. »Wenn jemand unter

einem Migräneanfall leidet, ist es ihm gewöhnlich egal, wer sich um ihn kümmert.«

»Schon möglich«, räumte Myles ein. »Ich hatte noch nie Kopfschmerzen – schon gar nicht die von Romolas Sorte. Das gibt es nur bei Frauen.«

Hesters Finger verkrampften sich über dem Buch, das sie in der Hand hielt. Sie preßte den Einband gegen ihre Brust, damit er den Titel nicht lesen konnte, und rauschte an ihm vorbei.

»Sie müssen mich entschuldigen. Ich gehe wieder hinauf, um mich nach Lady Moidores Befinden zu erkundigen.«

»Nur zu«, brummte er. »Obwohl ich bezweifle, daß sie sich jetzt anders fühlt als zur Zeit Ihres Aufbruchs!«

Am nächsten Tag wurde Hester klar, was Myles mit seiner Bemerkung über Romolas Kopfschmerzen gemeint hatte. Sie kam mit einem Blumenstrauß für Beatrices Zimmer aus dem Gewächshaus, als sie Romola und Cyprian entdeckte, die ihr den Rücken zuwandten und zu sehr ins Gespräch vertieft waren, um ihre Anwesenheit zu bemerken.

»Es würde mich sehr glücklich machen, wenn du das tätest«, sagte Romola mit flehendem Unterton, der etwas ausgeleiert und ein wenig klagend klang, als hätte sie die Bitte schon sehr oft geäußert.

Hester blieb stehen und verschwand rückwärts in den Falten des Vorhangs, von wo aus sie einen direkten Blick auf Romolas Rücken und Cyprians Gesicht hatte. Er wirkte müde und gehetzt, hatte dunkle Ringe unter den Augen und ließ die Schultern hängen; man konnte glauben, er sähe einer körperlichen Züchtigung entgegen.

»Du weißt genau, daß es im Augenblick sinnlos wäre«, gab er bemüht geduldig zurück. »Es würde die Situation nicht im geringsten verbessern.«

»Ach, Cyprian!« Sie wandte sich sichtlich verdrossen von ihm ab. Ihre ganze Haltung drückte Enttäuschung und Desillusionierung aus. »Ich finde, du könntest es mir zuliebe wenigstens versuchen. Es bedeutet alles für mich!«

»Ich habe dir doch schon erklärt . . .« begann er, brach jedoch resigniert ab. »Ich weiß sehr gut, daß du es dir wünschst«, meinte er schließlich um einiges schärfer. Seine Erbitterung brach allmählich durch. »Und wenn ich wüßte, daß ich ihn überreden kann, würde ich es garantiert tun.«

»Würdest du das wirklich? Manchmal frage ich mich, ob es dir überhaupt wichtig ist, daß ich glücklich bin.«

»Romola – ich . . .«

Hester hielt es nicht länger aus. Sie verabscheute Menschen, die andere moralisch für ihr Seelenglück verantwortlich machten. Vielleicht lag es daran, daß sich bisher niemand für ihres zuständig gefühlt hatte, aber sie stand ganz auf Cyprians Seite – auch ohne die näheren Umstände zu kennen. Sie prallte geräuschvoll gegen den Vorhang, ließ die Ringe an der Stange ordentlich klappern, stieß ein überraschtes, verärgertes Japsen aus und segelte mit entschuldigendem Lächeln und einer Handvoll rosafarbener Margeriten an ihnen vorbei, als sie sich nach der Quelle des Lärms umdrehten.

Hester gewöhnte sich nur mit Schwierigkeiten in der Queen Anne Street ein. Was die körperlichen Bedürfnisse anbelangte, war das Leben dort extrem komfortabel. Abgesehen von den Bedienstetenquartieren im dritten und vierten Stock war es überall angenehm warm, und das Essen entpuppte sich als das beste, was sie je zu sich genommen hatte – außerdem waren die Portionen gigantisch. Es gab Fleisch, Fluß- und Meeresfisch, Wild, Geflügel, Austern, Hummer, Hasenpfeffer, Pasteten, Gebäck, Gemüse, Früchte, Kuchen, Torten und Obstböden, Pudding und diverse andere Süßspeisen. Die Hausangestellten aßen ebensooft das, was aus dem Speisezimmer zurückkam, wie Gerichte, die speziell für sie zubereitet wurden.

Sie lernte die hierarchische Struktur der Gesindestube kennen, insbesondere wer welche Domäne regierte und wer wem unterstand – was überaus wichtig war. Niemand mischte sich in den Aufgabenbereich eines anderen ein, und jeder wachte über sein eigenes Territorium mit eifersüchtiger Pingeligkeit. Völlig undenkbar, daß ein langgedientes Hausmädchen aufgefordert wurde, die Arbeit einer Anfängerin zu verrichten, oder – schlimmer noch – daß ein Lakai sich in der Küche Freiheiten herausnahm und die Köchin vor den Kopf stieß.

Für Hester war allerdings weitaus interessanter, wo die Sympathien lagen, wo Rivalitäten herrschten, wer sich von wem gekränkt fühlte und weshalb.

Alle hatten tiefe Ehrfurcht vor Mrs. Willis, und Mr. Phillips wurde, was die praktischen Gesichtspunkte anbelangte, eher als Herr des Hauses betrachtet denn Sir Basil, den der Großteil der Belegschaft nie zu Gesicht bekam. Es wurden eine Menge Witze und respektlose Bemerkungen über sein soldatisches Gehabe gemacht. Man verglich ihn des öfteren mit einem Hauptfeldwebel, jedoch nur, wenn er nicht in der Nähe war.

Mrs. Boden, die Köchin, führte das Regiment in der Küche mit eiserner Hand, zeichnete sich aber eher durch Erfahrung, ihr strahlendes Lächeln und hitziges Temperament aus als durch furchteinflößendes Auftreten wie Mrs. Willis oder der Butler. Sie war ganz vernarrt in Romolas und Cyprians Kinder, die blonde, achtjährige Julia und ihren zwei Jahre älteren Bruder Arthur. Bei jeder Gelegenheit verwöhnte sie die beiden mit kleinen Leckerbissen aus der Küche, was häufig vorkam, da sie die Fertigstellung des Tabletts für das Kinderzimmer überwachte.

Das Stubenmädchen Dinah trug die Nase etwas höher, was mehr auf ihre Position als auf ihr Wesen zurückzuführen war. Stubenmädchen wurden nach dem äußeren Erscheinungsbild ausgesucht und waren dazu auserkoren, mit hoch erhobenem Haupt und wehenden Röcken durch die Empfangsräume zu rauschen, am Nachmittag die Haustür zu öffnen und die Karten der Gäste auf einem Silbertablett zur Herrschaft zu befördern. Hester fand Dinah im Grunde recht umgänglich. Sie sprach gern von ihrer Familie, erzählte immer wieder, wie gut ihre Eltern zu ihr gewesen waren, daß sie ihr jede Möglichkeit gegeben hatten, etwas aus ihrem Leben zu machen.

Sal, die Küchenmagd, meinte zwar, Dinah hätte noch nie einen

Brief von zu Hause bekommen, aber niemand achtete auf sie. Dinah nahm die gesamte Freizeit, die ihr zustand, und fuhr einmal im Jahr in ihr Heimatdorf in Kent.

Die langjährige Wäschemagd Lizzie hingegen besaß einen übergeordneten Rang. Sie führte den Waschraum mit unbeugsamer Disziplin. Rose und die Frau, die sporadisch vorbeikam, um ihr beim Bügeln zu helfen, wurden niemals beim Ungehorsam ertappt, wie es um ihre Gefühle auch bestellt war.

Das alles war zwar eine unterhaltsame Studie zur Vielfalt menschlicher Charaktere, schien jedoch für die Suche nach Octavia Hasletts Mörder kaum von Bedeutung.

Natürlich wurde dieses Thema vom Personal nicht ausgeklammert. Man konnte keinen gewaltsam herbeigeführten Todesfall im Haus haben und von den Leuten erwarten, daß sie nicht darüber redeten, insbesondere wenn alle verdächtigt wurden – und einer von ihnen schuldig sein *mußte*.

Mrs. Boden allerdings weigerte sich, auch nur darüber nachzudenken, geschweige denn, es den anderen zu erlauben.

»Nicht in meiner Küche!« sagte sie rigoros, während sie ein halbes Dutzend Eier derart erbittert schaumig schlug, daß die Masse beinah aus der Schüssel flog. »Ich dulde hier keinen Tratsch. Ihr habt genug zu tun, müßt eure Zeit nicht mit albernem Geschwätz verplempern. Du bist mit den Kartoffeln fertig, wenn ich das hier erledigt hab, Sal, oder du kannst was erleben! May. May! Wie sieht der Fußboden aus? Bei mir gibt's keine dreckigen Fliesen.«

Phillips stelzte mit grimmiger Grandezza von einem Raum zum andern. Laut Mrs. Boden nahm der arme Mann es ziemlich schwer, daß sich in seinem Haushalt eine so schlimme Sache ereignet hatte. Da der Täter keiner der Familienangehörigen war – wozu niemand Stellung bezog –, müsse es einer der Bediensteten gewesen sein, jemand, den er eingestellt hatte.

Unter Mrs. Willis' eisigem Blick verstummte jede Spekulation. So etwas schickte sich nicht und war kompletter Blödsinn. Die Polizei war unfähig, sonst wüßte sie genau, daß es niemand aus dem Haus gewesen sein konnte. Derartige Mutmaßungen erschreckten nur die Jüngeren und waren verantwortungslos. Jeder, den sie etwas solchermaßen Dummes von sich geben hörte, würde auf der Stelle bestraft.

Das hielt natürlich niemand ab. Einen Höhepunkt erreichte der Klatsch zur Teestunde in der Gesindestube.

»Ich glaub, Mr. Thirsk hat's getan, als er gerade mal wieder voll war«, meinte Sal und warf den Kopf in den Nacken. »Ich weiß genau, daß er Portwein aus'm Keller klaut, da könnt ihr sagen, was ihr wollt!«

»So 'n Quatsch!« fuhr Lizzie ihr verächtlich über den Mund. »Er benimmt sich immer wie 'n richtiger Gentleman. Und kannst du mir mal verraten, wieso er das hätte tun sollen?«

»Manchmal frag ich mich wirklich, wo du aufgewachsen bist.« Gladys warf einen raschen Blick über die Schulter, um sicherzugehen, daß Mrs. Boden außer Hörweite war, dann lehnte sie sich über den Tisch. Neben ihrem Ellbogen stand eine Tasse Tee. »Hast du denn von gar nichts 'ne Ahnung?«

»Sie arbeitet schließlich im Keller«, zischelte Mary zurück. »Die Leute im Keller kriegen immer nur halb soviel mit wie die in den oberen Etagen.«

»Na, dann pack mal aus«, forderte Rose sie auf. »Was glaubst du denn, wer's war?«

»Mrs. Sandeman, weil sie vor Eifersucht einen Wutanfall gekriegt hat!« kam es postwendend im Brustton der Überzeugung zurück. »Ihr solltet mal ein paar von ihren Klamotten sehen – und wißt ihr, wo Harold sie angeblich manchmal hinfährt?«

Alle hörten zu essen und zu trinken auf und warteten gespannt auf die Antwort.

»Und?« drängte Maggie.

»Dafür bist du noch zu jung.« Mary schüttelte energisch den Kopf.

»Ach, komm schon«, bettelte Maggie. »Erzähl's uns!«

»Sie weiß es ja selbst nicht«, sagte Sal grinsend. »Sie spielt sich bloß auf.«

»Tu ich nicht!« schimpfte Mary. »Er bringt sie in Viertel, wo keine anständige Frau 'nen Fuß reinsetzen würde. Runter nach Haymarket zum Beispiel.«

»Wie – um irgendeinen Verehrer zu treffen?« Die Vorstellung bereitete Gladys sichtliches Vergnügen. »Red weiter! Wirklich?«

»Fällt dir vielleicht 'n anderer Grund ein?« fragte Mary zurück.

In dem Moment löste sich Willie, der Stiefelputzer, vom Türrahmen, wo er Schmiere gestanden hatte.

»Also meiner Meinung nach war's Mr. Kellard!« verkündete er mit einem schnellen Blick über die Schulter. »Kann ich das Stück Kuchen da haben? Ich sterb vor Hunger.«

»Das sagst du nur, weil du ihn nicht ausstehen kannst.« Mary schob ihm den Kuchen hin, und er schlug sofort gierig die Zähne hinein.

»Schwein«, stellte Sal ohne echten Groll fest.

»Ich glaub, es war Mrs. Moidore«, ließ sich May, das Spülmädchen, plötzlich vernehmen.

»Wie kommst du denn darauf?« wollte Gladys wissen. Ihr Stolz war verletzt; Romola unterstand ihrer Obhut, und sie betrachtete die Unterstellung als persönliche Beleidigung.

»Ach, hör doch auf!« Auch Mary fand den Gedanken offenbar absurd. »Du hast Mrs. Moidore doch noch nie zu Gesicht gekriegt!«

»Hab ich wohl«, verteidigte sich May. »Sie kam damals runter in die Küche, als die kleine Miss Julia krank war! Ist wirklich 'ne tolle Mutter. Zu toll, um wahr zu sein, wahrscheinlich – mit so 'ner Pfirsichhaut und so 'nem hübschen Gesicht. Wetten, daß sie Mr. Cyprian bloß wegen seinem Geld geheiratet hat?«

»Der hat doch nix«, gab William mit vollem Mund zu bedenken. »Der pumpt die andern die ganze Zeit an, das sagt jedenfalls Percival.«

»Percival ist auch nicht allwissend«, wies Annie ihn zurecht. »Nicht, daß das heißen soll, Mrs. Moidore wär nicht dazu imstande gewesen. Trotzdem sieht's mir eher nach Mrs. Kellard aus. Schwestern können sich ganz schrecklich hassen.«

»Wieso?« fragte Maggie. »Wieso hätte Mrs. Kellard die arme Miss Octavia hassen sollen?«

»Na ja, Percival meint, Mrs. Kellard fand Miss Octavia ziemlich verdorben«, erklärte Annie. »Aber denk jetzt bloß nicht, daß mir Percivals Meinung was bedeutet. Der Kerl hat wirklich 'n böses Mundwerk.«

In dem Moment kam Mrs. Boden herein.

»Schluß mit dem Getratsche!« rief sie scharf. »Und sprich nicht mit vollem Mund, Annie Latimer. Tu lieber deine Arbeit. Sal – du hast die Karotten noch nicht geschabt, und der Kohl fürs Abendessen ist auch nicht fertig! Ihr habt keine Zeit, euch bei 'ner Tasse Tee den Mund fusselig zu reden.«

Die letzte Mutmaßung – Annies – erschien als einzige erwähnenswert, als Monk auftauchte, um das gesamte Personal inklusive der neuen Krankenschwester noch einmal zu befragen, obwohl man ihn darauf hinwies, daß diese zur Tatzeit nicht anwesend gewesen war.

»Vergessen Sie den Küchenklatsch. Was ist Ihre Meinung?« fragte er sie leise, damit ihn niemand hören konnte, der rein zufällig an der Tür zum Wohnzimmer der Haushälterin vorbeikam. Sie runzelte nachdenklich die Stirn und suchte nach den rechten Worten, um das eigenartig beklommene Gefühl zu erklären, das sie in der Bibliothek befallen hatte.

»Hester?«

»Ich weiß nicht genau. Mr. Kellard hatte Angst, soviel steht fest, aber ob das nun auf sein schlechtes Gewissen zurückzuführen ist, weil er sie umgebracht hat oder weil er ein paarmal versuchte, bei ihr zu landen, kann ich nicht sagen. Vielleicht hat es ihm auch nur einen großen Schrecken eingejagt zu sehen, welches Vergnügen seiner Frau der Gedanke bereitete, daß er eventuell ernsthaft beschuldigt, womöglich sogar angeklagt wird. Sie hat ...« Hester zögerte wieder, da ihr das Wort zu melodramatisch erschien, fand jedoch kein besseres. »Sie hat ihn regelrecht gequält. Ich habe natürlich keine Ahnung, wie sie reagieren würde, wenn man ihn tatsächlich anklagt. Vielleicht hat sie es nur wegen irgendwelcher

Streitigkeiten getan und würde ihn gegen Fremde wie eine Löwin verteidigen.«

»Glauben Sie, sie hält ihn für schuldig?« Monk lehnte am Kaminsims, das Gesicht in nachdenkliche Falten gelegt.

Das hatte Hester sich seit dem Zwischenfall bereits selbst mehrfach gefragt. Diesmal brauchte sie nicht lang für die Antwort.

»Ich bin sicher, daß sie sich nicht vor ihm fürchtet, aber zwischen den beiden herrscht eine fühlbare, undefinierbare Spannung, von der etwas Bitteres ausgeht – außerdem ist er meiner Meinung nach derjenige, der Angst hat. Ich weiß allerdings nicht, ob das mit Octavias Tod zusammenhängt oder ob es daran liegt, daß sie die Macht hat, ihn zu verletzen.«

Sie atmete tief ein. »Es muß ausgesprochen schwierig sein, im Haus des Schwiegervaters zu leben, sich seiner Gerichtsbarkeit ausgeliefert zu sehen und ständig gezwungen zu sein, ihm alles recht zu machen, weil sonst unangenehme Konsequenzen auf einen zukommen. Und soweit ich das beurteilen kann, schwingt Sir Basil das Zepter mit eiserner Hand.« Sie saß seitlich auf der Sessellehne, eine Haltung, die Mrs. Willis die Zornesröte ins Gesicht getrieben hätte; zum einen war so etwas ausgesprochen undamenhaft, zum andern ruinierte es ihr kostbares Mobiliar.

»Von Mr. Thirsk oder Mrs. Sandeman habe ich bis jetzt noch nicht viel gesehen. Sie führt ein recht flottes Leben, und ich mag ihr vielleicht Unrecht tun, aber ich glaube, sie trinkt. Ich habe es im Krieg oft genug erlebt, um die Anzeichen zu erkennen, auch bei Leuten, bei denen man es für unvorstellbar hält. Gestern früh zum Beispiel hatte sie fürchterliche Kopfschmerzen, die der Art und Weise nach zu urteilen, wie sie sich davon erholte, auf kein gewöhnliches Kranksein zurückzuführen waren. Aber ich urteile vielleicht vorschnell. Ich begegnete ihr nur kurz auf der Galerie, als ich zu Lady Moidore ging.«

Monk lächelte schwach. »Und was halten Sie von Lady Moidore?«

Jeder Anflug von Humor verschwand aus Hesters Zügen. »Sie hat große Angst. Sie weiß oder vermutet etwas, das so entsetzlich ist, daß sie ihm nicht ins Gesicht zu sehen wagt, kann es andererseits aber auch nicht aus ihren Gedanken verbannen ...«

»Daß Myles Kellard Octavia ermordet hat?« Monk trat einen Schritt vor. »Hester, seien Sie vorsichtig!« Er legte ihr derart heftig eine Hand auf den Arm, daß der Druck seiner Finger beinah weh tat. »Halten Sie Augen und Ohren offen, wenn sich eine gute Gelegenheit bietet, aber stellen Sie keine Fragen! Haben Sie gehört?«

Sie wich vor ihm zurück, wobei sie die malträtierte Stelle sorgfältig massierte. »Natürlich habe ich Sie gehört! Sie haben mich um meine Hilfe gebeten, und die kriegen Sie jetzt. Ich habe nicht vor, Fragen zu stellen – man würde mir ohnehin keine Antwort geben, sondern mich wegen Neugier und Aufdringlichkeit vor die Tür setzen. Ich bin hier nicht mehr als ein Dienstbote.«

»Richtig, und wie steht's mit dem restlichen Personal?« Er rührte sich nicht vom Fleck, blieb dicht vor ihr stehen. »Hüten Sie sich vor den männlichen Hausangestellten, Hester, insbesondere vor den Lakaien. Es ist gut möglich, daß einer von ihnen Octavia betreffend erotische Wunschträume hegte. Er interpretierte ihr Verhalten falsch« – ein Achselzucken – »oder auch richtig, sie wurde der Affäre überdrüssig und ...«

»Großer Gott! Sie sind keinen Deut besser als Myles Kellard! Der ließ auch durchblicken, Octavia wäre eine Schlampe gewesen.«

»Es ist nur eine Möglichkeit!« zischte er scharf. »Schreien Sie nicht so. Hinter der Tür könnten Lauscher stehen, das wissen Sie. Kann man Ihre Schlafzimmertür abschließen?«

»Nein.«

»Dann schieben Sie einen Stuhl unter die Klinke.«

»Ich glaube kaum ...« Doch dann fiel ihr ein, daß Octavia Haslett mitten in der Nacht in ihrem Bett erstochen worden war. Sie merkte, wie sie gegen ihren Willen zu zittern begann.

»Der Mörder lebt in diesem Haus!« wiederholte Monk und sah sie eindringlich an.

»Ja«, lenkte Hester ein. »Ich weiß. Wir alle wissen es – das ist ja das Schlimme.«

SECHSTES KAPITEL

Das Gespräch mit Monk hatte Hester nachdenklich gestimmt. Ihr war plötzlich in Erinnerung gerufen worden, daß es sich um keinen gewöhnlichen Haushalt handelte, daß die Meinungsverschiedenheiten, die Streitigkeiten, die scheinbar banalen Gehässigkeiten zumindest in einem Fall tief genug gegangen waren, um sich in einem brutalen, heimtückischen Mord zu entladen. Einer dieser Menschen, die ihr über den Eßtisch entgegenblickten, war mit einem Messer über Octavia hergefallen und hatte sie verblutend ihrem Schicksal überlassen.

Ihr war etwas flau im Magen, als sie zu Beatrices Zimmer zurückkehrte und an die Tür klopfte. Beatrice stand am Fenster und starrte auf das hinunter, was der Herbst von dem einst blühenden Garten übriggelassen hatte. Der Gärtnergehilfe rechte abgefallenes Laub zusammen und zupfte ein paar letzte Unkrautpflänzchen aus einem Bett Herbstastern; der blonde Arthur half ihm mit dem feierlichen Ernst eines Zehnjährigen. Als sie Hester hereinkommen hörte, drehte Beatrice sich um. Ihr Gesicht war blaß, der Blick beunruhigt.

»Sie sehen bedrückt aus«, stellte sie fest und ging zu einem der Ankleidestühle, ohne sich jedoch hinzusetzen, als wäre der Stuhl eine Art Gefängnis, das ihr die Möglichkeit nehmen würde, sich spontan zu bewegen. »Warum wollte die Polizei mit Ihnen sprechen? Sie waren doch gar nicht hier ... als Tavie ermordet wurde.«

»Das ist richtig, Lady Moidore.« Hesters Gedanken überschlugen sich auf der Suche nach einer Erklärung, die glaubwürdig klang und Beatrice gleichzeitig bewegen würde, etwas von ihrer Furcht preiszugeben. »Ich bin mir nicht ganz sicher, aber ich glaube, Mr. Monk hoffte, daß mir seit meiner Ankunft hier irgend etwas aufgefallen ist. Da ich keine Angst zu haben brauche, selbst verdächtigt zu werden, besteht keine Veranlassung für mich, ihn zu belügen.«

»Wer lügt denn Ihrer Ansicht nach?«

Hester zauderte kaum merklich, trat dann ans Bett, um die Laken glattzustreichen, die Kissen aufzuschütteln und einen beschäftigten Eindruck zu erwecken. »Keine Ahnung, aber irgend jemand tut es.«

»Sie meinen, jemand deckt den Mörder? Wozu? Welchen Grund sollte er dafür haben?«

Hester versuchte, ihre Worte abzuschwächen. »Ich meine nur, daß der Betreffende lügt, um sich selbst zu schützen. Schließlich ist es jemand aus dem Haus.« Dann wurde ihr bewußt, was für eine ausgezeichnete Gelegenheit sie im Begriff war, aufs Spiel zu setzen. »Aber Sie haben recht, es ist ziemlich unwahrscheinlich, daß sonst niemand eine Ahnung hat, wer der Täter ist. Vermutlich verschließen sogar mehrere Personen die Augen vor der Wahrheit.« Sie blickte vom Bett zu Beatrice auf. »Glauben Sie das nicht auch, Lady Moidore?«

»Ich befürchte es«, sagte Beatrice nach kurzem Zögern sehr leise.

»Wenn Sie mich fragen, wer«, fuhr Hester fort, ohne sich darum zu kümmern, daß keiner es getan hatte, »muß ich gestehen, daß ich mir bereits ein paar Gedanken darüber gemacht habe. Ich kann nachvollziehen, warum jemand etwas für sich behält, um einen Menschen zu schützen, der ihm am Herzen liegt.« Sie beobachtete Beatrice verstohlen und sah, wie sich die Muskeln in ihrem Gesicht verhärteten, als wäre sie von einem körperlichen Schmerz überrumpelt worden. »Ich würde mich jedenfalls lieber zurückhalten, ehe ich etwas sage, das womöglich einen ungerechtfertigten Verdacht erweckt – und deshalb zu einer Menge Scherereien führt. Denken Sie beispielsweise an eine Zuneigung, die falsch interpretiert wurde . . .«

Beatrice starrte sie mit aufgerissenen Augen an. »Haben Sie das Mr. Monk gegenüber auch erwähnt?«

»Wo denken Sie hin!« erwiderte Hester geziert. »Er hätte wahrscheinlich angenommen, ich hätte jemand Bestimmten im Sinn.«

Beatrice lächelte verkrampft. Sie kehrte zum Bett zurück und legte sich hin; nicht ihr Körper war erschöpft, sondern ihr Geist. Hester bezwang ihre Ungeduld und deckte sie sanft zu. Sie war überzeugt, daß Beatrice etwas wußte.

»Liegen Sie bequem?« erkundigte sie sich freundlich.

»Ja, danke«, gab Beatrice abwesend zurück. »Hester?«

»Ja?«

»Haben Sie sich auf der Krim nicht gefürchtet? Es muß doch manchmal gefährlich gewesen sein. Hatten Sie nie Angst um sich oder um die Menschen, die Ihnen ans Herz gewachsen waren?«

»Natürlich hatte ich Angst.« Hesters Gedanken schweiften zu den Zeiten ab, als sie von Entsetzen geschüttelt auf ihrem Feldbett gelegen hatte, erfüllt von der schrecklichen Gewißheit, welche Qualen die Männer erwarteten, die sie gerade erst kennengelernt hatte: die betäubende Kälte auf den Hügeln vor Sewastopol, die grauenhaften Verstümmelungen, das Gemetzel auf dem Schlachtfeld. Um sich selbst hatte sie selten Angst gehabt. Nur manchmal, wenn sie sich vor Erschöpfung ganz elend fühlte, hatte sie das Schreckgespenst von Typhus und Cholera derart in Panik versetzt, daß ihr Magen rebellierte und ihr der Angstschweiß wie ein öliger Film auf der Haut lag.

Beatrice sah sie forschend an. Zum erstenmal verriet ihr Blick Interesse, nicht die übliche höfliche Heuchelei.

Hester lächelte. »Manchmal sogar sehr viel, aber nicht oft. Meistens war ich zu beschäftigt. Wenn man auch nur ein bißchen gegen das Übel angehen kann, verschwindet das lähmende Entsetzen. Man sieht nicht mehr das Ganze, sondern nur noch den Teil, mit dem man sich gerade befaßt, und die Tatsache, daß man etwas tun kann, macht es erträglich. Selbst wenn man lediglich einem einzigen Menschen helfen kann. Manchmal hilft bloßes Aufräumen, weil man trotz des Chaos ein wenig Ordnung herstellen kann.«

Erst als sie geendet hatte und das Verstehen in Beatrices Zügen sah, wurde ihr die doppelte Bedeutung ihrer Worte bewußt. Hätte man sie früher gefragt, ob sie ihr Leben gegen das von Beatrice eintauschen, eine verheiratete Frau in gesicherten, angesehenen Verhältnissen mit Freunden und Familie sein wollte, wäre sie ohne Zögern in diese Rolle geschlüpft – als wäre es idiotisch, nur eine Sekunde zu zweifeln.

Vielleicht hätte sich Beatrice ebenso kurzentschlossen geweigert. Nun hatten beide ihren Standpunkt geändert und sahen sich voller Staunen mit einer neuen Situation konfrontiert. Beatrice brauchte materielle Not nicht zu fürchten, aber sie vertrocknete innerlich vor Langeweile und dem Gefühl, ein sinnloses Dasein zu führen. Ihr Elend quälte sie, weil sie sich niemandem mitteilen konnte; sie ertrug ihr Los schweigend und hatte keine Ahnung, was sie dagegen unternehmen konnte. Hester hatte diesen jämmerlichen Zustand schon öfter gesehen, jedoch immer nur am Rande, und noch nie hatte sie ihn mit derart glasklarer Schärfe begriffen.

Hester hätte Beatrice gern etwas Aufmunterndes gesagt, doch alles, was ihr einfiel, klang gönnerhaft und hätte ihr gegenseitiges Einvernehmen vielleicht zerstört.

»Was hätten Sie gern zum Lunch?« fragte sie statt dessen.

»Spielt das etwa eine Rolle?« Beatrice zuckte schmunzelnd mit den Schultern. Sie war sich des abrupten Themawechsels bewußt.

»Nicht im geringsten«, grinste Hester reumütig zurück. »Aber Sie können genausogut sich selbst einen Gefallen tun, nicht der Köchin.«

»Na, jedenfalls keine Eiercreme und keinen Reisauflauf!« sagte Beatrice angewidert. »Das erinnert mich immer an die Zeit im Kinderzimmer. Es ist, als ob man plötzlich wieder klein wäre.«

Hester war soeben mit einem Tablett zurückgekehrt, auf dem Beatrice zu ihrer Freude kaltes Hammelfleisch, frische Gewürzgurken, Brot und Butter sowie ein großes Stück Obstkuchen mit Sahne entdeckte, als es energisch an die Tür klopfte. Sir Basil marschierte an Hester vorbei, als ob sie gar nicht da wäre, ließ sich auf einem der Ankleidestühle in der Nähe des Bettes nieder und schlug lässig die Beine übereinander.

Hester wußte nicht, ob sie bleiben oder gehen sollte. Sie hatte hier nicht mehr viel zu tun, brannte aber darauf, mehr über das Verhältnis zwischen Beatrice und ihrem Mann zu erfahren. Was mochte das für eine Beziehung sein, die der Frau ein solches Gefühl der Isolation vermittelte, daß sie sich lieber in ihrem Zimmer verkroch, als zu ihm zu laufen, damit er die Sache mit ihr zusammen durchstehen konnte? Die Wurzeln der Tragödie mußten innerhalb der Familie, im emotionalen Bereich liegen. Verletzte Gefühle, Liebe, Haß und vielleicht Eifersucht schienen eine große Rolle zu spielen, alles Dinge, die ins Fach einer Frau fielen. Wäre es nicht eine ausgezeichnete Gelegenheit, ihre Erfahrung und ihre Kraft zum Einsatz zu bringen?

Beatrice saß gegen Kissen gestützt aufrecht im Bett und verspeiste mit sichtlichem Vergnügen den kalten Braten.

Basil hingegen betrachtete das Fleisch mit unverhohlener Mißbilligung. »Ist das für eine Bettlägerige nicht etwas zu schwer? Komm, meine Liebe, ich lasse dir etwas anderes bringen...« Ohne ihre Antwort abzuwarten, streckte er eine Hand nach dem Klingelzug aus.

»Es schmeckt mir«, gab Beatrice leicht gereizt zurück. »Meine Verdauung ist vollkommen in Ordnung. Außerdem ist es nicht Mrs. Bodens Schuld, Hester hat es mir freundlicherweise gebracht. Mrs. Boden hätte mir vermutlich noch mehr von diesem gräßlichen Reisauflauf hochgeschickt.«

»Hester?« Basil legte die Stirn in Falten. »Ach ja – die Schwester.« Er redete, als ob sie gar nicht vorhanden wäre und ihn infolgedessen nicht hören könnte. »Nun, du wirst schon wissen, was du tust.«

»Allerdings.« Beatrice nahm noch ein paar Bissen, ehe sie weitersprach. »Ich nehme an, Mr. Monk hat die Untersuchungen hier noch nicht abgeschlossen?«

»Nein, er scheint wenig Fortschritte zu machen. Mir ist nicht aufgefallen, daß er überhaupt etwas erreicht hat. Er vernimmt immer noch das Personal. Wir können von Glück reden, wenn die Leute nicht kündigen, wenn das alles vorbei ist.« Er stützte die

Ellbogen auf die Stuhllehnen und legte die Fingerspitzen aneinander. »Mir ist schleierhaft, wie er zu einem Ergebnis kommen will. Vielleicht mußt du dich darauf einstellen, meine Liebe, daß wir nie wissen werden, wer Tavie ermordet hat.« Er beobachtete sie und sah die plötzliche Anspannung in ihrem Gesicht, registrierte, wie sich ihre Schultern versteiften und die Knöchel der Hand, mit der sie das Messer hielt, weiß hervortraten. »Natürlich habe ich mir meine Gedanken gemacht«, fuhr er fort. »Ich kann mir nicht vorstellen, daß es eine der weiblichen Hausangestellten war ...«

»Warum nicht, Basil? Eine Frau ist durchaus in der Lage, jemand zu erstechen, dazu gehört nicht viel Kraft. Außerdem hätte Octavia eine Frau vermutlich eher mitten in der Nacht in ihr Zimmer gelassen als einen Mann.«

Ein verärgerter Ausdruck glitt über sein Gesicht. »Wirklich, Beatrice, meinst du nicht, es wird langsam Zeit, ein paar Tatsachen über Octavia zu akzeptieren? Sie war seit fast zwei Jahren verwitwet – eine junge Frau in der Blüte ihres Lebens!«

»Also hatte sie eine Affäre mit dem Lakai!« stieß Beatrice zornig aus; ihre Stimme triefte vor Spott. »Das denkst du von deiner Tochter, Basil? Wenn jemand in diesem Haus es nötig hat, sich mit einem Dienstboten zu vergnügen, dann wohl eher Fenella! Obwohl ich bezweifle, daß sie je eine Leidenschaft entfesseln könnte, die in Mord gipfelt – es sei denn, sie ist das Opfer. Außerdem würde sie nie im letzten Moment ihre Meinung ändern und sich verweigern. Ich bezweifle sogar, daß Fenella sich jemals irgendwem verweigert hat.« Ihr Gesicht verzerrte sich zu einer angewiderten, verständnislosen Grimasse.

In seinen Zügen spiegelte sich ähnlicher Abscheu wider, der jedoch von einer Wut durchsetzt war, die nicht der augenblicklichen Situation entsprang, sondern tief aus seinem Innern zu kommen schien.

»Solche vulgären Gefühlsausbrüche sind vollkommen fehl am Platze, Beatrice, und versuche jetzt nicht, es mit unserer Familientragödie zu rechtfertigen. Ich werde Fenella zurechtweisen, wenn ich den Zeitpunkt für gekommen halte. Du willst hoffentlich nicht andeuten, sie hätte Octavia in einem Anfall von Eifersucht erstochen – wegen eines Lakaien?«

Die Bemerkung war eindeutig sarkastisch gemeint, aber Beatrice nahm sie wörtlich.

»Nein, ich wollte es nicht andeuten. Aber wo du schon davon sprichst – im Grunde erscheint es mir durchaus denkbar. Percival ist ein gutaussehender junger Mann, und mir ist schon öfter aufgefallen, daß Fenella ihn mit offenkundigem Wohlgefallen betrachtet.« In ihrem Gesicht zuckte es; sie erschauerte leicht. »Ich weiß, die bloße Vorstellung ist abstoßend ...« Sie starrte an ihm vorbei auf die Frisierkommode mit den ordentlich in Reih und Glied stehenden Glasbehältern und Fläschchen mit silbernen Deckeln. »Aber Fenella hat etwas Verdorbenes an sich ...«

Basil stand auf, kehrte ihr den Rücken zu und sah aus dem Fenster. Hester, die mit einem Negligé über dem Arm und einer Kleiderbürste in der Hand im Durchgang zum Ankleideraum stand, schien er nicht zu bemerken.

»Du bist viel schwieriger als die meisten Frauen, Beatrice«, sagte er mit ausdrucksloser Stimme. »Manchmal glaube ich, du kennst keinen Unterschied zwischen Zurückhaltung und Enthaltsamkeit.«

»Aber ich kenne den Unterschied zwischen einem Lakai und einem Gentleman ...«, entgegnete sie leise, brach unvermittelt ab und runzelte die Stirn, während sich ein schiefes kleines Lächeln in ihre Mundwinkel schlich. »Nein, das ist gelogen – ich habe nicht die leiseste Ahnung. Ich habe nicht die geringste Erfahrung mit Lakaien.«

Er wirbelte herum, ohne den feinen Humor ihrer Bemerkung zu verstehen. Er empfand nur Wut und hatte das Gefühl, beleidigt worden zu sein.

»Diese Tragödie hat deinen Verstand aus den Angeln gehoben«, erwiderte er kalt. »Du weißt nicht mehr, was sich gehört und was nicht. Es ist wohl besser, wenn du so lange auf deinem Zimmer bleibst, bis du dich wieder unter Kontrolle hast. Man wird sich nicht darüber wundern, du bist nicht sehr robust. Miss – wie heißt sie doch gleich? – soll sich um dich kümmern. Araminta kann den Haushalt führen, bis es dir besser geht. Gäste empfangen wir momentan sowieso nicht. Du brauchst dir keine Sorgen zu machen – wir werden bestens zurechtkommen.« Ohne etwas hinzuzufügen, ging er hinaus. Die Tür fiel mit einem kaum hörbaren, dumpfen Geräusch hinter ihm ins Schloß.

Beatrice schob das halbleere Tablett von sich, beugte sich vor und vergrub das Gesicht in den Kissen. An der Art, wie ihre Schultern bebten, erkannte Hester, daß sie weinte.

Sie nahm das Tablett, deponierte es auf einem Tischchen, tauchte einen Lappen in den Krug mit heißem Wasser, wrang ihn aus und kehrte damit zum Bett zurück. Sehr sanft nahm sie Beatrice Moidore in den Arm, hielt sie, bis das Beben aufhörte, strich ihr dann das feuchte Haar aus der Stirn und wischte Augen und Wangen mit dem warmen Tuch ab.

Am frühen Nachmittag, als Hester mit frischgewaschenen Schürzen aus dem Waschraum kam, wurde sie halb zufällig Zeugin einer Unterhaltung zwischen Percival und Rose. Rose faltete einen Stapel bestickter Leinenkopfkissenbezüge zusammen und hatte Lizzie, ihrer älteren Schwester, soeben die mit Spitze abgesetzten Schürzen des Stubenmädchens in die Hand gedrückt. Sie stand kerzengerade mit steifem Rücken da, die Schultern zurückgeworfen, das Kinn nach oben gereckt. Rose war eine winzige junge Frau mit schmaler Taille, Hester hätte sie fast mit beiden Händen umspannen können, und einem überraschend festen Griff. Kornblumenblaue Augen strahlten einem aus ihrem hübschen Gesicht entgegen, dem auch die recht lange Nase und der etwas zu üppige Mund keinen Abbruch tun konnten.

»Was hast du hier zu suchen?« fragte sie schnippisch, aber ihre Stimme strafte ihre Worte Lügen. Der Satz war zwar wie ein Vorwurf formuliert, klang jedoch mehr nach einer Einladung.

»Mr. Kellards Hemden«, antwortete Percival unverbindlich.

»Ich wußte gar nicht, daß das deine Aufgabe ist. Mr. Rhodes wird dir gehörig den Kopf waschen, wenn er das rauskriegt!«

»Rhodes hat mich gebeten, sie zu holen«, kam es gleichgültig zurück.

»Trotzdem wärst du gern Kammerdiener, stimmt's? Immer schön mit Mr. Kellard auf Reisen gehen, wenn er zu all den flotten Parties fährt, vornehme Familien besucht und so ...« Ihre Stimme schien die Vorstellung zu genießen. Hester konnte sich vorstellen, wie ihre Augen leuchteten und sich ihre Lippen erwartungsvoll öffneten, während sie an neue Leute dachte, an eine elegante Gesindestube, gutes Essen, Musik, lange Nächte, Wein, Gelächter und jede Menge aufregenden Tratsch.

»Ich fänd's ganz in Ordnung, ja«, bestätigte Percival, zum erstenmal mit einer gewissen Wärme. »Obwohl ich jetzt auch schon ein paar interessante Orte zu Gesicht kriege.« Das war unverkennbar der Tonfall eines Angebers.

Was Rose offensichtlich ebenfalls gemerkt hatte. »Aber nur von außen«, rief sie ihm schleunigst in Erinnerung. »Du mußt in den Ställen bei den Kutschen warten.«

»O nein, das muß ich nicht.« Jetzt klang seine Stimme eine Spur schärfer. Hester malte sich das Glitzern in seinen Augen aus, die pikiert geschürzten Lippen. Sie hatte ihn schon des öfteren so gesehen, wenn er in der Küche an den Mädchen vorbeistolzierte. »Ich gehe meistens mit rein.«

»Ja, in die Küche«, sagte Rose abfällig. »Wenn du Kammerdiener wärst, dürftest du mit nach oben. Ein Kammerdiener ist mehr wert als ein Lakai.«

Sie alle waren sich der Hierarchie bewußt.

»Butler sein ist noch besser«, erklärte er.

»Macht aber viel weniger Spaß. Sieh dir bloß den alten Phillips an!« Sie kicherte. »Der hat die letzten zwanzig Jahren keinen Spaß mehr gehabt, und so, wie er aussieht, weiß er nicht mal mehr, was das ist.«

»Ich glaub nicht, daß er je auf Spaß aus war.« Percival klang wieder ganz ernst, distanziert und ein wenig aufgeblasen. Das waren Männersachen, von denen eine Frau nichts verstand. »Eigentlich wollte er zum Militär, aber die hätten ihn wegen seiner

Füße nie genommen – und eine Stellung als Lakai konnte er mit den Beinen auch vergessen. Hätte nie ’ne Livree tragen können, ohne seine Strümpfe auszustopfen.«

Daß Percival keine künstliche Vergrößerung seiner Waden nötig hatte, war Hester bekannt.

»Seine Füße?« Rose verstand nichts. »Was stimmt denn nicht mit seinen Füßen?«

»Ist dir noch nie aufgefallen, wie merkwürdig er geht? Als ob ihm ein Glas hingefallen wär und er auf die Scherben tritt. Hühneraugen, entzündete Fußballen, was weiß ich.«

»Was für ein Jammer«, sagte Rose trocken. »Er hätte ’nen prima Hauptfeldwebel abgegeben – wär wie geschaffen dafür. Na, macht nichts, Butler ist bestimmt das nächstbeste, so wie er’s angeht. Einfach klasse, wie er manche Gäste in ihre Schranken weist. Egal wer kommt, er kann die Leute mit einem einzigen Blick abschätzen. Dinah sagt, er macht nie einen Fehler, und du solltest mal sein Gesicht sehen, wenn er findet, daß sich jemand nicht wie ein Gentleman – oder eine Lady – benimmt, oder ihn nicht entsprechend zu würdigen weiß. Er kann unglaublich grob werden, bloß mit seinen Augenbrauen. Dinah sagt, sie hätte schon Leute gesehen, die sich unter seinem Blick am liebsten verkrochen hätten und vor Scham gestorben wären. So was bringt nicht jeder Butler fertig.«

»Jeder gute Dienstbote kann Klasse von Abschaum unterscheiden, oder er hat seine Stellung nicht verdient«, verkündete Percival hochtrabend. »Ich kann’s jedenfalls – und ich weiß auch, wie man die Leute unter Kontrolle hält. Da gibt’s Dutzende von Möglichkeiten; man tut so, als ob man die Glocke nicht hört, vergißt, das Feuer zu schüren, schaut jemand an, als ob er etwas wäre, das der Wind gerade ins Zimmer gefegt hat, und begrüßt dann die Person hinter ihm wie ein Mitglied des Königshauses. Ich kann das genausogut wie Mr. Phillips.«

Rose kehrte unbeeindruckt zum Ausgangsthema zurück. »Trotzdem, wenn du Kammerdiener wärst, könnte er dir nicht mehr reinreden, Percy.«

Hester wußte, warum ihr sein Aufstieg so sehr am Herzen lag. Kammerdiener arbeiteten wesentlich enger mit den Wäschemägden zusammen als Lakaien. Es war ihr in den wenigen Tagen, die sie hier war, nicht entgangen, daß Roses kornblumenblauer Blick Percival auf Schritt und Tritt folgte, und sie war sich durchaus im klaren, was wirklich hinter dem unschuldigen Gehabe steckte.

»Schon möglich.« Percival gab sich demonstrativ desinteressiert. »Aber ich weiß nicht mal, ob ich überhaupt in diesem Haus bleiben will.«

Das war eine gezielte Abfuhr. Trotz ihrer Neugier wagte Hester nicht, um die Ecke zu spähen, da sie fürchtete, die Bewegung könnte bemerkt werden. Dicht an die Bettlakenstapel in dem Regal hinter sich gelehnt, ihre sauberen Schürzen fest an sich gepreßt, stand sie reglos da und stellte sich das Gefühl plötzlicher Kälte vor, das Rose überfallen haben mußte. Etwas ganz Ähnliches war ihr im Krankenhaus von Skutari widerfahren. Es hatte dort einen Arzt gegeben, der ihr überaus sympathisch gewesen war – nein, mehr als das: Er war der Inhalt ihrer Tagträume gewesen, ein törichtes, unrealistisches Wunschbild. Und dann hatte er ihre Illusionen eines Tages mit einem einzigen, abweisenden Wort zerstört. Noch wochenlang danach hatte sie darüber nachgegrübelt, ob es sein Ernst gewesen war, ob er es vielleicht sogar in der Absicht getan hatte, ihre Gefühle zu verletzen. Dieser Gedanke hatte ihr heiße Schauer der Scham über den Rücken gejagt.

Rose schwieg. Hester hörte sie nicht mal mehr atmen.

»Schließlich ist das zur Zeit nicht gerade die beste Adresse«, fuhr Percival fort, anscheinend von dem Bedürfnis getrieben, sich zu rechtfertigen. »Die Polizei kommt und geht, wann sie will, stellt lästige Fragen. Ganz London weiß, daß hier ein Mord geschehen ist – und was noch viel schlimmer ist, daß der Täter in diesem Haus wohnt! Die werden keine Ruhe geben, bis sie wissen, wer's war.«

»Und solang sie das nicht tun, werden sie dich nicht gehen lassen, oder?« versetzte Rose gehässig. »Du kannst es immerhin auch gewesen sein.«

Das hatte offenbar gesessen. Percival sagte eine Weile nichts mehr, und als er sich wieder gefangen hatte, klang seine Stimme aggressiv und nervös.

»Sei doch nicht blöd! Wieso hätte einer von uns so was tun sollen? Es muß einer von der Familie sein. So leicht läßt sich die Polizei nicht an der Nase rumführen – deshalb hängt sie auch immer noch hier rum.«

»Ach ja? Und fragt uns Löcher in den Bauch? Warum lassen sie uns dann nicht in Ruhe?«

»Ist doch bloß 'ne faule Ausrede.« Seine Sicherheit kehrte zurück. »Sie müssen eben so tun, als ob's einer von uns wär. Was, glaubst du wohl, würde Sir Basil sagen, wenn sie zugeben, daß sie die Familie verdächtigen?«

»Der hätte dann nichts zu sagen!« Rose war immer noch wütend. »Die Polizei kann tun und lassen, was sie will.«

»Klar war's einer von der Familie.« Percival schaltete wieder auf Geringschätzung. »Und ich hab auch einen Verdacht, wer – und warum. Ich weiß 'n paar Dinge, aber ich sag besser nichts. Dauert sowieso nicht mehr lang, dann finden sie's raus. So, jetzt muß ich wieder an die Arbeit – und du ebenfalls.« Damit drängte er sich an ihr vorbei und verschwand um die Ecke. Hester trat rasch in den Durchgang, damit man nicht glaubte, sie hätte gelauscht.

»Na, und ob«, bestätigte Mary mit blitzenden Augen, während sie einen Kissenbezug ausschüttelte und zusammenfaltete. »Rose ist bis über beide Ohren in Percival verknallt, die dumme Gans.« Sie griff nach dem nächsten Bezug und untersuchte den Spitzenbesatz auf Risse, bevor sie ihn ebenfalls zum Bügeln zusammenlegte. »Zugegeben, er sieht gut aus, aber was kann man sich dafür kaufen? 'nen furchtbaren Ehemann würd der abgeben – eitel wie 'n Pfau und immer nur auf den eigenen Vorteil aus – und sie nach ein oder zwei Jahren sitzenlassen. Gehört zu der Sorte, die ganz gern mal 'n Auge riskiert. Harold wär 'n viel besserer Kandidat, aber der würd Rose nicht mal ansehen; alles, was der sieht, ist Dinah. Verzehrt sich ihretwegen die letzten anderthalb Jahre vor

Gram, der arme Tropf.« Sie legte den Kissenbezug zur Seite und machte sich an einen Berg Spitzenpetticoats, die allesamt weit genug waren, um über die breiten Gestelle zu passen, dank derer die Röcke jene plumpe, aber als kleidsam geltende Krinolinenform behielten. Hester hätte etwas Praktischeres, natürlicher Anmutendes vorgezogen – aber sie hinkte der Mode einen Schritt hinterher, und das nicht zum erstenmal.

»Und Dinah hat ein Auge auf den Lakai von nebenan geworfen«, seufzte Mary, während ihre Finger die Rüschen mechanisch zurechtzupften. »Obwohl ich wirklich nicht versteh, was sie an dem findet. Ja, er ist groß, was sich natürlich trifft, wo Dinah selbst so groß ist, aber Größe allein ist 'n schwacher Trost in kalten Nächten. Hält dich nicht warm und bringt dich nicht zum Lachen. Sie haben bei der Armee sicher auch 'n paar ansehnliche Soldaten kennengelernt, oder?«

Hester wußte, daß die Frage freundlich gemeint war, und beschloß, im gleichen Stil zu antworten.

»Und ob. Mehrere sogar.« Sie mußte lächeln. »Leider waren sie zu der Zeit ziemlich behindert.«

»Oh, ich verstehe.« Mary schüttelte lachend den Kopf. »Das ging wohl nicht anders. Aber machen Sie sich nichts draus – wenn man in Häusern wie dem hier arbeitet, weiß man nie, wem man alles begegnet.« Mit dieser optimistischen Bemerkung nahm sie das fertige Bündel in den Arm und marschierte mit schwingenden Hüften auf die Treppe zu.

Hester brachte ihre eigene Arbeit schmunzelnd zu Ende und ging dann in die Küche, um einen Heiltrank für Beatrice zu brauen. Sie wollte das Tablett gerade die Treppe hochtragen, als Septimus in der Kellertür auftauchte. Einen Arm hielt er auf merkwürdige Weise vor die Brust gepreßt, als ob sich unter seinem Jackett etwas Geheimnisvolles verbergen würde.

»Guten Tag, Mr. Thirsk«, rief Hester fröhlich, als wäre es das Natürlichste auf der Welt, daß er aus dem Keller kam.

»Oh – äh, guten Tag, Miss . . . äh, Miss . . .«

»Latterly«, soufflierte sie. »Lady Moidores Krankenschwester.«

»Aber ja, natürlich.« Seine verblichen-blauen Augen zwinkerten nervös. »Ich bitte vielmals um Verzeihung. Guten Tag, Miss Latterly.« Er bewegte sich langsam von der Kellertür weg, wobei er einen beunruhigten Eindruck machte.

In dem Moment lief Annie an ihnen vorbei. Sie warf Septimus einen wissenden Blick und Hester ein ebensolches Grinsen zu. Annie war groß und schlank wie Dinah und hätte ein phantastisches Stubenmädchen abgegeben, aber mit ihren fünfzehn Jahren war sie zu jung und wahrscheinlich zu eigenwillig. Hester hatte sie und Maggie bereits mehrmals dabei erwischt, wie sie im Aufenthaltsraum im ersten Stock, wo der Morgentee zubereitet wurde, kichernd die Köpfe zusammensteckten, oder sich mit Augen so groß wie Radteller im Wäscheschrank über einen dieser gräßlichen Groschenromane beugten, während sie in den Schilderungen atemloser Romanzen und wilder Gefahren versanken. Gott allein wußte, was sich in ihrer Phantasie abspielte. Einige ihrer Mutmaßungen über den Mord waren weitaus schillernder als nachvollziehbar gewesen.

»Nettes Mädchen«, bemerkte Septimus abwesend. »Ihre Mutter arbeitet drüben am Portman Square als Konditorin, aber aus ihr wird bestimmt nie eine Köchin. Eine richtige Träumerin!« Seinem Tonfall nach zu urteilen, hatte er nichts dagegen. »Ist ganz vernarrt in Armeegeschichten.« Er zuckte mit den Achseln, wodurch ihm fast die Flasche unter dem Arm weggerutscht wäre. Mit hochrotem Kopf bekam er sie im letzten Moment noch zu fassen.

Hester lächelte ihn freundlich an. »Ich weiß. Sie stellt mir jede Menge Fragen. Ich glaube, daß sie und Maggie erstklassige Krankenschwestern abgeben würden. Sie sind das, was wir brauchen: intelligent und schnell und haben ihren eigenen Kopf.«

Septimus sah sie erstaunt an, und Hester vermutete, daß er noch die Art medizinischer Versorgung beim Militär gewohnt war, die vor Florence Nightingale geherrscht hatte. Alle modernen Ideen lagen außerhalb seines Erfahrungshorizonts.

»Ja, Maggie ist auch ein gutes Kind«, sagte er etwas durcheinander. »Hat viel mehr gesunden Menschenverstand. Ihre Mutter ist irgendwo auf dem Land Waschfrau. Kommt aus Wales, glaube ich, daher auch das Temperament. Ist manchmal ganz schön hitzig, dieses junge Ding, hat aber jede Menge Geduld, wenn's drauf ankommt. Hat die ganze Nacht bei der kranken Gärtnerskatze gesessen, also haben Sie wahrscheinlich recht – sie wäre vielleicht wirklich eine gute Krankenschwester. Trotzdem fände ich es jammerschade, zwei anständige Mädchen in dieses Gewerbe einzuführen.« Septimus wand sich diskret, um die Flasche unter seinem Jackett so weit nach oben zu befördern, daß sie nicht auffiel, und wußte im selben Moment, daß es ihm nicht gelungen war. Er war sich nicht bewußt, Hesters Berufsstand beleidigt zu haben. Sein Urteil entsprang den landläufigen Gerüchten, und es war ihm gar nicht in den Sinn gekommen, sie könnte davon betroffen sein.

Hester war hin und her gerissen, ob sie ihm die Peinlichkeit ersparen oder soviel wie möglich in Erfahrung bringen sollte. Ihn verschonen zu wollen, gewann die Oberhand. Sie riß die Augen von der Beule unter seiner Jacke los und sprach weiter, als hätte sie nichts bemerkt.

»Nun, vielleicht schlage ich es den beiden eines Tages vor. Mir wäre allerdings lieber, Sie würden es der Haushälterin gegenüber mit keinem Wort erwähnen.«

Sein Gesicht verzog sich zu einer halb spöttischen, halb ernsthaft erschrockenen Grimasse.

»Oh, ich denke nicht im Traum daran, Miss Latterly, glauben Sie mir. Ich war zu lange Soldat, um eine aussichtslose Schlacht vom Zaun zu brechen.«

»Und ich habe lange genug hinter zu vielen aufgeräumt«, pflichtete sie ihm bei.

Sein Gesicht war plötzlich vollkommen nüchtern; die blauen Augen wurden klar, die Sorgenfalten verschwanden. Sie verstanden sich ohne Worte. Jeder von ihnen kannte das gnadenlose Gemetzel an der Front. Es war ein vollkommen fremdes Leben verglichen mit der zivilisierten Alltagsroutine und eisernen Disziplin in Bagatellsachen, die in diesem Haus herrschte.

»Sie können den beiden ja mal was über Krankenpflege erzählen«, meinte Septimus schließlich, zog unbefangen die Flasche heraus und brachte sie in eine bequemere Position. Dann machte er sich mit beflügelten, fast ein wenig stolzen Schritten davon.

Hester hatte das Tablett auf einem Tischchen in Beatrices Zimmer abgestellt und wollte gerade wieder gehen, als Araminta hereinkam.

»Hallo, Mama«, rief sie fröhlich. »Wie fühlst du dich?« Wie schon ihr Vater schien sie Hester nicht zu sehen. Nachdem sie ihre Mutter auf beide Wangen geküßt hatte, ließ sie sich auf dem Ankleidestuhl neben dem Bett nieder. Sie versank fast in der Flut ihres tiefgrauen Musselinrocks, zu dem sie ein hübsches, lilafarbenes Schultertuch trug, das sich gerade noch mit ihrer Trauer vertrug. Ihr Haar leuchtete wie üblich, die leichte, reizvolle Unregelmäßigkeit ihrer Züge machte ihr Gesicht erst recht interessant.

»Nicht anders als vorhin«, gab Beatrice ohne echte Anteilnahme zurück. Sie drehte sich ein wenig auf die Seite, um ihre Tochter besser anschauen zu können. Zwischen den beiden schien keine große Zuneigung zu bestehen, und Hester wußte auch diesmal nicht, ob sie bleiben oder gehen sollte. Sie hatte das eigenartige Gefühl, nicht zu stören, weil die Spannung zwischen den zwei Frauen, die Verlegenheit um Worte, sie ohnehin ausschloß. Sie war eine Dienstbotin, jemand, dessen Meinung von keinerlei Bedeutung war, der nicht einmal wirklich existierte.

»Nun, das war wohl zu erwarten, nehme ich an.« Araminta lächelte, aber ihre Augen blieben kalt. »Die Polizei scheint nicht die geringsten Fortschritte zu machen. Ich habe diesen Sergeant gefragt – Evan heißt er, glaube ich –, aber entweder weiß er nichts, oder er will mir nichts verraten.« Sie betrachtete abwesend die Schnitzerei auf der Stuhllehne. »Wirst du mit ihnen sprechen, wenn sie dir Fragen stellen wollen?«

Beatrice blickte zu dem Kronleuchter hoch, der exakt über dem Mittelpunkt des Raumes schwebte. Die letzten Strahlen der bereits untergehenden Sonne wurden hier und da von einem der Kristalle aufgefangen.

»Ich kann mich kaum weigern. Es würde so aussehen, als ob ich nicht bereit wäre, ihnen zu helfen.«

»Ja, ich glaube auch, daß sie das denken würden«, bestätigte Araminta, während sie ihre Mutter scharf beobachtete. »Und man kann es ihnen schwerlich verdenken. Der Täter lebt unter diesem Dach, und da es sich allem Anschein nach um einen Dienstboten handelt – ich halte übrigens Percival für . . .«

»Percival?« Beatrice erstarrte und drehte sich vollends zu ihrer Tochter um. »Warum gerade er?«

Statt ihrer Mutter in die Augen zu sehen, schaute Araminta knapp links an ihr vorbei. »Wir sollten uns nicht länger verstellen, Mama. Dazu ist es jetzt zu spät.«

»Ich habe keine Ahnung, wovon du sprichst«, gab Beatrice kläglich zurück und zog die Knie an.

»Natürlich hast du das.« Araminta verlor allmählich die Geduld. »Percival ist ein arroganter, frecher Kerl mit den normalen Begierden eines Mannes und erheblichen Illusionen. Du magst es vielleicht nicht bemerkt haben, aber Octavia haben seine Schmeicheleien nicht kalt gelassen. Sie war nicht darüber erhaben, ihn gelegentlich zu ermutigen . . .«

Beatrice zuckte angewidert zusammen. »Ich muß doch sehr bitten, Minta!«

»Ich weiß, es klingt grauenhaft«, fuhr Araminta etwas sanfter, doch mit zunehmend sicherer Stimme fort. »Aber sie wurde von einem Bewohner dieses Hauses umgebracht. Es ist hart, dieser Tatsache ins Gesicht zu sehen, aber wir ändern nichts daran, indem wir es nicht wahrhaben wollen.«

Beatrice zog die Schultern ein, beugte sich vor und legte die Arme um die Knie. Ihr Blick war starr geradeaus gerichtet.

»Mama?« fragte Araminta vorsichtig. »Weißt du etwas, Mama?«

Statt einer Antwort umklammerte Beatrice ihre Beine noch fester. Hester hatte schon oft gesehen, wie Leute auf diese Weise versuchten, ihres heimlichen Kummers Herr zu werden.

Araminta lehnte sich näher zu ihr. »Versuchst du mich zu schonen, Mama – wegen Myles?«

Mit einer lautlosen, steifen Bewegung hob Beatrice den Blick. Hester sah ihren leuchtenden Hinterkopf, der dem ihrer Tochter so sehr glich.

Araminta war kreidebleich, ihre Miene entschlossen, ihr Blick glitzernd und hart.

»Ich weiß, daß er Octavia attraktiv fand und daß er nicht ...«, sie holte Luft und stieß sie langsam wieder aus, »... nicht davor zurückgeschreckt wäre, sich in ihr Zimmer zu schleichen. Ich möchte gern glauben, sie hätte ihn weggeschickt, weil sie meine Schwester war, aber ich bin nicht sicher. Vielleicht hat er es noch mal versucht, woraufhin sie ihm eine endgültige Abfuhr erteilte. Er findet sich mit einer Zurückweisung nicht so leicht ab – wie ich schon am eigenen Leib zu spüren bekommen habe.«

Beatrice starrte ihre Tochter einen Augenblick entgeistert an, streckte dann zum Zeichen ihres Mitgefühls eine Hand nach ihr aus Da Araminta nicht näher rückte, ließ sie sie wieder fallen. Sie sagte keinen Ton. Vielleicht gab es keine Worte für das, was sie wußte oder befürchtete.

»Versteckst du dich deshalb in deinem Zimmer, Mama?« Araminta ließ nicht locker. »Hast du Angst, jemand könnte dich fragen, ob es sich so abgespielt hat?«

Beatrice ließ sich zurücksinken und strich die Laken glatt, ehe sie antwortete. Araminta machte keinerlei Anstalten, ihr zu helfen. »Es wäre absolute Zeitverschwendung, mich danach zu fragen. Ich habe nicht die geringste Ahnung und ganz gewiß nicht die Absicht, eine dahingehende Vermutung zu äußern.« Sie sah ihre Tochter beinah flehend an. »Bitte, Minta, du zweifelst doch wohl nicht daran?«

Araminta lehnte sich endlich doch vor, um eine schmale, kräftige Hand auf die ihrer Mutter zu legen. »Wenn Myles es tatsächlich war, Mama, dürfen wir die Wahrheit nicht zurückhalten. Gebe Gott, daß es nicht stimmt und die Polizei einem anderen die Tat nachweisen kann – bald!« In ihrem besorgten, angespannten Gesicht rangen Hoffnung und Furcht um die Vormacht.

Beatrice suchte nach tröstenden Worten, die das Entsetzen, das an die Türen ihres Geistes pochte, vertreiben konnten, doch angesichts Aramintas Mut und ihrem unerbittlichen Verlangen nach der Wahrheit war dieser Versuch zum Scheitern verdammt und endete in kläglichem Schweigen.

Araminta stand auf, beugte sich über sie, streifte leicht mit den Lippen ihre Stirn und verließ den Raum.

Beatrice saß eine Weile reglos da, ehe sie sich tiefer ins Bett rutschen ließ.

»Sie können das Tablett wegnehmen, Hester. Ich glaube, ich möchte doch keinen Tee.«

Also hatte sie die Anwesenheit ihrer Krankenschwester nicht vergessen! Hester wußte nicht recht, ob sie dankbar sein sollte, weil ihr Status ihr solch ausgezeichnete Gelegenheiten für Beobachtungen verschaffte, oder beleidigt, weil sie so unwichtig war, daß es niemanden kümmerte, was sie sah oder hörte. Zum erstenmal in ihrem Leben hatte man sie vollkommen übersehen, und das tat weh.

»Wie Sie wünschen, Lady Moidore«, sagte sie kühl, nahm das Tablett und ließ Beatrice mit ihren Gedanken allein.

Am darauffolgenden Abend hatte Hester etwas Zeit für sich, die sie in der Bibliothek verbrachte. Das vorangegangene Abendessen in der Gesindestube hatte sich als die beste Mahlzeit entpuppt, die sie je zu sich genommen hatte. Selbst als die Lebensumstände ihres Vaters noch vom Glück begünstigt gewesen waren, hatte es keine derart reichhaltigen, abwechslungsreichen Mahlzeiten gegeben. Er hatte nie mehr als sechs Gänge auftischen lassen, wovon der Hauptgang meistens aus Hammel- oder Rindfleisch bestand. An diesem Abend hatten im Rahmen von acht Gängen drei verschiedene Sorten Fleisch zur Auswahl gestanden.

Sie entdeckte ein Buch über die Peninsularfeldzüge des Duke of Wellington und war völlig darin vertieft, als Cyprian Moidore ins Zimmer kam. Er schien überrascht, aber nicht unangenehm berührt, sie zu sehen.

»Verzeihen Sie, daß ich störe, Miss Latterly.« Er warf einen

Blick auf ihre Lektüre. »Sie haben sich bestimmt etwas Freizeit verdient, aber ich wollte Sie bitten, mir in aller Offenheit zu sagen, wie Sie den Gesundheitszustand meiner Mutter beurteilen.«

Hester klappte das Buch zu, woraufhin er den Titel entziffern konnte.

»Du meine Güte. Haben Sie nichts Interessanteres gefunden? Wir haben jede Menge Romane und auch ein paar Gedichtbände – weiter rechts im Regal, glaube ich.«

»Ja danke, ich weiß. Ich habe es absichtlich ausgesucht.« Sie registrierte seinen Unglauben und sein Staunen. »Der Tod Ihrer Schwester hat Lady Moidore meiner Ansicht nach schwer getroffen«, fuhr sie hastig fort. »Und die Polizei im Haus zu haben, ist nicht besonders angenehm. Trotzdem glaube ich nicht, daß sie einen Zusammenbruch erleiden wird. Es dauert immer eine Weile, bis der ärgste Kummer verarbeitet ist. Zorn und Fassungslosigkeit sind ganz normale Reaktionen, besonders wenn der Verlust unerwartet kommt. Stirbt jemand nach längerer Krankheit, hat man wenigstens Zeit, sich darauf vorzubereiten...«

Er heftete den Blick auf den Tisch, der zwischen ihnen stand.

»Hat sie etwas geäußert, wen sie für den Schuldigen hält?«

»Nein, wir haben nicht über dieses Thema gesprochen – obwohl ich natürlich zuhören würde, wenn sie mir etwas anvertrauen will, vorausgesetzt, es geht ihr dann besser.«

Er hob den Kopf, ein plötzliches Lächeln im Gesicht. An einem andern Ort, weit weg von seiner Familie und der bedrükkenden Atmosphäre von Verdacht und Geheimniskrämerei sowie der leidigen Tatsache, daß sie ein Dienstmädchen war, hätte sie ihn vermutlich gemocht. Hinter seiner zurückhaltend vorsichtigen Art schlummerten Humor und Intelligenz.

»Sie halten nicht für nötig, einen Arzt zu Rate zu ziehen?«

»Ich glaube nicht, daß ein Arzt ihr helfen kann«, erwiderte Hester freimütig. Sie überlegte, ob sie ihm sagen sollte, was sie wirklich dachte, oder ob er sich dann nur noch mehr Sorgen machen würde. Außerdem läge dadurch auf der Hand, daß sie die mitgehörten Gespräche nicht vergessen hatte und sich ihre Gedanken darüber machte.

»Was ist?« Ihre Unschlüssigkeit war ihm nicht entgangen. »Bitte, Miss Latterly, sagen Sie's mir.«

»Ich glaube, sie fürchtet zu wissen, wer Mrs. Haslett umgebracht hat, und daß es Mrs. Kellard großen Kummer bereiten wird. Ich denke, sie zieht sich lieber zurück und schweigt, als mit der Polizei zu sprechen und diese herausfinden zu lassen, was sie denkt.« Sie beobachtete ihn abwartend.

»Verdammter Myles!« Cyprian sprang zornig auf und wandte sich ab. Seine Stimme klang zwar wütend, aber nicht sonderlich überrascht. »Papa hätte *ihn* rausschmeißen sollen, nicht Harry Haslett!« Er drehte sich wieder zu ihr. »Es tut mir leid, Miss Latterly. Bitte entschuldigen Sie meine Ausdrucksweise. Ich ...«

»Schon gut, Mr. Moidore, Sie brauchen sich nicht zu entschuldigen«, warf Hester rasch ein. »Unter solchen Umständen würde jeder die Beherrschung verlieren, der nur ein bißchen Gefühl hat. Die ständige Anwesenheit der Polizei und das unentwegte Rätselraten müssen einen ja verrückt machen – es sei denn, man ist ein Dummkopf, der nichts begreift.«

»Das ist sehr freundlich von Ihnen.« Obwohl es eine gängige Redewendung war, wußte sie, daß es nicht nur als oberflächlich hingeworfenes Kompliment gemeint war.

»Die Presse schlachtet das Ganze vermutlich immer noch aus?« fragte sie, um das Schweigen zu überbrücken.

Er ließ sich dicht neben ihr auf der Sessellehne nieder. »Jeden Tag aufs neue. Die Bessergestellten üben scharfe Kritik an der Polizei, was ausgesprochen ungerecht ist; sie tut zweifellos alles, was in ihrer Macht steht. Man kann uns kaum der spanischen Inquisition übergeben und foltern lassen, bis irgend jemand gesteht ...« Er lachte abgehackt – ein kläglicher Versuch, seine wahren Gefühle zu kaschieren. »Und die Leute von der Presse wären die ersten, die sich beschweren würden, wenn sie's tatsächlich täten. In einer solchen Situation kann die Polizei es keinem recht machen. Geht sie zu grob mit uns um, heißt es, sie vergißt ihren Rang und schikaniert die Oberschicht, ist sie zu nachsichtig, wirft man ihr Gleichgültigkeit und Inkompetenz vor.« Er holte Luft und ließ sie mit einem Seufzer entweichen. »Ich könnte mir vorstellen, der arme Teufel verflucht den Tag, an dem er clever genug war zu beweisen, daß der Täter unter diesem Dach lebt. Aber er sieht auch nicht wie jemand aus, der immer den leichtesten Weg geht...«

»Nein, allerdings nicht«, pflichtete Hester ihm mit mehr Erfahrung und Inbrunst bei, als er ahnen konnte.

»Und die Sensationspresse stürzt sich natürlich auf jede schmutzige Möglichkeit, die sich denken läßt«, fuhr Cyprian angewidert fort. Er sah plötzlich wie ein verwundetes Tier aus.

Hester bekam zum erstenmal einen flüchtigen Eindruck, wie sehr ihm die ungebetene Einmischung zusetzte. Das Gemeine daran verseuchte sein Leben wie ein fauliger Gestank. Er behielt den Schmerz für sich, wie er es von Kindesbeinen an gelernt hatte. Kleine Jungs hatten tapfer zu sein, durften niemals jammern und nie weinen. Das war unmännlich und galt als verachtungswürdiges Zeichen von Schwäche.

»Es tut mir so leid für Sie«, sagte sie sanft, streckte eine Hand aus und legte ihre Finger um seine, ehe ihr bewußt wurde, daß sie momentan keine Krankenschwester war, die einem Verwundeten im Lazarett Trost zusprach, sondern ein Mitglied des Personals, darüber hinaus eine Frau, die ihrem Arbeitgeber in der intimen Atmosphäre seiner Bibliothek die Hand drückte.

Aber wenn sie plötzlich zurückzuckte und sich entschuldigte, lenkte sie die Aufmerksamkeit erst recht darauf und zwang ihn zu einer Reaktion. Sie würden beide furchtbar verlegen sein und den kurzen Augenblick tiefen Einverständnisses zu einer schmutzigen Lüge degradieren.

Statt dessen lehnte sie sich mit kaum merklichem Lächeln langsam zurück.

Zum Glück blieb Hester erspart, über ihre nächsten Worte nachdenken zu müssen, da die Tür aufsprang und Romola ins

Geschehen trat. Sie warf einen flüchtigen Blick auf das traute Beisammensein, woraufhin sich ihre Miene im Handumdrehen verdüsterte.

»Sollten Sie nicht bei Lady Moidore sein?« erkundigte sie sich scharf.

Ihr Ton kränkte Hester, und sie beherrschte sich nur mit Mühe.

»Nein, Mrs. Moidore, Ihre Ladyschaft meinte, ich könne den Abend nach eigenem Wunsch gestalten. Sie wollte früh zu Bett.«

»Dann fühlt sie sich bestimmt nicht wohl«, parierte Romola auf der Stelle. »Sie sollten in der Nähe sein, falls sie Sie braucht. Können Sie nicht in Ihrem Zimmer lesen oder Briefe schreiben? Sie haben doch Freunde oder Familienangehörige, die gern etwas von Ihnen hören würden?«

Cyprian stand auf. »Ich bin sicher, Miss Latterly ist voll und ganz in der Lage, sich selbst um ihre Korrespondenz zu kümmern, Romola. Und sie kann nicht lesen, ohne sich vorher in der Bibliothek ein Buch geholt zu haben.«

Romolas Brauen wölbten sich spöttisch. »Waren Sie wirklich damit beschäftigt, Miss Latterly? Vergeben Sie mir, aber ich hatte einen anderen Eindruck.«

»Ich beantwortete gerade Mr. Moidores Fragen über den Gesundheitszustand seiner Mutter«, gab Hester steif zurück.

»Ach ja? Nun, wenn er jetzt zufriedengestellt ist, können Sie in Ihr Zimmer zurückkehren und tun, was Ihr Herz begehrt.«

Cyprian hob zu einer Erwiderung an, doch in dem Moment kam sein Vater herein. Er warf einen flüchtigen Blick auf die Gesichter der Frauen und schaute dann seinen Sohn fragend an.

»Miss Latterly glaubt nicht, daß Mama ernsthaft krank ist«, sagte Cyprian verlegen. Er suchte offenbar nach einer gefälligen Erklärung.

»Hat vielleicht irgend jemand etwas anderes angenommen?« meinte Basil trocken, während er ins Zentrum des Raumes schritt.

»Ich nicht«, versicherte Romola schleunigst. »Sie leidet natürlich, aber das tun wir alle. Ich habe keine Nacht mehr richtig geschlafen, seit es passiert ist.«

»Miss Latterly könnte dir vielleicht etwas geben, damit das besser wird?« schlug Cyprian mit einem flüchtigen Seitenblick auf Hester vor. Er brachte ein geisterhaftes Lächeln zustande.

»Vielen Dank, ich weiß mir selbst zu helfen«, gab Romola spitz zurück. »Morgen nachmittag fahre ich übrigens zu Lady Killin.«

»Dazu ist es zu früh«, sagte Basil, ehe Cyprian etwas erwidern konnte. »Du solltest mindestens noch einen Monat zu Hause bleiben. Wenn es sein muß, kannst du sie hier empfangen.«

»Sie wird nicht kommen«, wandte Romola verärgert ein. »Es ist ihr bestimmt unangenehm, und sie wird nicht wissen, was sie sagen soll – was man ihr kaum übelnehmen kann.«

»Dann läßt es sich eben nicht ändern.« Für Basil schien das Thema bereits erledigt.

»Doch, ich werde zu *ihr* fahren«, wiederholte Romola, den Blick auf ihren Schwiegervater, nicht auf ihren Mann gerichtet.

Cyprian machte Anstalten, ihr ins Gewissen zu reden, wurde jedoch zum zweitenmal von Sir Basil nicht berücksichtigt.

»Du bist erschöpft«, sagte er kalt. »Es wird besser sein, du legst dich ein wenig hin und verbringst morgen einen ruhigen Tag.« Es bestand nicht der geringste Zweifel, daß es sich hierbei um einen Befehl handelte. Obwohl Romola einen Moment lang unschlüssig dastand, war absolut klar, daß sie das tun würde, was man ihr sagte – sowohl heute als auch morgen. Cyprian und seine Sicht der Dinge spielten nicht die geringste Rolle.

Hester war die Situation peinlich, nicht wegen Romola, die sich ziemlich kindisch benommen hatte und eine Zurechtweisung durchaus verdiente, sondern um Cyprians willen. Er wurde behandelt, als wäre er Luft.

»Wenn Sie mich jetzt entschuldigen wollen, Sir«, sagte sie an Sir Basil gewandt, »ich werde mich ebenfalls zurückziehen. Mrs. Moidore meint, ich sollte besser in meinem Zimmer sein, falls Lady Moidore meine Hilfe braucht.« Mit einem kurzen Nicken in Cyprians Richtung – wobei sie seinem Blick wohlweislich auswich, um die Demütigung darin nicht sehen zu müssen – drückte Hester ihr Buch an sich und entschwand in die Halle.

Der Sonntag war ein ganz besonderer Tag im Haus der Moidores – wie auch im Rest von England. Unvermeidliche Dinge, wie den Kamin säubern, neu bestücken, das Feuer entfachen und schüren, mußten erledigt werden, ebenso wurde selbstverständlich ein Frühstück serviert. Die allmorgendliche Gebetszeremonie jedoch verlief kürzer als sonst, damit jeder, der dazu in der Lage war, mindestens einmal am Tag in die Kirche gehen konnte.

Beatrice hatte beschlossen, daß es ihr nicht gut genug ging, und blieb zu Hause. Man ließ ihr ihren Willen. Hester allerdings sollte die Familie in der Kutsche begleiten, um an der Morgenmesse teilzunehmen. Das war günstiger, als abends mit dem ranghöheren Hauspersonal zu fahren, da Beatrice sie dann eventuell brauchte.

Der Lunch verlief laut Dinahs Bericht sehr nüchtern und wortkarg, am Nachmittag wurden Briefe geschrieben, nur Sir Basil zog seine Hausjacke an und zog sich ins Herrenzimmer zurück, um nachzudenken oder ein wenig zu dösen. Bücher und Zeitungen waren verboten – dergleichen vertrug sich nicht mit dem Sabbat –, die Kinder durften weder spielen noch lesen, es sei denn in der Heiligen Schrift. Sogar Musizieren galt als verpönt.

Abends wurde eine kalte Mahlzeit aufgetischt, damit Mrs. Boden, Mrs. Willis und der Butler zur Kirche gehen konnten. Im Anschluß daran las man unter Sir Basils Vorsitz gemeinsam in der Bibel. Es war ein Tag, den anscheinend niemand genießen konnte.

Hester wurde an ihre Kindheit erinnert, auch wenn ihr Vater in seinen schlimmsten Zeiten nicht derart freudlos gewesen war.

Hester verbrachte den Nachmittag mit Briefeschreiben im Arbeitszimmer. Das hätte sie auch im Aufenthaltsraum der Kammerzofen tun können, doch sie zog die Abgeschiedenheit des Arbeitszimmers dem Geschwätz von Maggie und Gladys vor.

Sie hatte bereits an einige Freundinnen aus Kriegszeiten sowie an Charles und Imogen geschrieben, als Cyprian hereinkam. Er schien nicht im mindesten überrascht, sie zu sehen, und entschuldigte sich nur der Form halber für die Störung.

»Haben Sie eine große Familie, Miss Latterly?« erkundigte er sich angesichts des Briefestapels.

»Leider nur noch einen Bruder. Der Rest ist an Frauen, die mit mir auf der Krim waren.«

»Sie konnten dort tatsächlich dauerhafte Freundschaften aufbauen?« fragte er neugierig und mit wachsendem Interesse. »Fällt es Ihnen nicht schwer, sich hier in England wieder zurechtzufinden, nachdem Sie soviel Schlimmes erlebt haben?«

Hester lächelte spöttisch, was eher ihr selbst als seiner Frage galt.

»Und wie!« gab sie offen zu. »Man hatte dort viel mehr Verantwortung. Es blieb keine Zeit, sich in Intrigen zu ergehen oder auf die Etikette zu achten, es gab soviel anderes: Entsetzen, Erschöpfung, Freiheit – Freundschaft, die weit über das hinausging, was man bislang kannte, und Ehrlichkeit, wie man sie normalerweise kaum aufbringt.«

Ohne sie aus den Augen zu lassen, machte Cyprian es sich auf der nächstbesten Sessellehne bequem.

»Ich habe die Kriegsberichte in den Zeitungen verfolgt.« Zwischen seinen Brauen bildete sich eine tiefe Falte. »Aber man weiß nie genau, ob man denen trauen darf. Ich fürchte, meistens wird nur das geschrieben, was man uns glauben machen will. Sie haben wohl nichts darüber gelesen – nein, sicher nicht.«

»O doch!« widersprach sie ihm heftig, ohne im Eifer des Gefechts daran zu denken, daß es für weibliche Wesen aus gutem Hause als unfein galt, zu mehr als den Klatschspalten Zugang zu haben.

Doch Cyprian war nicht die Spur schockiert, es schien ihn zu faszinieren.

»Einer der tapfersten und anständigsten Männer, die ich gepflegt habe, war Kriegsberichterstatter bei einer der renommiertesten Zeitungen Londons. Als es ihm so schlecht ging, daß er selbst nicht mehr schreiben konnte, hat er mir die Texte diktiert, und ich habe sie in seinem Namen weitergeleitet.«

»Gütiger Gott! Ich muß sagen, Sie beeindrucken mich, Miss Latterly«, entfuhr es Cyprian. »Wenn Sie einmal etwas Zeit übrig haben, würde ich gern Ihre Meinung zu dem hören, was Sie gesehen haben. Es gibt zwar Gerüchte über unbeschreibliche Inkompetenz und eine entsetzlich große Anzahl unnötiger Todesopfer, aber andere behaupten, derlei Geschichten würden nur von Nörglern und Unruhestiftern verbreitet, die auf Kosten anderer ihrer eigenen Sache dienen wollen.«

»Ja, das glaube ich gern«, bestätigte Hester und legte Feder und Papier zur Seite. Er machte einen so betroffenen Eindruck, daß es ein Vergnügen war, ihm sowohl ihre Beobachtungen als auch die Schlüsse zu schildern, die sie daraus gezogen hatte.

Cyprian hörte konzentriert zu. Die wenigen Fragen, die er einwarf, waren scharfsinnig und wurden auf eine mitfühlende, aber auch trocken humorvolle Art gestellt, die ihr gut gefiel. Hatte er sich einmal dem Einfluß seiner Familie entzogen und es geschafft, den Tod seiner Schwester samt allem damit verbundenen Mißtrauen und Leid wenigstens für eine Stunde zu vergessen, entpuppte er sich als Mensch mit eigenen, teils recht innovativen Ideen bezüglich der Gesellschaftsstruktur und dem Verhältnis zwischen den Machthabern und ihren Untertanen.

Sie waren tief ins Gespräch versunken, und die Schatten draußen wurden bereits länger, als Romola unerwartet auftauchte. Obwohl sie ihr Eintreten beide bemerkt hatten, dauerte es ein paar Minuten, bis sie von ihrem Thema abließen, um sich Cyprians Frau zuzuwenden.

»Papa möchte dich sprechen«, sagte sie stirnrunzelnd. »Er erwartet dich im Salon.«

Cyprian stand widerwillig auf und entschuldigte sich bei Hester, als wäre sie eine geschätzte Freundin, kein halber Haussklave.

Romola musterte Hester mit fassungsloser, beunruhigter Miene.

»Nun, Miss Latterly, ich möchte weder den Eindruck erwecken, Sie kritisieren zu wollen, noch möchte ich einen Rat erteilen, wo keiner verlangt wird – aber falls Sie einmal einen Ehemann haben möchten, und ich bin sicher, als normal empfindende Frau tun Sie das, sollten Sie besser lernen, diesen intellektuellen, streitlustigen Zug an Ihrem Charakter zu unterdrücken. Männer finden so etwas nicht attraktiv, im Gegenteil – es bereitet ihnen Unbehagen. Sie haben nicht das Gefühl, daß ihnen die entsprechende Hochachtung entgegengebracht wird, und können sich nicht mehr entspannen. Man darf auf keinen Fall eigensinnig erscheinen! Das wäre verhängnisvoll.«

Geschickt verbannte sie eine entflohene Haarsträhne wieder an ihren ursprünglichen Platz.

»Ich kann mich noch gut an die Worte meiner Mutter erinnern, als ich ein junges Mädchen war: Es gehört sich nicht für eine Frau, sich über etwas aufzuregen. Die meisten Männer hassen Aufregung und Unruhe und alles andere, was von den typischen weiblichen Eigenschaften abweicht. Eine Frau ist heiter und gelassen, zuverlässig, niemals vulgär oder gemein, übt keinerlei Kritik – es sei denn, es geht um Schlampigkeit oder Unmoral – und wagt es vor allem nicht, einem Mann zu widersprechen, selbst wenn sie sich im Recht glaubt. Lernen Sie einen Haushalt zu führen, sich gut anzuziehen, würdevoll und charmant aufzutreten, jedes Mitglied der Gesellschaft korrekt anzusprechen, zu sticken, ein wenig zu malen oder zu zeichnen und so gut Sie können zu musizieren, speziell zu singen, falls Sie Talent dazu haben sollten, verfeinern Sie Ihre Tischmanieren, Ihre Handschrift, Ihren Schreibstil – und lernen Sie vor allem zu gehorchen und nie die Beherrschung zu verlieren, egal wie sehr man Sie provoziert.

Wenn Sie all das tun, Miss Latterly, werden Sie sich so gut verheiraten, wie es Ihr Aussehen und Ihre gesellschaftliche Stellung erlauben, Ihren Mann glücklich machen und dadurch selbst Ihr Glück finden.« Sie schüttelte kaum merklich den Kopf. »Ich fürchte, Sie haben noch einen langen Weg vor sich.«

Hester brachte den letzten von Romolas Ratschlägen sogleich zum Einsatz und verlor nicht die Beherrschung, trotz schier unerträglicher Provokation.

»Ich danke Ihnen, Mrs. Moidore«, sagte sie, nachdem sie mehrmals tief durchgeatmet hatte. »Vielleicht ist mir auch beschieden, allein zu bleiben, aber ich werde Ihre Worte nicht vergessen.«

»Das wäre ja furchtbar!« erwiderte Romola tief betroffen. »Unverheiratet zu bleiben, ist ein unnatürlicher Zustand für eine Frau. Lernen Sie, Ihre Zunge zu zügeln, Miss Latterly, und geben Sie die Hoffnung nicht auf.«

Glücklicherweise machte sie sich nach diesem letzten wohlmeinenden Ratschlag auf den Weg zum Salon. Hester blieb fassungslos zurück. In ihr brodelten all die Worte, die sie nicht gesagt hatte, dennoch war sie seltsamerweise bestürzt und nicht verärgert. Ohne den Grund dafür zu kennen, empfand sie ein diffuses Mitleid, und eins war ihr klar: In diesem Haus herrschten Verwirrung und Unglück.

Am kommenden Morgen nutzte sie die Gelegenheit, früh aufzustehen und sich in Küche und Wäscherei zu beschäftigen. Sie hoffte, auf diese Weise die Bekanntschaft mit den anderen Hausangestellten zu vertiefen und etwas Neues zu erfahren. Selbst wenn ihnen irgendwelche Einzelheiten bedeutungslos erschienen, konnte Monk sie eventuell zu einem Bild zusammensetzen.

Annie und Maggie jagten sich kichernd und stolpernd die Treppe hinauf. Oben auf der Galerie stopften sie sich ihre Schürzen in den Mund, damit kein Laut an die Außenwelt drang.

»Was erheitert euch denn schon früh am Morgen so?« erkundigte sich Hester schmunzelnd.

Die Mädchen schauten sie bebend vor Lachen mit weit aufgerissenen Augen an.

»Was ist?« drängte Hester freundlich. »Wollt ihr das Vergnügen nicht mit mir teilen? Ich möchte auch ein bißchen Spaß haben.«

»Mrs. Sandeman«, stieß Maggie keuchend hervor, während sie sich das blonde Haar aus den Augen strich. »Diese komischen Blätter, die sie immer liest, Miss. So was haben Sie noch nie gesehen, ehrlich, bei den Geschichten würd Ihnen das Blut in den Adern gefrieren. Und dann stehen da Sachen drin über Männer und Frauen und so, Sie wissen schon, die würden jedem Straßenmädchen die Schamröte ins Gesicht treiben.«

»Wirklich?« Hester hob interessiert die Brauen. »Mrs. Sandeman besitzt Lesestoff, der so anschaulich ist?«

»In erster Linie lästerlich, würd ich sagen.« Annie grinste von einem Ohr zum andern.

»Unzüchtig«, verbesserte Maggie und fing wieder zu kichern an.

»Wo habt ihr das her?« fragte Hester. Sie hielt das Blatt in der Hand und bemühte sich nach Kräften, ein ausdrucksloses Gesicht zu machen.

»Wir haben's beim Saubermachen in ihrem Zimmer gefunden«, erklärte Annie mit Unschuldsmiene.

»So früh am Morgen?« Hester blieb skeptisch. »Es ist doch erst halb sieben. Sagt bloß nicht, Mrs. Sandeman ist schon auf den Beinen!«

»Iwo, natürlich nicht. Vor dem Mittagessen steht die sicher nicht auf«, sagte Maggie schnell. »Würd mich nicht wundern, wenn sie mal wieder 'n Rausch ausschläft.«

»Was für einen Rausch?« So leicht gab Hester nicht auf. »Sie war doch gestern abend gar nicht weg.«

»Trinkt sich in ihrem Zimmer einen an«, erwiderte Annie. »Mr. Thirsk bringt ihr vom Keller was rauf, keine Ahnung wieso. Hab eigentlich immer das Gefühl, daß er sie nicht ausstehen kann. Aber es muß so sein – er klaut Portwein für sie, und zwar den besten.«

»Er tut's, weil er Sir Basil haßt, du Dummerchen!« sagte Maggie von oben herab. »Deshalb nimmt er den besten. Irgendwann demnächst wird Sir Basil Mr. Phillips runterschicken, um ihm 'n Fläschchen alten Portwein zu holen, und dann ist keiner mehr da. Mrs. Sandeman hat alles ratzeputz weggesoffen!«

»Trotzdem glaub ich, daß er sie nicht ausstehen kann«, beharrte Annie. »Hast du schon mal gesehen, wie sein Blick wird, wenn er sie anguckt?«

»Vielleicht war er ja mal in sie verliebt?« spekulierte Maggie hoffnungsvoll; ganz neue Perspektiven taten sich da auf. »Und sie hat ihn abgewiesen, deshalb haßt er sie jetzt.«

»Nie im Leben.« Annie war die Sicherheit in Person. »Nein, ich denke, er verachtet sie. War mal 'n richtig guter Soldat – irgendwas Besonderes, mein ich –, aber dann hatte er so 'ne tragische Liebesaffäre.«

»Woher willst du das wissen?« fragte Hester scharf. »Von ihm bestimmt nicht.«

»Nein. Ich hab gehört, wie Ihre Ladyschaft mit Mr. Cyprian drüber gesprochen hat. Jedenfalls glaub ich, das Mr. Thirsk sie ziemlich abstoßend findet – gar nicht so, wie 'ne Lady sein soll.« Sie machte plötzlich große Augen. »Und wenn sie ihm einen unsittlichen Antrag gemacht und er ihr einen Korb gegeben hat?«

»Dann würde sie *ihn* hassen«, gab Hester zu bedenken.

»Tut sie ja auch«, sagte Annie prompt. »Es dauert sicher nicht mehr lang, dann erzählt sie Sir Basil, daß er im Keller Portwein klaut. Kann höchstens sein, daß sie dann schon so angesäuselt ist, daß er denkt, sie phantasiert.«

Hester ergriff die Gelegenheit beim Schopf, wofür sie sich fast schämte.

»Was glaubt ihr eigentlich, wer Mrs. Haslett ermordet hat?«

Das Lächeln auf den Gesichtern der beiden verschwand.

»Also, Mr. Cyprian ist viel zu nett, außerdem hat er wohl keinen Grund gehabt, oder?« sagte Annie. »Mrs. Moidore sind andere Leute viel zu egal, als daß sie irgendwen hassen könnte. Genau wie Mrs. Sandeman –«

»Es sei denn, Mrs. Haslett hat was Häßliches über sie rausgekriegt«, wandte Maggie ein. »Das könnte gut sein. Würd zu ihr passen, jemand ein Messer in den Rücken zu rammen, wenn er damit droht, sie zu verpetzen.«

»Stimmt«, pflichtete Annie ihr bei. Dann wurde ihr Gesicht plötzlich nüchtern. »Nein, Miss, ehrlich gesagt glauben wir, daß Percival am ehesten in Frage kommt. Der hat nämlich ganz schöne Aufsteigerallüren und war außerdem von Mrs. Haslett ziemlich angetan. Hält sich für 'n Mordskerl, der gute Percival.«

»Ja, der denkt, Gott hätte ihn als besonderes Geschenk für die Frauen auf die Erde geschickt.« Maggie schnaubte verächtlich. »Und dann gibt's auch noch welche, die blöd genug sind, auf ihn reinzufallen. Gott versteht anscheinend nichts von den Frauen, kann ich dazu nur sagen.«

»Was ist mit Rose?« fragte Annie. »Der hat er völlig den Kopf verdreht. Die Ärmste kommt gar nicht mehr von ihm los – je mehr er sie an der Nase rumführt, desto schlimmer wird's.«

»Aber warum hätte sie Mrs. Haslett umbringen sollen?« wollte Hester wissen.

»Na, aus Eifersucht natürlich!« Die beiden schauten sie an, als ob sie schwer von Begriff wäre.

Hester war in der Tat überrascht. »War Percival denn wirklich so von Mrs. Haslett angetan? Um Gottes willen, er ist ein Lakai!«

»Sagen Sie ihm das mal«, erwiderte Annie mit Todesverachtung.

In dem Moment kam Nellie, das Nesthäkchen, die Treppe heraufgestürmt. In der einen Hand hielt sie einen Besen, in der anderen einen Eimer mit nassen Teeblättern, die sie vermutlich auf den Teppichen zu verteilen beabsichtigte, um den Staub zu bezwingen.

»Warum fegt ihr nicht?« erkundigte sie sich mit vorwurfsvollem Blick auf die beiden Älteren. »Wenn Mrs. Willis mich um acht abfängt und wir noch nicht fertig sind, gibt's Ärger. Ich will nicht ohne meinen Tee ins Bett!«

Der Name der Haushälterin reichte, die beiden Mädchen in sofortige Aktion zu versetzen. Sie ließen Hester mitten auf der Galerie stehen und stürzten nach unten, um ihre eigenen Besen und Staubwedel zu holen.

Eine Stunde später stellte Hester in der Küche Tee, Toast, Butter und etwas Aprikosenkonfitüre für Beatrices Frühstückstablett zusammen. Sie hatte sich gerade beim Gärtner für eine der letzten Rosen bedankt, die sie in die silberne Vase stellen wollte, als ihr Sal ins Auge stach, die rothaarige Küchenmagd. Sie lachte aus vollem Halse und zwickte den Lakai von nebenan, der offensichtlich mit einer Nachricht von seiner Köchin für Mrs. Boden vorbeigekommen war. Die beiden flirteten unbeschwert auf der Türschwelle. Sals lautes Organ hallte über die Treppe zur Spülkammer und durch den Flur bis zur Küche.

»Dieses Mädchen tut nie mehr, als es muß«, bemerkte Mrs. Boden kopfschüttelnd. »Wenn ich je 'ne Schlampe gesehen hab, dann sie. Sal! Komm sofort wieder her und mach mit deiner Arbeit weiter!« Sie warf Hester einen resignierten Blick zu. »So ein faules Stück. Daß ich mit der überhaupt was zustande bringe, ist ein richtiges Wunder.« Sie nahm das Fleischermesser in die Hand und fuhr mit dem Finger über die Schneide, um festzustellen, ob es scharf genug war. Bei der Vorstellung, jemand könnte mit eben diesem Messer die Treppe hinaufgeschlichen sein, um Octavia Haslett zu töten, mußte Hester schwer schlucken.

Mrs. Boden, offenbar zufriedengestellt, beugte sich über ein großes Stück Filet und begann es für die Pastete in dünne Scheibchen zu schneiden.

»Erst Miss Octavias Tod, dann das ganze Haus voll Polizei, jeder in Panik, daß er vor seinem eigenen Schatten davonrennt, Ihre Ladyschaft krank im Bett und in meiner Küche so 'n nichtsnutziges Pack wie diese Sal! Da muß man doch verzweifeln.«

»Sie nicht. Sie werden das schon schaffen«, sagte Hester besänftigend. Nachdem sie schon zwei Hausmädchen von der Arbeit abgehalten hatte, wollte sie das häusliche Chaos nicht noch verschärfen, indem sie die Köchin bestärkte, das Handtuch zu werfen. »Die Polizei wird bald verschwinden, die Aufregung wird sich legen, Lady Moidore wird wieder auf die Beine kommen, und Sie sind ganz bestimmt in der Lage, ein Mädchen wie Sal zu bändigen. Sie ist sicher nicht die erste widerspenstige Küchenmagd, der Sie Gewissenhaftigkeit und Ordnung eingebleut haben – nach und nach.«

»Ja, da haben Sie recht«, stimmte Mrs. Boden erleichtert zu. »Wenn ich will, komm ich mit jedem Mädchen zurecht. Trotzdem wünsch ich mir, daß die Polizei den Mörder endlich schnappt und hinter Schloß und Riegel bringt. Ich kann schon nicht mehr schlafen, so unsicher fühl ich mich in meinem Bett. Aber daß es jemand von der Familie war, kann ich nicht glauben. Ich hab schon hier gearbeitet, da war Mr. Cyprian noch gar nicht auf der Welt, geschweige denn Miss Octavia und Miss Araminta. Mr. Kellard hat mich noch nie sehr interessiert, aber er hat wohl auch seine Vorzüge, und schließlich ist er ein Gentleman.«

»Sie glauben, es war einer vom Personal?« Hester heuchelte Überraschung und Respekt vor Mrs. Bodens Meinung.

»Liegt doch auf der Hand, oder?« erwiderte Mrs. Boden gelassen, während sie das Fleisch mit fachkundiger, flinker und kraftvoller Hand in kleine Stücke hieb. »Aber von den Mädchen war's keine – warum auch.«

»Aus Eifersucht vielleicht?« schlug Hester unschuldig vor.

»Unsinn.« Mrs. Boden griff nach den Nierchen. »So blöd wären die nicht. Sal hat noch nie einen Fuß ins obere Stockwerk gesetzt. Lizzie ist zwar 'n herrisches Ding und würd keinem Blinden auch nur 'n Penny schenken, aber sie weiß, was richtig und was falsch ist, und daran hält sie sich. Rose ist ziemlich halsstarrig, will immer gerade das, was sie nicht kriegen kann, und wär vielleicht sogar imstande, irgendwas Verrücktes zu tun, aber nicht das!« Sie schüttelte den Kopf. »Keinen Mord. Hätte viel zuviel Angst vor dem, was hinterher mit ihr passieren würde – ist ganz vernarrt in ihre Haut, unsre Rose.«

»Und die Mädchen von den oberen Stockwerken kommen auch nicht in Frage«, fügte Hester ohne großes Nachdenken hinzu und wünschte anschließend, sie hätte gewartet, bis Mrs. Boden von sich aus das Wort ergriff.

»Die sind zwar manchmal unglaublich albern«, bestätigte diese, »aber nicht bösartig. Und Dinah ist viel zu sanft, um irgendwas Hitziges zu tun. 'N nettes Mädchen, wenn auch manchmal fad wie 'n zu dünner Tee; kommt aus 'ner hochanständigen Familie irgendwo vom Land. Sieht vielleicht 'n bißchen zu gut aus, aber so ist das nun mal mit Stubenmädchen. Was Mary und Gladys angeht – na ja, Mary ist schon ein ziemlicher Hitzkopf, aber das sind alles bloß Strohfeuer. Könnte keiner Fliege was zuleide tun, das Mädel, würd gar nicht auf die Idee kommen. Außerdem hatte sie Miss Octavia gern, schrecklich gern – und Miss Octavia sie. Gladys ist 'n richtiger Sauertopf, tut ständig furchtbar vornehm – typisch Kammerzofe eben. Trotzdem würd sie so was nicht tun. Erstens wär sie zu feige dazu, zweitens ist sie nicht niederträchtig genug.«

»Wie steht's mit Harold?« erkundigte sich Hester. Mr. Phillips brachte sie wohlweislich nicht zur Sprache, nicht etwa weil er nicht in Frage kam, sondern weil Mrs. Bodens natürliche Loyalität einem Bediensteten gegenüber, der bereits ähnlich lang wie sie selbst in diesem Haus lebte, ihr niemals erlaubt hätte, diese Möglichkeit mit wirklicher Objektivität zu diskutieren.

Sie warf Hester einen mißbilligenden Blick zu. »Was könnte der denn Ihrer Meinung nach für ein Motiv gehabt haben, wenn ich fragen darf? Was hätte Harold mitten in der Nacht in Miss Octavias Schlafzimmer zu suchen gehabt? Der hat doch bloß Augen für Dinah, der arme Kerl, auch wenn's ihm ganz und gar nicht bekommt.«

»Percival?« Endlich sprach Hester das Unvermeidliche aus.

»Muß wohl.« Mrs. Boden schob die letzte Niere zur Seite und griff nach einer Rührschüssel voll Kuchenteig. Sie gab ihn auf die Arbeitsplatte, bestäubte ihn gründlich mit Mehl und begann ihn anschließend mit dem Nudelholz auszurollen, erst von der einen Seite, dann von der anderen. »Der hat sich zwar schon immer 'ne Menge auf sich eingebildet, aber daß er soweit geht, hätt ich nicht gedacht. Hat viel mehr Geld, als ich mir erklären kann«, fügte sie boshaft hinzu. »Und mir ist schon öfter aufgefallen, wie gemein er manchmal ist. Da, Ihr Wasser kocht, machen Sie mir bloß nicht meine Küche voll Dampf!«

»Oh, danke.« Hester lief schleunigst zum Herd, nahm den Kessel mit einem Topflappen vom Feuer, wärmte erst die Teekanne an und goß dann mit dem restlichen Wasser die Teeblätter auf.

Nachdem er und Evan alle übrigen Wege erschöpft hatten, die Ermittlungen voranzutreiben, blieb Monk nichts anderes übrig, als in die Queen Anne Street zurückzukehren. Sie hatten die vermißten Schmuckgegenstände weder gefunden noch damit gerechnet, sie zu finden, aber sie waren verpflichtet, die Sache bis zuletzt zu verfolgen, sei es auch nur, um Runcorn zufriedenzustellen. Darüber hinaus hatten sie sämtliche Referenzen und Zeugnisse der Bediensteten im Moidoreschen Haushalt eingesehen und bei ihren früheren Arbeitgebern überprüft – und nicht das geringste entdeckt, was auch nur im entferntesten auf einen potentiell gewalttätigen Charakter hindeutete. Keine finsteren Liebschaften, keine Anschuldigungen bezüglich Diebereien oder unmoralischen Verhaltens, nichts. Jeder schien bislang ein ganz normales, arbeitsreiches Leben geführt zu haben.

Was konnten sie also anderes tun, als sich vor Ort nach Hinweisen umsehen? Monk stand im Wohnzimmer der Haushälterin und wartete ungeduldig auf Hester. Wieder hatte er Mrs. Willis keinerlei Erklärung geliefert, weshalb er ausgerechnet die Schwester sprechen wollte, die einzige, die zur Tatzeit nicht anwesend gewesen war. Er war sich ihrer Verblüffung und ihrer Mißbilligung deutlich bewußt. Beim nächsten Mal würde er sich etwas einfallen lassen müssen.

Endlich klopfte es an die Tür.

»Kommen Sie rein.«

Hester tat, wie ihr befohlen, und machte die Tür hinter sich zu. Mit ihrem streng zurückfrisierten Haar, dem einfachen blaugrauen Stoffkleid und der schneeweißen Schürze machte sie einen überaus adretten, professionellen Eindruck. Ihre Kostümierung war zugleich zweckdienlich und mehr als nur ein bißchen prüde.

»Guten Morgen«, sagte sie gelassen.

»Guten Morgen«, erwiderte Monk knapp und fragte sie ohne weitere Vorrede über die Tage aus, die seit ihrer letzten Begegnung verstrichen waren. Er war schroffer, als er eigentlich sein wollte, nur weil sie ihrer Schwägerin Imogen so ähnlich war – und auch ganz anders, überhaupt nicht geheimnisvoll und bar jeder weiblichen Anmut.

Sie erzählte ihm alles, was sie getan, was sie gesehen und mitangehört hatte.

»Das verrät mir auch nicht mehr, als daß Percival nicht besonders beliebt ist«, bemerkte er bissig. »Oder daß jedem die Angst in den Knochen steckt, und er als Sündenbock gerade recht kommt.«

»Genau«, bestätigte sie gereizt. »Haben Sie eine bessere Idee?«

Ihre Vernunft raubte ihm den letzten Nerv. Er wußte sehr gut, daß er bislang nicht viel erreicht hatte und nur hier, am Ort des Verbrechens, Fortschritte machen konnte.

»Allerdings!« blaffte er zurück. »Sehen Sie sich die Familie mal etwas genauer an. Fenella Sandeman zum Beispiel, wie steht's mit ihr? Haben Sie eine Vorstellung, wohin sie geht, um ihre verwerflichen Neigungen zu befriedigen – sofern diese tatsächlich so verwerflich sind? Sie hätte viel zu verlieren, wenn Sir Basil sie vor die Tür setzen würde. Octavia könnte an jenem Nachmittag etwas über sie herausgefunden haben; vielleicht hat sie das mit ihrer Andeutung gegenüber Septimus gemeint. Außerdem könnten Sie versuchen in Erfahrung zu bringen, ob Myles Kellard nun tatsächlich eine Affäre mit Octavia hatte, oder ob es sich lediglich um boshaftes Geschwätz handelt. An einem losen Mundwerk und blühender Phantasie scheint es den Leuten hier nicht zu mangeln.«

»Erteilen Sie mir keine Befehle, Mr. Monk.« Hester durchbohrte ihn mit einem eisigen Blick. »Ich bin nicht Ihr Sergeant.«

»Konstabler, Gnädigste, Konstabler«, korrigierte er säuerlich. »Sie haben sich ungerechtfertigterweise befördert. Nein, Sie sind nicht mein Konstabler.«

Hester erstarrte. Mit steifen Schultern und wütendem Gesicht stand sie vor ihm.

»Welchen Rang auch immer ich nicht bekleide, Mr. Monk, der Grund für die Annahme, Percival könnte Octavia ermordet haben, ist die Vermutung, daß er entweder eine Affäre mit ihr hatte oder gern gehabt hätte.«

»Und deshalb hat er sie erstochen?« Monk hob spöttisch die Brauen.

»Nicht deshalb«, erwiderte sie mit Engelsgeduld. »Weil sie seiner überdrüssig wurde und sie sich gestritten haben, nehme ich an. Vielleicht war es auch die Wäschemagd Rose, aus Eifersucht. Sie liebt Percival – na ja, womöglich ist *lieben* nicht das richtige Wort, ein groberer, direkter Ausdruck würde es wahrscheinlich eher treffen. Aber ich wüßte nicht, wie Sie das beweisen sollen.«

»Ausgezeichnet. Einen Moment lang habe ich schon befürchtet, Sie würden mir Anweisungen geben.«

»Das würde ich mir niemals anmaßen – nicht, ehe ich wenigstens Sergeant bin.« Mit diesem Worten raffte sie die Röcke und rauschte hinaus.

So was Lächerliches! Er hatte nicht gewollt, daß das Gespräch diesen Verlauf nahm, aber etwas an ihr, vermutlich ihr Dickschädel, machte ihn immer wieder rasend. Ein Großteil seiner Wut rührte allerdings daher, daß sie zu einem gewissen Teil recht hatte und sich dessen auch bewußt war. Er hatte tatsächlich keine Ahnung, wie er Percivals Schuld beweisen sollte – falls er wirklich schuldig war.

Evan unterhielt sich angeregt mit den Stallburschen, was aber nicht hieß, daß er spezielle Fragen an sie hatte. Monk nahm sich Phillips vor, erfuhr nichts Neues und bestellte dann Percival zu sich.

Diesmal machte der Lakai einen erheblich nervöseren Eindruck. Seine Schultern waren verkrampft und hochgezogen, die Hände ununterbrochen in Bewegung, seine Oberlippe mit einer dünnen Schweißschicht bedeckt, der Blick wachsam. Was nichts heißen mußte, außer daß Percival intelligent genug war zu bemerken, wie sich das Netz um ihn, den Unbeliebten, zusammenzog. Alle hatten Angst um die eigene Haut, und je eher jemand angeklagt wurde, desto schneller konnte sich das Leben im Haus wieder normalisieren und man sich selbst in Sicherheit fühlen. Die Polizei würde verschwinden und mit ihr die zermürbenden Verdächtigungen. Man würde sich wieder gerade in die Augen blicken können.

»Sie sind ein gutaussehender Bursche.« Monk musterte ihn von oben bis unten. Sein Blick verriet alles andere als Wohlgefallen. »Lakaien werden in erster Linie nach ihrem Aussehen ausgesucht, habe ich gehört?«

Percival schaute ihn unerschrocken an, aber Monk konnte seine Angst förmlich riechen.

»Das ist richtig, Sir.«

»Ich könnte mir vorstellen, daß eine Menge Frauen von Ihnen angetan sind – auf die eine oder andere Weise. Frauen reagieren schnell auf ein hübsches Gesicht.«

Ein selbstherrliches Grinsen glitt über Percivals Züge und verschwand sofort wieder.

»Ja, Sir, manche schon.«

»Sie haben das sicher schon oft erlebt, nicht wahr?«

Der Körper unter der Livree entspannte sich etwas.

»Allerdings.«

»Und es bringt Sie nie in Verlegenheit?«

»Nicht oft. Man gewöhnt sich dran.«

Eingebildeter Mistkerl, dachte Monk, aber wahrscheinlich nicht ohne Grund. Percival strahlte eine unterdrückte Vitalität aus und hatte etwas Unverschämtes an sich, eine Mischung, die nach Monks Einschätzung viele Frauen aufregend fanden.

»Müssen Sie nicht sehr diskret vorgehen?«

»Na, und ob!« Percival hatte mittlerweile Spaß an der Unterhaltung gefunden. Statt auf der Hut zu sein, schwelgte er angesichts plötzlich hochkommender Erinnerungen in Selbstzufriedenheit.

»Vor allem,wenn's um eine Lady geht, nicht um ein Dienstmädchen, was?« fuhr Monk unbekümmert fort. »Ist bestimmt nicht ganz einfach für Sie, wenn ein weiblicher Gast des Hauses... Interesse an Ihnen zeigt?«

»Nein, Sir – da muß man unglaublich aufpassen.«

»Werden die Männer nicht manchmal eifersüchtig?«

Percival war sichtlich verwirrt; er hatte nicht völlig vergessen, weshalb er sich in diesem Zimmer befand. Monk sah ihm an, wie seine Gedanken sich überschlugen.

»Ich schätze, das könnte vorkommen«, sagte er vorsichtig.

»Könnte?« Monk hob ungläubig die Brauen. Sein Ton war herablassend, voll beißendem Sarkasmus. »Kommen Sie, Percival, wenn Sie ein Mann von Stand wären und Ihre Herzensdame die Gefälligkeiten eines Lakaien Ihren eigenen vorziehen würde, wären Sie da nicht rasend vor Eifersucht?«

Diesmal war das selbstherrliche Grinsen nicht zu verkennen. Die Vorstellung war zu süß, bei weitem die köstlichste Art, seine Überlegenheit zu beweisen, viel besser und wesentlich näher an dem, was einen Mann ausmachte, als Geld oder Stellung.

»Ja, Sir, ich glaube schon.«

»Besonders, wenn es sich um eine so attraktive Dame wie Mrs. Haslett handelt?«

Jetzt kam Percival nicht mehr mit. »Sie war Witwe, Sir. Captain Haslett ist im Krieg gefallen.« Er verlagerte unruhig das Gewicht von einem Fuß auf den andern. »Sie hatte keine ernsthaften Verehrer. Sie hätte gar keinen andern angeschaut – hat den Captain immer noch betrauert.«

»Aber sie war jung, ans Eheleben gewöhnt und ziemlich hübsch«, beharrte Monk.

Das Leuchten kehrte in Percivals Gesicht zurück. »Ja, das stimmt. Aber sie wollte nicht wieder heiraten.« Er ernüchterte schlagartig. »Und überhaupt – mich hat niemand bedroht. Sie ist diejenige, die umgebracht wurde. Es gab keinen, der ihr nahe genug stand, um so eifersüchtig zu sein. Und selbst wenn – an dem Abend war kein Fremder im Haus.«

»Aber falls doch, hätte er dann Grund zur Eifersucht gehabt?« Monk verzog das Gesicht, als ob die Antwort von Bedeutung wäre und er einen wichtigen Anhaltspunkt gefunden hätte.

»Nun ja . . .« Percivals Mund kräuselte sich zu einem zufriedenen Lächeln. »Ich denke schon.« Seine Augen weiteten sich hoffnungsvoll. »War noch jemand hier, Sir?«

»Nein.« Alle Unbekümmertheit verschwand aus Monks Zügen. »Keine Menschenseele. Ich wollte nur wissen, ob Sie wirklich eine Affäre mit Mrs. Haslett hatten.«

Die Erkenntnis traf Percival wie ein Schlag. Kreidebleich suchte er nach Worten, brachte jedoch nicht mehr als ein ersticktes Krächzen heraus.

Monk kannte sowohl den Augenblick des Sieges als auch die instinktive Regung, dem Feind den endgültigen Todesstoß zu versetzen. Beides war ihm so vertraut wie Schmerz, Glück oder der heftige Schock eiskalten Wassers. Es war eine Erinnerung, die sich ihm auf immer eingebrannt hatte. Und er verachtete sich dafür. Das war sein altes Ich, das seit dem Unfall hin und wieder die graue Schicht des Vergessenen durchstieß.

Dennoch konnte dieser arrogante kleine Lakai Octavia Haslett in einem Anfall von Gier und männlicher Überheblichkeit ermordet haben. Monk durfte sich auf keinen Fall den Luxus erlauben, sein Gewissen zu beruhigen, indem er ihn laufenließ.

»Hat sie ihre Meinung wieder geändert?« fragte er mit aller verfügbaren Kälte, mit einem nicht auslotbaren Abgrund beißender Verachtung. »Plötzlich gemerkt, wie lächerlich vulgär es ist, sich mit einem Lakai einzulassen?«

Percival bedachte ihn mit einem Schimpfwort, hob dann das Kinn und starrte ihn mit funkelnden Augen an.

»Keine Sekunde«, sagte er großspurig. Er hatte sich zumindest nach außen wieder unter Kontrolle. Seine Stimme schwankte, aber seine Worte waren klar. »Falls es wirklich was mit mir zu tun hatte, dann fragen Sie mal Rose, die Wäschemagd. Sie ist völlig in mich vernarrt, eifersüchtig bis zum Wahnsinn. Gut möglich, daß sie nachts mit einem Küchenmesser über Mrs. Haslett hergefallen ist. Sie hatte einen Grund – ich nicht.«

»Sie sind ein echter Gentleman«, bemerkte Monk mit Todesverachtung, obwohl er diese Möglichkeit nicht außer acht lassen konnte, und Percival wußte das. Seine Stirn war vor Erleichterung mit Schweißtropfen bedeckt.

»Na schön. Das war fürs erste alles.« Damit war das Gespräch für ihn beendet.

»Soll ich Rose reinschicken?« fragte Percival von der Tür.

»Nein. Und wenn Sie Rose überleben wollen, erzählen Sie besser niemandem von diesem Gespräch. Liebhaber, die ihre Gespielin des Mordes bezichtigen, werden nicht besonders hoch geschätzt.«

Percival sagte nichts, machte aber keineswegs einen schuldbewußten Eindruck. Er wirkte lediglich erleichtert – und wachsam.

Mistkerl, dachte Monk wieder, konnte ihn jedoch nicht völlig verdammen. Der Mann stand mit dem Rücken zur Wand; zu viele Finger zeigten auf ihn, und das nicht deshalb, weil man ihn wirklich für schuldig hielt. Doch jemand war schuldig, und dieser Jemand hatte Angst.

Am Ende dieses weiteren Tages endloser Verhöre, von denen keins außer Percivals etwas ergeben hatte, machte Monk sich auf den Weg zum Polizeirevier, um Runcorn Bericht zu erstatten. Nicht, daß es etwas Wichtiges zu berichten gegeben hätte, Runcorn hatte es verlangt.

Er legte gerade die letzten eineinhalb Kilometer im brüchigen Licht der Spätherbstsonne zurück und dachte darüber nach, was er sagen sollte, als er an einer Begräbnisprozession vorbeikam, die sich langsam über die Tottenham Court Road auf den Euston Place zubewegte. Der Leichenwagen wurde von vier schwarzen, mit dunklen Federn geschmückten Pferden gezogen, der Sarg hinter den Scheiben war mit Blumen bedeckt. Das alles mußte Unmengen von Geld verschlungen haben. Er stellte sich den betörenden Duft vor, der von den wunderschönen Blüten ausging, malte sich die Sorgfalt aus, mit der sie zu dieser Jahreszeit im Treibhaus aufgezogen worden sein mußten.

Hinter dem Leichenwagen folgten drei Kutschen, jede randvoll mit schwarzgekleideten Trauergästen. Wieder spürte Monk einen kurzen Stich eigenartiger Vertrautheit. Er wußte, warum sie so dicht nebeneinandergedrängt saßen, warum die Pferdegeschirre glänzten wie Silber, aber keine Familienwappen an den Türen prangten. Hier wurde ein armer Mensch zu Grabe getragen. Die Kutschen waren gemietet, doch man hatte keine Kosten gescheut. Die Pferde waren schwarz, nicht braun oder kastanienrot. Jeder hatte Blumen geschickt, auch wenn es dann für den Rest der Woche nichts mehr zu essen gab und man abends an einem erloschenen Feuer saß. Der Tod verlangte gebührende Beachtung, und die Nachbarn durften nicht durch ein armseliges Schauspiel enttäuscht werden. Die Armut wurde um jeden Preis vertuscht, denn eins ließ man sich auf keinen Fall nehmen: den letzten Tribut einer anständigen Beerdigung.

Monk stand mit dem Hut in der Hand auf dem Bürgersteig und schaute dem Zug hinterher. Er fühlte sich den Tränen nahe, nicht wegen der unbekannten Leiche oder der Hinterbliebenen, sondern wegen der vielen Menschen, denen es so verzweifelt wichtig war, was man von ihnen dachte – zudem wurde er durch ihren Anblick dunkel an seine eigene Vergangenheit erinnert. Egal welche Träume er hatte, bei ihnen war sein Platz, nicht bei den Bewohnern der Queen Anne Street oder ihresgleichen. Er trug inzwischen elegante Anzüge, aß leidlich gut und war absolut unabhängig, aber seine Wurzeln lagen in engen Gassen, wo jeder jeden kannte, wo keiner bei einer Hochzeit oder einem Begräbnis fehlte, wo man über alle Höhepunkte eines Menschenlebens Bescheid wußte: Geburten, Krankheiten, Sehnsüchte, Verluste. Und wo es keine Privatsphäre gab und keine Einsamkeit.

Wer war dieser Mann, an dessen Gesicht er sich plötzlich so deutlich erinnert hatte, als er vor dem Klub am Piccadilly stand? Was hatte ihn getrieben, nicht nur seinem Geist, sondern auch seinem Akzent und seiner Ausdrucksweise, seinem Kleidungsstil und seinem Gang nachzueifern?

Auf der Suche nach einem eindeutigen Hinweis auf ein Bindeglied zwischen sich und den Trauergästen, wanderten seine Augen noch einmal über die lange Wagenreihe. Als die hinterste Kutsche langsam an ihm vorbeirollte, erhaschte er einen flüchtigen Blick auf das Gesicht einer Frau. Es war nicht hübsch, die Nase zu breit, der Mund groß, die Brauen niedrig und gerade, aber es kam ihm so bekannt vor, daß er unwillkürlich nach Luft schnappte. Er hatte ganz kurz die Vision einer anderen, eher unattraktiven Frau mit tränennassen Wangen und unglaublich schönen Händen, an denen er sich nicht sattsehen konnte. Und er spürte plötzlich die ganze Last einer alten Schuld, ohne zu wissen, warum oder wie lang sie zurücklag.

SIEBTES KAPITEL

Gefaßt und selbstsicher stand Araminta vor Monk im Boudoir, dem speziell für Entspannung und Bequemlichkeit der weiblichen Familienmitglieder gedachten Raum. Er war mit luxuriösen, schmuckvollen Louis-XVI-Möbeln ausgestattet, überall stachen ihm Schnörkel und Verzierungen, Blattgold und Samt ins Auge. Die Vorhänge waren aus Brokat, die rosa Tapeten mit Gold gaufriert. Die feminine Ausstrahlung des Raumes war erdrückend, und Araminta wirkte in diesem Rahmen vollkommen fehl am Platze, was nicht an ihrer eindrucksvollen Erscheinung, sondern an ihrer Körperhaltung lag. Sie strahlte etwas unterschwellig Aggressives aus, nichts Nachgiebiges, nichts Weiches, das zu dem Liebreiz dieses rosaroten Zimmers gepaßt hätte.

»Ich bedaure sehr, Ihnen das mitteilen zu müssen, Mr. Monk.« Sie sah ihn unverwandt an. »Der Ruf meiner Schwester liegt mir natürlich am Herzen, aber in der momentan angespannten, traurigen Situation wird uns nur die Wahrheit weiterhelfen. Diejenigen von uns, die dadurch noch schlimmer verletzt werden, müssen eben versuchen, so gut wie möglich damit zurechtzukommen.«

Monk öffnete den Mund, um etwas Beschwichtigendes und Aufmunterndes zu sagen, doch sie hatte keinen Bedarf an tröstenden Worten. Sie fuhr mit absolut kontrollierter Stimme und vollkommen ausdruckslosem Gesicht fort:

»Meine Schwester Octavia war ein überaus charmanter, gütiger Mensch.« Sie wählte ihre Worte mit äußerster Sorgfalt; diese Rede hatte sie vorher einstudiert. »Wie die meisten Leute, die nett zu andern sind, genoß sie es, bewundert zu werden – ja, sie gierte förmlich danach. Als ihr Mann, Captain Haslett, im Krimkrieg umkam, war das für sie natürlich ein furchtbarer Schlag, aber das liegt mittlerweile fast zwei Jahre zurück. Zwei Jahre allein sind eine lange Zeit für eine junge Frau von Octavias Naturell, Mr. Monk.«

Diesmal hatte er nicht vor, sie zu unterbrechen. Er sah sie konzentriert an, um sie spüren zu lassen, daß ihr seine ungeteilte Aufmerksamkeit gehörte.

Die einzige Art, auf die Araminta ihre Gefühle zeigte, bestand in einer seltsamen Reglosigkeit, als würde ihr etwas in ihr verbieten, sich zu bewegen.

»Was ich Ihnen zu sagen versuche, Mr. Monk – sosehr es mich und meine Familie auch schmerzt –, ist, daß Octavia einen der Lakaien hin und wieder zu spezielleren und bei weitem vertraulicheren Aufmerksamkeiten ermutigte, als es sich gehört.«

»Welchen Lakaien, Ma'am?« Er hütete sich, ihr Percivals Namen in den Mund zu legen.

Um ihren Mund zuckte es verärgert. »Percival natürlich. Versuchen Sie nicht, mich zum Narren zu halten, Mr. Monk. Sieht Harold vielleicht wie jemand aus, der nach den Sternen greift? Außerdem sind Sie lange genug hier, um zu wissen, daß er nur Augen für das Stubenmädchen hat – einmal abgesehen davon, ob das gut für ihn ist.« Sie zuckte heftig mit den Schultern, als könnte sie die unliebsame Vorstellung auf diese Weise abschütteln. »Sie ist mit Sicherheit nicht das reizende Geschöpf, wofür er sie hält. Vermutlich wäre ihm mehr damit gedient, nur von ihr zu träumen, als durch die Realität ernüchtert zu werden.« Zum erstenmal wandte Araminta den Blick ab. »Ich fürchte, sie ist ausgesprochen uninteressant und langweilig, wenn man ihr hübsches Gesicht erst einmal lange genug angeschaut hat.«

Wäre sie eine unattraktive Frau gewesen, hätte Monk sie für neidisch gehalten. Da sie auf ihre Art jedoch selbst eine sehr bemerkenswerte Person war, konnte das kaum sein.

»Unerreichbare Träume enden immer mit einer Ernüchterung«, stimmte er zu. »Aber vielleicht wacht er ja aus seinem Liebeswahn auf, ehe ihn die Realität ereilt. Wünschen wir ihm das Beste.«

»Das ist jetzt auch vollkommen nebensächlich«, sagte sie, wandte sich wieder zu ihm und erinnerte ihn somit an das Wesentliche. »Ich wollte Sie über die Beziehung meiner Schwester zu Percival aufklären, nicht über Harolds Illusionen bezüglich des Stubenmädchens. Da wir anscheinend nicht um die Tatsache herumkommen, daß jemand aus diesem Haus Octavia ermordet hat, fand ich es wichtig, Ihnen mitzuteilen, daß sie mit dem Lakai auf zu vertrautem Fuß stand.«

»Es ist sogar sehr wichtig«, bestätigte er ruhig. »Warum haben Sie es nicht eher erwähnt, Mrs. Kellard?«

»Weil ich hoffte, es würde nicht nötig sein. Das ist nichts, worüber man gerne spricht, schon gar nicht mit der Polizei.«

Ob das daran lag, daß Percival dadurch ein Tatmotiv erhielt oder daß man eine delikate Familienangelegenheit mit einem gesellschaftlich niederen Subjekt wie einem Polizisten diskutieren mußte, verriet sie ihm nicht. Ihr anzügliches, leicht verächtliches Lächeln ließ allerdings auf letzteres schließen.

»Danke, daß Sie es doch noch getan haben.« Monk versuchte jedes Anzeichen von Unmut aus seinen Zügen zu verbannen und wurde tatsächlich für seine Bemühungen belohnt. Sie hatte anscheinend nichts bemerkt – was ihn auch wieder ärgerte.

»Keine Ursache.« Ihre zarten goldenen Brauen wölbten sich. »Ich habe diese unangenehme Pflicht nicht auf mich genommen, damit Sie meine Worte lediglich zur Kenntnis nehmen und nichts weiter unternehmen.«

Monk verkniff sich jeden Kommentar und begnügte sich damit, ihr die Tür aufzuhalten und einen guten Tag zu wünschen.

Es blieb ihm keine andere Wahl, als sich Percival erneut vorzunehmen. Die restlichen Hausangestellten hatten zu dem Thema bereits alle erdenklichen Beteuerungen, Vermutungen und Spekulationen zum besten gegeben. Nichts, was sie ihm jetzt noch zu sagen hätten, würde irgend etwas beweisen; es wären einzig und allein panische, opportunistische oder boshafte Randbemerkungen. Percival war sich zweifellos darüber im klaren, daß ihn einige seiner Kollegen nicht mochten, mehr oder weniger berechtigt. Er war arrogant und kaltschnäuzig und hatte mit den Gefühlen mindestens eines Dienstmädchens gespielt.

Als Percival das Zimmer betrat, hatte sich sein Verhalten völlig verändert. Die alles durchdringende Angst war zwar noch vorhanden, stand jedoch weit weniger im Vordergrund. Die stolze Art, wie er den Kopf hielt und Monk unerschrocken anblickte, war ein deutliches Zeichen für die Rückkehr seiner Selbstsicherheit. Monk wußte sofort, daß er sich nicht der Hoffnung hinzugeben brauchte, ihn durch irgendwelche furchterregenden Taktiken zu einem Geständnis zu verleiten.

»Sir?« fragte Percival distanziert erwartungsvoll. Er war auf der Hut vor Tricks und möglichen verbalen Fallstricken.

Monk hielt sich nicht lange mit Vorgeplänkel auf. »Vielleicht hat Ihr Taktgefühl Sie bisher veranlaßt, nichts darüber zu sagen, aber Mrs. Haslett gehörte zu den Damen, die Ihnen mehr als das Interesse eines Arbeitgebers entgegenbrachten, nicht wahr?« Er lächelte mit gefletschten Zähnen. »Sie brauchen sich nicht in Bescheidenheiten zu ergehen – ich weiß es aus anderer Quelle.«

Percivals Mund verzog sich zu einem eingebildeten Grinsen, aber er vergaß nicht, worum es ging.

»Jawohl, Sir. Mrs. Haslett war ... ziemlich aufgeschlossen.«

Monk wurde plötzlich von bodenlosem Zorn auf die unerträgliche Selbstherrlichkeit dieses Burschen gepackt. Er dachte an Octavia, wie sie mit dem langsam eintrocknenden Blut auf ihrem Nachthemd tot im Bett lag. Sie war ihm so verletzlich vorgekommen, so unfähig, sich zu verteidigen – was natürlich lächerlich war, denn sie hatte als einzige nicht mehr unter den absurden Nachwirkungen des Trauerspiels zu leiden. Trotzdem verursachten ihm die Unbekümmertheit, mit der dieser schmierige kleine Kerl von ihr sprach, seine Selbstzufriedenheit, sogar seine Gedanken fast ein Gefühl der Übelkeit.

»Wie erfreulich für Sie«, sagte er bissig. »Wenn auch manchmal etwas peinlich.«

»O nein, Sir«, sagte Percival rasch und ziemlich blasiert. »Sie war immer sehr diskret.«

»Sicher, wie sollte es auch anders sein.« Monk verachtete ihn um so mehr. »Sie war und blieb schließlich eine Dame, auch wenn sie es zuweilen vergaß.«

Percival kniff pikiert die schmalen Lippen zusammen. Monks Hohn ging nicht spurlos an ihm vorüber. Er wurde nicht gern daran erinnert, daß es unter dem Stand einer Dame war, einen Lakai auf diese Weise zu mögen.

»Ich habe nicht erwartet, daß Sie das verstehen«, erwiderte er mit anzüglichem Grinsen. Er musterte Monk abfällig und streckte den Rücken noch ein bißchen mehr. Was er dachte, war ihm deutlich anzusehen.

Monk hatte keine Ahnung, welche Damen ihm je ähnliche Gefühle entgegengebracht haben mochten. Sein Gedächtnis war leer, aber sein Zorn unermeßlich.

»Ich kann's mir zumindest vorstellen«, entgegnete er haßerfüllt. »Ich muß von Zeit zu Zeit ein paar Huren festnehmen.«

Percivals Wangen glühten, doch er wagte nicht auszusprechen, was ihm in den Sinn kam. Er starrte mit blitzenden Augen zurück.

»Tatsächlich, Sir? Ich nehme an, Ihr Beruf bringt Sie mit einer Menge Leute zusammen, mit denen ich keinerlei Erfahrung habe. Sehr bedauerlich.« Jetzt war sein Blick gelassen und hart. »Aber jemand muß es schließlich tun, genau wie die Abwässerkanäle reinigen.«

»Muß ein ganz schönes Wechselbad sein, von einer Dame verehrt zu werden«, sagte Monk bewußt scharf. »Man weiß nie, woran man ist. Im einen Moment ist man der Dienstbote, ein pflichtgetreuer, respektvoller Untergebener, im nächsten der Liebhaber, der stark und überlegen zu sein hat.« Er setzte das gleiche anzügliche Grinsen auf wie Percival. »Und dann plötzlich, ehe man weiß, wie einem geschieht, ist man wieder der Lakai, ›Ja, Ma'am‹, ›Nein, Ma'am‹, und wird auf sein Zimmer geschickt, wann immer die Liebste gelangweilt ist oder genug hat. Ziemlich schwer, da keinen Fehler zu machen.« Er beobachtete das rasante Wechselspiel der Emotionen auf Percivals Gesicht. »Gar nicht so einfach, nicht die Beherrschung zu verlieren ...«

Da – es war soweit. Der erste Anflug von Angst, kleine Schweißtröpfchen auf der Oberlippe, plötzlich angehaltener Atem.

»Ich hab nicht die Beherrschung verloren«, sagte Percival mit brüchiger Stimme. »Ich weiß nicht, wer sie umgebracht hat – ich war's jedenfalls nicht!«

»Ach nein?« Monk hob die Brauen. »Wer hätte sonst ein Motiv gehabt? Außer Ihnen hat sie niemanden ›verehrt‹, oder? Sie hat kein Geld hinterlassen. Es gibt keinerlei Hinweise, daß sie etwas Verwerfliches über jemanden gewußt hat. Wir sind auf keinen gestoßen, dem sie ein Dorn im Auge war ...«

»Weil Sie sich so blöd anstellen!« Percivals dunkle Augen waren schmal. »Ich hab Ihnen doch schon gesagt, daß Rose sie gehaßt hat, weil sie rasend vor Eifersucht war. Und was ist mit Mr. Kellard? Oder sind Sie zu gut dressiert, um ein Mitglied der Oberschicht zu beschuldigen, wenn Sie's einem Dienstboten anhängen können?«

»Ja, das würde Ihnen zweifellos passen, daß ich Nachforschungen anstelle, warum Mr. Kellard ein Motiv gehabt haben könnte.« Monk war ebenso aufgebracht wie er, hatte jedoch nicht die Absicht, auf seine höhnische Bemerkung einzugehen, da es einem Eingeständnis gleichgekommen wäre. Er scheute ebensowenig davor zurück, einen Dienstboten zu beschuldigen wie ein Familienmitglied, aber er wußte, daß es genau das war, was Runcorn sich erhoffte. Monks Erbitterung galt seinem Vorgesetzten mindestens so sehr wie Percival. »Und Sie müssen es zur Sprache bringen, um meine Aufmerksamkeit von Ihnen abzulenken.«

Das brachte Percival zwar um einen Großteil seiner Selbstsicherheit, an einer Antwort hinderte es ihn jedoch nicht.

»Nein, weil er hinter Mrs. Haslett her war«, sagte er mit harter, ruhiger Stimme. »Und je stärker sie ihn abgewiesen hat, desto schlimmer ist es geworden. So ist's nämlich gewesen!«

»Und deshalb hat er sie erstochen? Eine seltsame Methode, sie für sich zu gewinnen. Dann würde er schließlich gar nicht mehr an sie rankommen, stimmt's? Oder wollen Sie ihm einen Hang zur Nekrophilie unterstellen?«

»Zur was?«

»Verkehr mit Toten«, klärte Monk ihn brutal auf.

»Widerlich.« Percival verzog den Mund.

»Oder war er vielleicht dermaßen von ihr angetan, daß er zu dem Schluß kam, wenn er sie schon nicht haben könnte, dann auch kein anderer?« schlug Monk sarkastisch vor. Zu dieser Form von Leidenschaft hielt keiner von ihnen Myles Kellard für fähig, und das wußte er.

»Sie spielen absichtlich den Dummen«, sagte Percival gepreßt. »Gut, Sie sind vielleicht nicht besonders helle – die Art und Weise, wie Sie diesen Fall angehen, läßt da keinen Zweifel aufkommen –, aber so dämlich sind Sie bestimmt nicht. Mr. Kellard wollte mit ihr ins Bett, sonst nichts. Und er gehört nicht zu den Menschen, die ein Nein akzeptieren. Wenn er ihr nachgestellt hat und sie damit drohte, es an die große Glocke zu hängen, mußte er sie töten. Das hätte er nicht so leicht vertuschen können wie damals die Geschichte mit der armen Martha. Es ist eine Sache, eine Magd zu vergewaltigen, da kümmert sich niemand drum – aber der eigenen Schwägerin Gewalt antun und ungestraft davonkommen, das geht nicht so einfach. Da würde ihr Vater ihn nicht mehr decken!«

Monk starrte ihn entgeistert an. Percival hatte es geschafft; er hatte die Aufmerksamkeit von sich abgelenkt. Seine zusammengekniffenen Augen glitzerten siegessicher.

»Wer ist Martha?« So ungern er es auch tat, Monk blieb nichts anderes übrig, als nachzufragen.

Percival lächelte gedehnt. Er hatte kleine, regelmäßige Zähne.

»War«, verbesserte er. »Der Himmel weiß, wo sie jetzt ist – im Armenhaus vielleicht, wenn sie noch lebt.«

»Schön, also wer war sie?«

Percival starrte Monk mit kaltem Frohlocken in die Augen.

»Dinahs Vorgängerin. 'n hübsches Ding, schlank und zierlich, hatte einen Gang wie 'ne Prinzessin. Er stellte ihr nach und ließ sich kein Nein gefallen. Glaubte einfach nicht, daß sie es ernst meint. Hat sie vergewaltigt.«

»Woher wissen Sie das?« Monk war skeptisch, aber nicht vollkommen ungläubig. Percival war seiner Sache zu sicher, um sie erfunden zu haben.

»Dienstboten sind unsichtbar, wußten Sie das nicht? Gehören zum Mobiliar. Ich war dabei, als Sir Basil einen Teil der Anordnungen traf. Das arme kleine Miststück wurde wegen seines losen Mundwerks und seiner lockeren Moral vor die Tür gesetzt. Er schaffte sie aus dem Haus, ehe sie irgendwem davon erzählen konnte. Blöderweise ist sie ausgerechnet zu ihm gegangen, weil sie Angst hatte, schwanger zu sein – was sie dann auch war. Das Komische dran ist, daß er nicht eine Sekunde an ihren Worten gezweifelt hat – er wußte genau, daß es die Wahrheit war. Trotzdem behauptete er, sie müßte Kellard ermutigt haben, es wär ihre Schuld. Hat ihr nicht mal 'n Zeugnis ausgestellt.« Er zuckte die Achseln. »Weiß der Himmel, was mit ihr passiert ist.«

Monk führte Percivals Erbitterung eher auf solidarische Gefühle seiner eigenen Klasse gegenüber zurück als auf Mitleid mit dem Mädchen und schämte sich zugleich für dieses Urteil. Es war hart und wurde durch keinerlei Beweise untermauert, was ihn dennoch nicht veranlaßte, es zu revidieren.

»Und Sie haben keine Ahnung, wo sie sich jetzt aufhält?«

Percival schnaubte verächtlich. »Eine Magd ohne Stellung und Empfehlungsschreiben, mutterseelenallein in London, obendrein schwanger? Was glauben Sie? Ausbeutungsbetriebe würden sie wegen dem Kind nicht nehmen, Freudenhäuser aus demselben Grund ebenfalls nicht. Im Armenhaus, würd ich mal denken – oder im Grab.«

»Wie war ihr vollständiger Name?«

»Martha Rivett.«

»Und wie alt war sie damals?«

»Siebzehn.«

Obwohl Monk nicht überrascht war, empfand er plötzlich einen unerträglichen Zorn, begleitet von dem albernen Verlangen zu weinen. Er wußte nicht einmal genau weshalb; sicher steckte mehr dahinter als Mitleid mit einem Mädchen, das er gar nicht kannte. Bestimmt waren ihm schon hundert andere begegnet, die das gleiche Schicksal ereilt hatte, naive, mißbrauchte Geschöpfe, ohne einen Anflug von Gewissensbissen auf die Straße gesetzt. Er mußte in ihre verzagten Gesichter voll verzweifelter Hoffnung und Resignation geblickt haben, und bei der nächsten Begegnung waren sie vermutlich bereits tot gewesen; Opfer von Hunger, Gewalt oder Krankheit.

Warum tat das so weh? Warum war er im Lauf der Zeit nicht abgestumpft? Gab es etwas, jemand, der ihn tiefer berührt hatte? Schuld – Mitleid? Womöglich erfuhr er es nie. Es war verschwunden, wie so vieles andere auch.

»Wer wußte noch davon?« fragte er mit belegter Stimme, in die alle möglichen Gefühle interpretiert werden konnten.

»Meines Wissens nur Lady Moidore.« In Percivals Augen blitzte es unvermittelt auf. »Aber vielleicht war es das, was Mrs. Haslett herausgefunden hat, und dann hat sie damit gedroht, es Mrs. Kellard zu sagen? Wer weiß, vielleicht hat sie's sogar getan, in jener Nacht...« Er brauchte nicht hinzuzufügen, daß Araminta ihre Schwester durchaus in einem Anfall von Panik und Scham erstochen haben konnte, damit sie es nicht im ganzen Haus erzählte. Möglichkeiten gab es viele, alle waren sie häßlich, und alle hatten sie nicht das geringste mit Percival oder einem anderen Mitglied des Hauspersonals zu tun.

»Und Sie haben den Mund gehalten?« fragte Monk mit vor Argwohn schnarrender Stimme. »Sie befanden sich im Besitz dieser extraordinären kleinen Information und haben sie getreu dem Wunsch der Familie geheimgehalten? Du meine Güte, wie taktvoll und ergeben. Warum, um Gottes willen?« Er legte eine genaue Imitation von Percivals vorheriger Verachtung in seine Worte. »Ein Wissen wie dieses bedeutet Macht – Sie wollen mir doch nicht erzählen, Sie hätten keinen Gebrauch davon gemacht?«

Percival hatte sich völlig unter Kontrolle. »Ich weiß nicht, was Sie meinen, Sir.«

Monk wußte, daß er log.

»Warum hätte ich es weitererzählen sollen?« fuhr Percival fort. »War nicht in meinem Interesse.« Das anzügliche Grinsen machte sich wieder breit. »Sir Basil hätt's nicht gefallen, und dann hätt ich mich womöglich selbst im Armenhaus wiedergefunden. Jetzt ist es anders. Es ist meine Pflicht, darüber zu sprechen, und jeder andere Arbeitgeber hätte Verständnis dafür. Wenn es um ein vertuschtes Verbrechen geht . . .«

»Ach, auf einmal ist Vergewaltigung ein Verbrechen.« Monk spürte Ekel in sich hochsteigen. »Wann ist Ihnen das klargeworden? Als Ihr eigener Hals in Gefahr geriet?«

Falls Percival verängstigt oder verlegen war, so merkte man es ihm nicht an.

»Nicht Vergewaltigung, Sir – Mord. Es ging von Anfang an nur darum.« Wieder hob er gleichgültig die Schultern. »Wenn man es tatsächlich Mord nennen kann – nicht Gerechtigkeit, ein Privileg der Reichen oder sonst was in der Art.«

»Wie die Vergewaltigung eines Dienstmädchens.« In dem Moment war Monk voll und ganz seiner Meinung – und verabscheute dieses Gefühl. »In Ordnung, Sie können gehen.«

»Soll ich Sir Basil sagen, daß Sie ihn sprechen wollen?«

»Wenn Ihnen Ihre Stellung lieb ist, setzen Sie ihn besser nicht zu sehr unter Druck.«

Percival machte sich nicht die Mühe zu antworten. Statt dessen verließ er mit geschmeidigen, anmutigen Bewegungen den Raum.

Monk war viel zu betroffen und angespannt wegen des bevorstehenden Gesprächs mit Sir Basil, um noch Verachtung für Percival aufzubringen.

Etwa eine Viertelstunde später teilte Harold ihm mit, daß Sir Basil ihn in der Bibliothek erwarte.

»Guten Tag, Monk. Sie wollten mich sprechen?« Er stand neben dem Fenster. Ein Lehnstuhl und ein Tisch bildeten eine Art natürliche Schranke zwischen ihnen. Basil wirkte gehetzt und leicht gereizt. Alles an Monk ärgerte ihn, seine Fragen, seine Haltung, der Anblick seines Gesichts.

»Guten Tag, Sir. Ich habe etwas Überraschendes in Erfahrung gebracht und wüßte gern, ob es stimmt. Falls ja, möchte ich Sie bitten, mir alles darüber zu erzählen, was Sie wissen.«

Basil schien nicht im mindesten beunruhigt, nur mäßig interessiert. Er trug zwar noch Schwarz, allerdings in hocheleganter, selbstbewußt flotter Ausführung; er erweckte nicht den Eindruck eines Gramgebeugten.

»Worum handelt es sich, Inspektor?«

»Um eine Magd, die vor zwei Jahren hier gearbeitet hat. Martha Rivett war ihr Name.«

Basils Gesicht wurde augenblicklich hart. Er entfernte sich vom Fenster und straffte die Schultern.

»Was, in aller Welt, hat sie mit dem Tod meiner Tochter zu tun?«

»Wurde sie vergewaltigt, Sir Basil?«

Basil Moidores Augen weiteten sich. Seine Züge nahmen erst einen unwilligen, dann einen nachdenklichen Ausdruck an. »Ich habe nicht die leiseste Ahnung!«

Monk beherrschte sich mühsam. »Ist sie zu Ihnen gekommen und hat Ihnen erzählt, es wäre so gewesen?«

Ein schwaches Lächeln spielte um Basils Mundwinkel, während er die Hände seitlich am Körper immer wieder öffnete und schloß.

»Wenn Sie je ein Haus mit viel Personal geführt hätten, Inspektor, das zum Großteil aus jungen, erfindungsreichen und leicht erregbaren Frauen besteht, wären Ihnen schon eine Menge Geschichten über dramatische Verwicklungen, Klagen und Gegenanklagen zu Ohren gekommen. Ja, sie kam zu mir und sagte, sie wäre belästigt worden. Aber wie soll ich beurteilen können, ob es wirklich stimmte, oder ob sie sich hat schwängern lassen und nur versuchte, jemandem die Schuld zu geben, damit wir uns um sie kümmern? Vermutlich hat ihr einer der Dienstboten Gewalt angetan...« Seine Hände öffneten sich, und er zuckte kaum merklich die Achseln.

Monk verbiß sich eine heftige Entgegnung. Statt dessen sah er Basil durchdringend an.

»Ist das wirklich Ihre Meinung, Sir? Sie haben doch mit dem Mädchen gesprochen. Soviel ich weiß, hat sie Mr. Kellard beschuldigt. Haben Sie ihn nicht danach gefragt? Hat er behauptet, nichts mit der Sache zu tun zu haben?«

»Sollte Sie das etwas angehen, Inspektor?« fragte sein Gegenüber kalt zurück.

»Wenn er das Mädchen vergewaltigt hat, ja, Sir Basil. Es könnte sehr gut mit dem aktuellen Verbrechen zusammenhängen.«

»Tatsächlich? Ich wüßte nicht wie.«

»Dann werde ich es Ihnen erklären«, preßte Monk zwischen zusammengebissenen Zähnen hervor. »Falls Mr. Kellard dieses unglückselige Mädchen vergewaltigt hat, die Tatsache vertuscht und Martha einem ungewissen Schicksal ausgeliefert wurde, verrät das eine Menge über Mr. Kellards Charakter. Er hätte dann nämlich die Einstellung, Frauen nach Belieben Gewalt antun zu können. Es ist durchaus möglich, daß er Mrs. Haslett verehrt hat und mit ihr auf ähnliche Weise verfuhr.«

»Und dann soll er sie ermordet haben?« Von dieser Seite schien Basil die Angelegenheit noch nicht betrachtet zu haben. Er klang vorsichtig und nicht völlig ablehnend, aber ausgesprochen skeptisch. »Martha hat mit keinem Wort gesagt, er hätte sie mit einer Waffe bedroht, und verletzt war sie ganz sicher nicht...«

»Sie haben sie untersuchen lassen?« unterbrach Monk ihn unsanft.

Ein zorniger Ausdruck glitt über Basils Gesicht. »Selbstverständlich nicht. Wozu auch? Es war nie von Gewalt die Rede – das habe ich doch gerade gesagt!«

»Ich nehme an, es erschien ihr sinnlos – womit sie ganz recht hatte. Sie gab an, vergewaltigt worden zu sein, und wurde ohne Zeugnis und Empfehlungsschreiben aus dem Haus gejagt – auf Gedeih und Verderb.« Kaum hatte er die Worte ausgesprochen, war ihm klar, daß sie seiner Wut, nicht seinem nüchternen Urteilsvermögen entsprangen.

Basils Wangen liefen dunkelrot an. »Irgendeine hergelaufene Magd wird schwanger und bezichtigt den Mann meiner Tochter der Vergewaltigung! Großer Gott, was erwarten Sie, Mann? Soll ich sie weiterhin unter meinem Dach wohnen lassen? Oder sie an befreundete Familien weiterempfehlen?« Von der anderen Seite des Raumes funkelte er Monk über Tisch und Stuhl hinweg zornentbrannt an. »Ich habe eine Verpflichtung sowohl meiner Familie, speziell meiner Tochter und ihrem Lebensglück, als auch meinen Bekannten gegenüber. Einem unreifen Ding, das ihrem Arbeitgeber eine derartige Ungeheuerlichkeit vorwirft, ein Empfehlungsschreiben auszustellen, wäre absolut unverantwortlich gewesen.«

Monk hätte ihn gern nach seiner Verpflichtung gegenüber Martha Rivett gefragt, war sich jedoch bewußt, daß ihm ein solcher Affront genau die Sorte Beschwerde einbringen würde, nach der Runcorn sich die Finger leckte. Sie lieferte seinem Vorgesetzten die langersehnte Rechtfertigung, ihm einen offiziellen Verweis zu erteilen, wenn nicht sogar, ihm den Fall abzunehmen.

»Sie haben ihr also nicht geglaubt, Sir?« Er zwang sich nur mit Mühe zu einem höflichen Ton. »Mr. Kellard leugnete, irgendeine Form von Beziehung zu ihr gehabt zu haben?«

»Nein, er leugnete keineswegs«, erwiderte Basil scharf. »Er sagte, sie hätte ihn verführt und wäre überaus willig gewesen. Zu der Beschuldigung kam es erst später, als sie merkte, daß sie schwanger war. Wahrscheinlich wollte sie sich schützen und uns dazu zwingen, für sie zu sorgen – sofern uns nicht daran lag, daß die Geschichte verbreitet werden würde. Das Mädchen hatte einen schlechten Charakter und wollte auch noch einen persönlichen Vorteil daraus ziehen.«

»Also machten Sie dem Ganzen ein Ende. Ich nehme an, Sie schenkten Mr. Kellards Version mehr Glauben?«

Basil betrachtete ihn kalt. »Nein, ehrlich gesagt tat ich das nicht. Ich halte durchaus für möglich, daß er ihr Gewalt angetan hat, aber das spielt jetzt keine Rolle mehr. Männer haben diesen natürlichen Trieb, das war schon immer so. Ich schätze, sie hat ihm schöne Augen gemacht, und er hat es falsch verstanden. Wollen Sie andeuten, er hätte bei meiner Tochter Octavia dasselbe versucht?«

»Die Möglichkeit ist nicht von der Hand zu weisen.«

»Aber warum hätte dies gleich zu Mord führen sollen?« Basil

runzelte die Stirn. »Ich könnte ja verstehen, wenn sie ihn geschlagen hätte, doch wozu *sie* töten?«

»Damit sie niemandem davon erzählen konnte«, erwiderte Monk prompt. »Eine Magd zu vergewaltigen, kann man noch durchgehen lassen, aber hätten Sie mit der gleichen Milde reagiert, wenn das Opfer Ihre Tochter gewesen wäre? Und Mrs. Kellard erst, sofern sie davon erfahren hätte?«

Basils Gesicht war plötzlich von tiefen Furchen durchzogen. Er machte einen besorgten und angewiderten Eindruck.

»Sie weiß es nicht«, sagte er schließlich. »Ich hoffe, ich drücke mich klar genug aus, Inspektor. Über Myles' Fehltritt im Bilde zu sein würde sie belasten und hätte keinen Sinn. Er ist ihr Mann und wird es auch bleiben. Ich weiß nicht, wie sich Frauen aus Ihren Kreisen in solchen Lebenslagen verhalten, aber bei uns trägt man seine Probleme mit Fassung und Schweigen. Haben Sie mich verstanden?«

»Sicher«, erwiderte Monk schroff. »Falls sie wirklich keine Ahnung davon hat, wird sie es von mir nicht erfahren. Zumindest so lange nicht, bis es sich nicht mehr umgehen läßt – und dann weiß es vermutlich ohnehin jeder. Als Gegenleistung bitte ich Sie, Sir, Mr. Kellard nicht vorzuwarnen. Ich rechne zwar nicht damit, daß er irgend etwas zugeben wird, aber ich könnte doch eine Menge Rückschlüsse aus seiner spontanen Reaktion ziehen, wenn ich das Thema anschneide.«

»Sie erwarten von mir . . .« begann Basil empört, doch als ihm klar wurde, was er im Begriff war zu sagen, verhallten seine Worte unausgesprochen im Raum.

»Genau«, bestätigte Monk mit herabgezogenen Mundwinkeln. »Von Mrs. Hasletts Anspruch auf Gerechtigkeit einmal ganz abgesehen, wissen wir beide, daß der Täter unter diesem Dach lebt. Wenn Sie Mr. Kellard aus Rücksicht auf einen Skandal – und Mrs. Kellards Gefühle selbstverständlich – decken, ziehen Sie die Ermittlungen, die gegenseitigen Verdächtigungen und Lady Moidores Zustand nur in die Länge. Und am Ende wird sich doch jemand aus diesem Haus verantworten müssen.«

Für einen kurzen Moment trafen sich ihre Blicke; sie verrieten extreme Abneigung – und völliges Verstehen.

»Falls Mrs. Kellard es unbedingt erfahren muß, will ich derjenige sein, der es ihr beibringt«, erklärte Basil.

»Einverstanden, obwohl ich es nicht zu lange hinausschieben würde. Wenn ich es herausfinden konnte, warum sollte sie dann nicht auch . . .«

Basil fuhr zusammen. »Wer hat es Ihnen erzählt? Myles garantiert nicht! War es Lady Moidore?«

»Nein, ich habe nicht mit ihr gesprochen.«

»Los, Mann, raus damit! Wer war's?«

»Ich würde vorziehen, es nicht zu sagen, Sir.«

»Es ist mir verdammt egal, was Sie vorziehen. Wer?«

»Bitte, wenn Sie mich dazu zwingen – ich weigere mich, Ihnen den Namen bekanntzugeben.«

»Sie – Sie – Sie tun was?« Er schaute Monk erbost an, in der Hoffnung, daß dieser endlich den Blick abwenden würde, merkte jedoch bald, daß er ihm ohne eine konkrete Drohung keine Angst machen konnte, und er hatte keine parat. Er senkte schließlich als erster den Blick, mit dem bitteren Gefühl, eine ungewohnte Niederlage eingesteckt zu haben. »Na schön, fahren Sie mit Ihren Ermittlungen fort, aber irgendwann finde ich es heraus, das verspreche ich Ihnen.«

Monk trieb seinen Triumph nicht auf die Spitze; er war zu zerbrechlich, die Stimmung zwischen ihnen zu unberechenbar.

»Ja, Sir, das ist möglich. Dürfte ich jetzt bitte mit Lady Moidore sprechen, da sie die einzige Person zu sein scheint, die sonst noch darüber Bescheid weiß?«

»Ich bezweifle, daß sie Ihnen weiterhelfen kann. Ich habe die Angelegenheit damals geregelt.«

»Oh, da bin ich sicher, Sir. Aber sie weiß davon und hat vielleicht etwas am Verhalten der anderen bemerkt, das Ihnen entgangen ist. Sie hat einen besseren Einblick in die zwischenmenschlichen Beziehungen in diesem Haus, außerdem sind Frauen diesbezüglich sensibler als Männer.«

Basil zögerte immer noch.

Monk suchte nach schlagenden Argumenten: eine rasche Aufklärung des Falls, Gerechtigkeit für Octavia – doch dann flüsterte ihm sein angeborenes Mißtrauen ein, daß Octavia bereits tot war und Basil der gute Ruf der Hinterbliebenen womöglich mehr am Herzen lag. Für Octavia kam jede Hilfe zu spät, aber Araminta konnte er noch vor Schande und Kummer bewahren.

»Also meinetwegen«, erklärte Basil sich widerstrebend einverstanden. »Aber sorgen Sie dafür, daß die Schwester zugegen ist, und falls Lady Moidore sich schlecht fühlen sollte, verschwinden Sie auf der Stelle. Ist das klar?«

»Absolut, Sir.« Hesters Beistand bei dieser Angelegenheit war ein Pluspunkt, der ihm nur gelegen kam. »Ich danke Ihnen.«

Er wurde von neuem gebeten zu warten, bis Beatrice sich umgezogen hatte. Nach etwa einer halben Stunde erschien Hester im Damenzimmer, um ihn zum Salon zu begleiten.

»Schließen Sie die Tür«, forderte er sie auf, kaum daß sie im Zimmer stand.

Sie tat, wie ihr geheißen, und sah ihn dabei neugierig an. »Gibt es etwas Neues?« fragte sie wachsam, als ob sie mit nichts Gutem rechnete.

Er wartete, bis der Riegel ins Schloß gefallen und sie in den Raum zurückgekehrt war.

»Vor zwei Jahren arbeitete hier eine Magd, die Myles Kellard der Vergewaltigung beschuldigte. Sie wurde ohne Zeugnis und Empfehlungsschreiben entlassen.«

»Meine Güte ...« Hester war sichtlich betroffen. Dann, nachdem sich die erste Verblüffung gelegt hatte, stieg ihr die Zornesröte ins Gesicht. »Sie meinen, man hat sie einfach rausgeworfen? Und was geschah mit Myles?«

»Nichts«, erwiderte er trocken. »Was haben Sie denn gedacht?«

Sie stand reglos vor ihm, die Schultern zurückgeworfen, das Kinn hoch erhoben, und starrte ihn fassungslos an. Nur nach und nach wurde ihr klar, daß der erste Gedanke an Gerechtigkeit und objektive Beurteilung niemals der Realität entsprach.

»Wer weiß davon?«

»Nur Sir Basil und Lady Moidore. Das glaubt jedenfalls Sir Basil.«

»Wer hat es Ihnen erzählt? Sir Basil doch bestimmt nicht, oder?«

Er verzog den Mund zu einem bitteren, verzerrten Grinsen. »Percival, und zwar als er dachte, ich würde ihm die Schlinge um den Hals legen. Er würde nie freiwillig für die Moidores ins Verderben rennen. Wenn Percival untergeht, wird er versuchen, so viele wie möglich mit sich in die Tiefe zu reißen.«

»Ich kann ihn nicht leiden«, flüsterte Hester mit gesenktem Blick. »Aber ich kann ihm auch nicht verübeln, daß er sich zur Wehr setzt. Ich würde das gleiche tun. Ich könnte jedes Unrecht in Kauf nehmen, wenn es für jemand ist, den ich liebe – aber nicht für Leute, die nur versessen darauf sind, mir die Schuld in die Schuhe zu schieben, damit sie nichts mehr damit zu tun haben. Was gedenken Sie Lady Moidore zu fragen? Sie wissen, daß es die Wahrheit ist...«

»Nein, das weiß ich nicht«, widersprach Monk. »Myles Kellard behauptet, sie wäre eine Schlampe gewesen und hätte das Ganze provoziert. Basil ist es egal, ob das stimmt oder nicht. Sie konnte nicht hierbleiben, nachdem sie Kellard beschuldigt hatte; abgesehen davon war sie schwanger. Er hatte nur eins im Sinn: die häusliche Ordnung wiederherstellen und die unangenehme Überraschung von seiner Tochter Araminta fernhalten.«

Hester sah ihn mit unverhohlenem Staunen an. »Sie weiß es nicht?«

»Denken Sie, sie weiß es?« fragte er rasch zurück.

»Sie haßt ihn aus irgendeinem Grund. Es muß nicht unbedingt das sein...«

»Nein, es könnte alles mögliche sein«, pflichtete er ihr bei. »Wie auch immer – mir ist schleierhaft, warum dieser Umstand ein Grund gewesen sein soll, Octavia umzubringen. Selbst wenn es das ist, was sie am Tag vor ihrem Tod herausgefunden hat: die Vergewaltigung.«

»Mir auch. Es muß noch etwas sehr Wichtiges geben, von dem wir bisher nichts wissen.«

»Und ich rechne nicht damit, es von Lady Moidore zu erfahren. Trotzdem sollten wir jetzt besser zu ihr gehen. Ansonsten glaubt man noch, wir würden uns miteinander absprechen, und ist in Ihrer Gegenwart in Zukunft nicht mehr so offen. Kommen Sie.«

Gehorsam machte Hester die Tür wieder auf und führte ihn durch die geräumige Halle in den Salon. Draußen war es kalt und windig, die ersten schweren Regentropfen klatschten gegen die Fensterscheiben. Im Kamin loderte ein Feuer, dessen Widerschein sich über den handgewebten, roten Aubussonteppich ergoß und die schweren Samtvorhänge erreichte, die in formschönen, üppigen Falten von den breiten, bezogenen Blenden bis auf den Boden hingen und dort ihre fransigen Troddeln ausbreiteten.

Beatrice Moidore saß in dem größten Lehnstuhl, den der Raum zu bieten hatte, gekleidet in Rabenschwarz, als wolle sie jeden an ihren Trauerstatus erinnern. Trotz oder vielleicht gerade wegen ihres schimmernden Haars wirkte sie unglaublich blaß, aber ihre Augen leuchteten, und ihr Gesichtsausdruck war wach.

»Guten Tag, Mr. Monk. Nehmen Sie bitte Platz. Sie möchten etwas mit mir besprechen?«

»Guten Tag, Lady Moidore. Ja, wenn es Ihnen recht ist. Sir Basil möchte, daß Miss Latterly anwesend ist, falls Sie sich schlecht fühlen und ihren Beistand brauchen sollten.« Monk ließ sich ihr gegenüber auf einem der anderen Lehnstühle nieder. Hester blieb ihrer Position entsprechend stehen.

Die Andeutung eines Lächelns streifte Beatrices Lippen, als würde sie sich im stillen über etwas amüsieren, das sich seiner Kenntnis entzog.

»Wie aufmerksam von ihm«, sagte sie ausdruckslos. »Also, was haben Sie auf dem Herzen? Ich weiß heute nicht mehr als bei unserer letzten Unterhaltung.«

»Aber ich, Ma'am.«

»Wirklich?« Plötzlich war da ein Anflug von Angst. Ihr Blick bewölkte sich kurz, die weißen Hände verkrampften sich.

Wem galt diese Besorgnis? Ihr selbst nicht. Wer bedeutete ihr so viel, daß sie Angst um ihn bekam, ohne zu wissen, worum es ging? Wen würde sie beschützen wollen? Ihre Kinder natürlich – sonst niemand.

»Und, werden Sie es mir verraten, Mr. Monk?« Ihre Stimme war brüchig, aber ihr Blick wieder klar.

»Ja, Ma'am. Ich bedaure, ein vermutlich recht unangenehmes Thema zur Sprache bringen zu müssen, aber Sir Basil bestätigte mir, daß eine Ihrer Hausangestellten, ein Mädchen namens Martha Rivett, Mr. Kellard vor zwei Jahren der Vergewaltigung beschuldigt hat.« Er beobachtete sie aufmerksam und registrierte, wie sich ihre Hals- und Schläfenmuskulatur verkrampfte. Ihre Mundwinkel bogen sich verärgert nach unten.

»Ich verstehe nicht, was das mit dem Tod meiner Tochter zu tun haben soll. Es liegt zwei Jahre zurück und hat sie in keiner Weise betroffen. Sie wußte nicht einmal davon.«

»Stimmt es denn, Ma'am? Hat Mr. Kellard das Stubenmädchen vergewaltigt?«

»Ich habe keine Ahnung. Mein Mann hat sie entlassen, also war sie zumindest teilweise schuld an dem, was geschehen ist.« Sie holte tief Luft und schluckte. Er sah die ruckartige Bewegung ihrer Kehle. »Es ist durchaus möglich, daß sie sich mit einem anderen Mann eingelassen hat, schwanger wurde und dann ein Mitglied der Familie beschuldigte, um ihre eigene Haut zu retten. Vermutlich hoffte sie, wir würden uns für sie verantwortlich fühlen und für sie sorgen. Solche Dinge passieren leider immer wieder.«

»Da haben Sie wohl recht«, pflichtete er ihr bei, mühsam bestrebt, seiner Stimme einen unverbindlichen Klang zu geben. Er war sich Hesters Gegenwart in seinem Rücken deutlich bewußt und glaubte genau zu spüren, was sie empfand. »Aber wenn es wirklich das war, was sie hoffte, wurde sie bitter enttäuscht, nicht wahr?«

Beatrice wurde noch blasser. Ihr Kopf machte eine abrupte Bewegung nach hinten, als hätte sie eine Ohrfeige bekommen, sich jedoch entschieden, keine Notiz davon zu nehmen. »Es ist eine furchtbare Sache, jemanden zu Unrecht eines solchen Vergehens zu beschuldigen, Mr. Monk.«

»So, ist es das?« fragte er böse. »Mr. Kellard scheint jedenfalls keinerlei Schaden davongetragen zu haben.«

Sie ignorierte sein unverschämtes Benehmen. »Nur, weil wir ihr nicht geglaubt haben!«

»Wirklich nicht?« bohrte Monk weiter. »Laut dem, was Sir Basil mir gesagt hat, nahm ich an, er hätte ihr geglaubt.«

Sie schluckte wieder und schien etwas in ihrem Stuhl zu schrumpfen.

»Was wollen Sie von mir, Mr. Monk? Selbst wenn sie die Wahrheit gesagt hat und Myles über sie hergefallen ist, was hat das mit dem Tod meiner Tochter zu tun?«

Inzwischen tat es ihm leid, daß er so unsanft mit ihr verfahren war. Obwohl sie sehr unter dem Verlust litt, hatte sie jede seiner Fragen direkt und ohne Feindseligkeit beantwortet.

»Es würde beweisen, daß Mr. Kellard ohne Rücksicht auf den Schaden anderer entschlossen ist, seine Begierden zu befriedigen. Außerdem hat ihn die Erfahrung gelehrt, daß er ungeschoren davonkommen kann.«

Beatrice war mittlerweile so blaß wie das blütenweiße Leinentaschentuch zwischen ihren ineinander verschlungenen Fingern.

»Wollen Sie andeuten, Myles hätte versucht, Octavia Gewalt anzutun?« Die Vorstellung machte ihr sichtlich zu schaffen. Plötzlich war auch ihre andere Tochter von dem Ungeheuerlichen betroffen. Monk litt unter heftigen Gewissensbissen, weil er sie gezwungen hatte, darüber nachzudenken, und wußte doch keine Alternative, die nicht verlogen gewesen wäre.

»Ist es denn so undenkbar, Ma'am? Soweit ich weiß, war sie sehr attraktiv; außerdem hatte er in letzter Zeit kein Geheimnis aus seiner Verehrung für sie gemacht.«

»Aber... aber sie war nicht... ich meine...« Ihre Stimme verhallte im Raum. Sie war unfähig, die Worte auszusprechen.

»Nein, sie ist nicht vergewaltigt worden«, versicherte er rasch. »Dennoch ist es möglich, daß sie eine Vorahnung hatte, auf eine

Notsituation vorbereitet war und im Kampf schließlich an seiner Stelle ums Leben kam.«

»Das ist absurd! Einer Magd Gewalt anzutun, ist eine Sache – aber sich mit derselben Absicht nachts ins Zimmer seiner Schwägerin zu schleichen, um sie gegen ihren Willen ... Nein, das ist etwas ganz anderes! Es ist widerlich – es ... es ist grauenhaft!«

»Ist der Schritt vom einen zum andern wirklich so groß?« Monk beugte sich leicht zu ihr vor. Sein Ton war ruhig und eindringlich. »Glauben Sie allen Ernstes, Martha Rivett wäre nicht genausowenig einverstanden gewesen? Sie konnte sich nur nicht so gut verteidigen. Sie war jünger, verängstigt und als Dienstmädchen wesentlich leichter angreifbar.«

Beatrices Teint hatte einen gräulichen Farbton angenommen, und nicht nur Hester fürchtete, sie würde jeden Moment vom Stuhl fallen. Monk fragte sich besorgt, ob er zu brutal vorgegangen war. Hester trat einen Schritt vor, sagte jedoch nichts und behielt Beatrice statt dessen sorgfältig im Auge.

»Wissen Sie, was Sie da sagen?« Ihre Stimme klang ausgedörrt. Die einzelnen Silben entrangen sich ihrer Kehle nur mit Mühe. »Sie sagen, wir würden uns nicht um unsere Bediensteten kümmern, wir könnten ihnen kein ... kein anständiges Leben bieten, wir ... wir wären unmoralisch!«

Es gab nichts zu entschuldigen. Sie hatte seine Worte auf den Punkt gebracht.

»Nicht jeder von Ihnen, Ma'am, nur Mr. Kellard. Und daß Sie, um Ihrer Tochter Schmerz und Schande zu ersparen, seine Tat vertuscht haben – was bedeutete, das Mädchen loszuwerden und die Angelegenheit totzuschweigen.«

Sie schlug die Hände vors Gesicht, ließ sie langsam aufwärts über die Wangen gleiten und fuhr sich mit den Fingern durchs Haar, was ihre Frisur total ruinierte. Sie kümmerte sich nicht darum. Nach einem Moment qualvoller Stille legte sie die Hände in den Schoß zurück und schaute Monk mit starrem Blick an.

»Was hätten Sie an unserer Stelle getan, Mr. Monk? Wenn Araminta davon erfahren hätte, wäre ihr Leben zerstört gewesen.

Sie hätte nicht mehr mit ihm zusammensein, sich aber auch nicht von ihm scheiden lassen können – schließlich hat er sie nicht verlassen. Ehebruch ist kein Trennungsgrund, es sei denn, die Frau hat ihn begangen. Bei einem Mann hat es nichts zu bedeuten, das ist Ihnen sicher bekannt. Der Frau bleibt nichts anderes übrig, als seinen Fehltritt vor der Öffentlichkeit geheimzuhalten, damit sie nicht wie eine Närrin dasteht, die von den netteren Menschen mit Mitleid, vom Rest mit Verachtung überschüttet wird. Araminta traf nicht die geringste Schuld, darüber hinaus ist sie mein Kind. Würden Sie Ihr Kind nicht zu schützen versuchen, Mr. Monk?«

Was sollte er darauf antworten? Die heftige, verzehrende Liebe zu einem Kind, das Gefühl von Zärtlichkeit, starker Bindung und Verantwortung, all das war ihm unbekannt. Er hatte kein Kind, nur eine Schwester, Beth, und selbst an die erinnerte er sich bloß schwach.

»Vielleicht schon, Ma'am. Aber wenn ich eine Tochter hätte, wäre sie vermutlich Stubenmädchen – wie Martha Rivett«, sagte er grausam und ließ den Satz in der Luft hängen. In ihren Zügen spiegelten sich Schmerz und Schuldbewußtsein.

Da öffnete sich die Tür. Araminta kam herein, den Speisezettel fürs Abendessen in der Hand. Als sie Monk erblickte, blieb sie überrascht stehen, drehte sich dann um und sah ihre Mutter an. Hester wurde ignoriert wie jedes andere Dienstmädchen.

»Du siehst schrecklich aus, Mama. Was ist passiert?« Sie wirbelte mit anklagendem Blick zu Monk herum. »Meiner Mutter geht es offensichtlich nicht gut, Inspektor. Können Sie nicht ein Mindestmaß an Höflichkeit aufbringen und sie in Ruhe lassen? Sie kann Ihnen ohnehin nichts mehr sagen. Lassen Sie sich von Miss Latterly den Weg in die Halle weisen, der Lakai wird Sie hinausbegleiten.« Als nächstes knöpfte sie sich Hester vor; ihre Stimme klang hörbar gereizt. »Anschließend bringen Sie Mama ein Glas Ptisane und das Riechsalz, Miss Latterly. Was ist bloß in Sie gefahren, dieses Theater hier zu dulden? Sie sollten Ihre Aufgabe ein bißchen ernster nehmen, oder wir werden uns nach einer verantwortungsvolleren Kraft umsehen müssen.«

»Ich bin mit Sir Basils Einverständnis hier, Mrs. Kellard«, sagte Monk scharf. »Wir sind uns alle bewußt, wie schmerzhaft solche Gespräche sind, aber sie aufzuschieben, ist keine Lösung. In diesem Haus ist ein Mord geschehen, und Lady Moidore möchte wissen, wer der Täter ist – genau wie jeder andere auch.«

»Stimmt das, Mama?« fragte Araminta streng.

»Natürlich«, gab Beatrice leise zurück. »Ich glaube ...«

»Du glaubst – was?« Aramintas Augen weiteten sich. Sie schien blitzartig zu begreifen. Sehr langsam wandte sie sich zu Monk um. »Worum ging es bei Ihren Fragen, Mr. Monk?«

Beatrice hielt den Atem an. Sie wagte nicht, ihn entweichen zu lassen, ehe Monk reagiert hatte.

»Lady Moidore hat sie bereits alle beantwortet«, erwiderte er. »Vielen Dank für das freundliche Angebot, aber es betrifft eine Angelegenheit, über die Sie nichts wissen.«

»Es war kein Angebot.« Araminta hielt ihren harten, unversöhnlichen Blick auf ihn gerichtet. »Ich verlange eine Erklärung – für mich selbst.«

»Verzeihen Sie, ich dachte, Sie wollten helfend einschreiten«, gab Monk mit leisem Spott zurück.

»Weigern Sie sich, es mir zu sagen?«

Er konnte nicht länger ausweichen. »Wenn Sie es so ausdrücken wollen, Ma'am – ja, ich weigere mich.«

Eine eigenartige Mischung aus Schmerz, Hinnahme und so etwas wie einem subtilen Vergnügen trat in ihren Blick.

»Weil es mit meinem Mann zusammenhängt.« Sie drehte sich wieder zu ihrer Mutter um. Diesmal war die Furcht zwischen ihnen beinahe greifbar. »Versuchst du mich zu schützen, Mama? Du weißt doch etwas über Myles.« Man hörte ihr den inneren Aufruhr an. Beatrice streckte die Arme nach ihr aus und ließ sie auf halbem Weg wieder sinken.

»Nein, eigentlich nicht«, sagte sie tonlos. »Es besteht kein Grund zu der Annahme, daß Myles ...« Doch sie brachte den Satz nicht zu Ende und schien selbst nicht an ihre Worte zu glauben.

Araminta versuchte ihr Glück wieder bei Monk.

»Und was denken Sie? Das ist es doch, was wirklich zählt, nicht wahr?«

»Ich bin mir nicht sicher, Ma'am. Bevor ich nicht mehr darüber weiß, kann ich mir keine Meinung bilden.«

»Aber es betrifft meinen Mann?«

»Ich bin nicht bereit, mich dazu zu äußern, ehe ich die Wahrheit herausgefunden habe. Es wäre ungerecht und würde nur böses Blut machen.«

Aramintas seltsam asymmetrisches Lächeln war hart wie Stahl. Ihr Blick kehrte zu ihrer Mutter zurück. »Berichtige mich, falls ich mich täusche, Mama«, ihr Tonfall war eine grausame Imitation von Monks vorherigem Sarkasmus, »aber geht es vielleicht um Myles' Gefühle für Octavia und den Verdacht, er könnte ihr Gewalt angetan und sie als Reaktion auf ihre Gegenwehr umgebracht haben?«

»Das ist nicht fair.« Beatrices Stimme war kaum mehr als ein Flüstern. »Du hast keinen Grund, so schlecht von ihm zu denken.«

»Aber du! Ich habe nicht verdient, daß man mich anlügt, Mama!« Jedes einzelne Wort war kristallklar und scharf, als würde sie sich bewußt ins eigene Fleisch schneiden.

Beatrice kapitulierte; sie hatte keine Kraft mehr für Täuschungsmanöver. Ihre Angst durchströmte den Raum wie die statische Aufladung vor einem Gewitter. Starr, mit ziellosem Blick und verkrampften Händen saß sie auf ihrem Stuhl.

»Martha Rivett hat behauptet, Myles hätte sie vergewaltigt«, sagte sie tonlos. »Deshalb ist sie gegangen. Dein Vater hat sie entlassen. Sie war ...« Doch an der Stelle brach Beatrice ab. Marthas Schwangerschaft zu erwähnen, war sinnlose Qual. Araminta hatte nie ein Kind zur Welt gebracht. Monk war so sicher, was sie hatte sagen wollen, als ob sie es tatsächlich getan hätte. »Sie war nicht mehr zurechnungsfähig«, schloß sie lahm. »Wir konnten sie nicht bei uns behalten, nachdem sie solche Dinge verbreitet hatte.«

»Ich verstehe.« Auf Aramintas aschfahlen Wangen bildeten sich zwei rote Flecke.

Die Tür öffnete sich zum zweitenmal, und Romola kam herein. Mit einem einzigen Blick erfaßte sie das lebende Standbild: Beatrice, die kerzengerade und wie angewachsen auf ihrem Stuhl saß; Araminta, steif wie ein Zinnsoldat, das Gesicht angespannt, die Zähne zusammengepreßt; Hester, immer noch hinter dem hohen Lehnstuhl, unschlüssig, was zu tun war; Monk, der sich in unbequemer Sitzhaltung leicht vorbeugte. Sie betrachtete kurz den Speisezettel in Aramintas Hand und vergaß ihn gleich wieder. Sogar sie merkte, daß sie in eine brenzlige Situation gestolpert war und das Dinner jetzt kaum eine Rolle spielte.

»Stimmt was nicht?« fragte sie, während ihr Blick von einem zum andern glitt. »Wißt ihr, wer Octavia umgebracht hat?«

»Nein, wir wissen es nicht!« Beatrices Ton war erstaunlich scharf. »Wir sprachen über das Stubenmädchen, das vor zwei Jahren entlassen wurde.«

»Wozu?« Romola klang ziemlich ungläubig. »Das kann doch jetzt nicht wichtig sein.«

»Wahrscheinlich nicht«, bestätigte Beatrice.

»Warum verschwendet ihr dann Zeit mit diesem Thema?« Sie kam näher, ließ sich auf einem der kleineren Stühle nieder und begann geziert, ihre Röcke zu ordnen. »Ihr seht aus, als ob etwas Schreckliches passiert wäre. Ist ihr etwas zugestoßen?«

»Ich habe keine Ahnung«, fuhr Beatrice, die langsam die Beherrschung verlor, sie unfreundlich an. »Aber ich halte es nicht für ausgeschlossen.«

»Wie kommt ihr darauf?« Romola war verwirrt und verängstigt; sie war überfordert. »Hast du ihr kein Zeugnis ausgestellt? Warum ist sie eigentlich entlassen worden?« Mit verständnislos hochgezogenen Brauen schaute sie zu Araminta hinüber.

»Nein, ich habe ihr kein Zeugnis ausgestellt«, erklärte Beatrice matt.

»Und wieso nicht?« Romolas Blick flog erneut zu Araminta und wieder zurück zu ihrer Schwiegermutter. »Hat sie gelogen? Hat sie etwas gestohlen? Mir hat keiner was gesagt!«

»Es ging dich nichts an«, versetzte Araminta brüsk.

»Wenn sie eine Diebin war, schon! Sie hätte schließlich auch Sachen von mir stehlen können!«

»Das ist unwahrscheinlich. Sie behauptete, vergewaltigt worden zu sein!« Araminta funkelte ihre Schwägerin wütend an.

»Vergewaltigt?« Romolas Gesichtsausdruck wechselte von Furcht zu Unglauben. »Du meinst – *vergewaltigt?* Gütiger Gott!« Sie wurde von einem grenzenlosen Gefühl der Erleichterung erfaßt; die Farbe kehrte in ihre wunderschöne Haut zurück. »Nun ja, wenn sie eine lockere Moral hatte, mußtet ihr sie natürlich entlassen. Niemand hätte etwas dagegen einzuwenden. Ich nehme an, sie ist auf der Straße gelandet; das ist bei solchen Frauen nun mal so. Warum in aller Welt zerbrecht ihr euch darüber den Kopf? Es läßt sich nicht mehr ändern – und hätte wahrscheinlich auch nicht verhindert werden können.«

Hester konnte sich nicht länger beherrschen.

»Sie wurde vergewaltigt, Mrs. Moidore – brutal von einem Menschen mißbraucht, der größer und stärker ist als sie. Das hat nichts mit unmoralischem Verhalten zu tun. Das kann jeder Frau passieren.«

Romola starrte sie an, als ob ihr plötzlich Hörner gewachsen wären. »Natürlich liegt das an unmoralischem Verhalten! Anständige Frauen werden nicht geschändet, sie setzen sich dem nicht aus – sie fordern es nicht heraus! – und halten sich nicht in dubioser Begleitung an dubiosen Orten auf. Ich möchte nicht wissen, in welchen Gesellschaftskreisen Sie sich bewegen, daß Sie auf derart abwegige Gedanken kommen.« Sie schüttelte mißbilligend den Kopf. »Ich fürchte, Ihre Erfahrungen als Krankenschwester haben Sie für alle zarteren Gefühle unempfänglich gemacht. Entschuldigen Sie, daß ich Ihnen so etwas sagen muß, aber Sie lassen mir keine andere Wahl. Schwestern sind für ihren zwielichtigen Lebenswandel bekannt – und kaum darum zu beneiden. Eine rechtschaffene Frau begibt sich nicht in Situationen, in denen so etwas passieren könnte. Die bloße Vorstellung ist absurd – und abstoßend.«

»Es ist ganz und gar nicht absurd«, widersprach Hester entschieden. »Furchterregend ist das. Die Annahme, man könnte dem vorbeugen, indem man sich zurückhaltend und unauffällig verhält, ist ausgesprochen bequem.« Sie holte tief Luft. »Aber es ist Unsinn und bringt einen nur dazu, sich in falscher Sicherheit zu wiegen und sich vorzugaukeln, als hochmoralischem Menschen würden einem der Schmerz und die Demütigung einer Vergewaltigung erspart bleiben. Wir würden alle gern glauben, daß uns oder jemandem, den wir kennen, so etwas niemals passieren kann, es entspricht nur leider nicht der Realität.« Sie brach ab und beobachtete die Reaktion der anderen. Romolas Unglauben verwandelte sich in schockierte Empörung, auf Beatrices erstauntem Gesicht zeigte sich ein erster Funke von Hochachtung, Araminta betrachtete sie mit allergrößtem Interesse und einem Blick, der so etwas wie Wärme enthielt.

»Sie vergessen sich!« stieß Romola aus. »Wissen Sie nicht, wen Sie vor sich haben? Ich habe keine Ahnung, was für Menschen Sie gepflegt haben, bevor Sie zu uns gekommen sind, aber ich kann Ihnen versichern, daß wir nicht mit Leuten verkehren, die Frauen schänden.«

»Du bist eine solche Närrin«, sagte Araminta mit Todesverachtung. »Manchmal frage ich mich, in was für einer Welt du eigentlich lebst.«

»Minta!« rief Beatrice sie in schneidendem Tonfall zur Ordnung. »Ich denke, wir haben das Thema jetzt genug strapaziert, Mr. Monk wird diese Angelegenheit in die Hand nehmen. Wir können im Moment gar nichts tun. Hester, würden Sie mir bitte nach oben helfen? Ich möchte mich gern hinlegen. Das Dinner müßt ihr ohne mich einnehmen, außerdem wünsche ich nicht gestört zu werden, bis es mir wieder besser geht.«

»Wie passend«, bemerkte Araminta kalt. »Aber wir kommen auch ohne dich zurecht. Es gibt nichts, wofür du gebraucht wirst. Ich werde mich um alles kümmern und Papa Bescheid sagen.« Sie drehte sich energisch zu Monk um. »Guten Tag, Mr. Monk. Zweifellos haben Sie heute genug gehört, um die nächste Zeit beschäftigt zu sein – wenn vermutlich auch nicht mehr dabei herauskommt, als daß Sie einen überaus fleißigen Eindruck erwecken. Ich wüßte nicht, wie Sie irgend etwas beweisen könnten, welchen Verdacht Sie auch haben mögen.«

»Verdacht?« Romola sah erst Monk, dann ihre Schwägerin an. Die Angst ließ ihre Stimme wieder anschwellen. »Was für ein Verdacht? Was hat das mit Octavia zu tun?«

Doch Araminta beachtete sie nicht und marschierte an ihr vorbei aus dem Raum.

Monk stand auf, entschuldigte sich bei Beatrice, nickte Hester kurz zu und hielt ihnen die Tür auf. Romola bildete die Nachhut; sie war verstört und verärgert, aber nicht in der Lage, etwas dagegen zu tun.

Kaum hatte Monk das Polizeirevier betreten, hob der diensthabende Sergeant am Schalter den Kopf. Die Augen in seinem ausdruckslosen Gesicht begannen zu leuchten.

»Mr. Runcorn will Sie sprechen, Sir. Sofort.«

»So, will er das«, gab Monk mürrisch zurück. »Ich bezweifle, daß er viel Freude daran haben wird, aber er soll seinen Willen kriegen.«

»Er ist in seinem Büro, Sir.«

»Ja, danke. Ist Mr. Evan da?«

»Nein, Sir. War kurz hier, ist aber gleich wieder verschwunden. Wohin, hat er nicht gesagt.«

Monk nahm die Antwort mit einem knappen Nicken zur Kenntnis und begab sich zu Runcorns Büro. Er klopfte an, wartete auf das »Herein« und trat ein. Runcorn saß hinter seinem breiten, auf Hochglanz polierten Schreibtisch, zwei qualitativ exquisite Briefumschläge sowie ein halbes Dutzend beschriebene, in der Mitte zusammengefaltete Bögen ebensolchen Briefpapiers neben sich. Der Rest der Tischfläche war mit vier oder fünf Zeitungen bedeckt, teils in aufgeschlagenem, teils in jungfräulichem Zustand.

Mit schmalen, glitzernden Augen und finsterer Miene starrte er Monk entgegen.

»Na endlich! Schon einen Blick in die Zeitungen geworfen?

Mitgekriegt, was man über uns schreibt?« Er hielt ein Exemplar in die Höhe, so daß Monk die fettgedruckte Überschrift lesen konnte, die die Hälfte des Titelblatts einnahm: **QUEEN-ANNE-STREET-KILLER IMMER NOCH AUF FREIEM FUSS. POLIZEI STEHT VOR EINEM RÄTSEL.** Im folgenden stellte der Verfasser den Nutzen der neuen Polizeistreitkräfte in Frage und forderte zum Nachdenken darüber auf, ob die diesbezüglich ausgegebenen Gelder sinnvoll eingesetzt oder für eine undurchführbare Idee zum Fenster rausgeworfen wären.

»Und?« knurrte Runcorn.

»Die habe ich noch nicht gesehen«, sagte Monk. »Aber ich hatte auch nicht viel Zeit zum Zeitunglesen.«

»Ich will nicht, daß Sie Zeitungen lesen, verdammt!« explodierte Runcorn. »Ich will, daß Sie was tun, damit solcher Blödsinn gar nicht erst geschrieben wird! Oder der hier.« Er packte das nächste Blatt. »Oder der!« Wieder eins. Dann schleuderte er alle auf einmal von sich, ohne auf das Chaos zu achten, als sie über die polierte Holzoberfläche segelten und in heillosem Durcheinander auf dem Boden landeten. Statt dessen griff er nach einem der Briefe. »Vom Innenministerium.« Seine Fingerknöchel traten weiß hervor. »Man stellt mir ein paar sehr peinliche Fragen, Monk, und ich habe keine Antworten. Ich kann Sie nicht ewig in Schutz nehmen – ich weiß nicht wie! Was in drei Teufels Namen treiben Sie die ganze Zeit? Wenn einer aus dem Haus die unglückselige Frau ermordet hat, bleiben doch nicht so viele Möglichkeiten offen, oder? Großer Gott, wie viele Verdächtige können es schon sein – vier oder fünf vielleicht, mehr nicht. Was ist los mit Ihnen, daß Sie so lange dafür brauchen?«

»Weil vier oder fünf Verdächtige drei oder vier zuviel sind – Sir. Es sei denn, Sie können eine Verschwörung nachweisen«, erwiderte Monk sarkastisch.

Runcorns Faust krachte auf den Tisch. »Werden Sie nicht frech, verflixt noch mal! Ein flottes Mundwerk hilft Ihnen hier auch nicht mehr raus. Welche Verdächtigen haben Sie? Diesen Lakai – wie heißt er gleich – Percival. Sonst noch wen? Wie's aussieht, war's das schon. Warum können Sie den Fall nicht abschließen? Sie erwecken langsam einen unfähigen Eindruck.« Seine Wut verwandelte sich in genüßlichen Spott. »Sie waren immer unser bester Mann, aber in letzter Zeit lassen Sie nach. Warum nehmen Sie diesen gottverdammten Lakai nicht fest?«

»Weil keine Beweise für seine Schuld existieren.«

»Wer soll's denn sonst gewesen sein? Denken Sie scharf nach! Sie waren mal der cleverste, rationalste Mann, den wir hatten.« Runcorns Unterlippe kräuselte sich. »Vor diesem Unfall waren Sie so logisch wie eine Algebraformel – und ungefähr genauso gewinnend –, aber Sie verstanden Ihren Job. Heute hab ich da gewisse Zweifel.«

Monk riß sich mühsam zusammen. »Statt Pervical, Sir, könnte es auch eine der Wäschemägde gewesen sein.«

»Wie?« fragte Runcorn ungläubig, offenbar kurz davor, in Hohngelächter auszubrechen. »Sagten Sie, eine der Wäschemägde? Machen Sie sich nicht lächerlich! Mit welchem Motiv? Wenn das alles ist, was Sie zu bieten haben, sollte ich den Fall vielleicht wirklich einem Ihrer Kollegen übergeben. Wäschemagd! Was in Gottes Namen könnte eine Wäschemagd veranlassen, mitten in der Nacht aus dem Bett zu kriechen, ins Schlafzimmer ihrer Herrin zu schleichen und sie zu erstechen? Ausgenommen, natürlich, bei ihr ist eine Schraube locker, Monk? Und jetzt erzählen Sie mir nicht, Sie würden eine Irre nicht erkennen, wenn Sie eine sehen!«

»Nein, bei ihr ist keine ›Schraube locker‹. Sie ist krankhaft eifersüchtig.«

»Eifersüchtig? Auf ihre Herrin? Das ist doch absurd. Wie kann sich eine Wäschemagd auf eine Stufe mit der Hausherrin stellen, Monk? Das müssen Sie mir genauer erklären. Sie klammern sich an einen Strohhalm!«

»Die Wäschemagd ist bis über beide Ohren in den Lakai verliebt – so schwer ist das doch nicht, oder?« setzte Monk ihm übertrieben geduldig auseinander. »Der Lakai strebt nach Höherem und bildet sich ein, die Herrin hätte Gefallen an ihm gefunden – was stimmen kann oder auch nicht. Die Wäschemagd hat er zweifellos in dem Glauben gelassen, es wäre so.«

Runcorn legte die Stirn in Falten. »Es war also die Wäschemagd? Können Sie die nicht festnehmen?«

»Aufgrund welcher Beweise?«

Sein Vorgesetzter funkelte ihn wütend an. »Schön, wer sind also Ihre restlichen Verdächtigen? Sie sagten vier oder fünf. Das waren erst zwei.«

»Myles Kellard, der Mann der anderen Tochter.«

»Warum?« Runcorn war schlagartig beunruhigt. »Sie haben doch keine Anschuldigungen vorgebracht, oder?« Seine schmalen Wangen färbten sich schwachrot. »Das ist eine heikle Sache. Wir können nicht rumlaufen und Leute wie Sir Basil Moidore und seine Familie beschuldigen. Großer Gott, wo bleibt Ihr Verstand?«

Monk musterte ihn verächtlich.

»Genau aus diesem Grund beschuldige ich niemanden, Sir«, sagte er kalt. »Myles Kellard fühlte sich offensichtlich stark zu seiner Schwägerin hingezogen, was seiner Frau nicht verborgen geblieben ist.«

»Das ist kein Grund, sie zu töten«, fiel Runcorn ihm ins Wort. »Dann hätte er doch eher seine Frau getötet. Können Sie nicht mehr klar denken, Monk?«

Monk verkniff sich, ihm von Martha Rivett zu erzählen. Erst wollte er das Mädchen finden, um ihre Version zu hören und sich ein Bild machen zu können.

»Falls er sich ihr unsittlich genähert und sie sich zur Wehr gesetzt hat, kann es zu einem Kampf gekommen sein, in dessen Verlauf sie erstochen wurde.«

»Mit einem Tranchiermesser?« Runcorns Brauen schossen in die Höhe. »Das sie zufällig unter der Bettdecke hatte?«

»Ich glaube nicht, daß es Zufall war. Wenn sie einen Anlaß hatte, mit seinem Erscheinen zu rechnen, hat sie es absichtlich mitgenommen.«

Runcorn grunzte etwas Unverständliches.

»Es könnte auch Mrs. Kellard gewesen sein«, fuhr Monk fort. »Sie hatte allen Grund, ihre Schwester zu hassen.«

»Muß ziemlich lockere Moralvorstellungen gehabt haben, diese Mrs. Haslett«, bemerkte Runcorn abfällig. »Erst der Lakai, jetzt der Mann ihrer Schwester.«

»Es gibt keinen Beweis dafür, daß sie den Lakai ermutigt hat«, sagte Monk aufgebracht. »Und Kellard ganz bestimmt nicht. Falls Sie es nicht für unmoralisch halten, schön zu sein, wüßte ich nicht, wie Sie ihr irgendein Verschulden nachweisen könnten.«

»Sie hatten schon immer eine eigenartige Auffassung von Recht und Unrecht.« Runcorn war hochgradig mißgestimmt und sehr durcheinander. Die häßlichen Schlagzeilen in der Presse beeinflußten die öffentliche Meinung. Die Briefe vom Innenministerium, steif und blütenweiß auf seinem Schreibtisch, klangen höflich, aber kalt und wiesen ihn mit warnendem Unterton darauf hin, daß man wenig Verständnis hätte, wenn der Fall nicht rasch und zur allgemeinen Zufriedenheit gelöst werden würde.

»Stehen Sie hier nicht tatenlos rum«, sagte er zu Monk. »Machen Sie sich auf die Socken und finden Sie heraus, welcher von Ihren Verdächtigen schuldig ist. Mein Gott, es sind doch bloß fünf – einer muß es sein! Mrs. Kellard können Sie ausklammern. Die beiden hatten vielleicht Streit, aber ich kann mir nicht vorstellen, daß sie ihre Schwester in finsterer Nacht erstochen hat. Dazu müßte sie ziemlich kaltblütig sein, außerdem konnte sie nicht erwarten, damit davonzukommen.«

»Sie wußte ja nicht, daß Chinesen-Paddy auf der Straße herumlungerte.«

»Wie? Ach so – ja, genausowenig wie der Lakai. Ich würde mich nach einem Mann umsehen ... Oder die Wäschemagd; das wäre vermutlich auch eine Lösung. Wie auch immer, machen Sie endlich weiter. Verschwenden Sie Ihre Zeit nicht hier vor meinem Kamin mit schönen Worten!«

»Sie waren es, der nach mir geschickt hat.«

»Stimmt, und jetzt schicke ich Sie wieder weg. Machen Sie die Tür hinter sich zu – es ist kalt draußen im Flur.«

Die nächsten zweieinhalb Tage verbrachte Monk damit, Londons Armenhäuser abzuklappern. Er legte endlose Kutschpartien durch enge Gassen zurück, über Kilometer von Kopfsteinpflaster, das im Widerschein des Gaslichts oder regennaß glänzte, allzeit begleitet von dem Geratter hölzerner Karren, dem Quietschen von Rädern, dem Getrappel von Hufen auf dem holprigen Pflaster. Sein erstes Ziel war das östlich der Queen Anne Street gelegene Clerkenwell-Armenhaus in der Farringdon Road, das nächste das Holborn-Armenhaus in der Grey's Inn Road. Am zweiten Tag schlug er sich nach Westen und versuchte sein Glück zuerst im St. George's-Armenhaus in der Mount Street, dann im St. Marylebone-Armenhaus in der Northumberland Street. Als er am dritten Morgen schließlich vor dem Westminster-Armenhaus in der Poland Street stand, verließ ihn allmählich der Mut. Noch nie hatte ihn ein Ort derart nachhaltig deprimiert. Der bloße Name des Gebäudes rief ein tiefsitzendes Gefühl der Angst in ihm wach, und während sein Blick an den glatten, graubraunen Wänden hochwanderte, die düster in den Himmel ragten, hatte er plötzlich das Gefühl, daß sich das hinter diesen Mauern begrabene Elend einen Weg in sein Innerstes gebahnt hatte. Er empfand eine Kälte, die nicht das geringste mit dem schneidenden Novemberwind zu tun hatte, der heulend durch die Gassen pfiff und an einer alten Zeitung im Rinnstein zerrte.

Er klopfte energisch an die Tür und nannte sofort seinen Namen und seinen Beruf, als ihm ein dürrer Mann mit glattem, dunklem Haar und traurigem Gesicht öffnete, damit auch nicht der leiseste Zweifel am Grund seines Kommens aufkam. Nicht eine Sekunde lang sollte man glauben, er wäre hier, um Zuflucht oder den armseligen Rückhalt zu erbitten, für den solche Einrichtungen angeblich gebaut worden waren.

»Kommen Se lieber mal rein. Ich frag den Leiter, ob er Zeit für Se hat«, sagte der Pförtner gleichgültig. »Aber wenn Se Hilfe brauchen, sollten Se besser nicht lügen«, fügte er im Gehen hinzu.

Monk wollte ihn gerade anfahren, daß er das keineswegs nötig hatte, als sein Blick zufällig auf einen der »Beklagenswerten in

Gottes freier Natur« fiel. Dieser Mann hatte Hilfe nötig, war durch die Umstände gezwungen, in einem dieser finsteren Etablissements um Gnade zu winseln, wo man ihm jede Entscheidungsfreiheit, menschliche Würde, Individualität, sogar die eigene Kleidung und damit das persönliche Erscheinungsbild nehmen würde, wo man Brot und Kartoffeln als Mahlzeit servierte, Familien auseinanderriß, Frauen von ihren Ehemännern trennte, Kinder von ihren Eltern, sie in Schlafsälen zusammenpferchte, in Arbeitsanzüge steckte und sie von Tagesanbruch bis Abenddämmerung schwer schuften ließ. Wie verzweifelt mußte ein menschliches Wesen sein, um an einem solchen Ort um Aufnahme zu bitten. Aber wer ließ seine Frau oder seine Kinder schon freiwillig zugrunde gehen?

Die hitzige Antwort blieb ihm in der Kehle stecken. Er begnügte sich damit, dem Pförtner zu danken und ihm gehorsam in die Halle zu folgen.

Es verstrich fast eine Viertelstunde, bis der Leiter des Armenhauses in dem kleinen Raum erschien, dessen einziges Fenster auf den Innenhof hinausging, wo unzählige mit Hammer und Meißel bewaffnete Männer zwischen Bergen von Steinen auf dem Boden hockten.

Er hatte graues, angeklatschtes Haar, einen teigigen Teint und zwei verblüffend dunkle Augen, die in tiefen Höhlen lagen, als ob er nie genug Schlaf bekäme.

»Was nicht in Ordnung, Inspektor?« fragte er müde. »Sie glauben doch nicht, daß wir hier Verbrecher beherbergen? Müßte schon ein ganz armer Hund sein, wer hier Asyl sucht – und als Halunke 'n ziemlicher Versager.«

»Ich bin auf der Suche nach einer Frau, die wahrscheinlich einer Vergewaltigung zum Opfer gefallen ist«, erwiderte Monk düster. »Ich würde gern ihre Version der Geschichte hören.«

»Wohl neu in dem Beruf, wie?« erkundigte sich der Armenhausleiter skeptisch. Er musterte Monk von Kopf bis Fuß, sah die leichten Falten in seinem Gesicht, die Anzeichen für Reife, Selbstvertrauen und die momentane Verärgerung und beantwortete die

Frage selbst. »Nee. Aber was glauben Sie, soll das bringen? Sie werden doch auf das Wort einer mittellosen Frau hin keine Anklage erheben, oder?«

»Nein. Ich brauche nur erhärtendes Beweismaterial.«

»Was?«

»Eine Bestätigung dessen, was wir bereits wissen beziehungsweise vermuten.«

»Wie soll sie denn heißen?«

»Martha Rivett. Müßte vor circa zwei Jahren gekommen sein – schwanger. Sofern sie es nicht verloren hat, ist das Kind etwa sieben Monate später geboren worden.«

»Martha Rivett . . . Martha Rivett – ein großes, ganz passables Ding um die Neunzehn oder Zwanzig?«

»Siebzehn, und wie sie aussah, kann ich leider nicht sagen. Aber sie war Stubenmädchen, also vermutlich recht hübsch und wahrscheinlich auch groß.«

»Wir haben hier eine Martha in dem Alter – mit Baby. Ihr Nachname fällt mir gerade nicht ein, aber ich kann sie mal holen lassen. Am besten, Sie fragen sie selbst.«

»Könnten Sie mich nicht zu ihr bringen?« fragte Monk rasch. »Ich will verhindern, daß sie sich . . .« Er brach ab, unschlüssig, wie er sich ausdrücken sollte.

Der Mann lächelte schief. »Weg von den andern Frauen wird ihr wahrscheinlich eher nach Reden zumute sein. Aber bitte, ganz wie Sie wollen.«

Monk war froh über seinen Einwand. Er hatte nicht das geringste Verlangen, mehr als unbedingt nötig von dem Armenhaus zu Gesicht zu bekommen. Der Geruch nach verkochtem Kohl, Kehricht und verstopften Sickergruben hatte sich bereits in seiner Nase festgesetzt und erinnerte ihn ständig an das abgrundtiefe Elend in allernächster Nähe.

»Nein, Sie haben sicher recht. Danke.«

Der Armenhausleiter verschwand. Nach einer weiteren Viertelstunde kam er zurück, im Schlepptau ein mageres Mädchen mit eckigen Schultern und ausgemergeltem, wächsernem Gesicht. Ihr braunes Haar war kräftig, aber glanzlos, den großen blauen Augen fehlte jeder Lebensfunke. Man brauchte nicht viel Fantasie, um sich auszumalen, daß sie noch vor zwei Jahren sehr schön gewesen war, doch jetzt machte sie einen vollkommen apathischen Eindruck. Sie hatte die Arme unter dem Latz ihrer schlechtsitzenden Uniformschürze aus hartem, grauem Stoff verschränkt und betrachtete Monk mit einem Blick, der weder Intelligenz noch Interesse verriet.

«Ja, Sir?« fragte sie unterwürfig.

»Martha«, Monks Stimme klang ungewöhnlich sanft. Sein Mitleid mit ihr lag ihm im Magen wie Blei, durchbohrte ihn wie ein glühender Schmerz. »Martha, haben Sie vor etwa zwei Jahren bei Sir Basil Moidore gearbeitet?«

»Ich hab nichts gestohlen.« Sie sagte es ohne jede Spur von Protest, im nüchternen Tonfall einer Feststellung.

»Ja, ich weiß«, versicherte er hastig. »Ich wollte Sie fragen, ob Mr. Kellard sich stärker um Sie bemüht hat, als Ihnen lieb gewesen ist?« Was für eine schönfärberische Art, sich auszudrücken, aber er hatte Angst, daß sie ihn falsch verstand, daß sie am Ende annahm, er wollte sie als Lügnerin und Unruhestifterin hinstellen, alte, sinnlose Anschuldigungen aufwärmen, denen ohnehin niemand Glauben schenkte, und sie noch mehr für ihre vermeintlich üble Nachrede bestrafen. Er beobachtete aufmerksam ihr Gesicht, entdeckte jedoch kein Anzeichen für eine tiefere Gemütsregung, lediglich ein leichtes, nicht zu deutendes Aufflackern. »Hat er, Martha?«

Unschlüssig und stumm starrte sie ihn an. Das Leben im Armenhaus hatte ihr jeden Kampfgeist genommen.

»Martha«, fuhr Monk freundlich fort, »er könnte das gleiche noch einmal getan haben, diesmal nicht mit einem Dienstmädchen, sondern mit einer Dame von Stand. Ich muß wissen, ob Sie damals einverstanden gewesen sind oder nicht – und ob tatsächlich er derjenige war.«

Sie schaute ihn immer noch schweigend an, aber in ihren Blick trat ein kaum merklicher Schimmer, ein erster schwacher Hauch von Leben.

Er wartete.

»Sagt sie das?« fragte sie schließlich. »Sagt sie, sie wäre nicht einverstanden gewesen?«

»Sie sagt gar nichts – sie ist tot.«

Ihre Augen weiteten sich vor Entsetzen und allmählichem Begreifen, als ihr eigenes Erlebnis wieder an die Oberfläche ihres Bewußtseins stieg.

»Hat er sie umgebracht?«

»Ich weiß es nicht«, gab Monk offen zu. »War er brutal zu Ihnen?«

Sie nickte. Die Erinnerung an Furcht und Schmerz stand ihr so deutlich ins Gesicht geschrieben, als würde sie das Ganze in Gedanken noch einmal durchmachen. »Ja.«

»Haben Sie es irgendwem erzählt?«

»Wozu? Sie haben mir nicht mal geglaubt, daß ich nicht einverstanden war. Sie haben gesagt, ich hätte ein böses Mundwerk, wollte nur Schwierigkeiten machen und hätte nichts Besseres verdient. Sie haben mich ohne Zeugnis aus dem Haus gejagt. Ich konnte keine neue Stelle finden, niemand wollte mich ohne Zeugnis nehmen. Außerdem war ich schwanger.« Ihre Augen schwammen plötzlich in Tränen. Sie war wieder voll Leben – Leben, Leidenschaft und Zärtlichkeit.

»Was geschah mit dem Kind?« fragte Monk, obwohl er sich vor der Antwort fürchtete. Er spürte, wie sich alles in ihm zusammenzog, wie er sich für eine schreckliche Wahrheit wappnete.

»Meine Tochter ist hier, bei den andern Kindern«, sagte sie ruhig. »Ab und zu darf ich sie sehen, aber sie ist nicht sehr kräftig. Wie sollte sie auch – hier geboren und dazu verdammt, hier aufzuwachsen.«

Monk nahm sich fest vor, mit Callandra Daviot zu sprechen. Bestimmt konnte sie noch ein Dienstmädchen gebrauchen, Arbeit gab es schließlich immer. Martha Rivett war zwar nur eine unter Tausenden, aber besser eine gerettet als gar keine.

»Er hat Sie sich also gefügig gemacht?« wiederholte er. »Und Sie haben keinen Zweifel daran gelassen, daß Sie seine ›Zuwendung‹ nicht wollten?«

»Er hat mir nicht geglaubt. Er konnte sich nicht vorstellen, daß eine Frau es ernst meint, wenn sie nein zu ihm sagt. Nicht mal Miss Araminta! Er hat behauptet, es würde ihr gefallen, mit Gewalt genommen zu werden, aber das glaube ich nicht. Ich war schon im Haus, als sie ihn geheiratet hat – und damals war sie wirklich sehr verliebt in ihn. Sie hätten nur ihr Gesicht sehen sollen, ganz weich und voller Erwartung. Aber nach der Hochzeitsnacht war sie vollkommen verändert. Am Abend davor war sie wie ein loderndes Feuer, ganz in Kirschrot, mit seligem Lächeln – und am Morgen danach wie ein Häufchen kalte Asche im Kamin. Solange ich da war, hab ich sie nie wieder so weich gesehen.«

»Ich verstehe«, sagte Monk ruhig. »Vielen Dank, Martha, Sie haben mir sehr geholfen. Ich will versuchen, im Gegenzug etwas für Sie zu tun. Geben Sie die Hoffnung nicht auf.«

Ein Rest ihrer früheren Würde kehrte zurück, doch ihr Lächeln war ohne Kraft.

»Es gibt nichts zu hoffen, Sir. Niemand würde eine wie mich heiraten. Ich treffe nur Leute, die selbst keinen Farthing in der Tasche haben, sonst wären sie ja nicht hier. Und wer ein Dienstmädchen sucht, geht nicht ins Armenhaus – aber Emmie würd ich sowieso nicht im Stich lassen. Und selbst wenn es sie nicht geben würde, würde keiner ein Dienstmädchen nehmen, das keine Referenzen vorweisen kann, und mein Aussehen ist auch dahin.«

»Das kommt wieder. Tun Sie mir bitte einen Gefallen – lassen Sie den Kopf nicht hängen.«

»Sie sind sehr nett, Sir, aber Sie wissen nicht, wovon Sie sprechen.«

»Und ob ich das weiß!«

Sie lächelte nachsichtig über soviel Naivität und ging, um sich wieder ans Scheuern und Flicken zu machen.

Monk bedankte sich beim Armenhausleiter und brach ebenfalls auf, allerdings nicht in Richtung Polizeirevier, wo er Runcorn hätte mitteilen können, daß es einen besseren Hauptverdächtigen gab als Percival. Das hatte Zeit. Zuerst wollte er Callandra Daviot einen Besuch abstatten.

ACHTES KAPITEL

Monks Hochgefühl war nicht von langer Dauer. Als er am folgenden Tag in die Queen Anne Street kam, wurde er von einer hochgradig erregten und beunruhigten Mrs. Boden empfangen. Ihr Gesicht war auffallend rot, einzelne Haarsträhnen standen in grotesken Winkeln unter ihrer weißen Haube hervor.

»Guten Morgen, Mr. Monk. Bin ich froh, Sie zu sehen!«

»Was ist los, Mrs. Boden? Ist etwas passiert?«

»Ich vermisse eins meiner großen Tranchiermesser, Mr. Monk.« Sie wischte sich nervös die Hände an der Schürze ab. »Ich hätt schwören können, daß es letztens noch da war, als wir den Rostbraten hatten, aber Sal meint, es wär das andere gewesen, das alte, und jetzt glaub ich fast, sie hat recht.« Sie schob die widerspenstigen Haarsträhnen unter die Haube zurück und fuhr sich aufgeregt übers Gesicht. »Niemand erinnert sich mehr dran, und May wird allein bei dem Gedanken schon ganz schlecht. Ich muß zugeben, daß sich mir auch der Magen umdreht, wenn ich mir vorstell, daß die arme Miss Octavia vielleicht damit erstochen worden ist.«

Monks Aufmerksamkeit war alarmiert. »Wann ist es Ihnen zum erstenmal aufgefallen, Mrs. Boden?« sagte er vorsichtig.

»Gestern abend.« Ein leichtes Schniefen. »Miss Araminta fragte nach ein paar dünn geschnittenen Scheiben Rindfleisch für Sir Basil. Er war spät nach Hause gekommen und wollte noch eine Kleinigkeit essen.« Ihre Stimme wurde lauter; sie hatte mittlerweile einen leicht hysterischen Unterton. »Ich ging los, um mein bestes Messer zu holen – und da war's plötzlich weg! Ich hab überall danach gesucht, weil ich dachte, ich hätt's verlegt, aber es ist nicht mehr da! Nirgends zu finden!«

»Und Sie haben es seit Mrs. Hasletts Tod nicht mehr gesehen?«

»Wenn ich das bloß wüßte, Mr. Monk!« Ihre Hände fuhren in die Luft. »Ich dachte, ja, aber Sal und May meinen, sie nicht, und als ich das letzte Mal Fleisch geschnitten hab, war's mit dem alten Messer. Ich war so aufgeregt, daß ich gar nicht mehr genau weiß, was ich getan hab – Gott sei meiner Seele gnädig!«

»Dann sollten wir nachsehen, ob wir es finden können«, sagte Monk. »Ich werde Mr. Evan beauftragen, eine Hausdurchsuchung in die Wege zu leiten. Wer weiß sonst noch davon?«

Ihre Miene war absolut leer. Sie verstand nicht, worauf er hinauswollte.

»Wer sonst, Mrs. Boden?«

»Keine Ahnung, Mr. Monk. Ich weiß nicht mehr, wen ich alles gefragt hab. Wahrscheinlich jeden, der mir übern Weg gelaufen ist.«

»Was meinen Sie mit ›jeden‹? Wen noch außer der Küchenmannschaft?«

»O Gott, ich glaub, ich kann nicht mehr klar denken!« Sie geriet langsam in Panik, denn sie merkte, wie wichtig die Antwort für ihn war, begriff jedoch nicht warum. »Dinah! Ich hab Dinah gefragt, weil manchmal was zufällig in der Vorratskammer landet. Und Harold gegenüber hab ich's, glaub ich, auch erwähnt. Warum? Die wissen nicht, wo's ist, sonst hätten sie's gesagt.«

»Irgend jemand hätte es nicht getan«, gab Monk zu bedenken.

Sie brauchte eine Weile, bis sie die Bedeutung seiner Worte erfaßt hatte, schlug dann die Hand vor den Mund und stieß einen erstickten Schrei aus.

»Ich denke, ich sollte Sir Basil besser davon unterrichten.« Er wollte Sir Basils Erlaubnis für eine Hausdurchsuchung einholen. Ohne amtliche Vollmacht konnte er nichts weiter unternehmen, und wenn er es gegen Sir Basils Willen tat, kostete es ihn vermutlich seinen Job. Er ließ Mrs. Boden auf einem breiten Küchenstuhl zurück, während May loslief, um das Riechsalz und einen kräftigen Schluck Brandy zu holen.

Zu seiner Überraschung führte man ihn in die Bibliothek und

ließ ihn keine fünf Minuten warten, bis Sir Basil mit angespanntem, zerfurchtem Gesicht zur Tür hereinkam. Seine Augen waren zwei undurchdringliche, schwarze Löcher.

»Was ist geschehen, Monk? Sind Sie endlich zu einem Ergebnis gekommen? Es wurde auch langsam Zeit!«

»Die Köchin vermißt eins ihrer Tranchiermesser, Sir. Ich hätte gern Ihre Zustimmung zu einer Hausdurchsuchung.«

»Selbstverständlich können Sie danach suchen!« erwiderte Basil gereizt. »Oder erwarten Sie, daß ich es für Sie tue?«

»Ich mußte erst Ihre Erlaubnis einholen, Sir«, stieß Monk zwischen den Zähnen hervor. »Ich kann nicht ohne amtliche Vollmacht in Ihren Sachen herumwühlen, es sei denn, Sie gestatten es mir.«

»Meine Sachen?« Er weitete verblüfft die Augen.

»Gehört nicht alles in diesem Haus Ihnen, Sir, abgesehen vielleicht von Mr. Cyprians, Mr. Kellards und eventuell noch Mr. Thirsks Privateigentum?«

Basil verzog die Mundwinkel zu einem kaum merklichen, düsteren Lächeln. »Mrs. Sandemans persönliche Sachen gehören ebenfalls ihr, aber ansonsten haben Sie recht, ja. Natürlich haben Sie meine Erlaubnis zu suchen, wo immer Sie wollen. Sie werden zweifellos Hilfe brauchen. Sagen Sie einem der Stallburschen, er soll sich mit der kleinen Kutsche auf den Weg machen, um jeden zu holen, den Sie als Verstärkung haben möchten – Ihren Sergeant zum Beispiel...« Er zuckte die Achseln, doch die Schultern unter der schwarzen Pracht seines eleganten Rocks blieben steif.

»Danke, das ist sehr aufmerksam von Ihnen. Ich werde es sofort veranlassen.«

»Wäre es nicht besser, Sie warten oben an der Treppe für das männliche Hauspersonal, bis Ihre Leute eintreffen?« Basils Stimme wurde plötzlich ein wenig lauter. »Falls derjenige, der das Messer hat, Wind davon bekommt, könnte er in Versuchung geraten, es zu beseitigen. Von dem Standort aus haben Sie einen guten Blick auf das andere Ende des Flurs, wo die Treppe für das weibliche Hauspersonal liegt.« Er verschwendete mehr Worte als üblich. Es war der erste Riß in seiner Gelassenheit. »Mehr kann ich Ihnen nicht anbieten. Es hat wohl wenig Sinn, einen der Bediensteten Wache stehen zu lassen – schließlich sind sie alle verdächtig.« Aufmerksam beobachtete er Monks Gesicht.

»Danke. Sie sind sehr vorausschauend. Dürfte ich außerdem eins der Dienstmädchen vom ersten Stock oben auf der Galerie postieren? Sie könnte auf jeden aufpassen, der außerhalb seiner normalen Pflichten kommt oder geht – was sie wahrscheinlich am besten beurteilen kann. Die Wäschemägde und der Rest des Personals sollten vielleicht besser unten bleiben, bis alles vorbei ist. Die Lakaien auch?«

»Unbedingt!« Basil gewann die Beherrschung allmählich zurück. »Und der Kammerdiener ebenfalls.«

»Gut, Sir. Vielen Dank für Ihre Unterstützung.«

»Was in aller Welt haben Sie von mir erwartet, Mann? Es ist meine Tochter, die ermordet worden ist.« Er hatte sich wieder völlig in der Hand.

Das einzige, was Monk darauf erwidern konnte, war eine nochmalige Bekundung seines Beileids. Er verabschiedete sich, schrieb unten in der Küche eine Nachricht an Evan, der im Polizeirevier war, und beauftragte den Stallburschen, ihn sowie ein paar Konstabler abzuholen.

Die eine Dreiviertelstunde später einsetzende Hausdurchsuchung begann bei den Unterkünften der Dienstmädchen, am äußersten Ende des Dachgeschosses. Es waren kalte, kleine Mansardenzimmer mit Blick über ein Meer grauer Dachschindeln auf die eigenen Stallungen und die Dächer der dahinterliegenden Stallungen in der Harley Street. Jeder Raum enthielt eine eiserne Bettstatt samt Matratze, Kissen und Zudecke, einen Holzstuhl mit ungepolsterter Rückenlehne und eine schlichte Holzkommode, über der ein großer Spiegel hing. Undenkbar, daß ein Dienstmädchen in unordentlichem Aufzug zur Arbeit erschien. Dann gab es noch einen Kleiderschrank, einen Wasserkrug und eine Waschschüssel für die tägliche Körperreinigung. Die einzelnen Räume unterschieden sich lediglich durch das Muster der lappigen Bettvorleger, einige wenige Fotografien der jeweiligen Bewohnerin, hier einer Familienskizze, dort einem Gebetsspruch oder der Reproduktion eines berühmten Gemäldes.

Weder Monk noch Evan fanden das Messer. Ein mit einer Flut detaillierter Instruktionen versorgter Konstabler suchte das Außengelände ab, da dies das einzige Areal war, zu dem das Hauspersonal Zutritt hatte, ohne das Grundstück und somit seinen Aufgabenbereich zu verlassen.

»Wenn es einer von den Familienangehörigen war, kann das Messer inzwischen natürlich sonstwo sein«, bemerkte Evan und lachte gekünstelt. »Es kann genausogut auf dem Grund des Flusses liegen wie in einer Million Rinnsteine oder Mülleimer.«

»Ich weiß«, sagte Monk, ohne sich bei der Arbeit stören zu lassen. »Und Myles Kellard scheint mir im Moment der Spitzenkandidat zu sein. Oder Araminta, sofern sie im Bilde war. Aber haben Sie vielleicht eine bessere Idee, was wir tun können?«

»Nein«, räumte Evan niedergeschlagen ein. »Ich hab die letzten eineinhalb Wochen damit verbracht, meinem Schatten durch ganz London hinterherzujagen, auf der Suche nach Schmuckstücken, die – da geh ich jede Wette ein – garantiert in der Nacht ihres Verschwindens vernichtet worden sind. Und dann hab ich versucht, dunkle Flecken in der Vergangenheit von Dienstboten zu finden, deren Lebensläufe einfach beispielhaft waren, auch beispielhaft langweilig.« Er war unterdessen emsig damit beschäftigt, Schubladen voll ordentlich zusammengelegter, solider Damenbekleidung aufzuziehen. Während seine langen Finger die einzelnen Stücke vorsichtig hoben, schlich sich ein angewiderter Ausdruck ob seiner eigenen Zudringlichkeit in sein Gesicht. »Ich fang langsam an zu glauben, daß die Herrschaften gar nicht die Menschen sehen, sondern bloß Schürzen, Dienstkleidung und Spitzenhäubchen«, fuhr er entrüstet fort. »Welcher Kopf darunter ist, ist völlig egal, Hauptsache, der Tee ist heiß und der Tisch ist gedeckt.« Er faltete die Kleidungsstücke wieder sorgfältig zusammen und legte sie zurück. »Nicht zu vergessen, daß das Haus immer sauber ist und man immer frische Sachen in den Schubladen findet. Wer das alles tut, ist weitgehend unwichtig.«

»Passen Sie auf, Evan, Sie werden allmählich zynisch!«

Evan schenkte Monk eines seiner strahlenden Lächeln. »Ich lerne, Sir, ich lerne.«

Auf die Unterkünfte der Dienstmädchen folgten die Räume im zweiten Stock des Hauses. Auf der einen Seite des Treppenabsatzes waren die Haushälterin, die Köchin, die Kammerzofen und neuerdings Hester untergebracht, auf der anderen der Butler, die beiden Lakaien, der Stiefelputzer und der Kammerdiener.

»Sollen wir mit Percival anfangen?« erkundigte sich Evan mit besorgtem Blick auf Monk.

»Wir können ebensogut der Reihe nach vorgehen«, erwiderte dieser. »Harold ist der erste.«

Doch außer den persönlichen Besitztümern eines durch und durch unauffälligen jungen Mannes, der bei einer angesehenen Familie in Stellung war, entdeckten sie nichts: ein Anzug für das bißchen Freizeit, das ihm blieb; einige Briefe von der Familie, davon die meisten von seiner Mutter; ein paar wenige Erinnerungen an die Kindheit; die Fotografie einer recht ansehnlichen Frau mittleren Alters mit demselben blonden Haar und den gleichen sanften Gesichtszügen wie er, vermutlich seine Mutter; ein Damentaschentuch aus billiger Baumwolle, das sorgfältig zusammengelegt in seiner Bibel steckte – Dinahs vielleicht?

Percivals Zimmer ähnelte seinem genausowenig wie der eine Mann dem andern. Hier gab es Bücher, teils Gedichtbände, teils philosophische Betrachtungen über Zustand und Wandel der Gesellschaft sowie zwei Romane. Sie fanden keinerlei Briefe, nichts, das auf Familienangehörige oder sonstige Bindungen hinwies. In seinem Schrank befanden sich zwei Anzüge für die dienstfreie Zeit, ein Paar ausgesprochen schöne Stiefel, eine Reihe Krawatten und Taschentücher, eine erstaunliche Menge Hemden und mehrere überaus hübsche Manschetten- und Kragenknöpfe. Wenn ihm der Sinn danach stand, konnte Percival wie ein richtiger Dandy aussehen, die Ausstattung dafür war vorhanden. Monk spürte einen schmerzhaften Stich von Vertrautheit, während er die Sachen dieses jungen Mannes durchging, der versuchte, sich durch Kleidung und Benehmen aus seinem Stand hinauszukatapultieren. Hatte er selbst auch so angefangen – als Mitbewohner unter einem fremden Dach, der die Hauseigentümer nachäffte, um emporzukommen? Abgesehen davon forderte es die Neugier geradezu heraus, sich zu fragen, woher Percival das Geld für derlei Dinge hatte. Sie kosteten bedeutend mehr, als er sich mit seinem Lohn als Lakai leisten konnte, selbst nach jahrelangem mühseligen Sparen.

»Sir!«

Er fuhr hoch und starrte Evan an, der mit kreidebleichem Gesicht vor der Kommode stand, zu seinen Füßen eine Schublade samt Inhalt, in der Hand ein langes Gewand aus elfenbeinfarbener Seide. Es war mit braunen Flecken übersät, zwischen den Falten ragte eine häßlich lange Klinge vor, die fast gänzlich unter einer rostroten Schicht aus eingetrocknetem Blut verschwunden war.

Monk fühlte sich wie betäubt. Er hatte sich auf eine Glanzleistung in vergebener Liebesmüh eingestellt, eine Zurschaustellung, daß er tat, was er konnte, und jetzt hielt Evan plötzlich etwas hoch, bei dem es sich zweifellos um die Tatwaffe handelte, eingewickelt in das Négligé einer Frau – versteckt in Percivals Zimmer. Der Fund verblüffte ihn so sehr, daß er Schwierigkeiten hatte, das ganze Ausmaß zu begreifen.

»Soviel zu Myles Kellard«, bemerkte Evan. Er schluckte krampfhaft, legte das Messer und das seidene Kleidungsstück vorsichtig auf das Fußende des Bettes und zog dann schnell die Hand zurück, als wolle er nichts mehr damit zu tun haben.

Nachdem Monk Percivals Kleinode wieder in den Schrank gelegt hatte, richtete er sich kerzengerade auf, die Hände in den Taschen vergraben.

»Ich begreife nicht, warum er die Sachen ausgerechnet hier aufbewahrt hat«, sagte er langsam. »Erdrückenderes Beweismaterial gibt es kaum!«

Evan runzelte die Stirn. »Tja, ich nehme an, er wollte das

Messer nicht in ihrem Zimmer lassen, und offen vor sich her tragen konnte er es auch nicht – mit dem ganzen Blut dran. Immerhin hätte ihm jemand begegnen können.«

»Wer, um Gottes willen?«

Evan wirkte gequält. Er verzog den Mund zu einer angeekelten Grimasse, wie sie durch kein körperliches Unbehagen zu rechtfertigen war.

»Was weiß ich! Irgend jemand, der sonst noch mitten in der Nacht auf der Galerie unterwegs war.«

»Und wie hätte er seine Anwesenheit dort erklären sollen – mit oder ohne Messer?« wollte Monk wissen.

»Keine Ahnung.« Evan schüttelte ratlos den Kopf. »Was tut ein Lakai normalerweise? Vielleicht hätte er gesagt, er hätte ein Geräusch gehört, einen Einbrecher, die Haustür – ich hab nicht den leisesten Schimmer. Aber er wäre auf jeden Fall besser dran gewesen, wenn er kein Messer dabeihatte, vor allem kein blutbesudeltes.«

»Und noch besser, wenn er es in ihrem Zimmer gelassen hätte«, beharrte Monk.

»Vielleicht hat er es mitgenommen, ohne nachzudenken.« Evan schaute auf und begegnete Monks Blick. »Hatte es einfach in der Hand und ließ es nicht mehr los? Geriet in Panik? Traute sich nicht mehr zurück, nachdem er den Flur schon halb durchquert hatte?«

»Und das Négligé? Wie's aussieht, hat er das Messer darin eingewickelt, um es besser transportieren zu können. Das entspricht nicht der Art von Panik, die Ihnen vorschwebt. Aus welchem Grund wollte er das Messer unbedingt haben? Das ergibt keinen Sinn.«

»Für uns nicht, nein«, stimmte Evan zögernd zu, den Blick wieder auf die zerknitterte Seide gerichtet. »Für ihn schon – da liegt's ja.«

»Und er hatte in der ganzen Zeit keine Gelegenheit, es loszuwerden?« Monk verdrehte die Augen. »Er kann's doch unmöglich vergessen haben!«

»Welche Erklärung sollte es sonst geben? Das Messer ist da.«

»Ja – aber war Percival auch derjenige, der es dort versteckt hat? Und warum haben wir es nicht gefunden, als wir den Schmuck gesucht haben?«

Evan wurde rot. »Na ja, ich hab damals nicht jede einzelne Schublade rausgezogen und dahintergeguckt. Der Konstabler vermutlich auch nicht. Ehrlich gesagt war ich mir ziemlich sicher, daß wir nichts finden würden – und die silberne Vase hätte nicht reingepaßt.« Er schaute betreten drein.

Monk schnitt ein Gesicht. »Selbst wenn Sie nachgesehen hätten, wäre es nicht dagewesen – glaube ich zumindest. Ich weiß auch nicht, Evan, das kommt mir alles so . . . so hanebüchen vor. Percival mag ja arrogant und kalt sein und für andere Menschen nichts als Verachtung übrig haben, aber er ist bestimmt nicht dumm! Weshalb sollte er diesen belastenden Gegenstand in seinem Zimmer aufbewahren?«

»Aus Überheblichkeit vielleicht?« schlug Evan zaghaft vor. »Weil er uns nicht für fähig genug hält, um Angst vor uns haben zu müssen? Bis jetzt hatte er damit recht.«

»Nein, er hatte Angst.« Monk dachte an Percivals bleiches, in Schweiß gebadetes Gesicht. »Als ich mit ihm im Zimmer der Haushälterin war, konnte ich seine Angst förmlich riechen! Er hat alles mögliche versucht, seinen Hals aus der Schlinge zu ziehen, hat jedem den schwarzen Peter zugespielt, der ihm einfiel: der Wäschemagd, Myles Kellard – sogar Araminta.«

»Ich weiß auch nicht.« Evan schüttelte unglücklich den Kopf. »Aber Mrs. Boden wird uns sagen können, ob das ihr Messer ist, und Mrs. Kellard, ob diese . . . dieses – wie haben Sie das Ding genannt?«

»Négligé«, erwiderte Monk. »Ein anderes Wort für Morgenmantel.«

»Négligé, richtig – ob das Négligé ihrer Schwester gehört.«

»Das ist wahr.« Monk nahm das Messer, verbarg es unter dem Seidenstoff und trug es aus dem Raum. Evan folgte ihm schweigend.

»Werden Sie ihn festnehmen?« fragte er schließlich, während er einen Schritt hinter Monk die Treppe hinabstieg.

Monk zögerte einen Moment. »Mir ist nicht ganz wohl bei dem Gedanken«, sagte er geistesabwesend. »Jeder hätte die Sachen in sein Zimmer bringen können – und nur ein kompletter Idiot würde sie dort aufheben.«

»Sie waren ziemlich gut versteckt.«

»Ja, aber wozu? Warum hat er sie nicht beseitigt? Um so etwas Dämliches zu tun, ist Percival viel zu gerissen.«

»Was schlagen Sie also vor?« Evan war weniger streitlustig als durcheinander und verstört, zutiefst verunsichert durch eine Reihe häßlicher Entdeckungen, in denen er keinen Sinn sehen konnte. »Die Wäschemagd? Ist sie wirklich eifersüchtig genug, um Octavia zu ermorden und die Tatwaffe samt dem Seidenmantel in Percivals Zimmer zu verstecken?«

Sie hatten die Galerie erreicht. Maggie und Annie starrten ihnen mit aufgerissenen Augen entgegen.

»Prima, Mädels, das habt ihr gut gemacht. Vielen Dank«, sagte Monk mit gezwungenem Lächeln. »Ihr könnt wieder an eure Arbeit gehen.«

»Sie haben was gefunden!« Annie, kreidebleich, stierte mit verängstigtem Blick auf die Seide in seiner Hand. Maggie drängte sich mit erschrockener Miene dicht an sie.

Lügen war sinnlos. Sie würden es ohnehin bald erfahren.

»Ja«, bestätigte Monk. »Das Messer. Und jetzt geht wieder an die Arbeit, oder Mrs. Willis wird euch Beine machen.«

Der Name der Haushälterin schaffte es auch diesmal, den Bann zu brechen. Sie stürmten davon, um Teppichklopfer und Bürsten zu holen.

Basil hatte sich im Arbeitszimmer hinter seinem Schreibtisch verschanzt und wartete ungeduldig auf Neuigkeiten. Kaum daß sie geklopft hatten, rief er sie herein.

»Und?« Sein Blick war verärgert, seine Stirn unheilvoll zusammengezogen.

Monk machte die Tür sorgfältig hinter sich zu.

»Wir haben ein Messer und ein seidenes Kleidungsstück gefunden, bei dem es sich meiner Meinung nach um ein Négligé handelt, Sir. Beides ist blutbefleckt.«

Basil atmete langsam aus. Bis auf einen schwachen Schatten endgültiger Gewißheit verriet sein Gesichtsausdruck keinerlei Gemütsregung.

»Ich verstehe. Und wo haben Sie diese Dinge gefunden?«

»Hinter einer Schublade in Percivals Kommode«, erwiderte Monk, während er seine Reaktion scharf beobachtete.

Falls Basil überrascht war, ließ er es sich durch nichts anmerken. Das kräftige Gesicht mit der kurzen, breiten Nase und dem von tiefen Falten eingerahmten Mund blieb beherrscht und ruhig. Vielleicht konnte man nichts anderes von ihm erwarten. Er und seiner Familie hatten wochenlang unter den Verdächtigungen gelitten. Daß die Tortur nun vorbei und seine nächsten Verwandten von der furchtbaren Last befreit sein sollten, mußte eine unglaubliche Erleichterung darstellen. Man konnte ihm nicht verübeln, wenn dieses Gefühl an erster Stelle stand. Wie monströs die Vorstellung auch gewesen sein mochte, er mußte sich gefragt haben, ob sein Schwiegersohn die Hände im Spiel hatte, und Monk war schon öfter aufgefallen, daß die Bindung zwischen ihm und Araminta enger war als die meisten Vater-Kind-Beziehungen. Sie war die einzige, die ihm an innerer Stärke, Führungstalent, Entschlossenheit, Selbstachtung und beinah perfekter Selbstkontrolle das Wasser reichen konnte – auch wenn das ein vielleicht unfaires Urteil war, da Monk Octavia nie persönlich kennengelernt hatte. Doch allem Anschein nach war Basils andere Tochter mit zwei verhängnisvollen Makeln behaftet gewesen: ihrem Hang zum Trinken und der Schwäche, ihren Mann so sehr geliebt zu haben, daß sie sich nicht von seinem Tod erholen konnte – sofern letzteres als Makel zu bezeichnen war. Für Basil und Araminta, die Harry Haslett beide nicht besonders gemocht hatten, vermutlich schon.

»Sie werden ihn verhaften, nehme ich an.« Das war eine Feststellung, keine Frage.

»Noch nicht«, sagte Monk gedehnt. »Daß wir die Sachen in

seinem Zimmer gefunden haben, muß nicht zwangsläufig heißen, daß er sie dort versteckt hat.«

»Wie bitte?« Basil beugte sich mit wutentbranntem Gesicht über den Tisch. Jeder andere wäre aufgesprungen, aber er erhob sich niemals in Gegenwart von Dienstboten oder der Polizei. »Um Gottes willen, was wollen Sie noch? Sie haben die Mordwaffe und das Kleidungsstück, das sie an dem Abend trug, in seinem Besitz gefunden!«

»In seinem Zimmer, Sir«, stellte Monk richtig. »Die Tür war nicht abgesperrt. Jeder hätte die Beweismittel dort deponieren können.«

»Machen Sie sich nicht lächerlich!« fuhr Basil ihn böse an. »Wer, in drei Teufels Namen, sollte so etwas tun?«

»Jeder, der ihn belasten und den Verdacht auf diese Weise von sich selbst ablenken will. Ein normaler Akt des Selbstschutzes.«

»Und wer könnte das beispielsweise gewesen sein?« wiederholte Basil mit höhnischem Lächeln. »Die Beweise sprechen eindeutig für Percival. Er hatte ein Motiv – Gott sei uns gnädig. Die arme Octavia hatte eine unglückliche Hand bei der Wahl ihrer Männer. Ich kann das leider nicht abstreiten, obwohl ich ihr Vater bin. Percival ist ein arroganter, anmaßender Schuft. Als sie ihn zurückwies und ihm damit drohte, ihn aus dem Haus jagen zu lassen, geriet er in Panik. Diesmal war er zu weit gegangen.« Seine Stimme bebte. Sowenig er ihn auch mochte, in diesem Moment hatte Monk Mitleid mit ihm. Octavia war seine Tochter gewesen. Die Vorstellung, wie grausam sie behandelt worden war, mußte ihm mehr zugesetzt haben als er zeigen durfte, insbesondere vor einem drittklassigen Menschen wie Monk.

Basil riß sich mit einiger Anstrengung zusammen und fuhr fort: »Vielleicht hatte sie das Messer auch mit nach oben genommen, weil sie ahnte, daß er kommen würde. Und als er tatsächlich erschien, versuchte sie verzweifelt, sich zu wehren, das arme Kind.« Er schluckte krampfhaft. »Aber er hat sie überwältigt, und dann war sie diejenige, die starb.« Nun drehte er sich doch noch um. »Er rannte kopflos vor Panik davon, nahm das Messer mit und versteckte es in seinem Zimmer, weil er keine Gelegenheit bekam, es zu beseitigen.« Er bewegte sich mit abgewandtem Gesicht auf das Fenster zu, atmete tief ein und seufzend wieder aus. »Was für eine grauenhafte Geschichte. Sie werden ihn auf der Stelle verhaften und mit ihm von hier verschwinden. Ich werde der Familie mitteilen, daß Sie Octavias Tod aufgeklärt haben. Vielen Dank für Ihren Einsatz – und Ihre Diskretion.«

»Unmöglich, Sir«, sagte Monk, um Gelassenheit bemüht. Ein Teil von ihm wünschte, die Anweisung ausführen zu können. »Ich kann ihn aufgrund dieses Beweismaterials nicht verhaften. Es reicht nicht – außer, Percival legte ein Geständnis ab. Falls er es nicht tut und behauptet, jemand anders hätte ihm die Sachen untergeschoben . . .«

Basil wirbelte mit blitzenden, kohlrabenschwarzen Augen zu ihm herum. »Wer?«

»Rose möglicherweise«, erklärte Monk.

Sein Gegenüber starrte ihn fassungslos an. »Was?«

»Die Wäschemagd, die bis über beide Ohren in Percival verliebt ist und eifersüchtig genug gewesen sein kann, Mrs. Haslett zu ermorden und Percival die Schuld in die Schuhe zu schieben. Auf die Art hätte sie sich an beiden gerächt.«

»Wollen Sie mir nahelegen, Inspektor, meine Tochter hätte mit einer Wäschemagd um die Gunst eines Lakaien gebuhlt? Glauben Sie im Ernst, irgend jemand würde Ihnen das abkaufen?«

Wie einfach wäre es, das zu tun, was alle wollten, nämlich Percival festnehmen. Runcorn wäre vermutlich hin und her gerissen zwischen Erleichterung und Enttäuschung, Monk könnte die Queen Anne Street endlich vergessen und sich einem neuen Fall zuwenden. Nur glaubte er, daß dieser nicht abgeschlossen war – noch nicht.

»Ich will Ihnen nahelegen, Sir Basil, daß der fragliche Lakai ein ziemlicher Prahlhans ist und es sehr gut zu ihm passen würde, die Wäschemagd mit einer seiner Aufschneidereien eifersüchtig zu machen. Und sie war vielleicht naiv genug, ihm zu glauben.«

»Hm.« Basil kapitulierte. Aller Ärger fiel plötzlich von ihm ab und ließ ihn kraftlos zurück. »Nun, es ist Ihre Aufgabe, die Wahrheit herauszufinden. Ich will mich nicht weiter einmischen; Hauptsache, Sie nehmen den richtigen von beiden fest und schaffen ihn von hier fort. Den andern werde ich sowieso entlassen, ohne Zeugnis und ohne Empfehlungsschreiben. Nur nehmen Sie die Sache endlich in die Hand.«

»Andererseits kommt auch Mr. Kellard in Frage«, sagte Monk eisig. »Es scheint außer Zweifel zu stehen, daß er zu Gewalttätigkeit neigt, wenn seinem Verlangen nicht nachgekommen wird.«

Basil blickte auf. »So, tut er das? Ich kann mich nicht erinnern, Ihnen gegenüber etwas in der Art erwähnt zu haben. Ich sagte, dieses Stubenmädchen hätte eine solche Anschuldigung vorgebracht, woraufhin mein Schwiegersohn jegliche Schuld von sich wies.«

»Ich habe das Mädchen gefunden«, klärte Monk ihn auf. Sein Blick bohrte sich gnadenlos in den seines Gegenübers, die ganze Abneigung kehrte schlagartig zurück. Dieser Mann war absolut gefühllos, ja brutal in seiner Indifferenz. »Ich habe mir ihre Version der Geschichte angehört, und ich glaube ihr.« Er erwähnte nicht, was Martha Rivett über Araminta und ihre Hochzeitsnacht gesagt hatte, aber es war eine logische Erklärung für das verbitterte, feindselige Verhalten, das sie in Hesters Gegenwart ihrem Mann gegenüber an den Tag gelegt hatte. Falls Sir Basil nicht ohnehin davon wußte, bestand auch kein Anlaß, ihm dieses intime und wenig erfreuliche Detail auf die Nase zu binden.

»Tatsächlich?« Sein Gesicht war leer wie ein unbeschriebenes Blatt Papier. »Nun, glücklicherweise ist es nicht an Ihnen, darüber zu entscheiden. Und kein Gericht der Welt würde dem Wort eines verlotterten Dienstmädchens mehr Gewicht beimessen als dem eines Gentleman mit unbeflecktem Ruf.«

»Und was die Leute glauben, ist absolut unerheblich«, fügte Monk steif hinzu. »Ich kann Percivals Schuld nicht beweisen – aber viel wichtiger ist, daß ich noch nicht überzeugt bin, daß er es war.«

»Dann verschwinden Sie aus meinem Arbeitszimmer und überzeugen Sie sich!« Basil platzte schließlich doch der Kragen. »Tun Sie um Gottes willen endlich Ihre Arbeit!«

»Sir.« Mehr brachte Monk in seiner Wut nicht heraus. Er machte auf dem Absatz kehrt und marschierte erhobenen Hauptes hinaus; die Tür fiel krachend hinter ihm zu. Evan wartete mit betretener Miene in der Halle, in der Hand das Messer und das Négligé.

»Und?« knurrte Monk.

»Es ist das Messer, das Mrs. Boden vermißt«, sagte Evan. »Nach dem hier hab ich bis jetzt noch keinen gefragt.« Unglücklich hielt er das Négligé in die Luft. Ihm war deutlich anzusehen, wie sehr ihn der Gedanke an Tod, Einsamkeit und Erniedrigung mitnahm. »Aber ich habe angekündigt, daß wir mit Mrs. Kellard sprechen möchten.«

»Ausgezeichnet. Das übernehme ich. Wo ist sie?«

»Keine Ahnung. Ich hab Dinah Bescheid gesagt, und sie meinte, ich soll hier warten.«

Monk fluchte verhalten. Er haßte es, wie ein Bettler in der Halle stehengelassen zu werden, aber es blieb ihm nichts anderes übrig. Nach einer weiteren Viertelstunde kehrte Dinah zurück und brachte sie ins Boudoir, wo Araminta mit gestreßtem Gesicht, jedoch völlig gefaßt auf sie wartete.

»Was gibt es, Mr. Monk?« erkundigte sie sich, ohne von Evan Notiz zu nehmen, der sich stumm neben der Tür postiert hatte. »Wie ich höre, haben Sie das Messer gefunden – im Zimmer eines unserer Bediensteten. Ist das richtig?«

»Ja, Mrs. Kellard.« Er wußte nicht genau, wie sie auf die sicht- und greifbaren Spuren des Todes reagieren würde. Bislang war nur darüber gesprochen worden, doch das hier war real; es handelte sich um das Kleidungsstück ihrer Schwester, um das Blut ihrer Schwester. Die eiserne Entschlossenheit könnte ins Wanken geraten. Er empfand keinerlei Wärme für sie, dazu war sie zu unerreichbar, aber er empfand Mitleid und Bewunderung. »Außerdem fanden wir ein blutbeflecktes, seidenes Négligé. Ich bitte Sie nicht gern darum, es zu identifizieren, aber ich muß wissen, ob es Ihrer Schwester gehört hat.« Er hielt es halb hinterm Rücken und war sicher, daß sie noch keinen Blick darauf geworfen haben konnte.

Sie wirkte unglaublich angespannt, als sei das Ganze eher wichtig als schmerzhaft. Vielleicht war das ihre Methode, nicht die Nerven zu verlieren.

»Aha.« Araminta schluckte. »Sie dürfen es mir ruhig zeigen, Mr. Monk. Ich bin auf alles gefaßt und werde tun, was ich kann.«

Er holte das Négligé hinter dem Rücken hervor und hielt es hoch, wobei er das Blut soweit wie möglich verdeckte. Auf der Vorderseite waren nur Spritzer zu sehen, als ob es offen gewesen wäre, als sie erstochen wurde. Der Rest stammte größtenteils von der Klinge, um die es gewickelt worden war.

Araminta war sehr blaß, zuckte jedoch nicht vor dem Anblick zurück.

»Ja«, bestätigte sie langsam und deutlich. »Es gehörte Octavia. Sie trug es in der Nacht ihres Todes. Ich sprach noch kurz mit ihr auf der Galerie, ehe sie in Mamas Zimmer ging, um ihr gute Nacht zu sagen. Ich erinnere mich noch genau an die Lilien aus Spitze – ich habe sie immer um dieses wunderschöne Négligé beneidet.« Sie atmete tief durch. »Darf ich fragen, wo Sie es gefunden haben?« Mittlerweile war sie so weiß wie die Seide in Monks Hand.

»Hinter einer Schublade in Percivals Zimmer«, sagte Monk.

Sie stand da wie eine Statue. »Ach. So ist das also.«

Er wartete, daß sie weitersprach, doch sie tat es nicht.

»Ich habe ihn noch nicht nach einer Erklärung gefragt«, fuhr er schließlich fort, ohne sie aus den Augen zu lassen.

»Erklärung?« Sie schluckte wieder, diesmal so heftig, daß er den Ruck in ihrer Kehle deutlich sehen konnte. »Welche Erklärung könnte es dafür schon geben?« Sie machte einen verwirrten, aber keinen zornigen oder rachedurstigen Eindruck. Noch nicht. »Ist nicht die einzig mögliche Antwort, daß er die Dinge dort nach der Tat versteckt hat und bisher keine Gelegenheit fand, sie aus dem Weg zu schaffen?«

Monk wünschte umsonst, er könne ihr helfen.

»Nach dem, was Sie über Percival wissen, Mrs. Kellard, würden Sie ihm zutrauen, etwas derart Belastendes in seinem eigenen Zimmer zu verstecken? Oder eher an einem Ort, der den Verdacht nicht automatisch auf ihn lenkt?« fragte er statt dessen.

Ein geisterhaftes Lächeln glitt über ihr Gesicht. Selbst jetzt erkannte sie den bitteren Humor seiner Worte.

»Mitten in der Nacht, Inspektor, würde ich ihm zutrauen, es an dem einzigen Ort zu verstecken, wo er sich garantiert nicht verdächtig macht – in seinem Zimmer. Vielleicht hatte er die Absicht, es später zu beseitigen, kam jedoch nicht mehr dazu.« Sie atmete noch einmal tief durch und zog die Brauen übertrieben hoch. »Ich könnte mir vorstellen, daß man sich für ein solches Unterfangen absolut unbeobachtet fühlen muß, meinen Sie nicht?«

»Mit Sicherheit.« Dem war kaum zu widersprechen.

»Dann ist es wohl höchste Zeit, ihn zu verhören. Haben Sie ausreichend Verstärkung dabei, falls er gewalttätig werden sollte, oder soll ich einen der Stallburschen holen lassen?«

Wie praktisch.

»Vielen Dank, aber ich denke, Evan und ich werden schon mit ihm fertig. Es tut mir leid, daß ich Ihnen solche Fragen stellen und Ihnen das Négligé zeigen mußte – aber Sie haben uns sehr geholfen.« Normalerweise hätte er etwas weniger Förmliches hinzugefügt, aber sie war keine Frau, die man mit persönlichen Empfindungen wie Mitgefühl und Verständnis überschüttete. Respekt und eine gewisse Anerkennung ihres Mutes, mehr würde sie nicht akzeptieren.

»Es war meine Pflicht, Inspektor«, gab sie mit steifer Grazie zurück.

»Ma'am.« Monk neigte den Kopf und machte sich, Evan dicht auf den Fersen, auf den Weg zur Vorratskammer, um Phillips zu fragen, ob er Percival gesehen hatte.

»Selbstverständlich«, erwiderte der Butler gemessen. »Gestatten Sie mir die Frage, ob Sie bei der Durchsuchung etwas gefunden haben, Sir? Eins der Mädchen behauptet, Sie hätten, aber sie ist noch sehr jung und neigt zu einer lebhaften Fantasie.«

»Nein, sie hat recht. Wir fanden Mrs. Bodens Tranchiermesser und ein seidenes Négligé von Mrs. Haslett. Allem Anschein nach handelt es sich um die Tatwaffe.«

Phillips war plötzlich sehr blaß. Monk fürchtete einen Moment lang, er würde in Ohnmacht fallen, doch er blieb stocksteif stehen wie ein Soldat bei der Ehrenparade.

»Dürfte ich erfahren, wo Sie die Sachen gefunden haben?« Das »Sir« ließ er weg. Phillips war Butler und hielt sich einem einfachen Polizisten stellungsmäßig für weitaus überlegen. Daran änderten auch die vertrackten Umstände nichts.

»Diese Information behandeln wir im Augenblick vertraulich«, gab Monk kühl zurück. »Der Fundort deutet zwar auf eine Person hin, die sie dort versteckt haben könnte, läßt aber noch keinerlei Rückschlüsse zu.«

»Ich verstehe.« Phillips' Miene und sein steifes Verhalten verrieten deutlich, daß er Monk die Abfuhr übelnahm. Schließlich hatte er das gesamte Personal unter sich, war daran gewöhnt, Befehle zu erteilen, und mochte es infolgedessen gar nicht, wenn sich ein alberner kleiner Schnüffler in seinen Verantwortungsbereich drängte. Das Reich jenseits der mit grünem Boi bespannten Tür gehörte ihm. »Und was wünschen Sie von mir? Ich bin jederzeit zur Zusammenarbeit bereit.« Das war eine Floskel; er hatte ohnehin keine Wahl, aber er konnte die Farce nach außen aufrechterhalten.

»Ich bin Ihnen sehr verbunden«, sagte Monk gestelzt, während er seine Erheiterung zu verbergen suchte. Phillips hatte bestimmt kein Verständnis dafür, wenn man sich über ihn lustig machte. »Ich würde gern nacheinander mit den männlichen Hausangestellten sprechen, erst mit Harold, dann mit Rhodes, dem Kammerdiener, und zum Schluß mit Percival.«

»Sehr wohl. Sie können Mrs. Willis' Wohnzimmer benutzen, wenn Sie möchten.«

»Ja, bitte, das käme mir sehr entgegen.«

Er hatte weder Harold noch Rhodes etwas zu sagen und fragte sie nur, um den Schein zu wahren, was sie im Verlauf des Tages getan hatten, und ob ihre Zimmer abgeschlossen gewesen wären. Ihre Antworten verrieten ihm nichts, was er nicht schon wußte.

Percival ahnte bereits bei seinem Erscheinen, daß irgend etwas nicht stimmte. Er war wesentlich intelligenter als die beiden anderen, außerdem hatte ihn Phillips' Verhalten vermutlich in Alarmbereitschaft versetzt – zusätzlich zu dem Gerücht, in einem der Dienstbotenquartiere wäre etwas gefunden worden. Er wußte, daß die Angst unter den Familienmitgliedern grassierte wie eine Seuche. Er sah sie jeden Tag, merkte, daß sie immer gereizter wurden, registrierte den unausgesprochenen Verdacht in ihren Augen, die Art, wie sich ihre Beziehungen zueinander verändert hatten, das langsam zerbröckelnde Vertrauen. Er selbst hatte versucht, Monk auf Myles Kellard anzusetzen. Es war klar, daß sie das gleiche tun würden, daß sie jede Information benutzen würden, um Monk in die Gesindestube zu hetzen. Als er hereinkam, umgab ihn eine Aura aus Angst. Sein Körper war angespannt, sein Blick hellwach, in seiner Schläfe pochte es nervös.

Evan schob sich lautlos zwischen ihn und die Tür.

»Womit kann ich dienen, Sir?« begann Percival, obwohl es in seinem Blick kurz flackerte, denn Evans Bewegung – und ihre Bedeutung – war ihm keineswegs entgangen.

Monk, der Messer und Seide zunächst hinter dem Rücken gehalten hatte, holte beides hervor und hielt es hoch. Das Messer hielt er in seiner linken Hand, das Négligé baumelte an seinem Arm, so daß die Blutspritzer Percival dunkel und häßlich ins Auge stechen mußten. Monk beobachtete jede Veränderung seines Gesichtsausdrucks. Er entdeckte Überraschung, einen Anflug von Verwirrung, als ob der Lakai nicht recht wüßte, was er damit anfangen sollte, aber keine Anzeichen für wachsende Furcht. Er glaubte sogar, ein flüchtiges Erwachen von Hoffnung zu sehen, hell wie ein Sonnenstrahl, der durch die dunklen Wolken bricht. Es war absolut nicht die Reaktion, die er von einem Mann erwartet hätte, der schuldig war, und in dem Moment war Monk felsenfest überzeugt, daß Percival nicht die geringste Ahnung hatte, wo die Dinge gewesen waren.

»Haben Sie diese Sachen schon mal gesehen?« fragte er ihn. Die Antwort hatte nicht viel zu bedeuten, aber irgendwo mußte er anfangen.

Percival war sehr blaß, jedoch gefaßter als beim Hereinkommen. Er glaubte endlich zu wissen, aus welcher Richtung die Bedrohung kam, und das setzte ihm weniger zu als die Ungewißheit.

»Kann sein. Das Messer sieht genauso aus wie 'ne Menge andere in der Küche, und so was wie dieses Seidending hab ich schon oft im Waschraum gesehen – in dem Zustand allerdings noch nie. Ist Mrs. Haslett damit umgebracht worden?«

»Das ist ziemlich offensichtlich, finden Sie nicht?«

»Doch, Sir.«

»Interessiert es Sie gar nicht – wo wir die Sachen gefunden haben?« Monk schaute über Percivals Schulter zu Evan und sah die Zweifel in seinem Gesicht, eine exakte Wiedergabe seiner eigenen Empfindungen. Falls der Lakai wußte, daß man die Sachen in seinem Zimmer entdeckt hatte, war er ein ausgezeichneter Schauspieler und ein Mensch, dessen Selbstbeherrschung man bewundern müßte – aber auch ein unglaublicher Hornochse, weil er keinen Weg gefunden hatte, das Beweismaterial loszuwerden.

Percival hob andeutungsweise die Schultern, sagte jedoch nichts.

»Hinter dem untersten Schubfach in Ihrer Kommode.«

Jetzt war Percival entsetzt. Alles Blut wich aus seinem Gesicht, seine Augen weiteten sich, und Schweiß trat ihm auf die Stirn.

Er machte Anstalten, etwas zu sagen, doch seine Stimme versagte.

Da war sie wieder, diese krankmachende Überzeugung, daß Percival nichts mit dem Mord an Octavia Haslett zu tun hatte. Er war arrogant und egoistisch, hatte sie womöglich mißbraucht – wie Rose – und verfügte über geheime Geldquellen, die einer Erklärung bedurften, aber einen Mord hatte er nicht begangen. Monk sah ein zweites Mal zu Evan hinüber und fand diesen Gedanken in seinem fast gequälten Blick bestätigt.

Er konzentrierte sich wieder auf Percival.

»Sie können mir nicht sagen, wie sie dort hingekommen sind?«

Percival mußte mehrmals heftig schlucken. »Nein – kann ich nicht.«

»Das habe ich mir gedacht.«

»Verdammt, ich weiß es wirklich nicht!« Percivals Stimme steigerte sich zu einem schrillen, verzweifelten Quieken. »Ich schwör bei Gott, ich hab sie nicht umgebracht! Ich hab das Zeug da noch nie gesehen – nicht in dem Zustand!« Seine Muskeln waren so verkrampft, daß er zu zittern begann. »Hören Sie – ich hab übertrieben. Ich hab gesagt, ich hätte ihr gefallen – das war alles Angabe, ich hab sie nicht angerührt.« Er fing an, wie wild zu gestikulieren. »Sie hat sich nie für einen anderen interessiert als für Captain Haslett. Ich – ich war nett zu ihr, nichts weiter. Und ich war nie in ihrem Zimmer, außer um ein Tablett mit Blumen oder eine Nachricht zu bringen.« Seine Hände zuckten krampfartig. »Ich weiß nicht, wer sie umgebracht hat – aber ich war's nicht! Jeder hätte die Sachen in meinem Zimmer verstecken können. Glauben Sie, ich wär so blöd gewesen, sie dort aufzubewahren?« Seine Worte überschlugen sich. »Warum hab ich wohl das Messer nicht saubergemacht und in die Küche zurückgebracht und das Seidending verbrannt? Können Sie mir das verraten?« Er drehte sich hektisch zu Evan um. »Glauben Sie, ich hätte das Zeug extra für Sie liegenlassen?«

»Nein, das glaube ich nicht«, bestätigte Monk. »Es sei denn, Sie waren sich Ihrer Sache so sicher, daß Sie gar nicht mit einer Durchsuchung gerechnet haben? Sie haben versucht, uns auf Rose und Mr. Kellard, sogar auf Mrs. Kellard zu hetzen. Vielleicht haben Sie geglaubt, es wäre Ihnen gelungen – und das Beweismaterial aufgehoben, um es jemand anders unterzuschieben?«

Percival fuhr sich mit der Zunge über die ausgetrockneten Lippen. »Und warum hab ich's dann nicht getan? Ich komm überall ohne Probleme rein. Ich müßte nur behaupten, ich soll was aus der Waschküche holen, und niemand würde sich wundern. »Ich hätte die Sachen nie in meinem Zimmer gelassen, ich hätt sie woanders versteckt – in Mr. Kellards zum Beispiel, damit Sie sie dort finden.«

»Sie wußten nicht, daß wir das Haus heute durchsuchen würden«, rief Monk ihm in Erinnerung. Obwohl er selbst nicht daran glaubte, wollte er seine Beweisführung zu Ende bringen. »Vielleicht wollten Sie es tun, aber wir sind Ihnen zuvorgekommen.«

»Sie hängen doch schon seit Wochen hier rum«, protestierte Percival verbissen. »Ich hätte es längst getan und Sie dann irgendwie dazu gebracht, an der richtigen Stelle nachzusehen. Es wär ein Kinderspiel gewesen, Ihnen weiszumachen, ich hätte was Auffälliges bemerkt, oder Mrs. Boden dazu zu bringen, ihre Messer durchzuzählen. Glauben Sie im Ernst, ich hätte das nicht geschafft?«

»Doch. Das hätten Sie.« Monk war auch diesmal seiner Meinung.

Percival schluckte und mußte würgen. »Und?« stieß er hervor, als er wieder einigermaßen bei Stimme war.

»Sie können erst einmal gehen.«

Percival starrte ihn einen langen Moment mit großen Augen an, machte dann auf den Hacken kehrt und floh, wobei er fast mit Evan zusammenstieß. Die Tür ließ er sperrangelweit offen.

Monk wechselte einen vielsagenden Blick mit Evan.

»Ich glaub nicht, daß er es getan hat«, sagte Evan entschlossen. »Es ergibt keinen Sinn.«

»Ja, der Meinung bin ich auch.«

»Haben Sie keine Angst, daß er abhaut?«

Monk schüttelte den Kopf. »Wir hätten ihn innerhalb einer Stunde geschnappt. Ich würde ihm die Polizei von ganz London auf den Hals hetzen, und das weiß er.«

»Schön – wer kommt sonst noch in Frage?« meinte Evan. »Kellard?«

»Oder Rose, in einem Anfall von Eifersucht, weil sie Percival die Affäre geglaubt hat.«

»Oder jemand, an den wir bis jetzt noch gar nicht gedacht

haben?« fügte Evan mit einem bitteren, freudlosen kleinen Grinsen hinzu. »Was Miss Latterly wohl von dem Ganzen hält?«

Monk wurde an einer Antwort gehindert, da in diesem Augenblick Harolds Kopf im Türrahmen erschien. Er war blaß, in seinen blauen Augen stand Angst.

»Mr. Philipps läßt fragen, ob alles in Ordnung ist, Sir?«

»Jaja, vielen Dank. Sagen Sie Mr. Phillips bitte, wir wären bislang noch zu keinem Schluß gekommen, und würden Sie dann Miss Latterly zu uns schicken?«

»Die Schwester, Sir? Fühlen Sie sich nicht wohl, Sir? Oder haben Sie etwa vor...« Seine Stimme verlor sich im Nichts; offenbar war seine Einbildungskraft seinen guten Manieren vorausgeeilt.

Monk lächelte säuerlich. »Keine Angst, niemand wird durch meine Worte in Ohnmacht fallen. Ich möchte sie lediglich nach ihrer Meinung in einer bestimmten Angelegenheit fragen. Würden Sie sie bitte hierher schicken?«

»Ja, Sir. Ich... sehr wohl, Sir.« Damit zog Harold sich hastig zurück, froh, einer Situation entkommen zu sein, der er sich nicht gewachsen fühlte.

»Sir Basil wird das nicht gefallen«, stellte Evan nüchtern fest.

»Wahrscheinlich«, pflichtete Monk ihm bei. »Genausowenig wie dem Rest der Hausbewohner. Sie scheinen alle ganz versessen darauf zu sein, daß der arme Percival endlich hinter Schloß und Riegel kommt. Damit wäre das Ganze erledigt, und uns wäre man ein für allemal los.«

»Und wer sich am meisten ärgern wird«, Evan schnitt ein Gesicht, »ist Runcorn.«

»Allerdings«, sagte Monk genüßlich und nicht ohne eine gewisse Befriedigung. »Das wird er. Und wie!«

Evan setzte sich auf die nächstbeste Lehne – die zu einem von Mrs. Willis' erlesensten Stühlen gehörte – und ließ die Beine baumeln. »Ich frage mich, ob die Tatsache, daß Sie Percival nicht verhaftet haben, dazu führt, daß jemand drastischere Maßnahmen ergreift.«

Monk stieß ein übertrieben entsetztes Ächzen aus. »Was für eine angenehme Vorstellung!«

Es klopfte an die Tür. Evan machte auf und ließ eine verwirrte, neugierige Hester herein.

Evan machte die Tür sorgfältig zu und lehnte sich dagegen.

Monk gab ihr eine knappe Zusammenfassung der jüngsten Ereignisse, die auch seinen und Evans Eindruck enthielt.

»Es war jemand von der Familie«, sagte sie ruhig.

»Warum denken Sie das?«

Sie hob leicht die Schultern und runzelte die Stirn. »Lady Moidore hat vor etwas Angst, und zwar vor nichts, das bereits geschehen ist, sondern vor etwas, das noch kommen könnte. Die Festnahme eines Lakaien würde sie nicht belasten; es wäre eher eine Erleichterung.« Ihr Blick war sehr direkt. »Sie würden endlich verschwinden, Öffentlichkeit und Presse würden wieder Ruhe geben, man könnte versuchen, zu einem normalen Leben zurückzukehren, brauchte sich nicht mehr gegenseitig zu verdächtigen und dabei so tun, als ob man es nicht täte.«

»Myles Kellard?« fragte Monk.

»Wenn, dann in einem Anfall von Panik. Er kommt mir nicht wie jemand vor, der die Nerven hat, einen Mord kaltblütig zu vertuschen. Ich meine, das Messer und das Négligé zu behalten und in Percivals Zimmer zu verstecken. Falls er es wirklich getan hat, wird er von jemandem gedeckt – von Araminta vielleicht. Das würde auch erklären, warum er sich vor ihr fürchtet, und ich glaube, er hat wirklich Angst.«

»Und Lady Moidore weiß Bescheid – oder hat zumindest den Verdacht?«

»Zum Beispiel.«

»Oder Araminta brachte ihre Schwester um, als sie sie und ihren Mann in flagranti ertappte?« ließ sich Evan aus dem Hintergrund vernehmen. »Das wäre durchaus möglich. Sie mußte nachts mal wohin, kam an dem Zimmer vorbei, erwischte die beiden zusammen, ging mit dem Messer auf ihre Schwester los und gab ihrem Mann die Schuld an dem Ganzen.«

Monk betrachtete ihn respektvoll. Evan hatte etwas in Worte gefaßt, das ihm bislang nicht einmal in den Sinn gekommen war. »Absolut möglich«, sagte er laut. »Weitaus wahrscheinlicher, als daß Percival sich zu ihr geschlichen hat, zurückgewiesen wurde und sie daraufhin umbrachte. Er würde kaum mit einem Tranchiermesser unter dem Arm zu seiner Angebeteten gehen, wenn er sie verführen will, und sie hätte sich andersherum keins unter ihr Kissen gelegt, es sei denn, sie hätte ihn erwartet.« Er lehnte bequem an einem von Mrs. Willis Stühlen. »Und wenn sie tatsächlich mit seinem Erscheinen gerechnet hat, hätte es bessere Möglichkeiten gegeben, sich zu wehren. Sie hätte bloß ihrem Vater erzählen brauchen, daß der Lakai zu weit gegangen ist und auf der Stelle entlassen werden soll. Basil hatte bereits bewiesen, wie bereitwillig er einen zu Unrecht beschuldigten Hausangestellten vor die Tür setzt; wieviel leichter muß es ihm bei jemand fallen, der wirklich etwas verbrochen hat.«

Sie wußten beide, was er meinte.

»Haben Sie vor, Sir Basil das zu sagen?« fragte Evan.

»Was bleibt mir anderes übrig. Er erwartet von mir, daß ich Percival festnehme.«

»Und Runcorn?«

»Ihm wohl oder übel auch. Sir Basil wird es mit Sicherheit tun.«

Evan grinste. Hierauf zu antworten war überflüssig.

»Seien Sie vorsichtig«, wandte sich Monk plötzlich an Hester. »Der Mörder will Percival hinter Gitter sehen. Er wird sich furchtbar darüber aufregen, daß wir ihn nicht festgenommen haben, und könnte etwas Unüberlegtes tun.«

»Machen Sie sich um mich keine Sorgen«, sagte sie vollkommen ruhig.

Ihre Gelassenheit ärgerte ihn. »Sie scheinen sich nicht ganz über das Risiko im klaren zu sein«, gab er scharf zurück. »Sie könnten in körperliche Gefahr geraten.«

»Ich bin mit körperlicher Gefahr bestens vertraut.« Hester musterte ihn mit einem Anflug von Belustigung. »Ich bin dem Tod bestimmt öfter begegnet als Sie und habe meinem eigenen schon nähergestanden, als das hier in London je der Fall sein könnte.«

Monk verkniff sich die Antwort, die ihm auf der Zunge lag. Diesmal hatte sie leider recht. Er entschuldigte sich und ging in den vorderen Teil des Hauses, um einem aufgebrachten Sir Basil Bericht zu erstatten.

»Das darf doch nicht wahr sein! Was verlangen Sie noch?« schrie er und schlug mit der Faust auf den Tisch, was die Nippes darauf hochhüpfen ließ. »Sie haben die Tatwaffe und ein blutverschmiertes Kleidungsstück meiner Tochter im Schlafzimmer des Kerls gefunden. Erwarten Sie ein Geständnis?«

Monk versuchte ihm so verständlich und geduldig wie möglich zu erklären, weshalb das als Beweis nicht reichte, aber Basil war außer sich vor Wut und jagte ihn ohne weitere Diskussion hinaus. Von der Tür aus brüllte er nach Harold, der auf der Stelle zu ihm kommen und einen Brief weiterleiten sollte.

Als Monk endlich im Hansom zum Polizeirevier saß – nachdem er in die Küche zurückgekehrt war, Evan aufgesammelt hatte und sie zu Fuß zur Regent Street gegangen waren – waren Harold und Sir Basils Brief bereits ein gutes Stück voraus.

»Was soll der Blödsinn, Monk?« verlangte Runcorn zu wissen. Ein Briefbogen steckte in seiner geballten Faust. »Die Beweise reichen aus, den Kerl zweimal zu hängen. Was fällt Ihnen ein, Sir Basil zu sagen, Sie könnten ihn nicht festnehmen? Fahren Sie sofort zurück und tun Sie's!«

»Ich glaube nicht, daß er schuldig ist«, gab Monk in ausdruckslosem Ton zurück.

Runcorn starrte ihn eine Weile verdutzt an, dann machte sich Unglauben in seiner Miene breit. »Sie – was?«

»Ich glaube nicht, daß er schuldig ist«, wiederholte Monk überdeutlich und eine Spur schärfer.

Auf Runcorns Haut bildeten sich rosa Flecken.

»Ja sind Sie denn von allen guten Geistern verlassen? Natürlich ist er schuldig!« brüllte er. »Um Gottes willen – haben Sie nicht das Messer und ein blutbesudeltes Nachthemd in seinem Zimmer gefunden? Was wollen Sie noch? Welche harmlose Erklärung könnte es dafür schon geben?«

»Daß nicht er sie dort deponiert hat.« Monk blieb bewußt ruhig. »Nur ein Dummkopf würde sie an einem Ort verstecken, wo sie gefunden werden könnten.«

»Sie haben sie aber nicht gefunden, oder?« rief Runcorn zornig. Er war aufgesprungen. »Erst nachdem die Köchin Ihnen von dem fehlenden Messer erzählt hat. Dieser unglückselige Lakai konnte unmöglich davon ausgehen, daß sie es nach so langer Zeit noch merken würde. Er war nicht auf eine Hausdurchsuchung gefaßt.«

»Wir haben das Haus schon einmal durchsucht, nach dem Schmuck«, rief Monk ihm in Erinnerung.

»Offenbar nicht genug, wie man sieht.« Trotz seiner Erbitterung schwang Befriedigung in Runcorns anklagendem Tonfall mit. »Sie haben nicht erwartet, etwas zu finden, also haben Sie sich nicht viel Mühe gegeben. Pure Schlamperei, sonst nichts – da halten Sie sich für schlauer als alle andern und ziehen voreilige Schlüsse.« Er stützte sich mit gespreizten Fingern auf den Schreibtisch und beugte sich vor. »Tja, diesmal haben Sie sich wohl geirrt, ich würde sogar sagen, Sie haben absolute Unfähigkeit bewiesen. Wenn Sie Ihren Job ernst genommen und gleich zu Anfang richtig gesucht hätten, hätten Sie das Messer und das Kleidungsstück schon viel eher gefunden, der Familie eine Menge Kummer erspart und der Polizei viel Zeit und Mühe!« Er schwenkte den Brief durch die Luft. »Wenn ich nicht wüßte, daß es unmöglich ist, würde ich alle restlichen Polizistengehälter mit Ihrem Lohn begleichen, um die dank Ihrer Inkompetenz angefallenen Überstunden wieder reinzuholen! Sie werden langsam alt, Monk, Sie werden langsam alt. Und jetzt versuchen Sie, das Ganze wenigstens zum Teil wieder auszubügeln, indem Sie zur Queen Anne Street zurückfahren, sich bei Sir Basil entschuldigen und den gottverdammten Lakai verhaften!«

»Bei der ersten Hausdurchsuchung waren die Sachen noch nicht dort«, sagte Monk. Er wollte auf keinen Fall zulassen, daß Evan die Schuld zugeschoben wurde, außerdem glaubte er felsenfest, daß es stimmte.

Runcorn blickte verständnislos drein. »Das heißt nur, daß sie zu der Zeit woanders versteckt gewesen waren – und er sie erst nachher hinter der Schublade untergebracht hat.« Gegen seinen Willen wurde seine Stimme wieder lauter. »Jetzt fahren Sie endlich zur Queen Anne Street und nehmen Sie den Lakai fest! Hab ich mich klar ausgedrückt? Ich weiß nicht, wie ich es einfacher sagen soll. Los, Monk, verschwinden Sie und nehmen Sie Percival unter Mordverdacht fest.«

»Das kann ich nicht, Sir. Ich glaube nicht an seine Schuld.«

»Niemand kümmert sich einen Dreck um das, was Sie glauben! Tun Sie einfach, was Ihnen gesagt wird!« Runcorns Gesicht wurde noch eine Spur roter, seine Hände krallten sich um die Schreibtischkante.

Monk zwang sich zur Ruhe, um die Angelegenheit halbwegs nüchtern diskutieren zu können. Am liebsten hätte er Runcorn an den Kopf geknallt, daß er ihn für einen Idioten hielt, und wäre gegangen.

»Das Ganze ergibt keinen Sinn«, sagte er statt dessen. »Wenn es ihm möglich war, den Schmuck loszuwerden, warum hat er den Rest dann nicht beseitigt?«

»Wahrscheinlich ist er den Schmuck gar nicht losgeworden«, erwiderte Runcorn mit neu aufflackernder Genugtuung. »Er steckt vermutlich immer noch irgendwo, und wenn Sie intensiv genug gesucht hätten, hätten Sie ihn auch gefunden – in einen alten Stiefel gestopft zum Beispiel oder in eine Jackentasche eingenäht. Außerdem haben Sie sich nach einem Messer umgesehen. Verstecke, die dafür zu klein sind, haben Sie wohl ausgelassen.«

»Beim erstenmal haben wir uns aber nach Schmuckstücken umgesehen«, wandte Monk mit einem Anflug von Sarkasmus ein, den er nicht unterdrücken konnte. »Ein Tranchiermesser und ein seidener Morgenmantel wären uns dabei kaum entgangen.«

»Stimmt, wenn Sie nicht so schlampig gearbeitet hätten. Was leider der Fall war, meinen Sie nicht, Monk?«

»Entweder das oder die Sachen waren nicht da«, pflichtete Monk ihm bei, ohne seinem triumphierenden Blick auch nur im geringsten auszuweichen. »Worauf ich Sie bereits hingewiesen habe. Nur ein Lebensmüder würde belastendes Beweismaterial behalten, wenn er das Messer jederzeit säubern und in die Küche zurückbringen könnte. Niemand würde sich über die Anwesenheit eines Lakaien in der Küche wundern. Lakaien gehen dort ständig ein und aus und sind abends oft als letzte auf den Beinen, weil sie abschließen müssen.«

Runcorn öffnete den Mund zu einer Entgegnung, aber Monk ließ ihn nicht zu Wort kommen.

»Niemand wäre überrascht gewesen, Percival gegen Mitternacht oder noch später herumlaufen zu sehen. Er hätte keinerlei Probleme, seine Anwesenheit in jedem Winkel des Hauses zu erklären, sogar in einem fremden Schlafzimmer. Er bräuchte bloß behaupten, er hätte ein Fenster klappern gehört. Man würde ihn noch wegen seines Arbeitseifers loben.«

»Eine Haltung, um die Sie ihn zweifellos beneiden dürften«, warf Runcorn hastig ein. »Auch Ihre glühendsten Bewunderer könnten Sie nicht aufgrund Ihres ›Arbeitseifers‹ empfehlen.«

»Genauso leicht hätte er das Négligé ganz hinten in den Küchenherd stopfen und den Deckel wieder zumachen können. Es wäre vollständig verbrannt«, fuhr Monk fort, ohne auf die Unterbrechung zu achten. »Anders würde es sich verhalten, wenn wir den Schmuck gefunden hätten; das wäre mir weniger schleierhaft. Man könnte ihn eventuell später verkaufen, tauschen oder verschenken. Aber wozu ein Messer behalten?«

»Woher soll ich das wissen, Monk! Ich hab schließlich nicht den Verstand eines mordlüsternen Lakaien«, stieß Runcorn zwischen den Zähnen hervor. »Jedenfalls hat er es behalten, verdammt noch mal. Sie haben es selbst gefunden!«

»Wir haben es gefunden, ja – und genau darum geht es mir, Sir. Es gibt keinen Beweis, daß Percival derjenige war, der es behalten hat oder der es dort versteckte. Jeder hätte das tun können. Sein Zimmer ist frei zugänglich.«

Runcorns Brauen schossen hoch.

»Ach nein! Gerade erst haben Sie keine Mühe gescheut, um mir klarzumachen, daß niemand so etwas Verhängnisvolles wie ein blutverkrustetes Messer aufheben würde. Jetzt behaupten Sie, jemand hätte es getan – nur nicht Percival! Sie widersprechen sich, Monk.« Er beugte sich noch weiter über den Tisch und starrte Monk mit funkelnden Augen ins Gesicht. »Sie fangen an, dummes Zeug zu reden. Das Messer war da, also muß es jemand behalten haben – all Ihren verworrenen Einwänden zum Trotz –, und es befand sich in Percivals Zimmer. Verschwinden Sie endlich und nehmen Sie ihn fest!«

»Jemand hat Percival das Messer untergeschoben, damit der Verdacht auf ihn fällt.« Monk vergaß alle guten Vorsätze und stieg auf Runcorns Lautstärke ein. Er hatte nicht die Absicht, von seinem Standpunkt abzuweichen. »Es wurde behalten, weil man es noch brauchte. Alles andere macht keinen Sinn.«

»Wer hat es behalten, um Gottes willen! Ihre Wäschemagd etwa? Sie haben nicht das geringste gegen sie in der Hand.« Runcorn fegte Rose mit einer energischen Handbewegung vom Tisch. »Was ist mit Ihnen los, Monk? Warum sperren Sie sich dermaßen dagegen, Percival zu verhaften? Hat er was bei Ihnen gut? Oder sind Sie so pervers, daß Sie rein aus Gewohnheit Schwierigkeiten machen müssen?« Sein Gesicht war kaum mehr als einen Meter von Monk entfernt.

Der weigerte sich immer noch, zurückzuweichen.

»Weshalb sind Sie so verdammt entschlossen, einem von der Familie den Mord anzuhängen?« polterte Runcorn weiter. »Gott im Himmel, hat Ihnen der Fall Grey nicht gereicht – der ganze Schmutz, in den Sie seine Familie gezogen haben? Haben Sie es sich nur deshalb in den Kopf gesetzt, daß es dieser Myles Kellard war, weil er ein Stubenmädchen bedrängt hat?«

»Vergewaltigt«, korrigierte Monk überdeutlich. Je mehr Runcorn die Fassung verlor und in seiner Wut einzelne Silben verschluckte, desto klarer wurde seine eigene Aussprache.

»Dann eben vergewaltigt, wenn Ihnen das lieber ist – seien Sie nicht so pingelig, Mann!« schrie Runcorn ihn an. »Sich ein Stubenmädchen gefügig zu machen führt nicht zwangsläufig zum Mord an der eigenen Schwägerin.«

»Zu vergewaltigen! Ein siebzehnjähriges Dienstmädchen zu vergewaltigen, das im eigenen Haus arbeitet, das nicht gegen einen aufmucken oder sich zur Wehr setzen darf, ist nicht soviel anders, als mitten in der Nacht ins Schlafzimmer seiner Schwägerin zu schleichen, um sie sich gefügig zu machen und – falls nötig – auch zu vergewaltigen.« Monk ließ jede einzelne Silbe des letzten Wortes klar und deutlich in den Raum fallen. »Wenn sie nein sagt und man glaubt, sie meint ja, wo liegt dann der Unterschied zwischen einer Frau und der anderen?«

»Falls Sie tatsächlich nicht den Unterschied zwischen einer Dame von Stand und einem Stubenmädchen kennen, Monk, verrät das mehr darüber, wie wenig Sie im Grunde wissen, als Ihnen lieb sein kann.« In Runcorns Zügen spiegelte sich der gesamte aufgestaute Haß ihrer langjährigen Bekanntschaft. »Es zeigt einmal mehr, daß Sie trotz aller Überheblichkeit und allem Ehrgeiz nach wie vor der ungehobelte Klotz vom Lande sind, der Sie schon immer waren. Die schicken Klamotten und der aufgesetzte Akzent machen noch lange keinen Gentleman aus Ihnen – gleich untendrunter steckt der Bauer, und den wird man Ihnen immer anmerken!« Wilder, haltloser Triumph loderte in seinem Blick. Er hatte endlich ausgesprochen, was seit Jahren an ihm nagte. Die Freude darüber übermannte ihn völlig.

»Seit Sie zum erstenmal gemerkt haben, daß ich Ihnen dicht auf den Fersen bin, versuchen Sie den Mut aufzubringen, mir das zu sagen, nicht wahr?« erwiderte Monk mit höhnischem Grinsen. »Welch ein Jammer, daß Sie nicht ebensoviel Mut besitzen, sich der Presse oder dem Innenministerium gegenüber zu behaupten. Ja, davor haben Sie eine Heidenangst. Wenn Sie wirklich Mumm hätten, würden Sie diesen Leuten sagen, daß Sie niemand verhaften, auch nicht einen Lakai, solange Ihnen eindeutige Beweise fehlen. Aber dazu sind Sie nicht imstande, richtig? Sie sind ein Schwächling! Sie drehen Ihr Fähnchen einfach andersherum und geben vor, nicht zu sehen, was Ihren Lordschaften nicht in den Kram paßt. Sie nehmen Percival fest, weil es bequem ist. Was mit einem wie ihm passiert, interessiert doch keine Menschenseele! Sir Basil freut sich, und Sie können die Angelegenheit zu einem glücklichen Ende führen, ohne irgendeinem Ihrer angebeteten Behördentiere auf die Zehen getreten zu sein. Sie können Ihren Vorgesetzten den Fall als gelöst präsentieren – egal ob es stimmt, egal ob es gerecht ist –, den armen Teufel hängen lassen und die Akte als geschlossen erklären.« Er musterte Runcorn mit unsäglicher Verachtung. »Die Öffentlichkeit wird Sie mit Lorbeeren überschütten, die feinen Herren werden sagen, was für ein hervorragender, folgsamer Diener des Volkes Sie doch sind. Großer Gott – Percival ist vielleicht ein arroganter, egoistischer Mistkerl, aber er ist bestimmt nicht so ein feiger kleiner Speichellecker wie Sie! Ich werde ihn erst dann verhaften, wenn ich von seiner Schuld überzeugt bin.«

Runcorns Gesicht war ein purpurrotes Schlachtfeld, seine Hände lagen zu Fäusten geballt auf dem Tisch. Er bebte von Kopf bis Fuß, und seine Muskeln waren derart angespannt, daß seine Schultern den Stoff seines dünnen Rocks zu sprengen drohten.

»Es ist keine Bitte, Monk, es ist ein Befehl. Gehen Sie und nehmen Sie Percival fest – sofort!«

»Nein.«

»Nein?« In Runcorns Blick lag eine eigenartige Mischung aus Furcht, Ungläubigkeit und Frohlocken. »Heißt das, Sie verweigern den Befehl, Monk?«

Monk schluckte. Er wußte, welche Konsequenzen seine nächsten Worte haben würden.

»Ja, ich verweigere den Befehl. Sie sind im Unrecht.«

»Sie sind fristlos entlassen!« Runcorns Arm schnellte durch die Luft; mit ausgestrecktem Zeigefinger wies er auf die Tür. »Sie gehören nicht länger zur Metropolitan Police.« Seine andere Hand schoß nach vorn. »Geben Sie mir Ihren Dienstausweis. Sie haben ab sofort keinerlei Befugnisse mehr und räumen auf der Stelle Ihr Büro, ist das klar? Sie sind draußen! Und jetzt gehen Sie mir aus den Augen!«

Monk griff mit steifen Fingern in die Tasche und zog, verärgert über sein ungeschicktes Gefummel, den Dienstausweis hervor. Er knallte ihn auf den Tisch, machte auf dem Absatz kehrt und stolzierte hinaus, ohne die Tür hinter sich zu schließen.

Draußen im Flur wäre er um ein Haar gegen zwei Konstabler und einen Sergeant mit einem Berg Unterlagen geprallt, die in einem Zustand erstarrter Fassungslosigkeit und verschüchterter Erregung wie angewurzelt stehengeblieben waren. Was sie soeben miterlebten, war ein Stück Geschichte, der Fall eines Giganten. Bedauern, Genugtuung und ein gewisses Schuldbewußtsein spiegelten sich in ihren Gesichtern, weil keiner mit dieser Verwundbarkeit gerechnet hatte. Sie fühlten sich überlegen und hatten gleichzeitig Angst.

Monk ging zu schnell an ihnen vorbei, als daß sie unbeteiligte Mienen hätten aufsetzen können, aber er war zu sehr mit sich selbst beschäftigt, um ihren betretenen Blicken Beachtung zu schenken.

Bis er unten ankam, hatte sich der Konstabler vom Wachdienst wieder in der Hand und war hinter seinen Schalter zurückgekehrt. Er öffnete den Mund, um etwas zu sagen, doch Monk hörte nicht zu, erleichtert, daß er es nicht mehr brauchte.

Erst als er im Regen auf der Straße stand, wurde er sich mit eisiger Klarheit bewußt, daß er nicht nur seine Karriere, sondern auch seinen Lebensinhalt weggeworfen hatte. Noch vor einer Viertelstunde war er ein bewunderter, manchmal auch gefürchteter Polizist mit langjähriger Erfahrung gewesen, der für seine gute Arbeit und seinen enormen Scharfsinn bekannt war. Jetzt war er plötzlich ein Mensch ohne Arbeit, ohne Wert – und bald wohl auch ohne Geld. Wegen Percival.

Nein – wegen der tiefen Abneigung, die sich über Jahre zwischen Runcorn und ihm aufgebaut hatte, wegen der Rivalität, der Angst, der Mißverständnisse.

Am Ende gar wegen Schuld oder Unschuld?

NEUNTES KAPITEL

Monk schlief miserabel. Als er viel zu spät wach wurde, hatte er einen schweren Kopf. Er quälte sich aus dem Bett und war bereits halb angezogen, als ihm einfiel, daß er nirgendwo erwartet wurde. Er war nicht nur den Queen-Anne-Street-Fall los, er war nicht einmal mehr Polizist. Im Grunde war er gar nichts mehr. Sein Beruf war sein Lebensinhalt gewesen, hatte für einen festen Platz in der Gesellschaft gesorgt und – was er bald bitter am eigenen Leib zu spüren bekommen würde – für ein geregeltes Einkommen. Ein paar Wochen kam er vermutlich noch über die Runden, zumindest was Miete und Verpflegung betraf. Alle zusätzlichen Ausgaben würden flachfallen: keine Kleidung, keine auswärtigen Mahlzeiten, keine Bücher und auch keine der ohnehin seltenen, herrlichen Theater- oder Galeriebesuche mehr, die ihn dem ersehnten Gentleman näherbrachten.

Aber das war nicht das Problem. Die Drehscheibe seiner Existenz war zerstört. Sein Lebensziel, das er so ehrgeizig und unter vielen Opfern verfolgt hatte, für das er eiserne Disziplin aufgebracht hatte, so lange er denken, beziehungsweise sich erinnern konnte, war nicht mehr da. Freunde hatte er nicht, niemand, mit dem er die Zeit verbringen konnte, keinen, der ihn schätzte, niemand, der ihn liebte. Die Gesichter der Männer vor Runcorns Tür fielen ihm wieder ein. Verwirrung war darin zu sehen gewesen, Verlegenheit und Angst, aber keinerlei Sympathie. Er hatte sich ihren Respekt verdient, nicht ihre Zuneigung.

Monk fühlte sich einsamer, ratloser und elender als zu jedem anderen Zeitpunkt seit der Katharsis im Mordfall Grey. Er hatte nicht den geringsten Appetit auf Mrs. Worleys Frühstück, brachte nur zwei Scheiben Toast mit etwas Speck hinunter und starrte immer noch stumpf auf den mit Krümeln übersäten Teller, als es heftig an die Tür klopfte. Eine Sekunde später stand Evan im Raum, ohne seine Antwort abgewartet zu haben. Er warf einen kurzen Blick auf seinen Exvorgesetzten, ließ sich rittlings auf dem anderen Stuhl nieder und schwieg. Er wirkte so besorgt und betroffen, daß es sich nur um Mitleid handeln konnte.

»Machen Sie nicht so ein Gesicht!« fuhr Monk ihn an. »Ich werd's überleben. Es gibt auch noch andere Dinge auf der Welt als den Polizeidienst, sogar für mich.«

Evan blieb weiterhin stumm.

»Haben Sie Percival verhaftet?« fragte Monk nach einer Weile.

»Nein. Er hat Tarrant geschickt.«

Monk lächelte bitter. »Vielleicht hatte er Angst, Sie würden es nicht tun – Sie Esel!«

Evan fuhr zusammen.

»Tut mir leid«, entschuldigte sich Monk schleunigst, »aber es bringt nicht das geringste, wenn Sie auch noch das Handtuch werfen – weder Percival noch mir.«

»Wahrscheinlich haben Sie recht«, räumte Evan kleinlaut ein. Monk wurde nur selten an sein jugendliches Alter erinnert, aber im Moment sah er von Kopf bis Fuß wie das aus, was er war: der Sohn eines Landpfarrers. Die korrekte, saloppe Kleidung und das typische, leicht von der Norm abweichende Verhalten verbargen eine innere Sicherheit, die Monk niemals erlangen würde. Evan mochte sensibler sein und weniger überzeugend – oder überheblich –, was seine Urteile betraf, aber er würde immer eine gewisse Sorglosigkeit verbreiten, weil er ein Sprößling des niederen Landadels war. Er mußte sich dessen bewußt sein, nicht unbedingt auf Verstandesebene, sondern in den tieferen Schichten seiner Seele, dort, wo sich die Instinkte regten. »Haben Sie schon überlegt, was Sie jetzt tun werden? Die Presse überschlägt sich förmlich heute morgen.«

»Das war zu erwarten«, erwiderte Monk. »Ein Freudenfest, was? Das Innenministerium hebt die Polizei in den Himmel, der Adel beglückwünscht sich, daß ihn wie immer keine Schuld trifft.

Gut, man hat einen durch und durch schlechten Lakai eingestellt, aber derlei Fehlgriffe kommen in den besten Familien vor.« Er merkte selbst, wie bitter das klang, und es gefiel ihm nicht. Trotzdem war es nicht zu verhindern; es steckte in ihm wie ein bösartiger Virus. »Jeder noch so aufrechte Gentleman kann sich in seiner Meinung über einen Mitmenschen täuschen. Die Moidores sind von jedem Makel befreit, und der Mann auf der Straße kann wieder ruhig schlafen.«

»Und so ist alles wieder im Lot.« Evan schnitt eine Grimasse. »In der *Times* steht ein ellenlanger Leitartikel über die Tüchtigkeit der neuen Polizeistreitkräfte auch unter den schwierigsten und heikelsten Bedingungen – sprich im Hause einer der vornehmsten Familien Londons. Runcorn wird des öfteren erwähnt, als Leiter der Ermittlungen. Sie überhaupt nicht.« Ein Achselzucken. »Genau wie ich.«

Jetzt mußte Monk wirklich lächeln über Evans Unbedarftheit.

»Irgendwo hat sich sogar einer über die wachsende Anmaßung der Arbeiterklasse beschwert«, fuhr Evan fort, »und den Untergang unserer Gesellschaftsordnung sowie den Verfall von Sitten und Moral prophezeit.«

»Klar. Das darf natürlich nicht fehlen. Manchmal denke ich, jemand schreibt einen ganzen Stapel solcher Artikel und schickt jedesmal einen los, wenn ihm die Ereignisse einen Grund dafür liefern. Was noch? Wurde nirgends spekuliert, ob Percival schuldig ist oder nicht?«

Wieder fiel ihm auf, wie jung Evan aussah. Er war zwar ein Mann, doch momentan schlug eindeutig der Junge in ihm durch.

»Mir ist jedenfalls nichts ins Auge gestochen – anscheinend will ihn jeder hängen sehen«, sagte er traurig. »Es herrscht allgemeine Erleichterung, die Leute sind glücklich, daß der Fall abgeschlossen und die Geschichte endlich erledigt ist. Die Straßensänger haben schon Lieder drüber geschrieben und versuchen sie in der Tottenham Court Road an den Mann zu bringen. Klingt ziemlich gespenstisch, das Ganze, hat mit der Wahrheit, wie wir sie gesehen – beziehungsweise vermutet – haben, nicht viel zu tun. Sie fordern, daß man Schwerverbrecher wieder zu Tode schleift und vierteilt. Blutdürstige Schweinehunde!«

»Sie haben Angst«, bemerkte Monk ohne Mitgefühl. »Angst ist eine schlimme Sache, läßt einen gräßliche Dinge tun.«

Evan runzelte die Stirn. »Glauben Sie, das war es, was die Menschen in der Queen Anne Street getrieben hat? So große Angst, daß ihnen jeder als Sündenbock recht war, Hauptsache, sie waren uns endlich los und mußten am Ende nicht mehr übereinander herausfinden, als ihnen lieb war?«

Monk beugte sich vor, schob die Teller beiseite und stützte müde die Ellbogen auf.

»Schon möglich.« Er seufzte deprimiert. »Gott – wie hab ich das Ganze vermurkst! Das Schlimmste ist, daß Percival hängen wird. Er ist ein selbstverliebter, egoistischer Großkotz, aber dafür verdient er doch nicht den Tod! Und derjenige, dem er sein Schicksal zu verdanken hat, ist immer noch in diesem Haus und kommt ungestraft davon. Sosehr sich die Moidores auch anstrengen, die Tatsachen zu ignorieren oder zu vergessen, wenigstens einer von ihnen muß eine Ahnung haben, wer der wahre Verantwortliche ist.« Er hob den Kopf. »Können Sie sich das vorstellen, Evan? Den Rest Ihres Lebens unter einem Dach mit einem Menschen, von dem Sie wissen, daß er einen Mord begangen hat und einen andern dafür baumeln ließ? Ihm auf der Treppe zu begegnen, ihm am Eßtisch gegenüberzusitzen, ihn lachen und Witze machen zu sehen, als ob das alles nie geschehen wäre?«

»Was werden Sie jetzt tun?« Evan betrachtete ihn ratlos mit seinem intelligenten, mitfühlendem Blick.

»Was, zur Hölle, kann ich schon tun?« explodierte Monk. »Runcorn hat Percival verhaften lassen und wird ihn vor Gericht bringen. Alles, was ich an Beweismaterial besaß, habe ich ihm gegeben; außerdem bin ich nicht nur den Fall los, man hat mich vom Dienst suspendiert! Verdammt – ich weiß nicht mal, ob ich noch lange ein Dach über dem Kopf haben werde. Ich bin der letzte, der Percival helfen könnte – ich stehe ja selbst auf dem Schlauch!«

»Sie sind der einzige, der ihm helfen kann«, sagte Evan ruhig. Er war freundlich und verständnisvoll, hatte jedoch nicht vor, einem von ihnen etwas vorzumachen. »Ausgenommen Miss Latterly vielleicht«, fügte er plötzlich hinzu. »Außer uns käme sowieso keiner auf die Idee.« Er entwirrte seine langen Beine und stemmte sich aus dem Stuhl. »Ich fahr jetzt zu ihr, sie sollte Bescheid wissen. Das mit Percival wird sie wohl mitgekriegt haben, und die bloße Tatsache, daß Tarrant aufgekreuzt ist und nicht Sie, hat ihr bestimmt zu denken gegeben, aber sie wird sich trotzdem wundern.« Er verzog den Mund zu einem freudlosen Grinsen. »Oder kennt sie Sie so gut, um zu ahnen, daß Ihnen bei Runcorn der Kragen geplatzt ist?«

Monk wollte den Gedanken im ersten Moment als lächerlich abtun, erinnerte sich jedoch an Hesters Zusammenstoß mit dem Krankenhausarzt und empfand unvermittelt ein warmes Gefühl von Zusammengehörigkeit, das die eisige Kälte in ihm etwas auflöste.

»Möglich wär's«, räumte er ein.

»Ich fahr sofort in die Queen Anne Street und sag's ihr.« Evan strich mit der ihm eigenen Eleganz über sein Jackett. »Bevor sie mir den Fall auch noch wegnehmen und ich keinen Grund mehr hab, dort aufzutauchen.«

Monk sah ihn an. »Danke, Evan.«

Evan salutierte kurz, was eher todesmutig als optimistisch wirkte, und ließ Monk mit den Ruinen seines Frühstücks allein.

Der starrte noch eine Weile auf die Tischplatte, in Grübeleien über sein weiteres Schicksal versunken. Plötzlich, aus heiterem Himmel, überkam ihn eine derart starke Erinnerung, daß er wie betäubt war. Er saß an einem auf Hochglanz polierten Eßtisch in einem Raum voll hübscher Möbel; die Spiegelrahmen waren vergoldet, in einer Ecke stand eine Blumenvase. Er spürte denselben ohnmächtigen Schmerz wie heute, das gleiche Schuldbewußtsein, weil er nicht helfen konnte. Es war das Heim seines Mentors, des Mannes, den er am Piccadilly vor Cyprians Klub gesehen hatte. Nach einem finanziellen Desaster stand er vor dem totalen Ruin.

Die Frau mit dem häßlichen, tränenüberströmten Gesicht, die

bei der Beerdigungsprozession in der hintersten Kutsche gesessen hatte – sie hatte ihn an die Frau dieses Mentors erinnert, an die Frau mit den unbeschreiblich schönen Händen. Ihr hatte er damals helfen wollen und es nicht gekonnt, und so hatte die Tragödie ungehindert ihren Lauf genommen und jede Menge unschuldige Opfer zurückgelassen.

Aus diesem Gefühl völliger Ohnmacht heraus hatte er an jenem anderen Tisch zum erstenmal den Entschluß gefaßt, sich Mittel und Wege zu öffnen, das Unrecht zu bekämpfen, die finsteren Machenschaften aufzudecken, die scheinbar so unantastbar waren. Er hatte sich aus dem Handelsgeschäft zurückgezogen – samt seinen vielversprechenden Profitchancen – und war zur Polizei gegangen.

Zur Polizei! Arrogant war er gewesen, talentiert und brillant, extrem unbeliebt – und in unglaublich kurzer Zeit sehr weit aufgestiegen. Und nun war nichts mehr von all dem übrig, nicht einmal eine Erinnerung an seine ursprünglichen Fähigkeiten.

»Er hat was?« fragte Hester verständnislos. Sie stand mit Evan in Mrs. Willis' Wohnzimmer. Angesichts dieser überraschenden Neuigkeit verlor sie fast den Boden unter den Füßen. »Was haben Sie gesagt?«

»Er hat sich geweigert, Percival zu verhaften, und Runcorn an den Kopf geworfen, was er von ihm hält«, erklärte Evan noch einmal. »Mit dem Ergebnis natürlich, daß Runcorn ihn rausgeschmissen hat.«

»Mein Gott, und was hat er jetzt vor?« Sie war entsetzt. Zukunftsangst und Hilflosigkeit waren ihr selbst noch zu bekannt, als daß sie ihre Fantasie hätte großartig anstrengen müssen, zudem war die Stellung in der Queen Anne Street nur vorübergehend. Beatrice fehlte im Grunde nichts, und jetzt, wo Percival verhaftet war, würde sie sich vermutlich binnen weniger Tage völlig erholt haben – vorausgesetzt, sie glaubte an seine Schuld. »Kann er eine neue Anstellung finden? Hat er Familie?«

Evan betrachtete erst den Fußboden, dann wieder sie.

»Nicht hier in London, aber ich glaube auch nicht, daß er sich an sie wenden würde. Ich weiß nicht, was er jetzt tun wird«, sagte er unglücklich. »Der Polizeijob ist alles, was er kann, wahrscheinlich auch alles, was ihm etwas bedeutet. Er hat eine natürliche Begabung dafür.«

»Hat denn außer der Polizei niemand Bedarf an guten Detektiven?«

Evan lächelte in plötzlich aufkeimender Hoffnung, die gleich wieder verflog. »Wenn er seine Fähigkeiten privat anbieten würde, bräuchte er finanziellen Rückhalt, bis er sich einen Namen gemacht hat – sonst ist es kaum zu schaffen.«

»Wahrscheinlich.« Hester war noch nicht in der Lage, vernünftig darüber nachzudenken. »Was können wir inzwischen wegen Percival unternehmen?«

»Könnten Sie sich vielleicht irgendwo mit Monk treffen, um das zu besprechen? Hier kann er sich nicht mehr blicken lassen. Würde Lady Moidore Ihnen den Nachmittag freigeben?«

»Ich hatte bisher überhaupt noch nicht frei, also ist sie wahrscheinlich einverstanden. Was schlagen Sie als Treffpunkt vor?«

»Draußen ist es kalt.« Er spähte aus dem schmalen Fenster auf ein schmales Rasenquadrat mit zwei Rhododendronbüschen. »Wie wär's mit dem Kaffeehaus in der Regent Street?«

»Gute Idee. Ich werde Lady Moidore sofort fragen.«

»Was wollen Sie ihr sagen?« fragte er rasch.

»Ich werde lügen«, erwiderte sie wie aus der Pistole geschossen. »Ich werde ihr erzählen, es hätte einen Notfall in der Familie gegeben, und ich müßte mit den anderen dringend ein paar Dinge besprechen.« Sie verzog das Gesicht zu einer harten, ironischen Grimasse. »Sie müßte eigentlich am besten wissen, was ein Notfall in der Familie bedeuten kann!«

»Ein Notfall in der Familie!« Beatrice, die in den Anblick des tristen Herbsthimmels versunken am Fenster gestanden hatte, wandte sich abrupt um. Sie sah Hester konsterniert an. »Wie bedauerlich – hoffentlich nichts Schlimmes. Ist jemand krank? Ich könnte Ihnen einen Arzt empfehlen, falls Sie noch keinen haben, aber das wird wohl nicht nötig sein – Sie kennen sicher eine ganze Menge.«

»Danke, das ist sehr aufmerksam von Ihnen.« Hester wurde nun doch von Gewissensbissen geplagt. »Aber krank ist, soviel ich weiß, niemand. Es geht um den Verlust einer Stellung, was eventuell zu einer Notlage führen könnte.«

Beatrice war zum erstenmal seit Tagen vollständig angekleidet, hatte sich jedoch noch nicht in die Haupträume des Hauses vorgewagt und am allgemeinen Familienleben teilgenommen. Alles, wofür sie etwas Zeit aufgebracht hatte, waren Julia und Arthur, ihre Enkelkinder. Ihr Gesicht war blaß und eingefallen. Falls Percivals Inhaftierung sie erleichtert haben sollte, schlug es sich durch nichts in ihrem Verhalten nieder. Ihr Körper war verkrampft, und ihre Bewegungen hatten etwas Linkisches, als ob sie sich nicht wohl fühlte in ihrer Haut.

»Das tut mir leid. Hoffentlich sind Sie in der Lage zu helfen, sei es auch nur durch Trost oder guten Rat. Manchmal ist das alles, was wir einem anderen Menschen geben können, nicht wahr?« Sie starrte Hester eindringlich, fast verzweifelt an, als ob die Antwort von immenser Bedeutung für sie wäre. Dann wandte sie sich unvermittelt ab, noch ehe Hester etwas erwidern konnte, und begann in einer Schublade ihrer Frisierkommode zu kramen.

»Es ist Ihnen sicher nicht verborgen geblieben, daß man Percival gestern abend verhaftet hat. Laut Mary war es nicht Mr. Monk, und ich wüßte zu gern, warum. Haben Sie eine Ahnung, Hester?«

Sofern Hester nicht in streng geheime Polizeibelange eingeweiht war, konnte sie unmöglich die Wahrheit kennen. Ihr blieb wieder keine andere Wahl, als zu lügen.

»Nicht die geringste, Lady Moidore. Vielleicht mußte er einen neuen Fall übernehmen, woraufhin jemand anders damit beauftragt wurde. Die Ermittlungen sind schließlich abgeschlossen – nehme ich wenigstens an.«

Beatrices Finger erstarrten mitten in der Bewegung. Sie stand absolut reglos da.

»Sie nehmen es an? Heißt das, es könnte auch anders sein? Was sollte die Polizei denn noch hier wollen? Percival ist doch schuldig, oder?«

»Ich weiß nicht«, sagte Hester so ausdruckslos wie möglich. »Die Polizei wird davon überzeugt sein, sonst wäre er nicht verhaftet worden. Aber bevor man ihn nicht vor Gericht stellt, können wir nichts Endgültiges sagen.«

Beatrice zog sich zusehends in sich zurück. »Man wird ihn hängen, nicht wahr?«

Hester spürte einen Anflug von Übelkeit. »Ja. Macht Ihnen das etwas aus?« Ein bißchen Nachbohren konnte nicht schaden.

»Dazu besteht nicht die geringste Veranlassung ... oder?« Beatrice schien über sich selbst erstaunt. »Er hat meine Tochter umgebracht.«

»Aber es macht Ihnen etwas aus?« So leicht kam sie ihr nicht davon. »Eine ziemlich endgültige Sache, das Aufhängen von Menschen, finden Sie nicht? Kein Platz für die Berücksichtigung eventueller Fehler, keine Zeit für reifliche Überlegung ...«

Beatrice stand wie angewurzelt da, die Hände bis zu den Handgelenken in Seide, Chiffon und Spitze vergraben.

»Reifliche Überlegung? Was meinen Sie damit?«

An dieser Stelle trat Hester den Rückzug an. »Das weiß ich nicht genau. Vielleicht sollte man das Beweismaterial einmal von einem anderen Blickwinkel aus betrachten – falls jemand gelogen oder sich nicht mehr richtig erinnert hat ...«

»Was Sie da sagen, heißt nichts anderes, als daß der Mörder immer noch hier ist – mitten unter uns, Hester.« Beatrices Tonfall enthielt nicht die Spur von Entsetzen, nur nackten Schmerz. »Und daß derjenige seelenruhig zusieht, wie Percival in den Tod geht – aufgrund einer Falschaussage.«

Hester schluckte mühsam. Das Sprechen fiel ihr plötzlich unglaublich schwer.

»Jedenfalls muß der Betreffende große Angst haben. Anfangs war es womöglich nur eine Art Unfall – das heißt, ein Gerangel, das nicht im Tod enden sollte. Was halten Sie davon?«

Endlich drehte Beatrice sich um. Ihre Hände waren leer.

»Sprechen Sie von Myles?« fragte Beatrice langsam, aber deutlich. »Denken Sie, Myles drang in ihr Schlafzimmer ein, sie versuchte sich zu wehren, er nahm ihr das Messer ab und stach sie nieder, weil er zu dem Zeitpunkt bereits zuviel zu verlieren hatte, falls sie die andern über seine Schandtat aufklären würde?« Sie lehnte sich leicht gegen die Kommode. »Genau so soll es sich abgespielt haben, allerdings mit Percival als Hauptfigur, müssen Sie wissen – aber das tun Sie natürlich längst. Sie verbringen mehr Zeit in der Gesindestube als ich, und ich weiß es von Mary.«

Sie betrachtete ihre Hände. »Romola glaubt jedenfalls felsenfest daran. Sie ist schrecklich erleichtert, wissen Sie – sie denkt, jetzt ist der Spuk vorbei. Anfangs hielt sie Septimus für den Schuldigen. Stellen Sie sich das einmal vor: Sie nahm an, Tavie hätte etwas über ihn herausgefunden! Das ist lächerlich. Sie kannte seine Geschichte von vorne bis hinten!« Sie strengte sich vergeblich an, den Gedanken lustig zu finden. »Und jetzt bildet sie sich ein, wir vergessen einfach alles und kehren zum alten Trott zurück. Als ob sich nichts geändert hätte, außer daß Tavie nicht mehr da ist. Manchmal glaube ich, Romola ist die dümmste Person, die mir je begegnet ist.«

»Das Leben wird nie wieder dasselbe sein«, bestätigte Hester, die sie trösten, aber auch jede Spur verfolgen wollte, die möglicherweise zur Wahrheit führte. »Nach einer gewissen Zeit kann man wenigstens vergeben, und dann gerät manches tatsächlich in Vergessenheit.«

»Ist das so?« Beatrices Blick galt nicht ihr, sondern wieder dem Fenster. »Wird Minta jemals vergessen, daß Myles dieses unglückliche Mädchen vergewaltigt hat? Was immer das ist, eine Vergewaltigung. Können Sie es mir sagen, Hester? Tut man im Rahmen der Ehe seine Pflicht, ist es recht und billig; alles andere wäre sogar verdammenswert. Warum wird es außerhalb der Ehe als etwas anderes betrachtet, daß es dort als scheußliches Verbrechen gilt?«

»Tut es das denn?« Hester ließ wenigstens einen Teil ihrer Wut nach außen dringen. »Mir scheint, es haben sich nur sehr wenige über Mr. Kellards Tat aufgeregt. Offenbar machte man ihr sogar einen größeren Vorwurf daraus, darüber gesprochen, als ihm, es getan zu haben. Es hängt immer davon ab, wer betroffen ist.«

»Da haben Sie vermutlich recht, aber das hilft Ihnen nur wenig, wenn es sich um Ihren Ehemann handelt. Ich sehe Minta an, wie weh es tut. Manchmal, wenn sie sich unbeobachtet fühlt, spüre ich den ganzen Schmerz hinter ihrer bewundernswerten Haltung.« Beatrice wandte sich stirnrunzelnd ab. Hester sollte nicht merken, wie sehr es sie selbst bedrückte. »Und zuweilen auch einen furchtbaren Zorn.«

»Aber Mr. Kellard ist nichts geschehen«, sagte Hester sehr sanft. Sie zweifelte keine Sekunde mehr daran, daß Percivals Verhaftung nicht der Auftakt zu einem Heilungsprozeß war, und wünschte, Beatrice helfen zu können. »Wenn Mrs. Kellard irgendwelche gewalttätigen Züge an ihm bemerkt hätte, hätte sie bestimmt versucht, dagegenzulenken. Es ist verständlich, daß sie böse auf ihn ist, aber der Schmerz wird im Lauf der Zeit nachlassen. Ich glaube sogar, nach einer Weile denkt sie gar nicht mehr daran.« Sie hätte fast hinzugefügt, wenn Myles Kellard sich seiner Frau gegenüber zärtlich und verständnisvoll zeigen würde, wäre der Rest nicht mehr wichtig für sie. Diese trügerische Hoffnung laut auszusprechen würde Beatrices Kummer vermutlich nur vergrößern. Sie mußte Kellard schließlich genausogut kennen wie Hester, die erst vor kurzem mit ihm Bekanntschaft gemacht hatte.

»Ja«, sagte Beatrice ohne Überzeugung. »Natürlich, so wird es sein. Und bitte, nehmen Sie sich heute nachmittag soviel Zeit, wie Sie brauchen.«

»Vielen Dank, Lady Moidore.«

Als Hester gerade gehen wollte, schneite Sir Basil herein. Offenbar hatte er nur flüchtig geklopft, daß es keiner von ihnen aufgefallen war. Er marschierte wie üblich an Hester vorbei, ohne Notiz von ihr zu nehmen, den Blick unverwandt auf seine Frau gerichtet.

»Ausgezeichnet«, stellte er energisch fest. »Wie ich sehe, hast du dich heute angezogen. Kein Wunder, du fühlst dich bestimmt sehr viel besser.«

»Nein, ich ...« begann Beatrice, doch er fiel ihr gnadenlos ins Wort.

»Aber natürlich tust du das.« Er schenkte ihr ein geschäftsmäßiges Lächeln. »Nun, meine Liebe, ich bin froh darüber. Diese furchtbare Tragödie hat deine Gesundheit angegriffen, aber das Gröbste ist überstanden, und du wirst dich zusehends erholen.«

»Überstanden?« Sie starrte ihn ungläubig an. »Denkst du wirklich, es ist überstanden, Basil?«

»Was denn sonst.« Ohne sie anzusehen, begann er im Zimmer umherzugehen. Er vertiefte sich zunächst in den Anblick der Frisierkommode, rückte dann eins der Bilder zurecht. »Es wird selbstverständlich zu einer Gerichtsverhandlung kommen, aber du brauchst nicht hinzugehen.«

»Ich möchte es aber!«

»Schön – wenn es dir dabei hilft, die Angelegenheit als erledigt zu betrachten ... Ich finde allerdings, du solltest besser auf mich hören und ihr fernbleiben.«

»Gar nichts ist ausgestanden, Basil! Nur weil Percival verhaftet worden ist ...«

Er fuhr ärgerlich zu ihr herum.

»Alles, worüber du dir Sorgen machen mußt, Beatrice, ist ausgestanden! Geh hin, wenn du unbedingt mitansehen willst, wie Gerechtigkeit geübt wird, ansonsten rate ich dir, zu Hause zu bleiben. Die Ermittlungen sind jedenfalls abgeschlossen, du darfst aufhören, darüber nachzugrübeln. Es ist schön zu sehen, wie gut du dich bereits erholt hast.«

Beatrice sah die Sinnlosigkeit einer Fortsetzung des Streits und senkte den Blick auf das Spitzentaschentuch, das sie zwischen den Fingern wand.

»Ich habe beschlossen, Cyprian zu einem Sitz im Parlament zu verhelfen«, verkündete Basil plötzlich, zufrieden, daß er sie beruhigt hatte. »Er interessiert sich schon geraume Zeit für Politik, und es wäre eine ausgezeichnete Beschäftigung für ihn. Dank meiner Beziehungen ist ihm bei den nächsten Parlamentswahlen ein Mandat bei den Tories so gut wie sicher.«

»Bei den Tories?« fragte Beatrice überrascht. »Aber seine politische Ansichten sind eher radikal!«

»Unsinn!« Er tat den Einwand mit einem Lachen ab. »Er liest ein paar sonderbare Bücher, ich weiß, aber das nimmt er doch nicht ernst!«

»Ich glaube doch.«

»Unsinn. Man muß sich mit diesem Zeug beschäftigen, um zu wissen, wie man dagegen angehen kann, das ist alles.«

»Basil . . . ich . . .«

»Nein, nein, das ist völliger Unsinn, meine Liebe. Es wird ihm ausgezeichnet bekommen, du wirst schon sehen. So – ich werde in einer halben Stunde in Whitehall erwartet. Wir sehen uns zum Dinner.« Er gab seiner Frau einen mechanischen Kuß auf die Wange und marschierte an einer unsichtbaren Hester vorbei zur Tür hinaus.

Hester betrat das Kaffeehaus in der Regent Street und entdeckte Monk sofort. Er saß vornübergebeugt an einem der kleinen Tische, den Blick auf den Bodensatz seines Glasbechers geheftet, das Gesicht glatt und ausdruckslos. So hatte er schon einmal ausgesehen, als er dachte, der Mordfall Grey würde in einer Katastrophe enden.

Sie segelte mit raschelnden Röcken auf ihn zu und ließ sich, bereits auf eine Auseinandersetzung gefaßt, ihm gegenüber nieder, ehe er noch den Mund aufgetan hatte. Sein Defätismus traf sie um so mehr, da sie selbst keine Ahnung hatte, wie sie weiterkämpfen sollte.

Er blickte auf, sah ihren anklagenden Blick – und seine Miene versteinerte auf der Stelle.

»Wie ich sehe, haben Sie es geschafft, der Krankenstube für heute nachmittag zu entkommen«, sagte er mit dick aufgetragenem Sarkasmus. »Da die ›Krankheit‹ jetzt ausgestanden ist, erholt Ihre Ladyschaft sich wohl in rasantem Tempo?«

»Die Krankheit ist ausgestanden?« gab Hester betont überrascht zurück. »Nach dem, was Sergeant Evan mir erzählt hat, dachte ich vielmehr, sie wäre weit davon entfernt. Es sieht mir mehr nach einem ernsthaften Rückfall aus, der noch fatalere Folgen haben könnte.«

»Für den Lakai schon, da haben Sie recht. Für Ihre Ladyschaft samt Sippe wohl kaum«, versetzte Monk, ohne seine Bitterkeit zu verbergen.

»Aber für Sie.« Sie musterte ihn ohne Mitgefühl, das sie in Wirklichkeit empfand. Er stand kurz davor, in Selbstmitleid zu versinken, und ihrer Ansicht nach war es für die meisten Leute besser, wenn man ihnen aus diesem Zustand heraushalf, statt sie noch darin zu bestärken. Mitleid sollte man sich für diejenigen aufheben, die ihrem Elend hilflos ausgeliefert waren, und davon war sie jeder Menge begegnet.

»Ich habe keineswegs den Kopf in den Sand gesteckt«, fuhr er sie an. »Sie reden, als ob ich es absichtlich getan hätte. Ich habe mich geweigert, einen Mann festzunehmen, den ich nicht für schuldig halte. Runcorn hat mich daraufhin vor die Tür gesetzt.«

»Wirklich edel – und vorauszusehen! Sie können sich doch nicht einen Moment eingebildet haben, er würde etwas anderes tun.«

»Dann müßten Sie ja ein ausgesprochenes Gemeinschaftsgefühl haben«, knurrte er böse. »Schließlich können Sie kaum davon ausgegangen sein, Dr. Pomeroy würde Sie eine Sekunde länger im Krankenhaus behalten, nachdem Sie auf Gutdünken Medikamente verteilt haben!« Er hatte offenbar weder mitbekommen, daß er lauter geworden war, noch daß sich das Paar am Nebentisch neugierig nach ihnen umdrehte. »Unglücklicherweise bestehen berechtigte Zweifel, ob Sie mir einen Job als herumschnüffelnder Freiberufler beschaffen können, wie das bei Ihnen als Krankenpflegerin der Fall war.«

»Sie haben Callandra also den Floh ins Ohr gesetzt.« Nicht daß sie überrascht war; es war einfach die einzig plausible Erklärung.

»Was haben Sie denn gedacht.« Sein Lächeln enthielt nicht den leisesten Funken Humor. »Könnten Sie nicht vielleicht zu ihr gehen und sie fragen, ob irgendwelche ihrer wohlhabenden Freunde zufällig jemanden brauchen, der schmutzige kleine Geheimnisse aufdecken oder einen verlorengegangenen Erben ausfindig machen kann?«

»Sicher. Das ist eine ausgezeichnete Idee.«

»Wagen Sie es bloß nicht!« Er war außer sich vor Wut und zu Tode beleidigt, weil er sich gegängelt fühlte. »Ich verbiete es Ihnen ganz entschieden!«

Der Kellner stand in Erwartung der Bestellung neben seinem Ellbogen, wurde jedoch vollkommen ignoriert.

»Ich tue, was mir gefällt«, erwiderte Hester wie aus der Pistole geschossen. »Sie werden mir nicht vorschreiben, was ich Callandra zu sagen habe! Ich hätte gern eine heiße Schokolade, wenn Sie so gütig wären.«

Der Kellner öffnete den Mund, merkte, daß man immer noch keine Notiz von ihm nahm, und klappte ihn wieder zu.

»Was sind Sie bloß für eine sture, arrogante Person«, stieß Monk erbittert aus. »So was Herrischem wie Ihnen bin ich noch nie begegnet. Sie werden nicht anfangen, mein Leben in die Hand zu nehmen wie eine verdammte Gouvernante! Ich bin weder hilflos, noch liege ich – Ihnen auf Gedeih und Verderb ausgeliefert – in einem Krankenhausbett.«

»Sie wollen nicht hilflos sein?« Sie betrachtete ihn mit Enttäuschung und ohnmächtigem Zorn, mit Wut auf die Blindheit, Selbstgefälligkeit und Feigheit, die Percival hinter Gitter, Monk auf die Straße und den Rest der Beteiligten in eine Sackgasse gebracht hatte. »Sie haben ausreichend Beweismaterial zu Tage gefördert, daß dieser arme Bursche in Handschellen abgeführt worden ist, aber leider nicht genug, um darauf aufzubauen. Sie sind ohne Stellung und Aussichten, und verstecken sich hinter einer Maske aus selbstgerechter Verbitterung. Sie sitzen in einem Kaffeehaus und stieren in den Bodensatz Ihrer Tasse! Meinen Sie wirklich, Sie können es sich leisten, Hilfe abzulehnen?«

Mittlerweile hatten sämtliche Gäste in ihrer unmittelbaren Umgebung aufgehört, zu essen oder zu trinken, und gafften statt dessen mit großen Augen auf das streitlustige Paar.

»Ich will Ihre gönnerhafte Einmischung nicht«, sagte er. »Sie sollten irgendeinen armen Teufel vor den Traualtar schleppen und Ihr Managertalent an ihm austoben. Den Rest von uns Männern lassen Sie gefälligst in Ruhe!«

Sie wußte genau, was ihm zu schaffen machte. Es war die Angst vor der Zukunft, wo er nicht einmal eine Vergangenheit hatte; die Aussicht, demnächst brot- und wohnungslos zu sein; das Gefühl, versagt zu haben. Sie beschloß, ihr Gift dort zu verspritzen, wo es am wehsten tat und am meisten erreichen konnte.

»Selbstmitleid steht Ihnen nicht, außerdem bringt es Sie keinen Schritt weiter«, sagte sie ruhig. Sie war sich der Leute um sie herum plötzlich bewußt. »Und senken Sie bitte die Stimme! Wenn Sie auf mein Mitleid spekulieren, verschwenden Sie Ihre Zeit. Ihre Lage ist durch Ihr eigenes Verschulden entstanden und nicht nennenswert schlimmer als meine – die ich ebenfalls selbst verschuldet habe, wie ich sehr genau weiß.« Sie verstummte, da sie den Zorn in seinem Gesicht sah. Einen Moment lang fürchtete sie, doch zu weit gegangen zu sein.

»Sie ...« begann er gepreßt, doch dann schlug seine Wut plötzlich in Erheiterung um, die fast so erfrischend war wie ein klarer Wind vom Meer. »Sie haben wirklich ein enormes Talent, in jeder Situation das Schlimmstmögliche zu sagen. Ich könnte mir gut vorstellen, daß viele Ihrer Patienten ihr Bett am liebsten unter den Arm packen und irgendwohin verschwinden würden, wo sie in Ruhe leiden können.«

»Das ist gemein!« Hester war ein wenig eingeschnappt. »Ich bin noch nie hart zu einem Menschen gewesen, der wirklich in Schwierigkeiten war.«

»Ach so.« Er zog spöttisch die Brauen hoch. »Sie denken also, mein Dilemma ist nicht echt?«

»Natürlich ist Ihr Dilemma echt. Aber die Art, wie Sie sich deshalb quälen, bringt nichts. Sie können eine Menge, egal was in der Queen Anne Street passiert ist. Sie müssen nur einen Weg finden, Ihre Fähigkeiten zu Geld zu machen.« Sie kam langsam in Fahrt. »Bestimmt gibt es Fälle, die die Polizei nicht lösen kann – entweder weil sie zu schwierig sind oder weil sie nicht in ihr

Ressort fallen. Es gibt zum Beispiel Justizirrtümer ...« Das brachte sie allerdings wieder auf Percival. Sie fuhr hastig fort, ehe er etwas darauf erwidern konnte: »Was werden wir wegen Percival unternehmen? Nach dem Gespräch mit Lady Moidore heute morgen bin ich mir sicherer denn je, daß er nicht das geringste mit Octavias Tod zu tun hat.«

Endlich gelang es dem Kellner, auf sich aufmerksam zu machen, und Monk bestellte eine heiße Schokolade für Hester. Ihre Proteste, selbst dafür zu bezahlen, schlug er eher ungeduldig als charmant in den Wind.

»Wir sollten weiterhin nach Beweisen suchen«, meinte er, nachdem die Angelegenheit geregelt war und das dampfende Getränk vor ihr stand. »Obwohl ich es längst getan hätte, wenn ich wüßte, wo oder wonach ich mich umsehen könnte.«

»Ich nehme an, es war Myles«, sagte Hester nachdenklich. »Oder Araminta – falls Octavia nicht so abgeneigt war, wie wir denken. Vielleicht wußte sie, daß die beiden sich heimlich treffen wollten, ging mit dem Vorsatz, sie zu töten, in die Küche und nahm ein Messer an sich.«

»Dann müßte Myles darüber im Bilde sein«, wandte Monk ein, »oder zumindest einen starken Verdacht haben. Laut Ihren Worten hat er aber mehr Angst vor ihr als sie vor ihm.«

Hester lächelte. »Wenn meine Ehefrau meine Geliebte soeben mit einem Tranchiermesser erledigt hätte, wäre ich mehr als nur ein bißchen nervös. Sie nicht?« Sie war jedoch selbst nicht davon überzeugt und sah ihm an, daß es ihm ähnlich erging. »Was ist mit Fenella? Sie hätte vermutlich die Nerven für eine solche Tat, sofern sie ein Motiv hatte.«

»Aus leidenschaftlichem Verlangen nach dem Lakai würde sie es bestimmt nicht tun«, erwiderte Monk. »Und ich bezweifle, ob Octavia etwas derart Schockierendes über sie wußte, daß Basil sie deshalb aus dem Hause gejagt hätte. Trotzdem – in der Richtung haben wir bislang noch gar nicht nachgeforscht.«

Hester trank ihre Schokolade aus und stellte das Glas auf den Unterteller zurück. »Nun, ich bin nach wie vor in der Queen Anne

Street, und Lady Moidore scheint noch eine Weile zu brauchen, bis sie wieder auf dem Damm ist. Ich kann also weiterhin Augen und Ohren offenhalten. Gibt es etwas Bestimmtes, worauf ich mich konzentrieren soll?«

»Nein«, sagte er scharf und stierte in sein eigenes Glas. »Percival kann durchaus schuldig sein. Ich habe bloß nicht das Gefühl, daß es bewiesen ist. Wir sollten uns nicht nur an die Fakten, sondern auch ans Gesetz halten. Tun wir das nicht, stellen wir uns auf eine Stufe mit denen, die Gerechtigkeit dem persönlichen Glauben überlassen und schon ihre Überzeugung für einen Beweis halten. Wir brauchen mehr als unser individuelles Urteil, wie leidenschaftlich wir auch dahinterstehen, sonst fallen wir in Barberei zurück.«

»Natürlich kann er schuldig sein, das habe ich keine Sekunde vergessen. Aber solange ich in der Queen Anne Street bleiben und soviel wie möglich herausfinden kann, will ich ihn nicht aus Untätigkeit dem Henker überlassen. Ich werde Ihnen schreiben müssen, da weder Sie noch Sergeant Evan dort auftauchen können. An welche Adresse kann ich den Brief schicken, damit der Rest der Hausbewohner nicht merkt, daß er für Sie ist?«

Monk machte ein verwirrtes Gesicht.

»Ich gebe meine Post nicht selbst auf«, erklärte Hester mit einem Anflug von Ungeduld, »und ich gehe selten aus dem Haus. Ich deponiere sie auf einem Tisch in der Halle, wo der Lakai oder der Stiefelbursche sie mitnimmt.«

»Ach so, natürlich. Schreiben Sie an Mr. ...« Er zögerte kurz und verzog den Mund dann zu einem schwachen Lächeln. »Mr. Butler. Lassen Sie uns ruhig eine Sprosse auf der Gesellschaftsleiter höherklettern. Die Adresse bleibt die alte, Grafton Street. Ein paar Wochen werde ich dort noch wohnen.«

Hester begegnete seinem Blick in stummem Einverständnis, stand auf und ging. Daß sie den Rest des Nachmittags für einen Besuch bei Callandra Daviot zu nutzen gedachte, erwähnte sie mit keinem Wort. Er hätte auf die Idee kommen können, sie wollte dort um Hilfe für ihn ersuchen – was auch ihre Absicht war. Wäre er informiert, würde er sich von vornherein querstellen, stand er jedoch vor vollendeten Tatsachen, mußte er sich wohl oder übel damit abfinden.

»Das hat er tatsächlich getan?« Im ersten Moment war Callandra entsetzt, doch dann mußte sie trotz ihres Unmuts lachen. »Nicht gerade praktisch, aber seine Gesinnung ist wirklich zu bewundern – im Gegensatz zu seinem Urteilsvermögen.«

Sie saßen in ihrem Salon vor dem Kamin; durch die Fenster ergoß sich das harte Licht der Wintersonne. Das neue Stubenmädchen, das erst vor kurzem die Nachfolge der frischverheirateten Daisy angetreten hatte – ein mageres, blasses Ding mit erstaunlich glücklichem Lächeln und dem Namen Martha –, hatte ihnen Tee und kleine warme Pfannkuchen mit Butter gebracht. Pfannkuchen waren zwar weniger damenhaft als Gurkensandwiches, für einen scheußlich kalten Tag wie diesen jedoch wesentlich besser geeignet.

»Was hätte es genützt, wenn er den Befehl ausgeführt und Percival festgenommen hätte?« setzte Hester sich sofort für Monk ein. »Mr. Runcorn würde den Fall auch dann als abgeschlossen betrachten, und Sir Basil würde ihm niemals gestatten, auch nur eine weitere Frage zu stellen, geschweige denn die Ermittlungen fortzusetzen. Er hätte keine Möglichkeit, zusätzliche Beweise für Percivals Schuld zu sammeln. Alle andern scheinen zu finden, daß das Messer und das Négligé reichen.«

»Vielleicht haben Sie recht«, räumte Callandra ein, »trotzdem ist er ein ziemlicher Hitzkopf. Erst der Mordfall Grey, jetzt das. Er scheint nicht viel mehr Vernunft zu besitzen als Sie.« Sie griff nach dem nächsten Pfannkuchen. »Sie haben beide eigenmächtig gehandelt und ihre Einnahmequelle verloren. Was gedenkt er jetzt zu tun?«

»Da fragen Sie mich zuviel!« Hester warf die Arme in die Luft. »Ich weiß ja nicht mal, was ich selbst tun soll, wenn Lady Moidore mich nicht mehr braucht. Ich habe nicht die geringste Lust, den Rest meines Lebens als Gesellschafterin zu verbringen, ständig Dinge hin und her zu tragen und mich um eingebildete Krankheiten oder Anfälle von Schwermut zu kümmern.« Sie wurde unvermittelt von dem Gefühl übermannt, auf der ganzen Linie versagt zu haben. »Callandra, was ist bloß mit mir geschehen? Ich bin so voller Eifer von der Krim zurückgekommen, wollte hart arbeiten, mich in Reformprojekte stürzen – ich wollte soviel erreichen. Die Krankenhäuser sollten sauberer werden, um einiges erträglicher für die Patienten ...« Diese Träume schienen plötzlich unerreichbar, als wären sie Teil eines strahlenden, untergegangenen Königreichs. »Ich wollte den Leuten beweisen, daß die Krankenpflege ein großartiger Beruf ist, in dem charakterlich einwandfreie, ernsthafte und engagierte Frauen arbeiten sollten. Warum habe ich mir das nur verbaut?«

»Sie haben es sich nicht verbaut, meine Liebe«, sagte Callandra sanft. »Bei Ihrer Heimkehr standen Sie unter dem starken Eindruck Ihrer Erfolgserlebnisse an der Front und waren nicht auf die bodenlose Trägheit zu Friedenszeiten gefaßt – beziehungsweise auf die typisch englische Passion, alles beim alten zu lassen, egal wie es ist. Man sagt nicht zu Unrecht, dies wäre ein Zeitalter umwälzender Veränderungen. Wir waren nie zuvor derart experimentierfreudig, wohlhabend und frei, was sowohl unsere guten als auch unsre schlechten Einfälle betrifft.« Sie schüttelte den Kopf. »Dennoch gibt es unvorstellbar viel, das für Veränderungen tabu ist. Nehmen Sie nur die fixe Idee, Frauen müßten unterhaltende Künste erlernen, um den Göttergatten zu erfreuen, Kinder zur Welt bringen, diese großziehen, sofern nicht genug Geld für ein Kindermädchen vorhanden ist, und in angemessenen Abständen in angemessener Begleitung auf der Türschwelle der verdienten Armen erscheinen.«

Ein rasch dahinschwindendes, mitleidiges Lächeln spielte um ihre Mundwinkel.

»Niemals sollte man die Stimme erheben oder in Anwesenheit der Herrenwelt seine Meinung anzubringen versuchen, geschweige denn sich einen klugen oder willensstarken Anschein geben! Das ist ein Spiel mit dem Feuer und macht es den Männern unmöglich, sich wohl zu fühlen.«

»Sie machen sich über mich lustig«, warf Hester ihr vor.

»Nur ein bißchen, meine Liebe. Sie werden eine andere Stellung als Privatschwester finden, falls wir bei den Krankenhäusern tatsächlich kein Glück haben sollten. Ich werde Miss Nightingale schreiben – mal sehen, was sie uns raten kann.« Plötzlich verdüsterte sich Callandras Miene. »Im Augenblick halte ich Mr. Monks Lage allerdings für wesentlich akuter. Besitzt er irgendwelche Fähigkeiten, die nichts mit Verbrechensermittlung zu tun haben?«

Hester mußte einen Moment nachdenken.

»Ich glaube nicht.«

»Dann wird er also ermitteln müssen. Trotz dieses ganzen Debakels glaube ich fest an seine Begabung, und es ist ein Verbrechen, wenn ein Mensch sein Leben beendet, ohne seine gottgegebenen Talente genutzt zu haben.« Sie schob das Pfannkuchentablett zu Hester hinüber, woraufhin diese sich eifrig bediente.

»Wenn er es nicht mit dem Segen des Volkes bei der Polizei tun kann, muß er es eben auf privater Basis versuchen.« Der Gedanke gefiel ihr zusehends. »Er könnte beispielsweise in sämtliche Zeitungen und Zeitschriften Annoncen setzen. Es muß doch Leute geben, die Angehörige verloren haben, ich meine, vermissen. Bestimmt gibt es Einbrüche, die die Polizei nicht aufklären kann, Verbrechen, die ungelöst bleiben. Im Lauf der Zeit wird er sich einen Namen machen, so daß er vielleicht sogar mit Fällen betreut wird, bei denen es um grobes Unrecht geht oder die Polizei vor einem Rätsel steht.« Ihr Gesicht leuchtete verschwörerisch auf. »Oder solche, bei denen die Polizei gar nicht weiß, daß ein Verbrechen vorliegt, jemand anders allerdings und es unbedingt nachgewiesen haben will. Zudem wird es hin und wieder geschehen, daß eine unschuldige Person verleumdet wird und ihren Namen reinwaschen möchte.«

»Aber wovon soll er leben, bis es soweit ist?« fragte Hester besorgt, während sie die Butter an ihren Fingern mit einer Serviette abwischte.

Callandra dachte eine Weile angestrengt nach und kam dann

offenbar zu einem Entschluß, der ihr sichtlich Vergnügen bereitete.

»Ich wollte mich schon immer mal an etwas Aufregenderem beteiligen als an guten Taten. Ich werde mich mit Mr. Monk zusammentun.« Sie nahm noch einen Pfannkuchen. »Ich stelle die erforderlichen finanziellen Mittel für seinen Unterhalt und entsprechende Büroräume. Als Gegenleistung verlange ich einen Teil des Profits, sofern es welchen gibt. Ich werde mein Bestes tun, Kontakte herzustellen und ihm Klienten zu besorgen – die Arbeit macht er. Und ich verlange über alles unterrichtet zu werden, was mich interessiert.« An diesem Punkt zog sie die Stirn in tiefe Falten. »Meinen Sie, er findet das annehmbar?«

Hester gab sich alle Mühe, eine unbewegte Miene aufzusetzen, doch innerlich tobte sie vor Glück.

»Ich würde sagen, er hat keine andere Wahl. Ich an seiner Stelle würde mich auf so eine Chance stürzen.«

»Ausgezeichnet. Ich werde ihm sofort einen Besuch abstatten und meine Vorschläge unterbreiten. Das Queen-Anne-Street-Problem ist daduch allerdings nicht aus der Welt geschafft. Was sollen wir tun? So, wie die Situation jetzt ist, können wir sie jedenfalls nicht lassen.«

Es dauerte vierzehn Tage, bis Hester zu dem Entschluß bezüglich ihrer weiteren Aktivitäten gelangte. Sie wohnte immer noch in der Queen Anne Street, um Beatrice zu betreuen, die alles daransetzte, jeden Gedanken an Octavias Tod zu verdrängen, und sich doch vor Sorge völlig verrückt machte, weil sie vielleicht einem grauenhaften Geheimnis auf die Spur kommen könnte.

Andere Hausbewohner schienen wieder ein halbwegs normales Leben zu führen. Basil ging nahezu jeden Tag in die City, um seine üblichen Geschäfte zu erledigen. Hester versuchte Beatrice auf höfliche, recht vage Art danach auszuhorchen, doch Beatrice konnte nicht viel zu diesem Thema sagen. Derartige Dinge wurden als nicht zu ihren Interessengebieten gehörend vorausgesetzt, folglich hatte Basil ihre zarten Anfragen mit einem Lächeln abgetan.

Romola mußte wohl oder übel – wie alle andern auch – auf ihre gesellschaftlichen Aktivitäten verzichten, da man in Trauer war. Sie schien jedoch zu glauben, daß der dunkle Schatten über dem Haus, eine Begleiterscheinung der Ermittlungen, vollkommen verflogen war, und wirbelte mit gnadenloser Fröhlichkeit durch die gemeinsamen Räumlichkeiten, sofern sie nicht gerade im Schulzimmer ein Auge auf die neue Gouvernante hatte. Nur ganz selten kam eine unterschwellige Bedrücktheit zum Vorschein, und die hing eher mit Cyprian als mit einem heimlichen Verdacht zusammen. Sie war zufrieden mit dem Gedanken, daß Percival schuldig und sonst niemand in die Geschichte verwickelt war.

Cyprian verbrachte mehr Zeit bei Gesprächen mit Hester. Er fragte sie zu allen möglichen Themen nach ihrer Meinung oder ihren Erfahrungen und legte größtes Interesse an ihren Antworten an den Tag. Sie mochte ihn und fand seine Aufmerksamkeit schmeichelhaft. Sie freute sich auf die wenigen Gelegenheiten, wenn sie ungestört waren und offen miteinander reden konnten, ohne sich in den obligatorischen Plattheiten zu ergehen.

Septimus machte einen bekümmerten Eindruck und stahl Portwein aus Basils Keller, den Fenella austrank. Ansonsten ließ sie hin und wieder ein paar ihrer unverschämten Bemerkungen fallen und machte sich so oft aus dem Staub, wie sie vertreten konnte, ohne Basils Mißfallen zu erregen. Wohin sie verschwand, wußte niemand, obwohl darüber massenhaft Vermutungen angestellt wurden.

Araminta führte den Haushalt mit Effizienz, sogar mit gewisser Eleganz, was unter den gegebenen Umständen eine gewaltige Anstrengung bedeuten mußte. Ihr Verhalten Myles gegenüber war von einer Mischung aus Kälte und Mißtrauen geprägt, wohingegen er sie mit salopper Gleichgültigkeit behandelte. Durch Percivals Festnahme hatte er nichts mehr zu befürchten, und Disharmonie schien ihn nicht weiter zu stören.

Die Stimmung im Dienstbotenbereich war gedrückt geschäftsmäßig. Über Percival fiel kein Wort, es sei denn ungewollt – woraufhin unweigerlich bleiernes Schweigen eintrat oder man den Fauxpas durch viele Worte auszumerzen versuchte.

In dieser Zeit erhielt Hester einen Brief von Monk. Er wurde ihr von Robert überreicht, dem neuen Lakai, und sie verschwand sofort nach oben in ihr Zimmer, um ihn zu lesen.

Liebe Hester,
ich wurde kürzlich durch einen unerwarteten Besuch von Lady Callandra überrascht, in dessen Verlauf sie mir eine ungewöhnliche Partnerschaft anbot. Wäre sie eine Frau mit weniger bemerkenswertem Charakter, würde ich vermuten, daß Sie Ihre Hand im Spiel haben. Ehrlich gesagt bin ich mir immer noch nicht ganz sicher. In den Zeitungen kann sie nichts über meine Suspendierung gelesen haben, mit solchen Dingen beschäftigt sich die Presse nicht. Sie hat alle Hände voll zu tun, die glückliche Klärung des Queen-Anne-Street-Falls zu bejubeln und nach sofortigem Aufhängen anmaßender Lakaien im allgemeinen und Percivals im besonderen zu schreien.
Das Innenministerium beglückwünscht sich zu der glimpflichen Lösung, Sir Basil ist das Objekt der Bewunderung und Hochachtung, und Runcorn schmachtet einer Beförderung entgegen. Nur Percival siecht in Erwartung seiner Gerichtsverhandlung in Newgate dahin. Vielleicht ist er ja schuldig, aber ich glaube nicht daran.
Lady Callandras Vorschlag (falls Sie wirklich nichts darüber wissen sollten!) ist, daß ich, finanziell von ihr unterstützt und gefördert, als Privatdetektiv arbeiten soll. Als Gegenleistung für ihre Bereitstellung übernehme ich die praktische Ausführung und beteilige sie am Profit, sobald er sich einstellt. Sie erwartet von mir, über die Entwicklung der jeweiligen Fälle auf dem laufenden gehalten zu werden sowie ein wenig über Ermittlungsroutine an sich zu erfahren. Hoffentlich findet sie es später noch so interessant, wie sie es sich jetzt vorstellt!
Ich werde darauf eingehen – was bleibt mir anderes übrig. Natürlich habe ich ihr klarzumachen versucht, daß das Projekt wahrscheinlich keinen großen Gewinn abwerfen wird. Im Gegensatz zur Polizei wird ein Privatdetektiv für seine Erfolge

bezahlt, und wenn sich auf längere Sicht keine einstellen, findet er keine Klienten mehr; abgesehen davon hat jemand, der Opfer einer Ungerechtigkeit wurde, meistens nicht die Mittel, etwas zu zahlen. Trotzdem besteht sie darauf, mehr Geld als genug zu haben, und will ihren Beitrag zur Philanthropie unbedingt auf diese Weise leisten. Sie ist tatsächlich überzeugt, daß es ihr mehr Befriedigung – und Unterhaltung – verschafft, als einen Teil ihres Vermögens Museen, Galerien oder den verdienten Armen zu spenden. Ich werde mein möglichstes tun, sie nicht zu enttäuschen.

Sie schreiben, Lady Moidore wäre nach wie vor tief besorgt und Fenella alles andere als ehrlich, Sie könnten jedoch nicht mit Bestimmtheit sagen, ob es mit Octavias Tod zusammenhängt oder nicht. Das ist eine interessante Beobachtung, bestätigt aber nur unsere These, daß der Fall noch nicht gelöst ist. Seien Sie bitte vorsichtig, was Ihre Nachforschungen betrifft, und vergessen Sie vor allem nicht, daß der Mörder sein – beziehungsweise ihr – Augenmerk auf Sie richten wird, falls Sie zu offensichtlich eine wichtige Entdeckung machen.

Ich stehe nach wie vor mit Evan in Verbindung. Er hält mich über den Fortgang der Polizeiarbeit auf dem laufenden, anscheinend macht man sich dort nicht die Mühe weiterzusuchen. Er ist felsenfest überzeugt, daß es noch eine Menge Ungereimtheiten zu klären gibt, aber wir haben beide nicht die leiseste Vorstellung, wie wir das bewerkstelligen könnten. Sogar Lady Callandra fällt diesbezüglich nichts ein.

Ich bitte Sie noch einmal, allergrößte Vorsicht walten zu lassen, und verbleibe bis auf weiteres mit freundlichen Grüßen,

Ihr William Monk

Während Hester den Brief zusammenfaltete, stand ihr Entschluß bereits fest. Sie konnte sich nicht darauf verlassen, selbst umwälzende Entdeckungen in der Queen Anne Street zu machen: Monk war erfolgreich daran gehindert worden, seine Arbeit an dem Fall fortzusetzen. Percivals einzige Hoffnung war das Gerichtsverfahren. Und es gab nur eine Person, die ihr dahingehend einen Rat erteilen konnte: Oliver Rathbone. Callandra fiel aus; wenn sie dazu bereit gewesen wäre, hätte sie es bei ihrem letzten Besuch bereits vorgeschlagen. Rathbones Dienste konnte man mieten. Es sprach nichts dagegen, in sein Büro zu gehen und eine halbe Stunde seiner Zeit zu kaufen, was höchstwahrscheinlich alles war, was sie sich leisten konnte.

Zunächst bat sie Beatrice, ihr noch einen Nachmittag freizugeben, damit sie sich um ihr familiäres Problem kümmern konnte. Es wurde ihr ohne Schwierigkeiten bewilligt. Anschließend verfaßte sie ein Schreiben an Oliver Rathbone, in dem sie erklärte, sie bräuchte rechtlichen Rat in einer heiklen Angelegenheit und könnte nur am Dienstag nachmittag in seinem Büro erscheinen, falls das einzurichten wäre. Sie fragte den Stiefelburschen, ob er den Brief für sie aufgeben würde, wozu er sich gerne bereit erklärte.

Die Antwort traf mit der wie jeden Tag umfangreichen Post zur darauffolgenden Mittagszeit ein. Sobald sie sich einen Augenblick unbeobachtet fühlte, riß Hester den Umschlag auf.

20. Dezember 1856
Sehr geehrte Miss Latterly,
Es wäre mir ein Vergnügen, Sie am Dienstag, den 23. Dezember um 15 Uhr, in meinen Büroräumen in der Vere Street, gleich bei Lincoln's Inn Fields, empfangen zu dürfen. Ich hoffe, Ihnen mit Rat und Tat zur Seite stehen zu können, was immer Ihnen auf dem Herzen liegt.
Bis dahin verbleibe ich mit freundlichen Grüßen,
Ihr Oliver Rathbone

Der Brief war kurz und aussagekräftig. Mehr zu erwarten wäre absurd gewesen, dennoch rief ihr die Prägnanz des Schreibens überdeutlich in Erinnerung, daß sie für jede Minute ihrer Anwesenheit würde zahlen müssen. Überflüssige Bemerkungen, Nettigkeiten oder beschönigende Umschreibungen konnte sie sich im wahrsten Sinne des Wortes nicht leisten.

Ihre Garderobe war trist. Sie besaß keine Samt- und Seidengewänder wie Araminta oder Romola, keine schmuckvollen Haarnetze oder Häubchen, keine Spitzenhandschuhe. Sämtliche Kleider, die sie seit dem Tod ihres Vaters erstanden hatte, waren grau oder blau, unauffällig und zweckdienlich geschnitten und aus einfachem Stoff. Ihre Haube hatte eine hübsche, tiefrosa Farbe, aber das war auch schon alles, was man ihr zugute halten konnte. Außerdem war sie nicht neu.

Wie auch immer – Rathbone würde sich kaum für ihr äußeres Erscheinungsbild interessieren. Sie ging zu ihm, um ihn in seiner Eigenschaft als Anwalt zu konsultieren, nicht wegen eines geselligen Beisammenseins.

Hester musterte mißvergnügt ihr Spiegelbild. Sie war zu dünn und für ihren Geschmack zu groß. Ihr Haar war kräftig, aber fast völlig glatt und erforderte mehr Zeit und Geschick, um in die modischen Löckchen gedreht zu werden, als sie aufbringen konnte. Ihre Augen hatten trotz des klaren, dunklen Graublaus und der schönen Form die für viele Leute unangenehme Eigenart, durchdringend und offen in die Welt zu starren. Sie konnte sich wenigstens bemühen, charmant zu sein, und das hatte sie auch vor. Ihre Mutter hatte ihr häufig gesagt, sie würde nie eine Schönheit sein, aber mit einem Lächeln könnte man eine Menge wettmachen.

Der Himmel war verhangen, durch die Gassen pfiff ein eisiger Wind – es war ekelhaft draußen.

Hester nahm einen Hansom von der Queen Anne zur Vere Street, wo sie kurz vor drei eintraf. Um drei Uhr saß sie in dem eleganten Vorraum vor Oliver Rathbones Sprechzimmer und wurde allmählich ungeduldig.

Sie wollte gerade aufstehen und der Ursache der Verzögerung auf den Grund gehen, als sich die Tür auftat und Rathbone herauskam. Er war wie schon bei ihrer ersten Begegnung tadellos gekleidet, was ihr den eigenen schäbigen, wenig weiblichen Aufzug sofort bewußt machte.

»Guten Tag, Mr. Rathbone.« Ihr Entschluß, charmant zu sein,

geriet etwas ins Wanken. »Es ist sehr freundlich von Ihnen, daß Sie so kurzfristig Zeit für mich gefunden haben.«

»Es ist mir ein Vergnügen, Miss Latterly.« Er schenkte ihr ein strahlendes Lächeln, das prächtige Zähne enthüllte, seine dunklen Augen blieben jedoch undurchdringlich. »Kommen Sie bitte in mein Büro, und machen Sie es sich bequem.« Er hielt ihr die Tür auf. Hester war klar, daß ihre halbe Stunde von dem Moment an, als er sie begrüßt hatte, gnadenlos tickte.

Der nicht besonders große Raum war sparsam möbliert. Die Ausstattung erinnerte eher an die Zeit Williams IV. als an den derzeitigen Einrichtungsstil und erweckte durch die schlichte, schlanke Form der Möbelstücke den Eindruck von Helligkeit und Platz. Die Farben waren unterkühlt, die Tischlereiobjekte weiß. An der Stirnwand hing ein Gemälde, das ihr nach einem typischen Joshua Reynolds aussah: ein im Stil des achtzehnten Jahrhunderts gekleideter Edelmann vor romantischer Landschaft.

Was samt und sonders unwichtig war; sie mußte sich auf ihr Anliegen konzentrieren.

Sie ließ sich auf einem der bequemen Sessel nieder und wartete, bis er ihr gegenüber Platz genommen und die Beine übergeschlagen hatte, nicht ohne die Hosenbeine vorher sorgfältig hochzuziehen, damit sie nicht aus der Form gerieten.

»Verzeihen Sie meine Offenheit, Mr. Rathbone, aber alles andere wäre unehrlich. Ich kann mir nur eine halbe Stunde Ihrer kostbaren Zeit leisten. Bitte erlauben Sie mir nicht, Sie länger in Anspruch zu nehmen.« Sie sah, wie es in seinen Augen belustigt aufblitzte, doch seine Antwort war nüchtern.

»Seien Sie unbesorgt, Miss Latterly. Ich werde die Uhr im Auge behalten. Sie dürfen sich ganz darauf konzentrieren, mir den Grund Ihres Kommens zu schildern.«

»Vielen Dank«, erwiderte Hester erleichtert. »Es geht um den Mord in der Queen Anne Street. Sie sind mit den Hintergründen vertraut?«

»Ich habe davon in den Zeitungen gelesen. Kennen Sie die Moidores näher?«

»Nein, jedenfalls nicht auf gesellschaftlicher Ebene. Bitte, Mr. Rathbone, unterbrechen Sie mich nicht. Wenn ich abschweife, bleibt mir nicht genug Zeit, Ihnen alles Wichtige mitzuteilen.«

»Ich bitte vielmals um Entschuldigung.« Schon wieder dieser Anflug von Belustigung.

Sie unterdrückte ihren aufkommenden Unmut und vergaß das mit dem Charme.

»Octavia Haslett, Sir Basil Moidores Tochter, wurde erstochen in ihrem Schlafzimmer aufgefunden.« Sie hatte vorher einstudiert, was sie sagen wollte, und konzentrierte sich nun ernsthaft darauf, jedes einzelne Wort davon wiederzugeben. »Man hielt es zunächst für die Tat eines Einbrechers, der sie durch sein Eindringen aufgeweckt hatte und daraufhin in Panik geriet. Dann gelang es der Polizei jedoch zu beweisen, daß das Haus von keinem Fremden betreten worden sein konnte, weder von vorn noch von hinten, und sie infolgedessen von einem Hausbewohner ermordet worden sein mußte – entweder von einem Mitglied des Personals oder einem ihrer eigenen Angehörigen.«

Rathbone nickte schweigend.

»Lady Moidore nahm sich das Ganze sehr zu Herzen und wurde krank. Meine Verbindung zu der Familie besteht darin, daß ich sie als Krankenschwester betreue.«

»Ich dachte, Sie sind in einem Krankenhaus?« Er machte große Augen und hob überrascht die Brauen.

»Früher einmal«, gab Hester schroff zurück. »Jetzt nicht mehr.«

»Aber Sie traten doch so enthusiastisch für Krankenhausreformen ein!«

»Meine Arbeitgeber weniger. Bitte, Mr. Rathbone, unterbrechen Sie mich nicht! Mein Anliegen ist von größter Brisanz, oder es geschieht ein grauenhaftes Unrecht.«

»Man hat die falsche Person verhaftet«, sagte er ruhig.

»Genau.« Sie verbarg ihre Verwunderung nur, weil keine Zeit dafür war. »Den Lakai Percival, der nicht gerade ein einnehmendes Wesen besitzt. Er ist eitel, ehrgeizig, egoistisch und hat etwas von einem Schwerenöter . . .«

»Ganz und gar nicht einnehmend«, bestätigte Rathbone, während er sich tiefer in seinen Sessel sinken ließ, den klaren Blick unverwandt auf sie gerichtet.

»Laut Theorie der Polizei«, fuhr Hester fort, »war er derart von Mrs. Haslett angetan, daß er mitten in der Nacht – ob mit oder ohne ihre Ermutigung, weiß niemand – in ihr Zimmer schlich und versuchte, ihr Gewalt anzutun. Sie, die so etwas hatte kommen sehen, nahm ein Tranchiermesser«, sie ignorierte seinen verblüfften Blick, »mit nach oben, um für alle Eventualitäten gewappnet zu sein, versuchte ihre Tugend zu verteidigen, und kam im darauffolgenden Kampf ums Leben.«

Er betrachtete sie nachdenklich, die Fingerspitzen leicht gegeneinandergelegt.

»Woher wissen Sie das alles, Miss Latterly? Oder sollte ich besser sagen: Wie kam die Polizei zu diesem Schluß?«

»Weil die Köchin – die Ermittlungen waren zu der Zeit bereits in vollem Gange, einige Wochen schon, um genau zu sein, eins ihrer Tranchiermesser vermißte. Die Polizei durchsuchte ein zweites Mal das Haus und stieß im Zimmer des fraglichen Lakaien auf ein blutverkrustetes Messer und ein seidenes Négligé, blutverschmiert und zweifellos aus Mrs. Hasletts Besitz. Beides steckte zwischen Rückwand und unterster Schublade seiner Kommode.«

»Und warum glauben Sie nicht an seine Schuld?« erkundigte sich Rathbone neugierig.

So direkt gefragt, fiel eine prägnante, klare Antwort ziemlich schwer.

»Vielleicht ist er es, aber ich finde, daß die Beweise für die Anklage nicht reichen«, sagte sie, plötzlich nicht mehr ganz so sicher. »Das gesamte Belastungsmaterial besteht aus dem Messer und dem Négligé, und das hätte jeder dort deponieren können. Weshalb hätte er die Sachen aufheben sollen, statt sie zu vernichten? Er hätte das Messer problemlos abwischen und zurücklegen, das Négligé in den Küchenherd werfen können. Es wäre vollständig verbrannt.«

»Aus Schadenfreude über die Tat?« schlug Rathbone ohne rechte Überzeugung vor.

»Das wäre dumm, und ein Dummkopf ist er nicht. Der einzig plausible Grund, sie aufzubewahren, wäre, jemand anders damit belasten zu wollen.«

»Warum hat er es dann nicht getan? Hat es sich nicht herumgesprochen, daß die Köchin eins ihrer Messer vermißt, was zwangsläufig eine Hausdurchsuchung nach sich ziehen mußte?« Er schüttelte leicht den Kopf. »Das wäre eine ungewöhnliche Küche, in der es keinen Tratsch gibt.«

»Natürlich hat es sich herumgesprochen. Deshalb konnte ja auch derjenige, der die Sachen hatte, sie in Percivals Zimmer verstecken.«

Zwischen Rathbones Brauen bildete sich eine tiefe Falte. Er machte einen verwirrten, aber interessierten Eindruck.

»Am gravierendsten erscheint mir die Frage«, meinte er schließlich, während er sie über seine Fingerspitzen hinweg anschaute, »warum die Polizei die Beweisstücke nicht früher gefunden hat. Sie wird kaum so nachlässig gewesen sein, sich direkt nach der Tat nicht nach Indizien, Spuren und anderen Auffälligkeiten umzusehen – zumindest als klar war, daß es sich bei dem Täter nicht um einen Einbrecher, sondern um einen Hausbewohner handelt.«

»Zu der Zeit waren die Sachen auch noch nicht in Percivals Zimmer«, sagte Hester ungeduldig. »Man hat sie ihm erst später untergeschoben, und zwar genau so, daß sie gefunden werden mußten – was ja auch der Fall war.«

»Richtig, Miss Latterly, das ist gut möglich, aber Sie haben nicht ganz verstanden, worauf ich hinauswill. Man darf wohl davon ausgehen, daß die Polizei bereits früher alles durchsucht hat, nicht nur das Zimmer des armen Percivals. Wer immer die Beweisstücke hatte, sie hätten gefunden werden müssen.«

»Oh!« Sie begriff plötzlich. »Sie meinen, die Dinge wurden aus dem Haus entfernt und später wieder zurückgebracht. Wie kaltblütig! Sie wurden aufgehoben, um jemand zu belasten, falls es ein Problem geben sollte.«

»Es scheint so. Trotzdem muß man sich wundern, warum es erst zu diesem späten Zeitpunkt geschah und nicht schon früher. Warum fiel der Köchin das fehlende Messer so lange nicht auf? Vielleicht fand die Aktion bereits einige Tage, bevor sie es merkte, statt. Es wäre interessant zu erfahren, wie sie darauf gekommen ist – ob jemand sie darauf aufmerksam gemacht hat, und wenn ja, wer.«

»Ich werde versuchen, dem auf den Grund zu gehen.«

Er lächelte. »Ich nehme an, das Personal bekommt nicht mehr als die übliche Stundenzahl frei und darf das Haus während der Arbeitszeit nicht verlassen?«

»Nein. Wir ...« Wie merkwürdig das Wort in bezug auf Dienstboten klang. In Rathbones Gegenwart setzte es ihr besonders zu, aber das war nicht der rechte Zeitpunkt, sich gehenzulassen. »Wir haben alle zwei Wochen einen halben Tag frei, sofern die Umstände es erlauben.«

»Folglich hatte das Personal wenig oder keine Gelegenheit, Messer und Négligé direkt nach der Tat aus dem Haus zu schaffen und in dem kurzen Zeitraum zwischen der Entdeckung der Köchin und der Hausdurchsuchung wieder aus dem Versteck zu holen.«

»Das stimmt.« Es war zwar nur ein kleiner Sieg, aber er bedeutete sehr viel. Hester spürte, wie sich Hoffnung in ihr breitmachte. Sie sprang auf, ging mit flotten Schritten zum Kaminsims und drehte sich um. »Sie haben völlig recht! Auf die Idee ist Runcorn nicht gekommen. Wenn man ihn darauf aufmerksam macht, muß er den Fall noch einmal neu überdenken.«

»Das bezweifle ich«, sagte Rathbone ernst. »Es läßt sich vom logischen Standpunkt aus betrachtet zwar nicht bestreiten, aber ich wäre angenehm überrascht, wenn Polizeiarbeit plötzlich von Logik geleitet würde – nachdem der bedauernswerte Percival, wie Sie sagen, einmal verhaftet und offiziell angeklagt worden ist. Ist Ihr Freund Monk eigentlich in die Geschichte verwickelt?«

»Er war es. Er hat lieber den Dienst quittiert, als Percival ohne stichhaltige Beweise festzunehmen.«

»Wie edel«, bemerkte Rathbone säuerlich, »wenn auch ziemlich unvernünftig.«

»Ich glaube, er hat die Nerven verloren«, erwiderte Hester und kam sich augenblicklich wie ein Verräter vor. »Was ich ihm als allerletzte vorwerfen kann. Ich wurde im Krankenhaus fristlos entlassen, weil ich eine Angelegenheit unbefugt in die Hand genommen hatte.«

»Ach wirklich?« Seine Brauen schossen hoch. »Bitte erzählen Sie mir, was geschehen ist.« Er schaute sie lebhaft interessiert an.

»Ihre Zeit ist zu teuer für mich, Mr. Rathbone.« Sie lächelte, um ihre Worte abzuschwächen, und weil das, was folgen würde, noch tolldreister war. »Wenn Sie darüber informiert sein möchten, überlasse ich Ihnen gern eine halbe Stunde meiner Zeit und erstatte Ihnen ausführlichen Bericht.«

»Es wäre mir ein Vergnügen«, stimmte er bereitwillig zu. »Muß es hier sein, oder darf ich Sie zum Dinner einladen? Wieviel ist Ihre Zeit wert?« Er musterte sie mit gespielt gequälter Miene. »Womöglich kann ich es mir gar nicht leisten. Oder sollten wir ein Abkommen treffen? Eine halbe Stunde Ihrer Zeit gegen eine zusätzliche halbe von mir? Auf diese Weise können Sie mir das Märchen von Percival und den Moidores zu Ende erzählen, ich kann Sie nach Kräften beraten, und zum Schluß erzählen Sie mir noch das Märchen vom Krankenhaus.«

Das war ein reizvolles Angebot, nicht nur hinsichtlich Percivals Wohlergehen, sondern auch weil sie Rathbones Gesellschaft stimulierend und angenehm fand.

»Sofern sich das Ganze im Rahmen dessen bewegt, was Lady Moidore mir als Freizeit zugesteht, habe ich nichts dagegen«, gab sie zurück und fühlte sich auf einmal unerklärlich befangen.

Er stand mit einer fließenden, geschmeidigen Bewegung auf.

»Ausgezeichnet. Wir werden unseren Sitzungsort in das Kutscherlokal um die Ecke verlegen, wo es rund um die Uhr etwas zu essen gibt. Es ist zwar kein so ehrbarer Platz wie das Heim eines gemeinsamen Freundes, da wir aber keinen solchen haben und uns die Zeit fehlt, auf die Schnelle einen zu finden, muß es reichen. Ich denke nicht, daß Ihr guter Ruf einen irreparablen Schaden davontragen wird.«

»Oh, dafür habe ich bereits selbst gesorgt – jedenfalls auf einem Gebiet, wo es mir etwas ausmacht«, gab Hester mit einem Anflug von Selbstironie zurück. »Dr. Pomeroy wird mit Sicherheit dafür sorgen, daß ich in ganz London keine Anstellung in einem Krankenhaus mehr finde. Er war furchtbar verärgert.«

»Ist Ihre Behandlung angeschlagen?«

»Ja, es sah ganz danach aus.«

»Dann haben Sie absolut recht – wie könnte er so etwas verzeihen!« Rathbone schloß die Tür zu seinen Büroräumen ab und trat in den eiskalten Nachmittag hinaus, Hester dicht hinter sich. Er führte sie durch die Straße – selbst immer am Gehsteigrand –, um die Ecke, vorsichtig am Verkehr und einem kleinen Straßenfeger vorbei und auf der anderen Seite schließlich durch einen breiten Eingang in ein elegantes Kutschergasthaus. Es stammte noch aus der Zeit vor der Erfindung der Dampflokomotive, als Kutschen die einzige Möglichkeit waren, von einer Stadt zur anderen zu gelangen.

Die Gaststube war wunderschön eingerichtet, und Hester hätte sich die Gemälde, gerahmten Aushänge, Kupfer- und Zinnteller gern genauer angesehen, hätte sie mehr Zeit gehabt. Auch die Gäste, wohlhabende Geschäftsleute mit rosigen Gesichtern, gut gegen die Kälte draußen eingepackt und bester Laune, weckten ihr Interesse.

Doch Rathbone wurde vom Wirt mit Beschlag belegt, kaum daß sie einen Fuß durch die Tür gesetzt hatten, sofort zu einem guten Tisch in einer gemütlichen Ecke geführt und auf die besten Tagesgerichte hingewiesen.

Rathbone erkundigte sich nach Hesters Wünschen, gab die Bestellung auf, und der Wirt garantierte ihm, sich persönlich darum zu kümmern. Rathbone reagierte erfreut, wahrte aber die angemessene Distanz zwischen Gentleman und Gastwirt.

Während des Essens, das weder Lunch noch Dinner, aber ganz ausgezeichnet war, erzählte Hester ihm den Rest über den Mord in der Queen Anne Street. Sie informierte ihn auch über die von Martha Rivett bestätigte Vergewaltigung durch Myles Kellard, ihre fristlose Entlassung, sowie ihren eigenen Eindruck von Beatrices Angst, an der Percivals Verhaftung offenbar nichts geändert hatte. Anschließend berichtete sie ihm von Septimus' Bemerkung, Octavia hätte am Nachmittag vor ihrem Tod laut eigener Darstellung etwas Schreckliches entdeckt, wofür sie allerdings noch keine Beweise besäße.

Zu John Airdrie, Dr. Pomeroy und dem Chinin kam sie erst zum Schluß.

Hester hatte insgesamt eineinhalb Stunden seiner Zeit und er fünfundzwanzig Minuten von ihrer verbraucht, aber das sollte ihr erst auffallen, als sie später mitten in der Nacht aus dem Schlaf schreckte.

»Was raten Sie mir?« fragte sie ernst, während sie sich ein wenig über den Tisch lehnte. »Wie kann man verhindern, daß Percival ohne stichhaltige Beweise verurteilt wird?«

»Sie haben mir noch nicht gesagt, wer seine Verteidigung übernimmt«, gab er in ebenso gewichtigem Tonfall zurück.

»Ich habe keine Ahnung. Percival hat nicht viel Geld.«

»Wie sollte er auch. Und wenn doch, wäre er allein schon deshalb verdächtig.« Rathbone verzog den Mund zu einem harten kleinen Lächeln. »Ich übernehme hin und wieder Fälle, ohne mich dafür bezahlen zu lassen, Miss Latterly, sozusagen im Dienst der Öffentlichkeit.« Das Lächeln wurde breiter. »Und hole den Verlust wieder rein, indem ich beim nächstenmal ein astronomisch hohes Honorar verlange – von jemandem, der es sich leisten kann. Ich werde mich in die Sache hineinknien und mein Bestes tun, darauf gebe ich Ihnen mein Wort.«

»Danke. Ich bin Ihnen sehr verbunden.« Sie erwiderte sein Lächeln. »Wären Sie jetzt bitte so freundlich, mir zu sagen, was ich Ihnen schulde?«

»Wir hatten uns auf einen halben Guinee geeinigt, Miss Latterly.«

Hester öffnete ihre Geldbörse, nahm eine goldene Münze heraus und gab sie ihm. Es war ihre letzte.

Rathbone bedankte sich höflich und ließ das Geldstück in seiner

Tasche verschwinden, stand dann auf, um ihren Stuhl für sie herauszuziehen. Hester verließ das Kutschergasthaus mit einem völlig unangemessenen Gefühl von Zufriedenheit. Sie schwebte förmlich zur Straßenecke, wo er einen Hansom für sie anhielt und dem Fahrer ihre Adresse nannte, damit der Mann sie in die Queen Anne Street zurückbrachte.

Percival Garrods Gerichtsverfahren begann Mitte Januar 1857. Da Beatrice Moidore noch immer von gelegentlichen Schwermutsanfällen und scheinbar unbegründeten Angstzuständen heimgesucht wurde, war Hester noch nicht von ihrer Aufgabe entbunden.

Die Familie begab sich geschlossen zur Verhandlung nach Old Bailey. Wenn es nach Basil gegangen wäre, wären die Frauen zu Hause geblieben und hätten ihre Zeugenaussagen schriftlich gemacht, doch Araminta weigerte sich, dieser Anweisung Folge zu leisten, und bei den wenigen Malen, wo sie mit ihrem Vater aneinandergeriet, war gewöhnlich sie es, die Oberwasser behielt. Beatrice hingegen ging einer Konfrontation mit ihm kurzentschlossen aus dem Weg; sie hüllte sich in tristes, schmuckloses Schwarz, legte einen undurchdringlichen Schleier an und beauftragte Robert, ihr eine Kutsche zu holen. Hester bot ihr im Rahmen ihrer Tätigkeit an, sie zu begleiten, und war entzückt, als sie darauf einging.

Fenella Sandeman lachte bei dem bloßen Gedanken, sich ein derartiges Spektakel entgehen zu lassen. Am fraglichen Tag kam sie majestätisch und vom Alkohol in leichte Hochstimmung versetzt aus ihrem Zimmer gerauscht.

Basil stieß einen Fluch aus, der jedoch auf taube Ohren stieß. Selbst wenn sie ihn gehört hatte, ging er völlig an ihr vorbei.

Romola wollte nicht als einzige zu Hause bleiben, und niemand machte sich die Mühe, deshalb mit ihr zu streiten.

Der Gerichtssaal platzte vor Zuschauern fast aus allen Nähten. Da Hester diesmal nicht als Zeugin auftreten mußte, durfte sie von Anfang an im Publikum sitzen.

Die Staatsanwaltschaft wurde durch einen Mr. F. J. O'Hare

vertreten, der sich dank einiger spektakulärer Prozesse einen Namen gemacht sowie dank zahlreicher nicht so bekannt gewordener eine Menge Geld verdient hatte. Von seinen Kollegen wurde er hoch geschätzt, von der Öffentlichkeit, die seine ruhige, eindringliche Art sowie die gelegentlichen Abstecher in dramatische Gefilde begeisterte und in Bann schlug, geradezu angebetet. Er war mittelgroß, stämmig gebaut, hatte einen kurzen, breiten Nacken und silberweißes, stark gewelltes Haar. Hätte er es nicht kurzhalten müssen, wäre es vermutlich zu einer regelrechten Löwenmähne entartet, doch er schien ohnehin ein Mensch zu sein, der lieber schick und gepflegt aussah. Er sprach mit einem eigenartig musikalischen Rhythmus, der Hester etwas irritierte, und war mit einem kaum hörbaren Lispeln gesegnet.

Percival wurde von Oliver Rathbone verteidigt. Sobald Hester ihn erblickte, spürte sie unbändige, schwirrende Hoffnung in sich aufsteigen, als hätte sie einen Vogel im Bauch, der sich in die Lüfte schwang. Es lag nicht nur daran, daß vielleicht doch noch Gerechtigkeit geübt wurde, es freute sie vor allem, daß Rathbone den Kampf aufgenommen hatte – wegen der Sache, nicht wegen des Entgelts.

Als erste wurde das Hausmädchen Annie aufgerufen, die Octavia Hasletts Leiche gefunden hatte. Sie machte in ihrem schlichten blauen Stoffkleid und mit der Haube auf dem Kopf, die ihr Haar völlig verbarg, einen sehr soliden Eindruck. Seltsamerweise sah sie jünger aus als sonst, angriffslustig und verletzlich zugleich.

Percival stand kerzengerade vor der Anklagebank und blickte starr geradeaus. Es mangelte ihm vielleicht an Menschlichkeit, Mitgefühl und Ehrenhaftigkeit, nicht aber an Mut. Er sah kleiner aus, als Hester ihn in Erinnerung hatte, schmaler in den Schultern und nicht so kräftig, doch schließlich war er zur Untätigkeit verdammt. Hier konnte er weder sein großspuriges Verhalten an den Tag legen noch seine angeborene Vitalität austoben.

Nach Annie rief man den Arzt herein, der eine knappe, sehr präzise Aussage machte. Er berichtete, Octavia Haslett sei durch zwei Messerstöße knapp unterhalb der Rippen irgendwann im Lauf der Nacht getötet worden.

Der dritte Zeuge war William Monk. Seine Vernehmung zog sich über den Rest des Morgens sowie den gesamten Nachmittag hin. Er war abweisend, sarkastisch, exakt bis zur Akribie – und weigerte sich beharrlich, selbst die offensichtlichsten Schlüsse zu ziehen.

Zu Beginn seiner Befragung übte F. J. O'Hare sich in Geduld und zurückhaltender Höflichkeit, den entscheidenden Hieb hob er sich offenbar für später auf. Kurz vor Schluß, nachdem ihm sein Referendar einen Zettel hingeschoben hatte, dessen Inhalt ihm anscheinend den Fall Grey in Erinnerung rief, war es dann soweit.

»Wenn ich Sie so reden höre, Mr. Monk – nur noch Mister, nicht mehr Inspektor, ist das richtig?« Sein Lispeln war tatsächlich sehr schwach.

»Vollkommen richtig«, bestätigte Monk, ohne die Miene zu verziehen.

»Wenn ich Sie so reden höre, Mr. Monk, kann ich mich des Eindrucks nicht erwehren, daß Sie Percival Garrod für unschuldig halten.«

»Ist das eine Frage, Mr. O'Hare?«

»Gewiß, Mr. Monk, gewiß.«

»Meines Erachtens ist seine Schuld durch das vorliegende Beweismaterial nicht ausreichend erwiesen. Das ist nicht dasselbe.«

»Halten Sie den Unterschied wirklich für so eminent, Mr. Monk? Korrigieren Sie mich, wenn ich mich täusche, aber haben Sie sich nicht auch gegen die Verurteilung des Angeklagten in Ihrem letzten Fall gesträubt? Ein gewisser Menard Grey, wenn ich mich recht entsinne!«

»Sie täuschen sich«, widersprach Monk sofort. »Ich habe mich nicht gegen seine Verurteilung gesträubt, ich war sogar erpicht darauf. Ich sträubte mich dagegen, ihn hängen zu sehen.«

»O ja, richtig – mildernde Umstände. Bei Percival Garrods Mord an der Tochter seines Dienstherren konnten sie allerdings keine entdecken, das übersteigt selbst Ihren Erfindungsreichtum, nicht wahr? Und sie behaupten allen Ernstes, der Fund der Tatwaffe und des blutbefleckten Kleidungsstückes des Opfers im Zimmer des Angeklagten reicht als Beweis nicht aus? Was erwarten Sie, Mr. Monk, einen Augenzeugen?«

»Nein, keinen Zweifel an der Schlagkraft der Beweise zu haben«, erwiderte Monk mit gebleckten Zähnen. »Beweismaterial, das einen Sinn ergibt, ist mir im allgemeinen lieber.«

»Zum Beispiel, Mr. Monk?« O'Hare warf einen raschen Blick in Rathbones Richtung, um festzustellen, ob er Einspruch erheben würde. Der Richter runzelte die Stirn und wartete ebenfalls. Rathbone schenkte beiden ein wohlwollendes Lächeln und schwieg.

»Ein Motiv, weshalb Percival derart...«, Monk fing O'Hares triumphierenden Blick auf und schluckte das Wort *erdrückende* noch rechtzeitig hinunter, »derart nutzlose, schädliche Beweisstücke hätte aufheben sollen«, sagte er statt dessen, »wo er das Négligé problemlos verbrennen, das Messer einfach abwischen und zurücklegen konnte.«

»Vielleicht wollte er jemand anders belasten?« O'Hares Stimme schwoll zu etwas an, das beinah wie Belustigung klang, als läge die Antwort für jeden Dummkopf auf der Hand.

»Dann hat er auf der ganzen Linie versagt«, erwiderte Monk. »Und an Gelegenheit mangelte es ihm nicht. Er hätte leicht nach oben gehen und beides an einem Ort seiner Wahl verstecken können, sobald er erfuhr, daß das Messer vermißt wurde.«

»Vielleicht hatte er es vor, kam jedoch nicht dazu? Können Sie sich ausmalen, wie ihn das gequält haben muß?« O'Hare drehte sich mit erhobenen Händen, die Handflächen zur Decke gekehrt, zu den Geschworenen um. »Was für eine Ironie des Schicksals! Ein Mann, der in der eigenen Familie sitzt! Und wer hätte das wohl am meisten verdient?«

Jetzt stand Rathbone auf, um Einspruch zu erheben.

»Euer Ehren, Mr. O'Hare setzte einen Tatbestand voraus, der erst bewiesen werden muß. Trotz seiner vielgerühmten Überzeugungskraft ist es ihm bisher nicht gelungen, uns etwas vorzulegen, das eindeutig darauf hinweist, wer die fraglichen Objekte in Percivals Zimmer deponiert hat. Er leitet seine Rückschlüsse aus seiner Prämisse ab und seine Prämisse aus seinen Rückschlüssen!«

»Sie werden sich etwas Besseres einfallen lassen müssen, Mr. O'Hare«, warnte ihn der Richter.

»Oh, das werde ich, Euer Ehren«, versprach O'Hare. »Seien Sie unbesorgt, das werde ich!«

Gleich zu Beginn des zweiten Verhandlungstages stürzte sich O'Hare auf die Beweisstücke, die unter so dramatischen Umständen entdeckt worden waren. Er rief Mrs. Boden in den Zeugenstand, die kleinlaut und nervös ihren Platz einnahm und in dieser Umgebung wie ein Fisch auf dem Trockenen wirkte. Sie war es gewöhnt, ihre Gefühle und ihr beachtliches handwerkliches Können walten zu lassen, sollte nun aber plötzlich stumm und still auf einem Fleck stehen und sich lediglich verbal äußern. Es bereitete ihr sichtlich Höllenqualen.

Als man ihr das Messer zeigte, zuckte sie angeekelt zurück, bestätigte jedoch, daß es sich um das vermißte Tranchiermesser aus ihrer Küche handelte. Sie identifizierte es anhand zahlreicher Kerben und Kratzer auf dem Griff sowie einer kleinen Delle in der Klinge. Mit den Werkzeugen ihrer hohen Kunst kannte sie sich bestens aus. Nichtsdestotrotz geriet sie gehörig durcheinander, als Rathbone sie unbarmherzig danach auszuhorchen begann, wann sie es zuletzt benutzt hatte. Er ging sämtliche Mahlzeiten jedes einzelnen Tages mit ihr durch, erkundigte sich, welche Messer sie wann zum Zubereiten welcher Speisen benutzt hatte, drang solange in sie, bis sie schließlich total verwirrt war. Auch der ganze Gerichtssaal war durch seine bohrenden Fragen befremdet, deren Sinn niemand verstand.

O'Hare stand aalglatt lächelnd auf, um die Kammerzofe Mary aufzurufen, damit sie bezeugen konnte, daß es sich bei dem blutbesudelten Négligé tatsächlich um Octavias handelte. Sie war sehr blaß; ihr blühender, dunkler Teint hatte jegliche Frische verloren, ihre Stimme klang ungewöhnlich gedämpft – aber sie schwor unter

Eid, daß es ihrer Herrin gehört hatte. Sie hätte es oft genug an ihr gesehen, den zarten Seidenstoff und den Spitzenbesatz selbst häufig gebügelt.

Rathbone quälte sie nicht zusätzlich. Es gab nichts zu disputieren.

O'Hares nächster Zeuge war der Butler. Phillips sah aus wie ein wandelnder Leichnam, als er den Zeugenstand betrat. Sein kahler Schädel unter den mageren Haarsträhnen glänzte im Kunstlicht wie Wachs, seine Augenbrauen wirkten struppiger denn je. Nur sein Gesichtsausdruck stellte deutlich zur Schau, mit welcher Würde er sein Schicksal trug: er, der tapfere Soldat, der aller Waffen beraubt seine Parade vor einer aufmüpfigen Meute abhalten muß.

O'Hare war viel zu erfahren, um ihn durch unhöfliches oder geringschätziges Verhalten vor den Kopf zu stoßen. Nachdem er Phillips Tätigkeit und hervorragende Referenzen ausgiebig gepriesen hatte, fragte er ihn nach seinem Rang in bezug auf das restliche Hauspersonal. Als auch hinsichtlich seiner dahingehenden Vormachtstellung kein Zweifel mehr für die Geschworenen und das Publikum bestand, zeichnete er ihm ein ausgesprochen ungünstiges Bild von Percival als Mensch, ohne seine Fähigkeiten als Lakai auch nur eine Sekunde in Frage zu stellen. Nicht einmal trieb er Phillips dazu, boshaft oder übelwollend zu erscheinen. Es war eine meisterhafte Darbietung. Rathbone blieb lediglich, Phillips zu fragen, ob er die leiseste Ahnung gehabt hätte, daß dieser verdorbene, überhebliche junge Mann seine verstiegenen Hoffnungen sogar bis auf die Tochter seines Herrn ausgedehnt hatte – worauf Phillips in entsetzte Unschuldsbeteuerungen ausbrach. Allerdings hätte ohnehin niemand mit einer positiven Antwort gerechnet. Nicht jetzt.

Das einzige andere Mitglied des Personals auf O'Hares Zeugenliste war Rose.

Sie hatte sich äußerst kleidsam angezogen. Schwarz machte sich gut zu ihrer hellen Haut und dem strahlenden Blau ihrer Augen. Die Situation beeindruckte sie zwar, doch überwältigt war sie keineswegs; ihre Stimme hallte fest und kräftig durch den Saal. Unter kaum merklicher Nachhilfe von seiten O'Hares, der vor Anteilnahme geradezu triefte, erzählte sie ihm, daß Percival anfangs nur sehr nett zu ihr gewesen wäre, sie zwar offen bewundert, sich aber nie daneben benommen hätte. Dann hätte er ihr nach und nach Grund zu dem Glauben gegeben, seine Gefühle seien ernsterer Natur, bis er schließlich recht unverblümt hätte durchblicken lassen, daß er sie heiraten wolle.

Diesen ersten Teil ihres Berichts gab sie in ruhigem, vernünftigem Tonfall ab. Dann klang ihre Stimme plötzlich gepreßt, voll unterdrückter Leidenschaft, als sie O'Hare – weder ans Publikum noch an die Geschworenen gerichtet – erklärte, wie Percivals Aufmerksamkeit ihr gegenüber langsam nachgelassen und er immer öfter von Miss Octavia gesprochen hätte. Laut seinen Worten hätte sie ihn mit Lob überschüttet, ihn nach den trivialsten Dingen geschickt, um so oft wie möglich in seiner Nähe zu sein, sich verführerischer angezogen und viele Bemerkungen über sein kultiviertes Auftreten oder sein angenehmes Äußeres gemacht.

»Geschah das vielleicht in der Absicht, Sie eifersüchtig zu machen, Miss Watkins?« fragte O'Hare mit Unschuldsmiene.

Sie erinnerte sich plötzlich an ihr Dekorum, schlug die Augen nieder, wechselte die gehässige gegen die gekränkte Geliebte und erwiderte demütig:

»Eifersüchtig, Sir! Wie könnte ich auf eine Lady wie Miss Octavia eifersüchtig sein? Sie war wunderschön. Sie hatte Manieren, war gebildet, besaß all die herrlichen Kleider – wie kann eine wie ich es damit aufnehmen?« Nach kurzer Pause fuhr sie fort: »Außerdem hätte sie ihn niemals geheiratet, allein die Vorstellung ist lächerlich. Wenn ich eifersüchtig wäre, dann auf ein Dienstmädchen wie mich! Eine, die ihm echte Liebe bieten könnte, ein Heim, vielleicht eine Familie.« Sie betrachtete ihre schmalen, kräftigen Hände, blickte dann unvermittelt auf. »Nein Sir, sie hat ihm gefallen, ihm den Kopf verdreht. Ich dachte immer, sowas passiert nur Stubenmädchen, die sich von gottlosen Hausherren ausnutzen lassen. Ich hätte nie geglaubt, daß ein Lakai so verrückt sein kann. Oder eine Lady . . .« Sie schlug erneut die Augen nieder.

»Das glauben Sie also wirklich, Miss Watkins?« hakte O'Hare nach.

Entsetzt riß sie die Augen wieder auf. »Aber nein, Sir. Ich habe nicht einen Moment angenommen, Miss Octavia hätte irgend etwas in der Art getan! Ich glaube, Percival ist ein eitler, dummer Kerl, der sich einbildete, sie würde vielleicht. Und als ihm klar wurde, was für einen Narren er aus sich gemacht hat – na ja – das war zuviel für seinen Stolz, und da verlor er die Beherrschung.«

»Ist er jähzornig, Miss Watkins?«

»O ja, Sir, ich fürchte schon.«

Die letzte Person, die in den Zeugenstand gerufen wurde, um sich über Percivals Charakter – beziehungsweise dessen finstere Seiten – auszulassen, war Fenella Sandeman. Sie kam in einer Wolke aus schwarzem Taft und zarter Spitze in den Gerichtssaal geschwebt, auf dem Kopf einen modisch weit hinten sitzenden, riesigen Hut, der ihre unnatürliche Blässe, das pechschwarze Haar und die rosigen Lippen gekonnt betonte. Auf die Entfernung, aus der die meisten Zuschauer sie sahen, bot sie einen umwerfenden Anblick. Ein verwirrender Zauber ging von ihr aus, die dramatische Aura einer gramgebeugten schönen Frau.

Auf Hester wirkte dieser Auftritt angesichts einer Verhandlung, bei der jemand auf dem besten Wege war, zum Tod durch den Strang verurteilt zu werden, pathetisch und grotesk.

O'Hare stand auf und ging übertrieben höflich mit ihr um, als wäre sie zerbrechlich und bräuchte sein ganzes Feingefühl.

»Mrs. Sandeman, soviel ich weiß, sind Sie Witwe und wohnen im Haus Ihres Bruders, Sir Basil Moidore?«

»Das ist richtig«, bestätigte sie, überlegte einen Moment, ob sie sich den Anschein eines Menschen geben sollte, der sein Schicksal tapfer ertrug, entschied sich dann aber für den heldenhaften Frohsinn eines mutigen Kämpfers, setzte ein strahlendes Lächeln auf und hob mit einem kecken Ruck das spitze Kinn.

»Sie leben dort seit ...« O'Hare stockte, als müßte er angestrengt nachdenken, »... etwa zwölf Jahren?«

»Jawohl.«

»Sie müssen die übrigen Hausbewohner recht gut kennen, wenn Sie sie über einen so langen Zeitraum hinweg in all ihren unterschiedlichen Stimmungen erlebt haben. Zweifellos haben Sie sich anhand Ihrer Beobachtungen das ein oder andere Urteil gebildet.«

»Das kann man wohl sagen – es geschieht quasi von allein«, gab sie mit routiniert heiserer Stimme zurück; um ihren Mund spielte ein leicht sarkastisches Lächeln. Hester wäre am liebsten mit ihrem Stuhl verschmolzen und unsichtbar geworden, aber neben ihr saß Beatrice. Sie warf einen raschen Blick auf ihr Profil, das gänzlich hinter einem dichten Schleier verborgen war.

»Wir Frauen sind sehr feinfühlig, was andere Menschen betrifft«, fuhr Fenella fort. »Das müssen wir auch sein – Menschen sind unser Leben.«

»Ganz recht.« O'Hare erwiderte ihr Lächeln. »Waren in Ihrem eigenen Haushalt auch Bedienstete beschäftigt, ehe Ihr Mann ... verschied?«

»Selbstverständlich.«

»Dann müssen Sie eine gewisse Übung haben, was die Beurteilung ihres Charakters und ihrer Tauglichkeit betrifft«, folgerte O'Hare mit einem raschen Seitenblick auf Rathbone. »Was fiel Ihnen an Percival Garrod auf, Mrs. Sandeman? Was halten Sie von ihm?« Er hob eine bleiche Hand, wie um eventuellen Einsprüchen von seiten des Verteidigers vorzubeugen. »Natürlich auf Ihre Beobachtungen in der Queen Anne Street gestützt.«

Sie senkte den Blick, woraufhin sich gespanntes Schweigen über den Saal legte.

»Er hat seine Aufgaben stets zufriedenstellend erledigt, Mr. O'Hare, aber er war anmaßend und habgierig. Er hatte eine Schwäche für elegante Kleidung und gutes Essen«, sagte Fenella sanft, aber überdeutlich. »Er strebte nach Höherem und war von einer Art innerer Wut zerfressen, daß er auf die soziale Schicht beschränkt bleiben sollte, die Gott für ihn ausgesucht hat. Er spielte mit den Gefühlen unserer armen Rose Watkins und dann, als er seine Stunde für gekommen hielt ...« Sie sah auf und schenkte O'Hare einen betörenden Blick; ihre Stimme wurde noch eine Spur heiserer. »Entschuldigen Sie, ich weiß wirklich nicht, wie ich mich ausdrücken soll, ohne taktlos zu klingen. Ich wäre Ihnen sehr verbunden, wenn Sie mir helfen könnten.«

Neben Hester sog Beatrice scharf den Atem ein. Die Hände in den eleganten Glacéhandschuhen verkrampften sich auf ihrem Schoß.

O'Hare eilte freudig zu Fenellas Rettung herbei. »Möchten Sie vielleicht sagen, Ma'am, daß er amouröse Vorstellungen bezüglich eines Familienmitglieds hegte?«

»Ja, ich denke, so könnte man es formulieren«, erwiderte sie übertrieben geziert. »Das ist leider genau das, was ich – was Ihnen mitzuteilen meine Pflicht ist. Ich habe ihn mehr als einmal erwischt, wie er ungehörige Dinge über meine Nichte Octavia gesagt hat. Und er hatte dabei einen Ausdruck im Gesicht, den man als Frau nicht mißverstehen kann.«

»Ich verstehe. Das muß eine sehr unangenehme Lage für Sie gewesen sein.«

»In der Tat!«

»Was haben Sie dahingehend unternommen, Ma'am?«

»Unternommen?« Sie starrte ihn aus zusammengekniffenen Augen an. »Nun, verehrter Mr. O'Hare, was hätte ich unternehmen können? Wenn Octavia selbst nichts dagegen hatte, welche Möglichkeit hätte ich oder irgend jemand sonst gehabt?«

»Und sie hatte nichts dagegen?« O'Hares Stimme wurde vor Staunen lauter. Er ließ seinen Blick einen kurzen Moment grimmig über die Menge schweifen und konzentrierte sich dann wieder auf Fenella. »Sind Sie absolut sicher, Mrs. Sandeman?«

»O ja, absolut, Mr. O'Hare. Obwohl ich zutiefst bedaure, es hier, in aller Öffentlichkeit, bekanntmachen zu müssen.« Sie sprach jetzt etwas stockend, woraufhin Beatrice sich derart verkrampfte, daß Hester fürchtete, sie würde jeden Augenblick losschreien. »Die arme Octavia schien sich durch sein Interesse geschmeichelt zu fühlen«, fuhr Fenella gnadenlos fort. »Selbstverständlich konnte sie nicht ahnen, daß er mehr als dreiste Worte im

Sinn hatte – genausowenig wie ich, ansonsten hätte ich zweifellos ihren Vater informiert, egal, was sie davon gehalten hätte!«

»Zweifellos«, versicherte O'Hare beschwichtigend. »Jedem von uns wird klar sein, daß sie alles Menschenmögliche unternommen hätten, den tragischen Ausgang dieser Schwärmerei zu verhindern, falls Sie ihn vorausgesehen hätten. Nichtsdestotrotz ist die heutige Bezeugung Ihrer Beobachtungen eine große Hilfe bei dem Versuch, Mrs. Haslett Gerechtigkeit widerfahren zu lassen. Wir wissen alle zu schätzen, daß Sie es auf sich genommen haben, hierherzukommen und es uns zu erzählen.« Als nächstes forderte er sie auf, Beispiele für Percivals anrüchiges Verhalten zu nennen, was sie recht detailliert und pflichtergeben tat, und erkundigte sich anschließend, was Octavia unternommen hatte, um ihn zu ermutigen. Auch dahingehend erteilte Fenella bereitwillig Auskunft.

»Ach, eine allerletzte Frage noch, bevor Sie den Zeugenstand verlassen, Mrs. Sandeman.« O'Hare blickte abrupt auf, als ob er fast etwas Wichtiges vergessen hätte. »Sie sagten, Percival wäre habgierig. In welcher Beziehung?«

»In bezug auf Geld natürlich«, erklärte sie mit seidenweicher Stimme; aus ihren Augen blitzte Spott. »Er mochte schöne Dinge, die man sich mit dem Lohn eines Lakaien nicht leisten kann.«

»Woher wissen Sie das, Ma'am?«

»Er war ein Angeber. Er hat mir einmal erzählt, wie er zu seinen kleinen ... Extras gekommen ist.«

»Tatsächlich? Und wie?« fragte O'Hare vollkommen unschuldig, als könnte die Antwort unmöglich etwas Schlimmes zu Tage fördern.

»Er wußte ein paar Dinge über andere«, gab Fenella mit einem winzigen, boshaften Lächeln zurück. »Unerhebliche Dinge, für die meisten von uns völlig belanglos, kleine persönliche Makel bloß – aber doch solche, die man lieber nicht ausposaunt haben will.«

Sie zuckte elegant mit den Achseln. »Das Stubenmädchen Dinah zum Beispiel prahlt mit ihrer reizenden Familie, dabei ist sie ein Findelkind und hat gar keine. Ihr gestelztes Getue hat Percival geärgert, also erschreckte er sie ein wenig, indem er ihr sagte, er wisse Bescheid. Lizzie, die ältere Wäschemagd, ist zwar ein rechthaberisches, ziemlich hochnäsiges Geschöpf, aber doch nicht zu stolz, um vor einiger Zeit eine Affäre gehabt zu haben. Er wußte auch das, keine Ahnung woher, vielleicht von Rose. Der Bruder der Köchin ist ein Trinker, die Schwester der Küchenmagd schwachsinnig – derartige kleine, unangenehme Dinge eben.«

O'Hare schaffte es nur zum Teil, seinen Widerwillen zu verbergen. Ob dieser ausschließlich Percival galt oder auch Fenella einschloß, die soeben ein paar sehr private Mißstände enthüllt hatte, war unmöglich festzustellen.

»Ein ausgesprochen unangenehmer Zeitgenosse«, sagte er laut. »Und wie hat er das alles herausgefunden, Mrs. Sandeman?«

Fenella schien seinen eisigen Unterton nicht zu bemerken.

»Ich nehme an, er hat ihre Briefe über Dampf gehalten und geöffnet«, meinte sie gleichgültig. »Es gehörte zu seinen Aufgaben, die Post reinzuholen.«

»Ich verstehe.«

O'Hare dankte ihr und setzte sich hin. Rathbone, der im selben Moment aufgestanden war, bewegte sich mit fast katzenartiger Geschmeidigkeit auf den Zeugenstand zu.

»Ihr Gedächtnis ist wirklich bemerkenswert, Mrs. Sandeman, ganz zu schweigen von Ihrer Liebe zum Detail und Ihrer Sensibilität, der wir eine Menge zu verdanken haben.«

Sie musterte ihn mit aufkeimendem Interesse. Er hatte etwas Faszinierendes, Herausforderndes und Kraftvolleres an sich als O'Hare, worauf sie augenblicklich reagierte.

»Sie sind sehr freundlich.«

»Keineswegs, Mrs. Sandeman.« Er winkte betont lässig ab. »Ganz und gar nicht, glauben Sie mir. Hat dieser gierige, selbstverliebte, auf Freiersfüßen wandelnde Lakai auch andere Damen des Hauses begehrt? Mrs. Cyprian Moidore beispielsweise oder Mrs. Kellard?«

»Ich habe nicht die geringste Ahnung.« Fenella war ehrlich überrascht.

»Vielleicht sogar Sie selbst?«

»Nun ja . . .« Sie schlug sittsam die Augen nieder.

»Bitte, Mrs. Sandeman«, drängte Rathbone, »jetzt ist nicht der Zeitpunkt, sich in Zurückhaltung zu üben.«

»Ja, er – er hat die Grenze bloßer Höflichkeit überschritten.«

Ein paar der Geschworenen blickten erwartungsvoll auf. Ein anderer, ein älterer Herr mit gepflegten Koteletten, war sichtlich verlegen.

»Er hat ein erotisches Interesse an Ihnen zum Ausdruck gebracht?« hakte Rathbone nach.

»Jawohl.«

»Wie haben Sie reagiert, Ma'am?«

Sie riß die Augen auf und funkelte ihn wütend an. »Ich habe ihn in seine Schranken verwiesen, Mr. Rathbone. Ich bin sehr wohl in der Lage, mit einem größenwahnsinnigen Dienstboten fertig zu werden.«

An Hesters Seite begann Beatrice, sich von neuem zu versteifen.

»Das sind Sie zweifellos«, bestätigte Rathbone in vielsagendem Ton. »Anscheinend wiegten Sie sich in Sicherheit. Sie fanden es nicht angebracht, mit einem Tranchiermesser bewaffnet zu Bett zu gehen?«

Fenella erbleichte merklich. Ihre zur Hälfte behandschuhten Finger umklammerten das zwischen ihr und Rathbone liegende Geländer.

»Seien Sie nicht albern. Natürlich nicht!«

»Und Sie hielten es dennoch nicht für nötig, Ihr so überaus nützliches Wissen an Ihre Nichte weiterzugeben?«

»Ich – äh . . .« Jetzt fühlte sie sich sichtlich unwohl.

»Sie wußten, daß Percival ein erotisches Interesse an ihr hatte.« Rathbone ging mit leichten, federnden Schritten auf und ab, als befände er sich in einem Salon, nicht im Gerichtssaal. In seinem süßlichen Tonfall schwang unverhohlene Verachtung mit. »Und ließen zu, daß sie sich einsam genug fühlte, ein Küchenmesser mit ins Bett zu nehmen, um sich im Notfall gegen Percivals nächtlichen Überraschungsangriff verteidigen zu können?«

Die Gesichter der Geschworenen machten keinen Hehl aus ihrer enormen Verwirrung.

»Ich wußte doch nicht, daß er so etwas vorhatte«, protestierte Fenella. »Sie versuchen mir zu unterstellen, ich hätte es absichtlich geschehen lassen. Das ist ungeheuerlich!« Sie sah sich hilfesuchend nach O'Hare um.

»Nein, Mrs. Sandeman«, korrigierte Rathbone. »Ich versuche herauszufinden, wie eine Dame mit Ihrer Erfahrung, Ihrer ausgezeichneten Beobachtungsgabe und Menschenkenntnis zusehen kann, wie ein Lakai Ihrer Nichte nachstellt – die Sie selbst für dumm erklären, weil sie ihm ihr Mißfallen nicht in aller Deutlichkeit klargemacht hat –, und die Angelegenheit trotzdem nicht in die Hand nimmt, indem sie sich zumindest einem anderen Familienmitglied anvertraut!«

Sie starrte ihn entsetzt an.

»Ihrer Mutter zum Beispiel«, fuhr Rathbone fort. »Oder ihrer Schwester. Man hätte Percival auch einfach darauf hinweisen können, daß seine Absichten nicht verborgen geblieben sind. Dies hätte den tragischen Ausgang der Geschichte vermutlich verhindert. Hätten Sie, als Ältere und Klügere, die schon viele derartige Mißgriffe abwenden mußte, Mrs. Haslett nicht zur Seite nehmen und Ihren Beistand anbieten können?«

Fenella war völlig durcheinander.

»Sicher – wenn ich g-gewußt hätte ...«, stammelte sie. »Aber ich wußte es nicht. Ich hatte keine Ahnung, daß es – daß so etwas ...«

»Wirklich nicht?« versetzte Rathbone brutal.

»Nein!« Ihre Stimme wurde allmählich schrill. »Ihre Unterstellung ist widerlich! Ich hatte nicht den leisesten Verdacht!«

Beatrice gab ein unterdrücktes, angeekeltes Stöhnen von sich.

»Sie mußten geahnt haben, Mrs. Sandeman, wie das Ganze enden würde – wenn Percival sich Ihnen tatsächlich unsittlich genähert hat und Sie ein provokantes Verhalten Mrs. Haslett gegenüber beobachtet haben. Schließlich stehen Sie nicht in der Welt wie ein neugeborenes Kind!«

»Ich habe es nicht geahnt! Was Sie da andeuten, heißt nichts anderes, als daß ich seelenruhig zugesehen habe, wie Octavia vergewaltigt und ermordet wurde! Das ist eine unglaubliche Frechheit, außerdem absolut unwahr!«

»Ich glaube Ihnen, Mrs. Sandeman.« Rathbone lächelte plötzlich – ohne die leiseste Spur von Humor.

»Das will ich Ihnen auch geraten haben!« Fenellas Stimme zitterte ein wenig. »Ich erwarte eine Entschuldigung, Sir.«

»Es klingt absolut plausibel, daß Sie nichts davon geahnt haben«, fuhr Rathbone ungerührt fort, »wenn nicht sogar ein Großteil von dem, was Sie uns da aufgetischt haben, frei erfunden ist. Percival war extrem ehrgeizig und arrogant, aber Ihnen hat er sich bestimmt nicht unsittlich genähert, Mrs. Sandeman. Vergeben Sie mir, Ma'am – aber Sie könnten seine Mutter sein!«

Fenella wurde weiß vor Zorn, die Menge schnappte hörbar nach Luft. Irgendwo löste sich ein Kichern. Einer der Geschworenen bedeckte sein Gesicht mit einem Taschentuch und schien sich ausgiebig die Nase putzen zu müssen.

Rathbones Gesicht war nahezu ausdruckslos.

»Sie haben auch keine einzige dieser abstoßenden, verwerflichen Szenen mit Mrs. Haslett miterlebt, sonst hätten Sie Sir Basil – wie jede anständige Frau – umgehend darüber in Kenntnis gesetzt, damit er seine Tochter beschützen kann.«

»Nun ja – ich – ich . . .« Fenellas letzter Versuch einer Selbstverteidigung endete in kläglichem Schweigen. Mit aschfahlem Gesicht stand sie da, während Rathbone auf seinen Platz zurückkehrte. Es bestand kein Grund, sie noch mehr zu demütigen und eine Erklärung dafür zu verlangen, warum sie so eitel war, so dumm, warum sie auf so boshafte, hinterhältige Weise die kleinen Geheimnisse der Gesindestube an die große Glocke gehängt hatte. Im Gerichtssaal herrschte plötzlich unangenehm betretene Stimmung, doch an dem gegen Percival vorliegenden Beweismaterial hatte sich der erste Zweifel geregt.

Am dritten Verhandlungstag war der ohnehin volle Raum noch überlaufener. Araminta trat in den Zeugenstand. Im Gegensatz zu Fenella war sie keine eitle Frau, die sich gern zur Schau stellte. Sie war unauffällig gekleidet und wie immer absolut beherrscht. Sie hätte Percival nie besonders gemocht, meinte sie, sich aber nicht in die Personalwahl ihres Vaters eingemischt, da es sein Haus war. Bislang wäre sie davon ausgegangen, daß ihr Eindruck von ihrer persönlichen Abneigung beeinflußt wäre, was sie nun natürlich besser wisse und von ganzem Herzen bedaure, nicht gesagt zu haben.

Auf O'Hares Drängen hin verriet sie schließlich – allem Anschein nach unter erheblicher Kraftaufbietung –, daß ihre Schwester ihre Abneigung gegen den Lakai nicht geteilt hatte und unklugerweise dem Personal gegenüber generell zu nachsichtig aufgetreten war. Das, mußte sie zu ihrem Leidwesen zugeben, lag vermutlich daran, daß ihre Schwester seit dem Tod ihres Mannes auf der Krim des öfteren mehr Gläser Wein konsumiert hatte, als ihr bekam. Der Alkohol hatte ihre Urteilskraft getrübt und sie zu umgänglich werden lassen, wovon, wie man jetzt sah, jedem dringend abzuraten war.

Rathbone fragte sie, ob Octavia ihr gegenüber je von Angst gesprochen hätte, vor Percival oder sonst wem, was sie entschlossen verneinte. In dem Fall hätte sie natürlich alles unternommen, ihre Schwester zu beschützen.

Dann wollte Rathbone wissen, ob sie sich nahegestanden hätten. Araminta bedauerte aus ganzem Herzen die Wandlung, die ihre Schwester nach dem Tod ihres Mannes Harry durchgemacht hatte, und meinte, ihr Verhältnis wäre nachher nie mehr so herzlich gewesen wie davor. Rathbone entdeckte keinerlei Unstimmigkeiten an ihrer Darstellung, nichts, wo er hätte nachhaken können.

Myles Kellard hatte den bisher bekannten Fakten nur wenig hinzuzufügen, aber er bestätigte Octavias Veränderung durch die Witwenschaft. Sie hätte, räumte auch er nur sehr ungern ein, ein etwas unglückliches Verhalten an den Tag gelegt, häufig unter Gefühlsausbrüchen gelitten und als Resultat ihres übergroßen

Weinkonsums die Dinge nicht mehr gesehen, wie sie waren. Es müßte zweifellos einer dieser benebelten Momente gewesen sein, als sie Percivals Annäherungsversuche nicht adäquat abgewehrt hatte. Später dann, in nüchternem Zustand, wäre ihr bestimmt bewußt geworden, was sie getan hatte, aber sie schämte sich vermutlich, jemand um Hilfe zu bitten, und nahm statt dessen ein Tranchiermesser mit ins Bett. Das alles wäre furchtbar tragisch, und die ganze Familie hätte entsetzlich zu leiden.

Rathbone konnte seine Aussage nicht erschüttern, und er war sich der Sympathie im Saal zu deutlich bewußt, um es zu versuchen.

O'Hares letzter Zeuge war Sir Basil. Er brachte den Weg zum Zeugenstand mit unbeschreiblicher Feierlichkeit hinter sich. Aus der Menge erhob sich ein mitfühlendes, respektvolles Raunen. Selbst die Geschworenen setzten sich aufrechter hin, einer von ihnen lehnte sich zum Zeichen seiner besonderen Ehrerbietung sogar ein wenig zurück.

Basil äußerte sich ohne jede Zurückhaltung über seine tote Tochter. Er erzählte, wie sehr sie der Verlust ihres Mannes getroffen, ja aus der Bahn geworfen hatte und letztlich dafür verantwortlich gewesen war, daß sie Trost im Alkohol suchte. Er fand es zutiefst beschämend, dies eingestehen zu müssen – und wurde auf der Stelle mit einem verständnisvollen Murmeln belohnt. Viele der Zuschauer hatten selbst jemand in Balaklawa, in Inkermann, an der Alma, durch Hunger und Kälte in den Hügeln vor Sewastopol oder durch Seuchen in dem furchterregenden Krankenhaus von Skutari verloren. Sie wußten, daß persönliches Leid vielfältige Erscheinungsformen hatte, und die Offenheit, mit der er dem Gericht seine Tragödie schilderte, schuf ein unsichtbares Band zwischen ihnen. Sie bewunderten seine Haltung und seine Freimütigkeit. Die Wärme, die Sir Basil entgegengebracht wurde, war bis zu Hesters Platz spürbar. Sie warf einen raschen Blick auf Beatrice; doch hinter dem dichten Schleier waren keine Gefühle zu erkennen.

O'Hare war brillant. Hester sank der Mut.

Endlich kam Rathbone an die Reihe, um mit seiner Verteidigung zu beginnen, wie immer die aussehen mochte.

Er begann mit Mrs. Willis, der Haushälterin. Höflich und zuvorkommend entlockte er ihr großzügige Auskunft über ihre Referenzen, die ihr zu dieser gehobenen Position verholfen hatten, sowie das Bekenntnis, daß sie der Familie nicht nur den Haushalt führte, sondern außerdem für das gesamte weibliche Personal verantwortlich war, ausgenommen die Mädchen, die in der Küche arbeiteten. Unter anderem kümmerte sie sich auch um ihr sittliches Wohlergehen.

Ob ihnen amouröse Tändeleien erlaubt seien?

Allein die Frage machte sie böse. Ganz gewiß nicht, wo denke er hin! Sie würde gar nicht erst zulassen, daß ein Mädchen mit derartigen Flausen im Kopf eingestellt wurde. Und wenn sich eine unmoralisch benehmen sollte, würde sie fristlos entlassen – ohne Zeugnis. Unnötig zu erwähnen, was mit solchen Leuten geschah.

Und wenn eins der Mädchen schwanger war?

Würde sie natürlich ebenfalls sofort hinausfliegen, was sonst!

Natürlich. Und Mrs. Willis nahm ihre Aufgabe dahingehend ernst?

Selbstverständlich. Sie war schließlich gläubige Katholikin.

War irgendeins der Mädchen je zu ihr gekommen, um ihr mitzuteilen – sei es auf noch so umständliche Art und Weise –, daß sich ein Hausdiener – Percival oder jemand anders – an sie herangemacht hatte?

Nein, nie. Percival war ausschließlich in sich selbst verliebt, um die Wahrheit zu sagen, eitel wie ein Pfau. Sie hatte seine Kleidungsstücke und Stiefel gesehen und sich schon des öfteren gefragt, woher das Geld dafür kam.

Rathbone brachte sie zum Thema zurück. Hatte es irgendwelche Beschwerden über Percival gegeben?

Nein, das war alles nur boshaftes Geschwätz, mehr nicht. Außerdem waren die meisten Mädchen sehr gut in der Lage, sein Scharwenzeln als das zu nehmen, was es war – nämlich gar nichts!

O'Hare versuchte nicht, ihre Aussage anzuzweifeln. Er wies

lediglich darauf hin, daß all dies nur von zweitrangiger Bedeutung sei, da sie nicht für Octavia Hasletts Moral zuständig gewesen war.

Rathbone erhob sich noch einmal, um deutlich zu machen, daß ein Großteil von Percivals schlechtem Ruf darauf beruhte, wie die Hausmädchen sein Verhalten bewerteten.

Der Richter meinte dazu, die Geschworenen würden sich schon ihr eigenes Bild machen.

Rathbone rief Cyprian in den Zeugenstand. Statt ihn nach seiner Schwester oder Percival zu fragen, ließ er sich bestätigen, daß Cyprians Zimmer direkt neben Octavias lag, und erkundigte sich anschließend, ob er in ihrer Todesnacht irgendwelche auffälligen Geräusche vernommen hätte.

»Nein, kein einziges, sonst hätte ich nachgesehen, ob alles in Ordnung ist«, sagte Cyprian ein bißchen erstaunt.

»Haben Sie einen sehr festen Schlaf?«

»Nein.«

»Hatten Sie am fraglichen Abend eine größere Menge Wein zu sich genommen?«

Nein, ich habe nur sehr wenig getrunken.« Cyprian runzelte die Stirn. »Ich verstehe nicht, worauf Sie hinauswollen, Sir. Meine Schwester wurde ohne jeden Zweifel in dem Zimmer direkt neben meinem umgebracht. Daß ich keine Kampfgeräusche gehört habe, erscheint mir ziemlich unerheblich. Percival war wesentlich stärker als sie . . .« Er war plötzlich sehr blaß und hatte Mühe, seine Stimme unter Kontrolle zu halten. »Ich nehme an, er hat sie im Handumdrehen überwältigt.«

»Und sie hat nicht einmal geschrien?« Rathbone machte ein verblüfftes Gesicht.

»Anscheinend nicht.«

»Aber O'Hare hat uns doch so lebhaft geschildert, wie sie mit einem Tranchiermesser bewaffnet zu Bett gegangen sein soll, um die unerwünschten Gunstbezeigungen des Lakaien abzuwehren«, appellierte Rathbone an seinen Verstand. »Dennoch sprang sie aus dem Bett, als er hereinkam. Sie wurde nicht darin, sondern darauf gefunden, und zwar nicht in normaler Schlafposition – wie uns Mr.

Monks Aussage bestätigt. Sie stand also auf, zog ihr Négligé an, holte das Messer hervor, wo immer sie es versteckt hatte, und dann gab es einen Kampf, weil sie sich zu verteidigen suchte?«

Er schüttelte den Kopf und zuckte ratlos mit den Schultern. »Meinen Sie nicht, daß sie ihm erst einmal gedroht hat? Sie wäre doch sicher nicht mit gezückter Waffe auf ihn losgestürzt! Und er? Er setzte sich zur Wehr, entwand ihr das Messser«, Rathbone hielt beide Hände hoch, »und stach sie im anschließenden Gerangel nieder. Trotzdem hat keiner der beiden irgendeinen Laut von sich gegeben! Die ganze malerische Szene soll in völliger Stille über die Bühne gegangen sein. Fällt Ihnen nicht schwer, das zu glauben, Mr. Moidore?«

Die Geschworenen rutschten unruhig auf ihren Plätzen herum, Beatrice atmete heftig.

»Allerdings!« bestätigte Cyprian mit erwachender Verwunderung. »Sie haben vollkommen recht – es kommt mir sogar ausgesprochen seltsam vor. Ich begreife nicht, warum sie nicht geschrien hat.«

»Genausowenig wie ich, Mr. Moidore«, stimmte Rathbone ihm zu. »Es wäre mit Sicherheit ein effektiverer Weg der Selbstverteidigung gewesen – außerdem weniger gefährlich und für eine Frau eher das Mittel der Wahl als ein Tranchiermesser.«

O'Hare sprang auf.

»Nichtsdestotrotz, Mr. Moidore, meine Herren Geschworene, bleibt die Tatsache bestehen, daß sie ein Tranchiermesser hatte und damit erstochen worden ist. Wir werden vermutlich nie erfahren, was für eine bizarre, verstohlene Unterhaltung in jener Nacht stattgefunden hat. Wir wissen jedoch mit hundertprozentiger Sicherheit, daß Octavia Haslett erstochen wurde – und sowohl die blutverkrustete Tatwaffe als auch ihr zerrissener, blutbesudelter Morgenmantel befanden sich in Percivals Zimmer. Müssen wir denn über jedes Wort und jede Geste Bescheid wissen, um uns ein Urteil bilden zu können?«

Ein Raunen ging durch die Menge. Die Geschworenen nickten. Beatrice stieß ein unterdrücktes Stöhnen aus.

Als letzter Zeuge wurde Septimus aufgerufen. Er berichtete, wie er Octavia am letzten Tag ihres Lebens begegnet war und sie ihm von ihrer bestürzenden, furchtbaren Entdeckung erzählt hätte, für die ihr der endgültige Beweis jedoch noch fehlte. Unter O'Hares Druck mußte er allerdings zugeben, daß sonst niemand das Gespräch mitangehört, er es auch keinem anderen wiedergegeben hatte. Infolgedessen, verkündete O'Hare triumphierend, bestünde auch nicht der geringste Grund für die Annahme, ihre sonderbare Entdeckung hätte etwas mit ihrem Tod zu tun. Septimus fühlte sich unwohl. Er wies darauf hin, daß nur, weil er niemandem davon erzählt hätte, Octavia nicht zwangsläufig dasselbe getan haben müßte.

Aber es war zu spät. Der Entschluß der Geschworenen stand bereits fest, und nichts von dem, was Rathbone in seinem Plädoyer sagte, konnte daran noch etwas ändern. Sie zogen sich nur kurz zur Beratung zurück. Als sie mit bleichen Gesichtern und entschlossenem Blick zurückkehrten, sahen sie überall hin, nur nicht in Percivals Richtung. Sie sprachen ihn schuldig, mildernde Umstände gab es keine.

Der Richter setzte sein Barett auf und verkündete das Urteil. Percival sollte vorerst an den Ort zurückgebracht werden, wo er hergekommen war. In drei Wochen würde man ihn in den Hinrichtungshof führen und hängen. Mochte Gott seiner Seele gnädig sein, hier auf Erden hatte er nichts dergleichen mehr zu erwarten.

ZEHNTES KAPITEL

»Es tut mir leid«, sagte Rathbone sanft. Er schaute Hester bekümmert an. »Ich habe getan, was ich konnte, aber die Gemüter waren zu erregt, außerdem konnte ich den Geschworenen niemand präsentieren, der ein ähnlich starkes Motiv gehabt hätte.«

»Kellard vielleicht?« meinte Hester ohne Hoffnung oder Überzeugung. »Falls sie tatsächlich mit jemandem gekämpft hat, muß es nicht unbedingt Percival gewesen sein. Es wäre sogar logischer, wenn sie sich gegen Myles gewehrt hätte, dann wäre Schreien nämlich sinnlos gewesen. Er hätte einfach behaupten können, er hätte sie schreien gehört und wäre zu ihr gegangen, um nach dem Rechten zu sehen. Er hätte eine weitaus bessere Erklärung für sein Erscheinen gehabt als Percival. Bei Percival hätte vermutlich die Drohung gereicht, ihn aus dem Haus jagen zu lassen, was bei Myles unmöglich war. Außerdem wollte sie vielleicht nicht, daß Araminta davon erfuhr.«

»Ich weiß.« Rathbone stand kaum mehr als einen Meter von ihr entfernt neben dem Kamin in seinem Büro. Die Niederlage setzte ihr gewaltig zu. Sie fühlte sich geschlagen, kam sich wie ein vollkommener Versager vor. Hatte sie sich am Ende geirrt, und Percival war doch schuldig? Abgesehen von Monk schien jeder der Meinung zu sein. Aber es paßte so vieles nicht zusammen.

»Hester?«

»Entschuldigung. Ich war mit den Gedanken woanders.«

»Ich konnte Myles Kellard nicht als Tatverdächtigen vorführen.«

»Warum nicht?«

Er lächelte kaum merklich. »Überlegen Sie mal, meine Liebe. Womit hätte ich untermauern können, daß er ein erotisches Interesse an seiner Schwägerin hatte? Was glauben Sie wohl, wer von der Familie so etwas bestätigt hätte? Araminta? Sie würde zum Gespött der ganzen Londoner Gesellschaft, und das weiß sie. Wenn ein Gerücht kursiert, wird sie bedauert, aber wenn sie es zugibt, wird sie verachtet. Nach dem Eindruck, den ich von ihr habe, fände sie beides unerträglich.«

»Ich bezweifle, ob Beatrice lügen würde«, sagte Hester, merkte aber sofort, wie dumm das war. »Jedenfalls hat er Martha Rivett vergewaltigt. Percival wußte darüber Bescheid.«

»Und weiter? Denken Sie, die Geschworenen werden Percival glauben? Oder soll ich Martha selbst in den Zeugenstand rufen? Oder Sir Basil, der sie entlassen hat?«

»Nein, natürlich nicht«, sagte Hester unglücklich und wandte sich ab. »Ich habe nicht die geringste Ahnung, was wir noch versuchen könnten. Es tut mir leid – wahrscheinlich klingt alles, was ich sage, wie dummes Zeug. Es ist bloß . . .«, sie brach ab und sah ihn düster an, »man wird ihn hängen, nicht wahr?«

»Ja.« Er beobachtete sie ernst. »Diesmal gibt es keine mildernden Umstände. Was kann man zur Verteidigung eines Hausdieners vorbringen, den es nach der Tochter seines Herrn gelüstet und der sie kurzerhand niedersticht, wenn sie ihm nicht zu Willen ist?«

»Nichts«, sagte sie kaum hörbar. »Gar nichts. Nur daß er ein menschliches Wesen ist und wir uns selbst herabwürdigen, wenn wir ihn aufhängen.«

»Ach, meine liebe Hester.« Langsam und sehr bedächtig, die Lider gesenkt, aber nicht völlig geschlossen, beugte Rathbone sich vor, bis seine Lippen ihre berührten. Sein Kuß war nicht leidenschaftlich, sondern zart und ungewohnt vertraut.

Als er sich wieder von ihr löste, fühlte sie sich einsamer und geborgener als zu irgendeinem anderen Zeitpunkt ihres Lebens. Sein Gesicht verriet ihr sofort, daß auch er überrascht war.

Er holte Luft, wie um etwas zu sagen, sah davon ab und trat statt dessen ans Fenster, so daß er ihr halb den Rücken zukehrte.

»Es tut mir wirklich leid, daß ich nichts für Percival herausschlagen konnte«, sagte er noch einmal. Seine Stimme klang ein wenig rauh und so ehrlich betroffen, daß sie nicht den geringsten Zweifel an seiner Aufrichtigkeit hegte. »Zum einen für ihn, zum andern, weil Sie mir vertraut haben.«

»Sie haben dieses Vertrauen nicht enttäuscht«, gab Hester schnell zurück. »Ich habe erwartet, daß Sie tun, was Sie können – nicht daß ein Wunder geschieht. Ich sehe doch selbst, wie erregt die Gemüter sind. Vielleicht war es von Anfang an aussichtslos; aber wir mußten alles versuchen, was in unsrer Macht steht. Mir tut es leid, daß ich so dummes Zeug geredet habe. Natürlich hätten Sie dem Gericht nicht mit Myles – oder gar Araminta – kommen können! Es hätte die Geschworenen nur noch mehr gegen Percival aufgebracht. Wenn ich die Enttäuschung aus meinem Verstand verbanne und nur ein bißchen Intelligenz walten lasse, ist mir das durchaus klar.«

Er lächelte sie mit leuchtenden Augen an. »Wie überaus vernünftig.«

»Sie machen sich über mich lustig«, stellte Hester ohne jeden Groll fest. »Ich weiß, so etwas ist als unweiblich verschrien, aber ich finde es nicht besonders anziehend, sich wie ein Idiot aufzuführen, wenn man auch anders kann.«

Das Lächeln wurde breiter. »Ich auch nicht, verehrte Hester. Ich finde es sogar ausgesprochen langweilig. Schlimm genug, wenn man nicht anders kann! Was haben Sie jetzt vor? Wovon wollen Sie leben, wenn Lady Moidore Ihre Dienste als Schwester nicht länger benötigt?«

»Ich werde mich anderweitig bewerben. Wenigstens so lange, bis ich irgendwo eine Stelle in der Verwaltung gefunden habe.«

»Das freut mich zu hören. Sie haben also noch nicht die Hoffnung aufgegeben, das englische Medizinalwesen zu reformieren.«

»Ganz gewiß nicht! Obwohl ich, anscheinend im Gegensatz zu Ihnen, nicht glaube, das zu Lebzeiten noch zu schaffen. Ich wäre schon froh, wenn es mir gelingen würde, etwas in die Wege zu leiten.«

»Das werden Sie bestimmt.« Rathbones Lächeln verschwand.

»Jemand, der so entschlossen ist wie Sie, kann gar nicht lange aufgehalten werden – auch nicht von allen Pomeroys der Welt.«

»Und in der Zwischenzeit werde ich Mr. Monk ausfindig machen und den Fall noch einmal mit ihm durchgehen. Nur um sicherzugehen, daß wir keine Möglichkeit ausgelassen haben.«

»Falls Ihnen etwas einfallen sollte, kommen Sie zu mir.« Jetzt war er ernst. »Versprechen Sie mir das? Uns bleiben noch drei Wochen, um Berufung einzulegen.«

»Ja, ich verspreche es«, erwiderte Hester grimmig. Das bleierne, elende Gefühl der Ausweglosigkeit war wieder da. Bei dem Gedanken an Percival hatte sich die angenehme Wärme, die sie noch vor wenigen Sekunden erfüllt hatte, verflüchtigt. »Und ob ich kommen werde!« Sie wünschte ihm noch einen schönen Tag und machte sich auf den Weg, Monk zu suchen.

Hester kehrte leichtfüßig in die Queen Anne Street zurück. Das Gefühl absoluter Niedergeschlagenheit lauerte jedoch noch am Rande ihres Bewußtseins, jederzeit bereit, erneut zuzuschlagen, sobald sie gezwungen war, sich wieder der Realität zu stellen.

Zu ihrer Überraschung erzählte ihr Mary gleich als erstes, Beatrice hätte sich in ihrem Zimmer vergraben und wäre nicht zum Dinner heruntergekommen. Hester war ins Bügelzimmer gegangen, um sich eine frische Schürze zu holen, wo Mary gerade ein Bettlaken zusammenfaltete.

»Ist sie krank?« erkundigte sie sich mit Sorge und etwas schlechtem Gewisen, nicht nur, weil man ihr eventuell vorwerfen konnte, ihre Pflichten vernachlässigt zu haben, sondern weil sie nicht geglaubt hatte, Beatrices momentanes »Unwohlsein« wäre etwas anderes als der Wunsch, ein wenig verwöhnt zu werden. Was für Hester im übrigen ein unerforschliches Rätsel darstellte. Beatrice war nicht nur eine wunderschöne Frau, sie besaß obendrein jede Menge Energie und hatte durchaus ihre eigenen Vorstellungen – ganz anders als die gefällige Romola. Außerdem war sie intelligent und fantasievoll und überraschte einen zuweilen mit einer kräftigen Portion Humor.

»Sie sah blaß aus«, erwiderte Mary mit einer kleinen Grimasse. »Aber das tut sie ja immer. Ich glaube, sie hat eine Mordswut – auch wenn ich so was eigentlich nicht sagen darf.«

Hester grinste. Daß Mary etwas eigentlich nicht sagen durfte, hatte sie noch nie zögern lassen, geschweige denn abgehalten.

»Auf wen?« erkundigte sie sich gespannt.

»Ach, auf alles und jeden, aber auf Sir Basil ganz besonders.«

»Wissen Sie warum?«

Mary zuckte graziös mit den Schultern. »Wegen dem, was bei der Verhandlung über Miss Octavia gesagt worden ist wahrscheinlich.« Sie machte ein finsteres Gesicht. »Mein Gott, war das furchtbar! Da behaupten die tatsächlich, sie wäre so beschwipst gewesen, daß sie den Lakai zu unsittlichen Annäherungsversuchen ermutigt hat...« Sie brach ab und schaute Hester vielsagend an. »Gibt einem ganz schön zu denken, was?«

»Stimmt es denn nicht?«

»Ich hab's jedenfalls kein einziges Mal mitgekriegt.« Mary war zutiefst empört. »Schön, sie hatte manchmal einen sitzen, aber Miss Octavia war eine Lady! Sie hätte sich niemals von Percival anfassen lassen, und wenn er das einzige männliche Wesen auf einer einsamen Insel gewesen wär. Wenn Sie's genau wissen wollen, glaub ich sogar, sie hat sich nach Mr. Hasletts Tod von gar niemand mehr anfassen lassen. Was Mr. Myles ja auch so auf die Palme gebracht hat. Wenn sie ihn erstochen hätte – das würd ich verstehen!«

»War er tatsächlich so scharf auf sie?« Zum erstenmal wagte Hester, das Kind beim Namen zu nennen.

»Na, und wie. Sie hätten ihn bloß anschauen brauchen! Sie war unheimlich hübsch, sie war nett – auf 'ne ganz andere Art als Miss Araminta. Man hat sie nie zu sehen gekriegt, aber sie war so voller Leben...« Das Elend hatte Mary plötzlich fest im Griff. Die ohnmächtige Wut, der unterdrückte Schmerz – all das kam wieder hoch. »Das war richtig gemein, was sie über Miss Octavia gesagt haben! Warum tun die Leute so was?« Sie hob trotzig das Kinn und starrte Hester aus funkelnden Augen an. »Denken Sie bloß an das ganze ekelhafte Zeug über Dinah, Mrs. Willis und die andern alle. Das werden sie der alten Hexe nie verzeihen! Warum hat sie das getan?«

»Aus Bosheit vielleicht?« schlug Hester vor. »Oder aus Exhibitionismus? Sie liebt es, im Mittelpunkt zu stehen. Sobald sie jemandes Interesse auf sich gezogen hat, fühlt sie sich lebendig; sie ist plötzlich wer.«

Mary schaute verwirrt drein.

»Manche Menschen sind so.« Hester versuchte eine verständliche Erklärung für etwas zu finden, das sie noch nie in Worte gefaßt hatte. »Sie fühlen sich leer, sind unsicher, einsam. Sie können sich nur dann spüren, wenn andere ihnen zuhören und ihnen gebührende Beachtung schenken.«

»Sie will bewundert werden!« Mary lachte bitter auf. »Verachtung – das wird sie kriegen! Was sie getan hat, war widerlich und böse. Ich schwör Ihnen, das vergißt ihr hier keiner mehr.«

»Ich glaube nicht, daß ihr das viel ausmachen wird«, sagte Hester trocken, während sie an Fenellas Einstellung zu Dienstboten dachte.

Mary lächelte durchtrieben und meinte grimmig: »Und ob es das wird! Sie kriegt morgens keine heiße Tasse Tee mehr, lauwarm wird er sein. Es tut uns natürlich schrecklich leid, wir wissen gar nicht, wie so etwas passieren konnte – aber es wird weiterhin passieren. Ihre besten Kleidungsstücke werden rätselhafterweise im Waschraum verlorengehen, andere sind auf einmal halb zerfetzt – und niemand weiß warum. Man hat sie eben so gefunden! Ihre Briefe werden bei der falschen Adresse landen oder gar nicht ankommen, Nachrichten für sie oder von ihr ewig lang brauchen. Ihre Zimmer werden nicht geheizt sein, weil der Lakai vor lauter Arbeit vergessen hat, Feuer zu machen, ihren Nachmittagstee wird sie erst am Abend kriegen. Glauben Sie mir, Miss Latterly, es wird ihr eine ganze Menge ausmachen! Und weder Mrs. Willis noch die Köchin werden sich da einmischen. Sie werden genauso unschuldig, ahnungslos und von oben herab sein wie der Rest von uns. Sogar Mr. Phillips wird nicht aus der Reihe tanzen. Er bildet sich vielleicht ein, er wäre ein verkannter Herzog, aber wenn's drauf ankommt, ist er absolut loyal. Immerhin ist er einer von uns.«

Hester mußte gegen ihren Willen schmunzeln. Obwohl das alles sehr banal war, entbehrte es nicht einer ausgleichenden Gerechtigkeit.

Mary registrierte ihren Gesichtsausdruck. »Alles klar?« fragte sie verschwörerisch.

»Alles klar«, versicherte Hester. »Klingt wirklich gut.« Immer noch schmunzelnd, nahm sie ihre Schürze und ging.

Beatrice saß auf einem Ankleidestuhl vor dem Fenster und starrte in den Regen hinaus, der lautlos in den kahlen Garten fiel. Es war einer dieser tristen, farblosen Januartage, an denen vor dem Dunkelwerden gewöhnlich Nebel aufstieg.

»Guten Tag, Lady Moidore«, sagte Hester freundlich. »Es tut mir leid, daß Sie sich nicht wohl fühlen. Kann ich etwas für Sie tun?«

Beatrice rührte sich nicht vom Fleck.

»Könnten Sie vielleicht die Uhr zurückdrehen?« fragte sie mit einem winzigen, selbstironischen Lächeln.

»Wenn ich könnte, hätte ich es bestimmt schon oft getan«, gab Hester zurück. »Aber glauben Sie wirklich, es würde einen Unterschied machen?«

Beatrice schwieg eine Weile, seufzte dann und stand schwerfällig auf. Mit ihrer flammenden Haarpracht über dem pfirsichfarbenen Morgenmantel verströmte sie die ganze Wärme eines sterbenden Sommers.

»Nein – wahrscheinlich nicht den geringsten«, sagte sie verdrossen. »Wir wären immer noch dieselben, und genau da liegt der Hund begraben. Wir hätten ausschließlich unsere Bequemlichkeit im Sinn, würden alles tun, um unseren Ruf zu retten und den anderer Menschen zu zerstören.« Sie beobachtete die kleinen Sturzbäche, in denen der Regen an den Fensterscheiben hinunterlief. »Ich war mir nie bewußt, wie eitel Fenella ist, mit welcher Lächerlichkeit sie versucht, ihre Jugend festzuhalten. Wenn sie nicht so leichtfertig bereit wäre, andere Menschen zu zerstören, nur um auf sich aufmerksam zu machen, würde sie mir leid tun. Wie die Dinge liegen, kann ich mich nur für sie schämen.«

»Vielleicht ist es alles, was sie ihrer Meinung nach hat.« Auch Hester fand Fenellas Bereitschaft, andere zu verletzen, widerwärtig, besonders was ihre Enthüllungen über das Personal betraf, denn dazu hatte nicht der geringste Grund bestanden. Aber sie sah auch die Furcht, die dahinter liegen mußte; Fenella versuchte mit allen Mitteln, von Basil und seiner bedingten Barmherzigkeit unabhängig zu sein, sofern *Barmherzigkeit* das richtige Wort war.

Endlich drehte Beatrice sich zu ihr um; ihr Blick war offen und direkt.

»Sie verstehen es, nicht wahr? Sie verstehen, weshalb wir all diese schäbigen Dinge tun?«

Hester war nicht sicher, ob sie sich in Ausflüchte retten sollte. Takt war vermutlich etwas, das Beatrice jetzt am wenigsten brauchen konnte.

»Ja. Das ist nicht besonders schwer.«

Beatrice schaute wieder weg. »Ich wäre lieber nicht dahintergekommen – obwohl ich einen Teil davon natürlich geahnt habe. Ich wußte, daß Septimus spielt, und hatte schon seit längerem den Verdacht, er würde hin und wieder eine Flasche Wein aus dem Keller stibitzen.« Sie lächelte plötzlich. »Letzteres hat mich eher amüsiert. Basil stellt sich immer so an mit seinem roten Bordeaux.« Ihr Gesicht verdüsterte sich wieder, jeglicher Humor verschwand. »Ich hatte keine Ahnung, daß der Wein für Fenella bestimmt war, aber es hätte mich nicht weiter gestört, wenn es geschehen wäre, um ihr eine Freude zu machen – was garantiert nicht der Fall ist. Ich glaube, er haßt sie. Sie ist das absolute Gegenteil von Christabel – der einzigen Frau, die er je geliebt hat. Trotzdem ist das wohl kaum ein Grund, jemand zu hassen, finden Sie nicht?«

Da Hester schwieg, fuhr sie fort: »Eigenartig, wie verbittert es einen macht, abhängig zu sein und ständig daran erinnert zu werden. Weil man sich hilflos und unterlegen fühlt, versucht man wieder ein Gefühl der Macht zu bekommen, indem man einem anderen Menschen das antut, worunter man selbst zu leiden hat. Gott, wie ich diese Herumschnüffelei hasse! Es wird Jahre dauern, all das zu vergessen, was wir in jüngster Zeit übereinander erfahren haben – und dann ist es womöglich zu spät.«

»Vielleicht könnten Sie statt dessen lernen zu vergeben?« Hester wußte, daß sie damit zu weit ging, aber es war die einzig ehrliche Erwiderung, die es gab. Und Beatrice verdiente die Wahrheit nicht nur, sie brauchte sie.

Beatrice wandte sich ab, um an der Innenseite der Scheibe mit dem Finger die Spur der Wassertropfen nachzuzeichnen.

»Wie vergibt man den Leuten, daß sie nicht sind, wie man sie wollte, oder wie man glaubte, daß sie wären? Vor allem, wenn es ihnen nicht leid tut, wenn sie nicht einmal verstehen?«

»Vielleicht verstehen sie es ja«, wandte Hester ein. »Wie sollen sie uns vergeben, daß wir zuviel von ihnen erwartet haben, anstatt zu sehen, wie sie wirklich sind, und sie so zu lieben?«

Beatrices Finger blieb mitten in der Bewegung stehen.

»Sie nehmen kein Blatt vor den Mund, nicht wahr!« Das war keine Frage. »So einfach ist das leider nicht, Hester. Sehen Sie, ich bin nicht sicher, ob Percival schuldig ist. Bin ich schlecht, weil ich Zweifel habe, obwohl das Gericht sagt, er wäre schuldig, obwohl er verurteilt worden ist und alle Welt meint, der Spuk wäre endgültig vorbei? Ich habe Alpträume, schrecke mitten in der Nacht aus dem Schlaf, weil mir die verrücktesten Verdächtigungen durch den Kopf gehen. Ich sehe meine Mitmenschen an und grüble, ich höre ihre Worte und entdecke doppelte und dreifache Bedeutungen dahinter.«

Hester war zum zweitenmal unschlüssig. Es schien so viel netter, ihr zu sagen, daß niemand sonst schuldig sein konnte, daß sie nur unter den Nachwirkungen der wochenlangen Angst litt, daß dieses Gefühl langsam vergehen würde. Der Alltag würde Trost bringen, die furchtbare Tragödie würde in der Erinnerung relativiert werden, bis man nur noch traurig daran zurückdachte.

Doch dann fiel ihr Percival ein, der im Zuchthaus von Newgate die wenigen Tage bis zu dem Morgen zählte, an dem es nichts mehr zu zählen gab.

»Wenn Percival nicht schuldig ist, wer ist es dann?« Kaum klangen ihr ihre eigenen Worte in den Ohren, bedauerte sie auch schon, gefragt zu haben. Das war grausam. Aber sie konnte die Worte nicht mehr zurücknehmen.

»Ich weiß es nicht.« Beatrice wog jedes Wort sorgfältig ab. »Ich liege jede Nacht im Dunkeln und denke daran, daß dies mein Haus ist, das Haus, in dem ich seit meiner Heirat wohne. Ich habe hier gute und schlechte Zeiten durchgemacht, fünf Kinder auf die Welt gebracht, zwei davon später verloren – und nun auch Octavia. Ich habe sie groß werden sehen, ihre guten und schlechten Zeiten miterlebt. Alles hier ist mir vertraut wie Butter und Brot oder das Klappern von Rädern auf dem Kopfsteinpflaster. Und doch kenne ich vielleicht nur die Hülle; das, was daruntersteckt, ist mir so fremd wie Japan.«

Sie ging zu ihrer Frisierkommode und begann die Haarnadeln aus ihrer kunstvollen Frisur zu ziehen, woraufhin sich ein leuchtender, kupferfarbener Schwall über ihre Schultern ergoß.

»Die Polizei kam hierher, anfangs voller Mitgefühl, Höflichkeit und Takt. Dann gelang es ihnen zu beweisen, daß niemand eingebrochen sein konnte, der Täter folglich jemand aus diesem Haus sein mußte. Wochenlang quälte man uns mit Fragen, zwang man uns, Antworten zu finden – größtenteils häßliche Antworten über uns selbst, unsere Hinterhältigkeit, unseren Egoismus, unsere bodenlose Feigheit.« Sie deponierte die Haarnadeln in einem Schälchen aus geschliffenem Glas und griff nach ihrer silbernen Bürste.

»Das mit Myles und dem armen Dienstmädchen hatte ich völlig vergessen. Es klingt vielleicht unglaublich, aber es ist wahr. Vermutlich habe ich mir damals nicht viel Gedanken darüber gemacht, weil Araminta nichts davon wußte.« Sie begann mit langen, heftigen Strichen ihr Haar zu traktieren. »Ich bin solch ein Feigling, nicht wahr.« Auch das war eine Feststellung, keine Frage. »Ich sah nur, was ich sehen wollte, vor dem Rest verschloß ich die

Augen. Und Cyprian, mein über alles geliebter Cyprian, tat genau das gleiche: niemals gegen seinen Vater aufmucken, sich in eine Traumwelt zurückziehen, spielen und die Zeit vertrödeln, anstatt das zu tun, was er wirklich tun wollte.« Die Bürstenstriche wurden noch unsanfter. »Romola langweilt ihn zu Tode, wissen Sie. Bisher spielte das keine große Rolle, aber jetzt ist ihm plötzlich aufgegangen, wie interessant menschliche Gesellschaft und Gespräche sein können, wo die Leute sagen, was sie denken, statt höfliche Gemeinplätze auszutauschen. Inzwischen ist es natürlich viel zu spät.«

Ohne jede Vorwarnung wurde Hester sich bewußt, was sie angerichtet hatte, indem sie ihre Eitelkeit gepflegt und Cyprians Aufmerksamkeit in vollen Zügen genossen hatte. Sie war zwar nur zum Teil schuldig, weil sie nicht die Absicht gehabt hatte, jemand zu verletzen, aber das reichte ihr schon.

»Und unsere bedauernswerte Romola«, fuhr Beatrice fort, während sie immer noch grimmig an ihren Haaren zerrte, »hat nicht die leiseste Vorstellung, was falsch gelaufen ist. Sie hat genau das getan, was ihr von Kindheit an eingebleut wurde, und dann funktioniert plötzlich nichts mehr.«

»Vielleicht funktioniert es ja wieder«, sagte Hester lahm. Sie glaubte selbst nicht daran.

Doch Beatrice achtete nicht auf stimmliche Untertöne. Ihre eigenen Gedanken schlugen viel zu laut Krawall.

»Jetzt hat die Polizei Percival verhaftet, uns den Rücken gekehrt und mit dem Rätselraten, was wirklich passiert ist, allein gelassen. Warum haben sie das getan, Hester? Monk glaubt nicht an Percivals Schuld, dessen bin ich mir sicher.« Sie fuhr unvermittelt auf ihrem Stuhl herum, die Bürste noch in der Hand, und sah Hester forschend an. »Sie haben doch mit ihm gesprochen. Glauben Sie, daß er Percival für schuldig hält?«

Hester ließ langsam den Atem entweichen. »Nein . . . nein, ich glaube es nicht.«

Beatrice wandte sich wieder ihrem Spiegelbild zu und warf einen kritischen Blick auf ihr Haar. »Warum hat man Percival dann festgenommen? Monk war es nicht, wissen Sie das? Annie erzählte mir, es wäre jemand anders gewesen, nicht mal dieser junge Sergeant. Meinen Sie, es geschah aus Eigennutz? Die Presse macht einen entsetzlichen Wirbel um das Ganze und beschuldigte die Polizei, unfähig zu sein, hat Cyprian gesagt. Und ich weiß, daß Basil an den Innenminister geschrieben hat.« Ihre Stimme wurde leiser. »Ich nehme an, die maßgeblichen Stellen drängten auf eine rasche Lösung des Falles, aber ich hätte nie gedacht, daß Monk nachgeben würde. Ich hielt ihn für einen sehr starken Menschen.« Sie fügte nicht hinzu, daß Percival ein willkommenes Opferlamm war, falls die Karriere eines höheren Staatsdieners auf dem Spiel stand, aber der Gedanke stand ihr ins Gesicht geschrieben; der bittere Zug um ihren Mund und der Schmerz in ihren Augen waren nicht zu übersehen.

»Einen von uns hätte man natürlich niemals beschuldigt, es sei denn, die Beweise wären erdrückend gewesen. Trotzdem muß ich immer wieder darüber nachdenken, ob Monk nicht ein Familienmitglied verdächtigt und nur nichts gefunden hat, um sein Handeln rechtfertigen zu können.«

»Nein, das kann ich mir nicht vorstellen«, sagte Hester rasch und fragte sich im selben Moment, wie sie diese Überzeugung erklären sollte. Beatrice lag mit ihrer Einschätzung unglaublich dicht an dem, was tatsächlich geschehen war: Runcorn, der Eigennutz über Monks Beurteilung stellte, die zahllosen Streitereien, der unaussprechliche Druck.

»Wirklich nicht?« fragte Beatrice düster, während sie die Bürste aus der Hand legte. »Ich schon. Manchmal würde ich alles darum geben, zu wissen, wen von uns er in Verdacht hatte, einfach um mir nicht mehr den Kopf darüber zerbrechen zu müssen. Aber dann schrecke ich wieder davor zurück wie vor einem grausigen Anblick – einem abgetrennten Kopf in einem Eimer voller Würmer beispielsweise, nur schlimmer.« Sie fuhr erneut auf ihrem Stuhl herum. »Jemand aus meiner eigenen Familie hat meine Tochter ermordet. Sie haben alle gelogen. Octavia war nicht so, wie sie behauptet haben, und der Gedanke, daß Percival sich solche Freiheiten erlaubt haben soll, die bloße Vorstellung, er könnte dazu imstande gewesen sein, ist absolut lächerlich.«

Sie zuckte ruckartig mit ihren schmalen Schultern, eine harte Bewegung, die unsanft an dem zarten Seidenstoff ihres Morgenmantels zerrte.

»Ich weiß, sie trank manchmal etwas zuviel, aber bei weitem nicht solche Mengen wie Fenella. Wenn Fenella diejenige wäre, die umgebracht worden ist, ergäbe das alles einen Sinn. Sie würde jeden Mann ermutigen.« Ihr Gesicht verdüsterte sich. »Nein, gewöhnlich pickt sie sich die Reichen heraus. Eine Zeitlang hat sie Geschenke von ihren ›Freunden‹ angenommen, die sie bei Pfandleihern zu Geld machen konnte, um sich Kleider und Parfum zu kaufen. Irgendwann hörte sie dann mit dem Theater auf und nahm gleich das Geld. Basil hat selbstverständlich keine Ahnung. Er wäre entsetzt. Wahrscheinlich würde er sie vor die Tür setzen.«

»Könnte Octavia nicht das gemeint haben, als sie zu Septimus sagte, sie hätte etwas in Erfahrung gebracht?« fragte Hester eifrig. »Ist das am Ende des Rätsels Lösung?« Erst hinterher wurde ihr klar, wie unsensibel ihr Enthusiasmus war. Fenella gehörte schließlich zur Familie, auch wenn sie oberflächlich und boshaft war – und seit der Gerichtsverhandlung ein öffentliches Ärgernis darstellte. Hester versuchte, wieder eine ernste Miene aufzusetzen.

»Nein«, erwiderte Beatrice tonlos. »Octavia war schon seit Jahren darüber im Bilde, ebenso Minta. Wir haben Basil nichts davon erzählt, weil wir ihr Verhalten zwar verachteten, aber verstehen konnten. Man tut die erstaunlichsten Dinge, wenn man kein Geld hat. Man ersinnt alle möglichen Mittel und Wege, und die sind für gewöhnlich nicht besonders schön, zuweilen nicht einmal anständig.« Mit fahrigen Bewegungen zog sie den Stöpsel eines Parfumflakons heraus. »Wir sind manchmal unglaublich feige; so gern ich diese Erkenntnis auch verdrängen möchte, es geht leider nicht. Nichtsdestotrotz würde Fenella sich mit einem Lakai nicht auf mehr als einen kleinen Flirt einlassen. Sie ist eitel und grausam, hat furchtbare Angst vor dem Altwerden, aber eine Hure ist sie nicht.

Jedenfalls – ich meine, sie läßt sich nicht einfach mit Männern ein, weil es ihr Spaß macht.« Sie erschauerte jäh und stieß den Glaspfropfen derart heftig in den Flaschenhals, daß sie ihn nicht mehr herausbekam. Mit einem gedämpften Fluch verbannte sie den Flakon in die hinterste Ecke ihrer Frisierkommode.

»Ich dachte immer, Araminta wüßte nichts davon, daß Myles das Stubenmädchen vergewaltigt hat, aber vielleicht stimmt das gar nicht? Vielleicht wußte sie auch, daß er über das normale Maß hinaus an Octavia interessiert war? Unser lieber Myles ist ebenfalls überaus eitel. Er bildet sich ein, keine Frau könne ihm widerstehen.« Sie zog die Mundwinkel herab und lächelte dabei. »Bei vielen liegt er vermutlich gar nicht falsch. Er sieht gut aus, ist charmant – aber Octavia konnte ihn nicht leiden. Es fiel ihm nicht leicht, sich damit abzufinden. Vielleicht war er entschlossen, sie zu einem Gesinnungswechsel zu bewegen. Manche Männer finden Gewalt durchaus vertretbar, finden Sie nicht?«

Sie musterte Hester kurz, schüttelte dann den Kopf. »Nein, wie sollten Sie das beurteilen können, Sie sind nicht verheiratet. Entschuldigen Sie bitte, ich wollte nicht grob sein. Hoffentlich bin ich Ihnen nicht zu nahe getreten. Vermutlich ist das Ganze eine Frage des Ausmaßes. Und dahingehend haben sich Myles' und Tavies Ansichten beträchtlich voneinander unterschieden.«

Sie schwieg einen Moment, zog ihren Morgenmantel fester um sich und stand auf.

»Hester – ich habe schreckliche Angst. Einer meiner Angehörigen ist höchstwahrscheinlich ein Mörder. Monk ist verschwunden, hat uns allein gelassen, und ich werde die Wahrheit womöglich nie erfahren. Ich kann mich nicht entscheiden, was schlimmer ist: nichts zu wissen und sich alles mögliche vorzustellen, oder alles zu wissen, nie mehr vergessen und doch nichts an dem Geschehenen ändern zu können. Und was, wenn derjenige wüßte, daß ich es weiß? Würde ich dann auch umgebracht? Wie sollen wir hier weiterhin Tag für Tag unter einem Dach zusammenleben?«

Hester wußte keine Antwort. Es gab keine tröstenden Worte,

und den Schmerz bagatellisieren, indem sie irgend etwas sagte, wollte sie nicht.

Es dauerte etwa drei Wochen, bis die Rache der Dienstboten zu greifen begann und Fenella sich dessen ausreichend bewußt war, um bei Sir Basil Beschwerde anzumelden. Rein zufällig wurde Hester Zeugin des Gesprächs. Da sie ebenso unsichtbar war wie der Rest des Personals, sahen weder Basil noch Fenella sie in dem überwölbten Durchgang zwischen Wintergarten und Salon stehen. Hester hatte sich dorthin zurückgezogen, weil es einem einsamen Spaziergang am nächsten kam. Sie durfte zwar den Aufenthaltsraum der Zofen benutzen, was sie auch tat, wenn sie lesen wollte, aber dort bestand jederzeit die Gefahr, Mary oder Gladys über den Weg zu laufen und sich auf eine Unterhaltung einlassen oder die sonderbare Wahl ihrer Lektüre erklären zu müssen.

»Basil!« Fenella rauschte kochend vor Wut auf ihren Bruder zu. »Ich muß mich wirklich über das Personal in diesem Haus beschweren. Du scheinst es nicht zu merken, aber seit dem Prozeß dieses elenden Lakaien hat die Qualität der Dienstleistungen erschreckend nachgelassen. Mein Morgentee war jetzt schon drei Tage hintereinander so gut wie kalt. Die dumme Gans von Wäschemagd hat mein bestes Spitzennégligé verlegt. Das Feuer in meinem Schlafzimmer ist ausgegangen, und nun ist es dort so kalt wie in einem Grab. Ich habe keine Ahnung, wie ich mich unter diesen Umständen anziehen soll. Ich werde mir noch den Tod holen.«

»Paßt doch gut zu einem Grab«, gab Basil trocken zurück.

»Sei kein Narr!« fuhr sie ihn an. »Das ist nicht der richtige Zeitpunkt für Scherze. Warum in aller Welt nimmst du das plötzlich hin? Das hast du doch sonst nicht getan. Du warst immer der strengste Mensch, den ich kenne – noch schlimmer als Papa.«

Hester konnte von ihrem Standort aus Fenellas Rücken und Basils Gesicht in voller Größe sehen. Es nahm einen verkniffenen Ausdruck an.

»Meine Anforderungen an die Arbeitsleistung sind so hoch wie eh und je«, sagte er kalt. »Ich weiß nicht, was du meinst, Fenella. Mein Tee war kochend heiß, mein Feuer lodert, und seitdem ich hier lebe, ist noch nie eins meiner Kleidungsstücke im Waschraum verlorengegangen.«

»Der Toast auf meinem Frühstückstablett war halb verkohlt«, fuhr Fenella ungerührt fort zu zetern. »Meine Bettwäsche ist nicht gewechselt worden, und als ich Mrs. Willis darauf ansprach, speiste sie mich mit einem Haufen fadenscheiniger Ausflüchte ab. Sie hat nicht einmal richtig zugehört. Du bist nicht mehr Herr in deinem Haus, Basil. Ich würde ein solches Verhalten keine Sekunde lang dulden. Gut, du bist nicht aus demselben Holz wie Papa, aber ich hätte nie gedacht, daß du derart zusammenbrechen würdest und zuläßt, daß um dich herum alles auseinanderfällt.«

»Wenn es dir hier nicht paßt, meine Liebe«, erwiderte er boshaft, »steht es dir jederzeit frei, dir eine andere Bleibe zu suchen und sie deinen Wünschen entsprechend zu verwalten.«

»Ja, das ist genau die Antwort, die ich von dir erwartet habe! Aber im Moment kannst du mich schlecht aus dem Haus werfen. Zu viele Leute sehen auf dich, und was würden die wohl dazu sagen? Der wundervolle Sir Basil, der wohlhabende Sir Basil«, sie zog verächtlich die Mundwinkel herab, »der edle Sir Basil, vor dem jeder den Hut zieht, setzt seine verwitwete Schwester vor die Tür. Ich glaube nicht, daß du das tun wirst, mein Lieber, ich glaube nicht. Erst wolltest du Papa immer das Wasser reichen, dann wolltest du ihn noch übertreffen. Die Meinung der Leute ist dir wichtiger als alles andere. Vermutlich hast du Harry Hasletts Vater deshalb so gehaßt, schon in der Schule – weil er mit links erreicht hat, wofür du unglaublich hart arbeiten mußtest. Und jetzt hast du es geschafft. Du hast Geld, einen ausgezeichneten Ruf, Einfluß – du würdest das niemals aufs Spiel setzen, indem du mich rauswirfst. Wie würde das aussehen?« Sie lachte hart auf. »Was würden die Leute denken? Sorg endlich dafür, daß deine Angestellten ihre Arbeit tun!«

»Ist dir jemals in den Sinn gekommen, Fenella, daß sie dich so behandeln, weil du ihre wunden Punkte vom Zeugenstand in alle

Welt hinausposaunt hast – daß du selbst daran schuld bist?« Er betrachtete sie mit einer Mischung aus Abscheu und Mißbilligung, aber auch mit leisem Vergnügen und der Befriedigung, ihr weh tun zu können. »Du hast dich zum Gespött gemacht, Fenella. Dienstboten vergessen so etwas nicht.«

Sie erstarrte, und Hester konnte sich gut vorstellen, wie ihr Gesicht rot anlief.

»Wirst du nun mit ihnen reden? Oder können sie in diesem Haus tun, was ihnen gefällt?«

»Sie tun, was *mir* gefällt, Fenella«, sagte er sehr ruhig. »Genau wie alle andern auch. Nein, ich werde nicht mit ihnen reden! Es amüsiert mich, daß sie sich an dir rächen wollen. Was mich betrifft, können sie ruhig damit fortfahren. Von mir aus soll dein Tee kalt sein, dein Frühstück verbrannt, dein Feuer aus und deine Wäsche so lange verschollen, wie sie Lust haben.«

Sie war so wütend, daß sie kein Wort herausbrachte. Statt dessen stieß sie ein zorniges Schnauben aus, machte auf dem Absatz kehrt und stürmte hocherhobenen Hauptes hinaus.

Basil schaute ihr mit hartem, bösem Lächeln nach.

Monk hatte bereits zwei kleinere Aufträge übernommen, seit er in den Zeitungen seine Dienste als Privatdetektiv anbot, der Fälle untersuchte, die außerhalb des polizeilichen Interesses lagen oder von ihr nicht mehr verfolgt wurden. Bei dem ersten war es um ungeklärte Eigentumsverhältnisse gegangen. Außer einem rasch zufriedengestellten Klienten und gerade soviel Pfund, daß er wenigstens eine weitere Woche für Kost und Logis aufkommen konnte, hatte er ihm nicht viel eingebracht. Der zweite, an dem er noch arbeitete, schien vielversprechender zu sein. Er war interessanter, stellte größere Anforderungen an seine Kombinationsgabe und machte wahrscheinlich die Befragung einer Reihe von Leuten erforderlich, eine Kunst, für die ihn seine angeborenen Talente besonders befähigten. Er betraf eine junge Frau, die sich den falschen Mann ausgesucht hatte und daraufhin von ihrer Familie enterbt und verstoßen worden war. Mittlerweile tat es ihren Angehörigen leid; sie wollten alles versuchen, den Riß wieder zu kitten. Obwohl er also ganz gut vorankam, war Monk seit dem Ausgang von Percivals Prozeß furchtbar verärgert und deprimiert. Er hatte zwar mit keinem anderen Urteil gerechnet, sich aber bis zuletzt stur an eine durch nichts gerechtfertigte Hoffnung geklammert, besonders nachdem er erfahren hatte, daß Oliver Rathbone die Verteidigung übernahm. Ein Mann, dem er mit sehr gemischten Gefühlen gegenüberstand. Etwas an seiner Art brachte Monk immer wieder auf die Palme; was jedoch sein berufliches Können oder sein diesbezügliches Engagement anbelangte, hatte er nicht die geringsten Vorbehalte.

Er hatte Hester Latterly noch einmal geschrieben und sie um ein weiteres Treffen in dem Kaffeehaus in der Regent Street gebeten, wenn er auch nicht recht wußte, wozu das gut sein sollte.

Er war unverhältnismäßig erfreut, als sie hereinkam, obwohl sie eine ausgesprochen sachliche Miene aufgesetzt hatte und ihn nur flüchtig anlächelte. Reine Kenntnisnahme, sonst nichts.

Er stand auf, um ihr einen Stuhl herauszuziehen, ließ sich auf dem Platz gegenüber nieder und bestellte ihr eine heiße Schokolade. Sie kannten sich zu gut, um kostbare Zeit mit Begrüßungsfloskeln oder langatmigen Erkundigungen nach dem gegenseitigen Wohlbefinden verschwenden zu müssen. Sie konnten ohne Umschweife aussprechen, was ihnen auf den Nägeln brannte.

Monk schaute sie ernst an und brauchte nichts zu sagen. Die Frage stand ihm ins Gesicht geschrieben.

»Nein«, erklärte Hester. »Ich habe nichts Neues herausgefunden. Aber ich bin mir absolut sicher, daß Lady Moidore Percival für unschuldig hält, den wahren Täter jedoch nicht kennt. Manchmal will sie es wissen, dann fürchtet sie sich wieder davor, weil sie in dem Fall jemand anders verurteilen müßte und jegliche Liebe, die sie bisher für die betreffende Person empfunden hat, endgültig zerstört würde. Die Ungewißheit vergiftet ihr Leben, andererseits hat sie aber auch Angst, selbst in Gefahr zu geraten, wenn sie die Identität des Mörders herausfindet und er davon erfährt.«

Sein Gesicht war angespannt. Er litt schrecklich unter dem

Bewußtsein, daß er trotz aller Mühen und Streitereien, trotz des hohen Preises, den er gezahlt hatte, gescheitert war.

»Sie hat recht«, sagte er ruhig. »Wer immer es ist, kennt keine Gnade. Er sieht seelenruhig zu, wie Percival zum Galgen geht. Es wäre Selbstbetrug zu glauben, er würde ausgerechnet sie verschonen, obwohl sie eine Bedrohung darstellt.«

»Und das könnte sie durchaus.« Jetzt machte auch Hester einen tief bekümmerten Eindruck. »In der eleganten Dame, die sich vor Kummer in ihrem Zimmer verkrochen hat, steckt noch ein anderer Mensch. Ein Mensch mit sehr viel Mut und Entsetzen über die Lügen und die Unmenschlichkeit.«

»Dann gibt es also doch noch etwas, wofür es sich zu kämpfen lohnt. Wenn sie es wirklich wissen will, wenn die Angst und die unausgesprochenen Verdächtigungen unerträglich werden, wird es ihr eines Tages klarwerden.«

Der Kellner erschien mit zwei Tassen und stellte sie vor ihnen ab. Monk bedankte sich höflich.

»Irgendein Detail wird plötzlich einrasten«, fuhr er fort. »Ein Wort, eine Geste, eine Ungereimtheit – und dann weiß sie Bescheid. Genau wie der Täter, denn sie wird sich ihm gegenüber unmöglich so benehmen können wie vorher. Wie sollte sie auch.«

»Wir müssen es vor ihr herausfinden!« Hester rührte energisch in ihrer Schokolade; bei jeder Umdrehung des Löffels drohte die Flüssigkeit überzuschwappen. »Sie weiß, daß nahezu jeder mehr oder weniger gelogen hat, weil Octavia nicht dem Bild entsprach, das während der Verhandlung von ihr gezeichnet wurde.« Sie erzählte ihm, was Beatrice im Verlauf ihres letzten Gesprächs gesagt hatte.

»Kann sein.« Monk blieb skeptisch. »Wir dürfen nicht vergessen, daß Octavia ihre Tochter war. Vielleicht weigerte sie sich, sie so ungeschminkt zu sehen wie die anderen. Wenn Octavia in angetrunkenem Zustand indiskret wurde, eitel womöglich, und ihre Sinnlichkeit nicht mehr wie üblich an der Kandare hatte – wer weiß, vielleicht wollte ihre Mutter das nicht wahrhaben.«

»Was soll das heißen?« fragte Hester aufgebracht. »Daß die

Zeugenaussagen stimmten? Daß sie Percival ermutigt hat und ihre Meinung plötzlich änderte, als sie dachte, er würde sie beim Wort nehmen? Und daß sie ein Tranchiermesser mit ins Bett nahm, statt jemanden um Hilfe zu bitten?«

Sie nahm ihre Tasse in die Hand. »Daß sie mitten in der Nacht einen tödlichen Kampf mit Percival ausgefochten und kein einziges Mal geschrien hat, obwohl ihr Bruder gleich nebenan schlief? Ich hätte mir die Lunge aus dem Hals gebrüllt!« Sie nahm einen kleinen Schluck. »Und sagen Sie bloß nicht, sie hätte sich geschämt, falls er behauptet hätte, sie hätte ihn eingeladen. Niemand von der Familie hätte Percivals Worten mehr Glauben geschenkt als ihren!«

Monk lächelte hart. »Vielleicht hoffte sie, der bloße Anblick des Messers würde ihn in die Flucht schlagen – lautlos?«

»Möglich«, stimmte Hester nach kurzem Zögern widerstrebend zu. »Aber ich glaube nicht daran.«

»Ich auch nicht«, gestand Monk. »Zu vieles paßt nicht zusammen. Wir müssen herausfinden, was wahr ist und was nicht, und vor allem warum jemand gelogen hat – das wäre vermutlich am aufschlußreichsten.«

»Und zwar in der Reihenfolge der Aussagen«, pflichtete Hester ihm eifrig bei. »Daß Annie gelogen hat, bezweifle ich. Sie erzählte, wie sie Octavia gefunden hat, und wir wissen alle, daß es stimmt. Gleichermaßen könnte der Arzt kaum ein anderes Interesse gehabt haben, als größtmögliche Genauigkeit an den Tag zu legen.« Vor lauter Konzentration verzog sich ihr Gesicht zu einer verkniffenen Grimasse. »Welchen Grund hat jemand zu lügen, obwohl er nicht in das Verbrechen verwickelt ist? Darüber müssen wir nachdenken. Dann besteht natürlich immer noch die Möglichkeit eines Irrtums – nicht aufgrund böser Absicht, sondern einfach aus Unwissenheit, wegen einer falschen Annahme oder eines dummen Fehlers.«

Monk mußte gegen seinen Willen lachen. »Bei wem – der Köchin? Glauben Sie, Mrs. Boden könnte sich hinsichtlich des Messers geirrt haben?«

Hester verstand seine Erheiterung.
»Nein, ich wüßte nicht wie. Sie hat es sehr präzise identifiziert. Welchen Sinn sollte es ergeben, wenn das Messer woanders herkam? Es gab keinen Einbrecher. Ich fürchte, das Messer verrät uns nicht, wer es genommen hat.«
»Mary?«
Hester dachte einen Augenblick nach. »Sie ist ein Mensch mit sehr festen Standpunkten – was keineswegs eine Kritik sein soll. Trotzdem könnte Mary aus einer ihrer felsenfesten Überzeugungen heraus ein Irrtum unterlaufen sein, ganz ohne böse Absicht.«
»Daß es gar nicht Octavias Négligé war, beispielsweise?«
»Natürlich nicht. Außerdem war sie nicht die einzige, die es identifiziert hat. Sie haben damals auch Araminta gefragt, und sie erinnerte sich sogar daran, daß Octavia es am Abend ihres Todes getragen hat. Lizzie, die Chefin der Waschfrauen, hat es ebenfalls erkannt, wenn mich nicht alles täuscht. Ist auch egal, ob es Octavia gehörte oder nicht, sie hat es offensichtlich getragen, als sie starb.«
»Rose?«
»Ja, da wird die Spur schon heißer. Ihr hat Percival anscheinend den Hof gemacht – um es einmal elegant auszudrücken –, und sie dann fallenlassen, als sie ihm langweilig wurde. Ob nun zu Recht oder nicht, sie bildete sich ein, er würde sie heiraten, wohingegen er nicht im Traum daran dachte. Sie hat ein starkes Motiv, ihn in Schwierigkeiten zu sehen. Ich würde ihr sogar die Leidenschaftlichkeit und den Haß zutrauen, ihm den Tod durch den Strick zu wünschen.«
»Genug, daß sie bis zuletzt log, um ihr Ziel zu erreichen?« Es fiel ihm schwer, sich vorzustellen, daß jemand so böswillig sein konnte, selbst wenn es sich um eine sexuell besessene Person handelte, die abgewiesen worden war. Octavia war in einem Augenblick völliger Kopflosigkeit erstochen worden, als sie sich verweigerte, nicht mit kaltblütigem Vorsatz wochen- oder monatelang vorausgeplant. Sich einen derart berechnenden, eiskalten Verstand in einer Wäschemagd vorzustellen, einem flotten, hüb-

schen Ding, war geradezu beängstigend. Dennoch konnte sie einen Mann begehrt und, als sie abgewiesen wurde, in den gerichtlich abgesegneten Tod getrieben haben.

Hester blieben seine Zweifel nicht verborgen.

»Vielleicht war sie nicht auf ein so furchtbares Ende aus«, räumte sie ein. »Eine Lüge erzeugt die nächste. Vielleicht wollte sie ihm nur Angst einjagen – wie Araminta es bei Myles getan hat –, aber dann wuchsen ihr die Ereignisse über den Kopf und sie konnte keinen Rückzieher mehr machen, ohne sich selbst in Gefahr zu bringen.« Sie nahm noch einen Schluck Schokolade. Die zähe Flüssigkeit schmeckte einfach köstlich, obwohl sie sich allmählich daran gewöhnte, nur noch die besten Speisen und Getränke zu sich zu nehmen. »Oder sie hielt ihn tatsächlich für schuldig. Manchen Menschen macht es nicht das geringste aus, die Wahrheit ein bißchen zu verbiegen, um das herbeizuführen, was sie für Gerechtigkeit halten.«

»Das heißt, sie log, was Octavias Charakter betrifft?« nahm Monk den Faden auf. »Sofern Lady Moidore recht hat. Sie könnte es aber genausogut aus Eifersucht getan haben. Schön – nehmen wir einmal an, daß Rose gelogen hat. Was ist mit Phillips, dem Butler? Er hat bestätigt, was die anderen über Percival gesagt haben.«

»Zum Großteil liegt er damit wahrscheinlich auch richtig. Percival war arrogant und ehrgeizig. Er hat die übrigen Dienstboten zweifellos erpreßt, vielleicht sogar ein paar der Familienmitglieder – das werden wir vermutlich nie erfahren. Er ist nicht liebenswert, aber darum geht es nicht. Wenn wir jeden Londoner Bürger aufhängen würden, der nicht liebenswert ist, würde die Bevölkerung wahrscheinlich um ein Viertel dezimiert.«

»Mindestens«, bestätigte Monk. »Phillips könnte seine Meinung aufgrund seiner Ergebenheit ein wenig ausgeschmückt haben. Es war ganz offensichtlich die Lösung, die Sir Basil wünschte, und er wünschte sie schnell. Phillips ist kein Dummkopf, zudem besitzt er ein ausgeprägtes Pflichtbewußtsein. Er hätte es nicht als unehrlich angesehen, sondern als Loyalität einem Vorgesetzten gegenüber; ein militärisches Ideal, das ihm alles bedeutet. Und Mrs. Willis hat für uns ausgesagt.«

»Die Familie?«

»Cyprian hat ebenfalls für uns ausgesagt, gleichermaßen Septimus. Wie steht's mit Romola? Was halten Sie von ihr?«

Hester empfand einen Anflug von Gereiztheit – und Schuldbewußtsein. »Sie genießt den Status, Sir Basils Schwiegertochter zu sein und in der Queen Anne Street zu wohnen, aber sie setzt Cyprian in letzter Zeit gehörig unter Druck, damit er um mehr Geld bittet. Romola versteht es hervorragend, ihm ein schlechtes Gewissen zu machen, weil sie nicht glücklich ist. Sie ist verstört, weil sie ihn langweilt und keine Ahnung hat warum. Manchmal bin ich unglaublich frustriert, daß er ihr nicht endlich sagt, sie soll wie ein erwachsener Mensch handeln und selbst die Verantwortung für ihr Seelenglück übernehmen. Im Grunde kenne ich die beiden aber viel zu wenig, um mir ein Urteil erlauben zu dürfen.«

»Trotzdem tun Sie es«, sagte Monk ohne jeden Vorwurf. Er verabscheute Frauen, die ihren Vätern oder Müttern mit emotionaler Erpressung das Leben zur Hölle machten, hatte jedoch nicht die leiseste Vorstellung, warum er diesbezüglich so empfindlich war.

»Stimmt«, gab Hester zu. »Aber es spielt keine Rolle. Ich denke, Romola würde alles aussagen, was Sir Basil ihrer Meinung nach erwartet. Er hat das Sagen im Haus; er verwaltet die Finanzen. Offene Forderungen zu stellen hat er nicht nötig, er zieht die Fäden im verborgenen. Es reicht vollkommen, wenn er seine Wünsche durchblicken läßt.«

»Wozu unter anderem gehört, daß der Mordfall Octavia Haslett so schnell und diskret wie möglich abgeschlossen wurde«, seufzte Monk. »Haben Sie gelesen, was in den Zeitungen steht?«

Hesters Brauen schossen nach oben. »Was für eine absurde Idee. Wo um Gottes willen hätte ich eine Zeitung auftreiben sollen? Ich bin ein Haussklave – noch dazu ein weiblicher! Sogar Lady Moidore wirft höchstens einen Blick in die Gesellschaftsspalten, und auch das ist ihr momentan zuviel.«

»Tut mir leid, das hatte ich ganz vergessen.« Monk verzog das Gesicht.

»Was schreiben sie denn?« wollte Hester wissen. »Irgend etwas, das für uns von Interesse ist?«

»Allgemein? Sie betrauern den Zustand einer Nation, in der ein Lakai die Tochter seines Herrn ermorden kann, wo Dienstboten unter derartigem Größenwahn leiden, daß sie bezüglich der Hochwohlgeborenen wollüstige und verwerfliche Gedanken hegen. Sie befürchten, daß die Gesellschaftsordnung zusammenbricht, und verlangen, daß an Percival ein Exempel statuiert und er aufgehängt wird, damit so etwas nie wieder passiert.« Monk verzog angeekelt den Mund. »Und sie schäumen selbstverständlich über vor Sympathie für Sir Basil. All seine immensen Verdienste für Königin und Vaterland wurden andächtig aufgezählt, jede einzelne seiner umfangreichen Tugenden vorgeführt und natürlich schleimerische Beileidsbekundungen verfaßt.«

Hester starrte seufzend in den Bodensatz ihrer Tasse.

»Sämtliche einflußreichen Kreise stehen gegen uns«, fuhr Monk grimmig fort. »Jeder will, daß es schnellstens vorbei ist, daß die feine Gesellschaft gründlich Rache nimmt, damit man endlich vergessen und wieder zum Alltag übergehen kann.«

»Können wir gar nichts tun?«

»Mir fällt beim besten Willen nichts ein.« Er stand auf und hielt ihren Stuhl, während sie sich ebenfalls erhob. »Ich werde jetzt zu ihm gehen.«

Hester begegnete seinem Blick zugleich bedrückt und voller Bewunderung. Sie brauchte weder zu fragen, noch mußte er eine Erklärung abgeben. Es war eine Art Pflicht, ein letztes Sakrament, von dem ihn auch noch so großes Versagen nicht enthob.

Kaum waren die Türen des Newgater Zuchthauses hinter Monk zugefallen, überkam ihn ein übelkeiterregendes Gefühl von Vertrautheit. Es war der Geruch, diese Mischung aus Feuchtigkeit, Moder und stinkenden Abwässern, der Eindruck alles durchdringender Verzweiflung und Not. Zu viele Menschen, die an diesen

Ort gebracht worden waren, hatten ihn nur zu ihrer Hinrichtung wieder verlassen. Das Grauen und die Ausweglosigkeit ihrer letzten Tage durchsetzte die Mauern wie jahrhundertealter Staub. Er spürte es wie Eiswasser auf der Haut, während er dem Aufseher durch die Steinflure folgte, zu dem verabredeten Platz, an dem er Percival ein letztes Mal sehen konnte.

Er hatte nicht sehr improvisieren müssen, um sein Ziel zu erreichen. Offensichtlich war er schon früher hiergewesen, denn nach seiner Miene zu urteilen, hatte der Wärter sofort einen überstürzten und falschen Schluß aus seinem Erscheinen gezogen. Monk hatte ihm keinerlei Erklärung geliefert.

Percival stand in einer winzigen Steinzelle, deren noch winzigeres, in unerreichbarer Höhe angebrachtes Fenster den Blick auf ein rechteckiges Stück bleigrauen Himmels freigab. Er drehte sich um, als die Tür aufging und Monk hereingelassen wurde, im Rücken den hünenhaften Gefängniswärter mit seinem riesigen Schlüsselbund in der Hand.

Im ersten Moment wirkte Percival überrascht, dann versteinerte sein Gesicht.

»Na? Sind Sie gekommen, um Ihrer Schadenfreude freien Lauf zu lassen?« fragte er bitter.

»Es gibt keinen Grund zur Freude«, erwiderte Monk fast ausdruckslos. »Ich habe meinen Job verloren, und Sie werden Ihr Leben verlieren. Ich bin mir noch nicht im klaren, wer eigentlich der Sieger ist.«

»Sie haben Ihren Job verloren?« Percival beäugte ihn mißtrauisch. »Und ich dachte, Sie hätten's endlich geschafft. Wären jetzt Oberinspektor oder so! Sie haben den Fall doch zu jedermanns Zufriedenheit gelöst – abgesehen von meiner. Es sind keine Leichen aus dem Keller geholt worden, niemand hat erwähnt, daß Myles Kellard das Stubenmädchen vergewaltigt hat, keiner, daß die gute Tante Fenella eine Hure ist – es gibt bloß den hochnäsigen Lakai, der sich an einer betrunkenen Witwe vergreift. Hängt ihn auf und laßt uns wieder zur Tagesordnung übergehen! Was können sie mehr von einem Polizisten verlangen?«

Monk verübelte ihm weder seinen Zorn noch seinen Haß. Beides war gerechtfertigt, nur fehlgerichtet. Es wäre zutreffender gewesen, ihm Unfähigkeit vorzuwerfen.

»Ich hatte die Beweise«, sagte er langsam, aber ich wollte Sie nicht verhaften. Ich habe mich geweigert, woraufhin ich vom Dienst suspendiert wurde.«

»Was?« stieß Percival verständnislos und ungläubig aus.

Monk sagte es noch einmal.

»Warum, um Gottes willen?« Percival ließ sich nicht erweichen, er blieb hart.

»Weil ich nicht glaube, daß Sie sie umgebracht haben.«

Percival lachte bitter auf; sein Blick war finster und anklagend. Er sagte jedoch nichts, starrte Monk mitten ins Gesicht.

»Aber selbst wenn ich noch an dem Fall arbeiten würde«, sagte dieser sehr ruhig, »wüßte ich nicht, was ich tun soll, weil ich keine Ahnung habe, wer der Täter ist.« Es war ein überwältigendes Eingeständnis seines Versagens. Er staunte über sich selbst, als er es sich ausgerechnet Percival gegenüber machen hörte. Ehrlichkeit war allerdings das mindeste, was er dem Mann schuldig war.

»Wie beeindruckend«, gab Percival höhnisch zurück, doch über seine Züge glitt plötzlich ein neuer, ein undefinierbarer Ausdruck, flüchtig wie ein Sonnenstrahl, der durch vom Wind bewegtes Blattwerk fällt und gleich wieder verschwunden ist. »Da Sie aber nicht mehr am Ort des Geschehens sind und jeder andere dort alle Hände voll zu tun hat, seine kleinen Sünden geheimzuhalten, seine Wunden zu lecken oder nach Sir Basils Pfeife zu tanzen, werden wir es wohl nie erfahren – hab ich recht?«

»Hester Latterly tut nichts dergleichen.« Monk bedauerte seine Worte, kaum daß er sie ausgesprochen hatte.

»Hester Latterly?« Sein Gegenüber war einen Moment lang verwirrt, schien sich dann aber zu erinnern. »Ach ja – die schrecklich tüchtige Schwester! Eine beängstigende Frau, aber Sie haben wahrscheinlich recht. Ich nehme an, sie ist so tugendhaft, daß es beinah weh tut. Vermutlich weiß sie nicht mal, wie man lächelt, geschweige denn lacht. Daß ein Mann je einen zweiten Blick auf sie verschwendet hat, kann ich mir nicht vorstellen«, sagte er gehässig. »Jetzt rächt sie sich an uns, indem sie für uns sorgt, wenn wir am hilflosesten sind – und am lachhaftesten.«

Monk spürte, wie angesichts dieses gedankenlosen Vorurteils eine Woge von Zorn in ihm hochstieg, doch dann fiel sein Blick auf Percivals ausgemergeltes Gesicht. Er dachte daran, wo der Mann war, warum, und der Zorn erlosch wie eine Streichholzflamme in einem Meer aus Eis. Was war so schlimm daran, wenn Percival unbedingt jemanden verletzen mußte, sei es auch noch so hinterhältig? Er war derjenige, dem ein endgültiger Schmerz zugefügt werden würde.

»Sie kam zu den Moidores, weil ich sie dort hingeschickt habe«, erklärte Monk. »Sie ist eine gute Bekannte von mir. Ich hoffte, daß eine Person, die eine Funktion in dem Haus erfüllt, der niemand große Beachtung schenkt, vielleicht Dinge bemerken würde, die sich meiner Wahrnehmung entzogen.«

»Aber sie hat nichts bemerkt, oder?« Seine Stimme klang brüchig; er hatte sie nicht mehr unter Kontrolle.

Monk haßte sich, weil er ihm diesen Dolchstoß der Hoffnung versetzt hatte, einer Hoffnung, die ein Trugschluß war.

»Nein«, sagte er schnell. »Nichts Hilfreiches jedenfalls. Alle möglichen unerheblichen, schmutzigen kleinen Laster und Schwächen sowie Lady Moidores Überzeugung, der Mörder befände sich nach wie vor im Haus. Sie ist ziemlich sicher, daß es sich um ein Familienmitglied handelt – aber wer es ist, weiß sie auch nicht.«

Percival wandte das Gesicht ab.

»Warum sind Sie gekommen?«

»Eine gute Frage. Vielleicht deshalb, weil ich Sie nicht allein lassen wollte, weil Sie nicht denken sollen, kein Mensch würde Ihnen glauben. Ich habe keine Ahnung, ob es Ihnen hilft, aber Sie haben ein Recht darauf, es zu erfahren. Ich hoffe, es hilft wenigstens ein bißchen.«

Percival stieß eine Unmenge wüster Verwünschungen aus. Er fluchte so lange, bis ihn die endlosen Wiederholungen und die

Sinnlosigkeit des Ausbruchs vollkommen erschöpft hatten. Als er fertig war, war Monk längst gegangen und die Zellentür wieder verriegelt, aber auf der tränenüberströmten, blutleeren Haut lag ein winzigkleiner Schimmer von Dankbarkeit.

An dem Morgen, als Percival hingerichtet wurde, untersuchte Monk den angeblichen Diebstahl eines Gemäldes, das wahrscheinlich von einem Familienmitglied beiseite geschafft und verkauft worden war, um Spielschulden zu bezahlen. Um acht Uhr blieb er wie angewurzelt inmitten einer lärmenden Menge aus Obstverkäufern, Straßenhändlern, Laufburschen, einem Schornsteinfeger mit rußgeschwärztem Gesicht und einer Leiter über der Schulter und zwei Frauen, die sich lautstark wegen irgendeines Stoffetzens stritten, auf einem Bürgersteig in Cheapside stehen; durch die Straße pfiff ein eisiger Wind. Das Gebrabbel und Geklapper um ihn herum schwoll an und ab, unberührt von dem, was in Newgate geschah, doch er stand reglos da, überwältigt von einem Gefühl der Endgültigkeit. Der schmerzliche Verlust, den er empfand, galt nicht Percival persönlich, obwohl Monk sein Entsetzen und seinen ohnmächtigen Zorn in dem Augenblick, in dem er sein Leben aushauchen mußte, fast am eigenen Leib spüren konnte. Fast noch furchtbarer war, daß die Justiz versagt hatte. In dem Moment, wo sich die Falltür auftat und die Schlinge sich zusammenzog, wurde ein zweites Verbrechen begangen. Ganz London, ganz England waren herabgewürdigt, weil eine Gesetzgebung, die Schutz bieten sollte, statt dessen gemordet hatte.

Hester stand im Speisezimmer. Sie hatte sich mit voller Absicht diesen Zeitpunkt ausgesucht, um ein wenig Aprikosenkonfitüre für Beatrices Frühstückstablett vom Tisch zu holen. Es war ihr egal, ob sie ihre Stellung riskierte, ob sie hinausgeworfen wurde; sie wollte die Gesichter der Moidores im Augenblick der Hinrichtung sehen, wollte sicher sein, daß jeder von ihnen genau wußte, was in diesem Moment geschah.

Sie schob sich mit einer Entschuldigung an Fenella vorbei, die ungewöhnlich früh auf den Beinen war; offenbar hatte sie vor, einen Ritt durch den Park zu machen. Hester löffelte etwas von der Konfitüre in ein kleines Schälchen.

»Guten Morgen, Miss Sandeman«, sagte sie mit fester Stimme. »Ich hoffe, der Ausritt wird angenehm. So früh am Morgen ist es bestimmt sehr kalt im Park, obwohl die Sonne bereits aufgegangen ist. Der Rauhreif wird noch nicht geschmolzen sein – es ist erst drei Minuten vor acht.«

»Wie genau Sie sind«, stellte Fenella mit sarkastischem Unterton fest. »Kommt das daher, daß Sie als Krankenschwester alles in strikter Reihenfolge tun müssen, pünktlich auf die Sekunde? Schluckt eure Medizin, wenn die Glocke ertönt, ansonsten ergeht es euch schlecht? Du meine Güte, was für ein schauderhaft ödes Leben.« Sie gab einen spöttischen, klirrenden Laut von sich, bei dem es sich um ein leises Lachen handelte.

»Nein, Mrs. Sandeman«, erwiderte Hester laut und deutlich. »Es kommt daher, daß Percival in zwei Minuten hingerichtet wird. In Newgate ist man, glaube ich, sehr genau – warum, weiß ich auch nicht. Sekunden dürften dort kaum eine Rolle spielen; vermutlich ist es ein altes Ritual.«

Fenella blieben die gebratenen Eier im Halse stecken. Sie bekam einen fürchterlichen Hustenanfall, aber niemand eilte ihr zu Hilfe.

»Großer Gott!« Septimus stierte mit leerem Blick vor sich auf den Tisch. Was er dachte, war nicht zu erkennen.

Cyprian schloß die Augen, als würde er sich von der Außenwelt abschotten und seine gesammelten Energien auf den Tumult in seinem Innern richten.

Araminta war weiß wie ein Handtuch, ihr seltsames Gesicht völlig versteinert.

Myles Kellard verschüttete seinen Tee, den er gerade zum Mund hatte führen wollen. Die Spritzer verteilten sich über das ganze Tischtuch, direkt vor ihm prangte ein häßlicher, sich ausbreitender brauner Fleck. Er sah wütend und verstört in die Runde.

»Also wirklich!« explodierte Romola mit rosafarbenem Gesicht.

»Was für eine geschmacklose und unsensible Bemerkung! Was ist nur in Sie gefahren, Miss Latterly? Keiner von uns wünscht etwas darüber zu hören. Sie gehen jetzt besser – und seien Sie um Himmels willen nicht so gefühllos, es Schwiegermama gegenüber zu erwähnen. Nein, was sind Sie für eine dumme Person!«

Basil war kreidebleich. Die Muskeln über seinen Schläfen wurden von einem nervösen Zucken gepeinigt.

»Es gab keinen anderen Weg«, sagte er betont ruhig. »Die Gesellschaft muß vor dem Verfall bewahrt werden, und das ist manchmal sehr hart. Ich denke, wir sollten das Thema als erledigt betrachten und versuchen, so normal wie möglich weiterzuleben. Sie werden kein Wort mehr darüber verlieren, Miss Latterly. Nehmen Sie bitte die Konfitüre, oder was immer Sie hier zu suchen hatten, und bringen Sie Lady Moidore ihr Frühstück.«

»Gern, Sir Basil«, sagte Hester gehorsam, aber ihre Gesichter – mit einer dunklen Patina von Elend und Endgültigkeit überzogen – brannten sich in ihr Gedächtnis ein.

ELFTES KAPITEL

Zwei Tage nach Percivals gewaltsamem Tod bekam Septimus plötzlich leichtes Fieber. Es war nicht so schlimm, daß man mit einer ernsten Erkrankung rechnen mußte, für ihn allerdings schlimm genug, um auf seinem Zimmer zu bleiben. Beatrice, die sich eher deshalb noch nicht von Hester getrennt hatte, weil sie ihre Gesellschaft genoß, als weil sie wirklich Gebrauch von ihren beruflichen Fähigkeiten gemacht hätte, schickte sie sofort zu ihm. Hester sollte ihm jede Medizin geben, die sie für angebracht hielt, und auch sonst alles tun, seine Beschwerden zu lindern.

Septimus lag im Bett. Jenseits der weit zurückgezogenen Vorhänge seines geräumigen, luftigen Zimmers brach ein scheußlicher Februartag an. Graupelkörner trommelten gegen die Scheiben wie die Munition einer Kartätsche, der Himmel war so drükkend und bleiern, daß er direkt über den Häuserdächern zu beginnen schien. Der Raum war mit Armeedenkwürdigkeiten übersät: überall Kupferstiche von Soldaten in properer Uniform, Kavalleristen hoch zu Roß und an einem herausgehobenen Ehrenplatz an der Westwand ein wunderbares Gemälde vom Angriff der Royal Scots Greys in Waterloo. Die Pferde flogen mit geblähten Nüstern und wehender Mähne über die von ihren Hufen aufgewirbelten Staubwolken hinweg, während im Hintergrund die Schlacht tobte. Hester spürte, wie ihr Herz einen Satz machte, wie ihr Magen sich jäh zusammenzog. Die Szenerie war so echt, daß sie glaubte, das Schießpulver zu riechen, das Donnern der Pferdehufe, das Geschrei, das Klirren von Stahl zu hören, die Sonne sengend auf der Haut zu spüren und zu wissen, daß ihr der warme Geruch von Blut in Hals und Nase steigen würde, sobald sich wieder Schweigen über das Gras gesenkt hatte. Sie sah die Toten vor sich, die darauf warteten, begraben oder von Aasvögeln verspeist zu werden, dachte an die unendliche Arbeit, an die Hilflosigkeit und die spärlichen Momente eines Hochgefühls, wenn jemand seine verheerenden Verletzungen überstanden oder eine Seuche überlebt hatte. Das alles stand ihr plötzlich so lebhaft vor Augen, daß sie von der Macht der Erinnerung beinah erdrückt wurde.

Sie riß sich von dem Anblick los, merkte, daß Septimus' wäßrigblaue Augen forschend auf ihr ruhten, und wußte im selben Moment, daß sie und er mehr voneinander verstanden als jeder andere in diesem Haus. Er betrachtete sie mit einem schwachen Lächeln und einem freundlichen, fast glücklichen Blick.

Hester wartete kurz, weil sie den Zauber des Augenblicks nicht brechen wollte, und ging dann, als er von selbst verflogen war, zu seinem Bett. Sie beugte sich über ihn, um mit der üblichen Untersuchungsprozedur zu beginnen: Fragen stellen, erst die Stirn, anschließend den Puls fühlen, den Bauch abtasten, aufmerksam seinen relativ flachen Atemzügen lauschen und nach verräterischen Geräuschen in der Brust horchen.

Seine Haut war gerötet, trocken und ein wenig rauh, seine Augen glänzten unnatürlich, doch außer einer starken Erkältung schien ihm nichts zu fehlen. Ein paar Tage Aufmerksamkeit und Pflege halfen ihm wahrscheinlich mehr als jede Medizin, und Hester war froh, ihm beides geben zu können. Daß er von seiner Familie vernachlässigt und mit Geringschätzung behandelt wurde, war ihr kein Geheimnis, außerdem mochte sie ihn.

Er sah sie mit einem eigenartigen Gesichtsausdruck an. Hester dachte plötzlich, wenn sie ihm jetzt sagen würde, er hätte eine Lungenentzündung oder Schwindsucht, wäre er nicht im mindesten verängstigt, nicht einmal ernsthaft besorgt. Er hatte den Tod bereits vor langer Zeit als unumstößlichen Begleitumstand des menschlichen Lebens akzeptiert, war ihm schon oft genug begegnet, sowohl nach Gewalteinwirkung als auch infolge einer Krankheit. Zudem hatte er keinen triftigen Grund, sein Dasein unnötig in die Länge zu ziehen. Er war nichts als ein Durchreisender, ein Gast in seines Schwagers Haus, geduldet, aber nicht erwünscht.

Dabei war er geboren und geschult, zu kämpfen und zu beschützen, das Dienen zu einer Art Lebensinhalt zu machen.

Hester berührte sanft seinen Arm.

»Sie haben sich eine böse Erkältung eingefangen, aber mit ein bißchen Pflege wird das ohne Komplikationen vorübergehen. Ich werde eine Weile bei Ihnen bleiben, um sicherzugehen.« Sie sah, wie sich seine Züge aufhellten, und wurde sich zum erstenmal bewußt, wie sehr er an Einsamkeit gewöhnt war. Er nahm sie hin wie ständige Gelenkschmerzen, die man durch Schonhaltung auszugleichen versucht, die man nach Kräften vergessen will, ohne es je ganz zu schaffen. Sie grinste ihn verschwörerisch an. »Wir werden viel Zeit haben, uns zu unterhalten.«

Er grinste zurück, und diesmal glänzten seine Augen vor Freude, nicht weil er Fieber hatte.

»Ich denke auch, Sie sollten besser noch bleiben«, stimmte er zu. »Für den Fall, daß es mir auf einmal schlechter geht.« Er bekam einen dramatischen Hustenanfall. Hester blieb nicht verborgen, daß er tatsächlich litt, allerdings an der unfreiwilligen Isolation, die ihm die Brust zusammenschnürte.

»Ich hole Ihnen etwas Milch und Zwiebelsuppe«, verkündete sie energisch.

Septimus schnitt ein Gesicht.

»Oh – das wird Ihnen guttun, außerdem schmeckt es gar nicht so übel! Und während Sie essen, berichte ich Ihnen von meinen Erlebnissen – anschließend dürfen Sie mir dann Ihre erzählen.«

»Dafür würge ich Milch und Zwiebelsuppe hinunter!« versprach Septimus.

Hester verbrachte den ganzen Tag in seinem Zimmer. Sie nahm ihre Mahlzeiten auf einem Tablett mit nach oben und saß am Nachmittag still auf einem Stuhl in der Ecke, während er unruhig schlief. Als er wieder wach war, holte sie ihm noch etwas Suppe, Lauch und Sellerie mit pürierten Kartoffeln zu einer dicken Flüssigkeit vermischt. Nachdem er gegessen hatte, saßen sie den ganzen Abend zusammen und unterhielten sich darüber, was sich seit seiner Zeit an der Front verändert hatte. Sie berichtete von den heftigen Kontroversen, deren Zeugin sie von den grasigen Hügeln aus geworden war, er von den verzweifelten Kavalleriegefechten, an denen er von 1839 bis 1842 im afghanischen Krieg teilgenommen hatte, von der Eroberung Sinds und den späteren Sikh-Kriegen in der Mitte des Jahrzehnts. Anschließend erzählte er ihr von dem faszinierenden Subkontinent Indien und seinen Bewohnern.

Sie stellten fest, daß sie eine Menge Erinnerungen und Gefühle teilten, denn am Krieg selbst hatte sich nicht viel geändert. Beide kannten Furcht, Panik und Elend, aber auch Kameradschaft, Gelächter, absurde und sentimentale Momente. Sie sprachen über die Regimentsrituale, die auf den ersten Blick wie eine einzige Farce erschienen: silberne Kerzenleuchter, kompletter Dinnerservice mit Kristallgläsern und Porzellan für die Offiziere am Vorabend der Schlacht, die in ihren scharlachroten Uniformen mit den goldenen Tressen und auf Hochglanz polierten Messingknöpfen so deplaziert wirkten wie Pfaue auf einem Friedhof.

»Sie hätten Harry Haslett gemocht«, sagte Septimus wehmütig. »Er war wirklich ein netter Bursche. Erfüllte alle Voraussetzungen, die ein echter Freund braucht: Ehrgefühl, ohne wichtigtuerisch zu sein, Großzügigkeit, ohne sich gönnerhaft zu benehmen, Humor ohne jede Spur von Boshaftigkeit und Mut ohne den kleinsten Anflug von Grausamkeit. Octavia betete ihn an. Noch an ihrem Todestag sprach sie in so leidenschaftlichen Tönen von ihm, als ob er gerade erst gestorben wäre.« Er lächelte und starrte blinzelnd an die Decke, um die aufsteigenden Tränen niederzukämpfen.

Hester griff automatisch nach seiner Hand. Es war eine natürliche, spontane Geste, die er richtig verstand. Seine knochigen Finger schlossen sich um ihre, und in dieser Haltung blieben sie eine Weile schweigend sitzen.

»Die beiden wollten ausziehen«, sagte er schließlich, als er seine Stimme wieder unter Kontrolle hatte. »Tavie war anders als Araminta. Sie wollte ihr eigenes Heim. Es war ihr nicht wichtig, Sir

Basil Moidores Tochter zu sein oder in der Queen Anne Street zu wohnen. Die Kutschen und das ganze Hauspersonal, die eleganten Dinnergesellschaften mit Botschaftern, Parlamentsmitgliedern und Abgesandten ausländischer Fürstenhäuser bedeuteten ihr nicht viel. Sie haben davon natürlich nichts mitbekommen, weil das Haus wegen Tavie in Trauer ist, aber davor ging es hier ziemlich zu. Fast jede Woche ein spezielles Ereignis.«

»Ist das der Grund, warum Myles Kellard bleibt?«

»Was sonst.« Septimus lächelte dünn. »Wie sollte er einen solchen Lebensstil aus eigener Tasche finanzieren? Er steht zwar selbst auch nicht schlecht da, verglichen mit Sir Basils Rang oder Reichtum ist er allerdings ein Niemand. Und Araminta hat eine sehr enge Beziehung zu ihrem Vater, da hatte er nie eine Chance – was nicht heißen soll, daß er es je wollte. Hier gibt es viel, was er sonst nirgends haben würde.«

»Ausgenommen das Gefühl, Herr im eigenen Haus zu sein«, sagte Hester. »Die Freiheit, sich eine eigene Meinung zu erlauben, zu kommen und zu gehen, wann es ihm gefällt, und seinen Umgang nach eigenem Geschmack auszusuchen.«

»O ja, das alles hat seinen Preis«, bestätigte Septimus trocken. »Manchmal finde ich ihn unverschämt hoch.«

Hester runzelte die Stirn. »Was ist mit dem Gewissen?« Sie war sich deutlich bewußt, in welch gefährliches Fahrwasser sie diese Frage bringen konnte, welche Fallstricke sie für Septimus und sich selbst bereithielt. »Riskiert man nicht, aus lauter Verpflichtungsgefühl so tief in Kompromissen zu versinken, daß man sich selbst völlig aufgibt, wenn man von der Mildtätigkeit anderer lebt?«

Septimus schaute sie mit traurigen Augen an. Sie hatte ihn rasiert und dabei festgestellt, wie dünn seine Haut war. Er sah älter aus, als er in Wirklichkeit sein konnte.

»Sie denken an Percival und den Prozeß, richtig?« Es war eher eine Feststellung als eine Frage.

»Ja. Sie haben alle gelogen, nicht wahr?«

»Natürlich. Obwohl sie es kaum so gesehen haben werden. Sie haben das ausgesagt, was den eigenen Interessen am dienlichsten war, aus welchem Grund auch immer. Man müßte schon sehr mutig sein, um Basil die Stirn zu bieten.« Er bewegte ein wenig die Beine, um es bequemer zu haben. »Ich nehme nicht an, daß er jemand aus dem Haus jagen würde, aber das Leben würde jeden Tag unangenehmer werden – endlose Beschränkungen, zahllose Demütigungen, viele kleine Kratzer auf der polierten Oberfläche des Selbstwertgefühls.« Er sah zu dem riesigen Gemälde hinüber. »Abhängig zu sein macht einen verdammt verletzlich!«

»Und Octavia wollte gehen?« half Hester ihm nach einer Weile auf die Sprünge.

Er kehrte in die Gegenwart zurück. »Ja, von Anfang an, aber Harry hatte nicht genug Geld, um so für sie zu sorgen, wie sie es gewöhnt war – worauf Basil selbstverständlich nicht versäumte, ihn hinzuweisen. Er war ein Zweitgeborener, wissen Sie. Keine Aussicht auf eine Erbschaft. Sein Vater war sehr wohlhabend. Hat dieselbe Schule besucht wie Basil. Ich glaube, Basil war sogar sein ›Fag‹, ein jüngerer Schüler, der für einen älteren alle möglichen Sklavenarbeiten verrichten muß – oder kannten Sie den Begriff schon?«

»Ja«, sagte Hester und dachte an ihre eigenen Brüder.

»Ein bemerkenswerter Mann, dieser James Haslett«, fuhr Septimus nachdenklich fort. »Ziemlich begabt und obendrein sehr nett. Ein guter Sportler, ein ausgezeichneter Musiker, eine Art verkappter Dichter und ein kluger Kopf. Hatte eine prächtige blonde Mähne und ein wundervolles Lächeln. Harry war ihm sehr ähnlich, trotzdem hat er seinen gesamten Besitz natürlich dem ältesten Sohn vermacht. Wie jeder.«

Seine Stimme klang plötzlich eine Spur bitter. »Octavia hätte eine Menge verloren, wenn sie hier ausgezogen wäre. Und wenn sich Kinder eingestellt hätten, was beide unbedingt wollten, hätten sie sich finanziell noch mehr einschränken müssen. Octavia war dazu bereit, aber Harry konnte es selbstverständlich nicht zulassen.«

Er rutschte wieder etwas auf der Matratze herum, um bequemer zu liegen. »Basil schlug ihm eine Karriere bei der Armee vor und bot ihm an, ein Offizierspatent für ihn zu erwerben – was er auch tat. Harry war zum Soldaten geeignet; er besaß Führungstalent, und seine Männer liebten ihn. Leider war es nicht das, was er wollte, denn es bedeutete zwangsläufig lange Trennungszeiten – was Basil meiner Ansicht nach mit dem Ganzen bezweckt hatte. Er war von vornherein nicht mit der Verbindung einverstanden, vermutlich wegen seiner Abneigung gegen James Haslett.«

»Harry wollte das Offizierspatent also benutzen, um genug Geld für sich und Tavie zusammenzubringen, damit sie sich ein eigenes Haus leisten konnten?« Hester sah die Situation der beiden deutlich vor sich. Sie war so vielen Offizieren begegnet, daß es ihr nicht schwerfiel, sich Harry Haslett als eine Mischung aus den Hunderten junger Männer vorzustellen, die sie in allen erdenklichen Gemütsverfassungen erlebt hatte: Sieg und Niederlage, Mut und Verzweiflung, Triumph und Erschöpfung. Sie hatte fast das Gefühl, ihn gut gekannt zu haben, inklusive seiner Träume und Hoffnungen. Octavia kam ihr plötzlich viel wirklicher vor als Araminta bei Tee und gepflegter Unterhaltung im Salon oder Beatrice in ihrem Schlafzimmer, verängstigt und grüblerisch, ganz zu schweigen von Romola mit ihrer Brut – emsig dabei, die neue Gouvernante im Schulzimmer zu beaufsichtigen.

»Armer Teufel!« sagte Septimus mehr zu sich selbst. »Er war ein erstklassiger Offizier, ist mit einem Wahnsinnstempo aufgestiegen – alles nur, um bei Balaklawa zu fallen. Octavia hat sich nie wieder davon erholt, das arme Kind. Ihre ganze Welt brach zusammen, als die Nachricht von seinem Tod eintraf! Sie hatte keinen Funken Leben mehr in sich. Es war, als ob es für sie nichts mehr zu hoffen gab.« Er fiel in tiefes Schweigen, völlig gefangengenommen von der Erinnerung an jenen Tag. Er sah noch älter und sehr verletzlich aus.

Es gab nichts, womit Hester ihn hätte trösten können, und sie war klug genug, es nicht zu versuchen. Statt dessen sorgte sie verstärkt für sein leibliches Wohl, was sie die nächsten Stunden in Anspruch nahm. Sie wechselte die Bettwäsche, während er bis zum Kinn eingepackt zusammengekauert auf dem Ankleidestuhl saß. Dann schaffte sie einen großen Krug heißes Wasser herbei, goß es in eine

Porzellanschüssel, half ihm beim Waschen und brachte ihm ein sauberes Nachthemd. Als er wieder im Bett lag, ging sie in die Küche, um eine leichte Mahlzeit für ihn zuzubereiten. Nachdem er gegessen hatte, war er endlich in der Lage zu schlafen, und das über drei Stunden lang.

Nach dem Aufwachen war er beinahe wiederhergestellt und Hester derart dankbar, daß es ihr die Schamröte in die Wangen trieb. Schließlich zahlte Sir Basil für ihre Kunst, und dies war das erste Mal, daß sie sie so zur Anwendung gebracht hatte, wie er es sich vorstellte.

Am kommenden Morgen fühlte Septimus sich soviel besser, daß sie nach einem kurzen Besuch an seinem Bett zu Beatrice gehen konnte, um sich den Nachmittag freigeben zu lassen. Sie versicherte, früh genug zurück zu sein, um Septimus für die Nacht zurechtzumachen und ihm etwas Leichtes zu verordnen, damit er ruhig schlafen konnte.

Wenig später stapfte sie durch schneidenden, graupelschwangeren Wind über vereistes Kopfsteinpflaster zur Harley Street, wo sie eine Droschke anhielt und dem Kutscher auftrug, sie vor dem Kriegsministerium abzusetzen. Dort angekommen, stieg sie mit dem selbstsicheren Auftreten eines Menschen aus, der genau weiß, wo er hinwill, und dort mit größter Freude empfangen wird – was ganz und gar nicht der Fall war. Sie hatte die Absicht, soviel wie möglich über Captain Harry Haslett in Erfahrung zu bringen, ohne jedoch eine klare Vorstellung zu haben, was dabei herauskommen sollte. Er war das einzige Familienmitglied, über das sie bis gestern so gut wie nichts gehört hatte. Septimus' Bericht hatte ihn zum Leben erweckt und anschaulich gemacht, welche Wichtigkeit er für Octavia gehabt hatte. Hester verstand, weshalb sie zwei Jahre nach seinem Tod noch immer unter heftiger, unerträglicher Einsamkeit litt. Sie war fest entschlossen, sich über seine militärische Laufbahn zu informieren.

Sie lief die Stufen zum Kriegsministerium hoch und sprach den jungen Soldaten an der Tür mit aller Höflichkeit und allem Charme an, den sie aufbringen konnte.

»Guten Tag, Sir.« Sie neigte andeutungsweise den Kopf und schenkte ihm ein freundlich offenes Lächeln. »Ließe es sich einrichten, daß ich mit Major Geoffrey Tallis sprechen kann? Wenn Sie so freundlich wären, ihm meinen Namen zu nennen, wird er sich bestimmt an mich erinnern. Ich gehörte zu Miss Nightingales Helferinnen ...«, sie schreckte nicht davor zurück, die magischen Worte zu benutzen. Hauptsache, es half, »... und erhielt die Gelegenheit, mich nach Major Tallis' Verwundung in Skutari um ihn zu kümmern. Es geht um den Tod der Witwe eines hohen Offiziers. Major Tallis befindet sich möglicherweise im Besitz wertvoller Informationen, die den Kummer ihrer Familie erheblich erleichtern könnten. Wären Sie wohl so nett, ihm mein Anliegen vorzutragen?«

Anscheinend hatte sie genau die richtige Mischung aus Demut, Logik, weiblichem Charme und jener Autorität einer Krankenschwester erwischt, die bei den meisten wohlerzogenen Männern blinden Gehorsam nach sich zog.

»Selbstverständlich werde ich ihm Ihre Botschaft übermitteln, Ma'am«, versicherte er und stellte sich etwas gerader hin. »Welchen Namen darf ich ihm nennen?«

»Hester Latterly. Ich bedaure, ihn so überraschend aufsuchen zu müssen, aber ich betreue zur Zeit einen Gentleman, der sich aus dem aktiven Dienst zurückgezogen hat, und möchte ihn aufgrund seiner schlechten Verfassung ungern mehr als ein paar Stunden allein lassen.« Das war eine ziemlich gedehnte Version der Wahrheit, doch keine direkte Lüge.

»Natürlich.« Seine Achtung wuchs. Er schrieb »Hester Latterly« auf ein Blatt Papier, fügte eine Anmerkung über ihre Beschäftigung sowie die Dringlichkeit ihres Anliegens hinzu, rief einen Offiziersburschen herbei und schickte ihn mit der Botschaft zu Major Tallis.

Hester wäre zufrieden damit gewesen, schweigend zu warten, doch ihrem Gegenüber schien der Sinn nach einem Gespräch zu stehen. Sie beantwortete seine Fragen nach den Schlachten, die sie miterlebt hatte, und stellte nach kurzer Zeit fest, daß sie beide in

Inkermann gewesen waren. Sie schwelgten in Erinnerungen, als der Bursche mit der Meldung zurückkehrte, Major Tallis könnte Miss Latterly in zehn Minuten empfangen. Würde es ihr etwas ausmachen, solange in seinem Büro zu warten?

Hester verneinte etwas hastiger als geplant, was der würdevollen Aura, mit der sie sich zu umgeben versucht hatte, abträglich war, aber sie vergaß nicht, dem Türsteher herzlich für die zuvorkommende Behandlung zu danken. Dann marschierte sie kerzengerade hinter dem Burschen in die Eingangshalle, die breite Treppe hinauf und endlose Korridore entlang bis zu einem Warteraum mit mehreren Stühlen. Dort ließ er sie allein.

Es dauerte erheblich länger als zehn Minuten, bevor sich die Tür zu Major Tallis' Allerheiligstem auftat. Heraus kam ein adretter Oberleutnant, der an ihr vorbeirauschte, als ob sie unsichtbar wäre, dann endlich bat man sie herein.

Geoffrey Tallis war ein gutaussehender Mann Ende Dreißig. Nach einer schweren Kriegsverletzung als Offizier bei der Kavallerie, die ihm ein dauerhaftes Hinken eingetragen hatte, war er auf einen Verwaltungsposten versetzt worden. Ohne Hesters Fürsorge hätte er das Bein wahrscheinlich ganz verloren und sich jede weitere Karriere für immer aus dem Kopf schlagen können. Folglich leuchtete sein Gesicht freudig auf, als er sie erblickte, dann streckte er ihr spontan zur Begrüßung eine Hand entgegen.

Hester reichte ihm ihre Rechte, die er energisch packte.

»Meine liebe Miss Latterly, was für eine unbeschreibliche Freude, Sie wiederzusehen, und das unter soviel angenehmeren Umständen! Ich hoffe, es geht Ihnen gut und Sie kommen voran?«

Diesmal war Hester ziemlich ehrlich, nicht weil sie etwas Bestimmtes damit bezweckte, sondern weil die Worte aus ihr heraussprudelten, ehe sie zum Nachdenken kam.

»Es geht mir ausgezeichnet, danke, obwohl ich nur mäßig vorankomme. Meine Eltern sind beide gestorben, und ich muß mich allein durchschlagen, aber ich bin dazu durchaus in der Lage, also kann ich mich glücklich schätzen. Ich muß allerdings gestehen, daß es mir nicht leichtfällt, mich wieder an England zu gewöhnen –

und an den Frieden, in dem die Leute sich mit vollkommen anderen Dingen beschäftigen.« Sie ließ offen, was genau sie damit meinte: die Salongepflogenheiten, die steifen Röcke, die Überbetonung von gesellschaftlichem Rang und vornehmen Manieren. Sein Gesichtsausdruck verriet, daß er ihr all das von den Augen ablesen konnte und selbst hinlänglich Erfahrungen gesammelt hatte.

»Ein wahres Wort.« Seufzend ließ er ihre Hand los. »Nehmen Sie doch bitte Platz, und dann sagen Sie mir, was ich für Sie tun kann.«

Hester wollte seine Zeit nicht unnötig verschwenden, außerdem waren sämtliche wichtigen Vorbemerkungen bereits gewechselt.

»Was wissen Sie über Captain Harry Haslett? Er ist bei Balaklawa gefallen, vielleicht erinnern Sie sich. Ich frage, weil seine Witwe vor kurzem auf tragische Weise ums Leben gekommen ist und ich mit ihrer Mutter bekannt bin. Genaugenommen habe ich sie während der schlimmsten Trauerphase betreut und pflege jetzt ihren Onkel, einen Offizier im Ruhestand.« Falls er sie Genaueres über Septimus fragen sollte, würde sie behaupten, die näheren Umstände seines »In-den-Ruhestand-Tretens« nicht zu kennen.

In Major Tallis' Miene zogen augenblicklich dunkle Wolken auf.

»Ein ausgezeichneter Offizier, dazu einer der nettesten Menschen, der mir je über den Weg gelaufen ist. Er hat es hervorragend verstanden, seine Männer zu führen. Es klappte sozusagen von selbst, weil er sehr viel Mut und einen Sinn für Gerechtigkeit hatte, wie man ihn nur bewundern kann. Er besaß Humor und einen gewissen Hang zum Abenteuer, ohne auch nur im geringsten ein herausforderndes Benehmen an den Tag zu legen. Ich habe nicht einmal erlebt, daß er unnötig etwas riskiert hätte.« Er lächelte traurig. »Ich denke, er hing mehr am Leben als die meisten. Soviel ich weiß, hat er seine Frau sehr geliebt! Wenn er gekonnt hätte, hätte er bestimmt einen anderen Weg eingeschlagen. Aber nur beim Militär konnte er genug Geld verdienen, um seiner Frau das zu bieten, was er sich vorstellte, und mit seinem Schwiegervater,

Sir Basil Moidore, zumindest halbwegs Frieden schließen zu können. Dieser ist übrigens für sein Offizierspatent aufgekommen – meines Wissens als Hochzeitsgeschenk – und hat seine Laufbahn mit schärfstem Interesse überwacht. Was für eine Ironie des Schicksals!«

»Ironie?« warf Hester hastig ein.

Tallis legte das Gesicht in bekümmerte Falten und senkte instinktiv die Stimme, sprach aber jedes Wort klar und deutlich aus.

»Es war Sir Basil, der Hasletts Beförderung und damit die Überführung von seinem Regiment zu Lord Cardigans Light Brigade arrangiert hat, die, wie Sie ja wissen, bei Balaklawa den Angriff führte. Wenn er Oberleutnant geblieben wäre, würde er heute wahrscheinlich noch leben.«

»Wie ist es damals dazu gekommen?« Hester überfiel ein furchtbarer Verdacht, so grauenhaft, daß sie nicht wagte, ihm ins Gesicht zu sehen. »Wissen Sie zufällig, wen Sir Basil um diesen Gefallen gebeten hat? Der Seelenfriede sehr vieler Menschen hängt davon ab«, drängte sie mit allem Ernst, zu dem sie fähig war. »Vielleicht sogar die Wahrheit über Octavia Hasletts Tod, wie mir langsam scheint. Bitte, Major Tallis, erzählen Sie mir alles über Captain Hasletts Beförderung.«

Er zögerte nur für den Bruchteil einer Sekunde, dann gewannen das Gefühl, ihr etwas zu schulden, ihre gemeinsamen Erinnerungen und sein eigener Schmerz über Hasletts Tod die Oberhand.

»Sir Basil besitzt sehr viel Macht und Einfluß. Sie wissen sicher nicht, wieviel. Er ist wesentlich reicher, als er nach außen hin zeigt, obwohl das schon nicht wenig ist. Zudem erfreut er sich einer Menge Obligationen aus der Vergangenheit und verfügt, wie ich glaube, über beträchtliches Wissen.« Er überließ es ihr, seine letzten Worte zu interpretieren. »Es kostet ihn nicht die geringste Anstrengung, die Überführung eines Offiziers von einem Regiment zum anderen in die Wege zu leiten, um eine Beförderung durchzusetzen. Ein Brief reicht vollkommen, selbstverständlich verbunden mit der entsprechenden Summe für das neue Patent.«

»Aber woher weiß er, an wen er sich in dem neuen Regiment zu wenden hat?« fragte Hester, während der Verdacht immer konkretere Formen annahm.

»Oh – weil er sehr gut mit Lord Cardigan bekannt ist, der natürlich einen Überblick über sämtliche in Frage kommenden Führungsposten hat.«

»Genau wie über den typischen Charakter des Regiments.«

»Ohne Zweifel.« Tallis schien verwirrt.

»Auch über die voraussichtliche Aufstellung?«

»Lord Cardigan ja – zwangsläufig. Aber Sir Basil kaum ...«

»Sie meinen, Sir Basil war nicht über den Verlauf des Feldzugs und die Persönlichkeit der Befehlshaber im Bilde?« Sie ließ zu, daß sich ein Großteil ihrer Skepsis in ihrem Gesichtsausdruck niederschlug, damit er auch wirklich verstand.

»Nun ja ...« Er runzelte befremdet die Stirn. Auch ihm dämmerte allmählich ein häßlicher Gedanke, den er eilends beiseite schob. »Was den Schriftverkehr zwischen ihm und Lord Cardigan betrifft, bin ich selbstverständlich nicht informiert. Briefe zur Krim oder von dort nach hier brauchen ziemlich lang; selbst mit dem schnellsten Postschiff dauert es mindestens zwei Wochen, und in dieser Zeit kann viel passieren. Ganze Schlachten können gewonnen oder verloren werden, ganze Landstriche von einer Streitmacht zur anderen übergehen.«

»Regimenter wechseln aber nicht ihren typischen Charakter, Major«, versuchte Hester ihn auf den Boden der Realität zurückzuholen. »Ein guter Befehlshaber weiß, welches Regiment er nehmen würde, um eine Schlacht zu führen. Je aussichtsloser die Schlacht, desto gezielter würde er den richtigen Mann dafür aussuchen – einen Kommandanten mit Mut und Ausstrahlung, jemand, der sich der Loyalität seiner Truppe sicher sein kann. Außerdem würde er sich für jemanden entscheiden, der Erfahrung auf dem Schlachtfeld hat, aber noch nicht verwundet worden ist, dem eine Niederlage oder ein Fehlschlag noch nicht die Kräfte geraubt haben, dessen Seele noch nicht so vernarbt ist, daß er sich nicht mehr auf seinen Kampfgeist verlassen kann.«

Tallis starrte sie sprachlos an.

»Erst einmal zum Kommandanten ernannt, wäre Harry Haslett dafür doch geradezu ideal gewesen, oder nicht?«

»Ja, das wäre er.« Die Antwort war kaum zu verstehen.

»Und Sir Basil hat dafür gesorgt, daß er befördert und in Lord Cardigans Light Brigade versetzt wurde. Könnte es sein, daß noch Fragmente des Schriftverkehrs zu diesem Thema existieren?«

»Warum, Miss Latterly? Wonach suchen Sie wirklich?«

Ihn anzulügen wäre gemein gewesen, und sie verscherzte sich dadurch vielleicht seine Sympathie.

»Nach der Wahrheit über Octavia Hasletts Tod«, gab sie zurück.

Er seufzte tief. »Wurde sie nicht von einem Dienstboten ermordet? Ich erinnere mich, etwas Derartiges in den Zeitungen gelesen zu haben. Der Mann ist gehängt worden, nicht wahr?«

»Ja«, bestätigte sie mit dem unerträglichen Gefühl, furchtbar versagt zu haben. »Aber Octavia hat an ihrem Todestag etwas in Erfahrung gebracht, das sie hinreichend entsetzte, um ihrem Onkel zu erzählen, sie hätte ein schreckliches Geheimnis gelüftet, wofür sie allerdings noch einen hieb- und stichfesten Beweis bräuchte. Ich habe allmählich den Verdacht, daß es mit dem Tod ihres Mannes zusammenhing. Und es geschah am gleichen Tag, an dem sie selbst sterben mußte. Bisher nahmen wir an, ihre Entdekkung beträfe den lebenden Teil ihrer Familie, aber das stimmt vielleicht gar nicht. Major Tallis, könnte man herausfinden, ob sie an diesem Tag hier war – ob sie mit jemandem gesprochen hat?«

Jetzt war er eindeutig beunruhigt.

»Wann war das?«

Sie sagte es ihm.

Er zerrte nervös an einem Klingelzug, woraufhin ein junger Soldat erschien, der sofort Haltung annahm.

»Würden Sie Colonel Sidgewick bitte meine besten Wünsche ausrichten, Payton, und ihn fragen, ob Captain Harry Hasletts Witwe irgendwann Ende November vergangenen Jahres in seinem Büro war? Die Angelegenheit ist von äußerster Wichtigkeit, es geht um Leben und Tod. Ich wäre ihm sehr verbunden, wenn er mir so schnell wie möglich genaue Auskunft geben könnte. Diese Dame hier, eine von Miss Nightingales Helferinnen, wartet auf seine Antwort.«

»Sir!« Der Offiziersanwärter salutierte heftig, machte auf den Hacken kehrt und verschwand.

Major Tallis bat um Verständnis, daß Hester sich solange im Warteraum würde aufhalten müssen, aber es gäbe noch andere Verpflichtungen, die es einzuhalten gälte. Sie verstand das durchaus und versicherte ihm, mit nichts anderem gerechnet zu haben und vollkommen zufrieden zu sein. Sie würde Briefe schreiben oder sich sonstwie beschäftigen.

Es dauerte nicht lange, etwa fünfzehn oder zwanzig Minuten, dann war der Oberleutnant zurück. Sobald er das Büro wieder verlassen hatte, rief Tallis sie herein. Sein Gesicht war kreidebleich, sein Blick beunruhigt und voller Mitgefühl.

»Sie haben vollkommen recht«, sagte er tonlos. »Octavia Haslett war tatsächlich an dem Nachmittag, bevor sie starb, hier und sprach mit Colonel Sidgewick. Sie erfuhr dasselbe von ihm, was Sie von mir erfahren haben. Aus ihren Worten und ihrem Benehmen zu schließen, schien sie gewisse Schlüsse daraus zu ziehen. Ich bin ehrlich betroffen, ich fühle mich zutiefst schuldig, obwohl ich nicht weiß, warum. Vielleicht weil all das geschehen konnte, ohne daß jemand es verhindert hat. Glauben Sie mir, Miss Latterly, es tut mir aufrichtig leid.«

»Danke – danke vielmals, Major Tallis.« Hester zwang sich zu einem halbherzigen Lächeln. Ihre Gedanken rasten. »Das werde ich Ihnen nie vergessen.«

»Was werden Sie jetzt tun?« fragte er eindringlich.

»Keine Ahnung. Ich weiß nicht, was ich tun kann. Ich werde erst einmal mit dem zuständigen Polizeibeamten reden.«

»Ja, Miss Latterly, tun Sie das. Und bitte, seien Sie vorsichtig. Ich . . .«

»Keine Angst«, sagte sie rasch. »Ich habe viel über Vertrauen gelernt. Ihr Name wird nicht erwähnt werden, ich gebe Ihnen mein Wort darauf – und jetzt muß ich gehen. Nochmals vielen

Dank.« Ohne ihm noch eine Chance zu einer weiteren Äußerung zu geben, lief sie davon, rannte fast durch den endlos langen Korridor und schlug dreimal die falsche Richtung ein, bis sie endlich den Ausgang erreichte.

Hester hatte sich einen denkbar ungünstigen Zeitpunkt für ein Gespräch mit Monk ausgesucht; es wurde bereits dunkel, als er endlich nach Hause kam und sie in Mrs. Worleys kleinem Salon vorfand.

»Hester! Was ist passiert? Sie sehen ja furchtbar aus.«

»Vielen Dank«, erwiderte sie eisig, war jedoch zu sehr von ihren Neuigkeiten erfüllt, um sich länger als einen kurzen Moment zu ärgern. »Ich war gerade im Kriegsministerium – das heißt, heute nachmittag. Die Warterei auf Sie kam mir endlos vor.«

»Im Kriegsministerium.« Monk, der in einer langsam größer werdenden Pfütze stand, legte Hut und Mantel ab; beides war tropfnaß. »Ihrem Gesicht nach zu urteilen, haben Sie etwas Interessantes herausgefunden!«

Hester legte nur dann kleine Pausen ein, wenn es unumgänglich war, um Atem zu schöpfen, und erzählte ihm erst, was sie von Septimus erfahren hatte, dann alles, was in Major Tallis' Büro gesagt worden war.

»Wenn Octavia am Nachmittag vor ihrem Tod tatsächlich im Kriegsministerium gewesen ist und dort das zu hören bekommen hat wie ich heute«, sagte sie nachdrücklich, »muß sie in dem Glauben in die Queen Anne Street zurückgekehrt sein, ihr Vater hätte absichtlich die Beförderung und damit verbundene Verlegung ihres Mannes von einem guten Durchschnittsregiment zu Lord Cardigans Light Brigade arrangiert, wo er die Ehre und die Pflicht haben würde, einen Angriff zu führen, bei dem mörderische Verluste zu erwarten waren.« Sie schreckte immer noch davor zurück, sich das Ungeheuerliche zu vergegenwärtigen, aber es bedrängte sie von allen Seiten. »Cardigans Ruf ist kein Geheimnis. Der Großteil der Männer würde bereits im ersten Ansturm umkommen, der Rest so schwer verwundet werden, daß die Lazarettchirurgen kaum noch eine Chance hätten, sie zu retten. Man würde sie übereinandergestapelt in offenen Lastkarren zum Militärkrankenhaus von Skutari schaffen, wo sie einer endlos langen Rekonvaleszenz entgegenzusehen hätten, während der mehr von ihnen an Gangränen, Typhus, Cholera und anderen Fieberkrankheiten sterben würden als an den Folgen einer Schwerstverletzung oder einer Kanonenkugel.«

Monk sagte nichts.

»Nachdem er einmal befördert war«, fuhr Hester fort, »standen seine Chancen auf Ruhm, den er sowieso nicht wollte, denkbar schlecht; die Chancen zu sterben, entweder sehr schnell oder auch qualvoll langsam, waren hingegen außerordentlich hoch. Kein Wunder, daß Octavia mit kreidebleichem Gesicht nach Hause kam und beim Dinner kein Wort herausbrachte. Bis zu diesem Zeitpunkt hatte sie den Tod ihres über alles geliebten Mannes für einen bösen Streich des Schicksals gehalten, dessentwegen sie ihr Dasein als Kriegswitwe in unentrinnbarer Abhängigkeit im Haus ihres Vaters fristen mußte.« Sie schauderte. »Wo sie auf einmal noch sicherer in der Falle saß als zu seinen Lebzeiten.«

Monk nickte schweigend; er wollte sie nicht unterbrechen.

»Und dann entdeckte sie plötzlich, daß es gar kein Schicksalsschlag war, der ihr alles genommen hat«, Hester beugte sich vor, »sondern Verrat. Ihr wurde schlagartig klar, Tag für Tag mit dem Verräter unter einem Dach eingesperrt zu sein, so lange, wie sie in ihre triste Zukunft blicken konnte. Was mag sie daraufhin getan haben? Ging sie ins Arbeitszimmer ihres Vaters, um nach Briefen zu suchen, die die furchtbare Wahrheit definitiv beweisen würden?« Sie brach ab.

»Möglich«, sagte Monk langsam. »Basil kaufte Harry also ein Offizierspatent und brachte dann, nachdem dieser sich zu einem prächtigen Offizier entwickelt hatte, seinen Einfluß zur Geltung, um ihm eine noch bessere Position bei einem tapferen und verwegenen Regiment zu verschaffen. Wer hätte etwas anderes darin gesehen als ein verständliches Beispiel für Vetternwirtschaft?«

»Niemand«, gab Hester bitter zurück. »Er hätte einfach den

Unschuldigen gespielt. Woher konnte er wissen, daß ausgerechnet Harry Haslett den Angriff führen und darin umkommen würde?«

»Ganz genau. So ist der Krieg nun mal. Dieses Risiko nimmt man in Kauf, wenn man einen Soldaten heiratet. Er hätte vermutlich gesagt, es täte ihm schrecklich leid für sie, aber es wäre doch sehr undankbar, ihm die Schuld an dem Ganzen zu geben. Wahrscheinlich hätte sie beim Dinner wieder zu tief ins Glas geschaut, was ihr in letzter Zeit ja häufiger passiert wäre. Ich kann mir Basils mißbilligenden Gesichtsausdruck bei diesen Worten lebhaft vorstellen.«

»Nein, das hätte keinen Sinn gehabt«, widersprach Hester überzeugt. »Octavia kannte ihren Vater, zudem war sie die einzige, die genug Mumm besaß, ihm die Stirn zu bieten – und seine Rachsucht zu ernten. Aber wie hätte sie sich sonst zur Wehr setzen können? Verbündete hatte sie nicht. Cyprian war anscheinend zufrieden damit, Gefangener in der Queen Anne Street zu bleiben. In gewisser Weise besaß er in Romola, deren Instinkte ausschließlich aufs eigene Überleben gerichtet waren und die Sir Basil aus diesem Grund niemals getrotzt hätte, eine Art Glückspfand. Fenella interessierte sich nur für sich selbst, Araminta schien in nahezu jedem Punkt auf der Seite ihres Vaters zu stehen. Myles Kellard stellte ein zusätzliches Problem, aber kaum eine Lösung dar, außerdem hätte auch er sich nie über Sir Basils Wünsche hinweggesetzt – schon gar nicht einem anderen Menschen zuliebe!«

»Lady Moidore?«

»Sie schien völlig an die Peripherie verschlagen worden zu sein, beziehungsweise sich dorthin zurückgezogen zu haben. Anfangs hatte sie sich für Octavias Heirat stark gemacht, danach sah es aber so aus, als ob ihre gesamten Kräfte aufgebraucht wären. Septimus hätte vielleicht für sie gekämpft, doch ihm fehlten die Waffen.«

»Und Harry war tot«, spann Monk den Faden weiter. »Er hatte eine Lücke in ihrem Leben hinterlassen, die durch nichts auszufüllen war. Sie muß ein Gefühl von Verzweiflung, Verrat und Auswegslosigkeit empfunden haben, das nahezu unerträglich war. Und sie sah keine Möglichkeit zurückzuschlagen.«

»Nahezu?« wiederholte Hester bitter. »Nahezu unerträglich?

Erschöpft, am Boden, verwirrt und allein – was ist daran noch ›nahezu‹? Außerdem gab es eine Möglichkeit, ob sie sich dessen nun bewußt war oder nicht. Vielleicht ist ihr der Gedanke nie in den Sinn gekommen, aber ein Skandal hätte Basil schlimmer getroffen als alles andere – der grauenhafte Skandal eines Selbstmords in der Familie!« Ihre Stimme wurde angesichts der Tragik des Ganzen hart. »Seine eigene Tochter, die in seinem Haus lebt, sich unter seiner Obhut befindet, tut etwas dermaßen Jämmerliches, Anrüchiges, Gottloses und nimmt sich das Leben! Nicht still und heimlich mit einer Überdosis Laudanum, nicht, weil ein Liebhaber sie zurückgewiesen hatte – und für einen nachträglichen Schock wegen Harrys Tod war es auch zu spät. Nein, auf unangenehm blutige Weise in ihrem Schlafzimmer, vielleicht sogar in Basils Arbeitsraum, den verräterischen Brief noch in der Hand. Man hätte sie auf ungeweihtem Boden begraben, unter unzähligen anderen Sündern, denen jede Vergebung versagt war. Können Sie sich diese Schande vorstellen, sich ausmalen, was die Leute sagen würden? Die Blicke, das Geflüster, das jähe Schweigen? Die plötzlich ausbleibenden Einladungen, die Besuche bei Bekannten, die unerklärlicherweise nicht zu Hause sind, obwohl ihre Kutschen vor der Tür stehen und alle Lichter brennen? Wo er früher auf Bewunderung und Neid gestoßen war, würde er auf einmal nur noch Verachtung ernten und – schlimmstes aller Übel – Spott!«

Monks Gesicht war todernst. »Wenn nicht Annie, sondern ein Familienmitglied die Leiche gefunden hat«, sagte er, »muß es ein leichtes gewesen sein, das Messer zu entfernen, sie auf ihr Bett zu legen, das Négligé zu zerreißen, damit es so aussieht, als ob ein Kampf stattgefunden hätte, die Efeuranken vor dem Fenster abzubrechen und ein paar Wertgegenstände mitzunehmen. Alle Anzeichen deuteten auf Mord, eine zwar scheußliche, widerwärtige Sache, aber keine Schande. So etwas kann jedem passieren. Doch dann bin ich aufgetaucht und habe das Ganze zunichte gemacht, indem ich bewies, daß niemand eingebrochen sein konnte, der Mörder folglich unter den Hausbewohnern zu finden sein mußte.«

»Das ist das wirkliche Verbrechen. Nicht der Mord an Octavia durch Erstechen, sondern der sorgfältig eingefädelte Justizmord an Percival. Wie grauenhaft, wie gemein und hinterhältig – viel schlimmer als unsere erste Annahme!« sagte Hester aufgewühlt. »Aber welche Möglichkeit haben wir, das zu beweisen? Der oder die Täter werden unentdeckt bleiben, sie werden ungestraft davonkommen!«

»Ja, das Ganze ist ein Alptraum«, bestätigte Monk. »Ich habe nicht die leiseste Vorstellung, wer es gewesen sein könnte. Jeder von ihnen hätte unter dem Skandal zu leiden gehabt. Cyprian und Romola kämen zum Beispiel in Frage, vielleicht sogar Cyprian allein. Er ist groß und kräftig genug, Octavia nach oben zu tragen und auf ihr Bett zu legen, falls sie es wirklich in Basils Arbeitszimmer getan hat.«

Der Gedanke war verblüffend schmerzhaft. Hester sah Cyprians Gesicht vor sich, das zu einer so erstaunlichen Bandbreite von Gefühlsbekundungen fähig war. Es würde zu ihm passen, die Tat seiner Schwester vertuschen zu wollen, um ihren Namen zu retten und dafür zu sorgen, daß sie auf geweihtem Boden bestattet, daß angemessen um sie getrauert wurde.

Aber Percival hatte dafür hängen müssen.

»Hätte Cyprian wirklich Percivals Hinrichtung zugelassen, obwohl ihm dessen Unschuld bekannt war?« sagte sie laut. Sie wünschte von Herzen, die Möglichkeit als absurd abtun zu können, doch es stand ihr deutlich vor Augen, wie Cyprian Romolas Druck nachgegeben hatte. Außerdem schien er von allen am heftigsten um Octavia zu trauern, am meisten unter ihrem Tod zu leiden.

»Wie steht's mit Septimus?« fragte Monk.

Es war genau die leichtsinnige, in emotionalem Überschwang begangene Handlung, zu der Septimus imstande wäre.

»Nein«, widersprach Hester vehement. »Er hätte niemals zugelassen, daß Percival gehängt wird.«

»Myles schon.« Monk sah sie eindringlich an; seine Miene war finster und gespannt. »Um den Familiennamen zu retten. Sein eigener Status ist untrennbar mit dem der Moidores verknüpft – er ist völlig abhängig. Araminta könnte ihm geholfen haben oder auch nicht.«

Hester dachte an die seltsame Episode in der Bibliothek, an die explosive Spannung zwischen Myles und Araminta. Araminta wußte mit Sicherheit, daß Myles Octavia nicht umgebracht hatte, hatte dennoch genau diesen Eindruck bei Monk erweckt und dann seelenruhig zugesehen, wie Myles vor Angst schwitzte. Das war eine besondere Form von Haß. Wurde er von dem Grauen ihrer brutalen Hochzeitsnacht genährt oder von dem Wissen, daß er das Stubenmädchen Martha vergewaltigt hatte?

»Basil selbst womöglich?« schlug sie vor.

»Oder Basil wegen des guten Rufs und Lady Moidore aus Liebe? Fenella ist die einzige, die meiner Meinung nach weder Mittel noch Motiv hatte.« Monks Gesicht war aschfahl. Sein Blick war derart gequält und schuldbewußt, daß sie plötzlich von grenzenloser Bewunderung für seine Aufrichtigkeit vor sich selbst erfaßt wurde. Gleichzeitig stieg Wärme in ihr auf, weil er zu enormem Mitgefühl fähig war, was er jedoch gemeinhin hervorragend zu verbergen verstand.

»Das sind natürlich alles Spekulationen«, sagte sie wesentlich freundlicher. »Ich weiß nicht, wie wir auch nur eine davon beweisen könnten. Selbst wenn wir das Ganze herausgefunden hätten, bevor Percival angeklagt wurde, hätten wir keine Beweise gehabt. Deswegen bin ich hier – und weil ich mein Wissen mit Ihnen teilen wollte, selbstverständlich.«

Monk war anzusehen, wie konzentriert er nachdachte. Während Hester wartete, drangen die Arbeitsgeräusche aus Mrs. Worleys Küche an ihr Ohr, begleitet vom Klappern der Kutschen und Lastkarren draußen auf der Straße.

»Falls sie tatsächlich Selbstmord begangen hat«, sagte er nach einer Weile, »muß jemand das Messer, als die Leiche entdeckt wurde, entfernt und in die Küche zurückgelegt haben; vielleicht hat er es auch behalten, aber das kommt mir eher unwahrscheinlich vor. Soweit wir bisher erkennen können, handelte es sich nicht um einen panischen Akt. Und wenn das Messer zurückgelegt wurde ... nein, stop!« Er schnitt eine ungeduldige Grimasse. »Das Négligé wurde zweifellos nicht zurückgelegt. Beides muß an einem Platz versteckt worden sein, wo wir nicht nachgesehen haben. Trotzdem fanden wir keinen Anhaltspunkt dafür, daß jemand das Haus zwischen dem Augenblick ihres Todeseintritts und dem Zeitpunkt verlassen hat, als Arzt und Polizei verständigt wurden.« Er starrte sie an, als würde er krampfhaft versuchen, ihre Gedanken zu lesen, hörte aber nicht auf zu sprechen. »In einem Haus mit soviel Personal, von dem ein Teil bereits um fünf Uhr morgens auf den Beinen ist, dürfte es relativ schwierig sein, ungesehen zu verschwinden.«

»Bestimmt gab es Stellen in den Räumen der Familie, die bei der Durchsuchung übersehen worden sind, meinen Sie nicht?«

»Es scheint so.« Monks Miene verfinsterte sich zusehends. »Gott, wie unmenschlich! Der oder die Täter müssen das Messer und das Négligé – an dem ihr Blut klebte! – mitgenommen haben, für den Fall, daß sie die Beweisstücke noch einmal brauchen könnten; um irgendeinen armen Teufel zu belasten, zum Beispiel.« Er erschauerte, und auch Hester hatte das Gefühl, daß es plötzlich kälter geworden war, was weder mit dem mageren Feuer noch mit dem anhaltenden Eisregen vor dem Fenster zu tun hatte.

»Wenn wir das Versteck ausfindig machen könnten«, sagte Hester zögernd, »wüßten wir vielleicht auch, wer die Sachen dorthin getan hat?«

Er stieß ein abgehacktes, gequältes Lachen aus.

»Derselbe, von dem sie hinter die Schublade in Percivals Kommode gequetscht worden sind? Nein, ich glaube nicht, daß das Versteck Rückschlüsse auf seine Identität zuläßt.«

Hester kam sich vor wie ein Schaf.

»Sie haben recht«, stimmte sie leise zu. »Wonach können wir dann suchen?«

Monk versank wieder für längere Zeit in Schweigen. Hester zerbrach sich angestrengt den Kopf nach einer Lösung.

»Ich weiß es nicht«, brachte er schließlich mit sichtlicher Mühe heraus. »Blutspuren im Arbeitszimmer wären ein wertvoller Hinweis – Percival hätte sie nie dort getötet. Die ganze Geschichte basiert auf der Prämisse, daß er sich gewaltsam Zutritt zu ihrem Schlafzimmer verschafft hat und sie im Verlauf einer Auseinandersetzung erstochen wurde.«

Hester sprang unvermittelt auf. Sie war plötzlich voller Energie, weil es endlich etwas zu tun gab.

»Ich werde mich darum kümmern. Es dürfte kein großes Problem sein . . .«

»Seien Sie vorsichtig«, sagte er so scharf, daß es fast wie ein Bellen klang. »Hester!«

Hester war so aufgeregt, doch noch einen Ansatzpunkt gefunden zu haben, daß sie kaum auf ihn achtete.

»Hester!« Er packte sie hart an der Schulter.

Sie zuckte zusammen und hätte sich seinem Griff liebend gern entwunden – sofern sie die Kraft dazu gehabt hätte.

»Hester, hören Sie mir zu!« beharrte Monk nachdrücklich. »Dieser Mann – oder diese Frau – hat weit mehr getan, als einen Selbstmord zu vertuschen. Der Betreffende hat einen vorsätzlichen, kaltblütigen Mord begangen.« Sein Gesicht war vor Elend ganz grau. »Haben Sie je einen Menschen hängen sehen? Ich schon. Und ich habe gesehen, wie verzweifelt Percival schon Wochen vorher gekämpft hat, als er spürte, wie sich das Netz um ihn zusammenzog. Außerdem war ich bei ihm in Newgate. Es ist eine schreckliche Art zu sterben.«

Ihr war ein wenig schlecht, aber sie versuchte nicht mehr, seinem Griff zu entkommen.

»Man wird kein Mitleid mit Ihnen haben«, fuhr er gnadenlos fort, »wenn Sie auch nur die geringste Bedrohung darstellen. Ich halte es für besser, daß Sie auf der Stelle schriftlich kündigen. Schreiben Sie ihnen, Sie hätten einen Unfall gehabt und könnten nicht zurückkommen. Die Moidores brauchen keine Schwester mehr; eine Zofe reicht vollkommen, Lady Moidores Wünsche zu erfüllen.«

»Das werde ich auf keinen Fall!« Sie stand mit ihm fast Brust an Brust und funkelte ihn mit glühenden Augen an. »Ich werde in die

Queen Anne Street zurückgehen, um nach Möglichkeit herauszufinden, was wirklich mit Octavia geschehen ist. Mit etwas Glück komme ich vielleicht sogar dahinter, wer für Percivals Hinrichtung verantwortlich ist.«

»Hester.«

»Was ist?«

Monk holte tief Luft und ließ sie los. »Wenn das so ist, werde ich mich in der Nähe aufhalten. Ich erwarte, Sie wenigstens einmal in der Stunde an einem Fenster zu sehen, das zur Straße hinausgeht. Falls nicht, verständige ich Evan im Polizeirevier und lasse ihn das Haus stürmen.«

»Das können Sie nicht tun!«

»Und ob!«

»Unter welchem Vorwand denn, um Himmels willen?«

Er feixte mit bitterem Humor. »Unter dem Vorwand, Sie würden wegen Diebstahls gesucht. Ich kann Sie später jederzeit wieder freilassen – mit unbeflecktem Leumund, versteht sich – und behaupten, es hätte sich um eine Verwechslung gehandelt.«

Hester war erleichterter, als sie sich anmerken ließ.

»Ich bin Ihnen sehr verbunden!« Das sollte steif und formell klingen, doch ihre Gefühle sickerten durch. Einen kurzen Moment lang sahen sie sich in der stillschweigenden Übereinstimmung an, die gelegentlich zwischen ihnen aufflackerte, dann griff sie nach ihrem Mantel, ließ sich von ihm hineinhelfen und ging.

Sie betrat das Haus in der Queen Anne Street so unauffällig wie möglich, wich jedem überflüssigen Gespräch aus und überzeugte sich, daß Septimus weiterhin auf dem Weg der Besserung war. Er war sichtlich erfreut, sie zu sehen, zudem recht neugierig, was sie den Tag über getrieben hatte. Es fiel ihr schwer, ihm nichts zu verraten, daher machte sie sich so bald wie möglich unter einem Vorwand aus dem Staub, um zu Beatrice zu gehen.

Nachdem sie ihr das Dinner hinaufgebracht hatte, bat Hester, sich frühzeitig zurückziehen zu dürfen, weil sie noch einige Briefe zu schreiben hätte.

Sie schlief unruhig, daher war es kein großes Problem, kurz nach zwei aufzustehen und mit einer Kerze in der Hand nach unten zu schleichen. Die Gaslampen anzuzünden traute sie sich nicht. In Sir Basils Arbeitszimmer hielt sie die Kerze dicht über dem Boden, um den rotblau gemusterten Orientteppich nach Unregelmäßigkeiten abzusuchen, bei denen es sich um Blutflecken handeln könnte.

Nach zehn Minuten, die ihr wie eine Ewigkeit vorkamen, vernahm sie plötzlich das Schlagen der Standuhr in der Halle, woraufhin sie beinah die Kerze hätte fallen lassen. Zum Glück landeten jedoch nur einige Tropfen Wachs auf dem Teppich, die sie sofort mit den Fingernägeln abkratzte.

Und da fiel ihr eine Unregelmäßigkeit auf; es war eine unschöne Asymmetrie im Muster, die an keiner anderen Stelle auftauchte. Bei näherer Betrachtung sah sie, wie groß der Fleck war, inzwischen fast ausgewaschen, doch immer noch gut erkennbar. Er befand sich hinter dem breiten Eichenschreibtisch, genau dort, wo man stehen würde, um eins der kleinen Schubfächer herauszuziehen, von denen drei mit Schlössern versehen waren.

Hester stand langsam auf. Ihr Blick wanderte zur zweiten Schublade von oben, deren Schlüsselloch von leichten Kerben umgeben war, als ob sich jemand mit einem groben Gegenstand daran zu schaffen gemacht hätte. Offensichtlich hatte ausgiebiges Polieren die Spuren nicht verwischen können.

Hester sah keine Möglichkeit, das Schloß zu öffnen. Sie besaß weder einbrecherisches Talent noch das erforderliche Werkzeug; außerdem wollte sie auf keinen Fall die Person aufscheuchen, die eine weitere Beschädigung zweifellos am ehesten bemerken würde. Sie konnte sich gut vorstellen, was Octavia gefunden hatte: einen, vielleicht auch mehrere Briefe von Lord Cardigan oder sogar dem Colonel von Harry Hasletts Regiment, die alles bestätigten, was sie im Kriegsministerium erfahren hatte.

Hester stand reglos da. Sie starrte auf die fein säuberlich angeordneten Schreibtischutensilien: ein Schälchen mit Sand zum Tintelöschen; dunkelrote, spitz zulaufende Stifte Siegellack; ein verzierter Ständer aus Sardonyx und rotem Jaspis für Tinte und Feder; ein langer, wunderschöner Brieföffner, eine Miniaturausgabe von König Artus' legendärem Schwert Excalibur, das in einem magischen Stein steckte. Es war mindestens zwanzig Zentimeter lang und hatte ein mit kostbaren Schnitzereien verschenes Heft. Der Stein, der zugleich als Ständer diente, war ein gelber Achat. Es war der größte, den sie je gesehen hatte. Sie stand genau dort, wo Octavia gestanden haben mußte, elend und einsam, mit dem bitteren Gefühl, endgültig geschlagen zu sein. Auch sie mußte die schönen Dinge fassungslos angestarrt haben.

Hester steckte langsam eine Hand nach dem Brieföffner aus. Sie, an Octavias Stelle, wäre nicht in die Küche gegangen, um Mrs. Bodens Tranchiermesser zu holen: sie hätte dieses wundervolle Ding benutzt. Sie zog es vorsichtig heraus, spürte, wie schwer es war, wie spitz. Unzählige Sekunden strichen in der Totenstille des Hauses dahin, Hunderte von Schneeflocken schwebten hinter den vorhanglosen Fenstern sanft auf den Boden, ehe sie den schwachen dunklen Ring am Übergang zwischen Schneide und Heft entdeckte. Sie hielt ihn dicht vor die Kerzenflamme. Er war braun, nicht dunkelgrau wie beschlagenes Silber oder eingefressener Schmutz – braun und häßlich wie getrocknetes Blut.

Kein Wunder, daß Mrs. Boden ihr Messer nicht früher vermißt hatte. Wahrscheinlich hatte es die ganze vorherige Zeit nicht gefehlt; sie hatte sich lediglich durch das verwirren lassen, was sie für die Fakten hielt.

Es hatte sich aber Blut an dem Messer befunden, das hinter Percivals Kommodenschublade versteckt gewesen war. Wessen Blut dann – falls Octavia sich das Leben mit diesem schlanken Brieföffner genommen hatte?

Kein menschliches Blut. Es war ein Küchenmesser, und in einer Küche gab es hin und wieder eimerweise Blut. Ein Ferkel, ein Fisch, ein Huhn, irgend etwas, das ausgenommen werden mußte. Wer konnte ein Blut vom andern unterscheiden?

Und wenn Octavias Blut nicht an diesem Messer klebte, war es dann ihres an dem Négligé?

In dem Moment wurde Hester von einer so heftigen Erinnerung überfallen, als hätte man ihr einen Kübel eiskaltes Wasser über den Kopf geschüttet. Hatte Beatrice nicht verlauten lassen, die Spitze von Octavias Négligé wäre eingerissen gewesen und sie hätte sich angeboten, den Schaden zu reparieren, da Octavia kein Geschick für feine Handarbeiten besaß? Was nichts anderes bedeutete, als daß sie es zum Zeitpunkt ihres Todes nicht getragen hatte! Doch das wußte niemand außer Beatrice – und ihr hatte man, aus Rücksicht auf ihren bedenklichen Zustand, das blutbesudelte Kleidungsstück nicht gezeigt. Araminta hatte es als dasjenige identifiziert, das Octavia an jenem Abend trug – zu Recht, denn zumindest auf der Galerie hatte sie es noch angehabt. Anschließend war sie ins Zimmer ihrer Mutter gegangen, um ihr gute Nacht zu sagen, und hatte es dort gelassen.

Auch Roses Bestätigung war aus dem gleichen Grund irreführend. Sie wußte lediglich, daß es Octavia gehört, nicht wann sie es getragen hatte.

Oder doch? Sie mußte wenigstens wissen, wann es zuletzt gewaschen worden war. Immerhin war es ihre Aufgabe, Kleidungsstücke zu waschen und zu bügeln, sowie sie im Bedarfsfall zu flicken. Wie hatte sie versäumen können, die Spitze wieder in Ordnung zu bringen? Eine Wäschemagd sollte aufmerksamer sein.

Sie mußte Rose gleich nach dem Aufstehen danach fragen.

Damit war Hester schlagartig in die Gegenwart zurückversetzt. Ihr wurde plötzlich klar, daß sie im Nachthemd in Sir Basil Moidores Arbeitszimmer stand, an der Stelle, wo Octavia sich in ihrer Verzweiflung getötet haben mußte, mit dem Messer, das sie soeben in der Hand hielt. Falls man sie jetzt hier vorfinden würde, hätte sie nicht die geringste Entschuldigung – und wenn sie derjenige entdeckte, der auch Octavias Leiche entdeckt hatte, wüßte er sofort Bescheid.

Die Kerze war heruntergebrannt, der Kerzenständer füllte sich langsam mit geschmolzenem Wachs. Sie brachte den Brieföffner in seine ursprüngliche Position zurück, nahm die Kerze, ging so schnell wie möglich zur Tür und machte sie fast lautlos auf. Die Halle war in undurchdringliches Dunkel gehüllt; nur durch das Fenster, das zur Vorderseite des Hauses hinausging und den Blick auf die tanzenden Schneeflocken freigab, drang schwaches Licht.

Sie schlich auf Zehenspitzen wieder in ihr Zimmer, blies das klägliche Flämmchen aus und schlüpfte zwischen die kalten Laken. Sie fror und zitterte vor Anspannung am ganzen Körper, hatte eine dünne Schicht Angstschweiß auf der Haut und im Magen ein flaues Gefühl.

Am nächsten Morgen bedurfte es ihrer ganzen Selbstbeherrschung, sich erst um Beatrices Wohlergehen und Frühstück zu kümmern, dann um Septimus'. Besonders bei ihm mußte sie aufpassen, nicht hektisch oder nachlässig zu erscheinen. Schließlich war es fast zehn, als sie endlich dazu kam, Rose in der Waschküche abzufangen.

»Rose«, rief sie leise, um Lizzie nicht aufzuscheuchen.

»Was wollen Sie?« Rose war furchtbar blaß. Ihr Teint hatte den zarten Porzellanschimmer verloren, die Augen waren sehr dunkel, fast hohl. Percivals Tod hatte sie schwer getroffen. Vielleicht plagte sie ein schlechtes Gewissen wegen ihrer Zeugenaussage und der kleinen boshaften Bemerkungen, der zarten Winke vor seiner Verhaftung, die Monk auf die richtige Fährte gebracht hatten.

»Rose«, wiederholte Hester, diesmal eindringlicher, um Roses Aufmerksamkeit von Dinahs Schürze abzulenken, die sie mit dem Plätteisen bearbeitete. »Es geht um Miss Octavia.«

»Was ist mit ihr?« fragte Rose gleichgültig. Ihre Hand glitt mechanisch vor und zurück, ihr Blick klebte an der Schürze.

»Sie haben sich doch um ihre Kleidung gekümmert, nicht wahr? Oder war das Lizzie?«

»Nein.« Rose sah sie immer noch nicht an. »Lizzie kümmert sich um Lady Moidores und Miss Aramintas, manchmal auch um Mr. Cyprians. Ich hab Miss Octavias gemacht und bin für die Wäsche der Herren zuständig. Die Schürzen und Hauben der Dienstmädchen teilen wir untereinander auf, wie's gerade kommt. Wieso? Was spielt das noch für eine Rolle?«

»Wann haben Sie Miss Octavias Néglige mit den Lilien zum letztenmal gewaschen – vor ihrem Tod?«

Rose legte das Plätteisen endlich aus der Hand und schaute Hester stirnrunzelnd an. Sie dachte eine Weile nach, bevor sie antwortete.

»Ich hab's an dem Morgen des Vortages gebügelt und gegen Mittag zu ihr raufgebracht. Sie hat's in der Nacht dann getragen, nehme ich an.« Sie holte tief Luft. »Und wie ich gehört hab, in der nächsten auch. Sie wurde doch darin ermordet.«

»War es beschädigt?«

Roses Gesicht wurde hart. »Natürlich nicht. Glauben Sie, ich versteh nichts von meiner Arbeit?«

»Wenn sie es in der ersten Nacht zerrissen hätte, hätte sie es Ihnen dann zum Nähen gegeben?«

»Eher Mary, aber Mary hätt's zu mir gebracht. Sie hat geschickte Hände, wenn's darum geht, Maßanzüge und Abendkleider zu ändern, aber diese Lilien sind feine Arbeit. Wieso? Was spielt das noch für eine Rolle?« fragte sie wieder und verzog das Gesicht. »Es muß sowieso Mary gewesen sein, die das Ding geflickt hat, denn ich war's nicht – und als die Polizei es mir zum Identifizieren vorgelegt hat, war es völlig in Ordnung; alle Lilien waren heil.«

Hester wurde vor Aufregung ganz schlecht.

»Sind Sie sicher? Kein Zweifel? Würden Sie es beim Tod eines Menschen beschwören?«

Rose sah aus, als ob man sie geschlagen hätte. Jetzt war auch das letzte bißchen Farbe aus ihrem Antlitz verschwunden.

»Bei wessen denn, hä? Percival lebt nicht mehr! Das wissen Sie ganz genau! Was ist mit Ihnen los? Warum interessieren Sie sich für ein Stück Spitze?«

»Sind Sie sicher?« beharrte Hester. »Absolut sicher?«

»Jawohl, das bin ich.« Rose war verärgert, weil sie Hesters Hartnäckigkeit nicht verstand. Sie machte ihr angst. »Es war nicht zerrissen, als die Polizei es mir gezeigt hat mit dem ganzen Blut drauf. Der Teil mit der Spitze war sauber und völlig in Ordnung.«

»Irrtum ausgeschlossen? Das Négligé hat nicht mehr Stellen mit Spitzenbesatz?«

»Nicht so wie diese.« Rose schüttelte den Kopf. »Hören Sie, Miss Latterly, was immer Sie von mir halten mögen – Ihr hochnäsiges Getue läßt da keinen Zweifel dran aufkommen –, ich versteh meinen Job, und ich kann Saum und Kragen von einem Négligé unterscheiden! Die Spitze war nicht zerrissen, als ich es aus dem Waschraum hochgeschickt hab, und sie war auch nicht zerrissen, als ich es für die Polizei identifizieren mußte.«

»Gut«, sagte Hester ruhig. »Würden Sie das beschwören?«

»Warum?«

»Würden Sie?« Hester hätte sie am liebsten geschüttelt.

»Wem gegenüber beschwören?« zischte Rose. »Was soll das?« In ihrem Gesicht arbeitete es, als würde sie von gewaltigen Emotionen geschüttelt. »Sie meinen . . .« Es fiel ihr schwer, die Worte auszusprechen. »Sie meinen, es war nicht Percival, der sie ermordet hat?«

»Ja. Ich glaube nicht, daß er es war.«

Rose war kreidebleich. Sie hatte am ganzen Körper eine Gänsehaut. »Großer Gott! Wer dann?«

»Ich weiß es nicht – und wenn Sie auch nur einen Funken Verstand haben und Ihnen Ihr Leben lieb ist, von Ihrem Job ganz zu schweigen, sagen Sie zu niemand ein Wort.«

»Aber wie kommen Sie darauf?« So leicht ließ Rose sich nicht abspeisen.

»Sie sind besser dran, wenn Sie keine Ahnung haben, glauben Sie mir!«

»Und was haben Sie jetzt vor?«

»Es zu beweisen – nach Möglichkeit.«

In dem Moment tauchte Lizzie auf. Sie preßte verärgert die Lippen zusammen.

»Wenn Sie was gewaschen haben möchten, Miss Latterly, wenden Sie sich bitte an mich, ich werd mich drum kümmern. Aber stehen Sie hier nicht tratschend mit Rose in der Gegend rum, die hat genug zu tun.«

»Es tut mir schrecklich leid«, sagte Hester, zwang sich zu einem entschuldigenden Lächeln und floh.

Erst als sie wieder im Haupthaus war und die Treppe zu Beatrices Zimmer bereits halb erklommen hatte, kam einigermaßen Ordnung in ihre Gedanken. Wenn das Négligé unbeschädigt gewesen war, als Rose es nach oben geschickt hatte, und unbeschädigt, als es in Percivals Zimmer gefunden worden war, jedoch zerrissen, als Octavia ihrer Mutter gute Nacht gesagt hatte, mußte das Mißgeschick im Laufe des Tages passiert sein, und niemand außer Beatrice hatte davon gewußt. Octavia hatte es nicht getragen, als sie starb; zu der Zeit befand es sich in Beatrices Zimmer. Irgendwann mußte jemand das Négligé und das Tranchiermesser genommen, die Klinge in Blut getaucht, in den zarten Seidenstoff gewickelt und in Percivals Zimmer deponiert haben.

Wer?

Wann hatte Beatrice es geflickt? Sicher noch am selben Abend? Nach Octavias Tod hätte sie sich bestimmt nicht mehr die Mühe gemacht.

Wo konnte es also gesteckt haben? Vermutlich im Handarbeitskorb in Beatrices Zimmer. Oder war es in Octavias Zimmer zurückgelegt worden? Ja, bestimmt, denn ansonsten hätte, wer immer es besaß, seinen Fehler bemerkt und gewußt, daß Octavia es nicht getragen hatte, als sie zu Bett ging.

Hester stand auf dem letzten Treppenabsatz vor der Galerie. Es hatte aufgehört zu regnen, die harte, fahle Wintersonne schien matt durch die Fenster und malte schwache Muster auf den Teppich. Sie war keiner Menschenseele begegnet. Das gesamte Hauspersonal war beschäftigt; die Zofen kümmerten sich um die Garderobe, die Haushälterin war in ihrer Wäschekammer, die Mädchen fürs Obergeschoß machten die Betten, drehten Matratzen um und staubten ab, das Nesthäkchen steckte irgendwo im Flur. Dinah und die Lakaien hielten sich im vorderen Teil des Hauses auf, Romola beaufsichtigte im Schulzimmer ihre Kinder, Araminta schrieb Briefe im Boudoir, die männlichen Mitglieder der Familie waren unterwegs, Beatrice hütete wie üblich ihr Zimmer.

Beatrice war die einzige, die von der zerrissenen Spitze wußte, folglich hätte sie nicht den Fehler gemacht, das Négligé mit Blut zu besudeln. Nicht, daß Hester sie ernsthaft verdächtigt hätte, schon gar nicht allein. Sie konnte theoretisch zwar mit Sir Basil unter einer Decke stecken, hatte andererseits jedoch Angst, weil jemand ihre Tochter ermordet hatte und sie nicht wußte wer. Sie hatte sogar befürchtet, daß Myles derjenige sein könnte. Hester überlegte für den Bruchteil einer Sekunde, verwarf den Gedanken jedoch sofort wieder. Wozu hätte sie sich die Mühe machen sollen? Sie hatte keine Ahnung, daß Hester das, was sie sagte, weitererzählen würde.

Wer war darüber im Bilde gewesen, welches Négligé Octavia an jenem Abend getragen hatte? Den Salon mußte sie vollständig angekleidet verlassen haben, wie die anderen Frauen auch. Wer hatte sie gesehen, nachdem sie sich für die Nacht umgezogen hatte?

Nur Araminta – und ihre Mutter.

Stolze, schwierige, kalte Araminta. Sie hatte den Selbstmord ihrer Schwester vertuscht und, als es unumgänglich wurde, den Sündenbock für einen Mord zu finden, Percival für diese Rolle auserkoren.

Sie konnte es jedoch unmöglich allein getan haben. Araminta war dünn, beinah unterernährt. Sie hätte es niemals geschafft, Octavias Leiche nach oben zu verfrachten. Wer hatte ihr geholfen? Myles? Cyprian? Basil?

Und wie sollte sie das beweisen?

Der einzig wirkliche Beweis war Beatrices Wort bezüglich der Lilien. Würde sie es beschwören, auch wenn ihr klar wurde, was davon abhing?

Hester brauchte einen Verbündeten. Monk stand zwar draußen – sie hatte seine dunkle Gestalt jedesmal gesehen, wenn sie vor dem verabredeten Fenster aufgetaucht war –, aber hier war er machtlos.

Septimus! Nur bei ihm war sie sicher, daß er nichts mit dem Ganzen zu tun hatte und genügend Mut besaß, notfalls zu kämpfen. Und Mut brauchten sie ganz bestimmt. Percival war tot, alle andern betrachteten die Angelegenheit als erledigt. Es wäre wesentlich einfacher, die Dinge auf sich beruhen zu lassen.

Hester änderte die Richtung und ging statt zu Beatrices Zimmer zu Septimus'.

Er saß gegen einen Berg aus Kissen gelehnt im Bett und las, das Buch auf Armeslänge von sich gestreckt, um seinen weitsichtigen Augen Genüge zu tun. Als sie hereinkam, blickte er überrascht auf. Es ging ihm soviel besser, daß ihre Besuche inzwischen eher freundschaftlicher als beruflicher Natur waren. Er merkte sofort, daß ihr etwas zusetzte.

»Was ist passiert?« erkundigte er sich bestürzt und klappte sein Buch zu, ohne ein Lesezeichen einzulegen.

Es war vergeudete Zeit, sich mit langen Vorreden aufzuhalten. Hester schloß die Tür, durchquerte den Raum und setzte sich auf die Bettkante.

»Ich habe eine Entdeckung hinsichtlich Octavias Tod gemacht – genaugenommen zwei.«

»Und die sind offenbar sehr schwerwiegend«, sagte er ernst. »Wie ich sehe, sind Sie ziemlich beunruhigt. Worum handelt es sich?«

Sie atmete tief durch. Falls sie sich irrte, er in die Geschichte verwickelt, der Familie gegenüber loyaler und weniger mutig war, als sie annahm, manövrierte sie sich in eine Situation, aus der sie allein nicht mehr herausfand. Trotzdem konnte sie jetzt keinen Rückzieher mehr machen.

»Sie starb nicht in ihrem Schlafzimmer. Ich weiß, wo sie wirklich starb.« Sie behielt ihn genau im Auge, doch Septimus' Miene verriet nichts als Interesse, keine Spur von erwachendem Schuldbewußtsein. »In Sir Basils Arbeitszimmer.«

»In Basils Arbeitszimmer?« fragte er verwirrt. »Aber das ergibt keinen Sinn, meine Liebe! Weshalb sollte Percival dorthin gegangen sein, wenn er etwas von ihr wollte? Und was hatte sie da mitten in der Nacht zu suchen?« Plötzlich wich alle Farbe aus seinem Gesicht. »Oh – Sie meinen, Sie wissen, was sie an diesem Tag herausgefunden hat? Hängt es etwa mit Basil zusammen?«

Sie erzählte ihm, was sie im Kriegsministerium in Erfahrung gebracht hatte, und daß Octavia am Nachmittag vor ihrem Tod dort das gleiche zu Ohren gekommen war.

»Gütiger Gott!« sagte Septimus leise. »Das arme Kind – das arme, arme Kind.« Er starrte eine Weile auf die Bettdecke, hob dann den Blick und sah sie mit abgehärmtem Gesicht böse und verängstigt an. »Soll das heißen, Basil hat sie getötet?«

»Nein. Ich glaube, sie hat es selbst getan. Mit dem Brieföffner aus seinem Arbeitszimmer.«

»Aber wie ist sie in ihr Schlafzimmer gekommen?«

»Jemand hat sie gefunden, das Messer gesäubert und wieder an seinen Platz gebracht, sie nach oben getragen, die Efeuranken vor dem Fenster abgebrochen und eine silberne Vase sowie einige Schmuckstücke mitgenommen, daß es nach einem Einbruch aussah. Den Rest konnte man getrost Annie überlassen, die die Leiche am nächsten Morgen entdecken würde.«

»Man wollte verhindern, daß es als Selbstmord publik wird, mit dem damit verbundenen Skandal, dem Gerede, der furchtbaren Schande...« Er atmete tief ein, dann weiteten sich seine Augen vor Entsetzen. »Aber... großer Gott! Percival wurde dafür gehängt!«

»Richtig.«

»Das – das ist ja grauenhaft. Das ist Mord!«

»In der Tat.«

»Um Himmels willen«, sagte Septimus kaum hörbar. »Wie tief sind wir gesunken. Wissen Sie, wer es war?«

Hester erzählte ihm von dem Négligé.

»Araminta also«, stellte er tonlos fest. »Aber nicht allein. Wer hat ihr geholfen? Wer hat die arme Octavia nach oben getragen?«

»Keine Ahnung. Es muß ein Mann gewesen sein, das ist alles, was ich weiß.«

»Und was beabsichtigen Sie nun zu tun?«

»Die einzige Person, die den Beweis dafür erbringen kann, ist Lady Moidore. Ich denke, sie wäre auch dazu bereit. Sie weiß, daß Percival unschuldig war, und findet vermutlich alles besser als die fürchterliche Ungewißheit und die damit verbundene Angst, die ihre Beziehungen zu sämtlichen Familienmitgliedern zerstört.«

»Glauben Sie wirklich?« Er dachte einen Moment darüber nach; seine rechte Hand öffnete und schloß sich unablässig auf der Bettdecke. »Vielleicht haben Sie recht. Jedenfalls können wir nicht einfach darüber hinwegsehen – koste es, was es wolle.«

»Sie kommen also mit zu Lady Moidore und helfen mir? Sie muß beschwören, daß das Négligé am Abend vor Octavias Tod zerrissen war, sich die ganze Nacht in ihrem Zimmer befand und später zurückgebracht wurde.«

»Ja.« Septimus schwang die Beine aus dem Bett, um aufzustehen, woraufhin Hester ihm zur Unterstützung beide Hände reichte. »Selbstverständlich. Das mindeste, was ich tun kann, ist dasein. Arme Beatrice.«

Er hatte immer noch nicht ganz begriffen.

»Werden Sie ihre Antwort notfalls auch vor einem Richter unter Eid wiederholen? Werden Sie ihr den Rücken stärken, wenn sie merkt, was es bedeutet?«

Er richtete sich kerzengerade auf, die Schultern zurückgeworfen, die Brust nach vorn.

»Jawohl, das werde ich.«

Beatrice war verwundert, Septimus in Hesters Kielwasser zu entdecken, als sie das Zimmer betraten. Sie saß vor ihrer Kommode und bürstete sich das Haar. Normalerweise gehörte das zu den Aufgaben ihrer Zofe, doch da es nicht frisiert werden mußte, weil sie sowieso nirgends hinging, hatte sie das Bürsten ausnahmsweise selbst übernommen.

»Was ist los?« fragte sie ruhig. »Ist etwas geschehen? Geht es dir wieder schlechter, Septimus?«

»Nein, meine Liebe.« Er ging ein paar Schritte auf sie zu. »Ich fühle mich ganz gut. Aber du hast recht, es ist etwas geschehen. Du mußt eine Entscheidung treffen, und ich bin gekommen, um dir dabei zur Seite zu stehen.«

»Eine Entscheidung? Was meinst du damit?« Sie hatte bereits Angst; ihr Blick glitt beunruhigt von ihm zu Hester. »Hester? Was ist passiert? Sie wissen doch etwas, das sehe ich Ihnen an.« Sie holte tief Luft und machte Anstalten weiterzufragen, doch die Worte erstarben ihr auf den Lippen, und sie brachte keinen Ton mehr heraus. Statt dessen legte sie langsam die Bürste weg.

»Lady Moidore«, begann Hester freundlich – es war grausam, das Ganze unnötig in die Länge zu ziehen –, »Sie sagten doch, Octavia wäre am Abend ihres Todes in Ihr Zimmer gekommen, um Ihnen gute Nacht zu wünschen, richtig?«

»Ja.« Es war kaum mehr als ein Wispern.

»Und daß die Lilien an der Schulter ihres Négligés eingerissen waren?«

»Ja.«

»Sind Sie vollkommen sicher?«

Beatrice war derart verblüfft, daß ihre Angst ein wenig nachließ.

»Selbstverständlich bin ich das. Ich bot ihr an, den Riß zu flicken.« Gegen ihren Willen füllten sich ihre Augen mit Tränen. »Ich habe es auch getan.« Sie schluckte krampfhaft und rang mühsam um Beherrschung. »Ich habe die Lilien wieder völlig in Ordnung gebracht, bevor ich zu Bett ging. Es war nichts mehr von dem Riß zu sehen.«

Hester hätte sie gerne berührt, ihre Hände genommen und festgehalten, aber sie war bereits dabei, ihr den nächsten Schlag zu versetzen, und konnte es nicht. Es erschien ihr scheinheilig, wie ein Judaskuß.

»Würden Sie das bei Ihrer Ehre beschwören?«

»Natürlich, aber wem . . . wem sollte etwas daran gelegen sein – jetzt noch?«

»Bist du wirklich sicher, Beatrice?« Septimus kniete sich unbeholfen vor ihr hin und legte ihr mit einer tapsigen, zärtlichen Bewegung eine Hand auf den Arm. »Du würdest es nicht zurücknehmen, wenn du dir des tieferen Sinns bewußt wirst?«

Sie starrte ihn entgeistert an. »Es ist die Wahrheit, oder nicht? Was meinst du mit ›tieferen Sinns‹, Septimus?«

»Daß Octavia Selbstmord begangen hat, meine Liebe, und daß

Araminta es mit jemandes Hilfe vertuscht hat, um die Ehre der Familie zu retten.« So leicht ließ sich das Grauen zusammenfassen. In einem einzigen Satz.

»Selbstmord? Aber weshalb? Harry war schon zwei Jahre tot.«

»Weil sie an diesem Tag herausfand, wie und warum er sterben mußte.« Er ersparte ihr die häßlichen Einzelheiten, zumindest vorerst. »Sie hat es nicht verkraftet.«

»Weißt du, was das bedeutet, Septimus?« Beatrices Mund und Kehle waren auf einmal so trocken, daß sie die Worte kaum noch formen konnte. »Percival wurde hingerichtet, weil er sie angeblich ermordet hat!«

»Ja, Beatrice, ich weiß. Deshalb müssen wir reden.«

»Jemand aus meinem Haus – aus meiner eigenen Familie – hat Percival kaltblütig umgebracht!«

»Richtig.«

»Septimus, ich habe nicht die geringste Ahnung, wie ich damit fertig werden soll!«

»Dir wird nichts anderes übrigbleiben, als damit fertig zu werden, Beatrice.« Obwohl er sehr sanft mit ihr sprach, klang sein Tonfall bestimmt. »Wir können nicht davor weglaufen. Es gibt keine Möglichkeit, der unangenehmen Wahrheit aus dem Weg zu gehen, ohne alles noch schlimmer zu machen.«

Sie umklammerte seine Hände und sah zu Hester hinüber.

»Wer war es?« Ihre Stimme zitterte so gut wie nicht mehr, ihr Blick war offen und direkt.

»Araminta«, erwiderte Hester.

»Aber nicht allein.«

»Nein. Ich weiß nicht, wer ihr geholfen hat.«

Beatrice bedeckte ihr Gesicht mit den Händen. Sie wußte es – Hester hatte nicht den geringsten Zweifel daran, als sie ihre weiß hervortretenden Fingerknöchel sah und das unterdrückte Keuchen hörte. Trotzdem stellte sie keine Fragen. Sie schaute Septimus kurz an, drehte sich dann um, verließ den Raum, ging die Treppe hinunter und trat durch den Haupteingang hinaus auf die Straße, wo Monk im strömenden Regen stand.

Ohne zu merken, wie das Wasser ihr an Kleidern und Haaren hinablief, erzählte sie ihm, was vorgefallen war.

Monk ging schnurstracks zu Evan, Evan zu Runcorn.

»Blödsinn!« stieß der aufgebracht aus. »Kompletter Blödsinn! Wer hat Ihnen so einen Haufen Unsinn in den Kopf gesetzt? Der Queen-Anne-Street-Fall ist abgeschlossen. Sie werden an Ihrem aktuellen Fall weiterarbeiten, und wenn ich noch ein Wort von dem ganzen Quatsch höre, sind Sie in ernsthaften Schwierigkeiten! Habe ich mich klar ausgedrückt, Sergeant?« Sein langes Gesicht war von einer gleichmäßigen Röte überzogen. »Sie sind Mr. Monk manchmal ähnlicher, als gut für Sie ist. Je eher Sie ihn und sein arrogantes Getue vergessen, desto besser stehen Ihre Chancen, es bei der Polizei zu was zu bringen.«

»Sie werden Lady Moidore nicht noch einmal befragen?« beharrte Evan.

»Zum Teufel, Evan – was ist plötzlich in Sie gefahren? Nein, ich werde es nicht tun. Und jetzt raus hier! Kümmern Sie sich um Ihre Arbeit!«

Evan nahm kurz Haltung an, kämpfte den aufkommenden Unmut nieder, machte auf den Hacken kehrt und verschwand. Statt aber zu seinem neuen Inspektor oder »seinem aktuellen Fall« zurückzugehen, suchte er sich einen Hansom und ließ sich zu Oliver Rathbones Büro fahren.

Rathbone empfing ihn, sobald es ihm möglich war, seinen augenblicklichen Klienten unauffällig abzuwimmeln.

»Ja?« fragte er gespannt. »Was gibt es?«

Klar und präzise teilte Evan ihm mit, was Hester getan hatte. Er registrierte mit gemischten Gefühlen das große Interesse, mit dem Rathbone seinem Bericht lauschte. In seiner Miene schlugen sich Angst, Erheiterung, Ärger und etwas undefinierbar Sanftes nieder. Jung wie er war, erkannte Evan sofort, daß die Anteilnahme des Anwalts auf mehr als intellektuellem oder moralischem Engagement beruhte.

Abschließend gab er wieder, wie Monk sich zu dem Ganzen

geäußert hatte, und vergaß auch nicht, von dem Zusammenstoß mit Runcorn zu berichten.

»Soso«, sagte Rathbone tief in Gedanken. »Soso. Ziemlich dünn, aber man braucht auch kein dickes Seil, um einen Menschen aufzuhängen, nur stabil muß es sein – und stabil ist diese Geschichte wahrscheinlich.«

»Was werden Sie jetzt tun?« fragte Evan. »Runcorn will nichts davon wissen.«

Rathbone schenkte ihm eins seiner wundervoll strahlenden Lächeln. »Hatten Sie etwas anderes erwartet?«

»Nein, aber ...« Evan zuckte hilflos mit den Schultern.

»Ich werde zum Innenministerium gehen.« Rathbone kreuzte die Beine und legte die Fingerspitzen aneinander. »Erzählen Sie mir das Ganze noch einmal, in allen Einzelheiten, damit ich keinen Fehler mache.«

Gehorsam wiederholte Evan jedes einzelne Wort.

»Danke.« Rathbone stand auf. »Wenn Sie mich jetzt begleiten würden? Ich werde tun, was ich kann. Falls wir Erfolg haben, dürfen Sie sich einen Konstabler aussuchen, und dann nehmen wir eine Verhaftung vor.« Seine Miene verfinsterte sich. »Wir sollten uns beeilen. Ihrem Bericht nach zu urteilen, weiß Lady Moidore bereits, welche Katastrophe ihr Haus demnächst erschüttern wird.«

Hester hatte Monk alles erzählt. Sie war gegen seinen ausdrücklichen Wunsch ins Haus zurückgekehrt – tropfnaß und verdreckt, und ohne eine Erklärung für ihren Zustand zu haben. Auf der Treppe lief sie Araminta in die Arme.

»Gütiger Himmel!« gab diese fassungslos und amüsiert von sich. »Sie sehen aus, als ob Sie in all Ihren Sachen ein Bad genommen hätten. Welcher Teufel hat Sie geritten, daß Sie bei diesem Wetter ohne Hut und Mantel ausgegangen sind?«

Hester zermartete sich das Hirn nach einer Erklärung.

»Es war ziemlich dumm von mir«, sagte sie, als wäre es eine Entschuldigung für ihr schwachsinniges Benehmen.

»Stimmt, das war idiotisch!« pflichtete Araminta ihr bei. »Wo waren Sie denn mit Ihren Gedanken?«

»Ich – äh . . .«

Aramintas Augen wurden schmal. »Haben Sie etwa einen Verehrer, Miss Latterly?«

Da war sie, die Erklärung. Eine absolut plausible Erklärung! Hester sandte ein Dankgebet gen Himmel und senkte betreten den Kopf.

»Dann dürfen Sie sich glücklich schätzen«, versetzte Araminta gehässig. »Sie sind reizlos genug, und die Fünfundzwanzig haben Sie sicher längst hinter sich. Ich an Ihrer Stelle würde auf alles eingehen, was er Ihnen offeriert.« Damit rauschte sie an Hester vorbei in die Halle hinab.

Hester stieß einen verhaltenen Fluch aus, stürzte die Stufen hinauf, fegte wortlos an einem verblüfften Cyprian vorbei und über die nächste Treppenflucht in ihr Zimmer. Dort angekommen, riß sie sich die nassen Sachen vom Leib und breitete sie zum Trocknen aus.

Ihre Gedanken überschlugen sich. Was würde Monk tun? Evan informieren und damit auch Runcorn. Nach dem, was Monk ihr von ihm erzählt hatte, konnte sie sich Runcorns Empörung lebhaft vorstellen. Trotzdem blieb ihm wohl kaum etwas anderes übrig, als den Fall wiederaufzunehmen.

Sie vertrödelte die Zeit mit unwichtigen Aufgaben. Sie fürchtete sich vor der nächsten Begegnung mit Beatrice, aber es war die einzige Rechtfertigung für ihr weiteres Hiersein.

Mit klopfendem Herzen und feuchten Händen brach sie auf, um sich der Situation zu stellen.

Sie taten beide so, als hätte das Gespräch am Morgen nicht stattgefunden. Beatrice ließ sich in heiterem Ton über alle möglichen Episoden aus ihrer Vergangenheit aus. Sie erzählte von ihrer ersten Begegnung mit Basil, wie sehr er ihr gefallen, sie aber auch ein wenig eingeschüchtert hatte. Sie sprach von ihrer Jungmädchenzeit in Buckinghamshire, von ihren Schwestern, von den Geschichten, die ihr Onkel zum besten gegeben hatte: Waterloo und der große Brüsseler Militärball am Abend vor der Schlacht, der Tanz, das Feuerwerk, das Gelächter, die wundervollen Ballkleider, die Musik, die prächtigen Pferde, der Sieg, die Niederlage Napoleons und die Befreiung Europas. Mit versonnenem Lächeln und fernem Blick schilderte sie, wie sie dem Eisernen Duke als Kind einmal vorgestellt worden war.

Das Mittagessen kam und ging, ebenso der Tee, und sie kämpfte mit wachsendem Ingrimm gegen die Wirklichkeit an. Ihre Wangen wurden röter, der fieberhafte Glanz in ihren Augen zunehmend stärker.

Niemand vermißte sie, keiner kam, um sie zu suchen.

Gegen halb fünf, es dämmerte bereits, klopfte jemand an die Tür.

Beatrice war kreidebleich. Ihre Augen schossen zu Hester, dann brachte sie ein relativ gelassenes »Herein!« hervor.

Cyprian betrat den Raum, beunruhigt und verwirrt, jedoch nicht verängstigt.

»Mama, die Polizei ist wieder hier. Nicht dieser Monk, aber Sergeant Evan mit einem Konstabler – und dem Anwalt, der Percival verteidigt hat.«

Beatrice stand langsam auf; sie schwankte nur einen Moment. »Ich komme sofort.«

»Sie wollen mit uns allen sprechen, aber sie weigern sich zu sagen, worum es geht. Wir sollten ihnen den Gefallen wohl tun, obwohl mir schleierhaft ist, wozu das gut sein soll.«

»Ich fürchte, es wird ein sehr unangenehmes Gespräch werden, Lieber.«

»Warum? Was gibt es noch viel zu sagen?«

»Eine ganze Menge«, erwiderte Beatrice. Sie nahm Cyprians Arm, um sich von ihm in den Salon führen zu lassen, wo sich die anderen bereits versammelt hatten, inklusive Septimus und Fenella. Evan und ein uniformierter Polizist hatten sich zu beiden Seiten der Tür aufgestellt. Rathbone stand in der Mitte des Raumes.

»Guten Tag, Lady Moidore«, sagte er ernst, was unter den

gegebenen Umständen eine recht absurde Form der Begrüßung war.

»Guten Tag, Mr. Rathbone«, gab Beatrice mit leicht zittriger Stimme zurück. »Ich nehme an, Sie sind wegen des Négligés hier?«

»Ja. Ich bedaure, Sie damit behelligen zu müssen, aber mir bleibt keine andere Wahl. Ihr Lakai Harold hat mir gestattet, den Teppich im Arbeitszimmer zu untersuchen.« Er brach ab und ließ seinen Blick über die Gesichter der Anwesenden schweifen. Niemand verzog eine Miene.

»Sowohl auf dem Teppich als auch an diesem Brieföffner befindet sich getrocknetes Blut.« Mit einer geschmeidigen Bewegung zog er das Miniaturschwert aus der Tasche und drehte es langsam in der Luft, so daß die Scheide im Licht des Kronleuchters aufblitzte.

Myles Kellard stand bewegungslos da, die Brauen ungläubig zusammengezogen.

Cyprian machte einen unglücklichen Eindruck.

Basil starrte Rathbone unverwandt an.

Araminta ballte die Hände zu Fäusten; ihr Gesicht hatte einen wächsernen Farbton angenommen.

»Sie verfolgen irgendeinen Zweck mit dieser Vorstellung, nehme ich an?« bemerkte Romola gereizt. »Ich hasse Melodramatik. Hören Sie bitte mit dem Theater auf und erklären Sie uns, was das alles zu bedeuten hat.«

»Ach, halt den Mund!« fuhr Fenella sie an. »Wenn du nichts Wichtiges zu sagen hast, sei still.«

»Octavia Haslett starb im Arbeitszimmer«, verkündete Rathbone mit ruhiger, fester Stimme, die sich über jedes Rascheln und Murmeln im Raum hinwegsetzte.

»Großer Gott!« Fenella wirkte trotz aller Fassungslosigkeit beinah amüsiert. »Das soll doch nicht heißen, Octavia hätte ihr Schäferstündchen mit dem Lakai auf dem Teppich im Arbeitszimmer gehabt? Wie grotesk – und unbequem, wo sie doch ein hervorragendes Bett hatte.«

Beatrice wirbelte herum und schlug sie derart hart ins Gesicht, daß sie das Gleichgewicht verlor und gegen einen der Lehnstühle prallte.

»Das hatte ich schon seit Jahren vor«, sagte Beatrice mit tiefer Genugtuung. »Wahrscheinlich ist es der einzige Lichtblick des heutigen Tages. Nein, du dummes Frauenzimmer! Es gab kein Schäferstündchen. Octavia kam dahinter, daß Basil Harry zum Anführer der Schlacht von Balaklawa gemacht hat, bei der so viele gefallen sind. Sie hatte das Gefühl, vollkommen besiegt in der Falle zu sitzen – wie jeder von uns. Sie nahm sich das Leben.«

Der Raum versank in entsetztem Schweigen, bis Basil mit aschgrauem Gesicht vortrat und eine zitternde Hand erhob. Er machte einen letzten Versuch.

»Das ist absolut unwahr. Der Kummer hat dich um den Verstand gebracht. Geh bitte auf dein Zimmer, ich werde den Arzt rufen. Um Himmels willen, Miss Latterly, stehen Sie nicht so herum, tun Sie etwas!«

»Es *ist* wahr, Sir Basil.« Hester sah ihm in die Augen, zum erstenmal nicht als Untergebene, sondern als Gleichgestellte. »Ich war im Kriegsministerium und erfuhr dort, was mit Harry Haslett geschehen ist – wie Sie das Ganze eingefädelt haben –, und daß Octavia am Nachmittag vor ihrem Tod am selben Ort genau das gleiche zu hören bekommen hat.«

Cyprian schaute erst seinen Vater, dann Evan, dann Rathbone an.

»Und das Messer und das Négligé in Percivals Zimmer?« wandte er ein. »Papa hat recht. Egal, was Octavia über Harry herausgefunden hat, die Beweisstücke waren da. Es handelte sich zweifellos um Octavias Négligé, das mit Blut besudelt und um das Messer gewickelt war.«

»Richtig, es war Octavias Négligé, und es war blutverschmiert«, bestätigte Rathbone. »Gewickelt um ein Tranchiermesser aus der Küche – aber es war nicht Octavias Blut. Sie starb durch den Brieföffner aus dem Arbeitszimmer, und als man sie dort fand, wurde sie in ihr Zimmer getragen, damit es nach Mord aussah.« Sein Gesicht stellte Kummer und Verachtung zur Schau. »Zweifellos, um der Familie die Schmach eines Selbstmords zu ersparen, mit all seinen gesellschaftlichen und politischen Folgen. Nachdem das vollbracht war, wurde der Brieföffner gesäubert und wieder an seinen Platz gebracht.«

»Aber das Tranchiermesser!« Cyprian ließ nicht locker. »Das Négligé – es gehörte ihr! Rose hat es identifiziert, genauso Mary, und vor allem sah Minta sie noch kurz vor ihrem Tod darin auf der Galerie. Außerdem war es voller Blut.«

»Das Küchenmesser hätte jederzeit weggenommen werden können«, sagte Rathbone geduldig. »Und das Blut konnte von jedem x-beliebigen Tier stammen, das für den späteren Verzehr bestimmt war: ein Hase, eine Gans, ein halbes Schwein oder ein halber Hammel . . .«

»Aber das Négligé!«

»Ja, das ist der springende Punkt. Sehen Sie, es war am Vortag frisch gewaschen und unversehrt aus dem Waschraum zurückgekommen, ohne das geringste Loch . . .«

»Selbstverständlich.« Cyprian wurde langsam wütend. »In anderem Zustand hätte man es kaum nach oben gebracht. Worauf wollen Sie hinaus?«

»Am Abend ihres Todes zog Octavia sich in ihr Zimmer zurück und machte sich fertig für die Nacht.« Rathbone ignorierte den Einwurf; wenn überhaupt, wurde er noch höflicher. »Unglücklicherweise hatte das Négligé einen Riß, warum, werden wir wahrscheinlich nie mehr erfahren. Sie begegnete auf der Galerie ihrer Schwester und wünschte ihr eine gute Nacht, wie Sie soeben bemerkten und Mrs. Kellard uns ebenfalls bestätigt hat.« Er warf einen kurzen Blick auf Araminta. Ihr Nicken war so schwach, daß nur die tanzenden Lichtreflexe auf ihrem herrlichen Haar eine Bewegung erkennen ließen. »Dann tat sie das gleiche bei ihrer Mutter; aber Lady Moidore bemerkte den Riß und bot sich an, ihn zu flicken – war es nicht so, Ma'am?«

»Ja, genau so war es.« Beatrices Stimme war ein unkontrolliertes, heiseres Krächzen.

»Octavia zog das Négligé aus und ließ es ihrer Mutter zum

Nähen da«, fuhr Rathbone sanft aber so deutlich fort, daß jedes Wort vernehmlich in den Raum fiel wie ein Kieselstein in ein Wasserbecken. »Sie trug es weder als sie sich schlafen legte, noch als sie mitten in der Nacht ins Arbeitszimmer ihres Vaters ging. Lady Moidore brachte es in Ordnung und ließ es später in ihr Zimmer zurücklegen. Dort nahm es jemand an sich, der wußte, daß Octavia dieses Négligé am Abend ihres Todes getragen hatte, dem aber verborgen geblieben war, daß es sich über Nacht im Zimmer ihrer Mutter befand.«

Einer nach dem anderen drehte sich zu Araminta um; erst Cyprian, dann Beatrice, dann der Rest.

Sie stand da wie versteinert.

»Gott steh mir bei! Du hast Percival dafür hängen lassen«, stieß Cyprian schließlich zwischen steifen Lippen hervor. Sein Körper war zusammengesackt, als hätte man ihm einen kräftigen Hieb versetzt.

Araminta schwieg. Sie war blaß wie eine Leiche.

»Wie hast du sie nach oben gekriegt?« fragte Cyprian fordernd und wieder lauter. Der Zorn schien seinen Schmerz ein wenig zu vertreiben.

Araminta verzog den Mund zu einem gedehnten, unschönen Lächeln, in dem sich Haß und persönliche Kränkung niederschlugen.

»Gar nicht, das war Papa. Manchmal dachte ich, wenn jemand dahinterkommen würde, würde ich einfach sagen, es wäre Myles gewesen – nach dem, was er mir all die Jahre angetan hat, seit wir verheiratet sind. Aber das hätte mir niemand geglaubt.« Ihre Stimme bebte vor unterdrückter, hilfloser Verachtung. »Dazu ist er zu feige, außerdem würde er nicht lügen, um die Moidores zu schützen. Papa und ich hingegen schon. Myles würde nicht einmal dann für uns eintreten, wenn es um Leben und Tod ginge.« Sie stand mühsam auf und drehte sich zu ihrem Vater um.

»Ich habe dich mein Leben lang geliebt, Papa, und du hast mich einem Mann zur Frau gegeben, der mir jede Nacht Gewalt angetan hat und mich behandelt hat wie eine Hure. Einer Scheidung hättest du nie zugestimmt, weil die Moidores so etwas nicht tun! Es hätte einen Schatten auf unseren guten Namen geworfen, und das ist alles, woran dir etwas liegt – Macht. Die Macht des Geldes, die Macht des Ansehens, die Macht der gesellschaftlichen Position.«

Sir Basil stand da wie gelähmt, er war das Entsetzen in Person! Eine Ohrfeige hätte ihn nicht stärker treffen können.

»Ja, ich habe Octavias Selbstmord vertuscht, um den Namen der Moidores zu retten«, fuhr Araminta erbittert fort, den Blick ausschließlich auf ihn gerichtet, als wäre er der einzige, der sie hören konnte, »und ich habe dir geholfen, Percival dafür an den Galgen zu bringen. Trotzdem sind wir Moidores jetzt am Ende.« Sie schien dicht davor, in hysterisches Gelächter auszubrechen, »der Inbegriff von Mord und Korruption. Wir werden Seite an Seite für Percival vor den Henker treten. Du bist ein Moidore, und als solcher wirst du hängen – gemeinsam mit mir!«

»Ich bezweifle, daß es soweit kommen wird, Mrs. Kellard«, sagte Rathbone mitleidig und angewidert. »Mit Hilfe eines guten Anwalts verbringen Sie wahrscheinlich den Rest Ihres Lebens im Gefängnis – wegen Totschlag in geistiger Umnachtung infolge großen seelischen Drucks.«

»Vielen Dank, da hänge ich lieber!« fauchte sie ihn an.

»Das glaube ich gern«, versicherte er gelassen. »Aber die Entscheidung liegt nicht bei Ihnen.« Er drehte sich schwungvoll um. »Für Sie gilt das gleiche, Sir Basil. Sergeant Evan, bitte tun Sie Ihre Pflicht.«

Gehorsam trat Evan vor und ließ ein Paar eiserne Handschellen um Aramintas dünne weiße Handgelenke zuschnappen. Der Konstabler löste sich von der Tür, um die Prozedur bei Sir Basil zu wiederholen.

Romola brach in selbstmitleidiges, verstörtes Schluchzen aus.

Cyprian kümmerte sich nicht darum, ging an ihr vorbei zu seiner Mutter, nahm sie schweigend in den Arm und drückte sie fest an sich, als wäre sie das Kind und nicht er.

»Laß den Kopf nicht hängen, meine Liebe. Wir werden gut für dich sorgen«, sagte Septimus mit klarer Stimme. »Ich denke, wir sollten heute ausnahmsweise hier essen und uns mit etwas heißer Suppe begnügen. Wir würden vermutlich alle gern früh zu Bett gehen, aber ich halte es für besser, wenn wir den Abend gemeinsam vor dem Kamin verbringen. In Zeiten wie diesen sollte man nicht allein sein.«

Hester lächelte ihm beifällig zu, trat ans Fenster und zog den Vorhang so weit zurück, daß sie von draußen gut sichtbar im erleuchteten Erker stand. Unten, im Schneegestöber, wartete Monk. Sie hob eine Hand zum Zeichen, daß alles vorbei war.

Fast im selben Moment schwang die Haustür auf. Evan und der Konstabler führten Basil Moidore und seine Tochter hinaus.